應用叢書

實用中文講義（下）

張高評　主編

王偉勇、李勤岸、吳榮富、林明德
林保淳、林淇瀁、林慶彰、林耀潾
高美華、許長謨、陳益源、張高評
張清榮、楊晉龍、蕭水順
（依姓名筆劃順序排列）

著

東大圖書公司

國家圖書館出版品預行編目資料

實用中文講義／張高評主編;王偉勇等編著.－－初版
一刷.－－臺北市: 東大, 2010
冊; 公分.－－(應用叢書)

ISBN 978-957-19-2931-6 (上冊: 平裝)
ISBN 978-957-19-3008-4 (下冊: 平裝)

1.漢語 2.寫作法 3.教材

802.71 97005389

© 實用中文講義(下)

主　　編	張高評
作　　者	王偉勇　李勤岸　吳榮富　林明德 林保淳　林淇瀁　林慶彰　林耀潾 高美華　許長謨　陳益源　張高評 張清榮　楊晉龍　蕭水順
責任編輯	蔡佳玲
美術設計	郭雅萍
發 行 人	劉仲文
發 行 所	東大圖書股份有限公司 地址　臺北市復興北路386號 電話　(02)25006600 郵撥帳號　0107175-0
門 市 部	(復北店) 臺北市復興北路386號 (重南店) 臺北市重慶南路一段61號
出版日期	初版一刷　2010年9月
編　　號	E 834210

行政院新聞局登記證局版臺業字第○一九七號

ISBN 978-957-19-3008-4 (下冊：平裝)

http://www.sanmin.com.tw　三民網路書店

學以致用與體用合一（代序）

1111人力銀行調查企業界最喜愛的人才，發現：「超過六成企業認為：畢業學校並不重要，或是僅供參考，仍以學生專業度強為主要考量。」此外，依據這項調查結果：「今年企業較愛進用的學系，依序為商管及管理學門、資訊科學學門、工程學門等；38.92%的企業選擇商管及管理學門新鮮人。」❶由此看來，「學用合一」的系所學門，最受企業界垂愛。中文系所課程朝「學用分離」設計，因此不具職場競爭力。人力銀行調查，畢業後能學以致用的新鮮人，平均月薪可多一成五，等於是一般上班族三年調薪幅度總和。yes123求職網經理洪雪珍也表示，如大學所讀科系與畢業後的第一份工作有關，可增加面試錄取機會。❷姑且不論「經世致用」古有明訓，人力銀行實事求是的報告，不也證明大學科系「學以致用」屬性之疏離或切合，與畢業生就業之難易，薪資之高低，有直接正比的關係？

中文系的大學課程設計，因應時代的脈動、社會的需求，應該與時俱進，從事調整和轉型。筆者有鑑於此，撰有〈中文系之轉型與跨際——從課程設計談危機與轉機〉一文，提出四大方面，作為課程規劃之參考：㈠提煉傳統文化經典，致力經營管理學之研發；㈡中文人應投身數位內容與文化創意產業。上述二者，都得

❶ 洪素卿、胡清暉：〈企業最愛新鮮人〉，《自由時報》二〇一〇年七月十九日，A12版。

❷ 根據104人力銀行調查，工作與大學主修「相關」的近五年畢業生，首份工作平均每月薪資為二萬八千四百六十七元；與大學主修「有點關係」者為二萬六千五百八十四元；如與所學完全「不相關」，則降到二萬五千一百六十六元。換句話說，能學以致用比完全無關者多出三千三百元，約一成五。鍾麗華報導：〈畢業後學以致用，薪水多15%〉，《自由時報》二〇一〇年七月二十日，A10版。

跨越院系，建立交流合作機制；㈢人文素養的高度與格局，是中文系「我固有之」，非由外鑠的資產，今後應重點強調，成為人文優勢，以提昇市場競爭力；㈣中文寫作之實用化與創意化，可以改善通識國文教學，落實「學用合一」理念，很值得推廣。❸如果臺灣中文學界核心通識課程，能形成共識，所謂人文危機，也許能化為轉機，生存發展也就有了指望。

目前中文系的課程設計，陳陳相因，變化不大，已歷四、五十年。對於繼續攻讀研究所，堪稱量身訂做。但是對於畢業就進入職場，每年高達85%左右的中文人，四年所學並不具備職場競爭優勢。中文人雖學得屠龍之技，由於學非所用，故不是人力銀行所稱「企業最喜愛的人才」，很值得深思！科技大學、技術學院以及各綜合大學通識教育核心課程（國文）的設計，依理應該落實「致用」，才符合技職體系的教育目標，事實上卻與一般大學差異甚小。尤其取名「應用中文系」，課程設計既不重「應用」，與其他中文系相較，也沒有太大的不同，未免名實不符。

以核心通識大一國文學分的遞減而言，最可見「一葉落而知天下秋」的政教指向，以及價值觀轉變之一斑。一九七〇年代，國文學分上下學期為4／4必修，曾幾何時遞減為3／3，最近連3／3也守不住，有些大學已降為2／2，再來應是2／0或0／2選修。國文課程一旦淪落為選修，會有多少學生選讀？那就無異於壽終正寢，如同香港各大學一般，將全面取消。在大學院校，教師缺額是隨授課時數升降增減的。通識課程每減一個學分，就意謂該通識教師員額順勢削減一些，課程既已全面取消，教師員額勢將全面歸零。於是中文教師失業，博士畢業註定流浪。果真如此，那真是災難。希望這只是杞人憂天，不會成為事實。

不可諱言的，實用掛帥，向功利看齊，是二十一世紀極普遍的價值觀。凡是講究應用、實用的系所，可以發揮效用、展現功能的學門，由於出路看好，前途似錦，所以就能招收到較優秀的學生。文學院各系所向

❸ 張高評：〈中文系之轉型與跨際——從課程設計談危機與轉機〉，《國文天地》第二十六卷第三期（總第三〇三期），頁四－十一。

來屈居弱勢，但是外文系、英文系由於講實用，富功利，所以是唯一熱門。而中文系、歷史系、哲學系課程，

多高懸理想，脫離現實，空談思辨，對於民生日用而言，或較浪漫，或供資鑑懷思，或便玄想；對於學習，

既無從檢驗成果，也很難有立竿見影之成效。由於影響成效在將來或一生，難怪未獲急功近利的當代人所青

眛。不妨反向思考：同樣是語言研習，中文系課程設計，通識教育的文史課程規劃，如果能稍作調整，或者

說乾脆轉型，是否更能夠切合時代脈動、社會需求，廣受莘莘學子喜愛？

上述問題如何解決？十年來筆者劍及履及，執行若干教學計畫，提出因應對策。在長遠了解大學生期待，深入推敲語文之社會功能下，對傳統國文教學作一反思與診斷，二〇〇二年曾申請主持教育部提升大學基礎教育三年計畫，即以「中文之閱讀技術與寫作策略」為題，進行實用中文寫作之討論與研發。二〇〇五年，教育部為提升大學學術品質，推出五年五百億經費，本校名列邁向一流大學榮譽榜內，參與執行「邁向頂尖大學計畫」。筆者既關心語文教學之實用性、生活化、創意化、數位化和現代感，於是在承乏院務之際，仍自任主持人，申請執行為期五年的「實用中文寫作教材之研發與製作研究計畫」，邀請本系五位老師共同參與。計畫內容，以研發課題、編纂教材、開授課程、落實推廣，為其四大策略與步驟。研究型大學標榜學術研究，都必須兼顧教學之使命，何況一般大學或科技大學，教學追求卓越更是教師的天職。因此，建構創新教學課程、提升中文教學品質，是筆者系列計畫的兩大願景。期待中文學門、通識課程的教學，在學以致用的補強下，能夠更加圓滿與成功。

中文學門之教學設計，長久以來，較欠缺「學以致用」之規劃，頗難適應以實用功利為導向的現代社會需求。因此，為補偏救病，筆者以為，語文教學之任務，除了原有的美感欣賞、情意陶冶、文化薪傳等傳統使命外，語文作為一種表達工具，應同時兼顧其實用性、生活化、創意化、數位化和現代感。美感欣賞、情意陶冶、文化薪傳，無庸置疑，這是中文系存在的使命，是「體」，是「本」，如果能夠兼顧實用，以三大使

命為體，以上述「四大一感」為用，使之體用不離、體用互涵，具體落實「學用合一」，如此中文系傳統課程將更富於市場競爭優勢。前述兩個計畫前後執行八年，已研發八十餘個實用中文之選題。取精用宏，擇其最切實用者，出版《實用中文寫作學》論文集五冊，又出版《實用中文講義》上、下冊。這些課題的產生，最初透過研討會、專家演講之方法，汲取精華，進行課題研發；接著延請校內外各領域專家學者，進行子題的教材編纂、心得闡述。而且規劃以所編之教材，開授通識課程，進行實驗教學，以便教學相長，作為爾後修訂之參考。從而推廣發揚實用中文寫作，使中文教學能夠符合時代潮流，符合各界需求。

本書分上、下冊，提供一般大學核心通識及技職體系作為通識之教材。每冊分為三大單元，以講授為主，寫作為輔：第一個單元為「生活指南」：以切合一般百姓民生日用之需求為主，上、下冊共規劃十三個子題，在在貼近現實社會、日常生活，面對人生需求，不離人情世故。有助說服，有利應徵；可以留存記憶，可以展現才情；為融入社群、亮麗生命、交際應酬不可或缺之寫作指南。各子題寫作，自有其原理原則，更有其策略與方法，本書每篇具有絕佳之示範與指點。

第二個單元為「研習密碼」，設計之方向，為學習成效的展示、研究心得的發表，其中有許多訣竅。大學生嫻熟這些通關密碼，求學生涯自然春風得意，無往不利；所謂「工欲善其事，必先利其器」。本書規劃十四個子題，禮聘專家學者撰稿，現身說法，揭示要領策略，強調方法原則，對於學習成效、研究心得，如何精確美好的呈現，如何有條理、有水準、具說服力的發表，在在都是知性的饗宴，優勝的利器。

第三單元為「創作入門」：擁有創作天分，洋溢文學才華的人，若能再經貴人指點，必能日起有功。本書共規劃十四個子題，教導如何金針度人，繡出鴛鴦。南宋嚴羽《滄浪詩話・詩辨》稱：「入門須正，立志須高。」本單元舉例論說，點醒迷誤，示人以規矩準繩；既便於初學入門，更有利於進階升堂。盤桓優游其中，實無異美感之散步，既可以自由欣賞春花，又可以隨機取用秋實。

由衷感謝學界朋友之響應與協助，在教學研究兩忙之際，仍然願意參與編寫教材之任務，為的是一份生存發展的使命感。由於教材成於眾手，為了齊一格式，規範體例，身為主編，有時不得不鐵面無私，要求作必要之調整或修訂，甚至有商榷再三始定稿者。又為了精益求精，難免作求全之責備，增刪文句，抽換內容，成為司空見慣。要求每一子題，務必強調具體可行之策略與方法，清楚提示其原則與要領，時時作上述之深切叮嚀。承蒙大家配合，不以為忤，方能同心協力，集腋成裘，順利完成教材之編著與出版。感謝來自十一所大學與研究院、擔任撰稿的二十四位校內外學界同道，有大家的投入參與，《實用中文講義》的編著與出版，方能功德圓滿。

本計畫之執行，本教材之編成，堪稱勞師動眾，而又眾志成城。在經費方面，感謝教育部「提昇大學基礎教育計畫」、本校「發展國際一流大學計畫」之支持，得以開物成務，完成使命。感謝蘇炎坤教務長、湯銘哲教務長、嚴伯良主任行政之支援。中文系同仁王偉勇老師、高美華老師、許長謨老師、林耀潾老師之協同合作，執行計畫。邱詩雯、盧奕璇、陳純純三位碩士助理之業務幫忙。

本教材之編寫，既標榜實用性、生活化、創意化、數位化和現代感，切合民生日用，符合社會期待，故舉例論證，援引了現當代許多作品。這些作品，都是出於個人智慧的寶貴資產，在此表示推崇與感謝，謝謝大家無私的合作。下冊出版在即，爰誌教材研發始末如上，是為序。

國立成功大學中國文學系特聘教授
教育部邁向國際一流大學計畫
「實用中文寫作教材之研發與製作計畫」主持人　張高評
二〇一〇年八月

實用中文講義 

目次

第二單元　研習密碼

第三單元　創作入門

第一單元

生活指南

01・公司行號命名寫作

林耀潾

一、公司行號命名的重要

李鐵筆先生說：「凡宇宙天地間的一切人、事、物，均須冠以名稱、名號以後，人方能溝通、交流，事方能進行、進展，物方能顯其功能、妙用，故人無名則不立，事無名則不成，物無名則不存。」❶李鐵筆先生又說：「尤其今日工商業界，頗講究企業形象與包裝，自然更需要一理想、體面的企業名稱；再說，凡公司、行號、商店等等正式開張營業之前，必須撰取名稱以登記、請領營業執照，正名以後，一切商場活動方得進行、推展。因此，審慎的去擇名、撰名而用，絕對是重要的、必要的大事。」❷

一般公司行號的負責人，多半相信公司行號的名字會影響整體的運作與發展，他們認為公司名字取得好，將會帶來很多客戶、容易徵到好員工、遇見好合作夥伴、促進業務發展、資金周轉順利、客戶以及廠商的配合度很高、未來有很好的展望、客戶滿意度高、內部員工的協調度佳、不容易有大量的庫存。❸如果公司名字取得平平，則可能有下列的狀況：未來發展吉凶參半，易受到流年運勢影響、助力（貴人）

❶ 李鐵筆著：《公司行號命名資料庫》（臺北：益群書店股份有限公司，二〇〇七年六月十一版），頁一。

❷ 同❶，頁五。

❸ 黃逢逸：《姓名學密碼——事業篇》（臺北：逍遙文化，二〇〇六年十月初版），頁八三。

阻力（小人）也參半、公司員工及夥伴向心力不高、業務表現平平、資金周轉運行起伏較大、客戶及廠商配合幅度大、需加倍付出心血用心經營事業、客戶對公司的評價時好時壞、內部員工的協調不一致、容易有庫存。❹

最糟的情況則是公司名字取得不好，不容易吸引客戶、事倍功半、多數員工及合作夥伴表現不佳、業務沒有成長、資金周轉運行很緊、容易跑三點半、客戶及廠商的配合度不好、做得愈辛苦客戶抱怨愈多、內部員工的協調性很差、有庫存的壓力等等。❺

論者稱：「名字中的字形，相當佛教道教的『符』，字音相當於『咒』，字義，相當於氣功界所說的『意念』。寫名字時，等於是在畫符；叫名字時，等於是在唸咒；同時又在自覺或不自覺地給名字加意念。」❻公司行號的名稱亦可作如是觀。公司行號為追求利潤，爭取客戶，它們在社會中的流通性比個人的名字更大更廣，取個形體、音韻、意涵都理想的名稱，對擴展業務及打響知名度，都很有幫助。公司命名力求吉祥如意，博個好彩頭，好名字可對經營者產生良好的「心理暗示」，因此公司行號取個佳名是很重要的。此處所述雖然有點神祕主義的色彩，但「心理暗示」的確有「正加強」的效果，對經營者及客戶均有正面作用。

❖ 二、公司行號命名的步驟

(一)公司名稱登記不「撞衫」

公司名稱登記主要分為兩個階段，一為名稱預查，其次為登記作業。

---

❹ 同❸。

❺ 同❸。

❻ 〈淺談命名〉。中國周易算命預測網，http://www.chinesezhuyi.com/xmyc.html

大明星們如果在同一場合中，碰到有人穿著跟自己身上同樣款式的衣服，隔天難保不會成為演藝新聞的焦點。而創業的公司登記也是一樣，若一不小心「撞名」、鬧雙胞，就無法向主管機關登記備查。因此必須先行至主管機關確認名稱是否與其他公司、機關、公益團體相同；並得注意名稱是否有妨害善良風俗、觸犯忌諱，或諧音不雅之嫌，免得慘遭主管機關拒絕登記設立的窘境。❼

粗略來分，若實收資本額在新臺幣五億元以上，登記機關為經濟部商業司；未達五億元者，其登記機關在臺北市為臺北市建設局，高雄市則為高雄市建設局，其他縣市則隸屬經濟部中部辦公室（詳見表一）。

※營業登記種類及申辦單位（表一）❽

申請種類	法源依據	申辦單位	申請資格	適合行業
獨資組織	商業登記法	各地縣市政府	個人獨自出資	小型商店及個人工作室
合資組織	商業登記法	各地縣市政府	兩人以上共同出資	小型商店及個人工作室
有限公司	公司法	經濟部或其他授權之地方政府	股東至少5人最多21人，最低資本額新臺幣50萬	適合小型創業
股份有限公司	公司法	經濟部或其他授權之地方政府	股東至少7人，要選出董事3人、董事長1人，還有監察人1人，資本額至少新臺幣一百萬	適合小型創業

依上表，有意創業者在預查名稱時，可向上述有關部門直接查詢，或透過有關部門的網站或出版品查詢。

(二)公司行號各式筆劃數的確定

經營公司、商店的人，多半相信公司行號命名時，得算筆劃八字，雖有人會視為迷信，但是多數業者仍

❼ 見 http://womenbusiness.nyc.gov.tw/cgi-bin/big5/nyc/u2?&qctrl=&q1=vv2&q2=nyc&q22=4。

❽ 見同前註。

抱持「寧可信其有，不可信其無」的態度。以下便針對公司行號的筆劃數稍作說明。

公司行號命名與人之命名方式，有所不同。人名撰取必須以姓氏為準繩，因為姓氏筆劃數固定不變；公司行號撰名則須以從格為準繩，須先確定從格文字的總筆劃數，再配合行業及先天八字尋出最佳理想之總數，如此即可撰出主格文字筆劃數，最後擇取最喜愛的文字以命名。❾

公司行號的名式分成主格、從格、總格三部分，舉例說明如下：

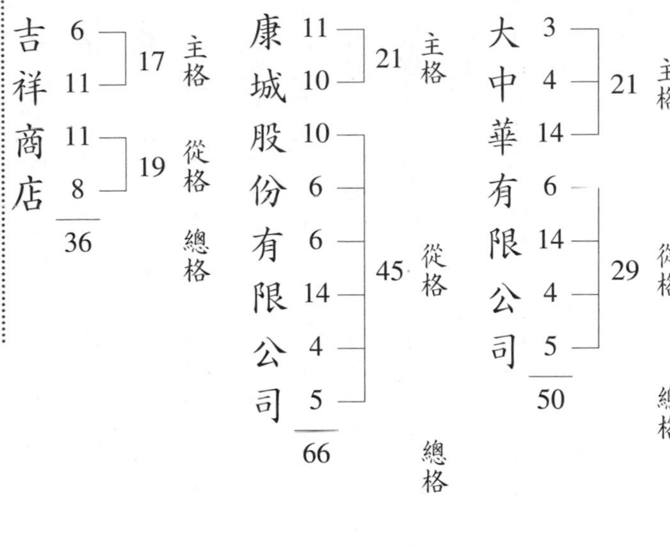

❾ 本小節主要引用自同❶所揭書，頁二八～三〇。

1. **主格**　指的是公司行號的名稱，通常以二字或三字組成者居多，亦有採用一字或四字以上為名者，此一字、二字、三字或四字以上諸名的筆劃數和，即謂之主格數。

2. **從格**　指的是公司行號名稱外的所有文字，代表著公司行號的組織、規模或行業性質等。

3. **總格**　指的是公司行號的全名，主格文字加上從格文字，總和的筆劃數，謂之總格數。計算總格數應注意是以公司行號申請營業執照時所用之全名。

凡公司行號命名之前，一定得先確定其從格文字——店、行、號、商行、商店、商號、中心、總匯、公司、有限公司、企業有限公司、股份有限公司、企業股份有限公司、機械股份有限公司等，因為此部分涉及公司組織之法令規章，並非可以胡亂取捨，須先確定其筆劃數和，方得以設定總數而藉以撰取主格文字名稱。

筆劃之計算以《康熙字典》為準。數理吉凶，命理界有所謂的「八十一數靈動」。天地之數起源於一而終於九，九宮九數配合九天而得八十一數，其間有吉有凶。超過八十數以上之數，必須減去八十，直到最後之餘數小於八十數，即以此數來檢視其吉凶涵義。[10]

「八十一數靈動吉凶表」，坊間出版之命理書籍均有之，為省篇幅，本文無法轉錄。僅列出最大吉數表供參考。

---

[10] 可參考❶所揭書頁一〇～二七。又可參考鄭景峰編著：《成功者公司行號命名學》（臺南：大孚書局有限公司，一九九九年十二月初版，二〇〇四年十月再刷），頁二二七～二四一。又可參考王明居士編著：《招財進寶店名學》（臺南：文國書局，二〇〇二年七月第一版第二刷），頁一一～一九。

※公司行號最大的吉祥數字（表二）⓫

98	83	45	18	3
101	85	47	21	5
105	86	48	25	6
111	87	52	31	7
112	88	57	32	8
113	91	63	33	11
115	93	65	35	13
117	95	67	37	15
119	96	68	39	16
121	97	81	41	17

(三)選取形體美觀、音韻響亮、意涵妥當的名字

公司行號的命名，依命理界之見，除上述所稱須注意數理吉凶之「八十一數靈動」之外，尚需注意負責人及合夥人的先天八字、後天八字及陰陽五行，這些都是專門之學，乃屬於神祕學的領域，坊間有不少書籍可供研修，本文無法涉及。本文僅能就中國文字的形、音、義特色，提出一些命名原則供參考。這是公司行號命名的第三個步驟，下文將述及。

三、公司行號命名的擇字要領

(一)字體求其美觀

公司行號的命名，其主格的字體宜求美觀，在字形的編排上，必須使之錯落有致；簡單來說，就是主格字體（二字、三字或四字以上）的字形盡量不要重複。讀者必須先對漢字的基本結構有所認識，才能進一步

⓫ 見鄭景峰編著：《成功者公司行號命名學》（臺南：大孚書局有限公司，一九九九年十二月），頁二二六。

談如何運用。漢字是結構嚴謹的方塊字，在字形結構上大致可以歸類為下表：（虛線為再細分的同類結構字）

※漢字字形結構表（表三）⓬

字形結構	姓氏	例字
獨立結構	王、丁、方等	日、月、木、大、天、子、士、千、力、人等
上下結構	李、呂、孟等	香、古、早、雯、恩、芝、昌、秀、惠、岩等
（上合，下三分）	羅、雍等	菈、嶽、蔽、薇、羸、蘅、蓱、薌、鼎、鼠等
（上三分，下合）	樊、樂等	嚮、響、懋、禦、變、戀、巒、鸞、孿、欒等
左右結構	林、江、張等	弘、相、朝、明、勤、詩、錦、軒等
內外結構	周、向、閻等	同、岡、罔、問、開、閒、閘、鬧、鳳、風等
半包圍結構	趙、連等	建、運、進、近、迷、迪、遞、逸、題、趣等
全包圍結構		國、圍、圓、因、固、園、囿、圖、團、回等
左中右結構	謝、柳、游等	做、辦、辨、辯、鴻、弼、斑、緻、湘、珈等
左右合，中分	衛等	衡、徽、激、漱、徹、潮、微、傲、徵、嫰等
上中下結構	葉、蔡、韋等	草、憲、瑩、慧、蕙、菁、蕾、蓀、崑、茶等
（上下合，中分）	藍等	慈、靈、率、尋、寶、藥、藝、燕、築、桑等
（上下分，中合）		器、囂、蠶、麓、麗等
品字結構	聶等	品、森、晶、磊、鑫、轟、淼、焱、贔、蟲等

依上表，舉三例說明之。

1. **嘉新食化**

「嘉」是上中下結構，「新」是左右結構，「食」是上下結構，「化」是左右結構，相鄰的任二字不同結構，

⓬ 此處引自邱詩瑜：〈命名取號策略〉，《實用中文講義（上）》（臺北：東大圖書公司，二〇〇八年六月），頁一一。

具參差、錯落有緻之美。

2. **國喬石化**

「國」是全包圍結構，「喬」是上中下結構，「石」是上下結構，「化」是左右結構，主格的四個字結構個個不同，具參差之美。

3. **好樂迪**

「好」是左右結構，「樂」是上下結構，「迪」是半包圍結構，主格的三個字結構個個不同，具參差錯落之美。

㈡音韻求其響亮

魯迅曾提出為孩子命名的三個原則：1.所取名字，應不易與他人重複；2.要煉字修詞，寓意於名；3.響亮悅耳，易於傳播。⑬其中的「響亮悅耳，易於傳播」取決於名字的音韻節律，是否既能收抑揚頓挫之美，又能收和諧統一之效。

公司行號的命名原則，大抵與人名相仿。公司行號追求利潤，將本求利，與廣大的社會相接觸，「響亮悅耳，易於傳播」的命名原則，更為重要。若能在命名時多加運用「陽聲韻」鏗鏘響亮的優點，如國語韻母以**ㄢ、ㄥ、ㄤ、ㄣ**收尾諸字多有此特點。

⑬ 張高評：〈命名取號之策略〉，《實用中文寫作學續編》（臺北：里仁書局，二〇〇六年），頁九七。

※臺灣百大企業中以「陽聲韻」取名的公司行號（表四）⓮

行業別	第一個字取陽聲韻	末字取陽聲韻
製造業	鴻海、廣達、明基、仁寶、光寶、聯華、英業達、神達、聯發、瀚宇、廣輝、神基、永豐餘、宏達、聲寶、建碁等	大同、緯創、微星、大眾、燁聯、精英、裕隆、建興、環隆、遠東、日月光、燁隆、華邦、矽品、中環、中強、力晶、東元、華新、威盛、尚興、友訊、旺宏、智邦、三陽等
金融業	元大、宏泰、誠泰、幸福、元富、群益等	南山、新光、富邦、兆豐、華南、三商、台新、保誠、遠雄、玉山、友聯、日盛、泰安、遠東、大眾、慶豐、新安、陽信、板信、聯信、金鼎、興農等
服務業	宏碁、統一、東芝、松下、萬海、光華、全家、順益、遠百、神腦、品佳、汎德、泛亞、展碁、精技、豐藝、全國、建達、潤泰等	聯強、長榮、陽明、世平、遠傳、捷盟、長庚、匯豐、榮民、太平洋崇光、友尚、和信、燦坤、豐群、益登、大騰、三菱、愛普生、富士通、至上、東森、佳能、弘運、中鼎、和平、捷元、威健、富群、統昶、遠森、高林、群環、元禎等

依上表，試舉數例說明：

1. **大同**

「大」是仄聲字，「同」是平聲字。

2. **兆豐**

「兆」是仄聲字，「豐」是平聲字。

3. **燦坤**

⓮ 此處引用自同⓬，頁九～一〇。

「燦」是仄聲字，「坤」是平聲字。平仄相間，聲韻鏗鏘響亮。

4. **富邦**

「富」是仄聲字，「邦」是平聲字，且為開口音，聽起來相當響亮有氣勢。

㈢意涵求其妥當

凡公司行號的設立、創建，對於當事的股東、合夥人而言，除了首要目的——賺取利潤外，尚包含有人生奮鬥的目標、理想、心願等等意義。這種心意、意願或期許，通常會自然的流露在公司行號的名稱上。也就是說，可以藉由文字意義來表達公司行號設立的主旨與期許、經營的目標與理想，同時亦可藉以廣告宣傳其產品、商品、技術、服務等的精良與負責。

今將公司行號名撰取的文字涵義，概略區分成後列諸種特性，可作為命名時之參考：

1. **理想抱負性**　益群、益家、大成、大發、大明、大光、千興、千代、第一、長榮、立榮、長興、永大、欣欣、建弘、鴻遠、幸福、永光、永興、立益、榮成、萬有、裕豐、華隆、益華、福昌、廣豐、永豐、正豐、復興、正新、永隆、永慶、達永、超勝等。
2. **謙遜勵志性**　厚德、厚生、景德、義誠、仁德、惠德、明德、德光、誠信、友力、亞培、弘志、振聲、永志、克振、聖光、聖功、信德、信泰、崇實、正本、重仁、重光、同光、光明、志高、克倫、濟民、良安、康成、尚德、惠民、守仁、克志、鴻志等。
3. **宏偉壯闊性**　大宇、大法、大千、國光、國隆、國揚、國華、國鼎、定邦、興邦、耀邦、台光、台大、宏洲、台輝、日立、盛邦、邦榮、國榮、日月光、大西洋、太平洋、太魯閣、大中華、大世紀、超宇、光宇、世界、宇宙、時代、冠宇、海霸王等。

4. 財富名利性　富邦、富國、富隆、益昌、吉昌、全福、益壽、來福、來旺、榮華、多利、多旺、財益、千富、百利、名貴、名揚、金源、金寶、光寶、萬有、福壽、成名、大益、利達、永利、立富、永福、廣利、富盈、名耀、遠聲、震聲、光名、盈富等。

5. 吉祥如意性　吉昌、益昌、益壽、永福、全福、來福、華隆、華興、安順、順昌、和順、千祥、百祥、祥興、富隆、康成、家祥、家安、家榮、國泰、國隆、順成、英祥、吉祥、安良、良順、國安、龍翔、玉麟、永安、百成、永達、立達、志成、福成等。

6. 廣告宣傳性　品佳、金品、品立、品彰、品實、品誠、高立、高明、高強、頂美、頂好、尚好、千足、神通、無敵、先鋒、先探、多麗、安娜、必勝、必美、必治妥、速必落、千百利、宜而爽、樂而雅、全家福、楚留香、美麗君、春風如意、咖啡假期等。⑮

公司行號命名的意涵，除具有上述六種特性外，尚需注意「名實相符」。如「味全」、「味素」，用於食品業則甚符合，用於他業則不妥當。「不二髮門」、「髮麗顧問」、「麗髮院」，用於理髮業則甚適合，又有俏皮、幽默之處，頗能引起顧客注意。這是利用諧音的妙處，但諧音也有不妙的，如「訊碟」諧音「迅跌」，後來改成「吉祥全」就好了；「利碟」諧音「立跌」，後來改成「新利虹」就好多了。

公司行號命名也講求吉祥如意，不少公司更選用祥瑞之物來代表公司。若考究吉祥物或圖騰的象徵意義，即可知道公司對前景的期許，如臺灣的投信基金經理人就很喜愛吉祥動物，像日盛的「精選五虎」、統一「龍馬」、富邦「臺灣鳳凰」、國泰「小龍」、匯豐「龍鳳」、聯邦「中國龍」、國泰「祥鷹債券」、臺灣工銀「駿馬債券」、華南「永昌麒麟債券」、富邦「千禧龍」、華南「永昌鳳翔債券」，匯豐甚至有「成龍債券」。好聽、吉利是這些命名的特色。⑯

---

⑮ 見❶，頁四四～四六。

四、公司行號命名不妥者

凡是新設公司之名稱，含有外國意味或外語譯音、易誤認為政府機關或公益事業、外國國名及地區名稱、名稱相同或類似，以及名稱不妥不雅者，經濟部均不准辦理公司登記。⓱

新設公司名稱不妥而不能核准者，計有下列情形：

1. **含有外國意味或外語譯音**　鄉井、吉田、劍橋、松坂、培根、三井、三幸、丸金、千賀、三越、千屋、山田、名野、大場三條通、龜井、三浦、旭川、日野、丸本、大井、松川、岩島、丸茂、銀座、三本、甘丸、林內、半島、寶田、日研、川井、松田、洋行、約翰、福特、卡特、史密斯、本川、藤森、日和、三菱、名代、山村、三丸、金銀座。
2. **誤認為政府機關或公益事業名稱者**　市政、國會。
3. **外國地名及地區名稱者**　東京、布宜諾、費城、吉達、荷蘭、曼谷。
4. **名稱相同或類似者**　今日與今天、三揚與三陽、一安與一安堂、汎美與泛美。
5. **名稱不妥者**　大探長、商標、動物園、市場專利、躍進、榮民、東江、崇日、上貨下價賣行、國庫、聯勤、串聯。

五、結語

公司行號命名，首須避免與他人所取者重複。公司行號命名若與別人重複，恐有商標權的爭議，不可不

⓰ 見王宗彤：〈取名討吉利　龍鳳虎馬最受寵〉，《中國時報》（二〇〇七年九月十日）B1版「財經焦點」。

⓱ 本節引用自王明居士編著：《招財進寶店名學》（臺南：文國書局，二〇〇七年七月），頁九～一〇。

防。原則上也不宜有明顯的模仿，已有「統一公司」，卻來個「統二公司」，已有「三好一公道」，卻來個「六好二公道」，斧鑿痕跡明顯，不僅混淆視聽，也缺乏創意。命名之初，即應查詢經濟部商業司、臺北市建設局、高雄市建設局、經濟部中部辦公室及各縣市建設局，如自己屬意的名稱已有人捷足先登，為避免雷同，便須改弦易轍。

公司行號命名策略，在其主格的二至四字之間，應講究形體美觀、聲韻響亮、意涵妥當。此三義前文已有所陳述，讀者並可參閱參考書目所提供的專書，加以研討。

坊間命理界，甚重視數理吉凶，有時尚且顧及負責人及合夥人的先天八字和後天八字，並須考慮行業特性所相關的陰陽五行，此屬專門之學，坊間命理學書籍多少都會論及，讀者可擇若干命名學著作，加以參考。本文僅列出「八十一數靈動」中的最吉祥數字。公司行號命名，由主格及從格組成，先確定從格筆劃數，並預設一最大吉祥的總格筆劃數，然後總格筆劃數減去從格筆劃數，便可得主格筆劃數，視主格筆劃數為多少，再選取字體美觀、音韻響亮、意涵妥當的名稱。

公司行號若取得一吉祥嘉名，可求心安，也有廣為傳播之效。然而如此便能一勞永逸，事業成功嗎？事業發展成功與否，尚須配合天時、地利、人和諸因素。不注意大環境的變遷、不從事自己擅長的行業、不做確切的市場調查、沒有精明幹練的經營團隊，這些都可能導致事業失敗，徒有吉祥嘉名也無濟於事。

❖六、習題

1. 假設你想和朋友合夥開公司（行號），請根據本文所提供的知識，取一個吉祥嘉名。

【說明】注意公司行號命名的步驟、擇字要領，並避免不妥的命名。如果你們重視數理吉祥，那麼命名取號時先天八字（生辰的年月日時）、後天八字（姓名）便須留意。此等專門之學，可找相關著作，加以研修。

2. 請以臺灣若干上市股票、上櫃公司的名稱為例，分析其主格筆劃數。並從格筆劃數、總格筆劃數（以此數論吉凶），辨明其字體是否美觀？音韻是否響亮？意涵是否妥當？

【說明】辨明形、音、義時，只針對主格名稱。從格名稱因法規規定，沒有太大彈性，不必考慮。在分析辨明其數理、形、音、義後，思考一下，此等研析結論和各該公司的經營成效，有無關聯？

七、參考書目

語意學概要　徐道鄰著　香港九龍　友聯出版社　一九五七年

實用文字學　吳契寧著　臺北　臺灣商務　一九五九年

實用聲韻學　王文濤著　臺北　臺灣商務　一九七一年

聲韻學　竺家寧著　臺北　五南圖書公司　一九九二年

訓詁學　陳新雄著　臺北　臺灣學生書局　一九九四年

文字學概要　裘錫圭著　臺北　萬卷樓圖書公司　一九九四年

招財進寶店名學　王明居士編著　臺南　文國書局　二〇〇二年七月

成功者公司行號命名學　鄭景峰編著　臺南　大孚書局　二〇〇四年十月

姓名學密碼——事業篇　黃逢逸著　臺北　逍遙文化　二〇〇六年十月

公司行號命名資料庫　李鐵筆著　臺北　益群書店股份有限公司　二〇〇七年六月一一版

訓詁學概要　林尹著　臺北　正中書局　二〇〇七年

實用中文講義（上）　張高評主編　臺北　東大圖書公司　二〇〇八年六月

公司行號命名便覽寶鑑　王明陽著　臺北　武陵出版社

02・簡報簡介寫作

林耀潾

一、簡報簡介的意義與功能

簡報，又稱為簡介或概況。是個人或機關、團體、學校、工商業界，對他人的自我介紹，是一種簡明扼要的文書，用以介紹本身的組織體系、業務、產品、服務項目、計畫、任務、目標等內容。簡報、簡介，內容及使用目的相近，很難區分。一般說來，簡報是動態的，除了有書面資料外，尚須由簡報人臨場報告；簡介是靜態的，大都放在網路上，或印成單張、小冊分送參觀者或訪問者。

對簡報人而言，簡報可展現專業、爭取支持、增強自信。對機關、團體、學校或工商業界而言，具有行銷、打知名度、溝通交流、形成共識、招生、爭取客戶等各種功能。

二、簡報簡介的種類

簡報的種類繁多，可以下列八項加以區分。

(一)依簡報目的的區分

1. **說服式簡報**　說服式的簡報，主要是在說服對方，可能是讓對方接受一個想法、一項產品，或者改變他們的觀念或行為。

2. **說明式簡報**　說明式的簡報，主要是在告知訊息或解釋某些事項。

3. **諮詢式／參與式的互動**　當你想從聽眾身上取得資訊時，可採用諮詢式／參與式的互動模式。❶

(二)依主題性質區分

1. **組織簡報**　機關、學校、團體或工商業界組織結構的介紹。
2. **業務簡報**　某一工作或某一業務的介紹。
3. **產品簡報**　某一新產品上市的介紹。
4. **設備簡報**　某一設備、裝備的功能或性能的介紹。
5. **環境簡報**　某地區自然生態或人文景觀的介紹。
6. **計畫簡報**　某一建設工程、企劃案或行動計畫的介紹。
7. **綜合簡報**　綜合某一機關、學校、團體或工商業界的組織、業務、設備、環境、產品及未來發展計畫等均包含在內的介紹。❷

(三)依呈現方式區分

1. **口頭簡報**　由簡報人宣讀擬妥的簡報內容，或僅以口頭陳述、說明、解釋的簡報。
2. **書面簡報**　由簡報人將事先印妥的簡報分送給聽眾，並略作口頭補充的簡報。

❶ 見熊東亮、陳世晉、楊雅棠、楊豐松編著：《商業簡報理論與實務》（臺北縣蘆洲市：國立空中大學，二〇〇六年十二月初版），頁一三三。

❷ 見黃俊郎編著：《應用文》（臺北：東大圖書公司，一九八八年八月初版，二〇〇五年二月修訂五版），頁二六三～二六四。

3. **看板簡報** 由簡報人利用書寫在看板上或大海報紙上的大綱、圖表，面對聽眾作口頭簡報的方式。

4. **投影簡報** 將簡報的內容大綱、圖表製成投影片，利用投影機投射在螢幕上，同時由簡報人做口頭簡報的方式。

5. **幻燈簡報** 將簡報的內容大綱、圖表製成幻燈片，配合錄音說明作同步播放的方式。

6. **電影簡報** 將簡報的內容拍攝成影片播放的方式。

7. **電視簡報** 將簡報的內容製作成錄影帶，透過閉路電視系統播出的方式。

8. **多媒體簡報** 將文字、圖形、影像、聲音及視訊動畫等各種媒體整合在一起，藉由良好的規劃、設計以達到傳遞信息的方式。❸

9. **視訊簡報** 以電視作媒介的簡報會議。❹國際性的視訊會議須注意使用何種語言的問題，一般以使用英語為主。另外，還要注意時差的問題。

在實際簡報中，通常會有一種以上的呈現方式，例如：某場簡報中，它可能口頭簡報、書面簡報、投影簡報兼而有之。

(四) 依簡報形式區分

1. **提案／說明形式** 提案的場合可以分成由對方要求提案／說明的場合，以及自己積極提案／說明場合。

2. **會議形式** 依據隨時可舉行的各種主題會議、例行會議、內部報告、小型會議、企劃或組織全體的啟始會議等。在會議上的發言也是一種簡報。要做到可以抓住重點簡潔的闡述自己的意見。

---

❸ 同前註，頁二六四～二六五。

❹ 同❶，頁一三二。有關視訊會議的協定、風險及潛在價值，可參 Lin Kroeger 著，齊若璋譯：《成功的商業簡報》（臺北：凱信出版公司，一九九九年八月初版），頁三〇九～三一五。

3. **講課／演講形式**　講課／演講形式是單方面進行的簡報。必須認真考慮參加者想聽什麼；注意不要偏離主旨，做出對聽眾有助益或給予感動的內容。❺

4. **聯誼、交流形式**　這種形式是廣義的簡報，只要向人說話，有人在聽你說話，你就是在做簡報。例如在團體聚餐、謝師宴、歡送會、迎新會、慶功宴等場合上的講話都是。如果是對全體參與者講話，內容宜簡短、精煉，最好不要超過三分鐘，如果能講出珠璣良言，令人省思的警策，尤受歡迎。總之，以精簡、幽默、風趣為最佳原則。

(五)依聽眾身分區分

1. **內部簡報**　內部簡報是指對本機構內部人員所做的簡報，如對主管、同事所做的簡報。工作簡報、視察簡報屬之。

2. **外部簡報**　外部簡報是指對本機構外部人員所做的簡報，如對客戶、記者、來賓所做的簡報。說明會、記者會、參觀簡報屬之。

(六)依簡報人數區分

1. **單獨簡報**　這是簡報人只有一人的簡報。

2. **雙人簡報**　這是有主簡報人與副簡報人的簡報。

3. **小組簡報**　簡報人有三人（含）以上的簡報。

❺ 同❶，頁一三二。

(七)依聽眾人數區分

1. **對大群聽眾簡報**　所謂大群聽眾是指聽簡報的人數超過三十五人。

2. **對少數聽眾簡報**　所謂的少數聽眾可從一人到三十五人。

3. **一對一簡報**　一對一簡報主要用在部屬對長官的簡報上。❻

(八)依正式程度區分

1. **正式簡報**　正式簡報就像一場表演。簡報人站在聽眾面前，且講演的品質非常重要。簡報人必須清楚而有活力，而且簡報內容結構得仔細規劃。Q&A問答部分通常都在正式簡報最後才提出及回答。

2. **非正式簡報**　非正式簡報與其說像是表演，不如說像一場討論。重點在於分享觀點。簡報人必須有效率，但簡報人本身並不一定要維持同等的活動力。❼

上文所述為簡報的分類，簡報的性質傾向動態報告，有簡報人參與其中。簡介的性質傾向靜態陳述，一般而言，有個人簡介、書籍簡介、產品簡介、公司、組織、國家等等的簡介，以下便舉簡介實例加以說明。

三、簡介實例舉例

簡介必須於精簡的篇幅中，扼要提示讀者所需資料，使讀者能於短時間內建立起對該對象較完整的認識。以下但舉簡介數例。

❻ 參 Lin Kroeger 著、齊若璋譯：《成功的商業簡報》，頁三五～三七。

❼ 同前註，頁三八、四一。

㈠個人簡介

個人簡介應包括個人重要資料，如：姓名、出生地、年齡、學經歷、重要成就等。個人簡介因涉及個人資料，有時會被不法之徒竊取，做些違犯法令的行為，公布時須特別謹慎。

> **陳昌明簡介**
>
> 現任成功大學文學院院長，臺灣基隆人，臺灣大學中國文學研究所博士，曾任捷克查理士大學客座教授、國家臺灣文學館副館長、成功大學語言中心主任。曾獲府城文學特殊貢獻獎。著有《沉迷與超越——六朝文學之「感官」辯證》、《編織意義的網路》，曾發表〈人與土地——臺灣自然寫作與社會變遷〉、〈「感覺性」與新詩語言析論〉、〈自然的呼喚——「花蓮」對孟東籬散文的影響〉、〈智者的故鄉——論陳之藩《劍河倒影》〉、〈感性與才性的論述脈絡——王叔岷先生鍾嶸詩品箋證稿申論〉、〈淵雅沖淡與博通物理——論周作人小品文的繼承與創新〉等論文。

上述例子，可以清楚地得知是針對一位學者進行的簡介，讀者對象可能預設為學生及學術圈人士。開頭簡潔地介紹了學者的職務、出生地與學術單位的相關經歷，而後則列舉其相關學術著作。讀者很快就能了解這位學者專攻的學術領域，建立起對此學者簡要而完整的認識。

㈡公司簡介

以統一企業公布在官網的「企業簡介」為例，計分為企業標誌、經營概念、企業願景、經營團隊、經營範疇、研究發展、成長歷程等項目。❽

❽ 見 http://www.uni-president.com.tw/01aboutus/aboutus01.asp。

(三)書籍簡介

東大圖書公司《實用中文講義》的簡介如下：

> 大學院校之國文教學，應該體用合一，學以致用，並應與時俱進，結合實用化、生活化、現代化、創意化以進行寫作。本書長遠觀察大學生之期待，深入思考語文教學之社會功能，歷經六年研發，兩年撰稿，終告問世。內容分生活指南、研習密碼、創作入門三大單元數十個子題，在在提示寫作之要領與原則，篇篇強調操作之策略與方法，堪稱競爭優勢的屠龍之技。

書籍的簡介必須依書的內容性質、讀者，選擇適當的用語進行撰寫。如果是童書，其書寫策略可能會更活潑、口語；若是學術書籍，則可能選用較典雅穩重的文字。另外，上述例子的寫作，前面數句乃是說明此書的編纂理念，而後簡要說明成書歷程，接著進入核心，即此書的主要內容與編排，最後則畫龍點睛地提示閱讀此書的益處，在簡短文字內，讀者就了解此書的大概。

(四)組織簡介

以享譽海內外的「慈濟基金會」簡介為例，前有一小段引言，可看作是「前言」，下分創立宗旨、工作項目、慈善志業、醫療志業、教育志業、人文志業、骨髓捐贈、環境保護、社區志工、國際賑災等項目。每項目字數在一五〇～兩百字左右，言簡意賅。

在「慈濟基金會簡介」中，八項工作均有警句作為該項工作的理想，它們是：慈善志業「教富濟貧，濟貧教富」、醫療志業「以人為本，以病為師」、教育志業「教之以禮，育之以德」、人文志業「人品典範，文史流芳」、骨髓捐贈「捐髓救人，無損己身」、環境保護「用鼓掌的雙手做環保，讓垃圾變黃金，黃金變愛心」、社區志工「里仁為美，守望相助」、國際賑災「大愛地球村，真情膚苦難」，頗具畫龍點睛之妙。[9]

(五)國家簡介

以「中華民國簡介」為例，計有：《憲法》簡介、國父暨行憲後歷任總統、中華民國國情簡介、國旗國歌及國花、政府組織、中央與地方政府網站、各項統計資料、各項選舉活動、國內主要政黨等九項。[10]

上述「中華民國簡介」放在「中華民國總統府」的官網上，有些項目具有簡略的資料介紹，有些項目則以聯結的方式聯到相關政府部門的網站。以「中華民國國情簡介」為例，聯結到新聞局全球資訊網，下分土地與人民、國家發展、政治國防外交、經濟、社會、文教與休閒、統計圖表、目錄等項目。[11]

四、簡報簡介的結構

簡報是在公開場合，為了特定目的，向聽眾介紹說明計劃、組織、產品等等。簡介則是依據使用目的，以書面形式全面而簡潔地向讀者介紹某人、組織、事物等。

大底而言簡報、簡介的結構相似，必須在有限的時間內，將聽眾、讀者所需的資訊傳播出去，因此有一定的架構與安排，以利大眾接收。簡報因須「親臨現場」，所以須有「開場白」與「收場白」，此二項也可以在「前言」及「結語」中呈現；而屬書面資料的簡介，一般沒有「開場白」及「收場白」的名目，但有時為了不使文字內容顯得太直接、突兀，也會有「引言」與「結語」，使簡介內容有頭有尾，文氣連貫。以下便以「簡報」為主來說明結構安排，讀者當能自中舉一反三，了解「簡介」的架構。

---

[9] 見 http://www.tzuchi.org.tw/index.php?option=com_content&view=article&id=159%3Ai...

[10] 見 http://www.president.gov.tw/1_roc_intro/layer2.html

[11] 見 http://info.gio.gov.tw/lp.asp?CtNode=2836&CtUnit=580&BaseDSD=7&mp=21。

簡報的結構如下：

介紹導引（開始）→與聽眾接觸，介紹主題。

發展主題（中間）→詳細解釋主題，提出論點。

歸納結論（結束）→歸結主題，必要時提出新建議。⑫

上列第一項即「前言」，第二項即「正文」，第三項為「結語」，「正文」的項目多少依各簡報的性質、需求而定。以下則舉幾個既能用來作為對外簡報，亦能當簡介的例子，來說明基本結構。

中央研究院歷史語言研究所的簡介，其項目如下：

・組織圖　・歷居所長　・歷居院士

・學術諮詢委員會　・各委員會　・學門簡介（下分歷史學門、考古學門、人類學門、文字學門）　・行政技術人員⑬

行政院國家科學委員會的簡介，其項目如下：

・組織　・任務　・地理位置圖　・首長介紹　・聯絡資料　・簡介影片及 PDF 檔（下含國科會簡介影片 DVD 畫質版、中文完整影片、英文完整影片、簡介中文 PDF 檔、簡介英文 PDF 檔）⑭

⑫ Manchester Open Learning 編，新新聞編譯中心譯：《行家出手：簡報成功出擊》（臺北縣汐止市：新新聞文化事業公司，一九九六年五月二十日初版），頁八。

⑬ 見 http://www.ihp.sinica.edu.tw/about-page/about07.htm

⑭ 見 http://web.nsc.gov.tw/np.asp?ctNode=2072

國立臺灣大學中國文學系的簡介，其項目如下：

・系史（簡史）　・特色（下分教學及研究目標、發展特色）　・系辦公室

・各委員會（下分課程委員會、學術委員會、系務委員會、學生事務委員會、招生委員會）⓯

上述的三個例子沒有「前言」、「結語」的部分，因為它們是靜態地放在網路上，供人點閱，但若有公開對外介紹該組織或單位的場合，亦可用來作為簡報內容。就完整性而言，以行政院國科會的簡介內容最充實，有影片 **DVD** 畫質版，有中、英文影片，有中、英文 **PDF** 檔。畢竟它是掌管國家科學發展任務的政府部門，經費充裕，人才濟濟，簡介內容自然不同凡響，若以其內容作為簡報，輔以影片等多媒體，自能發揮「吸睛」效果。一般說來，較完整的綜合簡報，有以下各項：

・標題　・目錄　・前言　・沿革　・地理環境

・組織　・業務　・設備　・檢討　・展望　・結語⓰

當然，可依個別簡報的對象和性質，斟酌損益，作種種不同的訴求。把自我的特色、優點，重點式地呈現出來。

❖五、簡報簡介寫作的步驟

簡報實施前的準備步驟，大致可分為「確立簡報的目的 (Why)」、「確認簡報的對象 (Who)」、「擬訂簡報的大綱 (What)」、「安排簡報的時間 (When)」、「規劃簡報的場地 (Where)」、「選擇製作簡報的工具 (How)」，茲圖

⓯ 見 http://www.cl.ntu.edu.tw/800/list.htm

⓰ 同❷，頁二六五～二六六。

示如下⑰：

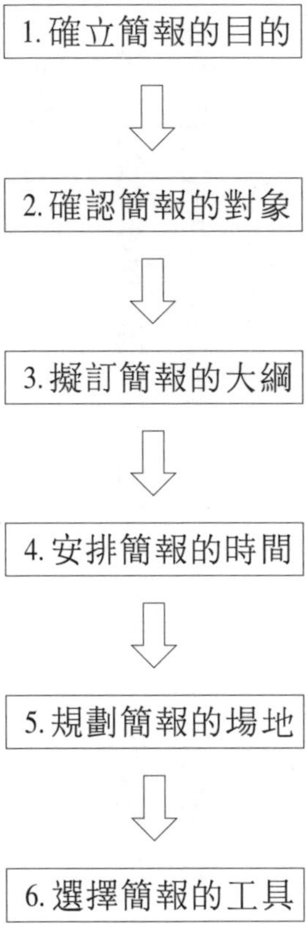

1. 確立簡報的目的

2. 確認簡報的對象

3. 擬訂簡報的大綱

4. 安排簡報的時間

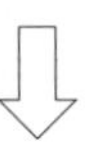

5. 規劃簡報的場地

6. 選擇簡報的工具

圖1　簡報的準備流程

與簡報寫作最有關係的是第1、2、3步驟。

「確立簡報的目的」才能了解簡報欲達成的目標為何，針對此總目標，撰寫簡報，做簡報。

「確認簡報的對象」才能了解簡報欲訴求的對象，對象不同，語氣就不同。

「擬訂簡報的大綱（內容）」之前的步驟如下：

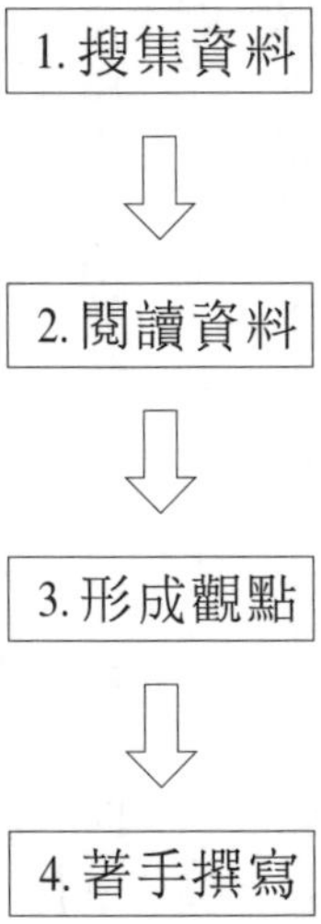

1. 搜集資料

2. 閱讀資料

3. 形成觀點

4. 著手撰寫

圖2　擬訂簡報大綱的流程

資料可分內部資料、外部資料、主要資料、次要資料、輔助資料等。資料以愈充足愈好。資料必須真實

⑰ 同❶，頁二三。

可靠，絕對不可造假，否則可能會有難以逆料的後果。

簡介則因不須親臨現場，上列的「安排簡報的時間」、「規劃簡報的場地」、「選擇簡報的工具」等三項可免。簡報與簡介的使用媒材或有不同，但其先前的文稿構思步驟則相同，亦必須確立簡介目的、確認讀者身分為何，並擬定適切的大綱，然後其撰稿程序亦與圖2所示無二。

❖六、簡報簡介寫作的要領

簡報有時為了吸引聽眾，可能會設定較新穎的標題、安排豐富的圖像、影音，甚至進行較富戲劇性的編排。至於簡介，大多時候因為載體的限制，如傳單、手冊等，無法呈現繽紛的影音效果，只能善用標題、文字、圖片與排版。然而不論簡報或簡介，二者共通的功能，就是預先消化繁瑣的資料，以簡單的短篇幅將訊息傳遞出去，使閱聽者輕易地理解、掌握內容。

因此，簡報簡介的寫作，宜注意下列六個要素（六C）：

㈠明白(clearness)

語意清楚。簡報要採用直接了當的語句，忌諱深奧難解，自衒淵博。又忌雙關，一句話有多種解釋，令人模稜兩可。尤忌空泛，文句沒有確切的含意。白話比文言好、圖畫比文字好、多分段落、多分章節、多用表格、避免冷僻字句，這些作法符合「明白」要素。

㈡簡潔(conciseness)

廢話免說。以意義暢盡為要。刪除無用的詞句，所言都是重點，寫的都觸到核心。枝節問題，不要浪費筆墨。短句比長句好、不宜長篇大論、簡報不可變成繁報，這三項符合「簡潔」要素。

(三)連貫 (coherence)

上一句與下一句，先一段與次一段，前一表與後一表，以及整個簡報內容，都有脈絡可循，也有線索相接。有的按時間先後編排；有的按空間遠近陳述；有的依品質的精粗；有的依結構的繁簡；有的據績效的良窳；有的據數值的高低。應該預先安排好簡報要點的優先次序，衡量它們之間的邏輯關係；每一個部分在邏輯上既能夠獨立又互相聯繫⑱，這三項符合「連貫」要素。

(四)正確 (correctness)

文詞的意義是確定的，不說猶疑的話。界說是精當的，不作閃爍不定之言。不採用兩個否定等於肯定「負負得正」的迂迴語。使用成語典故，當考慮是否貼切適當。資料一定要正確，數據一定要真實。精選文詞，要加標點，不寫別字，這些符合「正確」要素。

(五)完備 (completeness)

簡報所包含的資料都齊全，好的有說明，壞的也有解釋，正面的意見固然說出，反面的意見也予以尊重，這才周全完備。不作一面倒，不隱瞞實情，措詞客觀而公正，這樣的檢討、比較、分析，才能使人悅服。正面反面均須顧到、要有檢討、要有建議、要有展望，這才符合「完備」的要素。

(六)禮貌 (courtesy)

文詞的運用，要把握分寸，對賓方或第三者的錯處，不可漫事攻擊或責怪，總宜設想他的出發點何在，婉言解說。在字裡行間，要顯示一種親切、誠懇、同情的態度。即令指陳對方的缺失，也是出之於一片內心

---

⑱ 同⑧，頁五。

的真情，不傷害他人的自尊，也容易取得聽眾及反對者的諒解。不卑不亢，雍容大度。[19]注意語氣、不要劃分你我、避免官樣文章、站著做簡報比坐著做簡報好，這些符合「禮貌」要素。

除應注意上述六個簡報寫作要素外，尚須注意發表簡報的七項大忌[20]：

1. 攤開單位的組織表，詳述所屬部門歷次沿革的經過，並且頻頻為一些事道歉。
2. 未能說明簡報帶給聽眾什麼好處。
3. 簡報的資料完全針對一種聽眾而準備。
4. 簡報的內容太過瑣碎。
5. 在關掉燈光後一邊放幻燈片（或投影片），一邊唸著說明資料。
6. 只知照本宣科，逐字唸完簡報資料。
7. 未經預演及準備，便貿然開始簡報。

筆者在大學任教二十年，大部分的學生都已經忘掉了他們的名字，但他們之中有些人的面孔，筆者還有印象。我們到世界各地旅行，對有些建築物及自然山川印象深刻，但往往不知道它們在哪條街道？哪個城鎮？地址為何？我們晚上做夢，夢的是圖象，而很少是文字。可見我們對圖象的記憶遠比文字深刻。因此，簡報簡介的寫作如能運用視覺資料，效果將非常好。

製作視覺資料時，應特別注意下列事項：

1. 力求簡單。

---

[19] 參朱培庚撰述：《簡報理論與實務》（臺中縣：臺灣省政府研究發展考核委員會編印，一九七九年八月出版），頁一三四～一三六。本文略有增刪。

[20] 參劉玉琪編譯：《簡報技巧》（臺北：書泉出版社，一九八九年一月初版），頁五九～六二。

2. 說明圖以一條或二條曲線為宜，不要有三條以上的曲線。
3. 每一張視覺資料只說明一項要點。
4. 不要在視覺資料上寫滿數目字。
5. 盡量以餅狀圖或柱狀圖來表示複雜的數字關係。
6. 視覺資料上的文字，盡量用關鍵字來取代冗長的句子。
7. 問問自己，聽眾對於你為他們準備的視覺資料，是不是一看就能很快的弄明白。
8. 視覺資料上的顏色，每張不要超過三種。
9. 最佳的視覺資料是實物。
10. 如果沒有實物好當視覺資料，畫張實物的素描也行。[21]

卡內基說：「視覺印象就像發射坎農砲一樣，能帶來驚人的衝擊力量，令人刻骨銘心，永不忘懷。」[22]視覺資料若能運用得當，將使聽眾更容易記住你簡報中所呈現的重點。

在投影片上寫滿文字，這是不理想的簡報內容。把簡報內容印成小冊子，簡報時發給聽眾，但是呈現在螢幕上的資料內容和小冊子上的內容完全一樣，這也是不理想的簡報內容。理想的內容是，製作有影音效果的簡報資料，輔以簡練的文字說明，如此才能吸引聽眾注意。

七、結語

[21] 同前註，頁八〇~八一。本文略有增刪。

[22] 此處引自 Paul LeRoux 著，曾瑞枝譯：《成功簡報手冊》（原名：《團體溝通的藝術》）（臺北市：天下文化出版，一九九六年第二版），頁八三。

簡報簡介的寫作策略是：如何說服人？如何吸引人？如何引起注意？簡報簡介的寫作方法是，注意六個要素、七項大忌，並適當地使用視覺資料。簡報簡介的寫作原則是，明白、正確、簡潔、完備、連貫、禮貌。

以下將簡報過程分「簡報前」、「簡報中」、「簡報後」三階段，並提出各階段應注意事項。

(一)「簡報前」應注意事項

1. 充分準備：確立簡報的目的、確認簡報的對象、擬訂簡報的大綱、安排簡報的時間、規劃簡報的場地、選擇簡報的工具。
2. 資料搜集愈詳盡愈好。
3. 不要吃太飽，以避免打嗝及頭昏腦脹。
4. 穿著適當的服裝。一般而言，男性以穿西裝、打領帶為宜，女性以套裝為宜。
5. 估算到達簡報場地的時間，以充裕為佳，千萬避免遲到。
6. 簡報資料、媒體器材須安排妥當，以免臨場心慌意亂，焦頭爛額。

(二)「簡報中」應注意事項

1. 儀態端莊，舉止有禮。
2. 語調不卑不亢，抑揚頓挫，控制得宜。
3. 嫻熟媒體器材，使用順暢而連貫。
4. 口齒清晰流暢，態度從容風趣。
5. 注意聽眾反應，隨機應變，適時改變簡報方式。

(三)「簡報後」應注意事項

1. 「Q&A」時，態度應誠懇，實問實答。若有不能回答或不便回答時，應婉轉說明，請求諒解。

2. 追蹤簡報的成效，不斷精進，以臻完善。

八、習題

1. 請為某大學應用中文系撰寫一篇有關該系的簡介。

【說明】應用中文系與一般中文系略有不同，請特別強調該系的師資結構、教育目標、課程特色、實作訓練及畢業生的職場競爭優勢。國內設應用中文系的大學多為技職院校或由技職院校改制的大學，請上網查詢此類校系的網站，了解它們的一般情況，如能運用時間，實地訪查教師、學生及教學環境，當更有助於撰寫此篇簡介。

2. 某市觀光文化局將舉辦「古蹟及美食之旅」的活動，擬將這個活動委託民間文化組織辦理，請代擬此一活動的企劃案，以供評選。

【說明】請多方尋找該市的文史資料、古蹟特色，及美食特點。除利用書面資料及網路上的資源之外，盡可能實地考察一番，採訪國定古蹟及市定古蹟，用你的味蕾找尋百年老店及特色小吃。訪問當地耆老，傾聽他們講述城市的傳說故事。訪問遊客，探詢他們對這個城市的古蹟觀感，及對美食的評價。

3. 國內某知名企業為回饋社會及推展體育活動，日前買下某職業棒球隊的股權，經職棒組織認可，正式入主該球隊。請為該球團撰寫一篇簡介。

【說明】棒球被稱為「臺灣的國球」，我國的棒球隊在國際賽中屢獲佳績，眾多球員及教練成為人們耳熟能詳的知名人物。此項球類活動在國家聲望、社會凝聚力及健康休閒上，頗有貢獻。此一簡介可著眼在棒球活動的永續經營上，職業棒球是各級棒球中的最高殿堂，扮演著火車頭的角色。我國職棒因市場規模較小、歷史較短，不能與美、日職棒相提並論，但基於它對國家社會的重要性，仍須讓它健全的不斷發展。企業養球隊，有些企業主把它當成是一種社會責任；但長期虧損亦非長久之計。此篇簡介應把它設定在行銷上，思考如何吸引球迷入場看棒球及促銷棒球周邊商品上。當然，「商品」的品質好，才容易行銷。「健康玩棒球」（指不打假球、球賽張力大及球員品德好等）臺灣的國球才有美好的未來。新入主的企業在社會上評價極高，聲望崇隆，現在有心經營職棒，定能給臺灣職棒帶來一番新氣象。因此撰寫此篇簡介，除對球隊的歷史及風格要有所認知之外，對母企業的企業文化及經營理念亦應有所認識。

九、參考書目

簡報理論與實務　朱培庚撰述　臺中縣　臺灣省政府研考會　一九七九年八月出版

簡報技巧　劉玉琪編譯　臺北　書泉出版社　一九八九年一月初版

成功簡報手冊　Paul LeRoux 著　曾瑞枝譯　臺北市　天下文化出版　一九九六年第二版

行家出手：簡報成功出擊　Manchester Open Learning 編　新新聞編譯中心譯　臺北縣汐止市　新新聞文化事業公司　一九九六年五月

成功的商業簡報　Lin Kroeger 著　齊若璋譯　臺北　凱信出版公司　一九九九年八月

商業簡報理論與實務　熊東亮、陳世晉、楊雅棠、楊豐松編著　臺北縣蘆洲市　國立空中大學　二〇〇六年十二月

03・公文寫作

王偉勇

一、前言

什麼是「公文」？簡單的說，就是「有關公務的文書，而且處理者至少有一方是機關。」也就是說，凡是機關與機關、機關與人民、機關與人民團體之間往返的文書，都稱作公文。此中所稱的「機關」，應包括官署，以及非官署性質的民意機關、國營事業機關等。而人民團體相互之間，以及團體與人民往返的文書，則未必可稱為公文，端看此團體之性質及其在法律上所處的地位而定。

至於公文寫作，一定要注意程序與格式。所謂「程序」，指寫公文所要了解的步驟、次序，如對總統有所呈請用「呈」，各機關處理公務用「函」，以及發布人事任免用「令」等。所謂「格式」，指公文的規格、式樣，如公文應分段敘述，應由機關首長署名蓋章，應記明年月日及發文字號等。為求各機關有統一規範，政府於是公布了《公文程式條例》，俾全國各機關知所遵行。

我國最早的《公文程式條例》，是民國十七年十一月十五日，由國民政府制定公布。但舊式公文，用語或流於浮濫，程式或過於陳腐，影響行政推動甚大。因此在蔣經國先生擔任行政院院長時，為求行政革新，才由行政院著手修正十四條全文，經立法院討論通過，呈請總統於六十一年一月二十五日公布實施，這是我們現在寫作公文最高的法律依據。此中，部分條文歷年迭有修正，至九十三年六月十四日，修正第七條條文為：

「公文得分段敘述，冠以數字，採由左而右之橫行格式」；並規定九十四年一月一日施行，於是採橫式書寫的公文格式，就此拍板定案。

有了《公文程式條例》的法律依據後，行政院秘書處始據以編寫《文書處理手冊》❶，內容包括〈總述〉、〈公文製作〉、〈處理程序〉、〈收文處理〉、〈文書核擬〉、〈發文處理〉、〈文書簡化〉、〈文書保密〉、〈文書流程管理〉、〈文書用具及處理標準〉等十項，足以作為各行政單位撰擬文書的參考。而坊間所有應用文的書，有關「公文」部分，都是據此加以發揮的。

❖ 二、公文寫作的五把鑰匙

公文寫作之前，必須了解公文統一的用字、用語（含法律統一用語、公文用語），以及數字、標點使用的規範等，筆者統稱之為五把鑰匙。此中，「法律統一用字表」、「法律統一用語表」、「標點符號用法表」、「數字用法舉例一覽表」，都是《文書處理手冊》現成的，筆者予以全盤引入，但「說明」部分，會較原來詳細，俾初學者更了解其所以然。此外，許多應用文書本，會附上「公文用語表」❷，本文也加以引入，並詳加說明。由於這五個表所涉及的內容，是公文寫作者必備的基本素養，因此筆者將它們列入正文，強調其重要性：

(一)法律統一用字表❸

❶ 行政院秘書處所編之手冊，或稱《公文處理手冊》，或與檔案管理合併，而稱《文書處理・檔案管理手冊》。目前經銷處包含：國家書坊台視總店、三民書局（以上臺北），五南文化廣場（臺中），新進圖書廣場（彰化），青年書局（高雄）。又：九十九年一月二十二日，《文書處理手冊》已有最新修正本，請上行政院研究發展考核委員會網址點閱。

❷ 應用文書中，附「公文用語表」，應始於張仁青：《應用文》（臺北：文史哲出版社，一九七九年十一月初版）。

❸ 此表係中華民國六十二年三月十三日立法院（第一屆）第五十一會期第五次會議及第七十八會期第十七次會議認可。本文係自《文書處理手冊》迻錄。此中，除「雇」與「僱」、「畫」與「劃」、「祇」、「並」、「聲請」與「申請」、「給與」與「給予」、「紀錄」與「記錄」等

用字舉例	統一用字	曾見用字	說明
公布、分布、頒布	布	佈	「布」，文字結構是「從巾，父聲」，「巾」原為人使用的布料，故此字不必再加「人」部，以免畫蛇添足。
徵兵、徵稅、稽徵	徵	征	「徵」字，意謂由國家召集或收用，不宜簡寫成「征」字。因「征」字，原指出兵征伐，如「出征」；或指遠行，如「長征」。
部分、身分	分	份	「分」讀「ㄈㄣˋ」的時候，同「份」字。但公文寫作的時候，凡不可計數的，用「分」字，如「本分」、「部分」、「身分」；可計數的，用「份」字，如1份、2份……等。
帳、帳目、帳戶	帳	賬	「賬」是「帳」的俗字，自宜統一用正字。
韭菜	韭	韮	「韮」是「韭」的俗字，自宜統一用正字。
礦、礦物、礦藏	礦	鑛	「礦」、「鑛」兩字，自古並用，指銅、鐵、璞石；今既統一用「礦」字，則宜從之。
釐訂、釐定	釐	厘	「厘」是「釐」的俗字，自宜統一用正字。
使館、領館、圖書館	館	舘	「舘」是「館」的俗字，自宜統一用正字。
穀、穀物	穀	谷	「穀」為可作糧食的禾本植物之總稱，所謂「五穀」即是。絕不可以音近而簡寫作「谷」，「谷」是兩山間之流水道，所謂「谷底」、「山谷」是也。
行蹤、失蹤	蹤	踪	「踪」是「蹤」的俗字，自宜統一用正字。
妨礙、障礙、阻礙	礙	碍	「碍」是「礙」的俗字，自宜統一用正字。
賸餘	賸	剩	「賸」是用有餘之意，俗作「剩」，自宜統一用正字。但為便於書寫，今日中小學課本，仍一致用「剩」字，是少數俗字被用作正字之例。

係原說明外，餘均為筆者所加。

占、占有、獨占	占	佔	兩字讀「ㄓㄢˋ」作「據有」之義時，「占」是正字，「佔」是俗字。但這兩字又可讀「ㄓㄢ」，意思卻未必相通；「占」作「占卜」、「占測」之用時，絕不可寫作「佔」，用作「占視」時，則可通「佔」與「覘」字。
牴觸	牴	抵	根據《說文》的解釋，「牴」是「觸」也，「抵」是「推」也，因此「牴觸」用「牴」字，正是它的原義。
雇員、雇主、雇工	雇	僱	名詞用「雇」。
僱、僱用、聘僱	僱	雇	動詞用「僱」。
贓物	贓	臟	「贓」是貪污受賄或偷盜所得的財物，「臟」是內臟器官的統稱；把「贓物」的「贓」字，寫成「臟」字，顯然是錯字。
黏貼	黏	粘	「黏」與「粘」，都有膠附、相著之意，一從「黍」，一從「米」；但「黏」字早見於《說文》，所以統一用「黏」字。
計畫	畫	劃	名詞用「畫」。
策劃、規劃、擘劃	劃	畫	動詞用「劃」。
蒐集	蒐	搜	「蒐」字作「聚集」解，早見於《爾雅・釋詁》，故「蒐集」用「蒐」字。但「蒐」作「索求」解，又通「搜」；而「搜」字已見於《說文》，因之「搜尋」、「搜求」、「搜查」等，仍用「搜」字。
菸葉、菸酒	菸	煙	菸草，產自呂宋，明代傳入中國，採葉烘乾，切為細絲，可製各種菸。俗將「菸」字寫成「煙」或「烟」，自宜改用正字為是。
儘先、儘量	儘	盡	「盡」字，當動詞用時，解作「全力用出」，如「盡力」、「盡責任」即是。而「儘」字，當動詞用時，解作「極盡」，較「盡」字尤絕對，因此「儘先」，就是盡力提前；「儘量」，就是極盡限度，可見「盡」、「儘」兩字作動詞用時，仍有程度上的區別。至於「儘」字當副詞用時，解作「任憑、不加限

			制」，如「儘管」；而「盡」字當副詞用時，解作「都」、「全」，如「盡人皆知」、「盡數收回」，可見「儘」、「盡」作副詞用時，有較明顯的區別。
麻類、亞麻	麻	蔴	「蔴」是「麻」的俗字，自宜統一用正字。
電表、水表	表	錶	「錶」是「表」的俗字，自宜統一用正字。
擦刮	刮	括	「刮」，用刀削去物體表面的東西，引申為拭擦、除去、榨取，如刮垢、刮目、搜刮。而「括」字本音讀作「ㄎㄨㄛˋ」，如包括、概括；又讀「ㄍㄨㄚ」，作「榨取」解，因此「搜刮」，或亦寫作「搜括」，但刮垢、刮目，必用「刮」字。
拆除	拆	撤	「拆」，裂、開，也就是把合在一起的東西打開或分散，如拆卸、拆夥、拆除，即是其例。而「撤」是免除、取回的意思，如撤職、撤銷、與「拆」意思不同，不可混用。
磷、硫化磷	磷	燐	「磷」，一種化學非金屬元素，是動植物維持生命的重要成分之一。至於「燐」則是化學元素之一，多存於磷酸鈣、磷灰石，以及動物骨骼中，為結晶之軟性固體，性脆有毒，臭氣強烈。
貫徹	徹	澈	「徹」，通、透之意，只作動詞用；「澈」，水清見底，可作動詞及形容詞用。兩字作動詞用時，為便於區別，具象可見底者，用「澈」，如「清澈」、「澈底」；至於抽象自始至終者，皆用「徹」字，如徹骨、透徹，皆是其例。
澈底	澈	徹	同前項說明。
祇	祇	只	副詞。
並	並	并	連接詞。
聲請	聲	申	對法院用「聲請」。
申請	申	聲	對行政機關用「申請」。
關於、對於	於	于	「于」為「於」的古字，今統一用「於」字。

給與	與	予	給與實物。
給予、授予	予	與	給予名位、榮譽等抽象事物。
紀錄	紀	記	名詞用「紀錄」。
記錄	記	紀	動詞用「記錄」。
事蹟、史蹟、遺蹟	蹟	跡	蹟，同「跡」字，今凡步行所在用「跡」字，餘用「蹟」字。
蹤跡	跡	蹟	跡，指步行所在，原作「迹」，今統一用「跡」。
糧食	糧	粮	「粮」是「糧」的俗字，自宜統一用正字。
覆核	覆	複	由上級重覆核一遍用「覆」。
復查	復	複	由原單位或當事人再查一遍用「復」。
複驗	複	復	由不同單位或機關多方驗收用「複」。

(二)法律統一用語表❹

統一用語	說明
「設」機關	如：《教育部組織法》第五條：「教育部設文化局，……」。
「置」人員	如：《司法院組織法》第九條：「司法院置秘書長一人，特任。……」。
「第九十八條」	不寫為：「第九八條」。
「第一百條」	不寫為：「第一〇〇條」。
「第一百十八條」	不寫為：「第一百『一』十八條」。
「自公布日施行」	不寫為：「自公『佈』『之』日施行」。
「處」五年以下有期徒	自由刑之處分，用「處」，不用「科」。

❹ 此表係中華民國六十二年三月十三日立法院（第一屆）第五十一會期第五次會議認可；本文係自《文書處理手冊》迻錄。

刑	
「科」五千元以下罰金	罰金用「科」不用「處」，且不寫為：「科五千元以下『之』罰金」。
「處」五千元以下罰鍰	罰鍰（ㄏㄨㄢˊ）用「處」不用「科」，且不寫為：「處五千元以下『之』罰鍰」。
準用「第○條」之規定	法律條文中，引用本法其他條文時，不寫「『本法』第○條」而逕書「第○條」。如：「違反第二十條規定者，科五千元以下罰金」。
「第二項」之未遂犯罰之	法律條文中，引用本條其他各項規定時，不寫「『本條』第○項」，而逕書「第○項」。如《刑法》第三十七條第四項「依第一項宣告褫（ㄔˇ）奪公權者，自裁判確定時發生效力。」
「制定」與「訂定」	法律之「創制」，用「制定」；行政命令之制作，用「訂定」。
「製定」、「製作」	書、表、證照、冊據等公文書之製成用「製定」或「製作」，即用「製」不用「制」。
「一、二、三、四、五、六、七、八、九、十、百、千」	法律條文中之序數不用大寫，即不寫為「壹、貳、參、肆、伍、陸、柒、捌、玖、拾佰、仟」。
「零、萬」	法律條文中之數字「零、萬」不寫為：「0、万」。

(三)標點符號用法表❺

符號	名稱	用法	舉例
。	句號	用在一個意義完整文句的後面。	公告○○商店負責人張三營業地址變更。
，	逗號	用在文句中要讀斷的地方。	本工程起點為仁愛路，終點為……
、	頓號	用在連用的單字、詞語、短句的	1.建、什、田、旱等地目…… 2.河川地、耕地、特種林地等……

❺ 此表係自《文書處理手冊》迻錄；此中，除雙引號（『』）第2例為筆者所增訂，餘均為原文。

		中間。	3.不求報償、沒有保留、不計任何代價……
；	分號	用在下列文句的中間： 1.並列的短句。 2.聯立的複句。	1.知照改為查照；遵辦改為照辦；遵照具報改為辦理見復。 2.出國人員於返國後1個月內撰寫報告，向○○部報備；否則限制申請出國。
：	冒號	用在有下列情形的文句後面： 1.下文有列舉的人、事、物、時。 2.下文是引語時。 3.標題。 4.稱呼。	1.使用電話範圍如次：(1)……(2)…… 2.接行政院函： 3.主旨： 4.○○部長：
？	問號	用在發問或懷疑文句的後面。	1.本要點何時開始正式實施為宜？ 2.此項計畫的可行性如何？
！	驚嘆號	用在表示感嘆、命令、請求、勸勉等文句的後面。	1.……又怎能達成這一為民造福的要求！ 2.來努力創造我們共同的事業、共同的榮譽！
「」『』	引號	用在下列文句的後面(先用單引，後用雙引)： 1.引用他人的詞句。 2.特別著重的詞句。	1.總統說：「天下只有能負責的人，才能有擔當」。 2.講授公文的老師勉勵我們：「凡是公務人員，都要記住西哲亞里斯多德所說：『對上級謙遜是本分，對平輩謙遜是和善，對下屬謙遜是高貴，對所有人謙遜是安全』這段話。」
——	破折號	表示下文語意有	1.各級人員一律停止休假——即使已奉准有案的，也一律撤銷。

	轉折或下文對上文的註釋。	2. 政府就好比是一部機器——一部為民服務的機器。
…… 刪節號	用在文句有省略或表示文意未完的地方。	《憲法》第五十八條規定，應將提出立法院的法律案、預算案……提出於行政院會議。
（ ） 夾註號	在文句內要補充意思或註釋時用的。	1. 公文結構，採用「主旨」「說明」「辦法」（簽呈為「擬辦」）3段式。 2. 臺灣光復節（十月二十五日）應舉行慶祝儀式。

(四) 數字用法舉例一覽表❻

阿拉伯數字／中文數字	用語類別	用法舉例
阿拉伯數字	代號（碼）、國民身分證統一編號、編號、發文字號	ISBN 988–133–005–1、M234567890、附表（件）1、院臺秘字第0930086517號、臺79內字第095512號
	序數	第4屆第6會期、第1階段、第1優先、第2次、第3名、第4季、第5會議室、第6次會議紀錄、第7組
	日期、時間	民國93年7月8日、93年度、21世紀、公元2000年、7時50分、挑戰2008：國家發展重點計畫、520就職典禮、72水災、921大地震、911恐怖事件、228事件、38婦女節、延後3週辦理
	電話、傳真	(02) 3356–6500
	郵遞區號、門牌號碼	100臺北市中正區忠孝東路1段2號3樓304室
	計量單位	150公分、35公斤、30度、2萬元、5角、35立方公尺、7.36公頃、土

❻ 此表係自《文書處理手冊》迻錄，且首見於九十四年版；蓋該年一月一日起，施行橫式公文，遂有此數字用法之規範。

類別	用語	範例
		地1.5筆
	統計數據（如百分比、金額、人數、比數等）	80%、3.59%、6億3944萬2789元、639442789人、1:3
中文數字	描述性用語	一律、一致性、再一次、一再強調、一流大學、前一年、一分子、三大面向、四大施政主軸、一次補助、一個多元族群的社會、每一位同仁、一支部隊、一套規範、不二法門、三生有幸、新十大建設、國土三法、組織四法、零歲教育、核四廠、第一線上、第二專長、第三部門、公正第三人、第一夫人、三級制政府、國小三年級
	專有名詞（如地名、書名、人名、店名、頭銜等）	九九峰、《三國演義》、李四、五南書局、恩史氏第三世
	慣用語（如星期、比例、概數、約數）	星期一、週一、正月初五、十分之一、三讀、三軍部隊、約三、四天、二三百架次、幾十萬分之一、七千餘人、二百多人
阿拉伯數字	法規條項款目、編章節款目之統計數據	《事務管理規則》共分15編、415條條文
	法規內容之引敘或摘述	依《兒童福利法》第44條規定：「違反第2條第2項規定者，處新臺幣1千元以上3萬元以下罰鍰。」 兒童出生後10日內，接生人如未將出生之相關資料通報戶政及衛生主管機關備查，依《兒童福利法》第44條規定，可處1千元以上、3萬元以下罰鍰。
中文數字	法規制訂、修正及廢止案之法制作業公文書（如令、函、法規草案總說明、條文對照表等）	行政院令：修正《事務管理規則》第一百十一條條文。 行政院函：修正《事務管理手冊》財產管理第五十點、第五十一點、第五十二點，並自中華民國九十三年二月十六日生效……。 《○○法》草案總說明：……爰擬具《○○法》草案，計五十一條。 《關稅法施行細則》部分條文修正草案條文對照表之「說明」欄——修

正條文第十六條之說明：一、《關稅法》第十二條第一項計算關稅完稅價格附加比例已減低為百分之五，本條第一項爰予配合修正。

(五) 公文用語表❼

類別	用語	適用範圍	備註
起首語（指公文起首所用的發語詞）	查、謹查、有關、關於、茲	通用。	具有動詞屬性的起首語，敘述時一律置於句子前面。如修正《○○○辦法》第○條條文；特任○○○為總統府秘書長，皆是其例。
	制（訂）定、訂定、修正、廢止	公布法律、發布命令用。	
	特任、特派、任命、派、茲派、茲聘、茲敦聘、僱	任用人員用。	
稱謂語（含對受文者稱呼或自稱的用語）	鈞、鈞府	有隸屬關係之下級機關對上級機關用，如「鈞部」、「鈞府」。	1. 直接稱謂時用。 2. 書寫本類別之稱謂語時，凡用「鈞」、「大」、「貴」等字，均應挪抬（即在此等字前空一格），以示尊敬。 3. 「鈞」，原指天，引申為頂頭上司、直屬上級機關。「大」，尊大；「貴」，尊貴，均屬對機關、對人的敬稱，只是既已界定通用範圍，自宜從之。
	大、大院、大部、大局、大處	無隸屬關係之較低級機關對較高級機關用（例如：對立法院、司法院、考試院、監察院用），如「大部」、「大院」。	
	貴、貴局、貴處、貴公司	有隸屬關係及無隸屬關係之上級機關對下級機關、或無隸屬關係之平行機關、或上級機關首長對下	

❼ 同註❷，筆者係就張仁青所製表加以增修，此中「備註」除少部分外，大抵皆筆者所增列。

	級機關首長、或機關與社團間用之，如「貴會」、「貴社」。	
本	機關、學校、社團或首長自稱，如「本縣」、「本校」、「本廳長」。	1. 凡機關自稱時，用「本」字即可，且不必側寫，如「本院」、「本局」、「本校」即是。 2. 有些公司行號，甚至學校、社團，為表客氣，仍喜歡用「敝」字自稱，此時「敝」字就得側寫，如「敝校」、「敝公司」，即是其例。
鈞長、鈞座	屬員對長官、或有隸屬關係之下級機關首長對上級機關首長用。	「鈞」字前應挪抬示敬。
台端	機關或首長對屬員、或機關對人民用。	1. 「台」字前應挪抬示敬。 2. 「台」原指眼前的三台星，引申用為對平輩或對屬員、人民之敬稱。 3. 「台」字已成應用文上約定俗成之用字，不必改用正體的「臺」字。
先生、君、女士	機關對人民用。	1. 已知為男、女性時，用「先生」、「女士」。 2. 不知性別，或對象眾多無法一一區別時用「君」。 3. 「君」字在古代，即作稱謂用語，如皇上稱「國君」、皇后稱「小君」、自己的太太稱「細君」，皆是其例。
本人、名字	人民對機關自稱時用之。	1. 民主時代，對機關自稱「本人」時，不必側寫；但以名字自稱時，仍須側寫，

			以示謙卑。 2.昔日對機關常用之自稱，如「草民」、「僕」、「竊」等，皆已陳腐，不必再用。
	該、職稱	機關全銜如一再提及可稱「該」，例如「該局」。對職員則稱「該員」，或用「職稱」稱呼。	間接稱謂時用之。
引述語（引據其他機關或發文者來文時的用語）	奉	接獲上級機關或首長公文，於直接引敘時用。	間接轉引時，不論上行、平行、下行公文，一律用「依據」或「據」字。
	准	接獲平行機關或首長公文，於直接引敘時用。	
	據	接獲下級機關或首長或屬員或人民公文，於直接引敘時用。	
	……奉悉	接獲上級機關或首長公文，於開始引敘完畢時用。	「奉」字在應用文中，可當作「恭敬地送給或接受」；此處「奉悉」，意謂恭敬地接獲指示，了解一切。
	……敬悉	接獲平行機關或首長公文，於開始引敘完畢時用。	
	……已悉	接獲下級機關或首長公文，於開始引敘完畢時用。	
	復（稱謂）……（來文年月日字號）函	於復文時用。	目前公文用語，「答復」、「回復」，都用「復」字，不用「覆」字。
	依（依據、依照）（稱謂）……（來文機關發文年月	於告知辦理之依據時用。	

	日字號及文別）辦理		
	（發文年月日字號及文別）……諒蒙　鈞察	對上級機關發文後續函時用。	
	（發文年月日字號及文別）……諒達	對平行機關發文後續函時用。	諒達，料想已經寄達。
	（發文年月日字號及文別）……計達	對下級機關發文後續函時用。	計達，算算應已寄達。
經辦語（案情處理過程的聯繫用語）	遵經、遵即	對上級機關或首長用。	
	業經、經已、均經、迭經、旋經、嗣經	通用。	業經，同「已經」；迭（ㄉㄧㄝˊ）經，即「屢經」；旋經，即「隨即經」；嗣經，即「接著經」。
准駁語（於審核或答復來文者請求時的用語）	應予照准、准予照辦、准予備查、未便照准、礙難照准、應毋庸議、應從緩議、應予不准、應予駁回	上級機關對下級機關或首長用。	備查，供查考；礙難，至難、很難；毋庸，不用、無須；緩議，延後討論。
	如擬、如擬辦理、可、照准、准如所請、應從緩議	機關首長對屬員或其所屬機關首長用。	
	敬表同意、同意照辦	對平行機關或人民團體表示同意時用。	
	不能同意辦理、無法照辦、礙難同意、歉難同意	對平行機關表示不同意時用。	歉難同意，遺憾難以同意。
除外語（處理案件的除外用語）	除……外 除……及……外 除……暨……外	通用。	如有副本，可儘量少用
請示語（請問、請	是否可行、是否有當、可	通用。	

教的衡量用語）	否之處		
	請　鑒核、請　核示、請　鑒查、請　核備、請　備查、請　查照	請上級機關或首長查核、指示使用。	鑒核，報核案件；核示，請示案件；鑒查，僅供了解；核備，核備案件。
期望及目的語（對受文者表達行文期望或目的的用語）	請　察照、請　查照、請　辦理惠復、請　查明惠復、請　查明見復、請　查照轉知、請　查照辦理、請　查照見復、請　查照備案、請　查核辦理、請　查照辦理見復	請平行機關知悉辦理時用。	1.「請　察照」，請明察照辦之意，帶有謙求的語氣；「請　查照」，請查明照辦，屬一般請求。 2.「惠復」，惠予答復之意；「見復」，請答復之意。 3.常見用「惠請」一詞，請受文者協助；但字面意思成了「惠予請求」，義理不通，宜戒用之。
	希　查照、希　查照轉告、希照辦、希辦理見復、希轉行照辦、希切實辦理、請照辦、請辦理見復、請　查明見復、請　查照轉知	請下級機關知悉辦理時用。	1.「希照辦」、「希辦理」等，均帶有命令語氣，一般少用。 2.用「希　查照」時，由於仍請下級機關查明，因此「查」字前宜挪抬以示客氣。
抄送語（抄轉公文或附件的用語）	抄陳	對上級機關或首長用。	有副本或抄件時用。
	抄送	對平行機關、單位或人員用。	
	抄發	對下級機關或人員用。	
附送語（檢送資料、文件的用語）	陳、附陳、檢陳	對上級機關檢送附件時用。	亦可當成起首語。
	檢送、檢附、附送、附	對平行或下級機關檢送附	

		件時用。	
結束語（簽文或便箋的總結用語）	謹呈	對總統上簽時用。	1.「呈」僅限於對總統、副總統用；對其他行政主管則一律用「陳」，以示區別。 2.「便箋」用於平行或下級單位主管，對上級長官宜避用之。
	謹陳、敬陳、右陳	對行政主管上簽時用。	
	此致、此上、敬致	用於便箋文末。	

❖ 三、公文的結構與製作

依據《公文程式條例》第二條規範，公文程式的類別，包括令、呈、咨、函、公告、其他公文等六類，茲依《公文處理手冊》第十五條先將此六類公文使用的對象、範圍簡述如次：

㈠令：公布法律、發布法規命令、解釋性規定與裁量基準之行政規則及人事命令時使用。

㈡呈：對總統有所呈請或報告時使用。

㈢咨：總統與國民大會、立法院公文往復時使用。

㈣函：各機關處理公務有下列情形之一時使用：

1. 上級機關對所屬下級機關有所指示、交辦、批復時。
2. 下級機關對上級機關有所請求或報告時。
3. 同級機關或不相隸屬機關間行文時。
4. 民眾與機關間之申請或答復時。

㈤公告：各機關就主管業務或依據法令規定，向公眾或特定之對象宣布周知時使用。其方式得張貼於機關之公布欄、電子公布欄，或利用報刊等大眾傳播工具廣為宣布。如需他機關處理者，得另行檢送。

㈥其他公文：其他因辦理公務需要之文書，例如：

1.書函：

(1)於公務未決階段需要磋商、徵詢意見或通報時使用。

(2)代替過去之便函、備忘錄、簡便行文表，其適用範圍較函為廣泛，舉凡答復簡單案情，寄送普通文件、書刊，或為一般聯繫、查詢等事項行文時均可使用，其性質不如函之正式性。

2.開會通知單：召集會議時使用。

3.公務電話紀錄：凡公務上聯繫、洽詢、通知等可以電話簡單正確說明之事項，經通話後，發話人如認有必要，可將通話紀錄作成二份並經發話人簽章，以一份送達受話人簽收，雙方附卷，以供查考。

4.手令或手諭：機關長官對所屬有所指示或交辦時使用。

5.簽：承辦人員就職掌事項，或下級機關首長對上級機關首長有所陳述、請示、請求、建議時使用。

6.報告：公務用報告如調查報告、研究報告、評估報告等；或機關所屬人員就個人事務有所陳請時使用。

7.箋函或便箋：以個人或單位名義於洽商或回復公務時使用。

8.聘書：聘用人員時使用。

9.證明書：對人、事、物之證明時使用。

10.證書或執照：對個人或團體依法令規定取得特定資格時使用。

11.契約書：當事人雙方意思表示一致，成立契約關係時使用。

12. **提案**：對會議提出報告或討論事項時使用。

13. **紀錄**：記錄會議經過、決議或結論時使用。

14. **節略**：對上級人員略述事情之大要，亦稱綱要。起首用「敬陳者」，末署「職稱、姓名」。

15. **說帖**：詳述機關掌理業務辦理情形，請相關機關或部門予以支持時使用。

16. **定型化表單**

上述各類公文屬發文通報周知性質者，以登載機關電子公布欄為原則；另公務上不須正式行文之會商、聯繫、洽詢、通知、傳閱、表報、資料蒐集等，得以發送電子郵遞方式處理。

由於此六類公文使用對象及範圍不同，結構難免繁簡不一，但總括言之，不外下列幾項，茲逐一列出，並說明其製作要領如次：

1. **機關名稱及文別**

此為表示發文的主體，使收文者一望而知哪個機關的來文，以及來文的類別。而「機關」名稱應寫全銜，「文別」則可依性質填上令、呈、咨、函、公告等。此中「總統令」，是以職銜加上文別，較為特殊；而屬於機關內部使用的「簽」、「報告」等，則只要寫文別，不必再贅寫機關；因此兩類公文，係人對人，而非機關對機關。

2. **地址及聯絡方式**

「地址」，不論發文機關或收文機關，都必須清楚寫出，以便傳達；且須寫上郵遞區號。發文機關的地址，寫在文別的右下方；收文機關的地址，則寫在「受文者」之前。「聯絡方式」，此項是發文機關必須寫清楚的，以便收文機關聯繫，內容包括：承辦人、電話、傳真、e-mail 等；但機關間公文之傳真，必須遵照行政院發布之《機關公文傳真作業辦法》❽處理。

3. **受文者**

此為行文的對象，應書寫機關全銜。

4. **發文日期**

此項依《公文程式條例》第六條規定，「公文應記明國曆年、月、日」，如中華民國九十七年九月十五日，即是一例。依此條文類推，則所有公文上之日期註記，或主管批示，均應準用，庶免中西曆交錯，殊為不倫。

5. **發文字號**

此項亦規範於《公文程式條例》第六條。一般均依年分、機關代稱、主辦單位代稱、組（科）別、字第、文號的順序編列；此中「年分」因有發文日期，亦常見省略。如「府財四字第○○○○號」，即表示「臺北市政府財政局第四科字第○○○○號」文。如事涉機密時，也有將單位或案件編碼再加字號的情形，如國防部發函，常以「(九五）戌戌字第○○○○號」之形式編號，此中「戌戌」，即以地支「戌」代表案件，以示機密。各級法院之文號編列，也有類似情形，讀者可留意觀察。

6. **速別**

此項係指希望受文機關辦理之時限，所以應確實考量案件性質，予以填具。現行公文之「速別」，包含最速件、速件、普通件三種，一般只填前兩項，「普通件」不必填列。又依現行公文處理的時限規範，最速件一日，速件三日，普通件六日，即須辦理完竣。且為配合傳送，公文夾也有區別：最速件用紅色，速件用藍色，普通件用白色，這也是公文承辦人員要留意的。

---

❽ 此辦法係中華民國八十二年四月七日行政院臺(82)秘字第08641號令訂定發布，亦附錄於《文書處理手冊》。

7. 密等及解密條件或保密期限

此項之「密等」，依國家機密文書規定，可區分為「絕對機密」、「極機密」、「機密」、「密」四等，發文者可依公文性質填具；如非機密，則不必填列。至於「保密期限或解除機密條件」之標示，應以括弧標示於機密等級後。其解密條件如下：(1)本件於公布時解密；(2)本件至某年某月某日解密；(3)本件於工作完成或會議終了時解密；(4)附件抽存後解密；(5)其他特別條件或另行檢討後辦理解密。至於機密件在傳送時，須用黃色公文夾，或特製的機密件袋，以免擔誤時間或洩密。

8. 附件

公文如有附件，應在本欄註明，以促使受文者注意。註明的項目包括：內容名稱、數量及其他有關字樣。又：附件以正本為限，如需附送副本，收發機關或單位，應在「副本」項內之機關或單位名稱右側註明「含附件」或「含○○附件」。

9. 主旨

(1)本段為全文精要，以說明行文的目的與期望，應力求具體扼要。

(2)本段不分項，文字緊接段名冒號下書寫；而且每行文字均不可高於冒號。

(3)為求行文流暢，必要時可簡敘原因，一段式公文尤其如此；其他繁瑣原因，則應寫入「說明」。

(4)所有期望（目的）語，均應寫在本段，只是期望（目的）語，可以彈性運用。如已在「主旨」內敘明「請惠予派員指導」，已表達請求之意，則其下自不必再寫「請　查照」等期望（目的）語。

(5)如訂有辦理或復文期限者，應在本段敘明。

10. 說明

(1)當案情必須就事實、來源或理由，作較詳細之敘述時，用本段說明。所以本段是講原因、舉證據的所在；

若須引據辦理文號，也寫在此項。

(2)本段段名，可因公文內容改用「經過」、「原因」等名稱。

(3)本段如無項次，文字緊接段名冒號下書寫；而且每行文字均不可高於冒號。如分項條列，應另列縮格，以全形書寫為一、二、三、……㈠㈡㈢……1、2、3……(1)(2)(3)……，此中「一」，必須與「說明」之「明」字齊排，其下之頓號（、），必須與「說明」下冒號（：）對齊，各行文字並不得高過冒號及頓號。以下類推。又：凡用括弧標示之數目，如㈠㈡(1)(2)，其後不需再加頓號。

(4)分項條列時，每項以表達一意為原則，可依人、時、事、地、物為考量；若內容過於繁雜，或含有表格型態時，應編列為附件。

(5)如有附件，應在本段內敘述附件名稱及份數。

(6)如要求副本收受者作為時，也須在本段內列明。

(7)本段文字，應儘量避免與「主旨」重複。

11. 辦法

(1)向受文者提出之具體要求無法在「主旨」內簡述時，用本段列舉。

(2)本段段名，可因公文內容改用「建議」、「請求」、「擬辦」、「核示事項」等名稱。尤其內部行文之「簽呈」，由於所有意見係提供上級首長參酌，此段必用「擬辦」。

(3)本段無論項次與分項條列之方式，同「說明」段之(3)。

(4)分項條列之原則與內容過於繁雜之處理方式，亦同「說明」段之(4)。

(5)擬具辦法時，應有近程、中程、遠程，或積極、消極，以及由內而外、由小而大之考量，方能周延齊備。

(6)任何辦法之擬具，還應考量是否屬發文、收文兩機關之權責，才不致有越俎代庖、推卸權責，以及要求過分之缺失。

12. **正本**

應分別逐一書明全銜，或以明確之總稱概括表示；其地址非眾所周知者，宜說明。機關內部得以加發「抄件」之方式處理。

13. **副本**

同上，如有附件，應在機關或單位名稱右側，註明「含附件」或「含○○附件」。

14. **機關首長署名**

(1)發布令、公告、派令、任免令、獎懲令、聘書、訴願決定書、授權狀、獎狀、褒揚令、證明書、執照、契約書、證券、匾額及其他依法規定應蓋用印信之文件，均蓋用機關印信及首長職銜簽字章。

(2)呈：用機關首長全銜、姓名，蓋職章。

(3)函：

①上行文：署機關首長職銜、姓名，蓋職章。

②平行文：蓋職銜簽字章或職章。

③下行文：蓋職銜簽字章。

(4)書函、開會通知單、移文單及一般事務性之通知、聯繫、洽辦等公文，蓋用機關或承辦單位條戳。

(5)簽：蓋職名章，如屬私務，其前必加一「職」字；如屬公務，則可省去。

關於署名的問題，還有兩點須補充：

①機關內部單位主管依分層負責之授權，逕行處理事項，對外行文時，由單位主管署名，蓋單位主管職章或條戳。

②機關首長出缺，由代理人代理首長職務時，其機關公文應由首長署名者，由代理人署名。機關首長因故不能視事，由代理人代行首長職務時，其機關公文，除署首長姓名註明不能視事事由外，應由代行人附署職銜、姓名於後，並加註代行二字。機關內部單位基於授權行文，得比照辦理。

公文文字使用應儘量明白曉暢，詞意清晰，以達到《公文程式條例》第8條所規定「簡、淺、明、確」之要求，其作業要求：

1. **正確**：文字敘述和重要事項記述，應避免錯誤和遺漏，內容主題應避免偏差、歪曲。切忌主觀、偏見。
2. **清晰**：文義清楚、肯定。
3. **簡明**：用語簡練，詞句曉暢，分段確實，主題鮮明。
4. **迅速**：自蒐集資料，整理分析，至提出結論，應在一定時間內完成。
5. **整潔**：文稿均應保持整潔，字體力求端正。
6. **一致**：機關內部各單位撰擬文稿，文字用語、結構格式應力求一致，同一案情的處理方法不可前後矛盾。
7. **完整**：對於每一文件，應作深入廣泛之研究，從各種角度、立場考慮問題，與相關單位協調聯繫。所提意見或辦法，應力求周詳具體、適切可行，並備齊各種必需之文件，構成完整之幕僚作業，以供上級採擇。

四、公文範例

㈠報告（公務）

報　　告　於辯論社

主旨：本社擬舉辦新生盃辯論賽，請　准借用教室三間。

說明：

一、為提升本校學生思辨能力，發掘並培育論辯人才，俾參加校外比賽，為校爭光，特舉辦此活動。

二、比賽時間：自97年9月13日（星期六）至9月14日（星期日），合計2日。

三、擬借教室：201、202、203教室。

四、檢陳活動企畫書1份。

敬陳

社團指導老師

學生活動組組長

學生事務主任

敬會

教務處

辯論社社長○○○敬上

97年9月1日

解說：

1. 學生社團或個人向學校行文，一律用「報告」。
2. 由於學生社團眾多，活動繁簡不一，建議兩週前行文為宜。如本報告辦活動之時間訂於9月13、14兩日，9月1日即行文，時間較從容。
3. 「主旨」項下，已有「請　准……」之期望語，故不再贅加「請　核示」字眼。
4. 社團舉辦活動，必檢具活動企畫書，方見周密。
5. 學生社團活動主管單位為學生事務處，故行文對象，宜依社團指導老師、學生活動組組長、學生事務主任之順序遞陳。然一般例行性之活動，若經學生事務主任授權學生活動組組長代決，則敬陳層級至「組長」即可。
6. 本報告涉及借用教室，故須敬會排課之教務處；但社團若僅利用假日，而學務處與教務處又能事先溝通，假日教室由學務處統籌，則可省去「會辦」之程序。
7. 由於橫式公文規範，無論受文或發文單位落款，均以向左齊頭排列為準，因此本報告亦採此形式。
8. 此「報告」係供高中生撰寫參考之用，若大學生行文，後面敬陳對象，宜改為社團指導老師、課外活動組組長、學生事務長，畢竟大學與高中在行政組織方面，稱呼是略有不同的。

(二)報告（私務）

報　　告　於301班

主旨：生返鄉省親，為颱風所阻，致延後兩日返校，請　准予補假。
說明：
一、生於9月26日（星期五）返○○縣○○鄉○○村省親，詎料翌日遭○○強烈颱風侵襲，河水暴漲，橋樑斷裂，迄10月1日便橋搭竣，交通恢復，始克返校，請　准9月29、30日兩日補假。
二、檢陳村長暨家長證明書各1紙。

敬陳
導　　師
生活輔導組組長
學生事務主任

高三301班
學　　生　○○○ 印 敬上
學　　號　○○○○○○○
97年10月1日

解說：

1. 對學校行文，涉及私務，均用「生」自稱。直式書寫時，此字係採偏右縮寫，以示謙側；然橫式書寫宜如何安置，迄今無規範，建議以正文文字為準，以小一號字體打入，自然偏下縮排，亦可視為橫式謙側之一法。

2. 高中學生未滿二十歲，其法定監護人為父母，所以許多私務均須請家長出具證明。而本報告涉及該村橋斷之事，所以也請村長開具證明，是比較慎重的處理方式。

3. 學生為私務上陳「報告」，文末必須寫明班級、學號，以便於聯繫、登錄。

4. 為便利學生請假或辦理休學，許多大學、中學都已設計表格讓學生填寫，誠屬一大改善。但遇到非表格規範之事件，仍宜採此方式行文，方符規矩。

簽　於（機關或單位）

檔　　號：
保存年限：

主旨：○○部為亞洲開發銀行請撥付亞洲蔬菜研究發展中心補助新臺幣00元，擬　准動支本年度第二預備金，簽請　核示。

說明：○○部函為○○銀行以亞洲開發銀行請自該行B帳戶我國繳付本國幣股本內支付亞洲蔬菜研究發展中心新臺幣00元，業已先行墊撥，上項亞洲蔬菜研究發展中心補助費，本年度未列預算，既由○○銀行墊付，請　准在00年度第二預備金項下撥還歸墊。又本案事關涉外重要案件，特專案簽辦。

擬辦：擬　准照○○部所請在本年度中央政府總預算第二預備金項下動支。

敬陳

副○長
○　長

○○○（蓋章）（時間及日期）
會辦單位：

第　層決行		
承辦單位	會辦單位	決行

註記：簽署原則由左而右，由上而下簽

解說：

1. 每件公文右上角之「檔號」，係由分類號及案次號所組成；同一分類號之各案可依文書性質、機關名稱、地域、時間、姓名等，予以編號。如 310.1 文書手冊一頁，個分案名為「編訂文書手冊案」，並係72年新生之第一案。則可如是標示：⑴年號：72；⑵案名：編訂文書手冊；⑶分類號：310.1；⑷案次號：1；⑸檔號：310.1/1。

2. 每件公文右上角之「保存年限」，可區分為永久保存、定期保存兩種，宜就其內容價值確定存廢標準。此中除須永久保存者外，定期保存之年限區分為三十年、二十五年、十五年、十年、五年、三年、一年。

3. 此簽中，有三處「准」字，均係下級機關首長對上級機關首長，請求「核准」之意，故應「挪抬」。

4. 「敬陳」下之上級首長，宜依職階低、高，由上而下排列，以明行文程序。

5. 簽末「蓋章」及日期、時間，一般均蓋、寫在承辦單位欄內；且採由上而下，職務由低而高之方式處理。

由於本簽屬公務，蓋職名章後，均可省去「職」字。

6. 日期及時間，務必標明清楚，如九月二十八日十三時三十分簽文，則可以「0928/1330」之方式處理。

7. 每一公文，若有「會辦單位」，均應採先會後陳的方式處理。會辦單位若有不同意見簽擬時，應知會承辦單位，以示尊重。

檔　　號：
保存年限：

臺北市〇〇國民中學　書函

地址：000 臺北市〇〇路 000 號
聯絡方式：（承辦人、電話、傳真、e-mail）

100
臺北市〇〇區〇〇〇路〇段 000 號
受文者：臺北市市立動物園

發文日期：中華民國 97 年 10 月 3 日
發文字號：〇〇字第 0000000000 號
速別：
密等及解密條件或保密期限：
附件：

主旨：本校〇年級學生計 00 人，訂於 00 年 00 月 00 日前往　貴園參觀，屆時請派員指導，請　查照。
說明：本案本校聯絡人：〇〇〇，電話：(00)0000–0000。

正本：臺北市市立動物園
副本：臺北市政府教育局
（臺北市〇〇國民中學條戳）

解說：

1. 「貴園」既敬稱對方，自宜挪抬。
2. 「主旨」末句，若改為「屆時請　惠派人員指導。」已表達請求之意，則「請　查照」三字可省略。
3. 本文屬一般性之通知、聯繫，故採用「書函」；文末蓋機關條戳即可。
4. 高中以下各級學校舉辦校外教學或參觀，均須向主管教育機關報備。臺北市國民中學之主管機關為臺北市政府教育局，故須給「副本」。

行政院　函

檔　　號：
保存年限：

地址：000 臺北市○○路 000 號
聯絡方式：（承辦人、電話、傳真、e-mail）

100
臺北市○○區○○○路○段 000 號
受文者：臺北市政府

印　　信
（限：令、公告使用）

發文日期：中華民國 97 年 10 月 3 日
發文字號：○○字第 0000000000 號
速別：最速件
密等及解密條件或保密期限：
附件：

主旨：為杜流弊，節省公帑，各項營繕工程，應依法公開招標，並不得變更設計及追加預算，請　轉知所屬機關學校照辦。

說明：

一、依本院 00 年 00 月 00 日第○○次會議決議辦理。

二、據查目前各級機關學校對營繕工程仍有未按規定公開招標之情事，或施工期間變更原設計，以及一再請求追加預算，致弊端叢生，浪費公帑。

辦法：

一、各機關學校對營繕工程應依法公開招標，並按「政府採購法」及相關法令辦理。

二、各單位之工程應將施工圖、設計圖、契約書、結構圖、會議紀錄等工程資料，報請上級單位審核，非經核准，不得變更原設計及追加預算。

正本：臺灣省政府、福建省政府、臺北市政府、高雄市政府
副本：行政院主計處、行政院秘書處
院長　○○○
會辦單位：

第　層決行

承辦單位		會辦單位		決行	
科員○○○	0723 0800	科員○○○	0723 1100	副秘書長	0723 1425
	0723 0810		0723 1105	秘書長	0723 1455
	0723 0815		0723 1110	副市長	0723 1555
	0723 0915			市長○○○	0723 1610
	0723 0945				
局長○○○	0723 1010				

註記：簽署原則由左而右，由上而下簽

說明：有關檔號、保存年限、收文日期、收文字號、承辦單位、簽名、批示、會稿單位、繕打、校對、監印、電子公文交換機制及其他安全控管等項目，由各機關於空白處自行規定填寫位置。

解說：

1. 本函右上角有「印信」欄，係指出「令」、「公告」使用印信時，必蓋於該位置；本文係下行「函」，僅需於函末蓋首長職銜簽字章即可，不必蓋機關印信。
2. 本文屬下行函，受文者含正本、副本，共四機關兩單位，傳遞時須分別在「受文者」下註明，分函寄發，不可並列其下。本函係寄發「臺北市政府」，故「受文者」下，僅註明「臺北市政府」。
3. 「主旨」中，「為杜流弊，節省公帑（ㄊㄤˇ）」，即簡單原因，詳細原因見「說明」項之二。
4. 「說明」之一，係說明依據，理應寫在第一項。
5. 「辦法」之一，明確指出各機關學校之工程招標，須依相關法令辦理；之二，則進一步指出，非經核准，不得變更原設計及追加預算，合乎上級機關對所屬機關權責督導之原則，以及本案防止「弊端」、「浪費」之行文目的。
6. 由於行政院主計處係控制預算，而秘書處係綜理院內會議事務，故分別給「副本」。
7. 本函下方，以長方形列出「承辦單位」、「會辦單位」、「決行」等，係供受文單位（如本函受文單位是「臺北市政府」）接獲此函後，依次簽擬辦理意見，供機關首長（如本函首長是「市長」）裁示處；萬不可誤以為是發文機關內部單位簽文之所在。

五、習題

1. 請以班長的名義，寫一份「報告」，向學校建議突破穿制服的規定。
2. 如果你在上學途中遇到了車禍，以致遲到，你會用「報告」向學校請求免記曠課嗎？
3. 試擬臺北市教育局致所屬各中學函：希加強學生生活輔導，促進品德修養，以消弭越軌行為。

六、參考書目

應用文　張仁青編著　臺北　文史哲出版社　一九七九年十一月

公文摭拾　吳椿榮編著　嘉陽文化事業有限公司　一九九五年一月

現代應用文書　黃湘陽著　臺北　洪葉文化事業公司　二〇〇四年九月

應用文　謝金美編著　高雄　麗文文化事業公司　二〇〇四年九月

文書處理手冊　行政院秘書處編著　臺北　三民書局展售　二〇〇五年三月

04・採訪寫作

陳益源

一、前言

「採訪寫作」牽涉範圍頗廣，而且無論是「採訪」或者「寫作」，都十分講究技巧。然而，巧婦難為無米之炊，如果不先做好「採訪」工作，那麼此類「寫作」必難以發揮。至於要如何確保採訪的成功有效，方法眾多，其中的一項關鍵是：有沒有事先做好訪談設計？

本文著重於採訪寫作之訪談設計，並擬以「臺灣越南籍配偶生育民俗」的田野調查經驗為例，希望能提供讀者一些具體有用的參考。在正式進入本文之前，請容許我先感謝國立成功大學中文系加入本人主持的調查計畫的一批研究生，尤其是阮黃燕、邱彩韻和李吟臻同學。黃燕是越南留學生，彩韻是馬來西亞留學生，她們在越南籍配偶訪談的資料翻譯、題目設計上提供我許多寶貴的資訊，吟臻則在參與採訪之餘還積極協助了本文的寫作，特別謝謝她們三位。

二、採訪使人著迷，寫作為另類享受

美國廣播公司 (ABC) 的主播黛安・塞伊 (Diane Sawyer) 說：「其實，採訪就是針對自己感興趣的事物，進行抽絲剝繭的工作。所以，去接觸你真正想知道的事情。我們經常在一個問題上打轉，卻沒有勇氣去問想問的問題。這需要多多練習，練習可以使問話技巧更臻完美。」❶在這段簡短的談話裡，本人深深體會到有許多問題是想要問也值得問的，但是大多數的人都缺乏「問問題」的練習，不懂得如何發問，更遑論該怎麼設計出一個好問題了。

無疑地，採訪工作可以探究社會文化的多種層面，在這麼多的素材裡，要挑選出自己感興趣的部分進行訪談，其實也不是件簡單的事情。好比打網球一樣，當你用力發出球時，永遠無法準確預測出對方回球時的落點，但球賽精彩之處，就在這一來一往之間；同樣地，在訪談的一問一答中，可能會完全融入受訪者的生活世界，共享悲歡喜樂。例如：國立成功大學中文系的研究生到金門進行越南籍配偶的生育民俗田野調查，其中越南籍配偶因為思鄉情切，故在受訪當下便激動落淚，在該組工作成員中，有同樣來自越南的留學生，兩人以越南語進行訪談，身在異鄉，頓時觸發濃濃的鄉愁，連帶著其他小組成員也同染其兩人的懷鄉情緒，這就是採訪讓人著迷的地方，總是伴著不可預知的回應與訊息。

曾任職於知名《紐約時報》的記者約翰・泰勒尼（John Tierney）說：「對我而言，在特稿寫作中最大的挑戰就是找到好的角度，也就是所謂的『切入點』（take）。」❷換句話說，找到好的切入點便能使寫作對象立體且凸顯，有些東西值得敘寫，然而我們必須要問，該怎麼寫才能使主體明確，使讀者明瞭，這些都是在寫作時應該要納入考量的。故而在進行採訪之前，有些問題是可以提前先做預設的，例如：

❶ 參閱 Jack Huber & Dean Diggins 著，徐炳勳譯：《套出真相：問與被問的攻防術》（臺北：卓越文化事業股份有限公司，一九九三年十一月），頁一八一。

❷ 參見威廉・辛史著，寸幸幸譯：《如何成為採訪寫作高手》（臺北：方智出版社股份有限公司，一九九九年六月），頁八。

◎面對第一次受訪的對象，如何介紹自己的身分與工作？

◎如何完整記錄採訪過程？

◎採訪中，該特別注意到什麼，而這些是與成果相關的？

◎為什麼受訪者會產生恐懼，拒絕回答？

從以上這些預設問題來看，如果可以事先排除，所得到的答案與成果也就會愈深入，效果也愈好。

要解決以上的預設問題，並不是困難的事情。但如果不先預設，等到實地訪談便會手忙腳亂，加上陌生化的效應，便會使得訪談無功而返。因此，事前的準備工作，就是整個訪談過程中最重要的核心之處。當然，訪談前的準備工作，在坊間許多的田野調查專書裡，都已經有詳細的介紹，此處便不再一一贅述，本文的重點準備擺在如何把蒐集到的材料，轉化成「問答式」的訪談題目，以提供讀者在進行訪談設計時作為參考。

❖三、聚焦鎖定：一個主題，六個「W」

本人曾在二〇〇八年四月間帶領十幾位成大研究生到金門進行實地田野調查，當時所設定的主題為「離島地區外籍配偶之生育民俗研究」，意欲了解離島地區的外籍配偶對於母國與臺灣之間關於生育方面的民俗差異。前面說到要使訪談能夠順利，必須做足事前的預備工作，因此我們在採訪之前花了一些工夫先完成了訪談題目的設計。

首先，我們必須先鎖定核心議題，本人與田調團隊一開始的設計規劃，是要針對「外籍配偶之生育民俗」進行採訪，搭配運用六個W (who, what, when, where, why, how) 討論之後，可以試擬出幾個問題：

問題一：要選定來自於哪個國家的外籍配偶？(who)

問題二：此次訪談的重點在於生活適應？語言教育？或者其他？(what)

問題三：外籍配偶在何時嫁至臺灣？(when)

問題四：只有臺灣本島有外籍配偶，難道離島地區就沒有嗎？(where)

問題五：為什麼她們要嫁到臺灣？(why)

問題六：她們如何融入來到臺灣之後的生活？(how)

以上這些問題，只是初步擬定而已，為的是找出訪談題目的主軸核心，當然在集思廣益之後，便會使核心議題明確。以上述為例，最後討論出來決定將重心鎖定為探究「金門地區的越南籍配偶之生育民俗」，原因在於根據金門縣外籍配偶家庭服務中心的統計，金門地區大約平均每十九戶家庭即有一戶是由外籍（含大陸）配偶所組成，新移民家庭在金門儼然成為一個龐大且重要的群體。❸其中，越南籍配偶家庭雖然只占所有新移民家庭一成不到的比例，但也已有 145 人之多。❹這 145 位全為女性，她們都是因為結婚的緣故而遠從越南嫁到金門來。這些嫁到金門的越南人，她們每個人都有自己在越南的生活背景，嫁到金門之後都承擔著新家庭的生育工作，也面臨著跨文化的生活適應問題。

我們最後鎖定的主題與本人一開始所構想的「離島地區外籍配偶之生育民俗研究」並無偏離，當然也有可能發生前後主題不一的現象，其實都可以再進行討論與修正，若後來的核心議題較原初的好，那也不妨試著朝新修訂的核心議題進行設計，不管如何，一旦確立了主題，便要根據著主題進行訪談題目的設計，才能有效地執行。

❸ 參見《金門日報》二〇〇七年十一月二十九日記者陳麗妤的報導。

❹ 根據內政部入出國及移民署與戶政司截至二〇〇八年二月底止的統計，金門外籍配偶共 1626 人，其中以大陸配偶 1354 人為最多，占 83.27%；原屬越南國籍的配偶數為 145 人，占 8.92%，居不含大陸地區的外籍配偶的首位，其次是印尼籍的 109 人。

四、設計ing——問答式的訪談題目

在採訪的過程中，常會遇到的問題是到底是筆記好？還是錄音好？本人建議，筆記與錄音可以同步進行，不必偏廢，原因在於每一次的訪談過程，所可能發生的狀況不見得一樣，你無法擔保每一次的訪談過程都是理想的、完美無缺的。舉個例子來說，有些人看見錄音機、錄音筆便有莫名的害怕，因此不肯透漏太多訊息，多有保留，這時候即使是再怎麼高科技、人性化的錄音設備，也無法發揮作用，遇到這種突發狀況，只能回歸到原始做筆記的方式。就現實層面來看，我們卻又不可能在當下逐字將受訪者的話語一一記錄下來，因此懂得「如何筆記」便是一門關鍵的學問。本人在進行田野調查時，所使用的部分訪談題目可以提供給讀者參考：

1. 您是否喜歡臺灣的食物？
□喜歡：　　　□不喜歡：
2. 與越南相比，臺灣食物的口味是：
□偏甜　□偏鹹　□偏淡　□過於油膩　□其他：________
3. 最喜歡的臺灣食物是：________　□無
4. 在臺灣食物中，最不能接受的食材是：
□有：________　□無

在實地進行訪談時，本人認為「訪談以問答為主，記錄以勾選為輔」此種訪談記錄模式，造成遺漏的機率較低。以第1小題來說，當採訪者問到「是否喜歡臺灣的食物」時，受訪者一般正常反應會直接且明確告訴你喜歡或不喜歡，假若採訪者的敏覺性不高，此題便在「喜歡」與「不喜歡」短短幾字之間結束。可是，

如果採訪者繼續追問喜歡或不喜歡的分別是哪些食物？這時候採訪者便可以在後面的空白處補上資料，如此一來，不僅可以了解到我們原本所要問的母題，連母題之下的子題，也在追問之下，有了更加具體的答案。如此看來，除了做好筆記是需要用點心思及小技巧之外，訪談題目的設計與排列，也會影響整體訪談資料的完整與否。

另外，記錄以勾選為輔的原因在於，在一問一答的過程中，彼此的對話速度是快速的，一不留神，可能會錯失重要的資訊。考量到如果要邊訪談邊筆記可能會來不及，若能事先在設計訪談題目時，將選項設計好，便可以利用最短的時間，直接勾取事先設計好的選項，在這過程中，萬一發生遺漏，除了有錄音機、錄音筆的輔助之外，在當場的訪談紙本上面也可以馬上發現，採訪者可以及時補問，以免事後整理時，還得花費精神在補齊疏漏之處。

❖五、題目設計四步驟——起承轉合

接下來，本人要談到有關設計訪談題目的四項步驟：

步驟一：「起」

所謂的「起」也就是在確定核心議題之後，開始著手進行相關主題資料的蒐集。現今的資訊流通迅捷，要取得相關材料並不困難，舉凡網際網絡、書籍、期刊、雜誌、報紙……等，都是很好的資料來源。只要懂得運用，在短短的時間裡，便可以充分掌握所需要的訊息。例如：若主題定為「金門地區越南籍配偶之生育民俗研究」，那麼在一開始蒐集資料的時候，就可以先將幾個關鍵詞釐清，以上述所舉的主題例子來說，關鍵詞可能有「金門」、「越南」、「配偶」、「越南籍配偶」、「生育民俗」等，因此在進行廣蒐材料時，便可以從這幾個關鍵字詞著手。

步驟二：「承」

「承先」才能「啟後」，當材料蒐集好時，不妨先加以分類，這就是所謂的「承先」；當分類完畢之後，再進行閱讀的動作。在閱讀材料的過程中，會發現有些材料是與核心議題無關的，那麼又該如何判斷這些材料是否可以加以採用呢？我們以剛剛在步驟一所提到的關鍵字詞「金門」實際操作說明，便會更加清楚。當利用網路輸入「金門」兩個關鍵字時，會出現成千筆的材料。例如材料一：

【文化局邀鄉親一起來探索金門古蹟之美】

來參加文化走春囉！金門縣文化局將於三月十一日舉辦「文化走春」活動，透過專業的解說人員，一一走訪地區古蹟名勝，歡迎民眾大手牽小手踴躍報名參加，即日起接受報名，額滿為止，報名專線323169–511。

文化局表示，古蹟是人類歷史發展過程的見證，也是文化的軌跡。金門地區史蹟保存完整且數量豐富，並具備了特殊的人文景觀，這是我們所擁有的無價文化資產。

而此次希望透過黃振良老師對於金門地區的歷史文化背景的簡介與導覽，使參加的民眾從走春中探索金門的文化古蹟，並了解金門地區的風土民情。❺

又如材料二：

【外籍新娘生力軍地區生育率提升】

---

❺ 節錄自金門日報社二〇〇六年二月二十八日新聞稿內容，由蔡佳蓁記者報導。

臺灣的生育率創新低，現在是全球倒數第二名；大出人意料之外是，金門的生育率近七年來呈現「不降反升」現象，值得關注的是，近年的新增人口更有超過十分之三是外籍新娘所生，外籍新娘名副其實已成了「生」力軍，其次，政府推出生育補助鼓勵「增產」，每年平均發出補助金近五百萬元，也是造成「新金門之子」增加的因素。

據縣衛生局資料統計，金門的生育率呈現逐年上升趨勢，出生人口快速成長，八十七年出生人口六百零一胎、八十八年六百四十一胎、八十九年八百一十一胎、九十年七百六十六胎、九十一年七百一十八胎、九十二年八百零二胎、九十三年八百零八胎，其中八十九年、九十二年及去年出生數均逾八百胎。❻

從以上兩則材料來看，很明顯材料一應該予以刪除不使用，原因在於在「金門地區越南籍配偶之生育民俗研究」的主題之下，目的在探討與研究越南籍配偶及其生育民俗，故材料一無法採用。以此類推，在閱覽資料時，若是提到關於金門戰地史蹟之類的材料，亦可以進行排除。

步驟三：「轉」

在步驟二裡提到必須要先就蒐集到的資料進行篩選，若全盤接收，如此對於訪談題目的設計並無益處，只會覺得眼花撩亂，無所適從。在此，本人所要強調的「轉」指的是轉化運用。一剛開始要擬定訪談題目時，建議要多方設想且不嫌繁多。原因在於如果不多擬設幾個訪談題目，若進行至一半才發現與核心議題偏離，並非我們所預設的成果時，那麼一切又將從頭開始，所要花費的時間和精神可想而知。

因此，我們在設計訪談題目時最好在剛開始時多假設幾個題目，到最後再進行「刪繁就簡」的工作。舉

❻ 節錄自金門日報社二〇〇五年一月十八日新聞稿內容，由翁碧蓮記者報導。

個例子來說，各位會更加明白。

關於「越南懷孕坐月子禁忌」，我們可以查找到以下的說法：

(1)妻子懷孕時，忌諱丈夫殺生或打樁；

(2)懷孕期間不可把衣服橫披在肩膀上，否則生產時會流大量的血；

(3)懷孕期間出門不可在門口停留要直接跨出門，否則小孩會難產；

(4)懷孕的婦女忌諱宰雞宰鴨；

(5)忌諱孕婦從外地回家裡生孩子；

(6)家有產婦，忌諱外人進屋；

(7)孕婦忌諱靠近死者，忌諱參加葬禮，家裡有大喪事除外；

(8)忌諱用拼接起來的布為小孩做衣服；

(9)產婦需坐月子四個月才能出家門，且不得有性行為，否則嬰兒容易喪命；

(10)產後不可走長路，否則肚子會變大；

(11)坐月子期間太太的內褲由丈夫或娘家媽媽洗，如果讓婆婆洗是一件很不禮貌的事情。

據此，我們可以將它轉化為一些訪問題目，例如：

1. 請問在越南懷孕時，有沒有什麼樣的禁忌？
2. 請問當您嫁到臺灣之後，臺灣的婆婆有沒有告訴您一些臺灣的懷孕禁忌？
3. 您知道在越南懷孕時，有沒有什麼樣的飲食禁忌？

4. 您知道在臺灣懷孕時，有沒有什麼樣的飲食禁忌？
5. 萬一發生難產時在越南會怎麼處理？
6. 在臺灣想要懷孕時，有些人會求助於神明的庇祐，例如拜註生娘娘，在越南是否也有？
7. ……

步驟四：「合」

在初擬完題目之後，便可以將這些題目加以合併刪減，使它成為一個有效可用的訪談題目，並且具體的表述出來。

例如若要針對懷孕的飲食禁忌來做訪談，最後呈現出來的題目就可以是：

1. 來臺後是否仍遵守越南習俗？
   □是 □否
2. 越南懷孕的飲食禁忌
   □木瓜 □醬油 □辣椒 □酒 □咖啡 □薏仁 □螃蟹 □蛤蜊 □田螺 □兔子肉 □龍眼
   □其他＿＿＿＿
3. 懷孕期間的適宜飲食
   □菠菜 □綠豆 □蛋 □椰子汁 □其他＿＿＿＿
4. 懷孕期間的身體不適如何解決？例如：孕吐。□吃酸梅 □適度運動 □其他＿＿＿＿

根據上述「起承轉合」四個步驟，訪談題目的設計大致可以完成。雖然繁瑣，但如果缺少其中一項步驟，整個訪談的題目可能無法收到預期的成果，那麼就太可惜了。

六、訪談 online——實地尋訪

將訪談題目設計好之後，別忘了還有一項很重要的工作必須要做，那便是「建立受訪者的基本資料」。這應該擺在整個訪談題目一開始的地方，算是訪談的熱身運動，藉由建立受訪者的基本資料，也可以一併說明訪談的意義與目的，讓受訪者安心減低心中的不安全感。

以下為我們在金門田野調查使用的受訪者基本資料表：

受訪者的基本資料：

1. 時間：2008 年____月____日
2. 地點：金門縣____鎮
3. 受訪者姓名：____
4. 出生年次：____
5. 性別：□男 □女
6. 出生地：□越南北部 □越南中部 □越南南部 □其他____
7. 種族（民族）：____
8. 婚姻狀況：□未婚 □已婚 育有____男____歲____女____歲 □其他____
9. 已來臺____年；已結婚____年

10. 教育程度：□國小　□國中　□高中（職）　□大學　□研究所　□其他＿＿＿＿
11. 語言：□國語　□臺語　□客家語　□英語　□其他＿＿＿＿
12. 丈夫是否會說越南語？□是：流利／普通／只會幾句問候語（請圈選）　□否
13. 宗教信仰：□無　□道教　□佛教　□天主教　□基督教　□回教　□其他＿＿＿＿
14. 職業：□農　□工　□服務業　□家管　□商　□漁　□其他＿＿＿＿
15. 聯絡電話：＿＿＿＿　msn/E-mail：＿＿＿＿
16. 聯絡地址：＿＿＿＿

基本資料的建立是不可或缺的，這樣做除了可以讓我們更清楚受訪者的背景之外，要是在整個訪談結束離開之後，發現訪談的題目有所遺漏時，還可以依據受訪者所提供的聯絡方式進行補充。但若因採訪者的疏失，無法在第一時間將訪談題目記錄完整而需要事後再填補，對整個訪談來說，是有所影響的。原因在於有可能受訪者在第一時間和事後的說法不一前後矛盾，如此一來容易引起誤解，讓訪談失去準確性與有效性。因此本人建議，採訪者應該要盡可能地小心謹慎，不可馬虎。

當訪談的題目設計好，受訪者的基本資料也建立妥當之後，便要進入到實地訪談的工作了。雖然實際的訪談工作不免是有困難度的，不過每一次的訪談都是很不同的體驗，從中所獲得的成效，往往超乎我們原先的預期。在我個人的經驗裡，比較習慣採用小組分工的方式進行訪談，原因在於可以彼此分工合作，各司其職，不會一邊忙著訪談受訪者，又要看顧錄音設備是否有在運轉，還要擔心拍照等影像紀錄是否周全。若是要採個人獨立作業的方式，則需要更多的準備工作。

另外，在實際訪談時，總會遇到一些突發狀況，這時候便需要眼觀四面、耳聽八方，最好能夠機動調整，不要因為這些突發狀況就放棄訪談，空耗時間。例如我們常會遇到受訪者因思鄉情切而當場落淚，這時最好的處理方式，是轉移受訪者的注意力，改問其他輕鬆一點的問題，讓受訪者有時間調整自己的情緒，待受訪者平復之後，便可以婉轉地再將話題帶回到剛剛尚未完成的訪談題目上，如此一來，訪談不會因受訪者突然的情緒反應而中止，整個訪談依舊可以繼續進行。

我們務必注意，保持與受訪者的良好互動是很重要的，也就是要「廣結善緣」，以便在日後還需要受訪者協助時，得以因印象的美好而樂於幫忙。

最後，在整個訪談結束之後，必須要檢討訪談得失，包括題目設計是否恰當，能否繼續沿用至下次相關的訪談，訪談時間的控制是否得宜……等等，這些都是很重要的事後檢討工作。

七、結語

訪談結束之後，本人建議可即時將訪談紀錄整理成書面報告，這些書面報告將來可以多方運用，據以寫作成(1)社會觀察文章，(2)新聞報導，(3)學術論文，(4)文學創作素材……等等。以本人主持的「金門地區越南籍配偶之生育民俗研究」為例，該次的訪談報告整理之後，很快就在學術論文寫作時派上用場了。[7]

總而言之，訪談最重要的是「人」，沒有「人」是無法構成訪談的，人性化的訪談設計，正是最關鍵的核心，只要可以控管核心，那麼要將採訪所得化成有用的寫作，便不至於太難達成。切記，有好的訪談題目設計，才會有好的成果效益。每一個環節與步驟都是不容輕忽的，如此一來，每一次的訪談也都會是一種全新的體驗。以上所言，乃以本人從事臺灣越南籍配偶生育民俗的田野調查經驗為例，這些經驗雖不是完美無缺，

❼ 詳參陳益源：〈在金門與越南之間〉，載於《2008金門學學術研討會論文集》（金門：金門縣文化局，二〇〇八年十一月），頁二五一～二六一。該文第一部分「漂到越南的金門人」，有賴相關文獻的記載；第二部分「嫁到金門的越南人」，則多虧我們做了實地的採訪。

但已大致掌握採訪寫作之訪談設計的精神。《易經》教我們要懂得變易，要能隨機應變，訪談設計也正是如此。如果只固守舊有，不知靈活變通，那麼採訪寫作就不會是那麼有趣的挑戰了。

❖ 八、習題

1. 吟臻家市場附近，近來開設了許多越南料理小吃店，某日她到店裡，看菜單點了一樣叫「春捲」的食物，回家後打開發現，與臺灣傳統的春捲大不相同。如果她想要了解「臺越飲食文化的差異」，她該如何設計問卷？
2. 吟臻的弟弟偉銓對於棒球比賽十分著迷，尤其是美國大聯盟的精彩賽事，更是津津樂道。經過多方管道接觸，有機會採訪旅美投手王建民，想要知道王建民赴美發展和成為先發投手的訓練過程。他該如何做好一份理想的訪談設計呢？
3. 有健康的身體，才能享有美好的人生。某大學一位系主任擬舉辦運動比賽，提倡健身風氣，並藉以增進系上師生之間的情感互動。因此，他想先調查系上的教職員生對於運動的喜好、態度與投入的時間。請幫忙這位系主任設計出一份運動習慣訪談的問卷。

❖ 九、參考書目

套出真相——問與被問的攻防術　Jack Huber & Dean Diggins 著　徐炳勳譯　臺北　卓越文化事業股份有限公司　一九九三年十一月

如何成為採訪寫作高手　威廉・辛史著　寸幸幸譯　臺北　方智出版社股份有限公司　一九九九年六月

問卷就是要這樣編　張芳全著　臺北　心理出版社　二〇〇八年

問卷設計教學：http://140.128.62.65/survey/questionnaire/intro.htm

05 口述歷史寫作——以小西園許王為例

林明德

一、前言

口述歷史(Oral History)，是以錄音訪談的方式，蒐集口傳記憶，以及具有歷史意義的個人觀點。基本上，訪談是一項蒐集歷史聲音的工作。訪談者向受訪者提出問題，並以錄音（影）方式記錄下彼此的問與答。後續則是將訪談的錄音（影）帶經過製作抄本、摘要、列出索引後，儲存於圖書館或檔案館。這些訪談紀錄，是文字歷史資料的補遺，彌足珍貴，可用之於研究、摘節出版、廣播或錄影紀錄片、博物館展覽、戲劇表演以及其他公開展示。❶

因為時勢之所趨，口述歷史在國際逐漸成為顯學，並且發展出一套學術規則。一九五九年，臺灣中央研究院近代史研究所開始口述訪談的工作，透過「哥倫比亞大學中國口述歷史計畫」與福特基金會的資助，表現相當亮麗的成績。

一九六〇年代，臺灣大學歷史系得到哈佛燕京學社的資助，進行「近現代臺灣口述歷史計畫」，聘請專家訪談日治時期的遺老、板橋林家與霧峰林家。而中央研究院近代史研究所也持續訪談重要歷史人物，包括軍

❶ 以上參考Donald A. Ritchie著，王芝芝譯：《大家來做口述歷史・第一章當代的口述歷史》(*Doing Oral History*)（臺北：遠流出版公司，一九九七年），頁三四。

人、政治家與外省籍人士。

一九九〇年代，隨著臺灣主體意識的浮現，各地文化中心、文史工作室及相關社團紛紛投入口述訪談工作，訪談的對象觸及社會各階層，包括：地方人士、婦女、勞工、原住民、工藝家與民間耆老。眾多的成果可以例證，這些不僅覓尋歷史多元的底蘊，也開拓歷史的詮釋視野。

二、口述訪談的步驟

口述訪談是件挑戰性高又相當麻煩的工作，胡適先生（一八九一～一九六二）曾說過：「口述歷史是個Professional job（專業性的工作），不是個amateur（非職業或『玩票的』）可以承擔得了的。」❷一位成功的訪問者，既要具備歷史知識背景，也要涉獵相關領域的專業知識，更要具有語言溝通能力、文學素養、法律常識、專業倫理以及務實遊戲規則的操作技巧。❸

口述訪談的過程絕非按部就班，遵循理論即能方便了事，必須能「做中學」，依實際隨時作必要的調整。不過，成功的口述訪談經驗所累積的某些原則與標準的理論與詮釋，仍然是成功的不二法門，值得正視、參考。

一場完美的口述訪談，技巧可能是關鍵之所在。口述訪談的方式多元多樣，訪問者要在方法上隨機因應，同時要具備基本素質，包括：關心對方、尊重對方，靈活互動；對受訪者的觀點要能表示理解與同情；更重要的是，靜靜傾聽，不反駁也不將個人的觀點強加給對方，期能如實呈現訪談紀錄。

---

❷ 唐德剛：《胡適雜憶・歷史是怎樣口述的？》（臺北：傳記文學出版社，一九七九年），頁二〇五。

❸ 沈懷玉：〈口述歷史實務談〉，該文收入當代上海研究所編：《口述歷史的理論與實務——來自海峽兩岸的探討》（上海：上海人民出版社，二〇〇七年），頁一二八。

當然，訪問前的準備工作，是不能忽略的。其程序有：文獻的蒐集、閱讀與整理，擬定議題面向與循序漸進的問題設計，甚至交叉訪談，如此才能問出有意義與關鍵性的資料。

無庸置疑地，一場口述訪談要成為口述歷史，必須經過層層關卡，即：錄音（影）、整理，再提供保存或出版。其間如何將口述訪談錄音加以整理，而不改變受訪者的原意，使之成為深度、廣度兼有，可信度、可讀性並顧的文本，毋寧是一門學問，也是口述歷史工作者應有的認知與素養。❹

三、我的口述訪談經驗

一九七八年，個人任教輔仁大學中文系，無意間跨出學院，與臺灣民俗藝術結緣。尤其是加入中華民俗藝術基金會後，長期投入田調與研究，並且主持幾件口述歷史的專案。從理論到實踐，為常民文化有系統的累積不少經驗。其中桃園縣大溪豆腐文化、女頭手江賜美與小西園許王三種❺，既為常民建構歷史，也為臺灣民俗曲藝與飲食文化提供珍貴的資源。這裡特別以小西園許王為例，說明個人口述訪談的經驗：

一九九五年，個人接受文建會國立傳統藝術中心的委託，主持小西園許王傳統布袋戲經典劇目保存計畫，二年半完成錄製許王的戲齣十四部，同時進行訪談，深入了解劇團歷史、許王生命歷程。持續將近三年的參與觀察與交叉訪談後，我們逐步為布袋戲世家建構歷史，完成《典藏許王偶戲藝術》（三十五萬字）。這裡列舉〈藝師顯影〉一節，以窺其一斑：

---

❹ 同註❸。

❺ 前二種，即：一九九八年，接受桃園縣立文化中心委託的《桃園縣大溪豆腐系列文化調查研究》，一年的田調，建構豐饒多元的大溪豆腐文化，呈顯臺灣珍貴的文化資產；二〇〇五年，接受臺北縣文化局委託，進行為期一年的「女頭手江賜美口述歷史」，不僅為一代女頭手顯影，也完成《戲海女神龍——真快樂・江賜美》（八萬字），參考附錄。

㈠「小西園第一代藝師——許天扶影像重現」

時間：一九九九年八月十三日下午。

地點：臺北新莊許欽住家、楊振聲住家。

受訪者：許王夫婦、許欽（許王大哥，現年七十一歲，曾經營「新西園」，現閒暇時擔任布袋戲研習班老師）、楊振聲（現年八十五歲，以前為小西園的劇團顧問）、邱燈煌（現年七十歲，於小西園劇團擔任後場鑼鈔手數十年）、孫塗（邱燈煌的兄長，繼承家傳掌中劇團「錦上花樓」，為許王多年好友）。

以下是訪談的片段紀錄：

楊振聲：在日治時代，新莊以「小西園」、臺北以「宛若真」最響亮，兩團曾雙棚較，「宛若真」連輸八場，「小西園」是一等的。「宛若真」的師傅是貓仔水土，盧水土。（貓仔，俗稱臉部因天花、或長痘子而有瘢痕的人。）

天扶師，大家都叫他「拗堵仔」，穿西裝、打領帶、別吊帶、穿皮鞋、騎摩托車，戲棚腳一喊「師傅來了！」整群人很禮遇他。

林明德：能不能談些天扶師的口白、演戲、專長或精彩戲齣？

許　欽：他演的戲齣有許多是古輩齣（籠底戲），例如：《劉儀賓回番書》、《寶塔記》、《四幅錦裙》、《寶扇記》。

許　王：他以「三公戲」著名，三公戲即是濟公、施公、彭公，一般人多誇小西園武戲好，因為我父親以跳窗、打籐牌獨步，別人追不上，其實我父親的文尪仔也很漂亮。日治時代，若演出《鞍馬天狗》，非要看我父親的不可，由他請文生、孫智清請阿旦、闊嘴師（王炎）請小丑，仙仔師（黃添泉）打柔道、大刀，那這齣戲一定很精彩。

楊振聲：若是請戲偶的動作，許天扶的「跳窗仔」可以說是臺灣第一人，普通人跳窗，是尪仔可以過就好，伊不是，尪仔還看一眼窗口，做個架勢再跳過窗口。若是說口白，是真好。

孫　塗：伊的尪仔真軟咧（靈活），跳窗仔漂亮。

邱燈煌：伊請文尪仔（演文戲）實在好。

孫　塗：尪仔的通（天下通）使得很好。（天下通為一根小棒子，放在戲偶內，接通戲偶手部，演師操弄此棍以演出細膩的動作。）

邱燈煌：日本時代不能演傳統的戲齣，要演日本武術、《鞍馬天狗》，當時將所有主演集中，誰演什麼角色是固定的，若老師傅請主角，《鞍馬天狗》一定是由許天扶演，闊嘴伯仔（王炎）請三花、智清仔請阿旦、翻王（許來助）也有演，好幾個主演，有的專門演劍道、騎馬。《鞍馬天狗》有一段騎馬，老師傅（指天扶師）請尪仔騎馬，像真人一樣。

老師傅請尪仔比較細（細膩），比較綿（柔軟），他教出來的徒弟，請尪仔都很俐落，基礎實在。以前演布袋戲，第一點是頭殼驚人看（不露臉），並且手驚人看（不露手），老師傅都有注意到這些，原本就是說「功名不成器，才學搬布袋戲。」科舉落榜，才編布袋戲來演，我聽我父親說，古早搬戲是籠（全）圍起來，不讓人看，因為師傅有狀元之才，竟出來演布袋戲，所以古輩齣的用字較深，因布袋戲的開端是才子。

林明德：古輩齣的意思？

邱燈煌：古輩齣就是古早齣，大陸老師傅傳下的籠底戲。

林明德：對天扶的口白、請尪仔的印象如何？是怎麼吸引戲棚腳的人？

許　欽：他以前演戲沒有什麼嗶喊（以氣勢取勝），就是口白的文辭好，劍俠戲是從他開始做的，我們原本是學南管齣，改做北管，在日本時代，他就搬（演）劍俠戲——吐劍光等。

許　王：因為日治時代，有一齣電影《火燒紅蓮寺》很出名，劇中有吐劍光。就開始流行劍俠戲，上海書局有些書，例如：《崆峒奇俠》、《荒山劍俠》、《崑崙劍俠》等，都是吐劍光；我們再從這些野史的劍俠書改編做齣頭（劇本）。

許黃阿照：聽說，用佈景也是他改的。

許　王：對，就是日本時代改的。

林明德：天扶師請尪仔的技術呢？

許　欽：他本身請尪仔很漂亮，他教我們都教基本步，剩的就要自己變化。他以前曾和「錦上花樓」拚戲，就像光復後「小西園」和「亦宛然」拚戲一樣，臺下觀眾比較多的一方就算贏。他的祕訣是「一緊（快）二慢三休」，該快的就快、該慢的就慢、該休息就休息。例如，武打動作，南部是這樣〔手勢，胡亂打成一團〕，我們以前不是這樣〔兩手大拇指、食指相對，運力做勢〕，手振，只是手振。

許　王：那天在關帝廟演，阿塗兄請尪仔也是照這樣。

林明德：對，在媽祖廟看您大徒弟演武戲也是。

許　欽：若是這樣〔手掌相對，大幅度振動〕，在棚腳看根本看嘸。

林明德：對，沒那個氣勢，像在搖。

許　王：那要用暗力，使（運力）到手掌會振。

許　欽：以前我父親教我們是這樣〔二手相對，做對打狀，使勁〕，手對手，還要再折一下，現在普通都是這樣〔二手只簡單地相對〕。拿刀刺殺〔手拿筆為劍〕，你插下去再抽出來，與插下去、搖〔轉動劍〕、再抽出來，就不同，不是隨便晃晃而已。這就是尪仔的架勢。

林明德：對，這才能演出尪仔的精神。

許　王：插鎗或是耍刀就是不一樣。

許　欽：演戲不是從頭至尾賣弄尪仔技巧，演到一半秀一下，在拚命時拚二三招，讓人想再看卻看不到，親像（好像）東西好吃想再吃，卻沒有，同款（一樣）。

林明德：這叫做吊人胃口。

許　欽：我父親演出時，也是這個意思，讓你看到最精彩之處，突然結束了。

林明德：這就是您們懂得觀眾的心理，吊戲棚腳那些人的胃口，天扶師教您們兄弟倆的撇步（訣竅）。

㈡「許王的布袋戲學藝」

時間：一九九九年九月四日下午。

地點：臺北士林「小西園」辦公室。

受訪者：許王、許國良（許王長子）。

以下是訪談的片段紀錄：

林明德：許老師，能不能談談您與布袋戲的因緣？

許　王：唸小學時，我把尪仔放在書包裡帶到學校，去練習，下課時也會演給同學看。那時新莊國小旁是大眾廟，以前國小操場和大眾廟之間沒有圍牆，我堂兄許來助若在大眾廟演，下課十幾分鐘，我都會跑去幫忙請尪仔，曾因此被級任導師罵，這是童年往事。

林明德：您小學的成績如何？

許　王：我六年都當級長（即班長），都是第一名。在日本時代的級長，權力很大，我唸三年級時，導師名林江景，都將責任交給級長，拿竹條（竹掃帚內的細竹條）代表老師檢查同學的作業、監督同學，我有權力責打他們。

林明德：就讀小學時，您較喜愛的科目？

許　王：我就只有美術比較不好，算術、國文、修身（公民）、歷史都很好，尤其歷史都是滿分，我讀歷史很快就記住了。

林明德：這就是您的天分，和您以後的發展也有關係。

許　王：以前我在父親身旁學戲，大多是看久學會的，不像我現在教學生這樣，逐一解釋尪仔步，還錄影教學等這麼費心。以前是純然看到會，每天跟在他身旁觀察，他並沒有特別說這尪仔要怎麼拿，都是看他的手勢（姿勢）學的。所以，在戲臺學戲比在家裡學，進步來得快些。我唸書時，晚上父親去演戲，白天我去上學，在日治時代父親是挺身隊，四處去演。所以，布袋戲實在的功夫，是在我當二手時的那一年半之間學會。在家裡，父親曾教我《二才子》（又名《養閒堂》）的口白，抄幾臺尪仔的口白讓我背，就只有這樣。而唸口白的方法、節奏都沒有寫在紙上，完全是跟著他唸，我暗記起來。所以，若要我找以前學戲的原稿，沒有，因為都是口傳的。我當囝仔時背的戲文，現在都還記得，小孩子的記憶力真好。例如我曾學過的明朝南管齣《水源海》，劇中有位婦人，伊尪（丈夫）如同陳世美一般薄倖，她寫一封信給伊尪，我們當主演的都要會唸這封信。（許王娓娓道來，抑揚頓挫的聲音演出，相當傳神。）

父生母養，乾坤之德難量。
夫唱婦隨，山海之賢盟已訂。
願　百年之永好，
詎　一旦而分離，
君　今飄萍於東吳，
妾　係抱瓜守南越。
追妾送君之日，
亦君祝妾之言，
近則一歲二週，遠則三年五載；
豈料　人情反覆，
蹉跎　失於光陰。
秋雁傳書，傳不到君家之音訊，
春鶯喚友，喚不回妾之婚姻。
一年十二月，月月受飢寒，
一月三十日，日日無飽暖。
堂上雖有公姑，膝下又無子女，
花容反成枯槁，綠鬢又轉紅鬃。

欲　祕徑尋明，則　山遙水遠，
欲　抱琴別調，則　敗名喪節。
前夜聞雨滴，點點生愁，
聽蟲聲，聲聲帶恨。
君獨不思昔日蔡邕之忘箕帚，遺臭萬年；
宋弘不棄糟糠，流芳千古。
漢高祖拋呂后，劉昭烈棄甘糜，為爭帝統；
趙子龍覓家口，百里奚負鹽眉，為忠君愛國。
君家非為爭帝統、忠君愛國，棄妾何因？拋妾何為？
書到之日，速整歸便，
倘若仍舊不聞，南柯一夢也。
妾　唐氏百拜。

我們以前就要這樣唸，《水源海》的劇情是說，唐氏丈夫名水源海，考上狀元，宰相看中狀元，想招他為婿，狀元是個很有情義的人，答說已有妻室，但是宰相請皇帝做媒人，皇帝在金殿上將宰相之女配給狀元，聖旨已出，狀元不敢向皇帝說已結婚，只好答應。狀元在京城，寫家書告知家人要回鄉祭祖，但家書被宰相截去，依其筆跡改為休妻書，並交代送信的人一定要帶回其家人的答覆，在家的妻子接到後，傷心欲絕，公婆也因此氣死，妻子無錢喪葬，只好賣幼子做為喪葬費，並寫這封回信給夫婿。

我跟隨父親學唸這一大段，還要學口氣，宰相唸出這封書信口吻。

林明德：在古文中，這篇可歸為駢文，兩兩相對，四六成文，又運用許多典故，一定是漢文造詣很深的人所寫的。

許　王：以前搬北管戲的人大多是程度較低，搬南管戲的比較有深度。

林明德：您第一次擔任頭手是什麼時候？

許　王：十五歲（一九五〇），是農曆四月二十五日三重大拜拜，因為王炎闊嘴師在「哪吒宮」（臺北橋下的三太子廟）有戲，但他那天有客人要招待，所以臨時找我去演，我說：「闊嘴叔仔，我學沒久。」他回答：「沒關係，那是我們的地頭（地盤），不會給你甩鹽米（丟東西，排斥你）。」那時他的二手楊棓松是老師傅，他來當我二手，我下午演《荒江女俠》，是三十年代最出名的電影，晚上則演《少林寺》，來看戲的人填滿滿（人潮擁擠），所以演出後我很有信心。

農曆六月二十二日，在涼州街辦王爺會，那年「宛若真」做爐主，當時是「亦宛然」、「宛若真」及李天祿、陳田，他們兩人三角籠，晚上找我去演戲，我也是演《荒江女俠》。

許國良：曾見到報導說您第一次演出在龍山寺。

許　王：這不對，有錯誤，我十五歲在「哪吒宮」演出是第一回當頭手。

在這之前是曾說過口白，不算當主演，那是和李天祿雙坐對口戲（兩位演師講口白，各自說手中戲偶角色的臺詞，相互配合），我和我父親下場與他演，在王爺會，爐主是「亦宛然」，地點在安西街古井仔腳。王爺會兩天，一天搬《天波樓》，一天搬《二才子》，我父親與李天祿雙坐，我下場演二臺（臺，布袋戲中的場次），一臺是韋佩的口白，以及監牢裡唸奏表一段，奏表也是要硬背「河南道監察御史，現繫獄罪臣鐵英謹奏」，我和李天祿對口，他那裡沒有這篇奏表。到了十六歲（一九五一），農曆正月初一，「臺山茶行」（南京西路、西寧北路交叉口派出所斜對面）請「明虛實」添師（林添盛）演出，一天有早、午、晚三場，添師叫我幫他演上午那場，我演《崑崙七俠劍》；添師的演出節奏較慢，觀眾看不合（不合意），後來我還要再演晚場。戲院的人看到我人氣這麼旺，隔月就請「小西園」到茶行演，我當主演。因此我演戲逐漸有信心了，我父親要我分團去基隆演。農曆二月十九日到華陰街「普濟寺」（觀音廟）演，就是在這場，我父親在臺下觀察、鑑定我的能力，一些老觀眾都告訴他「你可以放手了」。我父親因此將戲團交給我，也就沒分團。我一直演到十七歲上半冬（六月），我大哥從新竹回來，於是分籠「小西園」與「新西園」，這年我父親已經六十歲了。

經過口述訪談、錄音（影）、整理，如實呈現上述的紀錄，但為了出版，個人將原本紀錄整理成具可讀性的文本，例如：

(一)姓名風波

許天扶，一八九三年生於新莊武廟附近的米市。父親姓王名英。其實，許天扶原姓王，因為登記戶口時的疏忽，陰差陽錯，讓他改了姓，也憑添了一些傳奇色彩。許王曾為三代姓氏的糾葛作了戲劇性的詮釋：他的祖母謝氏紅娘，原本嫁到許姓人家，育有一子名許淡，夫婿往生後，母子相依為命。祖父王英因老伴去世，在媒人牽線下，謝氏帶著許淡嫁入王家。當時王英有位童養媳，配給許淡。母子配對成親家，真是雙對雙喜。

有趣的是，祖母與媳婦兩代都是入門喜，結婚便懷了身孕。許王說：「我有位堂兄與父親同年。」指的就是這件事。

王英很會命名，由於晚年得子，名新生兒為「天扶」，寓有「上天來扶助王姓血脈」之意。因為是許姓的幫助，便替許家嬰兒名為「許來助」。（許來助別號翻王，意即：翻過來還是姓王。）

王英有四個女兒，長女王富，次女王慝，三女名「滿」（已經生滿、生夠了），四女叫「盡」（盡頭、完結了），第五胎是姍姍來遲的兒子「王天扶」。

天扶出生十二天，王英就撒手人寰，時在一八九三年。王家生計便由許淡來掌管。當時是日治時代，非常重視戶口，有一天，日本人來王家登記戶口，問許淡有幾位兄弟，他回答兩位，對方不明就裡，「天扶」便被冠之以「許」姓，成為「許天扶」。

這件荒謬的事讓許天扶耿耿於懷，後來為長子、次子命名的時候，充分的表現出來。他先娶林鳳，未生育，領養兩位童養媳，一名許泰（叫「阿菜仔」），一名許幼（叫「阿枝仔」）。一九三〇年，許天扶三十八歲，再娶葉花。這年，生了長子許欽，四十四歲，生下次子許王。本來想替長子取名「許王欽」，複姓表示不忘本，可是不許可，祇好叫「許欽」；次子也不能稱許王〇，祇好以「王」字為名，叫「許王」。

這場姓名風波，發生在布袋戲世家，增添幾分神祕，也引起戲迷的好奇心。

㈡藝師顯影

在大清時代，新莊是北臺灣的政經中心，商賈雲集，人文薈萃，加上節慶頻繁，廟會活動盛行，所以民俗曲藝蓬勃發展，門號甚多，如：布袋戲的「錦上花樓」、「錦花樓」、「小西園」、「小世界」與「小花園」；北管的「俊賢堂」、「新樂園」；南管的「聚賢堂」等。

更奇特的是，新莊路三五九巷曾住了很多教唱戲曲的師傅——曲先，學戲曲的人都聚集於此，所以這條巷子又稱「戲館巷」。

許天扶的老宅就在巷裡，從小在戲曲天地耳濡目染。一九〇七年，他十五歲，到大稻埕跟隨泉州師傅「楚陽臺」許金水學布袋戲，屬於南管戲齣。許金水，大家都尊稱為金水師。

十八歲，許天扶學成出師（完成學徒生涯），受聘新莊「錦上花樓」當主演。二十一歲，買下板橋「四時春」的戲籠，邀請王炎任副手，共組布袋戲班。

當時，大家都叫他「拗堵仔」，或稱「堵師」（臉色臭臭的，有些嚴肅的樣子……）。他穿西裝，打領帶、別吊帶、穿皮鞋、帶懷錶、騎摩托車，一副摩登的樣子。楊振聲回憶說：「他很有派頭，人一到戲棚，戲迷都會尊敬喊聲：師傅來了！」

他請的尪仔十分細膩、柔軟，跳窗打籐牌動作乾脆俐落，號稱獨步文戲、武戲兼擅，操作尪仔的「天下通」，人偶一體，唯肖唯妙。

他開始學南管戲齣，後來改為北管。演戲前並沒「嗶喊」以壯聲勢，完全憑著精湛的演技、特殊的聲質與優雅的口白，吸引觀眾。

許天扶演的布袋戲齣有許多古輩齣（籠底戲），例如：《劉儀賓回番書》、《寶塔記》、《四幅錦裙》、《寶扇記》、《養閒堂》（即《二才子》）、全本《封神榜》等。而「三公戲」卻是他的看家本領，拿手好戲，也是打造「小西園」金字招牌的戲齣。「三公戲」是指濟公、施公、彭公的故事。當時，有位秀才蘇清雲，擅長講古，曾替「小西園」命名，他的角色類似排戲先生，先看一些稗官野史，然後說給許天扶聽，再編成戲，陸續推出《濟公傳》、《施公案》與《彭公案》。

日治時代，有片電影叫《火燒紅蓮寺》相當風靡，劇中有吐劍光鏡頭，啟發許天扶嘗試現代齣《荒山劍俠》，曾幫他編戲的楊振聲說：「天扶師是開創劍俠的藝師。」這類戲還包括：《崆峒奇俠》、《崑崙劍俠》等。為了配合劍俠戲，他突破舞臺格局，改用佈景，增加表演的新鮮感。

當時，新莊許天扶「小西園」、臺北盧水土「宛若真」頭角崢嶸，號稱「龍虎籠」，兩團曾「雙棚較」，「小西園」氣勢如虹，「宛若真」連輸八場，一時傳為美談。

一九三三年七月六日晚上九點十五分，「小西園」在「草山賓館」為日本皇太子久邇宮，演出《二才子》、《武松打虎》❻，細膩的偶戲動作，贏得觀賞者的肯定。

一九三七年，日本在臺灣推行皇民化政策，全面禁鼓樂，戲曲界一片蕭條，為了謀生，許天扶夫婦帶著三歲大的許王及兩位後場樂師到廈門發展。因為戰爭，在廈門的演戲生涯並不如意，兩位後場樂師返臺。許天扶重新整編，請了兩位當地樂師，一吹嗩吶、一打鑼鈸，太太當二手，四、五歲的許王學請尪仔兼打鼓。演出地是在廈門「興南俱樂部」，祇演晚上一場，主要戲齣是《彭公案》。同時接外戲，到廟會演下午場。

「那時我做二手，都站在椅條上請尪仔。」許王回憶五歲時的廈門經驗。

一九四一年農曆十月十三日，許天扶父子搬演廟會戲，隔天早上回來，發現太太在蚊帳內往生了。她時年四十歲，他四十九歲。因為人手不足，六歲的許王充當二手。一九四二年，許天扶決定將戲籠留在廈門，帶著太太的骨灰，與許王返臺。這年，謝得和陳天乞合組「小西園人形劇團」，聘請布袋戲的精英為演師，包括許天扶、王炎（擅演丑角）、孫智清（擅演小旦）、許來助、簡金土、盧崇義（精武打）與黃添泉。該團原為二級劇團，因風評極好，進入當時只演日本劇的「螢座」公演後，名噪一時，被升為一級劇團，他們擅演的日本劇有：《鞍馬天狗》、《黑頭巾》、《水戶黃門》等。

所有主演，誰演什麼角色是固定的，像《鞍馬天狗》的主角，一定由許天扶請，闊嘴伯（王炎）請三

---

❻ 見《臺灣日日新報》（一九三三年七月六日），第8版。根據楊振聲口述：「一九四二年，舉辦『臺灣博覽會』，皇太子久邇宮蒞臨臺灣，『小西園』在『圓山飯店』（當時是日本神社），為他演出一場布袋戲，這是無上的光榮，可惜沒有留下相片。」可能記憶有些誤差，今據當時報導修訂。

花，孫智清請旦，翻王（許來助）也參與，演師或演劍道或騎馬。騎馬一段情節由許天扶請尪仔騎馬，演得活靈活現，像真人一樣。邱燈煌回憶往事，臉上泛一抹年輕的神采。

一九四三年，日本徵召臺灣藝人勞軍，組成「挺身隊」（即勞軍團、宣傳隊），「小西園」亦在編列之中，許天扶帶著許欽，隨挺身隊到各日軍團中演出，走遍南投、集集、水里、阿里山、日月潭、埔里與霧社等地。

一九四五年，臺灣光復，廟會活動再現生機，民間戲曲盛行，許天扶租用「金龍環」戲籠演出，稱霸布袋戲界，戲路應接不暇。他演戲的訣竅是：「一緊（快）二慢三休。」也就是根據情節，該快的就快，該慢的就慢，該結束的就結束。他既熟悉戲劇情節，也懂得觀眾心理，更了解吊人胃口。

一九四七年，二二八事件，儘管社會混亂，但戲照常演。許天扶以一齣《武當劍俠——斷電光手》，風靡士林、松山等地。次年，政府禁演外臺戲，布袋戲團紛紛轉入戲院。一九四八年，許王十三歲，新莊國小畢業，擔任「小西園」二手。一九五一年，布袋戲外臺戲全面開禁，「小西園」、「亦宛然」有幾次「雙棚較」，布袋戲繁華一時。這時，五十九歲的許天扶以聲音沙啞、年紀大，決定讓十六歲的許王接棒，擔任「小西園」頭手，自己退居二手。次年，他退出布袋戲界，許欽以「新西園」自立門戶，許王則接掌「小西園」。

一九五五年，農曆五月八日，許天扶病逝，享年六十三歲。

許天扶布袋戲生涯五十年，從南管齣、北管齣到劍俠戲，親身參與，揮寫臺灣布袋戲的史頁，堪稱是一代藝師。

㈢小西園譜系

一九〇七年，許天扶十五歲，從新莊到臺北大稻埕，拜「楚陽臺」許金水為師，相傳他是陳婆——貓婆的徒弟，學習泉州派布袋戲。三年後，學成出師，受聘為新莊「錦上花樓」頭手。由於才氣縱橫，在短短時間，大露鋒芒，成為新莊布袋戲界炙手可熱的藝人。一九一三年，許天扶二十一歲，買下板橋「四時春」戲籠，邀王炎任副手，共組布袋戲班，並敦請新莊蘇清雲命名。因為許天扶在新莊北管館「西園軒」唱公末角色，所以蘇清雲建議以「小西園」作為團名。

許天扶以聲質、口白、跳窗、打籐牌、使「天下通」、擅長文武戲，加上「一緊二慢三休」的祕訣，登峰造極，建立「小西園」的金字招牌，戲路延伸到臺北中心地區，而與大稻埕的成名戲團分庭抗禮，如「楚陽臺」金水師、「華陽臺」許金木、「宛若真」盧水土、「得勝花樓」凌雨等。

他出名的戲，包括：古輩齣《劉儀賓回番書》、《二才子》；現代齣《荒山劍俠》，大都有口皆碑。拿手好戲像《三盜九龍盃》，令人印象深刻，至於創演的三公戲，儼然是「小西園」的看家本領，最讓戲迷津津樂道。

一九五二年，許天扶六十歲，正式退出布袋戲界，將「小西園」戲籠均分給許欽、許王兄弟，每人各得戲臺一座，戲偶八十五尊。許欽以「新西園」自立門戶，許王因為長期跟隨父親，接掌「小西園」。許欽透露：父親退出戲界時，要他繼承「小西園」，他認為不好，因為弟弟在父親身旁多年，得到真傳，應該由弟弟繼承。他的新團，本來要取名「小西園第二團」，父親認為不妥，才名為「新西園」。根據楊振聲的回憶：「新西園」是他命名的，意思是「新莊的西園」，剛成立時，需要老字號「小西園」在背後撐腰，因此，許天扶去坐「新西園」的戲籠，也就是本尊坐陣。當時，「新西園」的戲路在臺北縣的三重、蘆洲、板橋、崁頂等地。許欽請尫的基本動作相當漂亮，有稜有角、擅長武戲，他主演許王編劇的《鷹爪王》，締造演藝的高峰。一九六九年，許欽四十歲，因為布袋戲環境蕭條，退出戲界。後來，他的兒子許正宗成立布袋戲團，許王特別替新團命名為「正西園」，既表示尊大哥為正統譜系之意，更勉勵後輩薪傳「小西園」的演藝命脈。許正宗的武戲是向父親學的，口白則是受到叔叔（許王）的影響。

一九五一年，許王十六歲，擔任「小西園」頭手，多次與李天祿對臺雙棚較。十七歲接掌「小西園」，集編、導、演於一身，為「小西園」寫下輝煌的紀錄。一九六四年、一九七八年與一九八〇年三次地方戲劇比賽總冠軍，一九八五年榮獲教育部第一居薪傳獎團體獎，一九八八年獲頒教育部第四居薪傳獎個人獎，二〇〇一年以努力推廣掌中戲得到肯定，榮獲第五居國家文藝獎。長久以來，許王用心授徒，門生多人獲得各區地方戲劇比賽優等獎，共同傳承、光大「小西園」的偶藝傳統。

【小西園】師承表

- 陳婆
  - 徒《楚陽臺》許金水
    - 徒「華陽臺」許金木（夢冬仔）
      - 子「亦宛然」李天祿
    - 徒「小西園」許天扶
      - 子「新西園」許欽
      - 子「小西園」許王
      - 徒・孫智清
      - 徒・葉樹根

- 《新西園》許欽
  - 子「正西園」許正宗
  - 徒・蔡荔洲
  - 徒「真西園」陳文雄

- 「小西園」許王
  - 徒・施勝和（大徒弟）
  - 徒「全樂閣」鄭寶和
  - 徒「祝安」陳正義（二徒弟）——邱文健
  - 徒「新快樂」柯加財
  - 徒「新天地」黃聰國
  - 徒「全西園」洪啟文（五徒弟）——陳俊明
  - 徒「春秋閣」施炎郎
  - 徒「天宏園」葉勢宏（九徒弟）

四、結論

口述訪談是一項創造歷史資料，也是搶救史料的工程，更是「蒐集一些如果再不進行採訪便會消失了的記憶。」❼

在臺灣，口述歷史的發展已有半世紀之久，由學術界開風氣之先，訪談對象以軍人、政治家、外省籍人士為主。隨著臺灣主體意識的浮現與民俗文化的反思與覺醒，口述訪談的對象，逐漸觸及弱勢團體與民間耆老，希望針對這些「活化石」進行挖掘，發揮另一種歷史詮釋視野，以添補臺灣歷史上的空白。

基本上，口述歷史寫作的準備工作，是相當重要而且絕對需要的先決條件，其中步驟包括：

㈠文獻的蒐集；

㈡閱讀與整理；

㈢擬定議題面向；

㈣問題設計；

㈤訪談者與受訪談者的互動；

㈥多次訪談與交叉訪談等。

如此循序漸進，才能問出有意義、客觀與關鍵性的經驗與資料。

根據個人長期投入口述訪談的經驗，任何一項計畫都有一定的期限，但成果——文本場域不應受到局限，必須持續觀察、修訂、補充，以臻於完備。

而訪談者與受訪者如何建立互信基礎，在「不設防」的情境下進行雙向溝通，是值得重視的課題。除了

---

❼ 同註❶。

訪談者的專業、人格特質……外，訪談者的「親和力」，恐怕是雙方溝通的一道捷徑。

至於如何確認訪談紀錄的真實性，則不能不考慮另一種田調方法——交叉訪談。例如，為了布袋戲世家小西園的顯影工作，個人曾訪談許王十多次，並與團員、觀眾、耆老、戲迷及其他劇團交叉訪談，進行資料比對，以尋找歷史真相。最後繳交《典藏許王偶戲藝術》三十五萬字，不僅為臺灣民俗藝術挖掘了可觀的人文資源，也替臺灣戲曲發展史提供許多珍貴的詮釋視野。

五、習題

1. 口述歷史的定義與重要流程各為何？
2. 口述訪談過程，經常會遇到哪些問題？如何解決？
3. 請以就讀之學系為單位，分組訪談傑出系友、資深教授、歷屆系主任，透過口述歷史，以建構本系系史。
4. 請以自己家族六十歲上下之長輩親友為訪談對象，透過口述訪談，以建構家族史。

六、參考書目

胡適雜憶　唐德剛著　臺北　傳記文學出版社　一九七九年

大家來做口述歷史(*Doing Oral History*)　Donald A. Ritchie 著　王芝芝譯　臺北　遠流出版公司　一九九七年

阮註定是搬戲的命　林明德著　臺北　時報出版社　二○○三年

典藏許王偶戲藝術　林明德著　未出版　二○○五年

戲海女神龍——真快樂．江賜美　林明德、吳明德著　未出版　二○○六年

口述歷史的理論與實務——來自海峽兩岸的探討　當代上海研究所編　上海　上海人民出版社　二○○七年

◎附錄

為一代女頭手顯影

二〇〇一年，許王（一九三六～）榮獲第五屆國家文藝獎，成為傳統表演藝術類的得獎人，援例出版藝術大師傳記以記錄其心路歷程與藝術成就。我被推薦為許王傳記的撰寫人。二〇〇三年，《阮註定是搬戲的命》完成，以嶄新的方式呈現藝術大師的風采，多元詮釋「小西園」許王的偶戲造詣，引領讀者進入傳統布袋戲的奧妙世界。

二〇〇五年，我突然接到臺北縣文化局的電話，據云對《阮註定是搬戲的命》表示肯定，並希望能為女頭手江賜美（一九三三～）進行口述歷史。我當下回答讓我好好考慮。承辦人多次電話，總是一句話：「煩請林教授幫忙整理臺北縣人文資源。」

後來，我答應了。而且表示會好好為江老師的演藝生涯，作一次澈底的顯影工作。

臺灣布袋戲的表演，不論前場、後場，一向是男人的舞臺，尤其是主演，因為體力與噪音的關係似乎較不適合女性，因此，從來女性演師屈指可數。不過，江賜美卻是個異數，六十餘年的演藝生涯，不僅擁有完整的演出資歷，也參與了布袋戲各式各樣的表演。她是臺灣布袋戲史的締造人之一，也是公認的國寶級女頭手，毋庸置疑的，她更是臺北縣珍貴的人文資產。

江賜美的祖父江金鰲，人稱「海鰲伯」，是西螺阿喜師的再傳弟子，開武館授徒弟，替人接骨療傷，為地方有名人士；父親江同生（一九一四～一九七六）本來跟隨父親習武，經常參與迎神賽會的演出。由於天賦音樂才華，無師自通，擅長中西樂，並發明「獨線絃」，曾與大哥江天下帶著父親自製的藥膏，到處演唱兼賣藥。臺灣光復後，酬神戲蔚為風氣，他經常受邀為知名布袋戲班擔任後場樂師。一九五〇年，他租下「錦華樓」戲牌，與十八歲的江賜美開始遊走各地巡迴演出。江賜美的學藝過程十分崎嶇坎坷，父親雖精通各種樂器，卻非布袋戲的前場主演；她從來沒有拜過師，對於操偶技巧、五音口白、故事鋪排，完全自己摸索領悟，因為目識巧，記憶力強、學習過人，只要看過幾次聽過幾回，便能心領神會，成為自家演出的智慧。

經過一段揣摩與苦練的歲月，江賜美的掌中技藝漸臻成熟，十八歲正式登臺演出戲碼《狗母記》，這是一齣關於義犬救主的折子戲，初試啼聲，深獲好評，罕見的「女頭手」每每掀起戲棚下一股騷動。一九五二年，父親經過幾番波折，終於申請到牌照，獲准成立「賜美樓」劇團，既圓了夢想，也是她演藝的新起點。

「賜美樓」的成員以江賜美一家為主，父親擔任團長，大哥江廷鑾負責場務與海報繪製，小弟江木順擔任二手與後場支援，後場樂師都是江同生多年的伙伴，頭手鼓「榮仔叔」是原住民、絃吹「清風伯」精通各項樂器。後場音樂以北管曲樂為主，但有時也會找來西樂師加入，以豐富聽覺效果。劇團打著女頭手的名號，很快便闖出一片天，加上父親的人脈，戲路遍及全臺，從牛車搭建的戲棚到鄉間的竹管戲院、草棚戲院，都可看到她賣力演出的身影。

一九五三年，「賜美樓」來到臺北「眾樂園」演出《萬劫樓》連本戲，結果票房不甚理想。因為巧遇「亦宛然」李天祿（一九一〇～一九九八），才有機會到延平北路「慈聖宮」演出謝神戲，而與臺北結緣。一九五四年，她與同年的柯金富結婚，柯先生沉默寡言，誠實孝順，做事認真，讓江賜美感到有了依靠。她最拿手的戲是《怪俠紅黑巾》，這戲碼是典型的劍俠戲，當時極為流行，是很多布袋戲團招牌戲。但她慢慢朝金光戲的路數發展，除了炫人耳目的武打特效、光怪陸離的人物角色、懸疑刺激的情節發展外，還加入男女的情愛糾葛，全劇充滿纏綿悱惻的風情。

一九五九年八月七日，臺灣發生近代史上最大的水災，江賜美南投老家嚴重受創，賴以維生的戲籠也被洪水沖失，全家經濟陷入谷底。父親只好帶著家人組成「賣藥團」，衝州撞府闖蕩江湖。一九六七年，江賜美三十五歲，與丈夫柯金富帶著五個孩子遷居臺北，結束長期的流浪生活。並且另外申請「真快樂掌中劇團」牌照，代表臺北縣參加「六十五年度臺灣區地方戲劇——掌中戲組比賽」，榮獲優等獎。一九七七年，定居新莊，在人文薈萃的老都會落地生根。

一九九二年，江賜美六十歲，決定退休，走下戲臺，好讓下一代去大展身手。她的六個孩子，從小跟隨旁邊看戲、學戲，其中四位繼承衣缽，投入劇團工作。老大柯加財、老二柯加添擅長「三大戲」，早已獨當一面，成為主演；老四柯秋寬雖是女兒身，卻擅長場務，偶而擔任二手；老么柯秋芬也成立「快樂掌中劇團」，薪傳偶藝。

一九九七年，「西田社」挖掘臺灣布袋戲十五名女演師，並且敦請江賜美復出，點燃薪傳的火把。她在國立臺北藝術教育館演出古輩戲《乾隆遊西湖》，光采不減當年，贏得滿場的掌聲，從此許多文化場都可看到她的表演。

難得的是，她的孫子柯世宏、柯世華兩人，專心學藝、開拓視野，在傳統與現代思索創意的空間，或與「無獨有偶」劇團合作，或與南管專家王心心搭配嘗試布袋戲與南管會演，為傳統劇種尋覓可能發展的蹊徑。「柯家發願薪傳真快樂，江氏鍾情偶藝賜美樓」。我因為感動而接下專案，希望能為一代女頭手顯影。為了完成這項肅穆的工作，我邀請田野調查的資深搭檔吳明德擔任協同主持人，並請江學良擔任專案助理，他們都是中華民俗藝術基金會培養出來的新銳。經過幾次協商、規劃，我們決定以江賜美的演藝生涯為主軸，敘述其心路歷程與演藝特色，《戲海女神龍》書型十六開，共八章十一萬字，照片二百張，全書三百頁，透過圖文，建構江賜美的生命史，也為臺北縣人文資源增添一頁。

本書的完成，內聚許多因緣，個人心存感激。特別是江賜美老師不設防的心理與柯世宏無限量的幫助。

06・談說的藝術

張高評

《禮記・曲禮》說：「鸚鵡能言，不離飛鳥；猩猩能言，不離禽獸。」因為人類有發達的大腦，配合豐富的語言，與複雜的動作，所以，唯有人類號稱萬物之靈。由此可見，人類能自外於飛禽走獸者，主要在長於運用語言表達思想、處理事情、解決紛爭，達到說服傳播之目的，應該居決定性的關鍵。

開口說話，看似容易，其實不然。有人信口亂談，而到處得罪；有人言不及義，而傷風敗德；《詩經》上說：「婦有長舌，惟厲之階」，其實禍從口出者，不分男女。諺云：「君子一言既出，駟馬難追」，談說不得不謹慎，其中有許多講究。談說也者，可謂一門大學問。今姑且就藝術美感的觀點，略言如下。

首先，敘述語言的功能與類型；其次，論述談說的基本原則，分道德性、技術性，以及電話交談諸原則。重點在闡述談說的要領與藝術，分為讚美、批評、說服、拒絕、應對五大端，又各提六種方法，各自舉例論證之。希望本文所言，有助於大家對談說的理解與運用。

一、語言的功能

人類跟其他的動物之所以不同，主要在人類會說話。不管是兩三歲的小孩，還是幾百歲的人瑞，無論是男是女，是販夫走卒，或者達官貴人，每天都不得不說話。我們這輩子可以不寫文章，但是不能不說話。所以，生而為人，說話是不能避免的。如何談說算是得體？如何藉說話而排難解紛，而說服壓勝？這其中有許多訣竅與要領，值得推敲。

首先，談談語言究竟有什麼功能？促使人類成為有智慧的高級動物，躍升為萬物之靈。語言的基本功能大概有四：一、表情達意。這是人類語言的最基本功能。二、溝通交際。談說貴在開誠布公，彼此互動，相互了解。如此，方能培養默契，協調合作。三、解釋辯論。對方誤會懷疑，必須辯護、解釋與說明。四、說服行銷。為堅持理念、擇善固執，必須相互說服，促使對方捐棄成見，相悅以解。

在交際談說的過程中，表達、溝通、辯解、說服四大功能，往往不是孤立的；而是連續的、錯綜的、相互支援的。或者側重其一，順帶其餘，彼此間形成主從關係。

二、語言的類型

語言的類型，粗略分為兩類：第一大類，屬於積極的、正面的語言。分為九種：一、慧語，靈心妙悟，善根發用，足以啟迪頑懦，增長智慧。二、名語，知名大家的語言，具有典範性與權威性。三、穎語，是領悟、覺悟的語言。四、清語，不食人間煙火，自命清高的語言。五、韻語，言盡而意不盡，有味外之味，令人想像其餘。六、辯語，就是辯解的說詞，可以使真理愈辯愈明。七、諷語，就是諷刺的話，拐彎抹角，指著和尚罵禿驢；如大師開示，繞路說禪。八、諧語，幽默詼諧，談笑用兵，可以化解尷尬，有助悅聽。九、溫語，溫和厚道，如春風拂面，鼓舞人心、安慰挫折。明代曹臣蒐集先秦兩漢以來的妙語警句，頗富哲理趣味，書名《舌華錄》，九卷，類編十八種語言型態，值得參考。❶

第二個大類型是消極、負面的語言，分為九種：一、冷語，無情寡恩，冷酷嚴厲，讓人不寒而顫的語言。二、謔語，開玩笑卻開過了頭，譬如不雅的綽號，占人便宜的言詞，所謂「戲謔」者是。三、譏語，指冷嘲

---

❶ 明・曹臣撰，陸林校點：《舌華錄》（合肥：黃山書社，一九九九年一月）。

熱諷，話中帶刺。禍從口出，常是這類話語。四、淒語，感傷淒涼的話。看不到希望，好像明天就是世界末日，就要面臨死亡。五、澆語，澆薄苛刻、損人尊嚴的話語。六、豪語，就是誇下海口，豪大的口氣。無論自勉勉人，或自欺欺人，似乎豪情壯志，往往心想而事不成。七、狂語，就是狂妄的話。猖狂放肆，荒誕無理，離經叛道，胡言亂語。八、傲語，是驕傲自大的話。人可以有傲骨，不能有傲氣，更不能有傲語。九、憤語，激昂慷慨、憤世嫉俗，憤慨的話。出言談吐，儘可能避免敘說上述的話語。

❖三、談說的基本原則

古書上說：「天生烝民，有物有則」；《中庸》也說：「君子務本，本立而道生」；交際談說，自有其內在之理路，知其原則，思過半矣。為便於介紹，以下分道德性原則、技術性原則陳述。電話交談的原則也很重要，一併談論：

(一)道德性原則

說話首要，在真誠無欺，坦誠相待，所謂「言為心聲」，千萬不要爾虞我詐，不可言不由衷。其次，恪守信用。信字由人言構成，說話如果不信，就不算是人話。信口開河者，往往難信；輕易承諾者，必少信用。其次為尊重，彼此平等、互相尊重，交談才會愉快。再其次為互動，不要單向演說，最好雙向溝通。交相觸發，彼此交流。最後，要合乎恕道，設身處地，將心比心。能這樣思考，講話就不會失言，既不會傷人，也不會害人。以上，都是道德性的原則。

(二)技術性原則

說話要得體，內容要精彩，互動要良好，能正確傳達訊息，妥善排難解紛，圓滿成功說服，還得講究技術，恪守下列原則：一、預定；二、適切；三、傾聽；四、條理；五、應變；六、語境。

說話的技術性原則，論述應該詳盡些。一、預定，在說話前，要想好大概內容。❷如此，容易控制時間，不會拖泥帶水；言之有物，不致信口亂扯；貼切講話的主軸，不致文不對題。二、適切，說話要求適切，恰到好處，不蔓不枝。針對問題的核心，不偏離主題，也不黏皮帶骨。三、傾聽，展現對表達的尊重，對意見之接納。語言交際，好比雙向交流道，你來我往，語默有時；虛實相生，動靜得宜。談說如此，才能彼此受益，相談歡喜。交際應對中不要預設立場，不必心存定見，必須隨時靜心、緘默傾聽，如此，方有助於溝通交流。坊間書籍，談及傾聽藝術者，皆值得參考。❸四、條理。將內容分項，每一項就題申說，井然有序。切忌天馬行空，邏輯紊亂。更不宜從天外發議論，不著邊際。應該有條不紊，娓娓道來，方能引人入勝。五、應變，考驗臨場機智反應。談說交際時，訊息不斷釋出，當下如何接招應變？如何當機立斷，提出因應的方案？或者提出自我的見解？六，語境，認清語言的環境。瞬間加入開會或者聊天的行列時，不必急於發言。應當靜下心來，聽一聽現階段的講話；或者請教鄰座，可以很快進入狀況，了解交談的重心。

(三)電話交談原則

為因應公務需要，有必要略述電話交談的原則。第一，做好準備。打這通電話，我的主要訴求是什麼？可能會涉及哪些問題？關連到哪些基本資料？都要預先思考，準備俱全。尤其是重要人物、重要問題的對談，或國際電話的交談。其次，確定身分。弄清楚來歷，才不會唐突西施，言語造次，或者浪費時間抬槓。三、

---

❷ 美・卡邁・蓋洛（Carmine Gallo）著，張淑芳譯：《說話的技術》，第一章〈秘訣3：做好準備〉（臺北：城邦文化公司，二〇〇六年四月），頁八六～一〇四。

❸ 趙曉軍：《會聽比會說更重要》，第二章〈努力做到暫時忘我〉、第三章〈聆聽他人的心聲〉、第五章〈說話方圓要適度講究〉（臺北：創意年代文化公司，二〇〇七年八月），頁四四～一三〇。

態度誠懇。對外發話，代表公司或團體形象，應對當真誠懇切。不可出言不遜，有損形象。四、應對得體。必須謹守職務分寸，不能代人作任何決定，許任何承諾。重要問題避免差錯，可複誦一遍內容、聯絡方法等。五、要言不煩。交談要把握重點，言簡意賅，不要囉哩囉唆，偏離題外；更不宜天南地北，閒話家常。若因言不及義佔線，而耽擱重要事情，理當失職論處。❹

四、談說的要領與藝術

語云：「萬山磅礴，必有主峰；龍袞九章，但挈一領」，做事掌握要領，則執簡御繁，事半功倍；談說懂得要領，猶運用規矩，容易成方圓。今就日常生活所需，分讚美、批評、說服、拒絕、應對五大方面，來論述談說的要領與藝術。

㈠讚美的要領與藝術

「善於讚美別人，使日本走向世界」。讚美別人，就像韓信點兵，多多益善。既表現自己的胸襟品味，又可以協助對方建立自己的自尊與自信。讚美，最有助於開發潛能，優點長處經由挖掘激盪，可以滋長人性的光輝，增進人際的和諧，讓彼此間因為讚美而相處愉快。讚美，把人性的光明面，發揮到淋漓盡致。以下是常用的讚美要領：

一、隨機發揮。主人邀請貴賓用餐，酒醉飯飽，閒聊抬槓。主人隨機讚美，結果賓主盡歡。問貴賓：「你怎麼來的？」第一位：「我是開汽車來的。」主人讚美他：「華貴之姿。」第二位：「我是坐飛機來的。」主人就說：「高超之姿。」第三位不甘示弱：「我坐火箭來的。」主人就說：「勇敢之姿。」第四位：「不

❹ 關於電話交談，可以參考謝進編著：《精妙溝通技巧》，〈電話溝通要則〉（臺北：漢欣文化公司，一九九六年十月），頁二〇九～二一四。

好意思，我是騎自行車來的。」主人說：「沒關係，樸素之姿。」第五位：「我是走路來的。」主人：「好啊！健康之姿。」第六位存心為難：「我是爬著來的。」主人說：「沒關係！穩當之姿。」第七位：「我是滾過來的。」主人說：「周到之姿。」所謂禮多人不怪，稱讚別人，就算稍微誇張，言過其實，總比責備、挖苦好。稱讚時，隨機把握對方特徵；否則，將會弄巧成拙。抓住特徵，臨機應變，就可以賓主盡歡。❺

二、借花獻佛。就是引用權威，往別人臉上貼金。林志玲號稱臺灣第一名模，人漂亮有氣質；如果林志玲說：「妳長得比我還漂亮！」這位小姐的美麗與氣質，自然不在話下。這種談說術，叫做「借花獻佛」。

三、烘雲托月。詳盡強調賓位，而略言主意，就是詳賓略主之法。像結婚典禮般，男女儐相可以多到十餘位，但男女主角（新郎新娘）只有一位。像畫家主意在畫月，卻盡心致力於畫雲一般。如秦李斯〈諫逐客書〉，勸諫「非秦者逐」之失當是主意，筆墨卻著力類比貢物、美味、美女、音樂皆「非秦產」；周敦頤〈愛蓮說〉，喜愛蓮花是主意，筆墨卻渲染愛菊、愛牡丹。如此措詞，自然有烘托說服效果。

四、抑己揚人。以貶低、責備自己為手段，實際目的在稱讚對方。犧牲自我形象，是說話的策略；成就他人風采，才是說話的目的。

五、反常合道。初看違反常情，細推卻又符合真理。明朝江南才子唐伯虎，為某富人老母親寫祝壽詩：「八十老娘不是人，九天玄女下凡塵。十個兒子都作賊，偷得仙桃孝母親。」這首詩以否定為標榜，品題人物如此，令人匪夷所思。作詩如此，說話的要領可以類推。

六、幽默詼諧。達爾文參加一場宴會，有位超級大美女剛好坐在他旁邊。這位美女問他：「達爾文先生，你說人類是由猴子變成的，是嗎？」達爾文說是，她又問：「包括我在內，也是猴子變成的嗎？」達爾文回答：「那當然是了，你是由非常迷人的猴子變來的。不是普通猴子！」❻達爾文平素交談，不忘堅持進化論

---

❺ 李樹新主編：《語言與交際》，第七章〈贊美的藝術〉（呼和浩特：內蒙古大學出版社，二〇〇一年十二月），頁一八四～一八五。

的學說，而出之以「幽默詼諧」，更令人印象深刻。幽默，是一種高度的智慧。讚美他人，能加一點幽默，效果會更好。甲富可敵國，乙、丙、丁都積欠他很多錢。甲大發慈悲，把債主們都叫來，說：「你們各自表述，說出願望。如果可以讓我感動，這些錢我都可以不要。」於是大家各言己志。其中一位說：「我欠你的錢實在太多了，今生今世可能還不完。這樣吧，我願意來生當你的爸爸。」富翁生氣：「你欠錢不還，還佔我便宜！」他解釋道：「不！不！來生當你爸爸，你要求什麼，我就給你什麼。」世俗稱兒女為討債鬼，佛教有因果報應之說，今生欠債，來世再還。這人發誓來生當他爸爸，讓他予取予求，以便還債，屬於應對上的幽默詼諧❼。

(二)批評的要領與藝術

英國作家毛姆說：「人人都在期待別人的批評，但是他們所希望的只是稱讚而已。」可見批評真的不容易。常言道：良藥苦口，忠言逆耳，怎樣能把苦口的良藥讓我們樂意吃下，有益於健康？於是就包了一層糖衣。同理，進行批評，就要講究技巧，不要忽略包裝。如下列所示：

批評藝術第一則，實事求是。說話，主要對事不對人。對方縱然有錯，也會比較服氣。不要引申發揮，觸類旁通，甚至作無謂的人身攻擊。

二、同心同理。漢武帝奶媽的子孫犯法，依法必須連坐流放。奶媽拜託郭舍人說情，郭舍人教她：辭別皇上後快步離開，走兩三步就回頭看。郭舍人說：「看什麼看！皇上已經長大成人了，不再吃你的奶水了，你趕快走吧！」這句話，引發漢武帝的惻隱之心，流放一事因此作罷。郭舍人感動漢武帝，就是運用人同此

❻ 同上，頁一八二～一八三。

❼ 同註❸，參考第五章〈怎麼說比說什麼更重要──把握說話的尺度和分寸〉，「幽默是一種說話技巧」，「說話幽默可以化解矛盾」，頁二一〇～二一四。

心、心同此理的方式，激起他的同情心，郭舍人的談說藝術算是成功了。

三、委婉含蓄。批評不要太直截了當，否則沒有緩衝的餘地。委婉含蓄，猶如繞路說禪，幾經推敲，始得正解。某家餐廳剛開張，顧客：「你們餐廳的米飯真不錯，花樣繁多！」服務生：「不就一種嗎？」顧客：「不！有生的，熟的，還有半生不熟的！」委婉的批評，給對方反思的空間，效果比直接責備好。有位老太太，三個兒媳婦都很不孝順。大家關心她：「你媳婦對你好嗎？」她用反話回答：「大媳婦看我入門，就增鹽（憎嫌，菜裡面就增加鹽巴）。二媳婦怕我寂寞，就敲鑼打鼓（抗議她來家裡吃飯）。三媳婦更妙了，常說：『晚飯少吃口，活到九十九』，晚飯就不給我吃了。」她不直接說三位媳婦大逆不道，不孝順，反而運用諧聲雙關來表達，說得這樣委婉含蓄。笑聲之後，有著淚影之婆娑，這就是委婉含蓄。

四、隱惡揚善。要批評對方，最好優缺點都各說一些，然後再側重強調負面缺點；肯定他具備某些優點，只是相形之下，缺點更需要改善。這樣，批評就比較容易被接受。說話的目的，不就是希望對方接受嗎？如果對方拒絕接受，最基本的表情達意目的都沒完成，那就不如不說。隱惡揚善，激起人性光輝，談說較容易被接受。

五、以褒代貶。實際上要挖苦他，表面上卻把他捧上天，推崇得無以復加。楚莊王養馬，給牠最好的待遇，吃最好的糧食。這馬因為生活太舒服，以致肥胖死了。楚莊王傷心說：「愛馬死了，我一定要用大夫的禮來厚葬牠。」大夫是三等爵位，等於是用次長級的規格來舉行喪禮。唱戲的優孟就勸諫他：「用大夫的禮，會不會太菲薄、太失禮了？我建議用國君的禮節來安葬牠。如此，各國的領袖就得參加這匹馬的葬禮。這樣一來，各國都知道：您很喜歡這匹馬，不喜歡百姓，不喜歡臣子。」楚莊王一聽，話中有話，就此作罷，同意優孟將馬祭五臟廟。可見勸諫、批評，有時候要用一點技巧。

六、適可而止。批評別人，要留有餘地，不能趁勝追擊，窮追猛打，將會引發對方反彈。點到為止，不必說太多。有經驗的父母訓誡小孩，大抵不超過一分鐘。如此，可以維持親子關係，不至於惡化。

(三)說服的要領與藝術

西元前四世紀，柏拉圖、亞里斯多德開始研究說服術。發現有效的說服包含結構推理 (logos)、情感訴求 (pathos)、個人信譽 (ethos) 三大要素。二十世紀四〇年代，耶魯大學教授卡爾．霍夫蘭 (Carl I. Hovland, 1912～1961) 投入說服研究，探討有關個人態度變化的微觀層次研究，以及說服他人，獲得順從的方法。❽接著，西方學界又從自然科學、心理學研究，去闡發說服技巧。於是學者結合最新科技數據，提出成功說服的七個關鍵：所謂友誼觸媒、權威觸媒、一致性觸媒、互惠觸媒、對比觸媒、理由觸媒、希望觸媒等❾，以協助吾人，更快、更容易完成任務，並取得更好的成效。

說服，是一種有意圖的傳播，目的在使接受者態度改變。筆者研究過《左傳》的說服術❿，注重學以致用，在此願意跟大家分享。限於篇幅，只提出六項：一、動之以情；二、勸之以勢；三、循循善誘；四、談笑用兵；五、尋求認同；六、寓言啟示。

談說之前，要了解對方個性特質。性情如果非常正直、非常理性，就跟他講是非對錯，較能成功。⓫有些人比較感性，愛憎好惡分明，常常一往情深，無法改變，這是感情型的人。要打動他，得用溫情攻勢，套

---

❽ 說服研究，為美國實驗心理學家卡爾．霍夫蘭 (Carl I. Hovland) 所開創，對傳播學深有貢獻。美．E. M. 羅杰斯 (E. M. Rogers) 著，殷曉蓉譯：《傳播學史——一種傳記式的方法》*A History of Communication Study:A Biographical Approach*，第九章〈卡爾．霍夫蘭和說服研究〉（上海：上海譯文出版社，二〇〇五年七月），頁三一四～三三九。

❾ 美．羅澤．葛蘭杰 (Russell H. Granger) 著，張如玉譯：《說服力決定成敗》（北京：東方出版社，二〇〇九年五月），頁六一～一二七。

❿ 張高評：《左傳之文學價值》，第十章〈為說話藝術之指南〉、第十一章〈為戰國縱橫之肇端〉（臺北：文史哲出版社，一九九〇年八月），頁一六九～二〇四。

⓫ 同註❺，第十章〈說服的藝術〉，第二節「說服的原則，以理服人」，頁二五五～二五六。

交情、談感情，這樣就容易成功。如果性向不明，可以比較客觀形勢的利弊得失，自然有效。形勢上的利弊得失，任何人都很難跳脫。你可以不問是非，可以不問好惡，但每一個人都不能自外於客觀形勢的氛圍中，往往較容易達成說服的目的。

一、動之以情的說服術，可以《戰國策・觸龍說趙太后》為代表，主要以情、理、勢三者交相運用。趙太后當政，秦國派兵攻打趙國，盟邦屬意長安君當人質，才願幫忙出兵，共同抗秦。老太太疼愛小兒子──長安君，不肯。觸龍自告奮勇遊說太后。首先，跟她套交情：「你和我都是上了年紀的人了，太后最近身體還好嗎？」太后說：「身體怎麼可能太好？」觸龍說自己也是。這個認同心理，是成功遊說的第一步。接著：「我有一個小兒子，年紀還不滿二十歲。我老了，希望趙太后能夠照顧他，在宮中安插一個衛兵的職位。萬一我有什麼三長兩短，好歹小兒子有個差事可做，可以放心。」趙太后和老臣都有一個小兒子，可作類比。趙太后聽了，就說：「沒想到你們男人也這樣疼愛小兒子啊！」老臣一聽，正中下懷。兩人開始辯論，到底是男人還是婦人比較疼小孩。觸龍看時機成熟，就乘勝追擊，導入正題說：「疼愛小孩，就要對他作長遠的打算。現在你當太后，小兒子當然可以享受榮華富貴。萬一哪一天你死了，靠山沒了，他對國家、對社會沒有貢獻，到時候誰理他？趁你如今健在，讓他去當人質，對國家有貢獻；一旦你不在了，人家自然會禮遇他！」趙太后就在觸龍動之以感情的說服下，派遣她的小兒子當人質，換來了盟邦的救援。其他，坊間書刊，談推銷、談說服之論著者極多，開卷有益，可以多方參考。⓬

二、勸之以勢。比較客觀形勢的利弊得失，讓對方不得不接受你的遊說。⓭《左傳・燭之武退秦師》這一篇，可作標準例證。秦晉聯軍攻打鄭國，鄭國派出一位元老級的外交官燭之武，單挑秦穆公進行遊說，而

⓬ 郭明濤：《一句話把人說服》，第三章〈一言一語總關情──以情動人〉（臺北：三思堂文化公司，二〇〇六年十一月），頁九〇～一一五。

⓭ 同上註，第二章〈絲絲入扣展誠意──以理服人〉，頁五二～八九。

不理會晉文公。他說：「秦、晉聯軍來攻打鄭國，我們一定難逃亡國的命運。」燭之武不避諱亡國的慘酷事實，坦然面對。話鋒一轉，展開絕地反攻，較論秦、晉、鄭之地理形勢：「如果滅掉鄭國對秦國有好處，那就請便吧！事實上，亡鄭不僅對秦國沒有好處，而且害處極大。因為晉、鄭相鄰，如果鄭國滅亡，土地就會被晉國併吞，秦國根本瓜分不到。秦何必要跟晉國合作，提供對方好處，自己白忙一場？」燭之武分析利害得失，強調亡鄭，對秦國百害無一利，倒是便宜了晉國。結果秦穆公就自動撤兵了；而兩國聯軍不成，晉國也只好退兵。筆者以為：這一篇外交辭令，是改變歷史的說話術，暫時扭轉了鄭國滅亡的命運。

三、循循善誘。不可急功近利，不宜打草驚蛇，不要見獵心喜，要從容不迫、循序漸進。《史記・滑稽列傳》記載：戰國時，齊威王吃喝玩樂，不理朝政，國勢衰弱，外國入侵。淳于髡勸諫國君說：「齊國有一隻大鳥，棲息在皇宮已經三年了，既不飛、也不叫。請問陛下：這是哪一種鳥？」他設喻提問，誘答含蓄。齊威王一聽，就說：「我告訴你，這隻鳥不飛則已，一飛就衝天；不鳴則已，一鳴就驚人。」淳于髡用比興寄託來誘導國君，希望他振作發奮，勵精圖治，果然說服成功。

四、談笑用兵。要說服別人，加一點幽默感會更好。美國小說家馬克吐溫，進住一家旅館，老早聽說這裡蚊子很多。到櫃臺報到時，果然看到蚊子上下飛舞。他跟櫃臺人員說：「聽說貴地的蚊子十分聰明。現在牠看見我的房號了，相信夜間一定會光臨我的房間，飽餐一頓。」經由幽默提醒，櫃臺人員立刻進行防蚊措施，那晚他一覺到天亮，沒有一隻蚊子擾人清夢。如果馬克吐溫直接反映旅館缺失，可能沒用。改用這種幽默的口吻提醒，效果反而更佳。

五、尋求認同。同鄉、校友、興趣、同行，彼此間都存在強烈的認同感。尋求認同，是說服的一大藝術。林肯競選總統，對手是位大富翁。林肯的競選演說，推出「尋求認同」的說服術，他說：「有人問我有多少財產？我有一個妻子、三個兒子，都是無價之寶……。我實在沒有什麼可依靠的；唯一可依靠的，就只有你們！」尋求選民認同，是林肯成功的要件之一。

六、寓言啟示。抽象的語言，較難獲得共鳴。如果能夠活用寓言，以小故事、大道理進行遊說，效果將更佳。試看星雲、聖嚴、證嚴法師諸高僧講道說法，談說佛經故事，往往都引用寓言。《莊子》、《韓非子》、《呂氏春秋》中也有很多寓言。佛教東傳，有一部書叫做《百喻經》，記載九十八個佛教的寓言。⓮考察寓言所述，天下絕對沒有這種人，但絕對有類似的這種事，類比論說，可以啟發頑懦。有位牧童，放養兩百五十頭牛。一不留神，一頭牛被老虎吃掉了，剩下兩百四十九頭。這人覺得牛已經不齊全了，所以將剩下的牛隻全部趕到懸崖峭壁，一頭一頭活活跌死。天下沒有這種人，但卻有這種事：有人只是聯考失敗，就不想活了；才失敗一次，跟損失一頭牛有什麼不同？同樣有些痴情男女只失戀一次，就覺得世界末日到了。他沒有發現世界上還有很多女孩子，還有其他男士嗎？只知失去其一，以為從此就一無所有了。反過來想，如果這位牧童把失去這一頭牛當作教訓，好好看管其他的兩百四十九頭。試想，不到半年、不到一年，就會超過兩百五十頭了。戀愛失敗、事業失敗、考試失敗了，把它當作教訓，引以為戒惕，下次就不會重蹈覆轍。再談「三層樓喻」：有一位富翁，非常有錢，吩咐工匠幫他打造一棟三層樓的房子。工程進行中，富翁跑去看，連忙說：「不是這種！我不要第一、第二層，我只要第三層樓房。」工匠說：「沒有第一、第二層，哪有第三層？這個我蓋不來！」世上沒有這種人，但絕對有想一蹴可幾、一步登天這種事：沒有基礎，哪來後續發展？再談「六個半餅」的寓言：有人肚子餓了，經過餅乾店，買了七個餅。吃完六個，感覺有點飽；勉強吃第七個，吃到一半就全飽了。這個人想：「早知道吃最後半個餅就飽了，該先吃這個。」很多人只看到後面，卻沒有看清前面。羨慕李遠哲拿到諾貝爾獎的光環，卻不知道他之前犧牲了多少假期？謝絕了多少娛樂？大家只看

⓮ 《百喻經》，原名《癡華鬘》，魯迅十分推崇。為南朝天竺僧伽斯那編，求那毗地譯本，可以參考。郭泰解讀：《百喻經》（臺北：遠流出版公司，一九九二年一月）。

到他當下的光彩。就好像大家往往忽略前面六個餅的基礎和飽足感；如果沒有前面六個，只吃最後半個，還是不會飽的。寓言富含哲理啟示，小故事大道理，談說時不妨參用《百喻經》或《伊索寓言》，效果將更佳。

(四)拒絕的要領與藝術

喜劇大師卓別林說過一句話：「學會說不，生活將會更美好。」如果不懂得拒絕，什麼事情都有求必應，就會疲於奔命。拿破崙曾說：「我從不輕易承諾，因為承諾會變成不可自拔的錯誤。」既然答應，就一定要做到，可見選擇性的拒絕是很重要的。拒絕時，小地方、小枝節可能要讓步；可是在大原則方面還是要堅持。有些人永遠沒有意見，既不說好，也不表示反對。這在國際外交上，叫做附庸外交，這種國家幾乎沒有地位。因為贊成、反對都不發一語，沒能展現存在的價值。所以，關鍵時刻，還是要表達意見，無論贊成或反對。以下是拒絕的要領與藝術：

第一招，轉移焦點⓯。聽說，年輕人交往，互訴心聲，有一種傳達方式：贈送好人卡。這種好人卡，等於是轉移愛情焦點。年輕男女互送卡片，應該男歡女愛；現在換成發放好人卡，就是轉移焦點，把「你不是一個好情人」的焦點模糊掉。又比如男士向女士求婚，女士拒絕，她可能就撇開求婚這件事情，直接談結婚。問他：「你的存款多少？足夠結婚嗎？購屋的能力如何？」他說足夠，她又問：「那一棟是幾坪啊？接下來你有什麼規劃？要不要出國留學？」講了一大堆，總有一兩項不令她滿意，於是就達到拒絕的目的，這也是轉移焦點。南朝齊太祖喜歡寫書法，但書法造詣實在普通。大臣王僧虔的書法寫得好，全國第一。齊太祖常喜歡和他較量，王僧虔不勝其擾。齊太祖總喜歡問他：「依你看，你我的書法哪個好啊？」這個問題很難回答，王僧虔用轉移焦點之方式回答說：「啟稟陛下，臣的書法是人臣中的第一，陛下的書法是皇帝中的第

⓯ 同註❹，第二篇〈拒絕他人的技巧〉，頁一二六～一三四。

一。」皇帝只有一個，這樣回答既沒得罪皇帝，也沒說謊。這就是轉移焦點。一個人可能學問第一，做事第三，道德不怎麼樣，會有多種的面向，這就看你如何轉移焦點。又譬如親戚朋友邀約旅遊，如果你不太喜歡跟這個人同遊，可是人家一番好意，也不好掃他興。要怎麼拒絕呢？不妨這樣說：「旅遊可以讓人大開眼界，放鬆身心。可是我最近身體不舒服，下次再一起去好不好？」既肯定了組團的優點，也表達了自己不能去的苦衷。

第二招，模糊語言。語言模稜兩可，語意未聚焦，籠統概括，解讀遂見紛歧。⑯外交辭令最常見，如在適當的時機，眾所皆知的理由；見了該見的人，做了該做的事云云。中國大陸流行詞彙，有些是標準的模糊語言。你拜託別人做一件事，他說：「問題不大！」到底是容易還是不難？這是模糊語言。問這個人的論文或人品，他會回答你：「還可以。」境界有多高？普通嗎？還是中上？這也是模糊語言。

第三招，裝聾作啞。本來不聾不啞，由於特殊需要，假裝聽力不靈了，口才也結巴了；既沒接受任何訊息，也沒表達任何意見，讓人覺得無可無不可。其實他在現場，比什麼人都有意見，只是無聲抗議，消極反對罷了。各機關學校元老級人物，常用此招式應對年輕人的質疑或建議。當他同意你的提議時，聽力靈敏，口才便給；如果不以為然，暫時聽力障礙，噤口如啞巴。這招軟式拒絕法，常令人無可奈何。

第四招，李代桃僵。徹底拒絕對方的妙法之一，是找到一件替代品。不贊成甲做這件事情，得先備妥另外的方案。不能只要求甲「不可以做！」接著就不管了，那他當然不會放棄。譬如說兒子長大了，結交一位女朋友，你極不欣賞。一直反對是沒有用的，上策是快去找一位更好的來替代，跟他說：「這位小姐也不錯。」有機會交往比較之後，發現的確很好，不就替代過來了嗎？這就是李代桃僵。如果我不喜歡甲，就主動提供

---

⑯ 同註❺，第十一章〈拒絕的藝術〉，第三節「拒絕的技巧」，提出尋找藉口、裝聾作啞、誘導自否、岔開話題、模糊拒絕、開誠布公、以問代答七種法式，頁二九四～三〇二。

乙，讓他多一種選擇和考慮，這就是替代的方式。

第五招，緩兵拖延。我們常說：「這件事情讓我考慮考慮，明天再答覆。」對方會意，知道你不贊成。或者是像兩岸三地官員最喜歡說的：「再研究研究。」這就是拖延戰術，運用緩兵之計，讓你知道我不同意。這樣，比起當面直接否決要好，面子裡子都顧及了。老師在學校上課，學生提出一個請求，老師馬上說不行，學生就會很反感。如果有人建議，不要直接說不行，改說「讓我考慮一下」，明天說「還沒有考慮清楚」，學生就會知道老師不同意了。因為同意的話，需要考慮那麼久嗎？一定是不同意，所以才需要深思熟慮。

第六招，統一標準。申不害，戰國時人，法家代表人物，很講究法律。當了韓昭侯的宰相，嚴格禁止所有的官員進行關說。但是，申不害卻推薦他的堂弟在朝廷當官。於是韓昭侯就以統一標準質疑說：「你申不害宰相拒絕一切關說，這非常好。請問：你最近是否想改變制度，成為可以關說？從你開始？」他說沒有！韓昭侯反問：「你建立不准關說的規矩，怎麼你也關說我，任命你的堂弟當官呢？」韓昭侯拿統一標準來檢驗申不害，自然就擋掉人情關說。這是拒絕藝術的高招，叫做「統一標準」。

另外，也可以訴諸禮法來拒絕，這是不錯的招式。公務人員不可以違法做事，要依法行政。告訴對方：「違法的事，我不會做。」這樣明示，可以拒絕要脅。還有，也可以用暗示的招式，比如搖頭，對方就知道你不喜歡，或不同意。另外，跟對方說話時，禮貌上要面帶微笑，可以用中斷微笑方式，表達我們的拒絕。談話時，講究坐次，自楚漢之爭，鴻門宴始已然。如果談話前，就存心拒絕，座位就不要面對面，要刻意安排並肩坐。面對面坐，很難說出拒絕的話。最好是並肩坐，拒絕請求，他不會看到我的臉色。除外，拒絕人家，要留有餘地，不要趕盡殺絕，這也是居於同理心。

(五)應對的要領與藝術

一般而言，應對的藝術往往因人而異。諺云：「見人說人話，見鬼說鬼話。」這是隨機應變，因人制宜。引申來說，我們跟菜販講的話，不會和大學生、研究生交談的話一般，一定得調整。筆者答應演講，通常會問主辦單位，聽眾是些什麼人？是老師還是學生？是大學生還是研究生？研究生，是碩士生還是博士生？這務必要弄清楚，談話演講才會深淺得宜，雅俗得體。由此觀之，應對的藝術，首先講究不同人要有不同的對策。

筆者擔任系主任時，常有人來推銷壽險，令我不堪其擾。有一天，我反問他們，從此，他們不再來了。我說：「請問：你跟大學教授說的這些話，到菜市場推銷保險，也這樣講嗎？」他說：「是啊，不然要講什麼？」我說：「難怪你們業績不佳！談說要因人而異！同樣是老師，你到小學、中學、大學推銷，也要不一樣！因為他們的認知層次不同，你得調整說詞。你到鄉下推銷保險，到都會區推銷，時空不同，說詞訴求理應有些差異。說話應對，必須因人而異，不能千篇一律。」

成大新聞中心的首任主任是李金振教授（現在擔任金門大學校長），那時吳京院士當成大校長，獲邀前往總統府月會演講。那場演講很成功，後來吳校長高升當教育部長，據說跟這場演說大有關係。李金振教授回憶說：吳校長很看重這場演講，講題是海洋學。吳校長雖是海洋學專家，但要對總統府官員講海洋學，的確難言，他們大部分是學法律的，或者是讀政治的。於是吳京校長先草擬演講稿，然後請學土地改革的李教授校閱，一個陸地、一個海洋，完全不同領域。吳校長跟他說：「你看不懂的地方，就做記號圈起來，我會進行調整，保證改到你看得懂為止。」吳校長就李教授所圈出的疑問，一直修改潤飾。最後，一個學土地改革的人都看得懂海洋學，這才放心。果然，到總統府月會一講，官員都聽得懂，獲得滿堂彩。可見，講話必須因人而異，適度調整，有時還須量身訂做，因地制宜。

應對藝術的第二式，模稜兩可。應對時說出無可無不可的話，會令人莫測高深。江湖術士看相、卜卦，常用這招式。寺廟籤詩，周公解夢，也常出現這種場景。有三個人一同進京，參加科舉考試。三人同去請教一位道士，問他們有幾個人會考上？道士伸出一根指頭說：「去吧！時間一到，你們自然明白，因為天機不可洩漏。」三人走後，徒弟問師父：「三個人之中，到底有幾個人可以考中？是不是考中一個？」師父說：「對啊！」徒弟又問：「如果兩個考中，那不是不應驗了？」師父說：「不會，我比一，如果兩個考中，就是指一個沒有考中。」徒弟再問：「那如果三個都考中了，你比一不就失靈了？」師父說：「不對！比一，代表一起考中，或者一起考不中。」講話模稜兩可，留存太多解讀空間，其中就暗藏玄機，命相館算命、卜卦，通常都是這樣。有時外交辭令、契約文書，應對交際，心懷鬼胎者，每用此招式，不可不防。

應對藝術的第三式，順水推舟。晏嬰是春秋時代齊國的宰相，他個子不高，出使到楚國去。楚國人一看他身材矮小，十分蔑視他，開了一道小門請他進去。晏嬰說：「我不進去。」人家問為什麼？他說：「去狗國的人，才走狗門；我要到楚國去，怎麼會走那種門呢？」反而諷刺對方是畜生的國家。接下來楚人問他：「齊國究竟有沒有人才，怎麼會派你這種人來？」晏嬰說：「當然有，而且人才濟濟。我國派遣人才有個規矩：有才華、有道德的人，都派遣到有才華、有道德的國家；像我這樣才華普通、道德不修的人，只好派遣到你們貴國來了。」這種應對術，叫做將計就計，順水推舟。

應對藝術的第四式，訴諸權威。父母、老師是幼兒及小學生心目中的權威，所以小學生談話常言必稱父母、老師。大學院校分文、法、理、社、醫、工、農、商各學科，各專業都有其權威。交際談說，訴諸權威的話語，可以助長氣勢、增強佐證、加重公信力，《莊子》叫做重言，修辭學叫做引用。

應對第五式，反客為主。《西廂記‧拷紅》一節，敘述紅娘數說崔夫人過失，所謂「信者，人之根本」云云，即是。為了成全崔鶯鶯跟張生的婚事，身為婢女的紅娘，不惜數說崔夫人悔婚的不是，這叫反客為主，得理可以不饒人。喧賓奪主之應對，類似繪畫的烘雲托月，小說敘事之細節描寫，實際上多是藝術手法之運用。顧左右而言他，是形勢迫於不得已之下，所採行之談說招式。也許對方言詞咄咄逼人，也許自己確有難言之隱，或者事涉敏感，或者不想多談，或者因故不便直言無諱，不便暢所欲言，迫於無奈，往往採取「顧左右而言他」的招式。在禪宗叫做「不犯正位」，禪宗公案最常見。這在古代君王面對大臣勸諫，現代官員面對民意代表質詢，以及記者追問，最常使用此一招式。既可化解現場尷尬，跳脫不利的陷阱，又可以退為進，侃侃談論另類觀點，無異是一種絕處逢生的逃命術。

五、結論

言談論說，為立身處世的媒介，更是待人接物的利器；人之所以為萬物之靈，亦據此作為標準。以談說表情達意，此凡夫俗子皆能之；至於適切掌握談說之要領，不即不離談說之原則，充分發揮談說之功能，出神入化運用談說之藝術，即使飽學碩儒、達官貴人，亦未必勝任愉快。今以實用性為導向，考量民生日用之需求，撰寫本文。就語言之功能與類型、談說之原則與技術，作為導論。進一步就讚美、批評、說服、拒絕、應對，條列談說的要領，再舉例論說之。希望能有助於表情達意的適切，以及言語交際的和諧與圓滿。

就語言之功能而言，有表情達意、溝通交際、解釋辯解、說服行銷。就積極正面言，有慧語、名語、穎語、清語、韻語、辯語、諷語、諧語、溫語；消極負面之言語，有冷語、謔語、讖語、淒語、澆語、豪語、狂語、傲語、憤語。談說的道德性原則，為真誠、信用、尊重、互動、恕道；技術性原則，為預定、適切、傾聽、條理、應變、語境。電話交談原則，如做好準備、確定身分、態度誠懇、應對得體、要言不煩。

讚美的要領與藝術，如投其所好、借花獻佛、烘雲托月、抑己揚人、反常合道、幽默詼諧；批評的要領與藝術，如實事求是、同心同理、委婉含蓄、隱惡揚善、以褒代貶、適可而止。說服的要領與藝術，如動之以情、勸之以勢、循循善誘、談笑用兵、尋求認同、寓言啟示。拒絕的要領與藝術，如轉移焦點、模糊語言、裝聾作啞、李代桃僵、緩兵拖延、留有餘地。應對的要領與藝術，如因人而異、模稜兩可、順水推舟、訴諸權威、反客為主、顧左右而言他等等。

言談論說是一種藝術，往往因時制宜、因地制宜、因人制宜、因事制宜。要之，運用之妙，存乎一心。多多揣摩演練，學以致用，應該有助於言談的表達，以及交際之圓融。

六、習題

1. 提出批評意見，如何令對方欣然接受？有何要領與手法？除本書所言外，請再補充一二，舉例論證之。
2. 拒絕請求，是一門高難度的談話術。除本書所述六項外，請再補充一二，舉例論證之。
3. 適切的讚美，有助於人際關係的融洽。請參考本書所列六法，翻查笑話書或趣談資料，各舉一例補充之。

七、參考書目

左傳之文學價值　張高評著　臺北　文史哲出版社　一九九〇年八月

策謀學　張慧良著　臺北　遠流出版公司　一九九一年七月

百喻經（原名《癡華曼》）　僧伽斯那編　求那毗地譯　郭泰解讀　臺北　遠流出版公司　一九九二年一月

說服學——攻心的學問　龔文祥著　北京　東方出版社　一九九六年九月

舌華錄　明・曹臣著　陸林校點　合肥　黃山書社　一九九九年一月

語言與交際　李樹新主編　呼和浩特　內蒙古大學出版社　二〇〇一年十二月

傳播學史——一種傳記式的方法　美・E. M. 羅杰斯著　殷曉蓉譯　上海　上海譯文出版社　二〇〇五年七月

說話的技術　卡邁・蓋洛 (Carmine Gallo) 著　張淑芳譯　臺北　城邦文化公司　二〇〇六年四月

會聽比會說更重要　趙曉軍著　臺北　創意年代文化公司　二〇〇七年八月

口才訓練十五講　孫海燕、劉伯奎編著　北京　北京大學出版社　二〇〇九年一月10刷

說服力決定成敗　美・羅澤・葛蘭杰(Russell H. Granger)著　張如玉譯　北京　東方出版社　二〇〇九年五月

第二單元

研習密碼

07・文宣寫作

高美華

一、文宣的定義

談到文宣，就聯想到宣導、傳播、廣告、推銷、灌輸、洗腦等，看來都是同義詞。但細分之下，「宣導」偏重上對下單向的傳輸與教導，「傳播」重視傳授雙方的溝通與互動，「廣告」以宣揚商品特色為訴求，「推銷」則強力讓受者接受並購買。「灌輸、洗腦」，則是目的明顯，強迫接受。「文宣」，顧名思義就是「文字宣傳」；「美宣」則強調「圖象美編」設計。不同的訴求、不同的目的、不同的方式，所用的詞義就不能等同，必須明確區分，訴求才不致廣泛而籠統。

談到傳播信息，一般有新聞報導、政治宣導；凡是行銷產品、理念，統稱廣告；舉辦活動則有文案計畫、海報等等。這一切都屬於廣義的文宣。它可以是商業的廣告、可以是企業形象的樹立、可以是社會教育推廣、可以是競選宣傳、可以是藝文活動與新知的報導、可以是公益活動、政策宣導……舉凡生活中的一切人際互動，都少不了它。

事實上，「宣傳」是多元而綜合的一種活動，它藉由各種方式，如：語言、文字、音聲、肢體、圖象、音樂等，種種展演藝術與活動，讓接受者透過感官、思維，獲得訊息或理念，進而接受新知、改變思維或展開行動，以提升競爭能力，美化生活，讓人生更美好。

人類訊息的傳播，歷經了口頭傳播、文字傳播、電子傳播三個階段，但文字在傳播發展中的影響與作用，源遠而流長，是其他傳播媒介、傳播方式所不能比擬的。在這分工合作的社會中，廣告策略、競選方針、活動規劃、美編設計、音樂創作、藝術設計等，都講求專業分工與團隊合作，「文宣寫作」何獨不然？不論是靜態的展現，或是動態的傳達，「文字」都扮演著「畫龍點睛」的作用，有時更能帶動流行。因此，「文宣寫作」是不容忽視的一環，應有專業的考量。

「文宣」的內容，多姿多采、無所不包；「文宣」的功用，隨處激發、無遠弗屆；「文宣」的方式，多元多樣、變化無窮。若要界定「文宣」的範疇，難免挂一漏萬；但若不先確立其義界，恐怕又要因小失大。因此本篇「文宣寫作」，界定以「文字」的表達為主，圖象設計、音樂表演、肢體語言等，不在論述之列。為與商品廣告、政治宣導有所區別，本文暫時以「公關活動文宣」為主，以貼近生活為訴求，如：公益活動、社區活動、校園活動、藝文活動等。其中寫作之策略，僅就其基本原則提出一些看法，讓初學寫作者不至於向壁虛造，憑空無據。本文無意以規範來限制創意與思維，請讀者諒察。

二、文宣的基本內容

「文宣」一般包括四個組成部分：標題、正文、標語、隨文。但不一定每則文宣都具備這些部分；不同媒體的廣告文宣、不同類型的廣告文案，其構成也會有所區別。一般而言，以文字為主的平面印刷或網路文宣，組成部分較齊全；其他媒體的廣告則變化較大，如廣播與電視廣告往往沒有標題；以圖為主的廣告，有時甚至精煉到標題、正文、標語合一；跑馬燈則是標題與正文合一。❶茲分別說明如下：

❶ 陳海洋編著：《廣告寫作手冊》（江西：江西教育出版社，一九九五年），頁七四。

(一)標題

標題即主旨所在，是當事人提出理念訴求的最大目標，是視覺集中的焦點所在，也是開門見山的直覺宣達。一般而言，它占有百分之五十到七十五的重要性，是引發接受者是否繼續接收的重要關鍵。

標題的寫作，要求富有吸引力、作為信息的嚮導、誘導閱讀正文。因此措辭必須精練、熟悉而不失聳動，生新而引發注目，簡要而耐人尋味，讓人一眼就能把握要點，進一步引人入勝，探求豐富的內涵。有時為畫龍點睛，加強宣傳效果，會加上副標題。

副標題的字體和內文長度，介於標題和正文之間，扮演二者之間的橋樑，功能在於解說標題之不足，進一步引導讀者進入內文。其寫作要領在：簡潔扼要陳述宣傳重點，刺激讀者閱讀內文；對沒有時間閱讀正文的讀者而言，它是重要的摘要。如成功大學：「無煙校園」，副標題是：「請你深呼吸！」在百年大榕樹下，這一大一小的兩行字，確實讓人感受深切。

(二)正文

好的標題吸引讀者的注意，若要他們心動和行動，就有賴內容的確實和豐富。正文的任務，就是陳述事實，進一步說明主旨，完成整體理念的訴求。其寫作要求在：題文相符、互為一體；真實可信、有說服力；文字流暢、措辭妥當；具有新意，避免陳腔濫調。正文必須具備說服力，它是文宣的主體，但因這部分最不易吸引人，有時會因訴求方針不同而有所省略，僅以主題和副標題呈現。

正文就像一篇短文或長文，其結構形式重起承轉合。大抵開端要能上承標題，下啟全文。中心段則發揮創意，詳盡地傳達文宣內容，並用關鍵性、有說服力的實事加以說明。結語要概括有力。它的功用與寫作方式大抵如下：

1. **提示性**　通常使用敘述方式。用正面陳述的方式傳達信息，文字簡明扼要，使人一目了然。此類文宣通過陳述，不斷加深印象，促使收受者增強信念，參與行動。

2. **情感性**　多用抒情方式。是以人們感性認知為基礎的一種訴求方法。此類文宣喚起收受者內在的情感，引起興趣，啟發聯想。

3. **教育性**　常用議論方式。用有理有據的論證方式傳達訊息。此類文宣多是針對理智型收受者提出，用以引導其邏輯推理，對新事物進行比較與選擇。❷

(三)標語

標語的製作，要求順口、容易記誦。其目的在建立形象標誌，尤其放在一系列的活動中，具有相對穩定性，能凸顯活動的一貫性與特殊性。若放在結尾，也可獨立存在，更能突出活動意義、建立主題形象。其寫作要求是：高度概括，順口易記，富於特徵。標語口號不是每則文宣都有的，一般多是連續不斷做宣傳，或是充分認識到宣傳的重要性的少數文宣，才擬出口號❸，藉以深入人心，增強印象。

許多公益廣告，往往都是琅琅上口，顯而易記的口號(slogan)，如：「拒抽二手煙」(禁煙)、「雖然我不認識你，但是我謝謝你」(捐血)、「快快樂樂的出門，平平安安的回家」、「安全是回家唯一的路」(交通安全)、「六分鐘護一生」(子宮頸抹片檢查)等，無不言簡意賅，理念清楚。

(四)隨文

❷ 同❶，頁七一〇，其中〈廣告文案的類型〉提出教育式、情感式與提示式文案，此處以功用論之，故略改標題。

❸ 李濟中主編、張盛如副主編：《公關語言學》(北京：北京工業大學出版社，一九九八年三月)，頁二〇五～二三九指出公關廣告的文案寫作，一般包括標題、正文、口號三個組成部分。

或稱結尾、落款。主要說明當事者的名稱、地址、電話及日期、聯絡人等。這些必要的說明，對閱聽大眾有指南的作用。

三、公關活動文宣的特點

公關活動文宣，傳達活動舉辦的目的與意義，一方面向公眾推展新知、打開視野、拓展人際關係、改善生活條件、提升生活素質；一方面增進公眾對主辦單位的認識與了解，提高該組織的知名度，從而使組織的活動得到公眾的信任、支持和參與。

(一)公關文宣具有自己的特點

1. 公關活動文宣的目的，不以營利為直接目的，它著重於聯誼互動、理念訴求，以資訊的傳播來建立組織的形象。
2. 公關活動文宣的訴求，不在於購買欲的激發，而是著重於組織與公眾間意見的交流、感情的溝通，以取得公眾的認同與信任。
3. 公關活動文宣的內容，除了對主辦單位自身的宣傳外，更重視通過宣傳直接參與社會活動和承擔社會責任。
4. 公關活動文宣的設計，通常具有長期性，要經常化、系列化；不像商業廣告或選舉文宣那樣具有階段性。

(二)公關活動文宣的主題

1. 特別人事物的紀念與慶祝，如重要人物紀念日、週年慶、新大樓落成等。
2. 公益事項的推廣與服務，如反毒禁菸、捐血、環保、救災、打擊犯罪等。
3. 組織對社會文化經濟等貢獻，如對球隊的栽培與支援、對演藝活動的支持與贊助、對文化工作的紮根與護持等。

4. 組織的價值理念與形象塑造，如慈善機構、社區團體、藝文團隊、各類聯盟、企業組織、學校機關、政府單位等。

5. 組織之間的聯誼與協調，如校際或系際盃活動、勞資雙方協調活動等。

(三)公關活動文宣的類型

以宣傳活動的性質區分，有以下幾種不同的形式：

1. **讚譽文宣**　是一種解釋創立宗旨、宣傳理念、展示實力，或標舉創業成就的文宣。目的是為了提高組織的名聲，塑造良好的形象。

2. **公益文宣**　為倡導某種社會觀念或維護公共權益，以喚起道德良知為內容。目的在以其為公眾負責、為社會盡職的工作宗旨，體現強烈的社會責任心，喚起社會責任感，並引起社會和公眾的認同、參與和好評，進而達到樹立組織形象的目的。

3. **響應文宣**　以響應某種重大社會活動或政府的某種政策、號召為內容。一般都是針對社會公眾最關注的事，以表態、祝賀、贊助等方式來進行，有較強的社會參與感。這可讓組織在公眾心目中留下比讚譽文宣更為深刻的印象。

4. **心象文宣**　從公眾心理出發，改變固有的意識，建立一種新的觀念的文宣。目的在使公眾接受新事物，縮短組織與公眾之間的情感距離，塑造組織的特殊風格。❹

❹ 以上參考李濟中主編、張盛如副主編：《公關語言學》（北京：北京工業大學出版社，一九九八年三月），頁二〇五～二三九。

四、創意與構想

(一)產生創意的過程

創意(Creation)是文宣的思想內涵和靈魂，是決定廣告成敗的關鍵。

以廣告創意而言，它必須將有關商品的資訊、消費者的心理認知、廣告創作人的一般想法等，重新評估與整合，打破成規，才能出奇制勝。所以說：「創意的本質就是改變，威力更大的就是顛覆。」❺

如何捕捉靈感與創意？廣告學界的泰斗詹姆斯・韋伯・楊，曾總結產生創意的整個過程或方法，包括收集原始資料、仔細檢查資料、深思熟慮、產生創意、發展應用等階段。陳海洋分為準備、分析、構思、評估四個階段。❻今歸納說明如下：

第一，準備階段：收集原始資料。一方面是你眼前問題所需的資料，另外則是從平時你持續不斷所累積儲藏的一般知識資料。

第二，分析階段：用你的心智去仔細檢查這些資料。針對資料進行認真、細緻的分析，找出特色，確定主要訴求點。

第三，構思階段：是加以深思熟慮的階段。從不同的心理角度進行的構想，構想的開闊面越大，層次越多，效果就越好。廣告創意是一個複雜的探索過程，要反覆思索，苦心追求；還要善於將湧入腦際的種種想法加以過濾、分類，取其菁華予以組合創造。遇到挫折不能氣餒，要學會及時調整思路，從新的思索中去捕

❺ 孫大偉：〈序——燃燒創意的熱情〉，見George Lois著，劉家馴譯：《廣告大創意》(*What's the Big Idea*)（臺北：智庫，一九九五年九月），頁一～五。

❻ 同❶，頁四八。

獲靈感，爆發創意的火花。

第四，實際產生創意的階段：「Eureka! 我找到了」的階段（Eureka，遇有新發現時勝利的歡呼，據傳為阿基米德發現測量王冠的含金量之方法所發的歡呼）。

第五，評估階段：則是最後形成並發展此一創意，使其能夠實際應用。在構思的過程中，可能會產生許多個創意。對這些創意就要逐個進行評估驗證，最後確定其中的一個。評估的標準就是看創意是否新穎獨特，是否符合廣告總體目標要求，是否圓滿地表現了主題。

(二)醞釀構想的作法

文宣寫作也和廣告一樣，為了表現主題，必須通過構思，創造出新穎的「好點子」，進而具有說服性、目標性、計畫性、連續性，才能一舉成功。在進行寫作之前，我們先參考專家的經驗和建議，以厚植實力、拓展觀點；今擷精取華，分別說明如下：

1. 能力的儲備

大衛・奧格威 (David Ogilvy) 認為一個優秀創作人員所具有的特性，第一是好奇；第二是有豐富的字彙；第三是有良好的視覺想像力等等。而「最好的廣告是從親身經驗得來的」；真實的經驗，有確實的根據，自己真正的信服它，才能具有說服力。

「我認為你沒有相當多的教條就不能寫出任何東西，而我們正在得到更多的教條。」建立起主體的知識之後，在寫作上能得到更多更多的基本規律。他說：「我如果沒有基本規律我就什麼也寫不出。但是我必須坦白，我寧願自訂我自己的規律。」

創作能力沒有一定的規範或限制，但必須自己親身經歷，努力儲備基本知識與各種規律，這樣在寫作時

才能醞釀出自己的規律，並說服別人。❼

2.思考的訓練

威廉・伯恩巴克（William Bernbach）認為廣告上最重要的東西就是要有獨創性（original）與新奇性（fresh）。他說：「你一定要有創造力，但它一定要加以訓練。」這方面需要思想的訓練，一定要有廣告方面的知識，並知道你力圖達成的是什麼。但是要尋找一個公式，培育出好的寫作人員，是一件危險的事：就是這種態度才導致造就出品質低劣的寫作人員；這種態度也導致了那些不應該寫作的人去從事寫作工作。

他讀了許多哲學方面的讀物，也讀了許多小說。他確信一個人所做的任何一件事都會對他的文案有益；如果能把你做的、你所經驗的，更有興趣的事情，放到你的文案中，對文案多加思想，那你就有更多更多的激發力。唯有繼續不斷的工作，繼續不斷的思想，儘量對他們所做的事情保持忠誠，繼續不斷練習。「當你言之有物時，你就會寫得好。」

他強調：「廣告最重要的成功因素就是商品的本身。」你的煽動力，你的想像力與創造力都要從對商品的了解中產生。你也要儘量的使它簡單、敏捷，而具滲透力。這些一定要從了解上產生。此外，就是運用你的創造力，你的吸引力，以及你的聰明才智來促進你商品的優點，並使其易於記憶。❽

可見思想的訓練沒有公式，但也不是憑空可得。必須對文宣的對象，做充分的了解，並竭盡所能、再三思考，要求自己寫出的每一件事情，在印出文宣上的每一件東西、每一個字、每一個圖表符號、每一個陰影，都有助於你所要傳達的訊息的功效。

---

❼ 希金斯（Denis Higgins）著，劉毅志譯：《廣告寫作的藝術——廣告史上最傑出的五位廣告大師的創作哲學》（臺北：滾石文化，一九九七年），頁一〇三～一一二。

❽ 同❼，頁五～一七。

3. 語文的訓練

羅瑟・瑞夫斯 (Rosser Reeves) 說：「我感覺一個好的文案寫作人員應該能把報刊、電視及廣播都寫好。當然，他要是一個受過專業訓練的人。」❾

李奧・伯乃特 (Leo Burnett) 所用的方法是：「我有一個大夾子——它永遠是越來越大——在我書桌的左下角。我記得自從我開始經營這個廣告公司時我就有了它，我稱它為『不足稱道的語言』(Corny Language)。無論什麼時候當我在談話中，或者在任何地方聽到一個使我感動的片語，特別是適合表現一個構想，或者能使此構想神龍活現，或者使此構想活色生香——或者表示任何種類的構想——我就潦草的書寫下來，同時把它黏在那裡。以後每年有三、四次我把它們整個看一遍，把許多材料撿出去，挑出來似乎能對我公司現在進行的工作適用得上的，我就把它寫成備忘錄。所以我的耳朵經常是調整得能夠在不尋常的關係中放進平常的東西以得到注意並適當的表示一個構想。我叫這個為『不足稱道的語言』，而我也經常的做那種事。」❿

喬治・葛里賓 (George Gribbin) 認為：「一個好的撰文人員的特徵是避免陳腔濫調。他不只在寫作上避免，在言辭上也要避免老生常談。在他的談話中，他會小心不使用窮凶惡極的比喻之辭。如果在他的嘴中飛出來一個比喻之辭，那就很可能在造句上有相當的創作性，要不然他就不會用比喻之辭。另外一個好的廣告人的特徵是：他一定是一個閱讀廣泛的人——不僅撰文人如此，而是一切與創作廣告有關的人員都是如此。」⓫

4. 聯想與分享

喬治・葛里賓 (George Gribbin)，認為「濃縮」是寫文案困難的一部分，但更大的困難是依賴你生活中的

❾ 同❼，頁一七五。

❿ 同❼，頁五四。

⓫ 同❼，頁八〇。

經驗以及你讀到的東西，藉著聯想，將你所知能夠使人們發生興趣的東西，和商品一起放進聯想的範圍。這需要一種融合圖畫聯想以吸引注意的能力。

基於這種融合與聯想的需求，他有兩個習慣：一個是習慣去了解你的未來顧客，去了解你的商品——同時要對這兩項有相當深度的了解。另一個是習慣於和一位優秀的美工人員在一起，兩人一起想我們要什麼樣的畫面，在什麼位置；不把圖照與文案分開，而是整個混合在一起。

因此，廣泛的分享人生，是他的生活態度。他說：「我認為一個撰文人員應該是最快樂的，以及是一位充滿樂觀的人。離群而不合群，那是撰文者自殺的行為；憤世嫉俗，是對生活的拒絕。我願意說分享、分享、分享！」⓬

五、公關活動文宣寫作

㈠以「問題」作出發

依宣傳過程而言，美國耶魯大學拉斯維爾 (Lasswell) 把傳播的要素歸納為五個W，即 “Who, says What, in Which channel, to Whom, With what effects.”Who 指傳播者；says What 是訊息；in Which channel 是所用的媒介，如口頭、印刷或電子媒介；to Whom 是指收受者；With what effect 是指傳播效果。

正如任教於美國普度大學 (Purdue University) 的助教路雲 (Katherine E. Rowan) 的口頭禪所說：「好報導來自好問題」(good stories come from good questions)⓭，因此文宣寫作的過程，首先要以「問題」作出發，不

⓬ 同❼，頁七二～九〇。

⓭ 引自彭家發著：《非虛構寫作疏釋》（臺北：商務，一九八九年），頁二三三。

妨套用以下「一元多次W公式」[14]：

(1) Whence comes the idea(s)?

何以有此念頭？

(2) Who writes What to Whom and Where to be published?

誰家的？寫些什麼？給誰看的？登在哪裡？

(3) Why and How and When to write?

為何寫？如何寫？何時寫？

(4) So What?

寫了又怎樣？

(二)語言運用原則

若從語言運用的角度考慮，美國哲學家格賴斯 (P. Grice) 的「合作原則」可以歸結為「新鮮、準確、適量」三點。文宣寫作的語言運用，應把追求這三點作為努力目標，今略述如下：

1. **新鮮** 所傳出的信息，首先要做到言有所指，言之有物；更重要的是語言符號要承載新的消息。
2. **準確** 要做到準確，首先要使用受者聽得懂的語言；其次是談話要圍繞「中心議題」進行。
3. **適切** 信息量的多少要與最佳的傳播效果結合起來。不妨注意對模糊詞語的選用。[15]

(三)標題撰寫的方式

---

[14] 同[13]，頁四三。

[15] 參齊瀘揚著：《傳播語言學》（河南：河南人民出版社，二〇〇〇年一月），頁七八～八一。

標題是大眾文學，必須淺顯易懂。標題要講究邏輯，結構內容須經得起分析。它必須是真實的、客觀的；忌朦朧、主觀。歸納標題的類型，大致有以下幾種⑯：

1. **新聞式**　以報導性質，引起注意。如諾貝爾獎得主，美國前副總統高爾所提出的：「不願面對的真相」。
2. **祈使式**　以勸勉、請求、希望等語氣引起注意。如：素食運動文宣：「您也可以選擇這樣的生活！」自殺防治打氣巡迴講座：「愛的打氣一起來！」
3. **頌揚式**　以稱頌方式，獲得肯定與青睞。如：臺灣的藝術成就提出：「臺灣之子——林懷民」；臺灣棒球之光提出：「臺灣之光——王健民」等。
4. **提問式**　以反問引起好奇與關注。如社子島棒球聯盟：「你曾經擁有一個棒球夢嗎？你曾經在陽光草皮上追逐一顆高飛球嗎？你曾經將一顆快速球擊向三遊間嗎？你曾經將一顆變化球推向中外野嗎？你曾經飛身美技接殺一顆平飛球嗎？你曾經長傳本壘將跑者刺殺出局嗎？歡迎大家一起來支持我們的國家運動！讓我們一起再衝一次！」在一連串的提問後，提請強而有力的行動訴求。
5. **寓意式**　用成語或雙關語，生動地反映主題所在。如：吳兆南相聲劇藝社演出的：《吳雞之談》，包含了演出者吳兆南先生與相聲藝術特質——無稽之談，一語雙關。又如二〇〇七年臺灣國際文宣廣告圖案為一頭形似臺灣的座頭鯨被關在魚缸的景象，主文則為"A vital life should not be limited, a democratic nation not isolated"，寓含著民主臺灣面臨著孤立受限的國際困境。
6. **許諾式**　開創願景，讓人相信與期待。如：環保聯盟臺北分會：「打造綠色鄉土是我們的夢想，弱勢者的團結力量永不停息！」統一企業：「感恩與關懷的微波動，統一關心你的健康！」
7. **標語式**　結合慶典或特殊活動推出，具感染力、號召性。如：臺南市滅蚊大作戰，提出：「社區總動員，

---

⑯ 同❸，頁二〇五～二三九。

清除孳生源！」桃園蓮花季二〇〇二年的文宣：「觀音蓮，新屋荷！」「好戲蓮臺，明年再來！」二〇〇四年：「蓮鄉惜遇！」「觀音賞蓮，歡樂連連！」

馬西屏先生認為一則好標題，其必要條件是簡潔、有力、直指核心。而充分條件有五：生動、趣味、鮮活、一語雙關、拒絕低俗。⑰要想標題生動，有三個大敵必須先除去：

第一是程序題。標題應以內容為重，程序只能做肩題、配角。

第二是空洞題。陳腔濫調，用不必要的字眼，無法彰顯真義。如：成果豐碩、座無虛席……等。

第三是口語題。標題是最精練的語言，口語易流於鬆散。

雖然是以新聞標題為主，其實文宣標題也不離於此。

(四)正文撰寫的方式

正文是承接標題，圍繞主題，加強說明。其寫作的方式，不拘一格，以創意為主。可根據現實情況進行想像，一切符合生活的邏輯，把藝術趣味和生活邏輯和諧地統一在想像之中，令人相信且印象深刻；也可以主觀情感與其他事物的聯繫展開聯想，由情感轉化成想像，來完成形象的塑造，以增強藝術感染力，耐人尋味。陳海洋採錄李巍、劉志明、倪寧等諸家看法，將常用的文案寫作手法，分為十六種，今以文宣為名，摘述十六式如下⑱：

1. **直鋪式**　實事求是，平鋪直敘，直接了當地表現主題，內容具體可信。語言文字的表述感情色彩少，主要以科學的論據予以證實。

---

⑰ 參見馬西屏著：《標題飆題》（臺北：三民書局，一九九八年五月），頁六～一九。

⑱ 同註❶，頁七一。

2. **描寫式**　繪聲繪色的描繪或巧妙的述說，使形象生動，富有情趣。運用文學藝術的力量打動讀者的感情，進而受到影響。

3. **報導式**　具有新聞報導的某些特色，使在大眾未知的情況下，透過詳盡報導介紹，儘快了解主題與需求。

4. **證明式**　引用權威人士、知名人士或權威機構提供的評論、見證、獲獎證明等，以加強說服力。

5. **說明式**　只利用文字對畫面進行說明介紹，有助於進一步了解畫面的訴求內容，以增加宣傳效果。

6. **故事式**　用敘說故事的形式，表達內容主題。故事情節要單純簡潔而略有曲折，一般是故事的中心人物遇到某種麻煩，從而引出能解決這種麻煩的途徑；也就是主題訴求所在。

7. **幽默式**　運用富有知識性、趣味性的筆調，在該諧風趣的氣氛下傳達信息，生動有趣，引人入勝，加深記憶。

8. **對話式**　通過人物對話來傳遞信息，具有戲劇性，顯得生動，說服力強。但要注意話語與對話人身分相符，以免太過造作，適得其反。

9. **提示性**　旨在隨時提醒收受者，增強其記憶，路牌、霓虹燈以及交通宣導，多採用此方式。

10. **氣氛式**　營造出一種氣氛或情緒，以誘發人們的心理欲求。文化旅遊一類常用此方式。

11. **印象式**　著重建立企業的印象，旨在創造和提高企業的知名度，使受眾對該企業加深了解，產生好感，樹立信心。

12. **提問式**　以提出問題、解決問題的方式做介紹。此類文宣針對性強，說理式的回答，能充分突出優勢所在，激發收受者的感情與想像力。

13. **書信式**　採用給朋友或用戶寫書信的形式來介紹主題，容易消除彼此之間的距離感，顯得親切宜人。

14. **詩詞式**　用詩詞來傳達信息，具藝術文化氣氛，且琅琅上口易讀好記。

15. **歌曲式**　以歌詞搭配音樂旋律來表現主題與創意。只要曲調活潑，歌詞簡短上口，易唱易記，就能啟發聯想，便於記憶，事半功倍。

16. **表格式**　用表格的形式，分欄逐項地來呈現信息，一目了然，簡單明確，是印刷文宣中較常見的一種方式。

(五)實例分享

以下就公關活動的性質與文宣主題，兼顧不同性質的團體及訴求，分別舉例略述如下：

1. 讚譽文宣

在「慈濟全球資訊網」(http://www.tzuchi.org.tw)，我們可以看到以對句作結的標語：「福田一方邀天下善士・心蓮萬蕊造慈濟世界」，展現了慈濟的大願。其間的文宣，包括「四大志業」、「一步八腳印」等口號和說明，以及舉證許多慈濟功德事業的表格和內文說明，處處都是宣揚這個團體的理念，希望匯聚更多的力量，讓世界更美好。

「慈濟的志業包括：慈善、醫療、教育、人文四項，統稱為『四大志業』；另投入骨髓捐贈、環境保護、社區志工、國際賑災，此八項同時推動，稱之為『一步八腳印』。」這是提綱挈領，說明該團體的志業所在。接著邁出腳步：「本著尊重生命、肯定人性的精神，慈濟援助都以人道精神考量，超越政治、種族、宗教及地域，凡是災區有需求而慈濟能力所及，均全力以赴；為苦於災難的人們增加生命的希望。」「自北極圈的天寒地凍到熱帶地區的酷熱難耐，慈濟志工不辭路途遙迢，翻山涉水身冒疫病、戰亂危險，懷抱『難行能行』信念，一次次達成艱困任務；除了物資的協助，也帶動災民互助互愛，促進災區的自立與重建。期待他們未來有能力時，也能回饋國際社會，形成一個充滿大愛的地球村。」以行跡和作為，宣揚團隊的貢獻和精神。

當中有口號、有正文，有理念、有行動，完整而平妥。如果「福田一方邀天下善士・心蓮萬蕊造慈濟世界」不是放在最後，而是作為標題，應會更加醒目。

除了宣揚團隊企業的理念外，鼓勵觀聽者親身經歷其中的美好，更能收效。如成大藝術中心，於二〇〇八年設計臺南文化藝術地圖——「府城走讀」，標題就很吸引人，林美琴的說明文字如：

> 有人說：閱讀是「讀萬卷書」的氣魄；有人說：閱讀是「行萬里路」的豪情。新時代的閱讀應該是——「讀萬卷書」與「行萬里路」的「走讀」風潮。府城，以豐富的文化資產，不斷蛻變的藝術風貌，迎接你，走入古都的世界，讀出藝術的精彩。

將走讀、府城的精蘊，畫龍點睛，讓人迫不及待地想付諸行動。正文則分為老街漫步、藝遊空間、城市公園、老屋印象，主題鮮明，文字的敘述也是簡短精彩。加上圖文並茂，是一份相當吸引人的文宣設計。

2. 公益文宣

公益活動的基本訴求在於慈善、宣導健康理念為主，短篇的如捐血的文宣：以「愛，就從捐血開始」為標題，副標題是「捐血一袋，救人一命」。正文是：「目前我國血源供應已經全面進入無償供血時代，所有的血袋均是來自善心人士的捐助，您是快樂的捐血人嗎？愛心可不要落人後！」其實，主題在捐血救人，以迫切性而言，是在「捐血一袋，救人一命」，主標題的文字顯得較溫吞，如果二者倒置，應更有力量。

再如搭配攜手前行、一高一矮的喜憨兒背影⑲，橫列在圖象上的四行文字：「歲月在憨兒身上刻劃的痕跡比別人更深刻，」「我們心疼這些年老的孩子，」「希望有一天，當他們的父母逝去時，」「他們仍有勇氣繼續活著……」，訴諸感情的敘述，喚起眾人對他們的關懷，一如孫越的臺詞：「孩子，夜深了，平安回家最好！」都是深刻且令人動容的！

⑲ 圖文可見網站 http://tw.charity.yahoo.com/happychild/。

二〇〇九年H1N1新流感肆虐，各學校單位都有文宣宣導，成大以「預防流感防疫作戰策略」為標題，目標明確。正文以：「流感防疫沒有特效藥」開頭，隨後提出防疫的建議事項，圖解搭配，簡易可行。最後提出口號：「健康夠，成功Go—For Health, For Study, Cheng Kung Go!」簡勁有力。也是平穩有效的公益文宣實例。

3. 響應文宣

二〇〇七年十月，臺北單車遊行的訴求為：「給我單車道，健康自然到；單車多上路，不要CO_2」，希望政府提供對單車友善的城市空間。不只提出了單車行車安全的訴求，也響應了全球環保運動的推行。

響應愛護地球資源，《臺灣日報》於黃金三年（二〇〇六年）五月三十日特別以「選擇素食生活，立即解決全球資源不均」為大標題，以「自古以來眾多的偉大人物，均奉行素食」為副標題，對「您也可以選擇這樣的生活」的宗教公益活動，做推波助瀾的報導，相當醒目，引人注意。

頗值得一提的，是二〇〇五年臺南市市鳥選拔的活動文宣，主要目標是推動「生態保育工作」，為了讓大眾了解黑面琵鷺、高蹺鴴、反嘴鴴、喜鵲、斑頸鳩等五種鳥類的特性，提供相關之事的介紹，並設計了動態與靜態的競選活動，結合臺灣的選舉文化，以及臺南環境保護聯盟「尊重生命，疼惜鄉土」的主題，充分展現了「草根・知識・行動」的地方特色。其活動緣起，做了充分而清楚的說明，茲引其文如下，以作參考：

> 本市擁有臺灣四大之一的「台江（四草）濕地」，鳥類豐富而多樣，近年來各地推廣生態旅遊，台江的生態與府城的文化古蹟相輝映，是本市市民的最大資產。市鳥兼具了地方特色與保育形象。希望藉由舉辦市鳥選拔之活動，同時選定深具代表性之五種候選鳥，徵選競選文宣、最佳助選團及透過學校舉辦才藝比賽，期引起全體市民對本市鳥類生態保育的認識與提升學童主動學習的能力，票選出足以代表本市之市鳥，作

> 為本市生態保育特使，宣揚與推動本市的生態保育工作。

其活動成果，精彩豐碩，可於臺南市政府網站[20]中顯見。

4. 心象文宣

統一企業以「感恩與關懷的微波動，統一關心你的健康」為標題，拉近與大眾的距離。並以「尊重生命、彼此關懷、親近自然、樂觀進取」四個標語，呈現企業的宗旨。再用一段感性的訴求，建立新的觀念與態度，讓企業形象更具特色[21]：

> 水是心之境，映寫出人的心。如果音樂可以影響實驗室裡的水，那麼人類的集體意志，當然也會影響整個地球的生態與自然環境。如果我們每天都能以充滿感恩與關懷、喜悅的心情來生活，相信應該能讓人類的未來更向上提升。

在諸多網站中，統一企業的文宣完整而豐富，不直接推銷商品和企業形象，而是用心跟社會大眾映心，這是筆者特別欣賞，絕對值得分享的地方。

最後以成大學生事務處所辦的演講活動文宣為例，作為寫作經驗之分享。這項活動的主題是：「二〇〇七生命（品格）教育系列活動」，主要內容是系列演講和活動，最後以「躍動的青春」畫龍點睛，凸顯這個生命主題系列。

「躍動的青春」系列，正文部分用五個標題，每個標題下有副標題，然後是演講主旨，最後是演講者、

---

[20] 網址為 http://www.tncg.gov.tw/citybird/active.asp

[21] 可參 http://www.uni–president.com.tw/default_1024.htm

演講題目和時間地點。可以說每一小段就是一個活動文宣的基本架構，再以排比、類疊等方式，貫串各標題，使它呈現組曲一般的完整性。除了隨文部分（講者講題部分）不錄，其餘引述於下：

(1)蛹之生——「惜福感恩」

生命的契機——失陪！師陪！　尋找生命中的貴人

(2)風之戀——「戀戀安全」

生命安全——護護夜歸人　夜間自我防護

(3)花之戀——「戀戀生命」

生命關懷——失落的一角　遇見缺憾中的完美

(4)蝶之舞——「舞動青春」

生命的禮讚——飛舞青春有Go正

(5)巢之眷——「玩味生活」

生命品味——生活冒險家　品味美感人生

譜出了美好的生活願景，「失陪！師陪！」的對舉，予人期待與思考的空間，「師陪」之後如果用「？」，效果又如何呢？而「風之戀」與「花之戀」二段，戀字重複太多，若將第二段改為「風之願——願教平安」，是否更能表達出演講者的心願呢？

透過公關系列活動的主辦，讓參與者在良好的人際互動中，改善生活，也為主辦者留下完好的形象，這是從「心」出發，而能收效的好實例。

❖六、結語

二十一世紀是重創意、跨領域的學科整合時代，文宣寫作正納入整個時空環境，進入現代生活需求，結合社會傳播推銷，以專業分工、團隊合作，共同激發完成的創意活動。創意是文宣的思想和靈魂，文宣的內涵無所不包，本文僅就文宣寫作部分著墨，在寫作前先儲備生活經驗能力、訓練思維與分析歸納等能力，加強語文專業訓練，最重要的還要善用各種聯想、並打開胸襟，樂於與人分享，以開啟無窮的創意。

公關活動文宣不直接以營利為目的，利人利己是它的出發點，雙勝雙贏是它的理想。本文依其性質，分為讚譽文宣、公益文宣、響應文宣和心象文宣四類，分別說明其特點，並舉實例分享，其間略陳己意，希望拋磚引玉，可獲得更多的討論和充拓空間。

公關活動文宣寫作，以「問題」出發，然後參考「標題寫作方式」、「正文寫作方式」，以及各性質的「實例分享」，再從既有的規律中，找到屬於自己的規律，創造出獨特的創意作品。

本文選擇公關活動文宣為範疇，不涉及商場與選戰的營利性和攻擊性，希望客觀的認識文宣寫作的原始面貌。至於策略、手段、心理等盡可在這基礎之上，隨人添加，繪事後素，踵事增華，各隨人意了！

❖七、習題

1. 假設要舉辦一項校際競技比賽，嘗試替比賽活動擬出主標題，設計標語口號，或使用簡短的主歌。希望一方面凸顯此項比賽的目的和意義，一方面呈現主辦者的風格和實力。
2. 以班級（班聯會）或社團（學生自治會）為主辦單位，為寧靜校園，屏除噪音，建立優質學習環境，擬定活動辦法，製作活動文宣，以醞釀優良校風，提升學習成效。

3. 如果舉辦一場別開生面的生日宴會，邀請同月同日生的壽星，從老到小，在歷史上的今天，分享生命經驗與願望。請嘗試就此構想，為活動下一個主標題，副標題，並說出活動的意義與目的，以吸引眾人的目光，並參與活動。

八、參考書目

廣告的心理原理　楊中芳　臺北　遠流　一九八七年四月

競選文宣策略：廣告傳播與政治行銷　鄭自隆　臺北　遠流出版公司　一九九二年

廣告大創意 (*What's the Big Idea*)　George Lois 著　劉家馴譯　臺北　智庫　一九九五年

廣告文案與生活創意　吳淑君著　臺北　漢欣文化事業　一九九五年

廣告・宣傳實務入門　徐建華著　臺北　超越企管顧問發行　二〇〇〇年

宣傳與說服　喬維特 (Garth S. Jowett)、歐唐納 (Victoria O'Donnel) 著　陳彥希、林嘉玫、張庭譽譯　臺北　韋伯文化國際　二〇〇二年

現代廣告學　何修猛編著　上海　復旦大學出版社　二〇〇四年

08・新聞評論

林燿潾

一、新聞評論的界說

新聞評論的義界，眾說紛紜，以下僅舉三種說明之。王民以為西方國家大致有兩種不同的界說：「一種是狹義的界說，認為新聞評論所指為報紙雜誌與廣播電視所發表的社論、短評與專欄評論。另一種是廣義的界說，認為除社論、短評與專欄評論而外，尚應包含政治漫畫、民意調查與讀者投書等等。」❶就臺灣目前媒體的實際狀況言，新聞評論包含上述廣狹二義。只是一般不太認為是新聞評論，它主要是針對某些議題探詢民意的傾向。又，當今世界網路發達，在全球資訊網上發表的新聞評論亦應列入。

林大椿說：「新聞評論是藉新聞傳播的工具而作之新聞性、權威性、公益性的意見論述。」❷新聞性是新聞評論首要且顯著的特徵。英政治家巴克(E. Burke)曾謂新聞記者為政治上的第四種身分(Fourth Estate)，即在貴族、僧侶、平民的議席上，新聞記者亦有同等影響議會的權力。❸所謂的「第四權」是在行政、立法、司法之外的一種力量，所謂的「無冕王」，均表明新聞評論的權威性。新聞評論必須以公共利益為依歸，無私

❶ 王民：《新聞評論寫作》（臺北：聯合報社，一九八一年五月初版，一九八一年十月修訂再版），頁三。
❷ 林大椿：《新聞評論學》（臺北：臺灣學生書局，一九七八年十一月初版），頁四。
❸ 同❷，頁三。

無我，為維護公平正義而努力，於此顯現其公益性。

丁法章說：「新聞評論，是就當前具有普遍意義的新聞事件和重大問題發議論、講道理，有著鮮明針對性和指導性的一種政論文體，是所有新聞傳播工具的各種形式評論的總稱，屬於論說文的範疇。」❹新聞評論是一種廣義的政論，但不以政論為限，稱為「時論」更恰當些。新聞評論雖多為論說文字，但亦不以論說為限，嘻笑怒罵，冷嘲熱諷的短評，亦不罕見。

❖ 二、新聞評論與新聞報導

新聞評論因新聞報導而生發，其先決條件，應該具備「新聞性」；否則可能成為「歷史評論」、「學術評論」或「專業評論」。但，新聞評論與新聞報導卻又不同。以下舉二家之說比較之。林大椿的說法如下表❺：

新聞報導	新聞評論
1. 向讀者報導事實。	1. 向讀者提供意見代讀者反映意見。
2. 客觀的報導事實。	2. 主觀的評論新聞事件。
3. 見之於各報的內容大致相同。	3. 見之於各報的觀點往往不一致。
4. 敘述以事實之發展為中心。	4. 立論以問題的剖析為中心。
5. 由於報導真實與詳盡而獲得信任。	5. 由於立論公正平允與推斷正確而樹立權威。
6. 占版面百分比最大。	6. 占報紙篇幅最小。
7. 版面大小及地位依新聞價值而定。	7. 版面大小及地位經常不大變動。
8. 其報導不致影響報社編輯方針。	8. 其言論對報社編輯之方針有領導作用。
9. 取材以讀者興趣為主。	9. 論點是以社會利益為重。
10. 是新聞存在的本體。	10. 是新聞發展的條件。

❹ 丁法章：《新聞評論學》（上海：復旦大學出版社，一九九七年一月出版），頁一四。

❺ 同❷，頁六。

王振業、胡平的說法如下表❻：

新聞報導	新聞評論
1. 反映事物本來的面目，本質上，屬於客觀反映。 2. 主要運用敘述、描寫手段，要求「六要素」完備、明白、確切。 3. 重視可信性，要求事物真實、準確，符合事物的實際。 4. 著眼於利用具體事實再現事物的狀態及其來龍去脈，引導人們透過事實認識整個事物。	1. 闡述對於事物的看法，本質上屬於主觀認識。 2. 主要訴諸說理，要求論點正確，論據充分，論證合乎邏輯。 3. 強調說服力，要求正確、中肯地分析事物，揭示事物本質。 4. 注重通過由表及裡、由淺及深的分析，引出具有指導意義的規律性認識，啟發人們作「舉一反三」的思考和聯想。

林大椿列舉十項加以比較，相當詳細，王振業、胡平之說雖僅四項，然已把握到兩者的重要差異，亦頗可採。

❖三、新聞評論的種類

新聞評論的種類，有各種不同的分類方式，以下敘述之。

依新聞評論的形式分類，可分為：社論、專論、釋論、短評、讀者投書、政治漫畫等。

依新聞評論的內容分類，可分為：政治評論、經濟評論、文化評論、體育評論、軍事評論、教育評論、國際評論、科技評論、社會評論、政法評論等。❼

❻ 見王振業、胡平：《新聞評論寫作教程》（北京：中國廣播電視出版社，二〇〇一年一月修訂版），頁二六。

❼ 賈亦凡：《新聞評論寫作》（福州：福建人民出版社，二〇〇一年一月第一版），頁四二。林大椿亦有類似的分類法，他將新聞評論分為軍事新聞評論、國際新聞評論、政治新聞評論、社會新聞評論、文教新聞評論、經濟新聞評論等六種，見同❷，頁一三五～一三六。

依大眾傳播媒體分類，可分為：報紙新聞評論、雜誌新聞評論、廣播新聞評論、電視新聞評論、網路新聞評論等。

依新聞評論的論述方式分類，可分為：解說型、辯論型、啟發型、研判型、勸導型、褒貶型、紀念型、建議型。❽

依新聞評論的內容分類，並不妥當，因內容多種多樣，實無法遍舉，大類又可再細分為次類、小類，難以包羅殆盡。依新聞評論的論述方式分類，也不理想，因各種論述方式可能會交替使用，彼此之間也多有重疊。其實，新聞評論的分類並不重要，重要的是，要認清各種新聞評論的形式特色、媒體特色，然後採用適合的寫作手法與內容。以臺灣目前的三大報為例，它們的新聞評論有如下幾種的形式：《中國時報》有社論、短評、時論廣場、專論等。《聯合報》有社論、黑白集、民意論壇、專論等。《自由時報》有社論、自由談、自由廣場、專論等。這三家報紙亦常刊載政治漫畫。而「時論廣場」、「民意論壇」、「自由廣場」均可視為「讀者投書」，只是有些文章出自專家手筆，立論甚有見地，有些出自一般小市民，不見得有什麼高論，不過是表達民意而已。

四、新聞評論的地位與功能

(一)新聞評論的地位

新聞評論的地位為何？歷來有六種說法：

❽ 同❶，頁一三五～一三八。王振業、胡平亦有類似的分類法，他們將新聞評論分為：立論性評論、駁論性評論、闡述性評論、解釋性評論、提示性評論等五種，見❻，頁一二八～一三五。

1. **旗幟論（或心臟論）**

這種觀點認為，新聞評論是報紙的旗幟，決定著報紙的政治面貌。因為報紙每天都要對當前的形勢、目前的工作和各種社會問題發表新聞評論，而評論是一種見解，一種主張，一種態度，是一家報紙政治立場政治態度的具體表現。❾美國著名報人普利策 (Joseph Pulitzer) 把社論看成是報紙的心臟，他說：「我的《紐約世界報》(*New York World*) 雖然有巨大篇幅、許多欄目，但是我最關心的是社論版。我採用種種欄目吸引讀者來讀社論。」❿曾任《曼徹斯特衛報》(*The Guardian*) 主編達十五年之久的斯科特 (Scott Trust) 更是明確的說：「社論是表達報紙立場的基本手段，它是『報紙存在』的基本理由。」⓫

2. **靈魂論**

這種觀點認為，新聞評論是報紙的靈魂、元帥。此說法適用於十九世紀末二十世紀初的「政論報刊的時代」。著名的政論家梁啟超曾在《時務報》上發表大量言論，如〈變法通議〉等。其評論思想新穎，飽含激情，文風犀利，氣勢磅礡，故而「舉國趨之，如飲狂泉」，以致「一紙風行，海內觀聽為之一聳」。維新派報刊言論的空前繁榮，確立了政論在中國近代報刊上的重要地位，從而開創了中國新聞史上的「政論報刊時代」。但是，「政論報刊」很快就成為過去，報刊也由「以政論為本位」回到了「以新聞為本位」，成為一種名副其實的新聞紙。⓬

3. **聲音論**

---

❾ 同❼前段所揭書，頁三五。
❿ 同❼，頁三五。
⓫ 同❼，頁三五。
⓬ 同❼，頁三六。

這種觀點認為，新聞評論是報刊的聲音，反映政治、經濟、社會、教育等各方面的現狀。但是，新聞評論畢竟與新聞報導不同，反映現狀最多的應是新聞報導，而非新聞評論。

4. 炸彈論（或筆槍論）

這種觀點認為評論的威力很大，猶如威力巨大的炸彈，甚至原子彈，極具殺傷力，只要炸彈一爆炸敵人必定應聲而倒，從而產生極大的轟動效應。⓭前美國總統約翰遜 (Lyndon Baines Johnson) 曾說：「《華盛頓郵報》(*The Washington Post*) 的社論抵得上五十師軍隊。」著名專欄評論作家李普曼 (Walter Lippmann) 執筆報刊評論六十餘年，被認為「並不指揮千軍萬馬」，「確實有左右輿論的巨大力量」。民主革命時期的鄭貫公曾說：「不必匕首，不必流血，筆槍可矣，潑墨可矣。」孫中山先生在辛亥革命後不久說：「此次革命事業數十年間，屢仆屢起，而卒現成於今日者，實報紙鼓吹之力」，「革命成功極快的方法，宣傳要用九成，武力只可用一成。」⓮

5. 眉毛論

曾經擁有《申報》、《新聞報》和《時事新報》的史量才說：「社論是報紙的眉毛，缺乏有礙觀瞻，有了無濟於事。」⓯此種說法把新聞評論當做一種點綴而已。

6. 盲腸論

這種說法認為新聞評論是報紙的盲腸，割之可也。

上述六種說法，「旗幟論」符合目前報刊的實際，但僅限代表報社立場的「社論」或「短評」，「專論」及「讀

⓭ 同❼，頁三七。

⓮ 楊新敏：《新聞評論學》（蘇州：蘇州大學出版社，一九九八年十月第一版），頁一七。

⓯ 王興華：《新聞評論學》（杭州：浙江大學出版社，一九九八年一月第一版），頁三一。

者投書」不代表報社立場。「靈魂論」只適用於「政論報刊時代」，當代已非如此。「聲音論」就新聞報導而言將更為恰當。「炸彈論」有點誇大，只有少數的新聞評論取得如此重大的效應。「眉毛論」與「盲腸論」太輕忽新聞評論的影響，為智者所不取。

(二)新聞評論的功能

新聞評論的功能有下列三種：

1.認識功能

新聞評論可以讓受眾了解到新聞事件、社會現象、社會問題的基本知識，尤其那些出自名家、專家手筆，飽含知識的新聞評論，此一認識功能更加明顯。例如：

張升星〈WTO的法官〉一文云：

> ……。WTO即將進行上訴機構法官的任命，其中被提名人之一是中國的經貿法專家張月姣。臺灣擔心其未來執行職務時無法確保臺灣獲得公平待遇，因此決定杯葛議程召開。
>
> 依照WTO協定第九條的規定，關於WTO決策事項固然可以表決，但是由於WTO實務上向來採取「共識決」的國際慣例，因此如有任何會員提出「異議」，就將迫使議程延宕不決。臺灣的決定雖然有效阻擋議程，但也必然會招致其他會員國的關切，因為這將使得WTO面臨政治化對抗的疑慮。⑯

由上文讀者可以認識：「WTO實務上向來採取『共識決』的國際慣例」這一事實。與政治性的國際組織，例如聯合國、世界銀行和IMF常受紛擾的情形不同，WTO以促進自由貿易為目的，沿襲其前身GATT的國際

⑯ 見二〇〇七年十一月二十六日《中國時報》A15「時論廣場」。

慣例，會員間大致都能擱置政治爭議，以經貿利益作為主要的考慮。⓱也因為這種「共識決」的國際慣例，在國際上一直遭受中國打壓的臺灣，才有在此法官任命案上杯葛議程的機會。這篇登在「時論廣場」之「觀念平臺」上的新聞評論具有認識功能。⓲

2. 教育功能

現代社會專業分工精細，有些社會事件如不經由專家分析，一般民眾可能只看到現象的表層，而不能理解事物深層的意涵。民國九十六年十一月二十四日，臺大門口爆發砍人事件，砍傷人的男子母親說明男子是「亞斯伯格症」。心理諮商師莫茲婷從事心理諮商工作多年，接觸不少「亞斯伯格症」的兒童和青少年，於是寫了一篇〈他們不是外星人〉的文章，以讓社會大眾有正確的了解，進而能適時適宜的給予他們所需要的協助。⓳什麼是「亞斯伯格症」呢？〈他們不是外星人〉一文說：

> 「亞斯伯格症」乃在一九四四年被維也納的一名小兒科醫師亞斯伯格 (Hans Asperger) 所提出，經過五十年後，第四版的《美國精神醫學診斷手冊》正式承認為「亞斯伯格症候群」。無論是亞斯伯格醫師或在他之後的許多研究學者專家，都對「亞斯伯格症候群」的主要症狀指向社交困難、溝通困難、行為興趣的固執。「亞斯伯格症」也經常被稱為「學者症候群」、「自閉症」等，現今和過去所熟知的人物中，被研究人員懷疑為亞斯伯格症的有：莫札特、梵谷、愛因斯坦、牛頓等。……。「亞斯伯格」孩子常常成為團體或班級中

⓱ 同⓰。

⓲ 此案後來的發展是，臺灣不再反對中國籍法官張月姣被任命為 WTO 爭端上訴機構承審法官，原因是，WTO 通過下列聲明為臺灣所接受。此一聲明，據我國駐 WTO 代表林義夫轉述，重點如下：未來審案法官在審理上述機關案件時，不得受所服務國家的影響，必須遵守 WTO 的法律規範。有關報導請參見民國九十六年十一月二十八日《中國時報》A13 版。

⓳ 見二〇〇七年十一月二十五日《中國時報》A15「時論廣場」。

> 被其他同儕欺負的對象，因為他們不了解存在於社會團體中的無形規則（如：人際互動該有的界限、玩遊戲要輪流等等），也難於了解社交線索，如察言觀色，因此在人際互動時會出現看似怪異、白目或冒犯別人而不自知的不適當行為……當內心對外在環境逐漸的恐懼時，亞斯伯格的孩子常會產生防衛性的行為，如：想要隨身攜帶武器、攻擊行為、退縮、甚至懼學或封閉自己等。[20]

亞斯伯格症患者需要「人際及情緒諮商」，人際技巧訓練。患者及家庭成員應有「病識感」，請求專業人士的協助，尋求治療。讀了莫茲婷此文，讀者被教育了，心裡也不再停留在畏懼的層次，不再淺層地以為這是「治安不好」，而會期望政府、社會、學校共同努力，協助患者。

3. 監督功能

在民主社會，新聞媒體作為行政、立法、司法之外的「第四權」，具有深遠的影響力，或多或少對掌權者有一定的監督功能。臺灣自一九八七年七月解除戒嚴以後，言論自由的大旗高張，所有不同種類的媒體大鳴大放，言之者無罪，聞之者足以戒。新聞評論的監督功能是民主政治不可或缺的一環，例子俯拾即是，以下但舉一例說明之。

《中國時報》社論〈樂見執政者對臺灣發展思維出現轉型〉一文說：

> 在就職兩周年的記者會上，馬英九總統提出了他的治國願景「六國論」：創新強國、文化興國、環保救國、憲政固國、福利安國、和平護國，他期許以此六大理念開創臺灣的黃金十年。馬總統的六國論引起正反不同意見的討論，但不論是褒是貶，很多人也都注意到，馬總統這次的執政論述有個跟過往國民黨的習慣、甚至是當初馬蕭競選團隊再三強調的主題很不同的地方，那就是馬總統的六國論並未刻意著墨於經

---

⑳ 同⑲。

濟領域的議題。

……過往，不論是在哪個層級的選舉，直接挑明講經濟的口號，總是叫得響亮，國民黨許多執政規畫、施政報告也都圍繞著經濟數據打轉，就是要讓選民知道泛藍團隊在經濟事務上是有把握的、是在行的；有意思的是，這次馬總統的六國論卻並沒有以「經濟強國」、「經濟興國」等傳統「拚經濟」為主軸，而是強調創意和文化，顯然，以文化創意作為競爭力的發展模式已正式成為馬政府核心思維。

馬總統常強調要做文化總統，也不斷闡述他對「建設可以使一個國家強大，但文化才可以使一個國家偉大」理念的認同；在他任內，也終於通過文創法，並透過政府再造，讓文化事務獨立成為一個部會，但馬政府到底有多麼重視文化事務，到底有什麼能耐真的讓文化成為臺灣競爭力的重要項目，很多人都還在「觀察」；文化界向來不是「好伺候」，山頭多且誰也不會服氣誰，就算是貴為最高權力核心的總統吧，也不見得能產生確實的影響力，……

然而，在就職兩周年記者會，馬總統強調他對創新與文化重視，說明馬英九容或在這兩個領域還有很多做得不夠到位的地方；但執政者對臺灣的發展思維已悄悄轉型，如同馬總統說的「改變已經發生」。四十年來，臺灣強調數字成長、以經濟數字掛帥，這樣的模式與價值觀，形塑臺灣一路走來的風貌，也創造了臺灣人的信心和在國際產業上的地位；然儘管倚靠「製造能力」的經濟發展模式已為臺灣累積了三、四十年的製造優勢，隨著「成本效益」能擠壓出來的效益愈來愈有限，在全球商品供應鏈中，臺灣那種拚死命追求擴張規模經濟所帶來的低成本領導地位，逐漸動搖，而不得不去尋找新的經濟動能；這些年來，生活風格、文創產業的興起，意味著敏銳的臺灣人已經了解到，未來要走的將是一條徹底不同於過往經驗的道路。

馬總統六國論將創新與文化放在最前面，蘊涵的訊息令人期待。當然，也要提醒馬政府：經濟成長或許可以用拚的，但文化是需要陶養涵化的，創新能力也要有足夠的社會風氣和條件，不是用拚的，就可拚出文化和創新來；希望政治人物不再用速成、擠壓的思維來看待文化與創新議題；臺灣人要懂得生活才有生活產業，要真的重視文創才會創造出文創產業；政府可在環境面上多做一點事。㉑

馬總統所提的所謂「六國論」，是他就職兩週年記者會上所提的治國願景。此願景沒有把過往津津樂道的經濟發展列入，的確是發展思維的轉型。本篇社論樂見此種轉變，似乎褒多於貶，說它具有監督功能，有人可能認為有些牽強。但筆者以為，本篇社論的最後一段即具有針砭之意。況且，重視創新，重視文化，只是馬總統的治國「願景」而已，究竟能落實多少？落實到何種程度？正需要輿論不斷鞭策。

靠勞力密集創造剩餘價值的時代即將遠去，今後的世界要重視腦力開發，創新與文化是未來重要的發展趨勢。馬總統不能只是說說了事，本篇社論的結論「臺灣人要懂得生活才有生活產業，要真的重視文創才會創造出文創產業；政府可在環境面上多做一點事。」這就是監督，但監督要持續，要有力道，這種美好願景才有可能實現。

❖五、新聞評論的實作

㈠選題、標題

新聞評論的寫作，其第一步驟是「選題」，「選題」包括「標題」。選題的原則有三：對世界人類、國家社會有重大意義及影響的新聞事件；能引起廣大社會興趣的新聞事件；新穎性的新聞事件。上述三類新聞事件都是理想的選題目標。一經選題，便必須給新聞評論一個標題，新聞評論的標題和新聞報導的標題一樣，以

㉑ 見二〇一〇年五月二十二日《中國時報》A9。

能吸引讀者（閱聽人）為最高要求，現代人生活繁忙，看報紙有只看標題者，因此，想要吸引閱聽人看你寫的新聞評論，下一個有趣的、令人眼睛一亮的標題，非常重要。

對世界人類、國家社會有重大意義及影響的新聞事件，值得寫新聞評論。如全球性的環保議題、抗暖化、減碳及《京都議定書》、反恐等國際性議題。以臺灣為例，兩岸議題、國家定位議題、藍綠惡鬥議題、產業外移議題、教育改革議題、貧富懸殊議題等，均值得關切。

能引起廣大社會興趣的新聞事件，值得寫新聞評論。如近兩年來的「王建民旋風」、李安導演的電影《色，戒》、十八分上大學、大學錄取率96%等。

新奇聳動性的新聞事件，值得寫成新聞評論。太多的新聞事件都太平常，如果有新奇聳動的新聞事件發生，是很好的選題目標。

民國九十六年十二月十六日《聯合報》A15「民意論壇」有讀者投書，討論交通大學土木系女學生跳樓的文章，該文的最後一句頗令人玩味：「難道明天沒有一堂你喜歡的課嗎？」大學生廖誼安很想說：「是。」廖誼安在〈明天沒一堂喜歡的課〉中提出三種類型的老師，他說：

> 其一，像投影片朗讀師。這一類老師喜歡用書商贈送的投影片光碟，像放影片似地讓一張張Power Point流瀉過去，船過水無痕，讓學生目不暇給。偏偏許多這一類型的老師在上課時都像第一次跟情人約會一樣，略帶羞赧神情看著自己放出的投影片，並以充滿驚奇的眼光審視著投影片的內容，不時發出讚嘆：「等一下，我想一下他在寫什麼。」……。他們的專業僅僅在於識字，別無其他。其二是綜藝主持人型。這類教授的中心思想是學習要靠自己，老師只是輔助，只是斑駁的路標，只是破舊的地圖，只是無聲的嚮導，遙遠而神祕的北極星。……。他們上課就像綜藝主持人一樣詢問各個學生的想法，然後將大家的意見整合成

自己的意見，以新世代青年都有獨立思考批判精神作為每堂課的結語……例子三：茫然船長型。想像一個畫面，在一望無際的大西洋上，水手們本來帶著冒險家的精神準備深入未知的境域，等到船出發一周後，才發現船長不僅對目的地沒有任何概念，甚至對回航的路也毫無頭緒。㉒

〈明天沒一堂喜歡的課〉，這個標題夠吸引人，如果遇到這三種類型的老師，這種說法是可以成立的。在大學中，這三種類型的老師應該是有的。過去曾傳出，一名南非籍的卡車司機假造美國聖母大學的博士證書，矇混獲聘為某大學應用英語系的助理教授，即為顯例。新世代的大學生眼光是雪亮的，濫竽上庠者，能不警惕！

㈡論點、論據、論證

新聞評論一定是有所肯定，或有所否定，此即論點的提出。論點的成立有待論據，論據有事理論據與數字論據兩種。以論據為根據，使論點得以成立的過程，稱為論證。完整而嚴謹的新聞評論必須具備這三個部分。

張逸中〈同業不學，直銷貨哪點好〉一文說：

……不同於直銷人的說法，我認為直銷是一種比較高成本的銷售方式，雖然不必店面，但是一層層的上下線，產品在很多人之間進行小量的運輸轉銷，過程中哪一個人不要賺錢？哪一段路不必車錢？如果產品成本一樣，售價一定會比賣場貴很多。直銷人的說法是，他們的產品不同於市售產品，而且好很多！但是可能嗎？

我曾讀過一篇醫生的文章說，世界上已經知道很有效、副作用又可以掌握的藥物不過一百多種，這些

㉒ 見二〇〇七年十二月十七日《聯合報》A15「民意論壇」。

> 藥在任何的藥房都買得到，而且很便宜！如果產品證實真的好，就一定會被大量生產而變得便宜，同時間廠商薄利卻多銷，可以賺更多的錢，這是資本主義社會的必然現象；在道德上，要造福人群也應該如此。那憑什麼好的直銷品就可以例外？又為什麼直銷公司要放棄可以簡單獲得較高利潤的量產鋪貨方式，而執意要經營複雜的直銷系統？
>
> 產品好不好，最清楚的一定是同行的專業廠商，如果同行的專業廠商都不積極仿製，或搶購專利量產，可能是東西不夠好或尚在測試中品質不確定好。這兩者都不值得我們花較多的錢去購買。㉓

這篇文章的論點是：直銷產品不好，不值得我們花較多的錢去購買。它的論據有二，一是：直銷是一種比較高成本的銷售方式，二是：直銷產品不好，所以同行廠商不積極仿製，或搶購專利量產。論據一的論證方式是，直銷增加產品的運輸成本，一層層的上下線因追求利潤勢必抬高價格。論據二的論證方式是，好產品一定會被量產而薄利多銷，直銷公司放棄可以獲得較高利潤的量產鋪貨方式，說明直銷產品不好。本文所提出的論據屬於事理論據。

㈢警句、重點段落的布置

警句，指一篇文章中精彩生動的文句。新聞評論的警句，可以援引古今中外大哲學家、大思想家、大文學家、大科學家、大政治家、大評論家的金玉良言，也可由評論作者自鑄偉詞。警句就像畫龍點睛一樣，會讓評論文章生動活潑。警句，也常是一篇評論文章的重點段落所在。

王乾任〈文化翻譯，讓創意產品起飛〉一文中說：

㉓ 見二〇〇七年十月一日《聯合報》A15「民意論壇」。

> 所謂「文化創意產業」，並不是發展設計性強，具符號／價值之商品就算，而是這些商品所暗含的符號／象徵必須能夠承載設計國之既有文化特色／生活型態，並將之化為商品設計元素，再推向世界。……。當前各文化創意產業強國莫不從其自家文化／美學元素中提煉出可提供給世界市場選購、消費之產品，在推銷商品之餘，還向世界推銷了自家土地的文化／風情，進而帶動更大的錢流。舉例來說，當韓國向世界輸出戲劇時，也同時引發了世人對韓國的好奇心，進而帶動韓國觀光。……。光會設計／製造產品還不夠，還必須懂得「翻譯」，這裡的翻譯，指的是「文化翻譯」，也就是說，將臺灣所設計的文化產品，翻譯成所要銷售的市場所能懂的語言，告訴該地的消費者，這些文化產品為何值得購買？為何值得以如此高價購買？……。李安之所以能夠東西方電影市場通吃，正在於他是個懂得將東西方文化翻譯成西方人所能懂的語言並產出的導演（甚至能以東方人之心、眼，找出西方脈絡下經典的意蘊，拍出西方人都叫好的電影，所以有了《理性與感性》、《斷背山》），所以能夠拍出《臥虎藏龍》、《色，戒》，名揚世界影壇。㉔

上述引文有兩個關鍵詞，它們是「文化創意產業」及「文化翻譯」，這兩個關鍵詞也就是這篇文章的重點所在。經由名詞解釋、舉出實例，構成了這篇文章的重要段落。這篇文章的警句則有下列二句：「商品所暗含的符號／象徵必須能夠承載設計國之既有文化特色／生活型態」及「將臺灣所設計的文化產品，翻譯成所要銷售的市場所能懂的語言」。

胡晴舫在〈當新道德崛起〉一文中說，今年全球的新道德冠軍無疑是環保。文章的最後一段，應是全文警策，他說：

> 道德的省思會抵制壓迫，道德的自信則誕生壓迫。美國法官漢德 (Learned Hand) 對自由下了最著名的

㉔ 見二〇〇七年十月二十七日《中國時報》A15「時論廣場」。

定義，自由的精神即是永遠「不確定自己是否正確」。㉕

環保新道德幾乎已成這個時代的「政治正確」，但捷克總統克勞斯（Václav Klaus）卻持異議，他以為，「環保人士自認立論科學，不容爭辯，透過媒體和公關活動，繪出一幅世界末日的景象，散播恐懼因子，製造某種社會氣氛，企圖迫使決策者立下獨斷的法規，限制人們的日常生活與發展自由。」㉖環保人士與克勞斯，誰是誰非？也許兩者都必須秉持漢德所說的自由精神：永遠不確定自己是否正確。他們之間的爭辯，也許要留給「時間之神」去裁判，但眾多人類已嘗到的生態破壞苦果顯示，「環保新道德」可能是正確的一方。

(四)開頭和結尾

一篇結構嚴謹得當的文章，古人形容為「鳳首、豬肚、豹尾」。就是說，一篇文章的開頭，要像鳳凰的頭那樣美麗動人，一下子就能吸引人們的目光；主體部分要有豐富的內容，讓人瀏覽不盡，就像豬的肚子那樣渾圓；結尾要像豹子的尾巴那樣精短有力。明代謝榛在《四溟詩話》中更特別強調了開頭和結尾：「凡起句當如爆竹，驟響易徹；結句當如撞鐘，清音有餘。」就是說，文本的開頭，瞬間要打破寂靜，令人有振聾發聵之感，而結尾則要如音韻悠揚，繞樑三日，耐人回味。新聞評論的開頭與結尾如能符合上述要求，已經成功了一半。就像演講一樣，開頭三分鐘就必須吸引觀眾，如果開頭八分鐘還無法吸引觀眾，那這場演講的成功率就很低了；結尾則要精簡有力，令人回味無窮。

沈雲驄〈移民經濟學〉一文的開頭與結尾是這樣說的：

㉕ 見二〇〇七年十二月十四日《中國時報》A15「時論廣場」。

㉖ 同前註。

> 臺北的臺北車站。香港的皇后巷廣場。新加坡烏節路上的幸運廣場。(開頭)
>
> 面對全球沸騰的移民經濟，我們該敞開門戶擁抱，讓外地人來工作、來通婚、來落地生根，還是得豎起一道道的柵欄，把這些人擋在門外？想要加入聯合國，也許可以從認真研究來自聯合國的數據開始吧。(結尾)㉗

開頭第一段由三個短句組成，這三個短句分別是三個城市的三個地點，這三個地點為什麼會放在一塊？有何共通性？凡此，均是吸引讀者繼續閱讀下去的動因。下文接著說：

> 這三個地點，都是週末外籍勞工聚集的地方。走一趟，穿梭其間，你可以感受到全球移民經濟沸騰的現況。根據世界銀行的估算，去年全球外籍勞工在外打拼之後，匯回老家的錢加起來，超過二零七零億美元。不過，聯合國底下有個叫國際農業發展基金(International Fund for Agricultural Development，簡稱 IFAD)的組織，認為這個根據各國央行有紀錄可循的數字所做出的統計，低估了這個金額。該基金上週公布一份與美洲開發銀行共同完成的報告，報告中把透過民間匯款機構、黑市兌換的規模也估算進來，結果發現，總金額可能高達三千億美元。……。他們合力在全球經濟活動中賺走的錢，比十個鴻海的年營業額加起來還多，是台積電年營業額的三十三倍以上。㉘

開頭吸引人固然重要，但文章還是要展開論證。本文提出了兩個數據，一個是世界銀行版的二零七零億美元，一個是 **IFAD** 版的三千億美元。為了讓臺灣讀者有更具體的認知，沈雲驄說，這比十個鴻海的年營業額還多，

㉗ 見二〇〇七年十月二十四日《中國時報》A15「時論廣場」。

㉘ 同㉗。

是台積電年營業額的三十三倍以上。無論任何版本，移民經濟的數額的確驚人。移民經濟的一個大爭論點是勞動力排擠問題，但是，「對大多數國家而言，流動中的移民人口所從事的行業，大多是當地人不願意就業的領域，因而彌補了部分產業勞動力短缺的困境，並沒有造成嚴重的勞動力排擠問題。」㉙「移民者雖然可能搶走中低階層勞工的就業機會，甚至稍微把薪資水平拉低，但最有效的解決方式，是改善總體經濟，而不是拒絕移民。」㉚「改善總體經濟，不是拒絕移民。」是此文的結論，於是文章結尾提出了呼籲性的建議，希望國人省思「移民經濟」議題。

六、新聞評論寫作應注意事項

新聞評論的作者，如果身分是總主筆、主筆、撰述委員、時論專欄作家，社會對這些專業的新聞工作者，要求非常嚴格，新聞專業組織亦多訂有規範。這些內部自律的公約，如能確實遵守，在道德上、法律上及社會評價上，都不會有問題。新聞評論的作者，如果是一般社會人士，這類內部自律的公約，也極有參考價值。積極一面言，它可以啟發作者應寫些什麼，不應寫些什麼；消極一面言，下筆之前，審慎思考，或許可以避免一些道德上及法律上的爭端。

中華民國報紙事業協會民國四十四年八月十六日舉行成立大會時，通過李萬居等廿七人臨時動議，為適應需要，制訂為《中國報人信條》十二條，以資共同信守案。茲將其與新聞評論有關的條文，徵引如下：

五、吾人深信：評論時事，公正第一，凡是是非非，善善惡惡，一本於善良純潔之動機、冷靜精密之

㉙ 同㉗。

㉚ 同㉗。

思考、確鑿充分之證據而判定。忠恕寬厚，以與人為善；勇敢獨立，以堅守立場。

八、吾人深信：新聞事業為最神聖之事業，參加此業者，應有高尚之品格，誓不受賄！誓不敲詐！誓不諂媚權勢！誓不落井下石！誓不挾私報仇！誓不揭人陰私！凡良心未安，誓不下筆！

十、吾人深信：新聞事業為領導公眾之事業，參加此業者對於公眾問題，應有深刻了解與廣博之知識，當隨時學習，不斷求知，以期日新又新，免為時代落伍。[31]

上述所引三則信條，涉及新聞工作者的態度、動機、品格、知識。新聞事業若自許是領導公眾的神聖事業，在道德上及學問知識上自當有嚴格的要求。

美國密蘇里新聞學院創辦人沃爾特・威廉 (Dr. Walter Williams) 手訂《新聞記者信條》(*The Journalist's Creed*)，其中與新聞評論有關的條文如下：

六、我們相信，出言不遜者不適宜從事於新聞之寫作。受本身偏見所左右與他人偏見之籠絡，均宜避免。絕不因威迫利誘而逃避本身之責任。

七、我們相信，廣告、新聞與評論，均應為讀者之最高利益而服務。因此，一種有益處的至真與至純實優於一切，為唯一的標準。新聞事業之良窳，視其對社會服務之多寡而決定。[32]

上述所引第六條涉及新聞寫作的實際（不可出言不遜）及公平正義（不受偏見影響，不因威迫利誘而逃避責任）。第七條的警句是「為讀者之最高利益而服務」。

[31] 同❷，頁六九。

[32] 同❷，頁七〇。

美國編輯人協會通過《美國報業守則》(*Canons of Journalism*)七條，其中與新聞評論有關者如下：

一、明責任。報紙有爭取讀者吸引讀者之權利，然此種權利，必以公眾之利益之考慮為範圍。報紙所吸引之讀者愈眾，則其對讀者所負之責任愈大。報社中工作之每一同業，均分擔此嚴重之責任。蓋讀者既信託此報紙，若該報紙利用讀者之愛戴，作自私自利之企圖，謀達不正當之目的，實有負於此種崇高之信託。

二、尊自由。新聞自由，為人類基本之權利，應受保障。凡是法律上未經明文禁止之事項，報紙都有權評論。此種權利，不容置疑，即限制自由之各種法律，是否必要，亦可討論之。

三、守獨立。……社論不可稍有偏頗，若有意顛倒是非，實有違美國報業之傳統高尚精神。

六、求公允。報紙發表文字，涉及他人之名譽及人格者，除有官方文件可資依據者外，均應使受害者得申訴辯駁之機會，除司法訴訟已有裁判者以外，凡報紙對於他人有嚴重指責，均應予此種機會。此為良好之習慣。㉝

報紙不可有負公眾所託，此「明責任」之義。法律上未經明文禁止之事項，都有權評論，此「尊自由」之義。然，新聞自由雖不容置疑，如有牽涉國家安全、國防外交等國家重大利益時，亦應稍自我節制其自由。社論不可稍有偏頗，不可有意顛倒是非，此「守獨立」之義。報紙不可侵犯私人之權利與傷害私人之感情，以滿足大眾之好奇心。公眾之好奇心與公眾之權益，二者決然不同。此「求公允」之義。

《中華民國報業道德規範》與新聞評論及讀者投書有關之條文如下：

㉝ 同❷，頁七二～七四。

四、新聞評論。㈠新聞評論係基於報社或作者個人對公共事務之忠實信念與認識，並應盡量代表社會大多數人民之利益發言。㈡新聞評論應力求公正，並具建設性，盡量避免偏見、武斷。㈢對於審訊中之案件，不得評論。㈣與公共利益無關之個人私生活不得評論。

五、讀者投書。㈠報紙應盡量刊登讀者投書，藉以反映公意，健全輿論。㈡報紙應提供篇幅，刊登與自己立場不同或相反之意見，藉使報紙真正成為大眾意見之論壇。[34]

新聞評論應盡量代表社會大多數人民之利益發言，應力求公正，並具建設性，此新聞評論作為社會公器應有之義。㈢、㈣二項則揭示新聞評論不應為之部分。讀者投書為新聞評論之一部分，對反映公意，健全輿論，甚有助益，「刊登與自己立場不同或相反之意見，藉使報紙真正成為大眾意見之論壇」，尤為難能可貴。檢視臺灣現今報紙及新聞頻道的政論性節目，大多明顯地展現它們的立場，與自己立場不同或相反之意見，難有被刊登或表達的機會，這是新聞媒體亟須正視及改進的地方。

每期在《印度社會改革家》(*the Indian Social Reformer*) 刊出迦里遜 (Garrison) 的詩句，明示新聞事業的理想。詩句是這樣的：

我將嚴峻如真理，確實如正義——
我真誠以赴，
我不含糊其辭，
我不向人道歉，
我不會退讓分毫，

[34] 同[2]，頁七七。

我的話將令人諦聽。㉟

除了「我不向人道歉」，尚有討論的餘地外，其餘詩句顯現新聞工作者的堅持與自信。

早在西元十七世紀，英國文學家米爾頓 (John Milton) 發表《言論自由請願書》(*Areopatigica*)，力言個別意見應受尊重。他說：

讓真理和偽詐搏擊，誰能相信，真理會在一場自由和公開的較量中敗退？㊱

新聞自由是言論自由的重要組成部分，它作為民主社會的重要基礎是無庸置疑的。新聞評論又是新聞自由重要的展現場域，健全的新聞評論可以發揮「第四權」的功效，讓走入歧途的社會有重回正途的機會，讓權勢者受到應有的輿論監督。從積極一面言，新聞評論又是傳播真理的有效途徑，閱聽人在真理的潛移默化之下，國家社會必將能日趨於良善的境地。

七、結論

本文論述，以報紙的新聞評論為主，以其歷史較久，又較受讀者重視之故。實際上，廣播新聞評論與電視新聞評論，也是一種文章形式，它們和報紙新聞評論最大的不同，在於「口語化」。茲將撰寫口語化評論稿的原則列之如下：

1. 照說話的慣例用字造句。

㉟ 引自程之行著：《評論寫作》（臺北：三民書局，一九八四年六月初版），頁七八。

㊱ 同㉟，頁一二九～一三〇。

2.能淺近處，力求淺近。

3.決不為求省力少寫一個必需的字。

4.少用易於引起誤解的文字或成語。

5.多用聲音響亮的字。例如：「憂愁」不如「發愁」；「立時」不如「馬上」；「立著」不如「站著」；「始終」不如「早晚」等等。

6.避免用同音字。電化媒體評論稿是以聲音來表達的，是聽的文字，因此最重要是避免同音字。

7.避免使用古怪生澀的字句。由於口語化的目的在使人一聽就懂，所以不論用什麼字句，都應該以使聽眾聽懂與動聽才是。㊲

新聞評論作者如果是專業的新聞工作者，如總主筆、主筆、撰述委員、時論專欄作家等身分，必須具備新聞專業知識、廣博的各種知識、流暢可讀的文筆、一顆熱誠的心以及本文第六節所列舉的那些信條、守則及道德規範。

新聞評論作家如果是一般社會各行各業的人士，其要求條件較不嚴苛，但「沒有研究，就沒有發言權」，對所要評論的新聞事件若不能提出真知灼見，或令人耳目一新，多一篇不如少一篇。而一般的道德規範及法律規範，仍應遵守，否則可能招來各種不同的困擾。

不斷地充實各種不同領域的知識，不斷地講求寫作技巧，不斷地對人群、社會、國家、世界付出關懷，這是寫好新聞評論的不二法門。

㊲同❷，頁二一七。

八、習題

1. 國內每隔一時期，就會發生一些社會矚目的新聞事件。這些事件可能是高等教育、社會治安、家庭悲劇、政治惡鬥、財經金融、國防外交等議題，請選擇你感興趣的議題，寫一篇新聞評論。

【說明】選題與標題是新聞評論寫作的首要步驟。開始寫作後，要提出自己的論點，並盡可能地舉出事理論據及數字論據，然後展開論證。注意「鳳首、豬肚、豹尾」的結構原則，警句、重要段落的布置，也不容忽視。道德規範及法律規範等，亦應遵守。

2. 海峽兩岸的諸多議題，始終與臺灣社會有密切關係，此類新聞事件，時有所聞。如：臺商投資事件、中國打壓外交空間事件、三通議題、大陸學歷承認問題、觀光客開放問題、農產品登陸問題、中國籍配偶議題、偷渡客問題、海基海協交流議題、各種事務性談判議題，包羅萬象，難以細數。請選擇你有興趣的議題，撰寫一篇新聞評論。

【說明】同習題1.。

3. 世人矚目的國際新聞事件常常發生，有些新聞事件甚且可以延續數年、或數十年，在某些時間點會一再引起世人的注意。目前的環境保護問題是國際間的熱點，如《京都議定書》、美國前副總統高爾因推動環境保護而獲諾貝爾和平獎、減碳計畫、抗暖化運動等攸關地球生態及人類永續生存的議題，會不斷地引起討論。美國、英國發動的第二次波斯灣戰爭，不因海珊的被處決而結束；九一一事件以來，在世界各地發生的大大小小的恐怖事件，會不時地牽動人們的神經；科索沃準備脫離塞爾維亞而獨立；歐盟的不斷擴大。中國政治經濟實力的崛起；美日在西太平洋的戰略布局。「全球化」的議題等等；請選擇你有興趣的議題，加以闡論。

【說明】同習題1.。此外，國際新聞事件涉及各項專業知識，如沒有深入的研究，恐怕不容易寫出好的國際新聞評論。廣泛地閱讀相關資料、文獻、書籍，密切注意世界上重要新聞媒體的報導與評論，都是提升寫作實力的有效方法。

九、參考書目

新聞評論集　李文中著　臺北　華欣文化事業　一九七四年八月出版

新聞評論學　林大椿著　臺北　臺灣學生書局　一九七八年十一月初版

新聞評論寫作　王民著　臺北　聯合報社　一九八一年五月初版

評論寫作　程之行著　臺北　三民書局　一九八四年六月初版

新聞評論學　楊新敏編著　蘇州　蘇州大學出版社　一九九八年十月第一版

在美國寫社論的故事　張慧元著　臺北　黎明文化事業　一九九八年十二月初版

如何寫評論文章：從文化基因談起　陶在樸著　臺北　弘智文化　二〇〇二年十一月初版

09・方塊短評寫作

林淇瀁

一、緒言：方塊短評的界定

什麼是「方塊」短評？它與一般習稱的「專欄」、「雜文」有何不同？這是我們首先必須釐清的。

首先，根據網路版《教育部國語辭典》的解釋，方塊指的是「報紙副刊每日刊出的短文，因全文排成方塊形，故稱為方塊」。❶這個界定，相當簡約，在媒體上特指「報紙副刊」，在形式上特指「短文」，在登載編排外型上強調「方塊形」，基本上說明了「方塊」短評的三個特質，但是仍難周延涵括「方塊」作為報紙媒體的一種書寫的傳播特性——它是以新聞事件及社會現象作為書寫對象的「雜文」，而以「專欄」的形式出之。就「新聞文學」的角度來看，「方塊」短評具有新聞傳播的文化目的。❷

了解方塊短評的此一傳播特性之後，接著我們必須辨明何謂「專欄」？何謂「雜文」？專欄以「欄」為名，根據新聞學者馬驥伸的說法，有三義：一是「源自印刷媒體圖書、報紙和雜誌編排的分欄（亦稱『批』

---

❶ 教育部重編國語辭典修訂本：http://140.111.34.46/cgi-bin/dict/GetContent.cgi?Database=dict&DocNum=25270&GraphicWord=yes&QueryString=方塊（二〇〇七年五月十日上網）。

❷ 新聞學者程之行認為，新聞寫作是「文章之事」，「自當運用語言文字，來記敘事實、說明事實和評論事實，最後目的又是完成一種文化活動——新聞傳播」。參程之行：《新聞寫作》（臺北：商務，一九八八年），頁五四。

或『段』)」，是根據編排形式來取決的；二是指「有特定專欄名稱，或是固定欄名，或是專人專欄」；三是「源自對新聞採訪、報導與處理的突破與提升」。❸這三個界定，指涉雖有不同，但是都具有「特闢專屬欄目」的共同特性，因此是新聞媒體編輯形式的指稱，而無涉於內容。舉凡報紙、雜誌的社論、專論、短評、報導、特寫、漫畫、攝影、讀者投書，只要「特闢專屬欄目」，均可稱之。在這個層面上，「方塊」短評以「排成方塊形」的欄目出之，當然也可稱為專欄。

「雜文」與專欄則不盡相同。雜文在中國文學史上早已存在，劉勰《文心雕龍．雜文第十四》一開頭就說：「智術之子，博雅之人，藻溢於辭，辯盈乎氣。苑囿文情，故日新殊致。」文末又總綰：「詳夫漢來雜文，名號多品。或典誥誓問，或覽略篇章，或曲操弄引，或吟諷謠詠。總括其名，并歸雜文之區。」❹在劉勰的觀點中，自漢代以來，無論典、誥、誓、問，覽、略、篇、章，曲、操、弄、引，吟、諷、謠、詠等，都可稱為雜文。雜文因此不只是文類的形式，還指的是風格上的「藻溢於辭，辯盈乎氣」。在現代中國新文學大家之中，魯迅以雜文享譽，他就認為雜文「古已有之」，「作者的任務，是在對於有害的事物，立刻給予反響或抗爭，是感應的神經，是攻守的手足」，必須具有戰鬥精神。❺因此，我們可以說，雜文早已被視為散文的一個旁支，以短小精悍的篇幅，透過議論、諷諭、批判等文學手法，表現作者對於外在時局、社會現象乃至新聞議題的見解或感慨、思慮，並且發抒知識分子對現實的關懷，且別具個人風格的作品。

由此看來，方塊短評既是新聞媒體中的欄塊，也是文人作家心中的塊壘，集新聞性和文學性於一體，其性質之相對弔詭、相互含混，也與新聞媒體報導有關的報導文學相當類似。所殊者，方塊短評以議論諷喻為

---

❸ 馬驥伸：〈副刊的專欄——方塊〉，《文訊》一九一期（二〇〇一年九月），頁三六。

❹ 范文瀾：《文心雕龍注》（臺北：宏業書局，一九八二年）。

❺ 魯迅：〈序言〉，《且介亭雜文》（上海：三閒書屋，一九三七年）。

目的，報導文學則以深化報導為主旨。在新聞性的這一端，方塊短評以新聞媒體為載具，以新聞報導做根據，即時反映社會現象，乃是提供給大眾讀者參照閱讀的專欄文字；在文學性的這一端，方塊短評則因執筆者多為對於社會百態、公共事務特別關心，且又能以活潑文筆，犀利針砭各種議題的作家，他們在題材選取、主題彰顯和語言技巧上都能展現個人風格，不受一般新聞報導之乾燥枯澀所限，方塊短評從而是他們寓莊於諧，精心創作的雜文書寫。

二、方塊短評文體的演變

方塊短評起自何時，已經無法深考。它既與現代新聞媒體媒合，又與雜文傳統呼應，要明確指出它的源起，確有不易。專欄作家姜穆認為，在中國新文學發展史上，首先重視雜文文體的是黎烈文，他受邀主編《申報》副刊《自由談》時，邀請魯迅、茅盾等人為該刊撰寫隨筆，「是雜文逐漸演變為『專欄』的濫觴」。❻但新聞學者程之行則指出，一八九五年革命黨辦的《中國日報》增出《中國旬刊》特闢「鼓吹錄」專欄，才是專欄之濫觴。❼

黎烈文是在一九三二年由法國留學回到中國，當時《申報》總經理史量才加以起用，主編《自由談》副刊，大力提倡雜文寫作，也大量採用魯迅、茅盾等左翼作家雜文，因而使得《自由談》從強調「茶餘飯後的消遣之資」的小報，一變為中國左翼文學運動的重要園地，且對中國現代雜文的發展與成熟做出了獨特的貢獻❽。其中又以魯迅發表的雜文，最多且最具震撼力。魯迅為《申報‧自由談》撰文，始於一九三三年一月

❻ 姜穆：〈試論「專欄」文體的演變及發展〉，《文訊》一九一期（二〇〇一年九月），頁三九。按，《申報》乃是中國創辦最早的報紙，於一八七二年四月三十日由英人安納斯脫‧美查在上海創辦，一九〇七年五月三十日轉由華人經營，一九四九年五月二十六日停刊。

❼ 程之行：《新聞寫作》（臺北：臺灣商務，一九八一年），頁二四八。

二十四日，終於一九三四年八月二十日，共計在該副刊發表了一百四十三篇，使用了筆名四十二個。這些雜文後來收錄於《偽自由書》、《準風月談》和《花邊文學》三書之中。❾以此來看，魯迅雜文與《申報・自由談》的提供園地也密不可分。魯迅在《偽自由書》的〈前記〉中說他給《自由談》的短評：

> 有的由於個人的感觸，有的則出於時事的刺戟，但意思都極平常，說話也往往很晦澀，我知道《自由談》並非同人雜誌，「自由」更當然不過是一句反話，我決不想在這上面去馳騁的。我之所以投稿，一是為了朋友的交情，一則在給寂寞者以吶喊，也還是由於自己的老脾氣。然而我的壞處，是在論時事不留面子，砭錮弊常取類型，而後者尤與時宜不合。蓋寫類型者，於壞處，恰如病理學上的圖，假如是瘡疽，則這圖便是一切某瘡某疽的標本，或和某甲的瘡有些相像，或和某乙的疽有點相同。而見者不察，以為所畫的只是他某甲的瘡，無端侮辱，於是就必欲制你畫者的死命了。❿

由此可見當時魯迅雜文的針砭時事「不留面子」，因而引發國民黨統治當局的不悅。這種對時局的批判，對不公不義者的「橫眉」，事實上也立下了此後雜文書寫的一大典範，那就是融合時事，在新聞性和政論性的突出上樹立了標竿。魯迅之筆，與當時《語絲》提倡的「小品文」做了切割，魯迅嘲諷林語堂所提倡的「小品文」是「花邊文學」：

---

❽ 陳子展認為「如果要寫現代文學史，從《新青年》開始提倡的雜感文不能不寫；如果論述《新青年》以後雜感文的發展，黎烈文主編的《申報》副刊《自由談》又不能不寫」，引唐弢：《影印本《申報・自由談》序》（上海：上海書店，一九八一年）。

❾ 黃娟：〈突圍：一個公共知識分子的形成——以魯迅為《申報・自由談》撰文為例〉，《新語絲》。http://www.xys.org/xys/classics/Lu-Xun/criticism/tuwei.txt（二〇〇七年五月十二日上網）。

❿ 該書收魯迅一九三三年一至五月間所作雜文四十三篇，一九三三年由上海北新書局以「青光書局」名義出版，一九三六年由上海聯華書局改名《不三不四集》印行。

每天一段，雍容閒適，縝密整齊，看外形似乎是「雜感」，但又像「格言」，內容卻不痛不癢，毫無著落。似乎是小品或語錄一類的東西。今天一則「偶感」，明天一段「據說」，從作者看來，自然是好文章，因為翻來覆去，都成了道理，頗盡了八股的能事的。但從讀者看，雖然不痛不癢，卻往往滲有毒汁，散佈了妖言。⓫

事實上，在稍早之前，日本殖民統治下的臺灣，類似魯迅這樣主張文學的批判性、思想性的短評也已出現。在一九二〇年創刊的《臺灣青年》雜誌中，陳炘就已發表〈文學與職務〉短評，呼籲臺灣文學界不能只是「耽溺於詩情美趣，以為文學之能事」，必須「以傳播文明思想，警醒愚蒙，鼓吹人道之感情，促社會之革新為己任」。⓬實際的諷喻雜文創作，則見於一九二一年三月發刊的《臺灣青年》，其中出現石如恆〈新論語〉、石煥長〈新大學備旨〉、子虛子〈新孟子〉等三篇借古文重編諷喻日人施政的短評。三篇短評以中國經書為本，將當時日本總督府對臺施政措施予以鑲嵌，達到諷刺時政的針砭之效，既宣洩臺灣人對總督府之不滿，也展現了幽默詼諧的雜文之功。隨手摘取如下：

子曰：閑與逸，是人之所好也，不以其道得之不處也。勞與慟，是人之所厭也，不以其道得之不去也。學生厭勞，惡乎成名？

子曰：六三之為虐也，其至矣乎，民鮮不怨矣。

子曰：獨立吾不得而夢之，得真自治者斯可矣。（〈新論語〉）

孟子曰：林肯之仁、華盛頓之勇，不以至誠，不能成共和；盧梭之約，不以公平，不能得人心；明治

⓫ 魯迅：〈花邊文學〉，《申報・自由談》（一九三四年六月二十八日）。

⓬ 陳炘：〈文學與職務〉，《臺灣青年》第一卷第一號（一九二〇年七月十六日）。

之初，不以草創，不能遂行自治。

故曰：為邦必先立法，為法必先民意。為政不先憲法之旨，可謂智乎？（〈新孟子〉）⓭

這種諷喻寫法的雜文形式，其後成為《臺灣青年》以降的《臺灣》、《臺灣民報》、《臺灣新民報》，乃至其他臺灣人辦的媒體常見的文類，同時也影響到臺灣此後報紙短評的批判、諷喻風格。尤其在一九二七年臺灣文化協會改組，由以連溫卿為首的無產青年取得主導權之後，臺灣文學界進一步籠罩在社會主義思潮下，一九三〇年代陸續登場的臺灣話文論爭、文藝大眾化，以及民間文學的搜集、整理，表現了「以無產大眾為主體」的特色，「對應著在大眾中尋求共通語的建立與書寫，以及大眾題材及形式的探索」⓮，雜文短評的書寫，具體地表現在賴和、楊逵的散文之中。

一九二六年賴和在一篇題為〈讀臺日紙的「新舊文學之比較」〉的雜文中，針對當時臺灣舊文學界的積習，以及遠離民眾，提出這樣的批判：

既往時代的舊文學，自有其存在的價值，不在所論之列，只就現時的作品而言，有多少能認識自我、能為自己說話、能與民眾發生關係。不用說，是言情、是寫實、是神祕、是浪漫、是……大多數——說歹聽一點——不過是受人餘唾的「痰壺」罷。由來文學就是社會的縮影，所謂可異的新文學家的所「主」，不就是現社會待解決、頂要緊的問題嗎？在這種社會裡，生活著的人們，能夠滿足地，優遊自得，嘯

⓭ 石如恆〈新論語〉、石煥長〈新大學備旨〉、子虛子〈新孟子〉三篇，《臺灣青年》第二卷第三號（一九二一年三月二十六日）。文中「六三之為虐」指的是當時日本制定《法律第六十三號》（簡稱《六三法》）將臺灣一切統治權（立法、行政、司法）完全交由臺灣總督獨裁，引發臺灣人民之不滿。

⓮ 黃琪椿：《日治時期臺灣新文學運動與社會主義思潮之關係初探》，清華大學文學所碩士論文，一九九四年。

傲於青山綠水之間，醉歌於月白花香之下，怕只有舊文學家罷？唉！幸福的很！欣羨的很！⑮

這段文字對於臺灣舊文學家「醉歌於月白花香之下」的批判，和魯迅以「花邊文學」譏嘲閒逸小品幾無二致。與魯迅在文學觀點上更接近的是楊逵，一九三五年十一月，他在發表於日本東京的《文學評論》上的文章中這樣說：

> 臺灣新文學運動的歷史是針對吟風弄月、無病呻吟之類的文學遊戲而產生的，對文學的第一要求是「吶喊」……「追求光明的精神」、「喚起希望的力量」才是最令人關切的。⑯

在三〇年代的中國，針對短文，明顯區分兩種類型：一是以魯迅為首的「必須是匕首，是投槍，能和讀者一同殺出一條生存血路的」短評⑰；一是以林語堂為首主張的「取較閒適之筆調，語出性靈，無拘無礙」的小品。⑱

在三〇年代的臺灣，使用漢文書寫的賴和批判以山水自適、醉歌於花月的舊文學家是受人餘唾的「痰壺」，使用日文書寫的楊逵強調文學的第一要求是「吶喊」。很明顯的，在雜文書寫乃至文學主張上，「吶喊」與「閒適」出現了分野。

---

⑮ 賴和：〈讀臺日紙的「新舊文學之比較」〉，《臺灣民報》八九號（一九二六年一月二十四日）。

⑯ 楊逵：〈臺灣文壇の近情〉，《文學評論》第二卷第十二號（一九三五年十一月）。引自彭小妍編：《楊逵全集．第九卷詩文卷（上）》（臺南：文資中心籌備處），頁四〇三。

⑰ 魯迅：〈小品文的危機〉，《南腔北調集》（上海：同文書店，一九三四年）。

⑱ 林語堂：〈論小品文筆調〉，《人間世》第六期（一九三四年六月二十日）。在林語堂來看，小品「可以說理，可以抒情，可以描繪人物，可以評論時事，凡方寸中一種心境，一點佳意，一股牢騷，一把幽情，皆可聽其由筆端流露出來，是之謂現代散文之技巧」。

這個分野，是個相當關鍵的歧出。短評雜文從此展開了兩條形式相同、而本質各異的書寫路線：一是批判的、戰鬥的，傾向新聞時事與政治論述的短評；一是抒情的、閒適的，傾向抒寫性靈與文學感應的小品。前者辛辣，後者甜美；前者敢冒政治之大不韙，後者則多談個人身邊瑣事；前者大體載道，後者多半言志。這兩條書寫路線，在後出的媒體之中依然互為對照，各有勝場，也各有寫手。

「方塊」之名被使用來指稱短評雜文，並且主要用於報紙副刊，則是中華民國政府來臺之後才有的稱謂。根據姜穆的說法，「方塊」這一名詞是由《中央日報．中央副刊》主編孫如陵（仲父）所首創，指的是「副刊上每天固定在右上角發表八百五十字代表該報的態度，比社論還輕鬆幽默的雜文形式」。⑲這個說法有待查證，據同樣也是報紙專欄作家的王鼎鈞回憶，一九四七年十月二十五日創刊的《公論報》，其副刊《日月潭》在一九五二年由蕭鐵接編之後就闢有名為「小方塊」的專欄，邀請王鼎鈞寫稿；孫如陵主編《中央日報》副刊，是在一九六三年⑳，以「方塊」之名為孫所創，恐非事實。不過，方塊雜文作為副刊專欄的代稱，則的確是六〇年代之後開始為文壇所通用，且在孫如陵邀約下，當時幾個重要的方塊作家如吳延環（誓還）、邱楠（言曦）、馮放民（鳳熙）、王鼎鈞、夏承楹（何凡）等人也常不定期餐敘，交換寫作意見，形成了沒有組織形式的「方社」，直到一九八三年「專欄作者協會」向內政部立案，在立法院成立為止。㉑

必須指出的是，孫如陵、吳延環、邱楠、馮放民、王鼎鈞、夏承楹等人都屬於當時主流媒體的專欄作家，在黨營的《中央日報》副刊、民營的《聯合報》副刊、《徵信新聞報》（《中國時報》前身）副刊都闢有固定專

⑲ 姜穆：〈試論「專欄」文體的演變及發展〉，頁四〇。

⑳ 根據《中央日報》前總主筆一九五二年劉本炎〈費盡移山心力，都付與芳草斜陽：《中央日報》滄桑七十八年〉（《僑協雜誌》，九十九期，二〇〇六年八月，頁一三）所述，孫如陵係於一九六三年接編《中央日報》副刊。

㉑ 姜穆：〈試論「專欄」文體的演變及發展〉，頁四〇～四一。

欄。作為主流媒體的專欄作家，他們的言論，無論在內容上、方向上和尺度上自然都必須有所節制，並在必要時機捍衛黨國意識形態。從五〇年代開始，國民黨就開始嚴厲控管文學創作與媒體，而他們多屬此一意識形態機器中的媒體守門人和政策鼓吹者；他們不僅是作家，還兼具黨職、政職；他們是擁有政治權力支撐的文藝工作者，也是文藝社團和媒體的重要領導人。[22]在此一背景之下，他們的方塊雜文的強度相對有所斟酌，用孫如陵的話來說，是要「群眾性不盲從，趣味而不低俗，知識性不掉書袋，幽默而不下流」[23]；用王鼎鈞回憶當年撰寫專欄的心情來說，是要「避免評述當前人物的賢愚和施政得失」，要「學周作人、培根、愛默生，不學魯迅」。[24]

但這不表示五、六〇年代的臺灣報紙副刊沒有敢於直言的方塊雜文作家，郭衣洞（柏楊）就是敢於衝撞威權體制的一位。一九六〇年五月，柏楊於他服務的《自立晚報》副刊開闢「倚夢閒話」專欄，開始方塊短評的十年生涯。初期的柏楊「只談一些女人、婚姻之類的話題」[25]，其後卻因為雷震和《自由中國》籌組反對黨被捕、《自由中國》停刊，使柏楊「發現政治上改革之所以困難，全由於文化上的惡質發酵」，從此透過方塊「不斷呼喊，企圖使醬缸稀釋，才能解除中國人心靈上滯塞的困頓之情」[26]，這樣的覺悟，最後形成他對「醬缸」文化的全面批判，以及他的繼雷震之後被捕。[27]

柏楊的方塊，圍繞在「醬缸」文化的檢討上，這使他的方塊短評較諸同時期的方塊作家更見勇氣和風骨。

---

[22] 李麗玲：《五〇年代國家文藝體制下臺籍作家的處境及其創作初探》，清華大學中文研究所碩士論文，一九九五年。

[23] 姜穆：〈試論「專欄」文體的演變及發展〉，頁四二。

[24] 王鼎鈞：〈我與公論報一段因緣（上）〉，《聯合報・聯合副刊》（二〇〇七年五月十日）。

[25] 柏楊：《柏楊回憶錄》（臺北：遠流，一九九六年），頁二二三。

[26] 柏楊：《柏楊回憶錄》，頁二三八。

[27] 柏楊：《死不認錯集》（臺北：躍昇文化，一九九一年），頁九。

他在一九六七年平原版「西窗隨筆」《死不認錯集》〈醬缸特產〉一文中如此形容：

> 夫醬缸者，腐蝕力和凝固力極強的渾沌社會也。也就是一種被奴才政治、畸形道德、個體人生觀和勢力眼主義長期斲喪，使人類特有的靈性僵化和泯滅的渾沌社會也。㉘

在柏楊犀利的筆下，中國文化「醬缸」生出的產品曰「權勢崇拜狂」，曰「牢不可破的自私」，曰「文字魔術和詐欺」，曰「殭屍迷戀」，曰「窩裡鬥，和稀泥」，曰「淡漠冷酷忌猜殘忍」，曰「虛驕恍惚」……。㉙柏楊「希望撞個窟窿，使流進一點新鮮空氣，和灌進一點涼爽清水」。㉚他遭遇的命運，和前述「方社」成員所受的黨國榮寵，顯然天地相殊。

雷震、柏楊以及其後李敖的先後入獄㉛，造成了言論界、文學界的寒蟬效應。大眾媒體經由方塊短評以及雜文批判時政的傳統因此中輟，連帶也導致七〇年代之後方塊短評不再敢於以剛直不阿的史筆，批判政治的腐敗、社會的黑暗。方塊短評因為媒體副刊的需求，仍然存在，但已為國民黨所嚴密控制，甚且反過來成為黨國機器壓制文學的工具，一九七七年八月，《中央日報》總主筆彭歌在《聯合報・聯合副刊》「三三草」

㉘ 平原版之後，其間有一九八一年星光版，一九九一年躍昇文化版。新版有部分更動，即將首句「渾沌社會」改為「渾沌而封建的社會」，改末句「使人類特有的靈性僵化和泯滅的渾沌社會也」為「使中國人的靈性僵化，和國民品質墮落的社會」。參柏楊：《死不認錯集》，頁四一。

㉙ 柏楊：《死不認錯集》，頁四二。

㉚ 柏楊：《死不認錯集》，頁四二。

㉛ 李敖與柏楊一樣衝撞國民黨黨國意識形態機器。一九六一年，李敖在《文星》雜誌發表〈給談中西文化的人看看病〉，掀起中西文化論戰；其後不斷挑戰國民黨，所出各書均遭查禁；一九六九年協助彭明敏偷渡；一九七一年三月十九日遭政府以叛亂犯罪名逮捕，後以叛亂罪遭判刑十年入獄。李敖所寫多為長篇論述，不以方塊名家。

專欄中發表〈不談人性，何有文學?〉一文㉜，引發鄉土文學論戰，就是顯例。

這樣的噤聲現象，要到一九八四年十一月二十日，龍應台在《中國時報．人間副刊》發表〈中國人，你為什麼不生氣?〉，才得以解除。龍應台在這篇專欄文章中，列舉她自德國回國一年所見社會亂象，質疑社會為什麼不生氣?其後她繼續發表了〈生了梅毒的母親〉、〈幼稚園大學〉、〈不會「鬧事」的一代〉、〈對立又如何?〉、〈臺灣是誰的家?〉等文，不到一年，就掀起「野火」旋風，引起各方熱烈迴響——這些專欄文章後來集為《野火集》出版㉝，立即暢銷。用龍應台的話來說，「習慣甜食的人覺得《野火集》難以下嚥；對糖衣厭煩的人卻覺得它重重的苦味清新振奮」，儘管國民黨文宣、政戰單位異常緊張，但已經無法再像過去那樣用逮捕下獄的手段遏制「野火」了。

一九八七年解除戒嚴之後，次年又解除報禁，一時之間媒體競出，思想言論不再受到監控管制，方塊短評和各式專欄因此如春筍競出，作家群的來源也擴及至許多非人文的科系，因而出現「文化評論」的空間，杭之、王墨林、迷走、路況、廖仁義、蔡源煌等文化評論者多出。㉞但在一個沒有禁忌、沒有壓制的言論廣場中，這些文化評論和原來的方塊短評、小品專欄等雖然分門別立，倒也相安無事，作者各言爾志，讀者各愛其羊，在言論市場上已無突出的高音。

㉜ 彭歌：〈不談人性，何有文學〉，《聯合報．聯合副刊》（一九七七年八月十七～十九日）。此文以方塊形式連載三天。

㉝ 《野火集》於一九八五年十二月由臺北圓神出版，不到一個月就再刷二十四次，不到半年就超過五十刷，賣出十多萬本；二十年後，二〇〇五年七月，該書以《野火集——20周年紀念版》為名，由臺北時報文化增訂再版。

㉞ 蔡詩萍：〈解嚴後臺灣報紙副刊「文化評論」的興起〉，收錄於瘂弦、陳義芝編：《世界中文報紙副刊學綜論》（臺北：行政院文建會，一九九七年），頁二〇〇～二〇一。

三、方塊短評書寫模式與原則

了解方塊短評此一文體的演變過程，有助於我們進一步探究方塊短評的書寫模式。

西方傳播學者馬奎爾 (Dennis McQuail) 認為媒體乃是一種「社會關係的中介」，從事的是知識的生產、再製與發行，扮演介於客觀真實與個人經驗之間的中介角色。[35]在這個理論基礎上，媒體刊登的內容雖然來自社會，屬於客觀真實的事物，卻因為必須透過新聞從業者的報導才能呈現，轉換成為一種符號真實 (symbolic reality)，從而影響媒體受眾對於外在世界的認知。[36]媒體刊布的內容，包括專欄、短評，乃至一般的報導、分析，都具有這種「再現」(representation) 真實的意義；但是，專欄和短評除了「再現」真實的功能之外，則更具有反映「輿論」(public opinion)，也就是代表公眾意見的特質。

西方傳播學者亨內希 (Bernard Hennessy) 為「輿論」下了這樣的定義：「輿論是有一定分量、一定數量的人對於公眾重要議題所發表的主張的總和。」[37]按照這個定義來看，方塊短評就具有輿論的重量，寫得好的方塊，能反映人心和民意，能彰顯是非和公道，一旦形成輿論氣候，自然就能捲起千堆雪。

臺灣的方塊短評在這個部分，和西方媒體上的專欄發揮的功能是一樣的，好的方塊短評，立論公正、推論得當，而又能夠直指問題核心，為公眾發聲，為弱勢發言，不畏權者的方塊短評，必能獲得讀者信賴，樹立輿論權威，領導民意，進而改革社會、促進國家發展。從功能論的角度看，方塊短評和報紙每日見報的「社論」在分量上是一樣的，都屬於新聞評論的範疇，都必須注重新聞性、強化公共性、著眼公義性、發揮教育

---

[35] D. McQuail (1987). *Mass Communication Theory: An Introduction*. Beverly Hills: Sage, pp. 51～53.

[36] 翁秀琪：〈我國婦女運動的媒介真實和「社會真實」〉，翁秀琪等合著：《新聞與社會真實建構》（臺北：三民書局，一九九七年），頁三。

[37] B. Hennessy (1965). *Public Opinion*. Belmont, CA: Wadsworth Publishing, p. 97.

性，最後臻至權威性的樹立。

不過，正如同我們在第一節所說，方塊短評不止於新聞評論，它同時還因為華文報業的「文人辦報」傳統，而有文學性的要求。這和西方以新聞性為主的傳統就有很大的差別。華文報業方塊短評的文學性書寫，處理的雖然也是具有新聞性的社會真實，卻能因為不同作家的思想、見解和文采的介入，產生新的有別於新聞報導的生命，存在於當代讀者的心中，甚至流傳後世，成為後來者的精神標竿或論述基礎。魯迅的「匕首」說、賴和的「痰壺」觀、柏楊的「醬缸」論、龍應台的「野火」風，已在我們回顧方塊短評源流的過程中冏朗在目，且至今仍為人所樂道。

接著，我們要以此為基礎，歸納臺灣報業方塊短評的幾個主要模式。新聞界出身的王民將「新聞評論」就其性質、內容與體裁大分為八個類型，分別是解說型、辯論型、啟發型、研判型、勸導型、褒貶型、紀念型和建議型等。㊳這個分類稍嫌細碎，且以新聞評論（社論、專欄、短評）為主，和副刊常見的方塊短評寫作不盡相同，因此我們必須另起爐灶。

書寫，累積了傳統，也樹立了典模。臺灣的方塊短評傳統，有兩個源頭，一是一九二〇年《臺灣青年》創刊之後在日治時期累積的書寫傳統，一是一九四五年中華民國政府來臺之後移植而入的中國書寫傳統，兩者都影響了戰後臺灣報業方塊短評的書寫模式。因此，歸納八十多年來見於臺灣報業的方塊短評，辨其嶄然頭角，就能清楚分辨主要的三個模式。

日治時期賴和的雜文書寫和三〇年代中國魯迅風格略近，這一類型的雜文通常以說理、論辯、批判為重心，透過清楚的思想和邏輯來表現，而筆鋒銳利，因此形成一種潑辣犀利的批判性文風，一如魯迅強調的「匕首」、「投槍」，一出見血。這一類型的書寫模式，可以稱為「批判型」，其特色是以批判性與反省力見長，筆

㊳ 王民：《新聞評論寫作》（臺北：聯經，一九八一年），頁一三二。

鋒帶有強烈情感和主觀性，但同時又能敏銳觀照社會和人性的共同問題。賴和、柏楊的雜文風格也可歸於此型。

異於魯迅的「批判型」模式的，是林語堂所引領的「閒適型」。林語堂透過他主編的《論語》、《人間世》和《宇宙風》等刊物，鼓吹晚明公安派的餘風，強調小品寫作的「閒適」、「幽默」路線，用他自己的話來說：

> 小品文，可以發揮議論，可以暢泄衷情，可以摹繪人情，可以形容世故，可以札記瑣屑，可以談天說地，本無範圍，特以自我為中心，以閒適為格調，與各體別，西方文學所謂個人筆調是也。[39]

這一類型的方塊短評，與批判型的雜文剛好形成對照，強調的是「自我為中心」，閒適、幽默、暢達，不動火氣，而以性靈為宗，目的不在論辯、批判，對象不涉公眾議題，強調個人品味。閒適型的方塊短評，「追求的是對現實作冷靜超遠的旁觀，是除去諷刺的心靈啟悟，顯然不同於當時左翼作家所主張的戰鬥批判現實的文風」。[40]在戰後臺灣的報紙方塊短評寫作中，因為不致干犯政治禁忌，且特強調文學性，因而形成主流，梁實秋、吳魯芹的文風略近於此。

第三種模式，則是介於兩者之間的「啟迪型」模式。日治年代的楊逵，雖然有論者認為他的雜文與魯迅近之，實際上除了左翼思想相近之外，楊逵之文不帶火氣，強調知識的說服，在態度上也維持相對的客觀，其目的則在喚醒讀者、社會力行改革，因此內容多半重在思想觀念的釐清、事件議題的啟發，有顯微鏡的見微，也有望遠鏡的前瞻。一生撰述方塊短評的何凡，八○年代捲起「野火」現象的龍應台都屬此一類型。二○○三年龍應台接受中國現代文學館研究員傅光明訪問時，被問到她的雜文和魯迅的比較時，這樣表示：

---

[39] 林語堂：〈人間世發刊詞〉，《人間世》第一期（一九三四年四月五日）。

[40] 錢理群等著：《中國現代文學三十年》（臺北：五南，二○○二年），頁四三○。

他的雜文是針對眼前現實的反映，跟我自己的雜文當然就完全不同路了。我是儘量地避免尖酸刻薄的這個性質，我當時說的時候我的意思也是說，我覺得雜文是可以謔而不虐，是可以尖銳而不刻薄，是可以針砭現實同時又有歷史縱深的。這是我對最好的雜文的要求。[41]

儘管龍應台的雜文書寫，多宏篇而少方塊短文，但是就歷來方塊短評的書寫來看，「謔而不虐」，「尖銳而不刻薄」，「針砭現實同時又有歷史縱深」，正是此類書寫的特質。

辨明臺灣方塊短評比較主要的這三種模式（批判模式、閒適模式、啟迪模式）之後，我們要進一步論述這三種模式的寫作原則與方法。

先談批判模式的寫作原則。批判型的方塊短評既是「匕首」、「投槍」，因此必然要招招見血，《荀子・非相篇》說：「君子之行仁也無厭。志好之，行安之，樂言之；故言君子必辯。」[42]辯難、批判，以究是非，正是批判模式的方塊短評可貴之處，因此在寫作上必須把握以下原則：

㈠追求真相、突出真理

批判型的方塊短評必須是站在正當性的理由之上，方才具有說服力，也方才能夠產生擲地有聲的效果，而真相的追求，以及真理的突出，正是此一類型方塊可貴之處。因此，在寫作上，除了本於真知，提出灼見之外，多半採取辯正與駁斥相互進行的辯駁技術，以彰顯作者論述的不可動搖。魯迅在〈小品文的危機〉文中，將林語堂提倡的小品文形容為「小擺設」，接著說「倘將這掛在萬里長城的牆頭，或供在雲岡的丈八佛像

---

41 傅光明：〈龍應台：我不能為讀者而寫〉，《中國書報刊博覽》（二〇〇四年五月二十七日）。引自傅光明博客：http://www.starlogs.com/link/article.php?id=294777（二〇〇七年五月二十日上網）。

42 王先謙：《荀子集解》（臺北：華正書局，一九九三年）。

的腳下，它就渺小的看不見了」，這是駁斥彼非的寫法；相對地，則用「生存的小品文，必須是匕首，是投槍，能和讀者一同殺出一條生存血路的東西；但自然，它也能給人愉快和休息」，則是辯正我所主張為是的寫法。彼非我是，真理自明。

(二)辨明是非、彰顯公道

批判型的方塊短評，不是為個人而寫作，乃是對公道的彰顯，對是非的追求。《墨子・小取》說：「夫辯者，將以明是非之分，審治亂之紀，明同異之處，察名實之理，處利害，決嫌疑。」[43]這類型的方塊不迴避立場，也不介入私人恩怨、好惡，只基於公理、正義的準則，在是非邏輯的推論下說出真話。一九二七年，《臺灣民報》在不斷向臺灣總督府申請之後獲得許可回臺發行，一九三〇年三月二十九日改名《臺灣新民報》，這份報紙被當時的臺灣人視為臺灣人「唯一的言論機關」，寄予厚望。賴和在該報發表文章，期許該報「吹奏激勵民眾的進行曲」之餘，也不客氣指出「報紙須受到許可纔能發行，經過了檢查始得發賣，等到展開於讀者的眼前，所謂純的被支配者的言論，不是一片烏黑，便是全篇空白。」[44]這就是不為私情所囿，辨明是非之語。

(三)文氣磅礴、風骨端正

批判型的方塊首重文氣磅礴，雄辯滔滔，不絕如縷，如孟子下段為人熟知磅礴之語：

> 予豈好辯哉？予不得已也。……。聖王不作，諸侯放恣，處士橫議，楊朱、墨翟之言盈天下，天下之

---

[43] 孫中原：《墨學通論》（遼寧：教育出版社，一九九三年）。

[44] 懶雲：〈希望我們的喇叭手吹奏激勵民眾的進行曲〉，《臺灣新民報》三二二號（一九三〇年七月十六日）。

言，不歸楊，則歸墨。楊氏為我，是無君也。墨氏兼愛，是無父也。無父無君，是禽獸也。……楊墨之道不息，孔子之道不著，是邪說誣民，充塞仁義也。仁義充塞，則率獸食人，人將相食。吾為此懼，閑先聖之道，距楊墨，放淫辭，邪說者不得作。聖人復起，不易吾言矣。……我亦欲正人心，息邪說，距詖行，放淫辭，以承三聖者，豈好辯哉？予不得已也。（《孟子．滕文公》）[45]

孟子解釋自己的好辯，其修辭邏輯緊密，先論楊墨之道為淫辭邪說，使得仁義充塞，人將相食，環扣相聯，勢不可擋，也表現了孟子欲端正人心的風骨。

(四)批判現實、直指核心

批判型的方塊取材大抵來自現實社會中的議題，又特別集中於黑暗面的揭發、社會問題的指陳，因而具有強烈的主觀性和批判性。這類型的方塊當然不能無中生有，因此通常以新聞事件作為根據，加以分析之後，直指核心，根據作者的洞見，據以針砭。如柏楊寫颱風來時窮人遭受水患之苦，「每進一次水，不是大人病，便是小孩病，屢試不爽」，既而感慨：

窮人天生的是一種點綴品，如果沒有窮人，颱風每次光臨，大家就熱鬧不起來矣。你聽說哪個大亨家進了水，塌了屋乎？而進了水的焉，塌了屋的焉，水到了房頂的焉，淹死的焉，電線掉到頭上電死的焉，統統是一些討厭萬狀的小民。[46]

這段話雖不明言政府之責任，只寫窮人只能自求多福的無奈，這是以婉言諷喻政府治水無方，讓窮人受

[45] 楊伯峻譯注：《孟子譯注》（香港：中華書局，一九九二年）。

[46] 柏楊：〈土行孫先生之淹〉，《前仰後合集》（臺北：躍升文化，一九八九年）。

苦，直指風災水患不息的問題核心。

次談閒適模式的寫作原則。閒適型的方塊短評，如行雲流水，不帶痕跡，因此強調個人性靈的發抒，不以論辯、批判等大論述為宗，且著重於閒適、幽默，行文不疾不徐，娓娓道來，表現書寫者的文采、逸趣。其寫作原則如下：

(一)小處著手、娓語細說

閒適型的方塊取材多從小處，用林語堂的話說，「作文時略如良朋話舊，私房娓語」，「筆墨上極輕鬆，真情易於流露」，「即是牛毛細一樣題目，亦必窮其究竟」。[47]用袁中郎的說法，「信腕信口，皆成律度」。[48]以冰心的小品〈笑〉的啟筆為例：

> 雨聲漸漸住了，窗簾後隱隱的透進清光來。推開窗戶一看，呀！涼雲散了，樹葉上的殘滴，映著月兒，好似螢光千點，閃閃爍爍的動著。——真沒想到苦雨孤燈之後，會有這麼一幅清美的圖畫！[49]

這篇小品寫作者眼前所見的夜景，娓娓道來，掌握了雨停之後的夜色、氣氛，「樹葉上的殘滴，映著月兒，好似螢光千點」一句，順手拈來，情境動人。

(二)奇思妙想、情理湛然

閒適型的方塊短評要不落俗套，別有巧思，在平凡之處表現不凡的想像；此外，也要情理兼顧，不濫用

---

[47] 林語堂：〈論小品文筆調〉。

[48] 錢伯城：《袁宏道集箋校》第十八卷《雪濤閣集序》（上海：上海古籍出版社，一九八一年）。

[49] 冰心：《冰心文集》六卷（上海：文藝出版社，一九八二年）。

情而有理趣，試看吳魯芹寫〈我和書〉一文的開頭：

我常常希望自己是愛書成癖的人，或者，等而下之，是愛錢成癖的人。能兩者都是當然更好——那就雅俗共賞了。我們似乎對愛書的人，一向另眼看待。《晉書・皇甫謐傳》說：「謐耽玩典籍，忘寢與食，時人謂之書淫。」如果他不幸耽玩的是別種東西，不是書，那就是罪惡了。而且通常淫字與別的字連在一起，總是壞事居多；唯獨和典籍攀上關係，就可以入傳，垂諸永久，幾乎可以同代世的名譽學位媲美了。❺⓪

這篇小品從最平凡的「我」與書的關係切入，不談書的好處，而談人與書的關係，以書和錢對照，入情入理；雖然引經據典，點出「書淫」兩字，卻又另從「淫」的字義取徑，凸顯「書淫」之可貴，非「別種東西」之淫可較，妙想如珠，警句奇思，令讀者擊節。

㈢語帶幽默、輔以詼諧

閒適型的方塊不可缺少機鋒，而多半以幽默、詼諧出之，「它是一種描述事物、事件或事理的獨特角度，產生立即性又發人深省、耐人尋味的效果」，因此「具言外之意，絃外之音」。❺①且看林語堂〈我的戒煙〉呈現的幽默筆法：

凡吸煙的人，大部曾在一時糊塗，發過宏願，立志戒煙，在相當期內與此煙魔決一雌雄，到了十天半個月之後，才自醒悟過來。我有一次也走入歧途，忽然高興戒煙起來，經過三星期之久，才受良心責

❺⓪ 齊邦媛編：《吳魯芹散文選》（臺北：洪範書店，二〇〇六年）。

❺① 鄭明娳：《現代散文》（臺北：三民書局，一九九九年）。

備，悔悟前非。我賭咒著，再不頹唐，再不失檢，要老老實實做吸煙的信徒，一直到老耄為止。……但是意志一日存在，是非一日明白時，決不會再受誘惑。因為經過此次的教訓，我已十分明白，無端戒煙斷絕我們靈魂的清福，這是一件虧負自己而無益於人的不道德行為。52

林語堂運用修辭上的「反語」技巧，寫吸煙與戒煙之間的矛盾心情，從而產生高度幽默感與自嘲的趣味性，把戒煙視為「走入歧途」，強調「無端戒煙斷絕我們靈魂的清福」等等用語，都使這篇小品生出此事非關道德的趣味，令人莞爾。

㈣獨抒性靈、盡得風流

閒適型的方塊短評以獨抒性靈為宗，強調自我、個性，求自我的「真」，不怕露出真面目來，「鐘不藉鼓響，鼓不假鐘音」，「有一派學問，則釀出一種意見；有一種意見，則創出一般語言」。53梁實秋《雅舍小品》首篇〈雅舍〉，寫陋屋而見雅趣：

這「雅舍」，我初來時僅求其能蔽風雨，並不敢存奢望，現在住了兩個多月，我的好感油然而生。雖然我已漸漸感覺它是並不能蔽風雨，因為有窗而無玻璃，風來則洞若涼亭，有瓦而空隙不少，雨來則滲如滴漏。縱然不能蔽風雨，「雅舍」還是自有它的個性。有個性就可愛。54

「有個性就可愛」，不獨「雅舍」如此，雅文亦復如此。

52 林語堂：《語堂文集》（臺北：開明，一九七八年）。

53 林語堂：〈論文〉，《大荒集》（臺北：志文，一九六六年）。

54 梁實秋：《雅舍小品》（臺北：正中，一九四九年）。

最後，是啟迪模式的寫作原則。啟迪型的方塊短評，是知性和感性的會合，是顯微與望遠的融匯，因此特別重視評論上的理性態度，強調知識的說服，以達到喚醒讀者、改革社會的目的。這類型的方塊，重視思想觀念的釐清、事件議題的分析，而在態度上以說理為主調，針砭現實的同時也兼顧歷史的縱深。其寫作原則如下：

㈠釐清觀念、分析議題

啟迪型的方塊短評，具有知性的觀照，對於社會現象、新聞議題乃至人生話題，在寫作上不以激憤批判為能，而以冷靜分析，找出問題癥結，協助讀者了解真相為旨趣。楊逵寫於一九三七年的〈臺灣舊聞新聞集〉，其中一則「一個孩子不如十圓」這樣描寫：

> 前幾天，在《臺灣新民報》讀到大意如下的報導，感慨良多。
>
> 事情發生在屏東鄉下。有位貧窮的農夫去做義務勞動，家中只留下兩個幼兒，一個七歲，一個三歲。七歲的孩子要準備午餐，生火煮稀飯。三歲的孩子打翻了沸騰的鍋子，稀飯灑了一身，最後被燙死了。某富豪聽說了這件事，就請警察轉送十圓慰問金給喪家。這篇報導對可憐的孩子的死輕描淡寫，卻對富豪的義舉大加讚揚。在這個新聞中，比起早晚會死、營養不良的窮人家小孩的生命，那富豪拿出的十圓，大概更為難得、更有價值吧。[55]

這篇短評，指出新聞媒體在報導事件時只見富豪捐錢，漠視窮人生命的錯誤觀念，不帶火氣，以婉言諷喻，

---

55 楊逵：〈臺灣舊聞新聞集〉，《現代新聞批判》，第九十六～一〇〇號（一九三七年十一月一日～一九三八年一月一日）。引自彭小妍編，《楊逵全集・第九卷詩文卷（上）》，頁五六九。

指陳問題癥結。

㈡立基知識、情理兼容

啟迪型的方塊短評，既然重視知性，因此評論事物多以知識作為基礎，論事有所本，且能從知識層面下手，追根究柢，論理清晰、澄澈，情理兼容，方才具有說服力量。長期撰寫方塊的何凡，有篇悼念前經濟部長尹仲容的方塊如此議論：

一個決策者從愛國無私的出發點，以學問經驗為依據所制定的政策是「擇善」。但在眾口紛紜和私欲滔滔的情形下，一種善策常會被循私或糊塗的人攪散。所以必須「擇善」者「固執」己見，才有實施的機會。但是人一固執，少不得要和旁人（包括平行者和上級）爭辯，尤其是要敢跟長官抗。聰明、圓滑和會做官的人不敢亦不肯為此，因之世間遂充滿了「諾諾之士」。56

這是立基在對知識和官場世相有所體會的話，論理清晰、澄澈，果然情理兼容。

㈢思辨井然、頭頭是道

啟迪型的方塊短評，要以井然的思辨說服讀者，在論述層次上通常採取緊密相連的排比、類疊修辭，產生相互呼應、加重論述的效果。龍應台的〈中國人，你為什麼不生氣？〉這樣寫道：

就因為你不生氣、你忍耐、你退讓，所以攤販把你的家搞得像個破落大雜院，所以臺北的交通一切烏煙瘴氣，所以淡水河是條爛腸子；就是因為你不講話、不罵人、不表示意見，所以你疼愛的娃娃每天

56 何凡：〈弔尹仲容〉，《聯合報．聯合副刊》（一九六三年一月三十日）。

吃著、喝著、呼吸著化學毒素，你還在夢想他大學畢業的那一天：你忘了，幾年前在南部有許多孕婦，懷胎九月中，她們也閉著眼夢想孩子長大的那一天。卻沒想到吃了滴滴純淨的沙拉油，孩子生下來是瞎的、黑的！[57]

不生氣的結果，家居環境、交通、河川、生活品質都因此下降，切入讀者切身的、關心的生活議題，有效達成本文訴求的目的。

(四)燭照現實、宏觀歷史

啟迪型的方塊短評不若長文可以雄辯滔滔，要處理歷史議題有其困難，但以小喻大，以人們熟知的歷史典故作為譬喻，盡可燭照現實人生和社會義理，因此也常為方塊雜文所用。思果有篇題為〈火〉的雜文就巧用了水與火的譬喻，以項羽和劉邦來燭照人生道理：

> 水火兩字，常用在一起，我們立時想到的不是兩大恩物；卻是不相容納，其實還有災難的意思，大約是就這兩樣為害的時候說的。以火的猛烈，偏偏柔軟的水可以澆熄它，叫人想起項羽和劉邦兩個人。以項羽的剛猛，天下無人可敵，而劉邦能夠用人，以智勝他。我們做一輩子人，幸而碰到了絕對不相容的人還少，否則就活不下去了。[58]

現實人生的處世哲學，通過水與火象徵的鮮明形象，對照歷史人物的勝敗，提供給讀者的啟發，勝於道德的約束。

---

[57] 龍應台：〈中國人，你為什麼不生氣？〉，《中國時報・人間副刊》（一九八四年十一月二十日）。

[58] 思果：〈火〉，收錄於張曉風編：《中華現代文學大系・散文卷壹》（臺北：九歌，一九八九年），頁二七八。

❖四、結語：以小喻大、以一馭萬

方塊短評寫作，與報業發展密不可分，已如本文第二節所述，新聞學者程之行在一九八一年所著《新聞寫作》一書中，認為不論英、美報紙或我國日後的報紙，「專欄的重要性將有增無減」；並指出，方塊文章所顯示的特性有五：

㈠方塊文章字數在千字以內，以鬪欄形式刊出，例必署名；
㈡方塊文章發表於副刊，論題不限於新近發生的事；
㈢方塊文章所評論的，由國際、國內大事至地方性問題，均無不可；
㈣方塊文章可冠以欄名；
㈤方塊文章以撰寫者與眾不同的觀點相號召，正如英美報紙的專欄一樣，不難「成一家之言」。[59]

這五個特性，仍局限於方塊短評的「新聞」向度，忽略了副刊方塊的作者實際上多為文學中人；可能只看到與新聞有關的事件、問題，忽視了也有與新聞無關的文學書寫。本文根據方塊雜文的歷史回顧，兼顧方塊作家的文學書寫，將之縮減為三個特性，這三個特性實際上就是「方塊短評」較允當的定義：

㈠在形式上，篇幅短小精悍（以五百到千字為度），以專欄方式署名發表；
㈡在內容上，議題毫無限制，遠從國際大事、近到個人心事，無一不可談；
㈢在寫作表現上，可莊可諧，可採議論雜文，也可採小品美文，重要的是必須言之有物，能表現出作

---

[59] 程之行：《新聞寫作》，頁二四九。

者獨特的觀念、見解或個性。

其次，通過分析，方塊短評在華文報業發展的過程中，也因為不同歷史背景（如一九四五年之前中國報業和臺灣報業的各自發展，之後在臺灣的匯流），作家寫者文學觀、意識形態和文筆風格的差異性，逐漸發展出三種不同的方塊短評書寫模式：最初，是從中國新文學運動中的「雜文」和「小品文」之爭（批判的、戰鬥的，傾向新聞時事與政治論述的；抒情的、閒適的，傾向抒寫性靈與文學感應的小品）逐步發展；而後在戰後的臺灣報業副刊方塊中，進一步出現了企圖融合兩者，兼顧情理、知感合一、亦莊亦諧的方塊短文。本文將這三大不同表現的方塊書寫大分為「批判模式」、「閒適模式」與「啟迪模式」三種。

第三，本文進而根據方塊短評的三種書寫模式，根據相關書寫主張、文本，加以歸納，提出三者相殊的寫作原則各四：

「批判模式」寫作原則：1.追求真相、突出真理；2.辨明是非、彰顯公道；3.文氣磅礴、風骨端正；4.批判現實、直指核心。

「閒適模式」寫作原則：1.小處著手、娓語細說；2.奇思妙想、情理湛然；3.語帶幽默、輔以詼諧；4.獨抒性靈、盡得風流。

「啟迪模式」寫作原則：1.釐清觀念、分析議題；2.立基知識、情理兼容；3.思辨井然、頭頭是道；4.燭照現實、宏觀歷史。

必須指出的是，這三種模式之間仍有相互交織、揉合的可能；三種模式之外，也尚有出現新的書寫模式的可能。二〇〇四年十二月，在香港大學新聞及傳媒研究中心主辦的「華文報紙的文化承擔——廣州、臺北、香港的視野交錯」座談會上[60]，《中國時報・人間副刊》主編楊澤就表示，他接編《人間副刊》時，張繼高建議他開個專欄，請「三老四少評評理」，因為這個點子而促成了《人間副刊》自一九九三年特闢「三少四壯集」專欄，邀請七位作家每週一日輪流撰寫為期一年的專欄 61。此一專欄至今已經十餘年，以每年七位作家撰計，就有上百人次（部分作家重疊）之多，其中是否已經出現或累積出新的書寫模式，就值得深入研究。更重要的，是主編楊澤的編輯理念：

我們試圖讓為期一年的寫作讓讀者能夠認識這些作家，也藉由這些作家長期的書寫甚至回鍋再寫讓副刊寫作形成一種「專業」，累積並能夠代表屬於這塊地方這些市井的生活方式、人文價值與生命態度，這類似於英美學界所謂的「文化評論」書寫，貼近生活，讓作家成為民間學者，也讓學者成為真正的作家，讓每一個人來說故事，而讀者都能懂，副刊將成為一個無形的語文教育的堡壘……，讓我們的作家在此既能介入各種公共領域、形成「公共論壇」、「知識平臺」的同時，又能夠與讀者「以文會友」。62

這個編輯理念突出了副刊方塊作為「文化評論」的書寫本質，作為「公共論壇」的媒介功能，暗示著過去方塊短評主要由文人作家主筆，以「個人專欄」方式出現的年代即將過去，而由作家與學者輪流主筆，以「集體專欄」方式輪播的新的年代已然出現。此一趨勢對於方塊短評的固有傳統會帶來什麼衝擊？產生何種變化？也值得進一步探討。

60 此一座談會由龍應台主持，邀集了臺北、廣州、香港三地的副刊主編、學者（《自立晚報》前總編輯向陽，《中國時報・人間副刊》主編楊澤，廣州《南方周末報》文化版主編向陽，廣州《南方周末報》視野版主編柴子文，香港《明報》世紀版客席策劃馬家輝，香港報業評議會義務總幹事張圭陽）進行對話，討論華文報紙副刊的走向。

61 許正平記錄：〈閱讀的尖兵：「華文報紙的文化承擔——廣州、臺北、香港的視野交錯」座談會〉，《中國時報・人間副刊》（二〇〇五年二月十四日）。

62 許正平記錄：〈閱讀的尖兵：「華文報紙的文化承擔——廣州、臺北、香港的視野交錯」座談會〉。

但無論方塊短評的書寫模式如何，發展、變化又如何，先天上受到文字篇幅限制的方塊評論，都必須力求精要、簡潔，在有限的半畝方塘中呈現無限的天光雲影。這是方塊短評之所以曰「方」曰「短」的本色，如何在短小中見厚重，在方塊中見圓融，乃是方塊短評寫作萬變不離其宗的要務；如何在寫作方法上舉「重」若「輕」、寓「莊」於「諧」，以「小」喻「大」、以「一」馭「萬」，則是方塊作家必須面對的嚴酷檢驗。

五、習題

1. 請以一則你關心的新聞為根據，撰寫一篇方塊專欄，字數約四百到六百字間。切記其中除概略敘述新聞事實之外，應有你自己的論點，並能令讀者有所啟發。
2. 請蒐集相關報刊專欄，找出具有「批判模式」、「閒適模式」或「啟迪模式」的專欄各一篇，並以三種模式的寫作原則分析三篇的異同。
3. 請舉出一到二位你最欣賞的專欄作家，並請說明他的專欄短評讓你欣賞的理由。

六、參考書目

南腔北調集　魯迅著　上海　同文書店　一九三四年
新聞評論寫作　王民　臺北　聯經　一九八一年
新聞寫作　程之行　臺北　商務　一九八八年
柏楊回憶錄　柏楊著　臺北　遠流　一九九六年
新聞與社會真實建構　翁秀琪等著　臺北　三民書局　一九九七年
試論「專欄」文體的演變及發展　姜穆　文訊一九一期　二〇〇一年

10．學術論文寫作

林慶彰

一、何謂學術論文？

就一篇論文來說，具備前言、正文、結論、附註、參考書目等形式條件，並不一定能稱為學術論文。要判定一篇論文是否為學術論文，應該取決於它的內容。什麼樣內容的論文，才稱得上學術論文？這問題很難用一兩句簡單的話來回答。如果從下面幾個方面來考慮，也許可以得到部分的答案。

㈠以學術研究的角度來探究問題

從人本身至古今中外，存有無數可研究討論的問題，當我們面對這些問題時，並不一定很嚴肅的對待它。一旦有心把它當成一學術問題來討論時，我們得考慮前人已有的認知如何？是未曾為人所注意？或前人雖已注意，但了解不深，或了解有誤。或是前人的解釋方法不足以解決該問題，必須運用新方法加以處理。有了以上的思考，並進行資料的蒐集、判讀、分析、辯證等程序。如果前人的研究成果已相當完備，自應服膺前人的研究成果，終止對此一問題的探究。

經過嚴密的篩選準備過程後，仍值得繼續探討的論題，才能構成學術研究的條件。有此一具有學術內涵的論題，才能寫出具有學術意義的論文。

㈡具備分析或論辨的過程

一個論題必有其所存在的材料，要從這些材料中得出新的或正確的結論，必須有相當嚴密的分析和論辨過程。此一分析或論辨的過程，可以視論題的對象和材料的繁簡而有所不同，但過程的進行絕對不可省略。往往有許多學術論文，因分析和論辨的過程太過簡略而貶損了本身高度的學術性，只能稱為半學術論文而已。

所以，衡量一篇論文，篇幅長短並非絕對的標準，是否具有分析和論辨的過程，才是能否稱為學術論文最重要的條件。

㈢所提出的結論如何

儘管討論的是嚴格的學術問題，也具備分析或論辨的架構，但是如果不能提出合理的或新的結論，而僅僅因襲陳說，這篇論文根本不具學術價值，當然不配稱為學術論文。所以，一個研究者當發覺對研究論題提不出合理或新的結論時，就不必把它寫成論文。有些研究者因捨不得放棄，勉強完成，反而害了自己。

❖二、學術資料的蒐集

㈠資料蒐集的方法

蒐集資料時最應注意的是，用什麼方法最節省時間，蒐集資料也最完備。以下提供幾種蒐集資料的基本原則：

1.充分利用網路資源

當今網路非常發達，以前把網路資料列為輔助工具，現在已翻轉過來，應以網路資料為主，紙本工具書為輔。網路資源可先從搜尋引擎入手，現較通用的搜尋引擎有 YAHOO! 奇摩、Google、百度百科、互動百科等，都可以找到所需要的資料。另外，也有各式各樣的資料庫，如查古籍的有中文古籍書目資料庫、中國基本古籍庫，查期刊的有中文期刊全文資料庫、HyRead 臺灣全文資料庫，查博碩士論文的有中國博碩士論文全文資料庫、全國博碩士論文資訊網等。但是這些資料庫都不是很完備，要隨時利用紙本工具書來作補充。

2. 檢查必要的工具書

除了充分利用網路資源外，也應能正確的利用工具書。工具書一般都根據內容的體裁分為書目、索引、字辭典、類書、百科全書、年鑑、年表、傳記資料、地理資料、手冊等。這些工具書只要檢查「工具書指南」一類的書，大抵都已收入。但是，這些工具書指南數量多，且良莠不齊，使用時應數本交互使用。除了可利用工具書指南來查尋所需的工具書外，也應注意自己的研究論題，利用哪些工具書最有效。一般來說，以跟研究論題關係最密切的工具書最方便，其次是相關的工具書，三是一般綜合性的工具書。

3. 檢查相關論著

除了藉檢查工具書來查尋資料外，也可以蒐集與研究論題相關的論著。專著方面，包括一般的著作、論文集和學位論文。論文方面有期刊論文、報紙論文、會議論文等。有些論著往往有關於該論題研究現況的敘述或檢討，這是蒐集研究資料最便捷的方法。另外，各論著的附註和參考書目也可提供相當多的參考資料。

4. 檢查相關研究資訊

為了預防有新的研究成果出版而自己不知道，應時時注意新的出版資訊或相關學術活動。較常報導相關資訊的刊物，如《漢學研究通訊》有「國內外學術會議」、「研究機構及學校動態」、「學位論文目錄」、「新近出版論文集彙目」、「期刊學術論文選目」；《中國書目季刊》有「新書提要」、「中華民國新書目錄」等固定欄目，也時有專題書目和書評。《中國文哲研究通訊》有「專題演講」、「學人介紹」、「書目文獻」、「研究動態」、

「文哲譯粹」等欄目。《文訊雜誌》的「文學月報」有「文學記事」、「報導與評論現代文學篇章選目」，也有不定期的作家資料彙編。《經學研究論叢》，每輯有研究各經的學術論文，也有「經學人物」、「專題書目」、「出版資訊」等資料性的欄目。

5. 請教專家

所謂專家，一般是指對某問題有專門研究的人，由於這個社會上有形形色色的事物和問題，當然也有各式各樣的專家。這裡所指的專家是對學術問題有專門研究的人，學校和研究機構的教授，都可以說是某一領域的專家，有需要時可以跟他們請教。請教時，透過其他師長的介紹，當然最理想，有時毛遂自薦也未嘗不可。

有些專家是指親身經歷該時段或該事件的人。如要研究近代某一時段的問題，有不少親歷該時段的人，該時段的問題這些人最清楚，如果能請教他們，不但可以得到不少書本上找不到的資料，甚至可釐清或解決心中不少疑惑。如研究日據時代的新文學，有不少當時很活躍的文學家都還健在，如果有機會向他們請教問題，當然可以得到不少意外的結果。

另外，要研究近代的某些學者，除他們留下來的書面資料外，也可以請教跟這些學者關係密切的朋友、弟子和家屬。例如：想研究當代新儒家人物唐君毅、牟宗三、徐復觀等人，他們在香港、臺灣等地有不少親近的弟子，若能請教他們，研究問題一定可以事半功倍。

(二)資料蒐集方法示例

要指示讀者如何蒐集資料，除告訴讀者圖書館之所在、工具書的特性外，也要將工具書如何利用，向讀者演練一遍，這就如同做料理，除要知道市場所在，需哪些菜色外，也能動手炒一道菜作示範。以前有關論文寫作的書，都未能做到這一點，能給讀者的幫助也相當有限。以下將舉日治時期的林履信為例，將蒐集資料的方法按傳記資料、著作資料等，逐項加以說明。

1. 傳記資料

(1)《臺灣人士鑑》

(2)《臺灣省通志・人物志》

(3)《臺北市志人物志・林履信傳》　一九八三年六月

因為林履信是個名人，一舉一動都受到注意，當時的重要報紙，應該有他的相關報導，報紙資料較豐富的是《臺灣日日新報》，相關資料有122筆。又林氏當過《全閩新日報》副社長，報紙中也有林氏所撰的社論，廈門市立圖書館本藏有該報，某年該館大火，已化為灰燼。

2. 著作資料

著作可分為專著和論文兩種。在一般圖書館目錄中能查到的大概僅有《臺灣產業界之發達》一書，但林氏的著作並沒有這麼少，必須再查相關目錄。可檢查的有：

(1)《重修臺灣省通志・藝文志・著述篇》

(2)《臺北市志・藝文志》

(3)《民國時期總書目》（哲學）（西洋文學）

(4)《廈門大學中文圖書目錄》

檢查以上數種書目，大抵可查到林氏的專著五、六種。單篇論文，大抵發表在臺灣、中國大陸的期刊上。臺灣的期刊和報紙有：

(1)《臺灣詩薈》

(2)《臺灣民報》

(3)《臺灣新民報》

中國大陸的期刊有：

(1)《社會科學論叢》　國立中山大學法科

以上兩地的期刊大約可查到二十餘篇論文。

三、如何選擇論文的題目

(一)選擇研究論題的幾個原則

1. **應與自己的興趣相合**　一個人在日常生活裡，沒有興趣的事，不會去做，如勉強去做，也會做不好。寫論文的情形跟做事一樣，能符合自己的興趣才有可能寫好。

2. **應考量自己的能力**　在入學後，自己是否有能力研究某個論題，也應好好考慮。論題如涉及太多外文文獻，就要考慮自己的能力是否能勝任，如：有人想研究明末朱舜水對日本儒學的影響，就要考慮到在兩三年間能否充分利用日語文獻，並充分了解江戶時代的學術文化背景，如果沒有這個能力，這個研究方向當然要取消。

3. **論題應大小適中**　一般討論論文寫作的書，都強調論題不宜太大，或論題要小，筆者以為研究論題的大小應有其伸縮性，譬如：起先作研究時，論題較大，有深一層的認識後，才把論題縮小。如果把論題縮得太小，且整天只抱著題目找資料，將使研究者的格局太過狹隘，很難培養出大學者宏觀通識的能力。

4. **資料是否容易取得**　一篇論文的好壞，除寫作者的能力外，另一部分的因素是資料是否充足。就臺灣歷史

三、四百年的發展來說，清政府統治時期，由於處於學術邊陲地區，既沒有學術資料，也沒有偉大的學者。日據時期的五十年，大陸的漢文資料很不容易進口；國民政府遷臺的四十餘年，是動員戡亂的戒嚴時期，大陸圖書根本不准進口。由於臺灣的地區環境，和近百年的特殊時局，臺灣各圖書館的藏書都不多，只有國立中央圖書館的善本書、國立臺灣大學和中央研究院傅斯年圖書館的普通線裝書較可觀。但是，很多重要的資料在臺灣仍不易見到。

5. **應能推陳出新** 一般論文寫作規範，都強調論題要新，意思是前人可能沒有研究過，或研究的水平不高。筆者以為選擇前人沒有研究過的方向來研究，就如同擴張土地的領域，只能作橫面的發展，除了這種研究的大方向外，也應該在前人的基礎之上，推陳出新。這是學術研究的縱深累積，同一主題有此累積，才能看出學術發展演變的面貌。因此，學術研究論題並不擔心重複，擔心的是，能否在前人的論題之外，有新的詮釋方法，而得出新的結論。

㈡選擇研究論題的方法

既已知道選擇論題的原則，就可以開始決定要研究的方向。我們先假設這位要寫論文的讀者，已具備與自己研究論題的某些相關知識，例如：要研究宋詩的人，不但已讀過中國文學史、中國文學批評史，甚至讀過宋詩史。又如：要研究乾嘉學術的人，不但讀過中國思想史、中國哲學史的書，也讀過梁啟超、錢穆的《中國近三百年學術史》，甚至讀過某些乾嘉學者的研究論著。有這些基礎知識才能來談如何選擇論題：

1. **檢討前人研究成果** 在初步判斷某一論題可作研究時，不可冒然即選定該論題，應該徹底的將前人的研究成果全部收集到，並經仔細閱讀分析，才能決定前人成果的好壞，再作去取的打算。

2. **徵求師長意見** 既是在學中的研究生，在學校裡一定有老師，甚至有自己的指導教授，也有比自己高年級的學長。如果不是在學學生，也有他以前母校的師長。再不行的話，也可以透過其他師長的介紹，或自己毛遂自薦，找到比較理想的請教對象。

❖四、擬定論文大綱

在閱讀過某些相關的專著和論文資料後，就應擬定寫作大綱。論文的大綱，就像是開車時的各種標線，它可協助你寫作時的思考方向，也可按大綱慢慢將蒐集來的資料作歸類的工作。

論文之大綱約可分為下列數個部分：

(一)導論部分

導論或叫導言、緒言、緒論。這是引導讀者進入論文主題的引導性文字。這一部分的文字，並沒有硬性規定要寫些什麼，但根據前人撰寫的論文，大抵有下列幾個方向：

1. **敘述研究動機**　是什麼樣的因素促成你來寫作這篇論文？
2. **敘述研究價值**　此一論題的研究，有何學術價值，或現實的意義？
3. **敘述研究範圍**　有些論題有時間或範圍的限制，必須要加以說明，如：以漢初、明初、清初、民初為範圍作研究的，應將這些時段的上下限作說明，所採用的定義是自己的見解，或採用某人的說法，也應加以說明。
4. **前人研究成果的檢討**　一個論題所以值得研究，除論題本身的價值外，前人對此一論題的研究成果如何，也應加以檢討，前人的研究成果如果還沒達到一定的水平，這個論題才有繼續做的必要。所以，讀者只要看這一段檢討文字，即可知此一論文的價值。
5. **研究方法**　有不少寫作論文的研究者對研究方法一項最感困擾，到底是該寫些什麼？其實研究方法也沒有硬性規定。有不少學生把它寫成蒐集材料的方法，這也未嘗不可。但如果是指使用的觀點，或指某種西方傳入的社會科學方法來說，問題可能比較複雜，某一論題如使用結構主義的方法來作論述，當然應該向讀者說明何以必須使用此種方法？使用此一方法可以達到怎樣的效果？其他各種方法的使用也都如此。一般來說，只要有助於達到論文預期效果的方法都可混合使用。如僅偏於某一種方法，不見得可作周備的觀照。

(二)正文部分

這是論文的主要論述部分，依論文性質不同，各有不同的論述方式。論文的章節多寡也依材料而定。要注意的是：

1. 各章節間應作合理的安排　如研究一個歷史人物，總應從生平、著作討論起，才進入他的事功、思想、影響等的討論。有些學者看到一篇論文的正文一開始即討論該被研究者的生平、著作，即視為方法老舊，而給予極低的評價。筆者以為這要看論題而定。在研究某些耳熟能詳的人物時，前人已留下大量的傳記、年譜，如：李白、杜甫、蘇軾、戴震。當要論述這些人的詩篇技巧、思想等時，自不必有長篇累牘的生平傳記、著作等資料。但如果研究到某些不見經傳的人物，有關被研究者生平、著作資料是了解這個人最基本的材料，自應有詳加敘述的必要，不然如何知人論世？

2. 章節的擬定以能凸顯所定的預期效果為主　一篇論文的正文，就是這篇論文的靈魂部分，論文是否能達到預期的效果，正文章節的安排最為重要。如研究一個時段的學術思想，到底應該以人為主，或以思想概念、討論主題為主，往往見仁見智。最理想的安排，可分為上下篇，上篇討論當時學術思想的變遷，和思想家討論的重要論題；下篇則以人為主，以凸顯這些思想家在該時段的重要性。由上面的例子可知，正文的安排必須從各種不同的角度來思考，以越周延越好。

㈢結論部分

撰寫結論，有很多人不知如何入手，有些人把它當作「結語」，來發抒寫作過程中的甘苦。這就失去所謂結論的意義。既是一篇論文的結論，就應關照到以下數點：

1. **前文論證部分的回顧**　應將前面各章主要論證的部分，也就是論文的主要創見，簡潔的加以敘述。使讀者在閱讀此一結論後，即可知本論文的創見和貢獻所在。

2. **可兼述本論文研究的不足和將來待努力的地方**　一本論文，不可能將所有問題全部解決，在作結論時，最好能將有所不足的地方加以說明，以便自己和有心的研究者將來繼續研究之用。

五、論文的附註

古人寫文章，如果引用他人的資料，有的直接引用，不註所出，今人認為這種情形是抄襲；有的僅註明書名而已，由於所引該書的作者、版本都未註出，且同書名的又多，後人欲知所引書的究竟，就得大費周章，為它作引書考，這是坊間有不少《禮記正義引書考》、《太平廣記引書考》之類的書的原因所在。現代學者受西方影響，強調論文必須有附註，往往以有無附註作為衡量學術論文高下的標準，可是打開各個學校的學位論文，附註不符合規範的可說不少。坊間的各種學術論文寫作指引的書，也都有談到附註，可惜所舉的例子，往往不適合中文學界，讀者即使讀了仍舊不知如何加註。

㈠附註的作用

現代的學術論文，附註不夠仔細，會被視為草率，附註的格式不合規定，也會影響論文的評價。所以附註與論文本身可說是唇齒相依，缺一不可。這是寫作學術論文時，必須謹記在心的事。如從作者的角度來說，附註至少有下列數點作用：

1. **提示資料出處，並陳述資料的權威性。**
2. **指引讀者參考相關的資料。**
3. **補充說明正文中的論點。**
4. **糾正前人資料的錯誤。**
5. **向提供意見或提供資料者表達感謝之意。**

如對讀者來說，可以根據附註來覆按資料，或藉附註的指示，得到更多相關的資料。

㈡附註的位置

由於目前附註的方式來自西方的學術論文，起先大家一味模仿，一律將註放在章節之末，有時附註有一兩百條，讀者常常有不勝前後翻檢之苦，嚴耕望先生曾說：「這種章節後的附註，對於讀者本來就有前後翻檢之勞的毛病，甚至於影響閱讀的情趣，若翻到後面，只是註明出處，並無其他說明，往往使人不免失望。」❶所以，又有不少學者將僅註明出處和僅數個字的短註，都放在正文中，上下加括號即可。一般論文寫作指引的書，在談附註時，都僅用文末附註來談，恐怕不太周備。

1. 文內附註

即在行文所引的資料或論點之下，直接註明出處，不再將出處放在文末的附註。這種文內附註本是古人作註時通行的方式，但有時註文太長，往往影響行文的連貫性，更影響讀者之閱讀。所以，筆者以為此種文內附註，應僅限於註明出處或簡單的說明時使用。這種附註法也有缺點，即引書的版本如何，不容易從註中

❶ 嚴耕望著：《治史經驗談》（臺北：臺灣商務，二〇〇八年），頁一二〇。

看出來。所以，要用文內附註，書末或文末往往必須加附參考書目。

2. 當頁附註

即在附註所在的當頁，將註文附於該頁的一邊，論文如果是直排，則為該頁的左邊；如果是橫排，則是該頁的下端。這種附註方式，嚴耕望先生說：「這種體式既不會妨礙正文，有中間隔斷的毛病，而檢對起來又極方便，不必前後翻檢，更不至使人有失望的感覺。」❷由於這種附註有很多優點，再加上個人電腦發達，每一作者可以自己隨意編排。所以，把附註放在當頁的也越來越多。

3. 文末附註

是指在論文章節之末作註。如果是單篇論文，附註當然在該文之末，如果是有章節的專著，附註是在一章之後，還是各節之後，作者可自行斟酌，但以在各節之後較為方便。由於大多數讀者都知道什麼是文末附註，所以不再舉例。

4. 附註編號的位置

除前面提到三種附註的位置外，當頁註和文末附註在加註的文句之下都應有附註的編號。現行的編號不太統一，筆者以為正文中為各註所加的編號，應與附註上頭的編號一致，如果是用註一、註二，兩邊都要一樣。

至於行文時，要將附註編號加在哪個位置，目前也是非常分歧，本文試著作如下的規定：(1)文句未結束時，加在逗點之前；(2)文句已結束時，加在句點之後。

(三)附註的類別

❷ 同❶，頁一二一～一二二。

附註如前文所云有許多的作用，但如果將各論文中的附註加以分析，大抵可分為以下兩大類：

1. **資料性的附註**

(1)說明所引資料之出處：這是最常見的一種出處，幾乎每篇論文百分之八十以上的附註都屬於這一類。

(2)提示相關資料：對於論文中所提到的某個問題，論文作者若願意提供所知的相關論著作為參考，就可加註，這一方面可表示作者的博學多識，也提供讀者不少方便。

(3)提示原文資料：有時為了論文行文之簡潔，對某人論點僅摘要敘述，至於其原文則可在附註中全部或部分引出，好讓讀者覆按。

2. **說明性的附註**

(1)補充說明論文中的某些論點：在論文行文中，對某一論點，有時為兼顧文氣順暢，有時怕詳細申論會離題太遠。這時，可以在附註中加以補充申論。這也是常見的一種附註。

(2)訂正前人論點的錯誤：有時論文所提到的前人論點有錯誤，在行文中不方便加以辨證，可以利用附註加以辨證。

(3)感謝前人提供資料或意見：在論文寫作過程中，一定有不少師友幫忙提供資料，或對論文內容提出意見。這大都可以在論文的序文中表達感謝之意。但單篇論文並沒有序，只能在後記，或用附註的形式表示感謝。假如某一問題的觀點因某人提供意見而有所修改，也可以在該論點之下加註，表達感謝之意。

(四)附註中各目錄項的著錄方式

附註中所述及的資料，都應儘量註明作者、書名或篇名、出版地、出版者、出版時間、版次、卷冊、章節、頁次等。茲分別討論如下：

1. 關於作者

(1)這裡所說的作者，包括著者、編者、註疏者、輯者、點校者、修訂者、翻譯者、……等等。著錄作者名，大抵根據書名頁、版權頁和封面。

(2)作者題名是筆名、別號，而又能查知本名時，應將本名加上括號，置於筆名之後。

(3)若一作品有二位或三位作者，則按順序列出所有作者。有些則加上「合著」、「合編」、「合譯」等字樣。

(4)若有三個以上的作者，則僅著錄第一位作者，而於其後加「等撰」、「等編」、「等譯」……之字樣。

(5)古書的註釋者往往分好幾層次，應分別加以註明，有時為了讓讀者對註釋者的時代更清楚，也可加上朝代名。

(6)古書頗多偽作，作者可題為「舊題×××撰」。

(7)古書已亡佚，經後人輯出者，應將輯佚者標明。

(8)古書有新點校者，應將點校者標明。

(9)作者為機關、團體時，應將機關、團體標出。

2. 關於書名和篇名

(1)古書中有很多異名，註記時應以所引用版本之書名為主。如胡廣所編《詩傳大全》，又稱《詩經大全》；《書傳大全》，又稱《書經大全》，註記書名時，應以引用的版本為主。

(2)引用之資料有副標題時，該副標題應一併加以註記。

(3)所引資料，如為論文集中之一篇，應先註記篇名，再註記論文集名。

(4)為節省篇幅，書名和篇名在第二次出現時，可用簡稱，但應註明「以下簡稱×××」。

(5)期刊有分版時，應加括號註記於刊名之後。

(6)期刊、報紙有改名者，引用改名前之資料，不可註記改名後之新刊名。

3. **關於出版項**

所謂出版項包括：出版地、出版者、出版日期、版次、所屬叢書等項。

・**出版地**

(1)在註明出版地時，可不加「市」字，如「臺北市」僅作「臺北」、「北京市」僅作「北京」、「東京都」僅作「東京」。

(2)出版地如有縣、市之分，也應註明，如：在臺北縣出版的，如也省作「臺北」，則與臺北市出版的相混淆，所以應加「縣」的字樣。

(3)在書名頁、版權頁都找不到出版地，但能確定其所在者，則將出版地加方括號。如不能確定，則在出版地這一項，註記「出版地不詳」。

・**出版者**

(1)註記出版者，應用全稱，不可隨意省略。

(2)某些出版者有加「臺灣」二字，不可隨意省略。

(3)一般出版者改名，或學校升格改名，引用改名前之出版品，註記出版者時，不可用改名後之名稱，如引用「臺灣省之師範大學」之出版品，註記時，不可將出版者改作「國立臺灣師範大學」。

(4)出版者如果為作者本人，則可註記「作者自印本」。

・**出版日期**

(1)註記出版日期，應以實際引用資料的出版日期為準，不可引用後出的版次，卻註記初版的出版日期。

(2)各國出版品的紀年法各有不同，如臺灣用「民國」，日本用「昭和」、「平成」，大陸、香港、美國等地用西元，不可隨意改為「民國」。

(3)為求紀年方式統一，可統一為「西元」，但不可統一為「民國」。

(4)一部大叢書，出版日期綿延數年，各冊又未分別註明出版日期，則以該叢書第一冊出版日期為準。

(5)期刊、報紙之論文，不必註記出版地、出版者，僅註明出版日期即可。

(6)學位論文沒有版權頁，註記時以封面所印的日期為準。

(7)未出版之學術會議論文，註記時以會議的日期為準。

・**版次**

(1)版次的註記以所引出版品之版次為主，惟臺灣出版品將印刷一次稱為「一版」，與世界各地不同，但也不可將所註記之「版」，改為「刷」，只好依所見者分別註記。

(2)出版品之「初版」或「一刷」，可不用註記，以後各版或各刷都應註記。

(3)有些書已非初版，但未註明版次，則以版權頁所註記之出版日期為準。

・**叢書**

引用的出版品如屬於某叢書，則應將叢書名註記於出版日期之後，有版次者註記則於版次之後。

・**其他注意事項**

(1)引用古書（善本書和普通線裝書），其出版項各圖書館已有一定的著錄方法，並編輯成善本書目或普通線裝書目。註記時，應以各該書目所著錄的出版項（版本）為準。

(2)引用手稿本時，整個出版項僅需註明「手稿本」即可。

(3)有些翻印本缺版權頁，也無法查知何時翻印，出版項則註明「翻印本，出版時地不詳」。

4. **關於章節、卷期、頁數**

(1)古書的卷數、頁數都刻在書口，頁數是兩頁（葉）共用一頁碼，可在頁碼後加「上」、「下」之字樣，以示分別。
(2)古書的影印本往往將四頁拼成一頁，且重編頁碼，引用時仍應註記原頁碼。
(3)引用現代專著，有章節者，應將章節一併註記。
(4)引用期刊論文，應註明卷期、頁數。
(5)有些期刊是卷期和總期數並用，註記時最好兩者並存。
(6)中國的期刊，大都作××××年×期，不可只寫期數。
(7)引用報紙論文，應註明版次。

❖六、結語

要在有限的篇幅對學術論文寫作的方法和格式作詳細的規定，有相當的困難。不過，坊間指導寫作學術論文的著作越來越多，讀者可自行參考。關於前文的論述，筆者要再次強調的有下列數點：

其一，當今是個資訊爆炸的時代，尤其網路資訊，可說目不暇給，但是網站和資料庫的建置良莠不齊，從網路獲得的資料，一定要覆按，才能減少錯誤。且要能分析網路資訊的不足，或用紙本工具書補充，或直接去查閱第一手資料。

其二，論文從蒐集資料到寫作完成，過程非常繁複，讀者千萬不可因繁複，而不想認真學習。須知想成為學術界的一份子，就應先學會寫學術論文，就如同要當軍人，要先學會用槍一樣。要如何才能學會寫作論文？最好的方法是多看多寫，閱讀時要閱讀國內核心期刊的論文，看看別人是怎麼寫論文的。自己寫作時，要嚴格遵守規定格式，絕不可馬虎。

七、習題

1. 請利用網路資源和各種紙本文獻，蒐集日治時期臺灣經學家郭明昆的相關資料，做成「郭明昆研究文獻目錄」。

2. 請按本文所作規定，撰寫一篇一萬字以內的學術研究論文。

八、參考書目

學術論文寫作指引　林慶彰主編　臺北　萬卷樓圖書公司　一九九六年九月

撰寫博碩士論文實戰手冊　朱浤源主編　臺北　正中書局　一九九九年十一月

學術資料的檢索與利用　林慶彰主編　臺北　萬卷樓圖書公司　二〇〇三年三月

實用中文寫作學　張高評主編　臺北　里仁書局　二〇〇四年十二月

讀書報告寫作指引　林慶彰、劉春銀合著　臺北　萬卷樓圖書公司　二〇〇五年六月

實用中文講義（上）　張高評主編　臺北　東大圖書公司　二〇〇八年六月

論文研究與寫作　高強　臺中　滄海書局　二〇〇九年六月

11・研究計畫寫作

張高評

學術界抄襲事件嚴重，最近國內外電視及報紙紛紛報導：韓國、中國、美國、英國都曾發生。教育部與國科會強調：著作抄襲的問題，將會嚴格執法。其實，杜絕抄襲，千頭萬緒，基本上應從個人本身自律自強做起。譬如多元閱讀、創意思考、學科整合、梳理讀書心得、儲備研究選題等等，或可見功效。筆者發表〈研究選題與規劃〉一文❶，不妨參閱。另外，要杜絕著作抄襲，也可藉提出專題研究計畫的機會，拓展自己的專業領域，透過計畫執行，推動論文撰寫。這樣，經由計畫之次第執行，縱橫上下，表裡精粗都能觸及，論著就會比較有創新性。專題研究計畫的格式，登錄於國科會網頁上，可以隨時下載。這些撰寫格式，是臺灣各研究機構，及大學院校理、工、醫、農、文、法、社、商各學門，通通一體適用。本文據此說明，依此強調。

社會科學學門的研究報告，大多包含七個部分：摘要、介紹、文獻評論、方法、結果、討論、參考文獻。行政院國家科學委員會「專題研究計畫」期中或結案報告，大抵依此設計，而推廣到各學門一體通用。

摘要　說明作者研究的問題。

介紹　提出問題、背景和重要性。

文獻評論　總結本課題已有的研究。

---

❶ 張高評：〈論文之選題與規劃〉，《書目季刊》第四十一卷第二期（二〇〇七年九月），頁一～三四。

方法　如何設計課題？如何選擇對象？如何進行操作？如何得出結論？運用哪些方法？採行哪些策略？

結果　闡述研究的發現。

討論　指出研究中的問題和不足，以及將來這一課題的發展方向。❷

參考文獻　指本研究採用之素材，包括原典、相關專著及期刊論文。人文學門的文學、歷史、哲學、藝術、語言、文化等較接近社會科學，值得借鏡運用。今參考上述報告要求，以論說研究計畫，或教學計畫之撰寫。

❖一、研究計畫中英文摘要、關鍵詞之撰寫

撰寫研究計畫，首頁往往是中文與英文的摘要，以及關鍵詞，這是為方便學界檢索而設計的。「摘要」在實際操作上，是最後才寫的。如果一著手就撰寫，那將會是不切實際的空談。因為以下各項都還沒有擬定，如何能「摘」出「要」點呢？至於計畫摘要首要強調研究的問題，必須凸顯問題意識。至於撰寫之要領，本書收錄有楊晉龍先生的大作❸，讀者可以參閱。

關於摘要，在此僅作幾點強調。首先，計畫的摘要，應該是計畫各項都次第完成之後，才摘取要點來撰寫。內容有五：

1. 交代專題計畫的研究方向、研究文本的範圍、主要的徵引文獻，首先必須在摘要中說清楚。
2. 要凸顯本計畫的問題意識。當然，這需要剪裁濃縮，不能漫無限制、不著邊際的述寫。一般摘要篇幅大概

---

❷ R. Stark & L. Roberts (1996). *Contemporary Social Research Methods*. MicroCase Corporation. WA: Bellevue.

❸ 楊晉龍著：〈提要摘要寫作〉，收入張高評編：《實用中文講義》（臺北：三民書局，二〇一〇年四月），下冊。楊先生這篇大作，參考研討會論文修訂而成。

在五百字左右，務求言簡意賅，一目了然，所以必須經過提煉淬取。需要以問題意識為基準，將全計畫作高度壓縮。

3. 專題研究計畫探討哪些項目？主要研究領域、研究內容，宜清楚說明。

4. 預估可以獲得哪些成果？

5. 研究成果對於學術將有什麼貢獻？

為因應數位電子化時代，運用電腦檢索資料，「關鍵詞」的設定十分重要。顧名思義，關鍵詞也者，應該是讀者正確進入研究計畫的一把鑰匙、一個指針，是問題意識之凸顯、研究計畫之聚焦、預期成果之提示、學術貢獻之點睛。將來計畫執行時，它將是核心強項、焦點議題；將是用心最多、著墨最多、最有心得、最富創見之處。所謂「放之，則彌六合；收之，則退藏於密」，最能比況研究計畫與關鍵詞之「收放」關係。

上述各分項都很重要，其實就是計畫格式中「預期完成之工作項目及成果」的高度濃縮。換言之，研究計畫的摘要，應該是計畫格式「二、研究計畫內容之撰寫」提煉出來的精髓，是除了「㈠近五年之研究計畫內容，與主要研究成果說明」以外，㈡到㈣項的提煉與淬取。以下所言，依據筆者參與國科會專題計畫審查，及個人提出專題計畫的實際經驗，來與各位切磋。

二、研究計畫內容之撰寫❹

㈠近五年之研究計畫內容，與主要研究成果說明

❹ 行政院國家科學委員會（簡稱國科會）專題研究計畫，制式的申請書有固定格式。就研究計畫內容而言，分為三項：㈠近五年之研究計畫內容與主要研究成果說明；㈡研究計畫之背景及目的；㈢研究方法、進行步驟及執行進度。㈡、㈢項，又分為若干子目。詳見國科會網頁。

由研究計畫內容看來，如果近五年都沒有執行研究計畫，那只好繳白卷，研究計畫將不易通過。現在，不管向教育部、國科會、文建會、經濟部、衛生署，或者校內申請經費，如果沒有提交計畫，是無從得到資源的。作為一個研究者，大學生參加推薦甄選，碩士生投考博士班，教師爭取研究經費，都要提研究計畫。除此之外，教學計畫、產學合作計畫等的撰寫格式，大致也跟研究計畫大同小異。想走學術這條路，當研究生期間，就要厚植根基，學會撰寫計畫。

國科會的研究計畫，是和研究成果禍福相依的，兩者成敗相扣。如果這五年來的研究成果，表現欠佳，就算研究計畫的㈡、㈢、㈣項都寫得非常完美，也成事不足。因為第一項拿不到三十分，可能就凶多吉少。申請國科會專題計畫，要通過獎助大概都得八十分以上。研究成果占百分之四十，這部分足以影響計畫是否通過。近五年研究的成績假如不理想，建議還是照樣將計畫提出。到時果真未通過，依然自我勉勵，按部就班執行計畫。一年下來，起碼可以完成兩篇或三篇的論文。明年再申請，主要研究成果就有著落，自然會加分。

如果近五年的研究計畫執行不少，研究成果可觀，就得選擇精華，梳理主次輕重，強調此中最重要、且具有代表性、突破性的論著，作擇精語詳，而又深入淺出的介紹。研究成果除重要內容、創新觀點外，這些論著對學術研究有何貢獻？對本科研究有何心得？於學術成就有何突破？這方面的優點必須凸顯出來。

由此觀之，有不錯的計畫構想，加上優秀的成果展示，結局自然是美好的，專題申請理當心想事成。研究計畫的內容，與主要研究成果的說明，都用五百字左右，高度濃縮每一本書或一篇論文，把精華處、關鍵處說清楚、講明白。這樣，可以便利讀者，在短時間內鳥瞰研究計畫與成果，充分掌握相關訊息。

㈡研究計畫之緣起，相關成果之檢討

研究計畫的背景跟目的如果講得不清楚，就無法說服審查者，分數就不會太高，通過獎助的機會就不大。所以，申請計畫的每一個環節我們都得注意與講究。

1. 研究計畫之背景、目的、重要性

(1)背景：所謂計畫的背景，指在撰寫申請研究計畫之前，自己曾做過跟本計畫相關、相近、相通的研究，這是本計畫執行的基礎或起點。以事實證明自己在這個領域，已經進入狀況，是輕車熟路的行家。已經寫了若干篇論文，甚至已經寫了一本書，或者得了一個學位。如果研究背景乏善可陳，退而求其次，也不妨交待與研究計畫領域相關的教學經驗。因為教學相長，學思相濟，也可以生發不錯的研究選題。提出研究計畫，可以將獨到心得系統化。

(2)目的：為什麼要選擇這個題目作研究計畫？這是研究計畫之目的。所謂目的，就是研究計畫的問題意識。所謂問題意識，是指研究者需要通過思考提出問題、把握問題、回應問題。「問題」，決定於眼光和視野，體現出切入角度和研究導向，寓含著創新點。突出問題意識，就要以直指中心的一系列問題來引導，並且組織自己的研究過程。這樣的研究，才會言之有物、具備洞察力，才會致力於探索事物發展的實際邏輯，而不以重複大而無當的「普遍規律」為目標❺。研究計畫之擬定和撰寫，能有具體而明朗的問題意識，計畫執行中知道聚焦何處，指向何方；更知道調整視角，直搗核心，因此成果較能推陳出新，精益求精。由此可見，「問題意識」是學術研究的推進器，是研究者上下求索的指南針，是進退取捨的基準點。

(3)重要性：為什麼要選這個題目當作研究計畫，主要目的在於解決這個問題的相關疑難。如何選擇論文題目？如何達成研究創新？筆者〈論文選題與學術創新〉，多所建議❻。研究目的這一項，不僅要說出研究

---

❺ 鄧小南：〈序引：問題的提出〉，《祖宗之法——北宋前期政治述略》（北京：三聯書店，二〇〇六年九月），頁三。

❻ 這篇文章筆者再三修訂，學界流傳的是二〇〇三年五月我在《國文天地》發表的那一篇，只有一萬六千字，目前已經修訂成六萬多字的

目的的所以然，更要具體論述研究目的之重要性，大抵有如下可能：其一，它是一個基礎研究，如果完成基礎研究，等於研究的奠基工作已經處理好，後續的研究也就有了著落。其二，這是一個爭議很久的話題，今天提出計畫，企圖解決爭議。其三，提出本研究計畫，企圖澄清事實的訛誤，希望導正偏頗的觀念、重新釐定舊學之價值。其四，發現新材料，運用新方法，拓展新視野，足以突破窠臼，創新成果。尤其是第四項，標榜創新、強調發現、致力拓展，堪稱難能而可貴。必先有上述的問題意識，先立其大者，方向明確，計畫方能落實執行。

2. 國內外有關本計畫之研究情況

研究計畫之目的與重要性，必須配合「問題意識」撰寫。撰寫的內容，主要牽涉到國內外有關本計畫之研究現況，與重要參考文獻之評述。申請計畫如果對這兩點沒有交代清楚，就很難看出研究計畫的價值和重要性。如果計畫格式（見本單元附錄，頁244）的2、3說得很清楚，那麼第1項研究計畫的重要性就容易被烘托出來。

截至當下，提出研究計畫之前，國內外與本計畫相關、相近、相似、相通的研究成果，包括專書、期刊等等，實際涉及面有多廣？已經涉獵多少？這可以檢驗申請人見聞之廣狹、認知之深淺、文獻掌握之偏全、治學態度之勤惰。撰寫計畫時，應該據實以對。這一項的敘述，猶如作戰時的「敵情觀念」❼，唯有知彼知己，才能百戰不殆。唯有了解相關領域的研究情況，知道研究成果的優劣虛實，研究選題方能避免雷同，進

版本。可以在三個地方看到，一個是《書目季刊》，已刊登於第四十一卷第二期（二〇〇七年九月），題目是〈論文選題與規劃〉。其次，就是「實用中文寫作研討會」的論文集。另外，中國南京《古典文學知識》雙月刊從二〇一〇年起將連載八期。這篇文章輾轉在網路上傳播，臺灣的研究生流傳得很廣。有興趣可以參考，此處不再重複。

❼ 程千帆：〈學術研究的敵情觀念〉，輯入《儉腹抄》（上海：上海文藝出版社，一九八六年六月）。

而將研究視角作定位，「詳人之所略，異人之所同」之創意視點，方有可能提出。

陳述海內外之「研究情況」，貴在實事求是客觀據實陳述學界現況，不容許增損杜撰，或想像揣測。早期撰寫論文，多寫「研究動機」，往往流於牽強附會、向壁虛造，遠不如「研究現況」來得就事論事，反映真實。而且，研究者全面掌握了「國內外有關本計畫之研究情況」，梳理出相關、相近、相通、值得借鏡參考之論著後，即可經由比較考察，訂定本計畫之研究主軸，確立創新發明之高標。研究計畫與論文，以追求創新發明為極致，楊晉龍〈中文摘要書寫〉❽列舉：「提出全新的答案，改變研究的視野、創新研究的方向、澄清事實的訛誤、創新研究的方法、擴大資料的範圍、導正偏頗的觀念、重視舊學的價值」等等，取法乎上，值得借鏡參考。創意之研究視角，不可能憑空生發，必須歷經泛覽綜觀、鉤稽梳理國內外文獻，方有可能形成。

國內外有關本計畫之研究情況，可分學術論著與期刊論文二大方向檢索翻閱。據國科會中文學門前任召集人葉國良教授之研究報告，以及二〇〇九年《宋代文學研究年鑑》王兆鵬教授對宋詞論著之定量分析，得一共識：中文學門徵引書目，對專書的引用與參考十分重視。中文學門之生態既如此，研究計畫陳述研究現況時，最好能有如實之呼應。要掌控國內外相關之研究情況，大概有下列途徑：㈠參考《漢學研究通訊》、《書目季刊》、人民大學複印報刊資料等，其中往往登載「某某研究綜述」的報導。㈡各國漢學專刊，常有某某專題研究成果之刊載或專家學者訪談。㈢各專業、各斷代、各領域，常有研究年鑑、論文索引，或論著目錄之編纂，值得參考。㈣上網搜尋，國內外圖書館、研究機構之著錄狀況。㈤搜尋大型資料庫之數位典藏，蒐羅較齊全，增訂更新也較快速。

重要參考文獻既已掌握，國內外有關本計畫之研究情況也瞭如指掌，自然可檢驗出原先構想的論題，是否可行？如果發現這方面的論著數量很多，而且品質也相當好，關鍵問題已有結論、定論了，若堅持執行原

❽ 楊晉龍：〈摘要寫作析論〉，收入張高評主編：《實用中文寫作學》（臺北：里仁書局，二〇〇四年十二月），頁二五九～三〇五。

課題，可能沒有開拓之空間。撰寫計畫時，若曾作第2、3項之演練，研究計畫選題就不致陳腔濫調，人云亦云。現在論文檢索十分便利，但論文選題犯重、雷同，甚至，當作學位論文、升等論文的，仍然大有人在。關鍵在研究現況、文獻評鑑的程序一直未作。相關論題，如果一概不知，就是孤陋寡聞。如果知道卻不引用，豈非心存剽竊抄襲？由此可見，第2、3項，是申請計畫、撰寫論文之前，非要進行不可的工作。是檢驗論文還沒寫作之前，在計畫還沒執行之前，應作的最後確定。確認還執意要作這個題目嗎？有能力補充前人的不足嗎？能夠平息疑讞爭議嗎？知彼知己，權衡可否，假如自認不能，就得放棄。

以唐宋文學研究為例，比如杜甫詩的研究，學位論文、升等著作、單篇論文，已達汗牛充棟的地步。又如研究蘇東坡詩、研究蘇東坡豪放詞，與計畫相關的研究論著已經很豐富，參考文獻已經琳瑯滿目，學術成果已經非常精彩。如果專題研究計畫還要申請與執行，就得跳脫窠臼，掌握生新材料，調整研究視角，運用新方法。如此，老題目可以創新，甚至還有獨到創見。在著作如林，高手如雲的狀況下，還藉此開創論點，推出新見，更加難能可貴。不過，其中難度極高，不適用一般初學者，以免畫虎不成，弄巧成拙。

上述要領，也適用撰寫學位論文或升等論文。這個部分落實得好，研究論題的創新性就浮現出來了。如果忽略這部分，就看不出研究計畫執行的充足理由。如果仍堅持執行，那研究成果勢必流於「博而寡要，勞而少功」。

3. 重要參考文獻之評述

在充分理解與本計畫相近、相關、相通的論文與著作之後，經過取捨、品題，然後擇精取要，就經典性、代表性之論著，進行敘述與評論；不必把所有的參考文獻通通列舉出來，不作別擇。因為，第3項訴求是「重要參考文獻之評述」，關鍵在「重要」這兩個字。

何謂「重要」？沒有絕對標準，但有相對標準。專題計畫的文獻評述，貴精不貴多；當講究別擇，要有所篩選，要鑑別精粗，要專挑「重要」且有代表性之文獻成果，進行評述，不必鉅細靡遺。現在是網路時代，只要上國家圖書館或中國期刊網，抓取相關參考書目，不管論文還是著作，實在易如反掌，所以量多並不可貴。問題是不管文獻列舉量是五百或一千，甚至只有五種，論題內容總該有重要跟次要之分，有精粗優劣之別，有代表性跟一般普通的差異。這實際反映研讀論著的實況，唯有確實研讀過，才能進行篩選和取捨，才能分出精粗主次。所以從文獻評述，不難看出申請人研究見識之高低、涉獵之廣狹。

原創性的論著，研究時非要徵引參考不可，這是客觀的評斷。怎麼知道是否具有原創性呢？第一，看論著發表的先後。如果論點相近，大概是後者因襲前人。第二，看觀點的精粗偏全。如果後者的觀點比較深入，論點比較完整，就不見得是抄襲前人，應該是有所開拓。如果論點相近，後者對前者沒有什麼創造發明，可以不用徵引後者。這就牽涉到別識心裁，所以才特別強調「重要」二字。參考文獻之評述和羅列，一定要有所取捨，一定要分出主次、優劣，具代表性的要優先列，原創性的更不容缺漏。因為某一個問題，先提出者有首倡之功，有著作專利，不容後人抹殺。接著，評述大家、名家、重量級的著作。因為研究某個領域，總會有一些重要的、代表的、不可忽略的先發性著作或關鍵性的論文。如果未加列舉，則該計畫先天就有缺陷。因為，在你提出計畫之前，某個重要問題或概念，可能已被充分探討，獲得重要結論，具備若干學術貢獻。假如自己孤陋寡聞，未及拜讀參考，將來成果提出，其中自鳴得意之「創見」，若跟前輩學者雷同或近似，將難逃剽竊或抄襲之嫌疑。操作程序，不合學術倫理與研究規範，還奢談什麼研究呢？文獻評述之重要，由此可見。

「評述」二字，也很重要，是關鍵話語，有必要強調。研究計畫必須參考有關文獻材料，材料要富於意義，申請人必須為它代言；敘「述」還得加上「評」論。要怎麼敘述呢？得注意到「重要」這兩個字，必須把這個研究領域中傑出優秀的論著悉數掌握，然後集中述評。數量最多不要超過十五種，列舉太多，流於浮濫，表示未經篩選，不知取捨，看不出論文的優劣得失。列入評述的論著，既然是代表性的、是重要的、是大家名家的著作，還要進行評論，如何著墨才好？優點值得歌頌稱揚，缺失要不要直言無諱？當然得講，不過應講究行文藝術。

學術研究活像大隊接力，前修有所未備與不足，所以才輪到後生提計畫，繼續接力去挖掘、探討。不過，評述優劣得失，本來就敏感，因此評論得失時，除理性客觀，就事論事外，最好採用綜合評述的方式，述說相關論著的優劣得失。綜合歸納這些成果，對本領域開發了哪些論題？哪些論點觸及比較少，或是挖掘不夠深入，或者範圍不夠廣博，或者角度不夠多元，或者論點分歧，莫衷一是，所以今天提出本計畫，希望針對未備，提出補強，這才是問題意識之所在。首先，敘述相關論著的長處以及特點，接下來再品評優點和缺點。下筆時，用字遣詞應講究溫柔敦厚，切忌得理不饒人。客觀、公正、溫和、理性，永遠是評論優劣、論斷得失應有的風度。

要之，「重要參考文獻評述」的寫作原則有三：一、要注意「重要」二字；二、應要言不煩的敘「述」；三、宜溫柔敦厚的「評」論，儘可能客觀持平綜述優劣。認真撰寫「重要參考文獻之評述」，確實報導「國內外有關本計畫之研究情況」，計畫的焦點核心，所謂「問題意識」也就呼之欲出了。

4. 如為整合型研究計畫之子計畫，請分別述明與其他子計畫之相關性

整合型的研究計畫，一般人比較少提出，在此簡單講一下。整合型計畫，通常是跨領域、跨學科之大型計畫。由不同學科、不同領域的學者，分進合擊，注重團隊合作，是所謂「合之則雙美，離之則兩傷」，最注重協調與默契，自是另外一種寫法。

子計畫，就好像大計畫中的小計畫，一部專書中的各別章節，這個小計畫跟個別型的計畫是一樣的。整合型計畫之子計畫跟一般個別性計畫顯著的不同，必須強化這個子計畫在母計畫中扮演何種環節意義，有何

關鍵性之價值？還有，跟其他子計畫之間彼此有何關連性、互動性？如何協調合作是重點，如何相濟為用是利基。譬如某個整合型計畫一共有A、B、C、D四個子計畫，既已分別說明各子計畫之主體價值，更要強調彼此間的綰合關連，尤其是將總計畫與各子計畫的黏合性、互動性、和協調合作模式，作一個具體可行的牽搭與說明。除外，跟個別型計畫的撰寫，並無不同。

(三)研究方法，進行步驟及執行進度，請分年列述

「研究方法，進行步驟及執行進度」，顧名思義，這應該指個別獨立，又彼此相關之三項學術工程。「進行步驟」、「執行進度」，文意明白，指涉清楚，一般不至於錯會誤解。「研究方法」則不然，很令人意外的，向來是中文學門非常脆弱，疏於講究，甚至於誤解的項目，有必要作個強調。如果是多年期計畫，每年計畫執行或重心有別，或方法有異，導致步驟不一，進度不同，所以有必要分年列述。一年期計畫，較無上述問題。

1. 本計畫採用之研究方法與原因

本計畫採用的研究方法與原因是什麼？中文學門在這方面，很不講究。不管是碩士論文、博士論文、升等論文，往往諱莫如深，說不明白，這是一類。第二類，把研究方法誤會成進行步驟。譬如說：本計畫首先打算這樣開始，接著要那樣操作，最後想這般作結；其實那是進行步驟，不是研究方法。

所謂研究方法，當然是方法學的講究，指本課題從設想假定，到考察演繹，到舉證推理，到歸納總結，終而提出心得發現，這心路歷程究竟使用哪些工具利器？運用哪些方法或策略？而有助於研究之完成，成果之提出。比如計畫執行運用比較法、歸納法、田野調查法、統計學方法、詮釋學的方法、接受美學的方法……等，這些都是方法。很顯然，研究方法不等於進行步驟，甚至於也不是執行進度，大家嚴重誤會了。陳鳴樹

《文藝學方法概論》、胡經之、王岳川《文藝學美學方法論》❾值得參考。王春元、錢中文主編《文學理論方法論研究》、王鍾陵《文學史新方法論》、張伯偉《中國古代文學批評方法研究》、陳鵬翔《主題學理論與實踐》，也多值得借鏡。

笛卡爾曾說：「要認識真理，必須運用正確的方法。」所謂工欲善其事，必先利其器。中文學門或文學院的師生，的確應該多多講究研究方法。文學院的論文中，歷史學門比較接近社會科學，所以比較講究方法。大家不妨參考中央研究院歷史語言研究所研究員，甚至院士的學術論文。他們所寫的著作與論文，大多講究方法。不同的方法，可以得到不同的結論，中文學門的研究方法，其實就是文藝學的方法。文藝學就是探討本質論、生成論、源流論、風格論、鑑賞論、批評論、作家論這一類，這就是文藝學的方法。從事研究，各自有很多研究方法，應該自我加強。歷史學研究很講究方法，如梁啟超《中國歷史研究法及補編》、傅斯年《史學方法導論》、漆俠《歷史研究法》❿、杜維運《史學方法論》等。研究哲學、思想，則有蔡尚思《中國思想研究法》、張岱年《中國哲學史方法論發凡》⓫、傅偉勳「創造詮釋學的五大層次」⓬等論著。人文學科不妨參考借鏡。他山之石，可以攻錯，其他學科之研究法，或許相通相融，不妨多多涉獵試用。

---

❾ 詳參陳鳴樹：《文藝學方法概論》（上海：上海文藝出版社，一九九一年十月），提出十三種研究法。胡經之、王岳川主編：《文藝學美學方法論》（北京：北京大學出版社，二〇〇一年五月），亦介紹社會歷史研究法、傳記研究法、象徵研究法、精神分析研究法、原型研究法、符號研究法、形式研究法、新批評研究法、結構研究法、現象學研究法、解釋學研究法、接受美學研究法、解構研究法等十三種。

❿ 傅斯年：《史學方法導論》（北京：中國人民大學出版社，二〇〇四年九月）。漆俠：《歷史研究法》（石家莊：河北大學出版社，二〇〇三年十二月）。

⓫ 蔡尚思：《中國思想研究法》（上海：復旦大學出版社，二〇〇一年四月）。張岱年：《中國哲學史方法論發凡》（北京：中華書局，二〇〇三年一月）。

⓬ 傅偉勳：〈創造的詮釋學與思維方法論〉，論述「層面分析法」，提出「創造的詮釋學」五大辯證層次：實謂、意謂、蘊謂、當謂、必謂（創謂），學界多所引用。《學問的生命與生命的學問》（臺北：正中書局，一九九四年五月），頁二一九～二五八。

計畫採用何種研究方法，要說清楚、講明白。計畫不見得只採用一種方法，如果用傳統的分析法、歸納法、比較法、演繹法也可以。為什麼只採用這個方法，不採用別的方法？也要說分明。因為執行計畫，採用不同的方法，將會導致不同的結論，不能不量身訂做，慎選方法。

2. 預計可能遭遇之困難及解決途徑

「預計可能遭遇之困難及解決途徑」，這一項也很重要。如果闕而弗論，就有理由相信，研究工作還沒有開始。某些人有嚴重的誤會，認為研究計畫是尚未開始進行的學術工程，這種看法似是而非。當初高鐵提出營運計畫時，實際上早已進行許多準備功夫，諸如全線多少公里？經過哪些地段？要開鑿幾座山洞、搭建幾座橋梁？要有幾個工作天？要花費多少造價？尚未建造之前，都已經進行了許多先遣作業，高鐵興建計畫提出來，才會有說服力。同理，在提出一個研究計畫之前，得先做熱身運動，千萬不要什麼事都還沒做，抱著「通過以後再說」的心理，那一定凶多吉少。假如計畫執行完成後，預定可以提出四篇論文，那為什麼不在計畫提出之前，先試寫四分之一？其中一篇論文試寫完成之後，這個計畫的相關背景，不就掌握了嗎？跟本計畫有關的研究狀況，不就清楚了嗎？本計畫應該參考哪些重要文獻，不可能不知道，因為已經執行完成一篇了。可能會遭遇什麼困難，已經心裡有數了。計畫提出之前，已出入周旋該領域多時，輕車熟路，只待百尺竿頭更進一步。如此撰寫計畫，就會很具體，很有說服力。盈科而後進，當然也就順理成章。

千萬不能以為：「這只是個計畫，還沒開始，怎麼知道將會遭遇到哪些困難？」這分明是外行話。計畫已經啟動，已經執行了一部分，必須出國蒐集資料，必須影印文獻，必須急於掃描一些善本，這些皆需要經費，需要協助，所以才提出計畫。相關的研究工作在正式提出研究計畫之前，其實已經開始。建議最少先完成五分之一，或者四分之一，身經目歷，冷暖自知，那麼可能遭遇的困難，才會瞭如指掌，才知道解決的途徑是什麼。因為已經完稿一篇了，才能夠據此推估。否則，還沒有進入狀況，浮光掠影，尚游離在外，核心關鍵問題連想都沒有想到，怎麼能務實執行呢？當年高鐵經過再三的測試、推估，經費預算都還不斷的增加，建造的時間都還要不斷的延後，何況研究計畫沒有進行評估，如何能冒然執行？《孫子兵法》稱：「多算勝，少算不勝，何況無算乎？」這兩者間的道理是相通的。

「預計可能遭遇之困難及解決途徑」，跟底下「如為須赴國外或大陸地區研究，請詳述其必要性以及預期成果等」，兩者是息息相關的。因為預見將來執行計畫勢必遭遇某些困難，所以提出計畫，尋求支援。假設研究文獻或田野調查非要在日本、或香港、或中國、或馬來西亞進行不可，就要進行移地研究。因此，寫到下方「須赴國外研究」這一項，就會變得很具體，很有說服力。

經費應如何編列？大抵是因應實際需求，作實事求是之經費估算。如果缺乏申請計畫之經驗，建議請教熟悉門道的同仁。有一個通則，初學者或剛畢業的博士，由於計畫規模不宜太大，因此，提出的經費也不宜太多。小本經營，勤儉持家，往往是可大可久之道。

3. 如為須赴國外或大陸地區研究，請詳述其必要性以及預期成果等

如果要前往國外或大陸地區研究，必須先對當地的圖書文獻、師資陣容與相關資源清楚了解。換言之，赴國外研究，前置作業有兩點：第一，圖書設備，本地不足，國外較豐富珍貴，所以值得前往國外研究；第二，國外或大陸的師資傑出、人才集中、團隊傑出、計畫卓越，所以值得前往請教與求經。如需請教專家，參訪單位最好先徵得同意，取得邀請函，那更可見「萬事具備，只欠東風」了。

(四)預期完成之工作項目及成果

撰寫研究計畫，到了這項，已是強弩之末，身心俱疲，往往草草結束，可千萬不能這樣虎頭蛇尾。必須有始有終，盡心致力好好寫，較有勝算。以下幾點，仍是應該著力者，如：

1. 預期完成之工作項目

「預期完成之工作項目」，務必依據計畫，層層遞進，逐條列舉。至於工作項目，建議分三階段敘述：一、搜羅資料、研讀文獻、建檔備用；二、萃取文本精華、草擬寫作大綱、次第論述問題；三、執行完成，先後發表論文。將學術研究的工作流程逐項列舉，流程重點尤在論文之撰寫與發表。最好能草擬論文選題，預估發表之質量。務期量身訂做，具體可行。這等於為計畫之完成，規劃好執行的時間表。大可按表操課，次第落實，既能掌控進度，又可避免方向偏離。依據主觀客觀的條件，規劃進程、訂定目標，這是很有必要的。

2. 對於學術研究、國家發展及其他應用方面預期之貢獻

人文屬性的研究專題，偏重文獻或理論的探討，影響大多不是立即或直接的。因此，對「國家發展及其他應用方面」，有別於社會科學之「利用厚生」。由於不重實用，評估貢獻也就很難從立竿見影處著墨。換言之，計畫大多敘寫對學術研究的預期貢獻。可以預估：本計畫對個人今後的研究，做了哪些先導工作？或者屬於基礎研究？或者是研究心得？除了自己受益之外，對於學術界、同行專家研發議題，會有什麼啟發作用，或借鏡參考價值？需作個評估。這一點很重要，要講得具體可行，入情入理。不可誇大其辭，浮光掠影，不切實際。

3. 對於參與之工作人員，預期可獲之訓練

這點指研究助理可獲得的訓練。計畫可以聘請研究生擔任助理，就學術研究而言，等於主持人現身說法，示範演出，換種方式指導研究生作學術研究。讓他熟悉學術狀況、研究方法、操作步驟等等。身歷其境，身教勝於言教。

三、近三年來執行之研究計畫

「近三年來執行之研究計畫」，主要指國科會計畫。其他研究屬性的計畫也算。綜觀三年來研究計畫執行件數，申請人研究的能量、企圖心與執行力，從中可見一斑。

詳言之，所謂「研究計畫」，包含國科會研究計畫、卓越計畫、專書寫作計畫，及非國科會研究計畫。後者如經濟部、文建會、文資中心、國立臺灣文學館研究計畫等等。教育部的計畫，大部分是教學計畫，也有研究計畫。像五年500億十二所研究型大學執行的計畫，有些就屬於研究計畫。

撰寫一份研究計畫，固然攸關學養表現；完成研究專題，更是學養、經驗、加上企圖心和執行力，才足以日起有功，水到渠成。因此，國科會審查專題研究計畫，有必要了解申請人在這方面有無豐富經驗，有多少執行能量。近三年來執行之研究計畫，若與申請之計畫之關係密切，如為先導計畫，系統研究等，則真積力久，厚積薄發，將有錦上添花，相得益彰之功。若彼此不相干，則經驗累積，方法磨練，能力展現，亦有利無害。

❖ 四、國科會人文處近五年專題計畫成果出版情形

國科會的制式表格，有「近五年未執行專題計畫請打勾」一欄，一打勾，無異承認自己是生手。所以，若從未提出研究計畫，就較難得到補助。附表是國科會設計的審查方式，不僅客觀公正，而且簡單有效。其中計畫名稱，跟投稿出版的欄位是息息相關的：既然執行計畫，享用研究資源，出版的欄位就不能是空白的。也就是說，既執行計畫，就必須投稿；要投稿，就要追求卓越。因此，建議將大作投稿在優質的刊物上。因為國科會已經把各學門期刊排序，甚至排名，登載在排名前面的核心刊物上，則分數高；不然，分數就低。所以，我們必須一邊執行計畫，一邊撰寫論文，還要積極投稿發表。否則，將來計畫結案，這個欄位空白，審查委員就會合理質疑：計畫到底有沒有執行？如果認真執行，為什麼沒有成果出版？難道執行不力？或者

成果乏善可陳？總之，成效不佳，難辭其咎。所以，成果出版非常重要，從研究到發表，必須劍及履及。

從國科會制式的表格看來，如果沒有豐富的研究成果，提出的計畫就比較難通過。因為研究成果占的比重很高，當然會影響總分的核計。所以，在提出研究計畫之前，可先發表若干與計畫相關之研究成果，最好多多益善，而且追求止於至善。假以時日，時機成熟，研究計畫自然容易通過。

國科會二〇一〇年研究計畫審查意見書，多了一項審查欄目：「最近一期專題研究計畫成果報告之品質？」這是以往所沒有的。清理完舊賬，才准許申請新案；先善盡執行計畫，繳交成果報告之義務，才能再申請專題，執行新的研究案。如果「最近一期專題研究計畫成果報告」，因故未交，或品質不良（品評為可、尚可、差），勢必影響到當年研究計畫之順利通過。研究成果之繳交，亦屬成果發表之一環，故附記於此，以示提醒。

❖ 五、選題之醞釀與學養之積累

嚴耕望院士《治史經驗談》對於學術研究，曾有如下之建議：「集中心力與時間作『面』的研究，不要作『點』的研究。」⑬此雖論史學研究，若移為研究選題之規劃，亦十分貼切與可行。一方面切合國科會計畫審查，要求系統化、持續性的機制；再方面，也確能事半功倍，漸次達到專精而博通的境界。

筆者〈論文選題與規劃〉一文中，曾建議研究者：留心平素教學心得，思考閱讀所及，嘗試發掘值得作近程、中程、遠程研究之領域或專區；接著就相關範疇之文本，作竭澤而漁，不疏不漏之閱讀、札記、鉤稽、梳理；然後從中紬繹出大大小小，值得探討之研究選題。假如每一選題，多有若干充足之文本佐證，將來論述就不致蹈空無據，嚮壁虛造。於是真積力久，逐漸擬出十個、二十個，甚至三十個研究選題。稍加整合，

⑬ 嚴耕望：〈原則性的基本方法〉，《治史三書・治史經驗談》（上海：上海人民出版社，二〇〇八年一月），頁一五～一七。

自然形成一大研究專題，值得從事三年、五年、十年，甚至更久之研發與探討；最少可以發表十餘篇論文，整理出一、兩部專書，甚至出版一系列，最少三、四本論著。研究選題如此規劃，不抄短線，不走捷徑，很接近嚴院士所謂「面」的研究，不只是「點」的探討。

另外，嚴院士再次提醒：「要看書，不要只抱個題目去翻材料」[14]，對於研究選題之擬定，也很有警惕和啟示意義，跟上述筆者所言，可以互相發明。如果空無依傍，了無根據，先隨意擬定一個題目，然後依循所擬去翻閱材料，既已先入為主，預設尋找特定的材料，就不會有意外的發現與驚喜。只是隨機式的「大膽假設」而已，根本不可能有「小心求證」的機會。等於說，還沒有開始研究，就已經有了預設的答案和結論了，這無疑是研究的大忌。因為，鎖定其一，往往也就排除其餘。嚴先生提醒我們：「抱個題目找材料，很容易將重要的材料漏去」；以既定之線性思維翻書，以心有所屬之成見論證，「目無餘子」的結果，凡與搜尋目標不一致、有出入、反面、意外的材料，往往視而不見，精金良玉將輕易從眼前漏失而不自覺。這是不可為訓的選題忌諱，絕非正確的治學態度。

理想的研究選題，從研讀系列專著：一行一行讀，一頁一頁讀，一卷一卷讀，一本一本讀，徹頭徹尾，專心研閱而來。能這樣，才會發掘隱蔽性的材料、注意到相反卻相成的文獻。實事求是，就材料說話，有多少證據就說多少話。以開放性之思維，不預設之視角研讀文獻，搜尋材料，常常會有意外的觸發和收穫。事實勝於雄辯，羅列事證，方足以調整假設，推翻成說。研究計畫之擬定，是學術心得發表的先遣步驟，是研究歷程的階段性表出，也是探索發現的分梯梳理，可說是經年累月閱讀、思考、琢磨、會通的心血結晶。其中，自有鐵杵磨成繡花針的紮實功夫，所謂「臺上五分鐘，臺下十年功」，所謂「十年磨一劍」，養兵千日，用在一朝，就是這個道理。畢竟研究不像創作，可以憑藉靈感，妙手偶得。胡適說得好：「要怎麼收穫，先

---

[14] 同前註。

那麼栽！」學養的儲備與積累，永遠是學術研究的先發功夫，以及研究能量的源頭活水。

《荀子．勸學》強調治學要靠「積累」，積土可以成山，積水可以成淵，積跬步可以致千里，積細流足以成江海。集腋成裘，聚沙成塔，研究能量的積累也是如此。諺云：「羅馬不是一天造成的！」確實如此。史學家白壽彝提及善用現有研究成果，讓研究進階更上一層樓，曾有「治學如積薪，後來者居上」之期許。⓯《荀子．勸學》亦曾申說借力使力之效應，所謂「假輿馬者，非利足也，而致千里；假舟檝者，非能水也，而致江河」；由此可見，君子「性非異也，善假於物也」。學術研究當如牛頓所云：要「站在巨人的肩膀上」，才有可能比巨人高。相關研究之學術成果能夠善加利用，才可能精益求精，突破瓶頸，而後來居上。於是，學養之積累因此而深厚，研究之能量亦因此而增強。這是擬定專題計畫研究選題之前，經常性、持續性之治學態度。由於就專題研究計畫之撰寫而言，學養積累是基礎工夫，是先遣作業，故順帶略及，附記於此。

六、關於多年期計畫

嚴耕望院士《治史經驗談》，提倡集中心力與時間作「面」的研究，不要作「點」的探討：「所謂作『面』的研究，就是研究問題目標要大些，範圍要廣些；也就是大題目裡面包括許多小的問題。如此研究，似慢實快，能產生廣大而且精的成績。」⓰積點而成線，集線而成面，會合數面而成整體；所以，目標關注「面」，眼光可以兼顧「點」與「線」。研究探討中，脈注綺交於「面」，而論文選題聚焦於「點」，可謂兩全其美，表裡精粗都到。

嚴院士的治學態度，是長遠治學或永續經營學術之正確規劃。對於學界撰擬多年期研究計畫，很有啟發

⓯ 白壽彝：〈治學如積薪，後來者居上〉，《白壽彝史學論集》(下)(北京：北京師範大學出版社，一九九四年二月)，頁四一九～四二一。

⓰ 同⓬。

意義。筆者於〈論文選題與研究創新〉一文中，提到「研究選題，最好具有系統化、延續性、創發性」，也是多年期計畫申請的準則。我們平常閱讀思考，規劃研究領域與方向，進而擬定論文選題，如果能朝某個面向作宏觀探討，計畫選題規模包含二、三個研究子題，彼此又相互鉤連交織，則適合提出多年期計畫。一年期或多年期，其實只是規模大小和選題規劃問題而已。

多年期的計畫，規模比一年期的多一倍，或是兩倍。平常教學研究時，可以隨時留意一些可供研發的議題。如果研究議題較具規模，體大思精，必須要兩年、三年才能夠執行完成，那就提出兩年或三年期計畫，這就是多年期。主要取決於研究計畫規模之大小，論題探討層面之廣狹，其他撰寫方式大體都和一年期的差不多。當然，若要申請多年期，研究計畫就要寫得更得體，研究成果要更美好。因為多年期的審核分數較高，要求較嚴。

總之，多年期的申請，計畫規模宜宏大，論題探討層面宜深廣，內容撰寫宜充實而可行，成果執行當更豐富精彩。我們不妨以循序漸進的方式，累積優秀的計畫申請紀錄，三次、四次以後，再選擇多年期的計畫申請。

七、結論

由此觀之，國科會專題研究計畫申請之成敗優劣，大概取決於過去、現在、未來三大階段之綜合表現。專業學養、執行計畫、成果出版，在在檢驗過去之盡心致力。而過去盡心致力之成效，在撰寫專題研究計畫之當下，在完成計畫寫作之同時，業已表露無遺。至於執行能力之高下，更是審查重點，如何評估申請人在未來執行力之良窳？筆者以為，依國科會表格之設計看來，大抵在檢驗過去之成效，觀察當下之構想，然後推估未來之成敗可否。總之，是綜合論述，整體考核。

為便於初學，鼓勵年輕學者申請計畫，筆者甘冒「好為人師」之譏，現身說法，分享經驗，演示撰寫訣竅，企圖金針度人。苟有一二良法美意，且作拋磚引玉之資。本文談專題計畫之申請，依據國科會制式表格，提出撰寫計畫相關之原則、要領、策略，與方法，苦口婆心，不憚其煩，只為協助有志申請計畫者，作為攻錯之憑藉。至於其他類型之計畫，包括教學計畫，大抵萬變不離其宗，視國科會專題研究計畫為基準，馬首是瞻，稍加調整即可。

撰寫專題研究計畫，除了申請經費、充實設備外，還有一個冠冕堂皇的理由，就是研究成果的拓展，以及升等著作之提交。筆者在〈論文之選題與規劃〉一文中，曾作如是建議：論文之發表，既是大學師生無可避免之任務，何不效法企業界之經營理念，參考SWOT的策略分析，就近程、中程、遠程，進行周詳之規劃與設計[17]？尤其是教師，遲早必須面對升等的關卡。如果將研究計畫申請、學術論文發表、升等論著撰寫，作三合一之規劃與設計，是否較愛日省力，輕鬆愉快？研究計畫申請，當作初階；學術論文發表，視為進階；升等論文提出，即是遠景目標。若完成前二者，水到渠成，順理成章，也就次第落實升等論著各章節。一舉三得，何樂不為？有志之士，何興乎來？

八、習題

1. 「暑期專題研究計畫」，為國科會鼓勵大學生跟隨指導教授作研究之良好構想。請上網列印該研究計畫之表格，選定某個研究專題，嘗試進行研究計畫之撰寫。
2. 假設你擔任研究助理，某教授擬申請教學改善計畫，選題為：「趣味教學之理論與實務」。請嘗試代擬一份

[17] 加拿大・亨利・明茲伯格(Henry Mintzberg)等著，林金榜譯：《策略管理》(*Strategy Safari: A Guide Tour through the Wilds of Strategic Management*)，第二章〈設計學派〉（臺北：商周出版社，二〇〇六年二版三刷），頁五六。

教學研究計畫之初稿，提供備用。

3.假如你是大四應屆畢業生，有志投考碩士研究所推薦甄試。請參考本文論述，撰擬一份研究計畫，題目自訂，並明列參考書目。

九、參考書目

學術論文寫作貴在創新　程千帆、鞏本棟著　文藝理論研究第二期　一九九六年

學術論文寫作指引　林慶彰著　臺北　萬卷樓圖書公司　一九九六年九月

儉腹抄・學術研究的敵情觀念　程千帆著　上海　上海文藝出版社　一九九八年六月

治史三書・治史經驗談　嚴耕望著　上海　上海人民出版社　二〇〇八年一月

實用中文寫作學二編　張高評主編　臺北　里仁書局　二〇〇九年六月

◎附錄　行政院國家科學委員會研究計畫審查意見書

國科會人文處（一般）專題研究計畫審查意見表

審查人請注意：

1. 請參考人文處的「審查參考原則」進行審查，謝謝。
2. 審查意見之撰寫請力求具體、詳細，必要時，所有審查意見將抄送給申請人參考。
3. 審查總分未達 75 分者，不予補助；75 分以上者，始考慮補助。
4. 一般型計畫與新進人員計畫將分開評比。
5. 研究表現部分以計畫主持人為主，無需考慮共同主持人、協同研究人員。

** 申請人於申請截止日前 5 年內曾生產、請育嬰假者，學術著作期限得延伸至申請截止日前 7 年內，曾服國民義務役者，得依實際服役時間予以延長，但應檢附相關證明文件。

一、請分項評分：					
審查重點			最高分數	評定分數	評定分數 / 最高分數 *100%
計畫書內容	1. 研究主題之重要性或創新性、在學術或應用上之價值或影響 2. 對國內外相關研究文獻之掌握及評述 3. 計畫之合理性、研究方法與執行步驟之可行性		50		0%
主持人研究表現	** 近五年研究表現（含本會近五年專題計畫成果出版情形）	著作之質與量、創見、學術貢獻程度或應用價值等	50		0%
	五年以上代表著作(非	依該著作對學術之深			0%

	必要評分項目，請嚴格審查）	遠影響程度酌予加分，最多5分，但研究表現總分之最高分數仍為50分			
總　分			100		

二、最近一期專題研究計畫成果報告之品質?【最近一期專題研究計畫成果報告：】
成果評等：極優　優　可　尚可　差
三、本案如為多年期計畫，請判斷其執行期限之必要性及合理性。（若不合理，請建議適當執行年限並說明理由）本會鼓勵多年期計畫，對於研究表現及計畫品質良好之多年期計畫申請案，請多支持。
建議補助年限：一年　二年　三年　其他
四、本案如有共同主持人，請判斷其必要性並說明理由
五、本案如申請博士後研究人才或名額，請判斷其必要性並說明理由
六、本案如為延續性計畫，截至年月日止，該計畫是否已完成預定進度？請詳述之。（本案如非延續性計畫，請於審查意見欄內填寫「無」。）
七、本計畫經費編列是否合理？請詳述建議補助金額及項目（如為多年期計畫，請建議各年補助金額及項目）

項目		建議之金額			說明
		第一年	第二年	第三年	
業務費	研究人力費（如申請專任助理，請判斷其必要性）				
	耗材、物品及雜項費用				
研究設備費					
國外差旅費	赴國外或大陸地區差旅費（請判斷其必要性）				
	出席國際會議差旅費	本會政策支持「出席國際會議差旅費以在專題研究計畫下核定為原則」，對於核定通過之計畫將依本處經費核定原則核定出席國際會議差旅費。			

	國際合作研究計畫差旅費（請判斷其必要性）				
八、綜合意見及計畫內容修正之建議：（請依研究表現、計畫書內容分別評述，若有修正建議，亦請提出，必要時將抄送申請人參考）					
㈠、研究表現 1. 近五年著作 2. 五年以上著作（若有加分，務請敘明具體理由） ㈡、計畫書內容 ㈢、計畫內容修正之建議					

12 • 提要摘要寫作

楊晉龍

一、摘要意義的辨析

㈠「一般摘要」與「研究摘要」

「摘要」一詞在臺灣現代一般使用的語境之下，至少具有兩種相關而不同的使用意義。一種是根據傳統漢語流傳使用的意義：分開來說，「摘」是選取，「要」是總括或統領；合起來，則「摘要猶言提要」，指選取論著中的主旨綱領，或摘出論著中最主要與最重要的內容。其中，純粹摘錄書籍或文章中重要內容與主旨的，可以稱做「一般摘要」或「普通摘要」。

另外一種，則是翻譯英文“abstract”一詞的意義，這層意義下的摘要，就是現代一般涉及學術研究的工作者（如大學教師、研究人員及大學生與研究生等），在書寫正式論文之際，根據規定的體例，將論著必須表現的內容作清楚的說明，提供讀者了解論著的學術價值與功能。此種依據特定的標準，陳述學術論著的主旨、方法、目的、貢獻等等內容的摘要，可以稱為「研究摘要」或「學術摘要」。

這兩種「摘要」的相同之處，除同樣具有推銷或行銷理念的意圖之外，還在於兩者都必須有效地將論著最主要與最重要的內容主旨，以最精要的敘述方式說明清楚。換句話說，「一般摘要」主要以歸納陳述著作表現（即「說什麼」）為主❶；「研究摘要」則必須更深入一層的說明為什麼「可以」或「會」這樣說的過程與學術理由，以及這樣說的學術價值與貢獻。某些研究者因為沒有注意到兩者的區分，因而常把「學術摘要」當作「一般摘要」書寫。

(二)傳統「書籍提要」

中文相關學界的研究群眾，接觸傳統文化語境的機會比較多，接觸西洋相關學術，尤其自然科學方面的機會非常稀少，因此導致對"abstract"內容的「研究摘要」了解不足。同時可能受到「『摘要』猶言『提要』」一說的誤導，有些研究者把現代學術意義下的「研究摘要」，等同於《四庫全書總目》一類傳統目錄學意義下的「書籍提要」。這兩者固然都以適當而精密地濃縮書籍的實際內容，提供讀者了解該書籍的精華為目的。但「書籍提要」除對象為專書而不涉及單篇論文之外，其內容還必須兼負有「研究摘要」所無的目錄版本與倫理教化的責任。換句話說，除了書籍的內容說明和必要評價、避免借題發揮、文字不可太過冗長等基本要求之外，還必須自居於道德指導者的主觀立場，負擔告知讀者版本優劣，以及基於道德教化上是否值得閱讀與應該如何閱讀的內容。❷這當然與「研究摘要」必須以比較客觀的第三者立場陳述的基本立場不相符合。

(三)學習「研究摘要」的目的

傳統目錄學意義下的「書籍提要」和「一般摘要」，撰寫內容與方式，大致上可以因人而異，並沒有形成

---

❶ 教育部《重編國語辭典》修訂本網路版解釋「摘要」：「將篇章或論文內容以簡潔的文字扼要敘述。閱讀摘要，即可了解原著大意。」可以參考。

❷ 傳統類似《四庫全書總目》一類「提要」的內涵，可參考昌彼得編著：《中國目錄學講義》（臺北：文史哲出版社，一九七三年），頁四七～七二及頁二二一～二三五所論。

統一的標準形式，同時也沒有規定標準形式的必要。因此本文以「研究摘要」為探討對象，除辨明其來源與意義外，同時也希望可以提供一種比較符合學術要求的撰寫形式。

(四)「摘要」的國家標準與分析

「摘要」的書寫與內容，行政院經濟部智慧財產局早在民國八十二年一月二十八日公布，有所謂〈摘要撰寫標準〉（CNS13152–Z7241）和〈學位論文撰寫格式標準〉（CNS13503–Z7261）❸，以下即參考「國家標準」，根據本文的需要，選擇其中相關性較高的文句，用以說明書寫「摘要」時應注意事項。

〈摘要撰寫標準〉，將摘要定義為：「對某文獻作一簡短而正確之內容說明，不加註任何評論，同一摘要無論由何人撰寫，其內容應無多大區別。摘要須配合原著之型式及文體，將其內容做最完整的描述。」所謂「文獻」，指的是：專論、學位論文、單行本報告，及期刊論文等。同時按照內容性質，將摘要分為三類：

1. **資料性摘要** (informative abstract)　濃縮原著論文，其內容包括論文之研究目的、方法、結果、結論等。最適用於描述實驗工作及有特定論題的文獻。
2. **指示性摘要** (indicative abstract)　以簡潔文字表達原著內容，對於其具體之研究方法、步驟、結果等勿須摘錄。適用於文體較鬆散，內容較冗長的文獻，如概論、評論及專書著作等。
3. **資料性及指示性兼具之摘要**　撰寫摘要時，須視摘要的長度，以及文獻的型式、文體等，有時得採取資料性及指示性兼具之摘要。

撰寫摘要的目的，在於：「濃縮原著論文，使讀者迅速而正確地確認文獻之基本內容，並進而決定是否

❸ 經濟部中央標準局編：《圖書館相關國家標準彙編》（臺北：經濟部中央標準局，一九九四年），頁三五～四一。經濟部中央標準局編：《圖書館相關國家標準彙編》（臺北：經濟部中央標準局，一九九五年），頁一五五～一五六。「中央標準局」今已改稱「智慧財產局」。

閱讀全文。」摘要的功能，則是：「利用摘要選擇資料，其準確性遠超過用著作題名或題解。摘要不但可迅速傳達新知消息，並有助於檢索回溯性資料。經過有系統整理之摘要資料，可做為書目、評論、索引等，以供採購與檢尋之參考。摘要集之出版，可將相關資料之摘要而刊於不同刊物集中一處，有助於資訊之利用。在資訊系統中，摘要有助於電腦化的全文檢索」等等。摘要的內容，則「宜簡明扼要，通常按研究目的、方法、結果與結論等學術研究進行的順序來撰寫，但也可依不同讀者的需求而改變順序。例如：對於應用新知有興趣的讀者，則摘要中先陳述重要的結果與結論，再溯及研究目的與方法」。

摘要的項目及撰寫原則，以「資料性摘要」為例，「項目」則應包括：

1. **研究目的**　研究目的顯示該篇文獻理論上或應用上的重要性，因此除非從文獻的題名，或摘要的其他部分能了解研究問題的性質，否則摘要中應敘述研究目的、理由和範圍。

2. **研究方法**　研究方法係闡述研究的步驟與方法，能顯示該篇文獻的學術價值。若為讀者所熟知者，則摘要的敘述，只求讀者能理解使用技術即可。而採用新的或具個人創見的研究方法，應詳加說明其基本原理、適用範圍及準確性。至於非實驗工作的文獻，則述其資料來源及處理方法。

3. **結果**　結果係說明研究的發現，及所獲致的成效。無論得自實驗紀錄、紀錄間的相關性、觀察或推理的結果、數據資料的蒐集等都應言簡意賅的敘述。若研究所得的結果太多，而無法在摘要中一一敘述時，則應優先記載下列項目：顯著的發現、與現有學說不相符合的發現、新而經證實的事項，或作者認為能解決有關實際問題的發現。

4. **結論**　結論主要說明研究所獲得的結果之實質意義，是整體研究目的的精華，在摘要中不能遺漏。由結果導出的評論、建議，以及與研究的假設相符或不符等項目均可一併提出。

至於「撰寫原則」，則是：「力求清晰易懂，使讀者不需參考原著即可了解其內容，保持原著作的基本資料及其行文格調，在內容充實的條件下，儘可能簡明扼要，避免混淆不清，重複敘述而造成誤解。引用之原著作資料宜簡短有力，切勿加註原著作未涉及之內容。研究報告及專論，摘要宜少於250字，長篇論著，如技術報告、學位論文，摘要以500字為限，摘要應以原著作內容來決定其篇幅。為求顯示文獻的中心要義，摘要以白話文撰寫，並以要句起始。摘要最好只有一段，除非摘要過長，纔可分段；摘要應以完整句型加以敘述，資料性摘要，尤需注意此點。在摘要正文之後，亦可附上索引關鍵字，這些索引詞彙，有時可以取代指示性摘要，供檢索用。動詞之運用以本國語文之習慣為主，儘可能採主動語態。採用文獻內容中具權威的學術用語，將有助於電腦全文檢索。避免使用不常用的術語、簡稱、符號。否則在摘要中，第一次使用時，必須加以定義。儘可能使用國際標準組織(ISO)或我國國家標準機構制定之單位、符號及術語。」

〈學位論文撰寫格式標準〉撰寫「摘要」的相關規定則是：「摘要是對論文內容不加注釋和評論的簡短敘述。摘要內容應包括與論文同等量的主要資訊，供讀者確定有無必要閱讀全文。摘要一般說明研究的目的、方法、結果和結論。摘要文字結束後，應另起一行將關鍵字或論文主題的分類號分別列出。」

以上是「國家標準」對「摘要」定義、分類、目的、功能、內容、撰寫要求等等的規定。從這些規定，即可了解「國家標準」與「一般摘要」或「書籍提要」的關係不大，而和"abstract"意義下的「研究摘要」關係較為密切。同時根據「同一摘要無論由何人撰寫，其內容應無多大區別」的規定，可知「國家標準」規範的撰寫對象，是作者之外的第三人，例如圖書館專業人員等進行客觀撰寫的「專家摘要」，而非作者自身基於主觀意識下書寫的「作者摘要」。此種「專家摘要」要求編寫者必須儘可能站在絕對客觀的立場，只能據實轉錄論著確實的內容，即使要說出論著的貢獻與價值，也只能在儘可能消除主觀影響狀態下的「報導性」文字。再根據其按照表現的內容性質，將摘要區分為三類的事實，可知係以一般撰寫方式呈現內容的「傳統式摘要」為其撰寫的標準形式。以上這些訊息，對於書寫一篇「使讀者不需參考原著即可了解其內容」，或「供讀者確定有無必要閱讀全文」等行銷要求的「摘要」，當然具有相當必要的參考價值。

(五)「作者摘要」與「專家摘要」的區分

「國家標準」意義下的「摘要」，根據前述的說明分析，可知摘要的內容必須完整的呈現論著的研究目的、方法、結果和結論；並且應由不帶任何偏見的第三者撰寫；目的是要將論著中最重要、最精華部分的學術訊息有效地呈現出來；功能則是提供讀者藉此而判斷該論著是否值得閱讀。比較「專家摘要」與「作者摘要」，固然有許多相同的要求標準，但由於撰寫者的立場與撰寫目的有別，因而重視的內容方向並不完全等同。兩者相同的目的，是從「使用者」（讀者：消費者）立場而建立「學術傳播」的要求，除此之外，「作者摘要」則更帶有「撰寫者」（作者：生產者）「學術行銷」的訴求。除要求能夠更明確表達論著創發性的內容之外，更重視如何引發讀者興趣、如何說服讀者接受等的推銷考慮，因此會特別注意表現的形式、表現的方法、選用適當文句、表現美感等文學技巧的使用考慮，但這並不是「專家摘要」所需要的內容。

仔細觀察「國家標準」下「專家摘要」的撰寫原則，要求任何撰寫者都抱持相同立場，近乎絕對機械性的客觀寫作。雖然相當符合自然科學研究的需要，但一般人文社會學科的論著，卻無法不帶個人情緒，不免帶入作者某些自身的生命關懷，因而多少總會有原作者隱含的某些情感、思想與希望。根據現代詮釋學的研究分析，可以確定每一次針對原論著的選擇摘錄，實際上也都是撰寫者的一種「創作」行為，根本不可能是絕對性客觀下的作為，因此應該可以同意「作者摘要」比「專家摘要」更容易把隱藏在論著中，涉及作者情感的訊息有效傳達出來。何況「作者摘要」與學術論著的行文風格趨向一致，更有助於讀者對該論著內涵的了解，因而可以提供更多或更本質、更精確的資訊給讀者。因此就「摘要」而言，筆者不排除自然科學與人文社會學科可以一體適用。但人文社會學科論著帶有作者生命關懷，因而從作者主位的角度，思考如何撰寫一篇有效而又合乎學術要求的人文「作者摘要」，以及如何選取建立「關鍵詞」，以方便需要者有效檢索，同時可以增加論著的高引用率。

加拿大的 R. B. Hayn 曾於一九八七年創建一種摘要，與傳統「摘要」稍有不同，主要是醫學期刊使用的「結構式摘要」(structured abstract)；又稱為「多信息摘要」(more informative abstract)❹，其撰寫方式容易造成切割成文，使文章缺乏連貫，並不適合人文社會學科的表現，本文因此不列入討論。

㈥「研究摘要」的分類

「研究摘要」，就其撰寫的對象與意圖而言，可以再區分為「論著摘要」和「計畫摘要」。前者指精簡現在已經完成的專著或論文研究成果，後者指簡述未來可能完成的研究計畫內容。無論何種意圖的摘要，都必須確實考慮到「學術傳播」意義下，「使用者」的接受與需求，例如研究計畫是否被接受的問題；以及從作者立場進行「學術行銷」的說服推銷的考慮，例如研究計畫如何說服審查者的問題。因此書寫之際，就不能不去思考如何陳述與表達，才能比較有效凸顯論著中最值得提出的發現與發明的問題，以及研究結果會有哪些可能存在的學術貢獻的問題。❺

下列各項，在在需要比較實際的思考：如何進行撰寫？撰寫之際要不要分段？內容應該分成幾個部分？每一部分應該表現什麼？最先表達的以什麼內容最為合適？最重要的創見與發現該放在哪個位置？研究結果的可能貢獻應該如何表述等等的問題。最終目的則是使其論著的內容與結果，可以獲得多數相關學者的同意

❹「結構式摘要」內容的介紹，見何頌躍：〈法醫學論文摘要的寫作特點〉，《法律與醫學雜誌》第五卷第三期（一九九八年），頁一一二～一一五。

❺ 以上所述內容，係以拙著〈摘要寫作析論〉，張高評主編：《實用中文寫作學》（臺北：里仁書局，二〇〇四年十二月），頁二五九～三〇五為基礎的改寫。

或接受，至少也不會反對，以便可以有效的推銷自我研究觀點，與傳播學術研究成果。以下討論兩種「研究摘要」的撰寫步驟，並提供相關例證，以為撰寫時之參考運用。

❖二、論著摘要的書寫步驟與例證

(一)書寫的步驟

就「論著摘要」的撰寫步驟而言，首先考慮的當是撰寫的立場。根據前文的分析，自然以「作者摘要」的立場撰寫較為合宜。換言之，就是從「撰寫者」的立場，考慮如何提供最具有價值和有效的、最具吸引力和最能引發讀者興趣的內容。其次則是考慮表現的內容，既然是從作者的角度進行思考，當然要巧妙結合「學術傳播」與「學術行銷」，以二者內容作為考慮重點。歸納前述相關需求，則撰寫一般「論著摘要」的「標準作業程序」，大概有如下七個步驟：

1. 整體內容的再檢證

首先，對論著整體的內容表現，重新進行更為深入的再了解。理由是研究所得的最後結果，並不保證必然與原初計畫的研究預設與預期相同或相近，因此必須確實地再進行自我檢證，以免出現某些訛誤的陳述。此種「當局者迷」的陳述，實是撰寫「作者摘要」時最容易發生的問題，同時也是令許多「使用者」不敢馬上接受「作者摘要」內容的主要原因。因此，應該要特別謹慎，注意防範。

2. 創新表現的確認摘錄

其次，進行論著的主題內容與創新發明的確認工作。創新發明的內涵，則大致可能是：提出全新的答案、改變研究的視野、開創研究的方向、澄清事實的訛誤、創新研究的方法、擴大資料的範圍、導正偏頗的觀念、重定舊學的價值等等。在有效的確認之後，必須將這類特殊的研究表現，加以標記並摘錄出來，以備撰寫正式摘要之用。

3.草擬摘要內容

根據前述兩項工作獲得的全部訊息，以研究者的主觀立場，使用相關學科專家可以了解的學術性文句，依據「傳播」與「行銷」的必要考慮，草擬一篇摘要內容，包括：目的與範圍、方法介紹、結果、結論與其他訊息等內容。摘要內容必須詳密的依次呈現：研究主旨、研究動機、研究目的、研究方法、研究內容、研究結果、研究發現、研究價值與研究貢獻等。亦即摘要呈現的內容，至少要能解決下列重要的學術問題：

(1)為何要進行此項研究？說明研究議題的學術根據是什麼？是否值得研究？

(2)研究目的是什麼？說明想獲得的學術答案是什麼？以及答案有什麼學術價值？

(3)如何獲得有效且較具正確性的答案？明白說出如何進行有效的研究，以及研究的方法與程序等的問題。

所謂值得研究的學術理由，指的是研究議題進行研究的可能性與必要性的理由。所謂學術上的價值，即指研究議題內容在學術上具有值得進行研究的具體與實際的理由。

4.修飾草稿成定稿

在確實符合自己表達要求的「學術行銷」前提下，對完成的草稿內容進行必要的修改與修飾，使表現方式更合乎「推銷」的需要。文字儘可能清楚明白，文章要儘量簡潔而不隱晦，必須傳達的重要訊息完整而無遺漏，文章也需要具有引發閱讀興趣的美感。換言之，就是要能以簡潔而具美感的文字，明確而清晰地告知讀者，此一研究主題的內容、值得研究的原因、研究使用的資料、研究進行的程序、研究的方法、研究的重要發現或發明，以及這些重要發現或發明的研究價值、在研究上的貢獻、在研究上可能的作用，以及可能附帶的其他價值作用等等。理想的摘要，可以促進讀者對本學術研究的了解，進一步引發閱讀全文的興趣，這也就完成了對讀者進行潛在說服的工作。

5. 關鍵詞的選取

正式摘要完成後，接著選取合適恰當的「關鍵詞」。關鍵詞是反映論著主要內容概念的學術用語，關係到論著被檢索的「或然率」和「利用率」，這與「學術傳播」的關係非常密切，千萬不可等閒視之。「關鍵詞」就人文社會學科的需要而言，當以選取反映論著主要概念的「自由詞」為主，「自由詞」可從論著的大小標題、摘要及正文中選取。「關鍵詞」必須是名詞、名詞詞組、專業術語、重要的敘詞、特殊的新詞、地名、人物、文獻等，絕不能用動詞、形容詞、副詞、連詞、嘆詞等。一般論著，依篇幅的大小，可選取三到十二個不等的關鍵詞。

6. 排除存在的小瑕疵

摘要撰寫過程中，可能出現某些缺失，例如：簡單重複題名中已有的資訊；使用空泛、籠統、含混之詞及毫無新義的文句；使用非普遍認知使用的符號和術語；新術語譯文未加注原文；直接引錄他人的文章；使用性別歧視的語言；使用他人無法理解的縮略語、略稱、代號；以條列式的方式呈現等等，這些都是禁忌，應該儘可能的避免。

7. 內容的整體檢查與確定

摘要完成後，還要針對表現的內容，進行再一次的檢證，若有下列情事，都應設法排除：內容空泛不知所云；陳述的內容重點不夠齊全；各個項目內容的陳述繁簡失當；無法具體明確凸顯研究成果的創新、獨到與貢獻；陳述的內容與「前言」或「序文」相近甚至相同；偏離主題；出現一般性常識或介紹前人成果的內容；出現不必要的背景資訊；出現不必要的評價性形容詞；出現不必要的謙詞；出現多餘的冗詞贅句；標點使用不恰當；關鍵詞的選用不適切；關鍵詞提供的資訊不夠完整等等。無論出現哪一類問題，都必須盡力排除，才不會影響到撰寫摘要預計達成的目的。

以上，「作者摘要」的撰寫，為比較合乎學術傳播與行銷需要的標準作業程序。

(二)「論著摘要」的例證

以下即就撰寫「論著摘要」的角度，根據一般論文寫作的正常形式，提供一篇論文及其摘要，以為撰寫時參考之用。由於篇幅的限制，無法舉較為完整的學術論文作示範，僅能利用稍具學術性的短篇文章為例：

淺論曾子傳述孔子思想的信實問題

摘要

本文旨在探討曾子傳述孔子言論與思想內涵可信度的問題。經由歸納《論語》和《禮記》等相關記載後的深入分析，可以了解曾子資質魯鈍，因而具有誠篤之德行，故傳述孔子的表層語言相當信實，但詮釋孔子思想內涵則並不可靠；根據門人向曾子探問孔子意見的現象，可知曾子與孔子關係較為密切，同時還是個比較喜歡提問的認真學生；再根據曾子關心與被問的議題，比較集中在喪禮與孝道內，可推知曾子當是以「子道」聞名。由於周漢秦古籍記載的曾子言論，並無法判斷是曾子傳述孔子之言，或是曾子詮釋之論，故這些內容僅能定位為呈現曾子的思想，無法證明為孔子的思想，後世所謂「曾子→子思→孟子」一系為儒家正統思想的觀點，顯然可以再斟酌。以上研究成果除有效辨明曾子傳述孔子言論與思想的信實問題外，並說明了曾子的學習態度與學術重心，以及在門人中的地位。對於曾子自身與曾子一系思想的研究、先秦儒家思想與宋明理學道統說問題的研究，均能提供有效的參考資訊，對於相關研究當然就具有實質性協助功能的價值。

關鍵詞：孔子　曾子　儒家　思想

曾子不僅是傳統中國社會與學術中，以孝行和孝道思想及對兒童守信聞名的學者，同時也是周代傳播孔門學術思想承先啟後的重要人物，其思想中帶有孔子的思想成份，當然不容懷疑，但曾子對於孔子思想內涵的闡發，到底具有多大的正確性，應該是個非常重大的問題，但研究曾子的論著雖然不少，如以標題帶有「曾子」與「曾參」之詞的現代式學術論著而言，則截至二〇〇七年為止，臺灣國家圖書館的「圖書聯合目錄」約有二本專書、「中文期刊篇目」有二十一篇期刊論文、漢學研究中心「經學研究論著目錄（一九一二～一九九七）」收錄三十篇論文。香港有一篇碩士論文、二篇期刊論文。大陸中國國家圖書館的「多庫檢索」與「中國知網」合起來，則至少有三本專書、四篇博士論文、一篇碩士論文、七十六篇期刊論文。日本「東洋學文獻類目」收錄十六篇期刊論文；「國立國會圖書館」收錄十二篇期刊論文；「NII 論文情報」收錄五篇論文等。若不考慮重複收錄的情況，則總共有五本研究專書、六篇學位論文、一六二篇期刊論文。觀察這些標題呈現的學術訊息，以及筆者閱讀部分論著內容所得印象，則除學術與生活等經歷的綜合性說明外，大致都以「孝道」思想方面的議題為主要討論內容，似乎還未見到有針對曾子傳述孔子思想是否可信等一類的問題，進行比較專門性的討論者。但此類問題不僅牽涉孔子與曾子思想實質內涵的問題，同時也涉及曾子是否確實有效的把握孔子思想的問題，無論對於思想史、儒學史或理學史等的相關研究，都具有相當重要的學術價值，因此本文乃針對此一問題進行初步的探討，希望可以比較有效的釐清曾子傳述與詮釋孔子思想的內容實情，提供相關學術史的研究者參考。

本文主要以歸納分析的方法進行研究，亦即透過選取比較可信的儒家經典《論語》與《禮記》中的相關記載為基本資料，分析曾子的發言內容及孔子的評論，以了解曾子對孔子思想詮釋的內容及其可能存在的問題。研究進行的程序，首先說明研究的動機與理由；其次舉《論語》為證，從閱讀的角度，說明曾子

(一)

解說孔子思想內容可能存在的問題；其三舉《禮記》為證，分析曾子在詮釋孔子思想上可能存在盲點的推測；其四根據孔子的評論與曾子的表現，以及門人詢問曾子的問題，分析曾子在傳承孔門學術上的得與失；最後則歸納檢討本文研究成果的學術價值與意義。

(二)

曾子的言行記載中，一般研究孔子思想的學者，最為熟悉與重視的當是《論語》曾子解說孔子「一貫之道」為「忠恕」一段。《論語・里仁篇》的記載是：

> 子曰：「參乎！吾道一以貫之。」曾子曰：「唯！」子出，門人問曰：「何謂也？」曾子曰：「夫子之道，忠恕而已矣！」

這一段有關曾子對孔子思想的解說，歷來相信者恆多，但若比較實際的思考，應該還可以有某些值得再斟酌之處。

首先曾子的此一解讀是自己的詮釋？還是陳述孔子的話語？其次曾子此一解讀，到底是如同孔子對「孝」的不同發言一般，只是孔子針對曾子而發的一種「針對性」的解讀？還是針對所有人而發的一種整體全面性的「普遍性」解讀？必須這兩個問題釐清之後，才能真正確定曾子解說孔子之道為「忠恕」的記載，到底是完全符合孔子的本義；或者僅是孔子根據曾子的需要而做出的針對性發言；或者僅是曾子根據自己的認知所作的詮釋？亦即在前述疑問沒有完全解決之前，對於曾子所謂孔子之道即「忠恕」的說法，由於還存在有把針對性的發言當成普遍性的發言，或把針對性發言擴充成普遍性發言的可能性，因此比較謹慎的做法，應該是適度保持某種保留的態度，即不能夠馬上斷定此解就是唯一正確的答案，當然也不宜馬上斷定此解絕對不可信。

(三)《論語》有關孔子「一貫之道」為「忠恕」的詮釋，不能馬上就相信的理由，除前文的問題無法釐清之外，另外則從《禮記》的記載，可以了解曾子對孔子思想的理解並不必然正確。《禮記・檀弓上篇》有一段關於「有子問喪於曾子」的記載，其文曰：

有子問於曾子曰：「問喪於夫子乎？」曰：「聞之矣！喪欲速貧，死欲速朽。」有子曰：「是非君子之言也！」曾子曰：「參也聞諸夫子也！」有子又曰：「是非君子之言也！」曾子曰：「參也與子游聞之！」有子曰：「然！然則夫子有為言之也！」曾子以斯言告於子游，子游曰：「甚哉！有子之言似夫子也。昔者夫子居於宋，見桓司馬自為石槨，三年而不成。夫子曰：『若是其靡也，死不如速朽之愈也！』死之欲速朽，為桓司馬言之也。南宮敬叔反，必載寶而朝。夫子曰：『若是其貨也，喪不如速貧之愈也！』喪之欲速貧，為敬叔言之也。」曾子以子游之言告於有子，有子曰：「然！吾固曰非夫子之言也。」曾子曰：「子何以知之？」有子曰：「夫子制於中都，四寸之棺，五寸之槨，以斯知不欲速朽也。昔者夫子失魯司寇，將之荊，蓋先之以子夏，又申之以冉有，以斯知不欲速貧也。」

從這一段記載，可見曾子對孔子的思想是一種「斷章取義」式的解讀，缺乏有子那種比較具有整體性的了解觀點，曾子因為無法將孔子的言行統整在一起，所以也就無法對孔子言行做出比較合乎真相的解讀，由此可知曾子實際上僅能從單一的語言表象了解孔子，實非真知孔子者，這就是要主張對曾子「忠恕」的解說持保留態度的另一個原因。

（四）

孔子曾經有過「參也魯」（《論語・先進》）的評論，「魯」就一般性的了解，不僅只是面對事物反應遲鈍而一知半解的「魯鈍」而已，有時候還會是不經大腦而出言太快或行為太急，缺乏細密思考的「直接反應式」的「魯莽」。雖然後人有將「魯」從比較正面的角度解釋為「質實不虛」的誠篤之意，這在道德上當然沒有問題，但由前述曾子回答有子的例證，固然曾子「質實不虛」的傳述聽到的話，但在學術內容上卻正是缺乏思考的「質實不虛」，反而表現出曾子正具有「魯」的「魯鈍」與「魯莽」的兩種特質。如果孔子的觀察能力沒有失誤，則「參也魯」的評價就不應該完全排除，曾子既然是一位在學術上具有「魯鈍」加上「魯莽」表現的嫌疑者，則對其有關孔子思想的解說，自然就有必要再加斟酌，不能夠直接就認定其說，即是孔子的正統觀點。

曾子前述的例子，固然顯示曾子讀書與學術上有「魯鈍」加「魯莽」的問題存在，但這並不是全無正面的意義。首先可以引發的值得注意而具有學術意義的問題，就是為什麼有子會向曾子探問有關「喪禮」相關的事情？這樣的詢問是否預設了曾子對「喪禮」的關注或素養較眾人為多為深，否則有子也就不至於向他探問了。其次則是否也顯示曾子在同學心目中，和孔子的關係比較「特殊」，且同時也是一位比較「好問」的學生，所以有子和門人纔會向他探問。這就如同《論語・季氏》記載陳亢問孔子的兒子孔鯉「有異聞乎」的狀況相同，就是想了解孔子平日教導自己的兒子是否有特殊的教學內容一般。「好問」的學生除表達其「好學」的精神外，同時也表達了該學生「疑問多」，「疑問」所以特多的理由，當然與他的理解能力有關：或者具有超越性的「聰慧」聯想力、或者因為「魯鈍」而理解力不足。「魯鈍」型的學生就是同樣聽課的學生能聽懂的意思，但到他那裡可能就不行了；「聰慧」型的學生則是其他學生只以懂得表象意義為滿足，但是他則不以此為滿足，希望能更進一步的深入探討，了解更多的內涵。面對理解能力有問題等一類「魯鈍」型學生，教師必須改用較為粗淺或更適合該學生的方式教導；面對不滿足現狀的「聰慧」型學生，則要進行更深入的探討，若是根據孔子的評價與〈檀弓上篇〉的例證，則曾子恐怕很難歸屬於「不滿足」等一類「聰慧」型的學生。但是「魯鈍」型的學生並不是一無是處，因為「魯鈍」所以在德行上就比較誠實不虛，因此在傳達話語上必然也不敢「自作主張」，比較不會按照己意解釋或改動教師的傳述，就是比較會「質實不虛」的傳述，因此傳述的內容就比較「真實」，就因為曾子的魯鈍，傳述的孔子之言，應該比較不會加油添醋或以己言替代孔子之論，亦即曾子傳述的孔子之言，相對於那些聰慧型的學生，應該會比較「近真」，如果此一推論無誤，以及古書的記載沒有經過太大的改寫過程，則《禮記・曾子問》或其他有關曾子「提問」的紀錄中的孔子之言論，應該是比較可信的記載。

曾子因為「魯」而對孔子言論的記載固然較為可信，但也因為「魯」而對孔子思想的相關解說，恐怕僅能歸入那種和事實距離較遠的「謬論」或「訛說」一類的話語了。如果前述的論證沒有太大的訛謬，則除非有更堅強有效的證據，曾子所謂「一貫之道」的內容為「忠恕」的解說，當該還是一個大有斟酌餘地的可疑之論，不能一下子就理所當然的接受。因此曾子所言較接近孔子正統的說法，如果從「言論紀錄」的「陳述者」角度言，則可信度應該相當高；若是從「義理解說」的「敘述者」角度說，則那恐怕只能是某一部份個別學者的偏好而已，就是被某些「有心人」刻意提倡而「強調」出來的「假象」，實際上與「事實真相」的關係如何，並沒有經過任何比較客觀的檢證，因此並不具有必然性與有效性的保證；這樣說當然並沒有曾子之言絕對不可信的前提預設，這裡只是純粹從證據信實的角度提出質疑而已。

曾子記錄孔子之言固然比較可信，但是周秦漢等時代完成的書中記載的「曾子曰」，就如同《論語》的「忠恕」解說一樣，到底是曾子本人之言？還是曾子傳述孔子之言？則還有必要進行更進一步的探訪。還有根據比較粗略的觀察，古書記載有關曾子的言論內容，似乎比較偏向以喪禮、孝道為多，這兩者的思想皆與「子道」相關，就是思考如何纔能成為一位「好兒子」的思考。根據初步的分析結果，曾子有關「孝」的觀點，似乎比較是站在從「兒子的立場」，去思考如何成為一位「好兒子」，還沒有以階級至上為前提，導致「以理殺人」的從「父親的立場」，去思考什麼樣的表現纔是「好兒子」的情況。以上這些當然也都是值得再討論的問題。

(五)

曾子傳述孔子思想涉及的內容信實的相關問題，經由上述簡單的分析討論，大致可以了解如果考慮孔子對曾子所謂「魯」的評價，則可以斷定曾子在陳述孔子的言論上，不至於用自己的話取代孔子，比較不會加入額外的訊息，因此在純粹文句的表層表達上，應該比較信實可靠。但如果是針對孔子言語內涵意義的詮釋，則因為曾子屬於「魯鈍型」的學生，無法掌握孔子整體性與系統性的內在思想結構，詮釋之際就比較容易流於膚淺表層意義的認知，很難真正窺見孔子思想的底蘊，因此就孔子思想內涵的詮釋上，曾子的解說顯然信實度不足，不能全部信賴。如果前述有關曾子詮釋孔子思想缺乏深入了解的分析，沒有太大的訛誤，同時現在也無法明確的斷定，周秦漢古籍中有關「曾子曰」的記載，那些是曾子傳述的孔子之言？那些是曾子個人的詮釋發揮？即使曾子傳述的是孔子之言，但到底是屬於孔子針對曾子個人而發的「有為之言」？還是針對社會大眾的「普遍之言」？至今並沒有比較可信的資料，可以進行有效的辨別，則後世建構的所謂「曾子→子思→孟子」一系的儒學傳承，謂其表現曾子一系的思想則可，謂其可以充分代表儒家的正統思想，恐怕就有重新斟酌考慮的必要了。

再根據門人與有子都有向曾子提問有關孔子意見如何的現象推測，則曾子顯然與孔子的關係較為密切，應該是一位資質雖不是特別好，卻是努力學習而比較願意提問的好學生。同時根據古書記載諸人向曾子提問的問題，或曾子主動陳述的意見內容，大都偏向於喪禮與孝道，則可推知曾子是同門中以研究「子道」聞名的學生。以上所得結果，應該有助於對曾子的資質與學習態度、曾子傳述孔子言論與詮釋的信實問題、曾子和孔子的關係及其在孔門中的地位，以及曾子思想內涵等進一步的了解與釐清。這些成果對於先秦儒家思想、儒學史、思想史、經學史等相關的研究者，應該具有提供可信參考資料的價值。❻

以上即依據「傳播」、「行銷」與「說服」等的立場，以及撰寫「論著摘要」的需要而提供的小論文，以及根據前述步驟完成的論著摘要。

三、計畫摘要的書寫步驟與例證

(一)「計畫摘要」的內容

「計畫摘要」的撰寫，雖然在撰寫立場與撰寫的七個步驟上可以和「論著摘要」相通，但由於撰寫的意圖不同，因而在內容表現上就必須加上其他的考慮。因為「論著摘要」針對的是「現在已經完成式」的論著，重點因此在於如何有效地將論著研究成果的內容精要，具體的陳述清楚，以引發讀者進一步閱讀全文的興趣，進而可以達到讓讀者接受、引用論著內容觀點的目的。

「計畫摘要」則是還未曾進行實際操作的「未來式」論著，是否能如計畫所言完成都還不能保證，因此陳述的重點乃在於如何有效說服審查者，使其相信研究計畫的內容真正具有研究的價值，對學術肯定會有某種貢獻，研究者確實具有執行此一研究計畫的能力，因而願意支持通過。「計畫摘要」的內容，因此除關鍵詞外，至少還應該包括有：研究計畫的標題與內容（研究什麼）、研究的意圖與目的（為何研究）、研究使用的

❻ 以上論述，係拙著〈論曾子傳述孔子思想的信實問題〉，編輯小組編：《吳宏一教授六秩晉五壽慶暨榮休論文集》（臺北：里仁書局，二〇〇八年），頁六八五～七二四一文之摘錄。

文獻（研究根據）、研究的方法與程序（如何研究）、研究的可能貢獻（學術價值）等幾項相關的學術訊息，以提供審查者參考。

就一般情況而論，審查者首先注意到的當該是研究計畫的標題，此一「初始印象」的無形影響力其實不容小覷，因此如何訂定一個合適的研究標題，自然就顯得非常重要。訂定標題的目的，本來就在表達作者進行研究的最主要或最重要的內涵主旨，因此應當讓審查者一眼即可了解作者關心的或想要討論的學術議題內容；所以標題應該儘可能將計畫涉及的研究範圍界定清楚，研究的主旨也必須儘量表述明確；同時還要注意標題的遣詞用字是否精確典雅、研究主旨是否表達清楚、使用的詞彙是否適度合宜等問題。

研究的意圖必須明確呈現作者的學術感動，以及對相關研究成果的了解程度，論述內容因此必須要能有效的說明引發研究此一議題的學術理由，例如何以值得研究？何以能夠研究？研究的目的則要呈現作者研究的預期成果，即要能說明研究的關懷與最終希望獲得的結果是什麼？因此至少要能表現諸如：計畫在學術上可能達到的成果或收穫、計畫對學術可能具有的價值與貢獻、保證達到預期目標的根據等等的訊息。

研究的方法與程序主要在說明如何運用資料，進行合乎「意圖」與「目的」的研究過程及其需要的相關助力，這同時也是對作者的研究角度與分析能力，以及對計畫「研究如何可能」的一種考驗；因此應該儘可能將：研究的立場、研究的方式、根據的理論、根據的文獻資料、進行的程序等等，簡要的陳述清楚，讓審查者了解作者確實具有執行此一研究計畫的實力。

㈡「計畫摘要」的書寫步驟

根據前述的說明，可知一篇合格「計畫摘要」的內容，至少應該具備有：清楚說明該研究計畫的重要意義、有效執行該研究計畫的方法與程序、明確說明該研究計畫的學術創見、具體說明該研究計畫的學術貢獻等的基本要求。建議的撰寫步驟有六：

1.確定研究的範圍與議題

2.訂定比較合宜的標題

3.實際進行摘要的書寫

「計畫摘要」必須要能具體地說明包括下述諸項的內容：

(1)研究設計的主旨與目的。

(2)進行研究的方法與程序。

(3)研究的預期成果。

(4)推論研究成果可能存在的學術貢獻。

4.檢證摘要內容與研究設想是否相符合

5.重新檢查陳述內容的文句是否清楚合宜

6.選取合適的關鍵詞

這些就是立基於「行銷」與「說服」的前提下，有關「計畫摘要」內容的分析及撰寫過程的標準作業程序。

(三)「計畫摘要」的例證

以下即就撰寫「計畫摘要」的需要，提供一篇筆者申請國科會計畫通過，依據前述撰寫原則完成的「研究摘要」，以為撰寫之際的參考：

明清之交穆斯林漢文論著中的經學運用

摘要

本計畫主要以筆者長期研究經學的經驗為背景，蒐輯歸納劉智（一六六二～一七二四前後）在一七二四年完成具有集大成意義的《天方至聖實錄》之前，明清穆斯林漢文論著中引錄運用《十三經》的實況，並從經學研究的角度進行分析，以探討此種引錄運用的作用及其意義與價值。計畫主要從經學文本傳播擴散與選擇接受的角度，利用統計、歸納資料的方式，進行實質分析的一種實證性的研究。研究進行的程序，首先針對伊斯蘭教傳入中國的相關背景，進行必要的說明；其次探討伊斯蘭教傳播方式的發展，分析伊斯蘭教「中國本土化」產生的緣由與意義；三則搜尋明清之際穆斯林學者書寫漢文著作的理由、實際參與者及其論著的數量，並確定存佚的實況；四則針對存世穆斯林學者的漢文著作，進行經學文本搜尋的閱讀，以確定這類論著運用經學文本的實際表現；最後分析書中出現《十三經》文本的作用與意義，確定其在經學研究與宗教學上的意義與價值。以往多數傳統中國文化的研究者進行研究時，或者是不自覺漢人沙文主義的影響，僅知集中精神探討儒、道、釋「三教合一」的問題，卻不知明末清初的穆斯林學者，早已經在實質上更進一步進行了儒、道、釋、基督、伊斯蘭等「五教合一」的文化融合工作。透過本計畫的執行與提醒，不僅有助於了解明代以來穆斯林學者如何運用《十三經》文本，以及《十三經》文本對穆斯林學者詮解伊斯蘭教義的影響與作用；同時還可以觀察《十三經》擴散滲透進入宗教文本的權力作用，以及穆斯林學者進行文化融合工作的實情，還可有效喚醒經學及相關學術研究者，注意到此一研究上長期存在的闕漏，此即本計畫當有的學術貢獻。

關鍵詞：經學　伊斯蘭教　穆斯林　明清　引錄

以上即根據「行銷」與「說服」等預設原則，依據前述「標準作業程序」撰寫而成的「計畫摘要」。❼

❼ 此係筆者申請民國九十四年國科會專題研究計畫時寫的「摘要」，此計畫倖獲得通過，故取以為例。通過的計畫編號：NSC

四、結語

現代學術研究一般的基本要求，寫作論文絕對是一項非常重大且重要的事件，只要涉及正式的學術論文寫作行為，無論是研究計畫的申請、會議經費的申請、正式計畫報告、研究成果報告、學位論文、學術論文、學術專書等等，這些涉及研究經費或工作權的論著，內容中都會要求必須有「摘要」。最現實的例證，就是沒有「摘要」，就無法向國科會申請研究計畫的經費補助。

因此，本文參考「國家標準」及實際的需要，嘗試建立人文社會學科論著撰寫「作者摘要」的「標準作業程序」。就「論著摘要」而言，即希望透過論著內容的再了解、創發性主題的再確認、寫出合乎標準要求的草稿、進行草稿的修改與修飾、選取恰適關鍵詞等的作業程序，以寫出一篇站在作者立場，結合「行銷」、「說服」與「傳播」需求的合適摘要，以便有效的將研究成果傳播出去，並被相關學者認同接受而引述，至少也不會加以反對。就「計畫摘要」而言，則希望經由確定研究的範圍與議題、訂定比較合宜的標題、清楚說明研究計畫的重要意義、執行研究計畫能力的保證、有效執行研究計畫的方法與程序、明確說明研究計畫的學術創見、具體說明研究計畫的學術貢獻、確保內容與構思相符合、修述內容文句等作業程序，以寫出一篇立基於作者立場，結合「行銷」與「說服」而達到讓審查者贊同為終極目標的摘要。

以上即是根據「傳播」、「行銷」與「說服」等預設原則，從「作者摘要」的角度切入，撰寫「論著摘要」與「計畫摘要」，進而擬定「標準作業程序」，提供撰寫步驟與內容。希望對「摘要」撰寫的標準化，具有一些比較實質性的幫助，並提供參考依循的範例，從而作為完成撰寫之後判斷和修改的參考。

94-2411-H-001-078-。建議讀者在形式表現之外，或者也可以稍微注意此計畫在選題上的創新傾向，筆者私以為除平常的研究成果外，此點或即計畫獲得通過之要件。

五、習題

1. 請就三民書局排行榜前十名暢銷書，任擇一種，參考本文所述，進行「一般摘要」之撰寫。
2. 如果你是理工自然學科學生，請就專業領域中，任擇一種代表性之論著，參考本文所述，撰寫一篇「專家摘要」（須設定六個關鍵詞，總字數 1000 字左右）。
3. 如果你是人文社會學科學生，請就專業領域中，任擇一種經典性之論著，參考本文所述，代擬一篇「作者摘要」（須擬定六個關鍵詞，總字數 1000 字左右）。

六、參考書目

中國目錄學講義　昌彼得編著　臺北　文史哲出版社　一九七三年

圖書館相關國家標準彙編　經濟部中央標準局編　臺北　經濟部中央標準局　一九九四年

圖書館相關國家標準彙編　經濟部中央標準局編　臺北　經濟部中央標準局　一九九五年

讀書報告寫作指引　林慶彰、劉春銀合著　臺北　萬卷樓圖書公司　二〇〇一年

實用中文寫作學　張高評主編　臺北　里仁書局　二〇〇四年

第三單元

創作入門

13．創意思考與寫作

高美華

一、前言

創造是一種神祕的力量，許多曠世的偉大作品，都是不知其所以然地，靈感一現，突然降臨，然後完成。詩人、藝術家、巫覡、造物者……，似乎都具備著相同的質素，劉勰《文心雕龍》稱之為「神思」。希臘神話中的「繆斯」女神，江淹的「五色彩筆」，都是創作者呼喚希冀的助力。但誰能那麼幸運，能受到神的眷顧呢？

其實，神的品質深埋在每個人的心底，只是我們沒有察覺，沒有讓它發揮出來。發揮創造力，可以讓我們正在進行的活動帶來好的品質；創造是一種接近內在的方式，它是一種正向的態度。不論你做什麼，如果你高高興興地去做它，如果你很有愛心地去做它，如果你的做法並不是純粹為了經濟，那麼它就是具有創造力的。如果透過它可以使你的內在成長，那麼它就是心靈的，它就是創造的，它就是神聖的。❶相信自己本來具足的原創力，如實地面對它，屬於你的、獨一無二的、那個偉大的作品就會顯現出來。

但是創意不可能憑空降臨，創造性思考是在既有的基礎上，不斷地求新、求變、求異、求奇、推陳出新、與眾不同。所以本文先談創意的特性，再從作品看作家的創意思考與創作，最後提出創意思考寫作的實務，

❶ 奧修著，謙達那譯：《奧修禪卡‧禪宗超凡的遊戲》（臺北：奧修出版，一九九六年）。

以供參考。

二、創意的特性

二十一世紀是創意的時代，有關創意開發、腦內革命的研究和書籍，琳瑯滿目，各領域創意的課題方興未艾，茲綜合各家說法、觀察創意作品，歸納創意的特質，有如下列：

㈠自發性

創造的歷程需要有熱情，創意來自心靈深處，必須是自動自發、真心全意的表露。無法假手他人，更不可能在脅迫之下出現。當我們專注投入一項工作，尤其是自己喜歡的事，即使是簡單平凡不過的灑掃、烹調，其實就展現著自己的創意，只是我們常常不自覺。

㈡獨特性

如果相信每個人都是獨一無二的，來自個人的創意自然是獨特而無可取代的。創意就是與眾不同，不容許模仿因襲。僵化的形式和生命，是沒有獨特性的。但它也不是憑空而來，它必須對所知、所聞、所見、所感、所嚐、所觸，進行轉化，然後才能在特定的情境下展現它的獨一無二。

㈢時空性

不同的時空，有不同的思潮，更有不同的表現方式。創意要能展現出來，必須有媒介、有情境；宇宙變動不居，創意也就有無限的可能，它不可能重複形貌，它可以變化無窮。前人的創意可以啟發我們，但不能直接用於當下。古人所處的時空，固然與我們相去太遠，我們所處的時空，又何嘗不是剎那生滅？因此執著於自己的時空，將限制創意的發生。

(四)利他性

同樣地，創意是群體互動之下的結晶，即使是個人的獨創，也是在特定時空下互相影響而出現的，它取之於人，當然必須用之於人，才能使人得到共鳴；在表達自己的同時，也為世界開了一個窗口。創意的最終極目的是為了「利他」，但與「利己」其實是同一件事。卡爾・榮格(Carl Gustav Jung)〈心理學與文學〉說到：

> 要了解藝術創作與藝術效果之祕密，唯一的辦法是回復到所謂的「神祕參與」狀況——回復到並非只有個人，而是人人共同感受的經驗，一種個人苦樂失去了重要性，只遺下全人類的生活經驗。這就是為什麼每部偉大的藝術作品都是客觀的、無我的，然而其感動力卻不因之而減少的原因。❷

(五)完整性

片段的知識，不能成為創意；剎那的靈感，也不等於創意。因為它們不完整。靈感是一個剎那，而創意是全部的過程；靈感協助創意，使它能夠被組合起來。❸創意的展現就是生命完整的呈現，所以創意的產生是完整的、不容切割的。《阿馬迪斯》影片中，呈現莫札特的音樂創造路程，先是腦海的完整樂章，然後才是逐一的譜出分項樂譜，後者只不過是前者的驗證；真正的創意是完整的。

清代作家李漁，是一個全方位的作家，從史論到詩詞歌賦各種文體，都有獨到的見解和成就，尤其在戲曲創作和理論建構上，更是影響深遠。他在《閒情偶寄》凡例中提出四期三戒，聲明他的創作態度：在點綴

❷ 見布魯斯特・基哲林(Brewster Ghiselin)著，李元春譯：《創造的歷程》（臺北：金楓，一九八七年）。

❸ 詳見馮翊綱：第三部〈有關創意的一篇談話紀錄〉，《鄧力軍：相聲瓦舍20週年經典創作》（臺北：聯合文學出版，二〇〇七年）。

太平、崇尚儉樸、規正風俗、警惕人心等四項期許中，我們看到他融入當代時空，不走傳統讀書人做官或隱居的道路，而是勇敢地、獨一無二地選擇靠賣文為生，他的作品以利他的角度出發，寓莊於諧，「一夫不笑是吾憂」❹，讓觀眾在觀劇中潛移默化；他又透過評論、閒談，提供貧富皆可行的生活態度，在陶情養性之際，規正奢靡之風。他認為求新求變，還是要有道有方、合情合理：

> 風俗之靡，日甚一日。究其日甚之故，則以喜新而尚異也。新異不詭於法，但須新之有道，異之有方，有道有方，總期不失情理之正。以索隱行怪之俗，而責其全返中庸，必不得之數也。不若以有道之新，易無道之新；以有方之異，變無方之異，庶彼樂於從事，而吾點綴太平之念，為不虛矣。是集所載，皆極新極異之談，然無一不軌於正道，其可告無罪於世者此耳。❺

他軌於正道、極新極異的創作，讓觀聽者樂於接受。這不僅是創作的方針，也是他生命的告白，正是完整性的呈現。

❖三、創意思考與創作借鑑

由上述特性，檢視古今中外的名著，我們可以看到創意思考下的作品，令人讚嘆。張高評〈創意與寫作——以宋詩名篇為例〉一文，提出宋詩名篇的創造性思維，歸納有：求異思維、反常思維、組合思維、開放思維、獨創思維等創意❻，並透過作品，予人典範。今循其例，列舉創作名篇，希望透過它們，能啟動我們

---

❹《風箏誤》第三十齣末：「傳奇原為消愁設，費勁杖頭歌一闋，何事將錢買哭聲？反令變喜成悲咽。惟我填詞不賣愁，一夫不笑是吾憂；舉世盡成彌勒佛，度人禿筆始堪投。」《李漁全集》第四卷（浙江：浙江古籍出版社，一九九二年十月），頁二〇三。

❺李漁：《閒情偶寄》凡例，一期規正風俗（臺北：時代書局出版，一九七五年三月）。

的創意思考，進一步完成自我的創意表達和呈現。

(一)求異思維

「務去陳言」、「自鑄偉詞」是從事創作者念茲在茲的原則。李漁在《閒情偶寄》凡例中，特別著意分清著述和創作的本質：

> 數十年來，述作名家，皆有著書捷徑，以隻字片言之少，可演為連篇纍牘之繁，如有連篇纍牘之繁，即可變為汗牛充棟之富，何也？以其製作新言，綴於簡首，隨集古今名論，附而益之。……作而兼之以述，有事半功倍之能，真良法也。鄙見則謂著則成著，述則成述，不應首鼠二端。寧捉襟肘以露貧，不借裘馬以彰富，有則還吾故有，無則安其本無，不載舊本之一言，以補新書之偶缺；不借前人之隻字，以證後事之不經。觀者於諸項之中，幸勿事事求全、言言責備，此新耳目之書，非備考核之書也。❼

他選擇的不是立言不朽的著述之路，他選擇一新耳目的創作；他認為真正的創作是不能加入陳編舊述的，所以極力避免剽竊陳言、網羅舊集、支離補湊，這才是真正的創意思考。

從《西廂記》以來，男女傳情多藉詩箋、書柬，一般是透過紅娘或媒婆牽線。湯顯祖的《牡丹亭》透過夢境訂下情緣，再藉寫真留形影於人間，穿越時空，展開一場出生入死的愛情故事，與眾不同，創意無窮，以致影響後來才子佳人的系列劇作。明末吳炳的《綠牡丹》，以文會考試為媒介，讓不相識的男女，透過詩文互相了解並相傾慕；阮大鋮的《燕子箋》，將傳遞情思的媒人改成了燕子，並展開一系列的錯誤巧合，讓觀眾

---

❻ 各種思維的界定，請參考張高評：〈創意與寫作——以宋詩名篇為例〉一文，第四屆「實用中文寫作」學術研討會，國立成功大學中國文學系，民國九十七年十二月六日舉辦。

❼ 李漁：《閒情偶寄》凡例，一戒網羅舊籍（臺北：時代書局出版，一九七五年三月）。

大嘆新奇；到了李漁，他結合生活的觀察和實踐，將傳情的書箋，改為風箏題詩，並以風箏為媒，在有心無意之間，製造許多錯誤和巧合，產生更多的戲劇效果，所以他的代表作《風箏誤》，不但是才子佳人潮流下的暢銷作品，也是創意思考下的大製作。這些都是求異思維下，求奇創新，代有新變的結果。

(二)反常思維

從相反的立場、相對的層面，進行思考，透過出其不意、當頭棒喝、不按常理出牌等方式，打破慣例，發現新意。一些翻案的作品，如歐陽脩的〈縱囚論〉，站在人性立場，放囚犯回家過年，然後證得良心、仁政之可貴；王安石的〈讀孟嘗君傳〉，以雞鳴狗盜之雄論斷，一反正面的歌頌；蘇軾〈留侯論〉強調高祖之能忍，是張良的教導和成全，「狀貌乃如婦人女子，不稱其志氣」正是張良外柔內剛的特質；這些都是膾炙人口的名篇。

再如王昭君和親的故事，歷來都不齒毛延壽畫圖陷害，而悲悼明妃投江、「獨留青塚向黃昏」的志節；王安石的〈明妃曲〉二首❽，卻站在毛延壽的立場說：「意態由來畫不成，當時枉殺毛延壽」，以毛延壽的無辜，凸顯美人神態之絕塵難摹，又站在昭君的立場，說她深情自持，「一去心知更不歸，可憐著盡漢宮衣……家人萬里傳消息，好在氈城莫相憶。君不見咫尺長門閉阿嬌，人生失意無南北。」更以陳皇后的遭遇，自我寬慰；這些是以傳統文人忠君立場寫就的美人圖象，從正面的悲悼，到反面的寬慰，都將昭君人格理想化，是意象中的女子，而不是現實中的女性。現代汪其楣《招君內傳》❾的創作，一反傳統思維，她查索《史記》、《資治通鑑》、《中西交通史》等史料，並查閱《漢代的巫者》、《蒙古文化與社會》等書，求取昭君所處時代的真

❽ 全詩見《全宋詩》卷五四一，頁六五〇三。

❾ 《招君內傳》是二〇〇四年第三屆「女節」節目之一，由「曇戲弄」劇團在皇冠小劇場演出。《招君內傳——女書之一》（臺北：曇戲弄出版，二〇〇四年）。

實情況，最後她以女性的立場，創造女巫阿滿作為招君故事的主述者，阿滿是招君的好友，她知道招君自願嫁入宮廷、自願遠嫁匈奴、並在匈奴國找到幸福，一改悲劇的女性形象，啟發人們自由想像的空間。

㈢ 組合思維

舊元素的新奇組合，給人耳目一新、激盪新的可能。如王安祈《青塚前的對話》❿，透過漢代蔡文姬、王昭君的對話、對立、對比，提出「觀看經典」的另一種態度。賴聲川的《暗戀．桃花源》，融入陶淵明〈桃花源記〉進行的現代《桃花源》，加上抗戰背景大時代悲劇的《暗戀》，同臺演出，打破悲劇、喜劇的界線，並用對比、錯置、巧合等手法，反映出人生各種情緣和現實，在悲劇和喜感的背後，有嘲諷、有慨嘆，引人深思；這齣舞臺劇，後來拍成了電影，成了現代劇場的經典作品之一。

這讓人想到當紅的電影《媽媽咪呀》(*Mamma Mia*)，原先也是舞臺劇，製片茱蒂克雷梅爾發現 ABBA 合唱團的每一首經典歌曲似乎都有一個故事，多年用心溝通、尋找，終於找到劇作家凱薩林強森，用故事的元素組合串聯了二十多首的歌詞，編成了舞臺劇，一九九九年在倫敦首演，二〇〇一年在紐約百老匯首演，至今盛演十年餘，超過千場的演出，風靡全世界，蔚為風潮。⓫本人和家人在百老匯親眼目睹，它經由故事情節、歌舞場面、舞臺設計、服裝燈光等等，串出一場場令人驚奇連連的表演，在通俗、歡樂的訴求中，帶動了觀眾的夢想與願景，著實令人讚嘆。

在古典經典劇作中，我們也可以看到許多組合思維的實例。如清代洪昇《長生殿》每一齣的下場詩，集「唐詩」，以濃縮一齣戲的菁華；孔尚任《桃花扇》結集南明史實，以桃花扇為主軸，組合了一段歷史悲劇的

❿ 見王安祈：《絳唇珠袖兩寂寞——京劇．女書》（臺北：印刻出版社，二〇〇八年）。

⓫ 《媽媽咪呀》故事情節可參 Yahoo——奇摩電影：http://tw.movie.yahoo.com/movieinfo--main.html。

故事。凡此不勝枚舉。

(四)開放思維

比起組合思維，開放思維有著更多元的視域，「從多角度、多側面、全方位地考察問題，而不再局限於邏輯的、單一的、線性的思維。」⑫屈原的〈天問〉，上自天文、下至地理、人事……，提出宇宙間的一切探索和疑問，有著全方位的關照；又〈九歌〉，原為傳說中的一種遠古歌曲的名稱，經屈原根據民間祭神樂歌改作或加工而成，包括〈東皇太一〉、〈雲中君〉、〈湘君〉、〈湘夫人〉、〈大司命〉、〈少司命〉、〈東君〉、〈河伯〉、〈山鬼〉、〈國殤〉、〈禮魂〉等共十一篇，從天上神祇、到人間鬼魂的祭祀迎送，融入楚國的社會宗教文化與個人的生命情懷，成為曠世的巨作。

林懷民的《九歌》，於一九九三年八月十日在臺北國家劇院首演，他以「跨文化的身體旅程」，重新詮釋了文學「經典」，他發現「九歌」可能是一個療傷的儀式，所以用「操控」和「挫折」為主題，取鄒族迎神曲、西藏鐘樂、西藏喇嘛梵唱、卑南族吟唱古調、爪哇甘美朗樂、日本雅樂、印度笛聲、朱宗慶打擊樂團、鄒族送神曲等音樂，架構出〈迎神〉、〈東君〉、〈司命〉、〈湘夫人〉、〈雲中君〉、〈山鬼〉、〈國殤〉、〈禮魂〉等內容，從對眾神的崇敬，轉化成對「那些未完成的生命、被斬斷的青春」的頌輓和詠歌，以集體的儀式行為，舞出一場慰靈記。⑬正如舞蹈學者 Andr'e Lepecki 所說：「林懷民的編舞與法國哲學家吉勒・德路茲 (Gilles Deleuze) 所定義的『流浪思考』，有共通之處：一種去地域化，在既定規範之外悠遊存在的思維。」⑭這種追

⑫ 張高評：〈創意與寫作——以宋詩名篇為例〉，頁三一，第四屆「實用中文寫作」學術研討會，國立成功大學中國文學系，九十七年十二月六日舉辦。

⑬ 詳參林懷民、徐開塵、紀慧玲著：《喧蟬鬧荷說九歌》（臺北：民生報社出版，一九九三年）。

⑭ 〈舞蹈學者 Andr'e Lepecki 寫「九歌」〉（一九九六年），見《九歌》DVD 說明（臺北：金革唱片，二〇〇三年）。

尋多條線索而形成的跨文化創作，是時空變換的累積，也是開放思維的具體呈現。

(五)獨創思維

所謂獨創，應是蘊積既久，勃然噴發，不假外求，渾然天成的創發。蘇軾為文，如行雲流水，行於所當行，止於不可不止；鄭板橋畫竹，胸無成竹，自然生發。透過文字或藝術形式，讓生命穿透而出，這種思維獨一無二，即使在同一個作家身上，也是不可重複的。蘇軾〈澠池懷舊寄子由〉一詩，膾炙人口：

人生到處知何似，恰似飛鴻踏雪泥，泥上偶然留指爪，鴻飛那復計東西。
老僧已死成新塔，壞壁無由識舊題，往日崎嶇君記否，路長人困蹇驢嘶。

正說明了獨創的精蘊：「自其變者而觀之，則天地曾不能以一瞬；自其不變者而觀之，則物與我皆無盡也。」⑮雖是剎那卻永恆的。

又如賴聲川的《如夢之夢》，「二〇〇〇年首演，長達七個半小時，主觀眾區在劇場中央，觀眾坐在旋轉椅上。演出過程中，演員一直環繞著觀眾，觀眾也隨著故事的展開，自行旋轉，跟著故事發展。」從作者分析創作歷程，是在印度的一個晚上，「許多本來無關的事情全部串連到一起，這些事情原本都發生在我人生中不同的時間、地點」，一時聚合、定位、呼應、關聯，而完成的獨創作品⑯，是不容切割的整體。

---

⑮ 蘇軾〈前赤壁賦〉語。

⑯ 賴聲川：《賴聲川的創意學》，頁五八～七一。

哈佛、普林斯頓是世界頂尖的大學，注重學生的獨立思考，它們的畢業生標準，第一項要求，都是必須能夠清晰而明白地寫作，要具有清楚地思維、談吐、寫作的能力(The ability to think, speak, and write clearly)。寫作是培養創意、表達自己的重要法門，所以倍受重視。當然，創意本身包含各種思維方式，並不是單一絕對的，借鑑名作佳構之餘，一方面學習其方法，一方面更要有自覺與智慧。自覺與智慧，來自生活；學習與方法，可從閱讀和寫作展開；最終的創意，是從智慧出發，找到適合的方法和形式，二者結合而完成的。以下就閱讀、寫作兩部分，提供實作的參考。

(一)創意閱讀、閱讀創意

我們常分析創意的作品，看作者的巧思和開創，透過閱讀，奠下一些寫作的基礎。因為每篇名作都是作者創意的結晶，是作者為個人內在意志的情況尋覓的最適當的表達方式。它可以激發我們的情感和思維，也可以當作學習語言、文句的經營方向。

閱讀也可以創意無窮，有多少讀者，就有多少閱讀方法。但若能充分把握閱讀的技巧，更可以加強我們的閱讀深度和廣度。在開拓閱讀學的領域，有些學者認為：「閱讀技法是接受文字信息的一條『言語鏈』」⑰，可以分為四個系統。第一個程序閱讀系統，包括：認讀、解讀、賞讀、評讀、記讀、用讀等方法；第二個完全閱讀系統，包括：視讀、聽讀、說讀、思讀、寫讀、行讀等方式；第三個基礎閱讀系統，包括：選讀、精讀、問讀、略讀、參讀、速讀等策略；第四個應用閱讀系統，包括：導讀、研讀、審讀、校讀、播讀、譯讀

⑰ 曾祥芹主編：《閱讀技法系統》（河南：河南教育出版，一九九二年），在四大系統下，共列出108種方法。

等方向。把握方針，用心閱讀，定可以充拓自己的能力。

進行創作或研究時，找題目是最困難的，題目一旦確立，問題也解決了一大半。誠如賴聲川所說：「創意就是出一個題目，然後解這個題目。出題需創意，解題也需創意。這就是『智慧』與『方法』的劃分。」「創意是一場發現之旅，發現題目，以及發現解答；發現題目背後的欲望，發現解答的神祕過程。」⑱如果我們透過一場閱讀之旅，發現題目、尋找答案，那麼身體力行更是儲備創意資糧的不二法門。

我們不妨安排一趟圖書館之旅，輔以書店之旅，實地走訪群書的故鄉，找到自己的關注焦點，擬出自己的閱讀方針和題目。也可群策群力，透過小組或班級，每個人列出五本書目，並推薦其中一本，介紹並寫閱讀心得；經由大家共同的投入，我們織就一張閱讀的網，並依該書旅遊的性質、時空作分類。列出推薦書目排行榜，藉由這些課題，醞釀出個人在一學期中可能完成的「主題之旅」。⑲

觀看書名，就有許多令人驚豔的發現，就以臺灣之旅為例：旅行的方式，有個人行旅、父子徒步環島、單車環島、登山攬勝、漫遊采風等等；而綜合的主題如：《我們走在臺灣的屋脊上》、《臺灣音樂之旅》、《臺灣廢墟迷走》、《臺灣書店風情》、《臺灣之美日誌》、《在臺灣的故事》、《廢島：臺灣離島廢墟浪遊》等，給人不同角度的臺灣印象；還有，從書名就可飽覽各地的風光特產，如：《七股舞黑琵》、《蕉城相思雨》、《東河網深情》、《羅東猴子城》、《鹿谷飄茶香》、《九份黃金客》、《屏東四季春》、《後山海天藍》、《佳里火鶴紅》等等；都可以提供我們許多創作的方向和靈感。

閱讀、賞析、內化之後，可以開拓我們的胸襟和視野，也可以增強我們的思考和寫作能力。另一方面經由廣泛閱讀，去認識、感知這個世界，可以了解表達自己的媒介和可能的方式。

---

⑱ 賴聲川：《賴聲川的創意學》，頁四二～四五。

⑲ 這項教學構想，是本人與成大中文系王翠玲老師共同執行的「心靈寫作教學計畫」之一。

丹尼爾・柯克《圖書館的老鼠》[20]書中的那隻老鼠，讀了很多的書，有了表達自己的意求，於是轉化所閱讀的內容和表現方式，寫出屬於自己的傳記和小說，成了「作家」。當牠被邀請為「與作家面對面」活動的貴賓時，牠用心布置了會場，準備了紙、筆，和一個隱藏一面鏡子的面紙盒，當好奇的讀者朝著「與作家面對面」的指標往下看，出現的是每一個人自己的影像，此刻，恍然大悟，真正的作家是自己！不是嗎？

我們在向外追求名師的過程，千萬別忘了「信任自己的心是寫作的根本，字句從心而來。」寫作可以不拘時空、不分年齡、沒有貧富之別，是只要有紙筆就可以進行的自我訓練。讓我們「從心開始」，以下試著結合步驟與習題，逐步寫出我們的創意！

(二)創意思考、寫作創意

1. 當下的觀察與書寫——專注此刻的訓練

創意源自生活的需求，古諺說：「世事多在忙裡錯，智慧半由歷練來。」智慧須在生活中沉澱、累積，隨時隨地都是我們鍾鍊的資糧。俗諺說：「坐待風調雨順，何時才能播種？」不必等待，此刻就是最好的時機。陳瑞獻的〈秧意〉，展現了當下的、完整的生命風光：

> 不問有多少頃土地待播種，只注意眼下這株青秧得插好。於是，在田水中，白雲飄過他的臉，禾雀飛過他的臉，彩魚游過他的臉。[21]

透過當下的生命觀照，「當下是不散亂的、覺知的、不迷惑的。當下的那一剎那並非外在，而是一種心靈的狀

---

[20] 丹尼爾・柯克著，林美琴譯：《圖書館的老鼠》（臺北：小魯文化事業出版，二〇〇八年）。

[21] 陳瑞獻：《陳瑞獻寓言》（臺北：聯經，一九九六年三月），頁七五。

態㉒。」寫作就從此時此地開始！

娜妲莉・高柏一次又一次地以「我記得」、「我注視著」、「我知道」、「我正想著」為起始句，做過許多的限時寫作練習。她「用這些練習當作暖身，讓心靈往正面與負面、顯眼處與隱密處、意識與潛意識的兩極拉長延伸。在把思緒拉向正在寫的作品之前，這是個審視心靈、活絡筋骨的機會。」㉓

每一次的寫作，全然融入一次的觀察和體現，盡可能具體描述每一個細節，不迎不拒不停地如實寫下，自由而不控制，更重要的是面對主題，不要找藉口逃避。海明威曾說：「要以確實與明晰的文字來描寫傷痛。」不要逃避令人害怕的主題，它充滿著創作的能量。㉔

融入每一刻所見、所聞、所思、所念、所嚐、所觸、所覺、所受，然後逐一寫下與「它」同在的歷程；舉凡閱讀、生活、旅行、工作……點點滴滴，隨意的一件事，都可以連結我們心裡醞釀的問題。它可以是表列的問題，記載想寫的主題，等待有空或一時找不到題材，就可以逐一完成；它也可以是記錄創意的日誌，連續書寫一連串的觀察，比如：一段時間夢境的紀錄、一個定點異時的變化、一個人不同的表現。在這個階段，我們蒐集點子、儲存創意，將它們流露在筆端、儲備在心底。

2. 追求陌生事物，了解它熟悉它——挑戰未知

能夠產生自己書寫的主題，你才能真正成為一個獨立的創作者。所以有了想解決的問題、想克服的困難，就勇敢的面對，設法去完成它，不要擔心準備不夠，只要出發，一切就緒。正如謝旺霖《轉山》㉕所說的：

㉒ 賴聲川引吉美欽哲仁波切所說的話，見《賴聲川的創意學》，頁一八六。

㉓ 娜妲莉・高柏（Natalie Goldberg）著，詹美涓譯：《狂野寫作——進入書寫的心靈荒原》（臺北：心靈工坊，二〇〇七年四月），頁三七。

㉔ 同㉓，頁二五～二九。

㉕ 謝旺霖：《轉山》（臺北：遠流，二〇〇八年一月），頁一九。

「出發了，就是準備好了。」每個人都是擁有獨特生命的獨特個體，無論你經驗了什麼，你只要將它消化吸收，熱情會為它找到表現的形式；世界上沒有其他人能擁有和你一模一樣的生命，所以寫出來就是自己風格的呈現。

路上會遇到出其不意的狀況，也許陷入絕境，但「已做過河卒子，只有拼命向前」，繼續勇敢的走下去，想盡辦法、用盡力氣，找到出口，完成作品的同時，也開創了自己的生命；謝旺霖《轉山》就是一例。也是亨利・米勒 (Henry Miller)〈寫作的冥想〉所說：

> 寫作就如同生命，相當於一段發現的航行。這段摸索探險的航程是一種形而上的追尋：它是間接接近生命的方式，是學習捨局部而取全面觀點以觀照整個宇宙的歷程。作家生存在上層與下層世界之間：他之取這條道路，其最終目的乃是為了要變成這條道路。㉖

陌生的旅程，充滿挑戰，激發我們生命的能量。經過、熟悉，就不再害怕，這是上路後開拓的創意展現。所以出一個題目，努力尋求解答，用盡各種方式一定要完成它，最後用文字將它呈現出來。

3. 將熟悉的事物陌生化——求異、反常思維，開發新視角

頂尖的作品來自寧靜之鄉。在不斷向前奔跑、追趕績效的潮流下，我們常陷入周而復始、了無創意的生活模式，寫作、研究、工作、生活……都像製造的機器運轉著，久而久之，彈性疲乏，就卡住了。沒創意的根本原因，有時就是因為一切的壞習性「停不下來」。娜妲莉・高柏 (Natalie Goldberg) 告訴我們：

> 如何突破創作上的困境？「停」，停下來檢查這個困境，它不一定是負面的，它是干擾、是困境，停下

㉖ 見布魯斯特・基哲林 (Brewster Ghiselin) 著，李元春譯：《創造的歷程》（臺北：金楓，一九八七年）。

來檢查一下，說不定它是來幫你的，因為有重大的訊息進來了。……當已經遇到困境的時候，就不應該再去碰同一個素材，應該跳出去，停一下。㉗

停下來，就是產生創意的關鍵。這個階段停下來檢視自己，可使熟悉的事物陌生化，從反面思考、反轉一般的程序，會看到不一樣的角度，寫作成了一種發現行動。

在寫遊記的時候，大多數的描述著眼於景點，或移步換景寫行程，或敘述古蹟的歷史情懷，像導遊一樣，向讀者介紹個人的旅遊經歷與文化知識。如果我們反過來，觀察導遊、同行的遊客、互動間發生的事……，寫出來的遊記，就會有不同的視野。或者在匆匆趕路的當下，停下來，聽聽自己的呼吸，也會有新的發現。記得元代無名氏的散曲，【正宮】〈塞鴻秋・山行警〉是這樣的：

東邊路西邊路南邊路，五里鋪七里鋪十里鋪，行一步盼一步懶一步。霎時間天也暮日也暮雲也暮，斜陽滿地鋪，回首生煙霧。兀的不山無數水無數情無數。

破碎的行程，在一停佇、一回首之間，當下一剎那，看到整體的生命湧現。

4. 拼貼組合——突破，發現無限的可能

演戲時要和扮演的角色親密連結（入戲），演完之後則要和角色告別（出戲），這樣我們才能進入另一場演出。寫作也一樣，完成一段創作，我們必須放下，才有餘裕進入下一個章節。

放下、換個情境，自我突破，可經由跨領域的腦力激盪，也可藉著拼貼遊戲，打破個人的局限和慣性。跨領域激盪的實例如：

㉗ 娜妲莉・高柏（Natalie Goldberg）著，詹美涓譯：《狂野寫作——進入書寫的心靈荒原》，頁一八一～一八五。

艾略特 (T. S. Eliot) 寫作《荒原》(*The Waste Land*) 時，嘗試過幾百種獨特的構想，其中很多構想最後都拋棄了，剩下的構想寫進詩裡，寫出來的詩成為艾略特跨進世界性的文化與神話異場域碰撞點的傑作。他花了好多年時間寫成這首詩，期間還在妻子與好友龐德 (Ezra Pound) 的大力協助下，一再改寫與編輯。這首詩看來可能像是單一的作品，實際上卻是幾百個不同觀念組合的結合。㉘

此外，進行腦力寫作 (brain writing) 也是激盪的方式。這是沉默中進行的寫作，參加的人圍坐一圈，同時針對相同的問題，提出構想，再寫下來，彼此互相補充。

但個人寫作時可以自由運用的，是拼貼、重組。就像愛倫坡 (Edger Allan Poe) 為下一部小說構思新情節時，會無意的在字典裡找兩、三個字，然後設法把這些字串在一起，如果他能夠找到其中的關係，他就開始寫作，如果找不到關係，就另外找三個新字，再試一次。像這樣從事思想散步後，寫下你撿拾或注意到的每個字眼或物品的特性，在不一樣、不連貫的片段中，產生的想法，可能是無中生有，獨一無二的一種突破。

也可以拿一些舊詩或是雜誌、電話簿、字典、廣告傳單，剪下標題引言、字句、文字，將這些不同來源的字句紙片隨意混合，然後在乾淨的桌面或白紙上，隨意排列組合，調換、增減，排列出喜歡的句組時，便將它們用膠水黏在紙上。接著練習拼貼式的寫作，讓每個句子不相關。透過這項練習，放下預設立場、預設概念，重新體驗這些事物，以及它們之間的關係，這能讓我們的心變得靈活機警且樂於跳躍。

5. 即興創作、完整表述——開放思維、獨創思維

「敏感度就是開放度，開放自己的感受能力，向經驗開放、向人生開放。」「但是開放自己的同時必須小心，別以為敏感度就是創意本身。」㉙因為極度敏感和精神分裂，其實是一線之隔。我們必須有安頓感受力

㉘ Frans Johansson 著，劉真如譯：《梅迪奇效應》第十章（臺北：商周，二〇〇五年）。

的機制，才不至於散亂錯置。有了創意點子，還要把構想變成實際的作品，才算完成創作。賴聲川認為創意工程只有10%屬於「創」，剩下90%就是「作」，點子和構想必須找到形式。㉚所以進行即興創作，一方面我們自由抒寫，開放自己，開發多元的想法和可能。但在作的過程，更重要的是要有立足點，要了解整體的結構，才能找到適合展現的方式；這包括生命結構和藝術結構。

《海上鋼琴師》影片中那位1900，一生都在遊輪上，當他面對充滿開創前景的紐約，他說：鋼琴有八十八個琴鍵，在上面我可以創意無限；但一個無限可能的城市，我進退失據、不知所措。所以他還是回到那狹隘卻完整的生命空間。不論他的抉擇是否明智，至少它給我們一個啟示，如賴聲川所說：「我們要學會設定邊線，把構想限制在一個固定範圍之內，才會得到創意的自由，不然，無限的發想空間中難以定出結構。」㉛

現代是一個知識碎片的時代，城市空間也是多重面貌不完整的夾陳，形式解構、系統瓦解、多元思維、各自表述，跨領域、全球化之後，我們無法感受一個整體的架構、一個完整的生命。過度的操作、分析，讓我們處在充滿干擾的生活和時局中，外在事物的重新組合需要透過自我的整合，才是創意的展現。混亂的當下，我們必須學著歸零，適應紛擾，並將這些紛擾轉化成創意可用的素材或能量；我們必須歸零、重新了解部分與整體，了解什麼叫「完整」。

五、結語

進行創意思考寫作，關鍵在用心生活，開發自性，只要找到源頭，創意就能源源不斷。陳瑞獻〈個山〉㉜，

㉙ 賴聲川：《賴聲川的創意學》，頁一九四～一九七。

㉚ 同㉙，頁二三四。

㉛ 賴聲川：《賴聲川的創意學》，頁二五七。

是極適切的註腳：

「孩子，我能畫的都畫完了。」

「母親，您只要畫，是永遠畫不完的。您給我畫個山吧。」

「我不會畫山，我從沒畫過山。」

「母親，您只要想個山就能畫個山。」

她畫了山。從此山上有樹，樹上有鳥蝶，山下有湖，湖中有游魚。

相信自己，只要心裡有個意象，想寫，就寫下來，那麼豐富的生命圖卷，就能逐一展開了！

最後，本文配合借鑑名作的思維方式、創意思考的寫作實務，在此提供一些可以進行的練習，僅供參考。

七、習題

1. 當下的觀察與書寫：

觀察你身邊最親近的人，以眼前你們之間的互動出發，進一步用視覺回憶，以「我記得……」開始，持續寫出具體細微的事實。

2. 蒐集點子、儲存創意：

保持記錄夢的習慣，寫下夢中的人、事、地、以及情節發展等具體細節。

3. 挑戰未知：

找一個全然陌生的人、事、物，作為自己書寫的對象，設法了解、熟悉他（它），以實地進行「一段旅程」

㉜ 陳瑞獻：《陳瑞獻寓言》，頁三二一。

為主題，寫出遇到的困境和解決的經過。

4. 開發新視角：

以「不一樣的冬天」為題，寫下個人經歷不同時地的冬天。

5. 突破整合：

朝向未曾有的經驗、打破個人的局限和慣性。為自己拼貼一首告別歌詩，或為寵物寫一篇訃聞。

❖八、參考書目

閒情偶寄　清・李漁著　臺北　時代書局出版　一九七五年三月

創造的歷程　布魯斯特・基哲林(Brewster Ghiselin)著　李元春譯　臺北　金楓　一九八七年

閱讀技法系統　曾祥芹主編　河南教育出版　一九九二年

梅迪奇效應　強納森(Frans Johansson)著　劉真如譯　臺北　商周　二〇〇五年

賴聲川的創意學　賴聲川著　臺北　天下雜誌　二〇〇六年

創新者的思考　大前研一著　謝育容譯　臺北　商周　二〇〇六年

狂野寫作——進入書寫的心靈荒原　娜妲莉・高柏(Natalie Goldberg)著　詹美涓譯　臺北　心靈工坊　二〇〇七年四月

鄧力軍：相聲瓦舍20週年經典創作　馮翊綱著　臺北　聯合文學出版　二〇〇七年

圖書館的老鼠　丹尼爾・柯克著　林美琴譯　小魯文化事業出版　二〇〇八年

創意造語與宋詩特色　張高評著　臺北　新文豐出版公司　二〇〇八年十二月

14・武俠小說寫作

林保淳

武俠小說從一九二三年發展至今，已經長達八十餘年，儘管目前已有式微的跡象，但仍有不少心心醉戀於武俠世界的同好，持續創作他們心目中的英雄傳奇。尤其是在網路上，風靡的程度還是相當可觀的。

可惜的是，相關評論的發展卻相對的匱乏。早期視武俠小說為「不登大雅」之作，甚或以之為「次等文類」，論者不是吝於評論、不屑齒及就是目之為洪水猛獸、鴉片毒草；後期由於金庸小說的崛起，及部分學者的推揚，武俠小說的地位於一九八〇年以後，逐漸獲得世人的肯定與重視。但相關論評，不是集矢於個別作家如金庸、古龍外，就是關注於武俠小說發展史的建構。而其中「歌德派」為多，公允者殊少。❶至於有關武俠小說本質的探討、武俠創作理論的剖析，更是寥寥可數。

文學創作與文學批評向來互為表裡，在極度缺乏嚴肅而公允的批評導引下，武俠作品一如未經整理的花園，儘管曾經繁花競豔、百卉爭春，但幼苗共碩果一處，雜草與鮮花齊生，不僅未能呈顯應有的勝景，更有日漸荒蕪的凋零景象，令人頗有「何昔日之芳草兮，今直為此蕭艾也」的感慨。武俠創作論的匱缺，更使後學者問津無渡，入門乏由，要為遺憾。

---

❶ 相關的評論，參見拙文〈民國以來「武俠小說研究」評議〉，收入《古典文學》第十三集（臺北：學生書局，一九九五年九月），頁二五九～二八八。

一、前賢金針說分曉

目前我們所能看到的有關武俠創作門徑的專論甚少，一九六〇、一九七〇年代，在臺灣武俠出版界擁有執牛耳地位的真善美出版社負責人宋今人❷，曾經以出版者的立場，藉徵求武俠書稿的啟事❸，提出了1.氣氛；2.文字；3.故事；4.內容；5.人物；6.武功；7.言情等七個條件，並詳細列出「六要」作為規範：

㈠要水準較高，含有人生哲理，雅俗共賞的。

㈡要有教育意義，能增長知識，啟發智慧的。

㈢要合乎我國倫理、道德、因果、報應、歷史、地理、文物制度的。

㈣要有離奇曲折的故事、驚天動地的情節，和千變萬化的趣味的。

㈤要刻劃人物個性，入木三分的。

㈥要文字精簡有力、天真活潑、生趣盎然並富幽默感的。

他更進一步的在〈告別武俠〉❹中，不但為其心目中「正規的武俠書」作了定義，也針對臥龍生、司馬翎、

---

❷ 真善美出版社於一九五〇年成立，最初以出版丹道、仙學、養生、武術等書籍為主，在道家、道教叢書的刊刻、流傳上，頗得時人重視；一九五四年開始出版武俠小說，以成鐵吾的歷史武俠名著《年羹堯新傳》打頭陣；一九七四年，宋今人萌生退意，急流勇退，發布了〈告別武俠〉一文；但實際上仍陸續有少量作品面世，直到一九七七年底，才正式宣告結束社務。

❸ 真善美出版社徵稿啟事屢見於一九六〇～一九六二年該社所出武俠書夾頁中。

❹ 此文收錄在真善美出版社出版、司馬翎著的《獨行劍》第二十九集（一九七四年六月）的書末。其所謂「正規的武俠書」，必須是：㈠時在數百年前，多在元、明、清三朝。㈡地在中國大陸及邊疆，偶涉番邦。㈢書中人物分正邪兩派，最後正派勝而邪派敗。㈣男主角允文允武，英俊仁厚，武功高強；女主角美豔多情，武功亦高或更高。㈤用刀劍，不用槍炮。㈥特別強調武功、體能、靈丹、祕笈等等。㈦

古龍、上官鼎、陸魚等名家作了扼要的評介，更以其豐富的閱稿經驗，直接就武俠創作提出了具體的建言，如真實歷史與虛構故事間的「真假之界限」、「情節之合理」、「人物之分寸」、「武功之限度」等，有積極的強調，亦有消極的禁避，無疑具有「武俠創作指南」的意義，可謂是當時最全面而完整的「武俠創作論」，尤其是以下關於「人性弱點」的一段闡說，更是別具隻眼，格外值得重視：

> 人有七情（喜、怒、哀、樂、懼、愛、惡、欲）六欲（眼、耳、鼻、舌、身、意所產生的情欲），自出生以至老死，莫不在此中流轉。古往今來，人永遠是這樣的；唯有出世的宗教徒、聖哲賢者或能減少，甚難破滅。這是人性的弱點！
>
> 針對這些弱點，來寫武俠書。首先創造一群具代表性的人物，編織一個接近當年現實社會的故事；有根有據，有真實感。於是在動作和言語中，在江湖、在廟堂、在街市、在鄉村發生種種事，儘量激發這些人性的弱點；使之喜，使之怒，使之哀，使之懼，使之愛，使之惡，使之欲。一而再、再而三的撞擊它，自始至終的揭發；澈底的、赤裸裸的、活生生的粉碎它！達到高潮時，作者已不能自已，讀者也透不過氣來；跟隨著書中的發展，喜亦喜，怒亦怒，哀亦哀……到最後，書中人與讀者已打成一片。

「人性」是武俠小說作家一直反覆強調的重點，一九七四年的古龍曾謂：

> 武俠小說已不該再寫神，寫魔頭，已應該開始寫人，活生生的人！有血有肉的人！
>
> 武俠小說中的主角應該有人的優點，也應該有人的缺點，更應該有人的感情。

武俠小說的情節若已無法再變化，為什麼不能改變一下，寫寫人類的情感、人性的衝突，由情感的衝突中，製造高潮和動作。❺

而一九八〇年的金庸，也認為「武俠小說並不純粹是娛樂性的無聊作品，其中也可以抒寫世間的悲歡，能表達較深的人生境界」（《天龍八部・後記》），因此強調「我寫武俠小說，是想寫人性」、「只有刻劃人性，才有較長期的價值」（《笑傲江湖・後記》）。相較於類似泛而說之的論點，宋今人直接從「人性的弱點」切入，撞擊、揭發、粉碎，透過人心理的劇烈衝突，而引領出人性高度昇華、光明的一面，真可謂是探驪而得珠，將武俠小說情節與人物的創寫的金針明白示人。

宋今人之後，完整而有系統的武俠創作論甚少，僅金庸、古龍等人有零星論點，其中古龍似頗有意以作者「現身說法」的方式，啟迪後學者，但無論是〈武俠始源〉、〈關於武俠〉、或〈談我所看過的武俠小說〉，皆因襲故說，未能有新的見解。❻直到一九九八年，才又有葉洪生〈武俠小說創作論初探〉的面世。

葉洪生精研武俠小說多年，聲譽隆崇，所發表論述極多，包含散論、專著、評點等，皆為武俠研究者的學術津梁；偶亦提筆為文，自創武俠作品，可謂身兼評論者與作者雙重身分。葉氏以其多年精讀功力，縱橫武林，從作者首先須具備的「充要條件」說起，提出了五項「基本」要件：

(一)要具備一般文藝作家的起碼手段，且善於說故事；

---

❺ 這三段引文的原始出處，見古龍：〈武俠始源〉，《天涯明月刀》（臺北：南琪出版社原刊本，一九七四年）。

❻ 〈關於武俠〉，刊登在香港《大成》雜誌（一九七七年六月到十一月）；萬盛新版書（一九七八年）則改為〈寫在《天涯明月刀》之前〉。但後來又在《聯合文學》第二十期（一九八三年三月）以〈談我所看過的武俠小說〉之題發表，均與一九七四年的〈武俠始源〉相同，幾乎一字不易。

(二)要有豐富的想像力以及一定的推理能力；

(三)要廣泛閱讀古今小說，特別是自唐傳奇以來迄今的俠義作品；

(四)要熟稔民族習性，對於風土人情世故務須通曉和理解；

(五)要能充分掌握武俠術語，加以靈活運用，進而演化創新。❼

其次又補充了五項「高標準」，會通了歷來所有武俠名家的作品，一一詳論，而概括以「博覽群書與審美經驗」、「武藝美學與武術常識」、「民族形式與西化新潮」、「極限情境與英雄落難」四大子題加以申說，引據經典，開示法門，可以說是武俠小說創作論第一篇擲地有聲的論述，對本文啟迪甚深。在前賢金針已施的基礎上，本文嘗試取精用宏，再貫串己見——前賢所論，主要在強調「武俠小說該如何創作」，並指示出取徑之道，本文除了申說「該如何」之外，擬將重心置於「為何該如此創作」上，提供給有志於武俠創作的朋友作思考。

❖二、先從類型說武俠

劉勰《文心雕龍・序志》曾云：「原始以表末，釋名以彰義。」武俠小說究竟是屬於哪種類型的小說，這是我們「論文敘筆，則囿別區分」最重要的前置觀念。

「武俠小說」是中國獨特的一種通俗小說類型，因此，劉若愚當初在為其中的靈魂人物「俠」定名時，就頗感棘手，勉強以「knighterrant」翻譯❽，其他也有以「knight」、「chivalrous」、「swordsman」命名「俠」的。依此，則武俠小說可以稱為「knight-errant novel」、「chivalrous novel」等等；而目前在臺灣的一些武俠網

❼見淡江大學中文系主編：《縱橫武林——中國武俠小說國際學術研討會論文集》（臺北：學生書局，一九九八年九月），頁三三三～三三四。

❽見劉若愚著，周清霖、唐發鐃譯：《中國之俠・序》（上海：三聯書店，一九九一年九月），頁二～三。

站（如臺大）則以"emprisenovel"稱之，意謂著「勇者小說」。

眾所周知，武俠小說塑造了典型的俠客人物，這也很容易使一般人傾向於以「俠」為武俠小說的類型特色，無論是所謂的「武＋俠＋小說」❾，或是「俠是靈魂，武是軀殼；俠是目的，武是達成俠的手段」❿的說法，大抵都是基於此而論定的。但是，從整個中國傳統的通俗小說視之，此說事實上是經不起考驗的，因為俠是歷史上恆見的人物，以俠為主要角色而撰寫的小說，雖然可以有〈趙太祖千里送京娘〉、〈十一娘雲崗縱談俠〉等近似武俠的小說；也可以有《水滸傳》之類標榜「義氣」的英雄傳奇；但亦可以是強調「道術」而未必具有俠情的「劍俠」小說，如多數的唐、宋「傳奇」；更不妨是宣揚「節義」的道德訓誡小說，如《石點頭》中的〈侯官縣烈女殲仇〉；而鄒之麟的《女俠傳》雖以俠為名，其中所強調的「任俠」、「游俠」、「節俠」等，實際上卻與一般男俠所標榜者相去絕遠。⓫事實上，俠的定義一直隨時代流轉而變化，各時代小說中的俠客面貌也分歧難定，絕無法當作一種類型劃分的標準。⓬前述的說法，具有濃厚的規範性意味，強調的是主觀的「優秀的武俠小說所應具備的條件」，而非客觀的類型劃分，畢竟，即使不存在真正理想性十足之俠客的武俠小說，也還是武俠小說。

嚴格而論，武俠小說的類型特色，在於其「武」的成分、「歷史性（古代性）」及其特殊虛構而成的「江湖」場景。宋今人所指出的武俠小說背景「時在數百年前」、「使用刀劍為主要武器」，這點是顛撲不破的。蓋武俠小說基本上以俠客「藉武行俠」為情節主線，「武」（武功或武藝）不僅是俠客防身護體、行俠仗義、快

❾ 見倪匡：《我看金庸小說》（臺北：遠流出版公司，一九九七年），頁九。

❿ 見佟碩之：〈金庸梁羽生合論〉，收入《梁羽生的武俠文學》一書（臺北：遠景出版社，一九八八年），頁一三二一。

⓫ 請參閱筆者〈中國古典小說中的「女俠」形象〉，《中國文哲研究所集刊》第十一期（一九九七年），頁四三～八七。

⓬ 有關俠義觀念的轉變，請參見筆者〈從游俠、少俠、劍俠到義俠——中國古代俠義觀念的演變〉，收入淡江大學中文系主編的《俠與中國文化》（臺北：臺灣學生書局，一九九三年四月），頁九一～一三〇。

意恩仇的憑藉，甚至成為裁斷是非善惡的最終法則；武功是俠客精神的外現，武功強弱，決定了俠客的丰采與氣度，決定了讀者心目中俠客形象的尊崇與偉大。以金庸小說為例，喬峰在聚賢山莊酣暢淋漓、悲壯豪邁的一戰，如果不是因為武功高強，絕無法展現如此宏偉的氣魄，而其後的慘烈自戕，也不會讓人如此欷歔遺憾；韋小寶可能因機智聰穎、嘻笑胡鬧，會獲得某些讀者的喜愛，可是不學無術，無武無藝，終究無法讓人欽仰崇敬。因此，學武過程的艱辛與堅毅，往往也成為武俠小說摹寫俠客形象的重心。⑬然而，武功的強弱，是要藉對敵的方式呈顯的，俠客的寶劍必當出鞘，更須與敵手當面對決，才能完成俠客的「事業」。

在此，武俠小說中的「武」，從武器的角度而言，就必須是古代的「冷兵器」，一旦出現「熱兵器」，武藝再高明的俠客，也將無用武之地。一般而言，所謂的「今古」之分，在武俠小說中可以用「兵器」為斷限，因此，武俠小說的事件時代，自然必須遠推向槍砲尚未發明，或者仍然可以藉人力防衛的「古代」了。即此，武俠小說與歷史掛鉤，在某種程度上，不妨說是歷史小說。不過，武俠小說儘管可以藉「歷史」為背景，整個小說的主線卻依然在「武」，尤其是以中國傳統武術或從道家（道教）吐納修練原理轉化而來的「武功」。

在中國歷史上，具備「武功」的人物所在皆有，以這些人為小說主角，甚至在情節中增添若干「武打」場景，固然足以為英雄或俠客傳神寫照，而未必即是武俠小說，《水滸傳》或〈宋太祖千里送京娘〉、〈楊溫攔路虎傳〉之所以只能是武俠小說前身的「俠義小說」，而不能說是「武俠小說」，正在於其江湖場景的摹寫，過於「真實」，而缺乏虛構與想像。

武俠小說的江湖，是一個虛構的想像空間，誠如葉洪生所云，武俠小說是虛構的「成人童話世界」⑭，

---

⑬ 有關武俠小說中「武」的重要性，請參見拙文〈「武林祕笈」——武俠小說情節模式論之一〉，《西南師範大學學報・人文社會科學版》第一期（二〇〇六年）。

⑭ 此說首發於當代數學名家華羅庚，其後葉洪生：〈論當代武俠小說的成人童話世界——透視四十年來臺灣武俠創作的發展與流變〉，《流

在這個世界中，原來錯綜複雜的政、經、社會關係，一方面被化約成簡單的概念，如正義與邪惡的對立、恩怨與情仇的劃分，自給自足地呈顯出此一世界的規律；但一方面卻又以模擬的方式，呈顯了現實世界的種種面相，成為現實世界的一個縮影，其中複雜的人性，一一具現。通常，我們以「江湖」或「武林」⑮來稱呼這一個世界。一如「文林」、「文苑」之為文人社會的通稱，「儒林」為儒者自成一格的領域，「江湖」則是武俠小說人物活動的場域。然而，此一場域，雖自現實世界中脫胎而出，卻是純粹虛構的，在現實世界中根本不存在。關於這點，陳平原很扼要的指出，「小處寫實而大處虛擬，超凡而不入聖，可愛未必可信，介於日常世界與神話世界之間，這正是所謂寫實型武俠小說中『江湖世界』的基本特徵」⑯。事實上，武俠小說正以此「虛擬的江湖」，與其他小說類型作了明顯的區隔。

換句話說，民國以來的武俠小說基本上所呈顯的共通特徵有三個：一是「以武為主」，二是「歷史性（古代性，時在晚清以前）」，三是「虛構的江湖」；欲寫武俠小說，自是不得不以此為基礎而展開，這是前提，也是「規矩」，否則寫得再好，也無法歸類為「武俠」。

當然，「規矩」不是死板的、僵化的，在前述的「規矩」中，神明變化，自在其人，金庸宗師、古龍鬼才，於此皆遊刃而有餘。

行天下：臺灣當代通俗文學》（臺北：時報文化出版公司，一九九二年），頁一九五～二三六加以闡發，遂成習論，頗受論者青睞，屢有引述。至於所謂「成人童話」之說，究竟如何而可成立，請參考筆者〈成人童話的世界——武俠小說「本體論」〉，《政大中文學報》第九期（二〇〇八年六月），頁一八九～二一二。

⑮ 後者顯然由於「武」是能在這個世界中活躍的唯一準繩而來，無論是俠非俠，沒有「武」，是無法在這個世界中立足的。不過，稱此世界為「武林」，至多只凸顯出這個世界表面上以「武」行俠或為惡的特徵，卻不如拈出「江湖」二字，更能形容其內在複雜的面相。相關論點，請參見拙文〈游俠江湖——武俠小說的「江湖世界」〉，《淡江中文學報》第八期（一九九七年四月），頁四九～六六。

⑯ 見陳平原：《千古文人俠客夢》（北京：人民文學出版社，一九九二年三月），頁一四三。

三、觀乎千劍以識器

武俠小說之所以強調「武」，是因為「武」在武俠小說中占有絕對重要的地位，幾乎多數重要的武俠小說情節模式都與「武」相關。⓱前文提到過，武俠小說的「武」，屬冷兵器（包含白打搏擊）的範疇；而在中國傳統的「十八般武器」中，則以「劍」為最具文化意義及象徵的兵器。劉勰《文心雕龍・知音》謂：「凡操千曲而後曉聲，觀千劍而後識器。故圓照之象，必先博觀。」「博觀」，無疑是欲「揮毫興霧靄，仗劍入江湖」的先決條件之一。

劍的鑄、煉過程，是相當繁複的。基本上，「鑄」與「煉」不同，「鑄」是開模製造，從製範（以土為模）、調劑（銅、錫比率）、熔煉（燒冶）、澆鑄（注模）到最後加工（磨刮、砥礪、開刃）⓲；「煉」主要指「淬煉」（三十煉、五十煉、甚或百煉），需反覆鎚打鍛煉，並一次次的「淬火」（以冷水、尿、脂肪冷卻鐵塊）。無論鑄、煉，都需具備豐富的礦物、冶煉、化學、工藝等知識與技藝，並有堅毅的意志力不可。唐人賈島〈劍客〉詩云：「十年磨一劍，霜刃未曾試。今日把示君，誰有不平事？」賈島是以推敲、苦吟聞名的詩人，故「十年磨一劍」未免誇張，但也真可顯出文學創作與鑄煉劍器一般，真積力久之功，是成功的唯一途徑。蹞步千里、小流江海，多學而識之，正是「博觀」之要。關於這點，可分三個層面來說，一是今古武俠作品的通讀；二是傳統歷史、文化、思想典籍的博覽；三是東、西洋文學作品的借鏡。

⓱ 有關這點，筆者曾以丁永強所臚列的十五個「核心場面」予以深入分析，其中有十三個皆與「武」相關。請參閱拙文〈「武林祕笈」——武俠小說情節模式論之一〉。

⓲ 《荀子・彊國》云：「刑范正，金錫美，工冶巧，火齊得，剖刑而莫邪已。然而不剝脫，不砥厲，則不可以斷繩。剝脫之，砥厲之，則劙盤盂，刎牛馬，忽然耳。」這段話向來被目為青銅劍器鑄造最扼要的概括，可以參看。

(一)通讀古今俠義作品

自司馬遷《史記・游俠列傳》以郭解為主，刻意游揚「游俠」的行事與人格之後，有關俠客的事跡，歷來傳述不斷，從正史、雜記、文人傳記到詩歌、戲曲、小說，燦然備載，雖取捨不同，而俠文化浸潤深遠，已成為小傳統中足以與儒、釋、道三家頡頏的一支，尤其是白話章回小說的普遍流傳，俠種深植，早已入於民心。自「武俠」肇興以來，藉武形俠，從民國舊派到港臺新派，更結合了中國傳統武術、儒釋道三家思想，佐以當代思潮、社會脈動及新興寫作技巧，創造了為數高達四、五千部的武俠小說，而其間名家，如北派五大家、金庸、古龍、司馬翎、臥龍生、雲中岳，乃至現今備受矚目的黃易、九把刀，精彩絕豔，競領風騷，自是欲從事武俠小說創作者「取法乎上」的「第一義」。儘管這些作品篇幅厚重，欲通讀力有未逮，而梳理源流、窺察新變、借鏡風格、厚植根柢，則是多多而益善，既可「謝朝華之已披」，亦可援以「啟夕秀之未振」。

(二)博覽歷代典籍

武俠小說發展至今，已是最能展現中華文化特色的文類之一，無論是武學、歷史、思想乃至琴棋書畫、茶酒花藝、醫卜星相等，皆可藉武俠小說融冶表現，而展示出中華文化的深厚內涵。葉洪生在〈武俠小說創作論初探〉中，曾特別指出：

> 作者的知識面越廣越好，在文、史、哲各方面均應具有一定的素養；若能兼攝「六藝」及琴、棋、書、畫乃至醫、卜、星、相等雜學者尤佳。
>
> 作者對於涉及邊疆民俗風情的「四裔學」應有所考究，不可隨心所欲，向壁虛構，指鹿為馬。
>
> 作者應具備基本武術常識、掌握武學原理，始能詮釋並發揮「武藝美學」之奇正與虛實。[19]

有關這點，我們從諸多武俠名家所展現出來的成果中，可以獲得印證。如還珠樓主在《蜀山劍俠傳》系列中以其豐富的「內典」（佛道經典）知識，將劍仙世界描摹得瑰怪綺麗、變化莫測；金庸巧妙運用史事，幾部長篇巨作，寫得氣魄宏偉，而《笑傲江湖》之論酒、《天龍八部》之論茶花、《神鵰俠侶》的朱子柳融書法於武學，則巧妙的借用了傳統文化；司馬翎雜學豐富，既有《帝疆爭雄記》裡柳慕飛的以詩詞歌賦入武學，又有《掛劍懸情記》裡花玉眉的「陣法之學」、《丹鳳針》中雲散花的「忍術」、《飛羽天關》中李百靈的「堪輿之學」，都足以為其小說內容生色；至於雲中岳，則以其豐厚的明清史學、四裔學，「以復古當寫實」[20]，逼真的呈現了小說裡明清社會場景，並展現了他濃厚的人道關懷。

(三)借鑑外國文學

武俠小說之借鏡於東、西洋文學作品，梁羽生的《七劍下天山》參考了英國女作家伏尼契（Ethel Lilian Voynich）的《牛虻》（The Godfly）、金庸《雪山飛狐》裡「胡斐的那一刀究竟會不會砍下去」的懸疑，借鏡了西方「獅子或美女」的手法，至今猶為讀者所津津樂道。古龍在這方面表現最為醒目，無論東西洋的文學作品、電影、漫畫，如《浣花洗劍錄》借重於日本吉川英治等人的「劍客小說」、《楚留香》規法西方 007 電影中的詹姆士・龐德、《流星蝴蝶劍》取《教父》為藍本，又擷用日本小池一夫的《帶子狼》等皆是。至於大量利用電影場景跳接的蒙太奇、意識流手法，隨筆點染，都能取精用宏，既配合了社會的脈動，更為武俠小說重開生面。在目前武俠小說創作面臨瓶頸的階段，如何善於借重新的敘事手法來鋪衍小說情節，無疑是武俠小說後續有無發展的一大關鍵。黃易《尋秦記》、九把刀《功夫》之乞靈於科幻，「溫世仁武俠小說大賞」第

---

⑲ 見《縱橫武林》，頁三二四。

⑳ 有關雲中岳小說這方面的成就，請參閱葉洪生、林保淳合著：《臺灣武俠小說發展史》第二章第四節（臺北：遠流出版社，二〇〇五年六月），頁二七九～二八八。

一屆得主吳龍川《找死拳法》之以順寫、逆寫雙向手法（順寫從封面方向閱讀，逆寫從封底開始，最後在書中卻能交融一處）創作，已頗引起新新讀者的青睞，也正顯示出此一借鏡的必要。

❖四、武俠創作須「三通」

武俠小說屬「通俗」的一環，所謂「通俗」，可從三個層面來說：就作者的角度而言，須「通曉風俗」，掌握整個社會的脈動、悉知不同讀者的閱讀心理機制。從讀者的角度而言，須「溝通於俗」，獲得社會大眾的喜愛、青睞，以最容易為讀者領會、接受的形式展現出來。就作品本身而言，則須能「通行於俗」，突破各種年齡、性別、教育、地域的差距，而具有某種程度的「普遍性」。就此「三通」而論，毫無疑問的，讀者居於個中核心，是所有通俗文學作品的試金石、檢驗劑，不能掌握多數的讀者，就不可能「通俗」。

然則，現今的武俠閱聽大眾具有何種特色？作者須以何種創作的手法、內容吸引閱聽大眾的心目，從而使作品能在當今，甚至未來的社會中繼續流通、遠傳？

在此，武俠小說創作者必須先「通曉」、「認清」以下幾個事實：

1. 閱聽大眾的結構在當今迅速而劇烈的社會變遷下，已有非常巨大的改變，儘管武俠小說的閱讀門檻極低，只要有中學程度，基本上即可邁入武俠小說的世界，但由於學業、工作及生活的壓力以及整個社會型態的劇烈轉變，純粹以休閒、娛樂為目的而閱讀的人已日漸減少，創作者所面臨的是相對的小眾、少數。

2. 純文字的魅力、感染力，已逐漸消褪，讀者已無法集中心力作精密的閱讀，連篇累牘，動輒百萬言的長篇時代已經過去，「輕薄短小」的形製，已成不可逆轉的主流，圖象、影音化的可能，勢須在提筆創作之前就予以規劃。

3.當代的閱聽大眾的資訊接收管道極其豐富，許多武俠小說慣見的「情節」模式，早已為讀者所熟稔，作者必須改絃更張，立於潮流之先，作新的開創。

4.社會的步調極快，作者必須適切的掌握小說的節奏，予之應合，不宜故步自封，亦不宜實驗性過強。

即此，武俠小說的創作者提筆寫作之際，須謹記以下諸原則：

1.在觀念方面，宜廣不宜窄，武俠小說的創作，蘊涵著未來無限發展的可能，已非單純的文學創作；一篇作品在構思之際，就須考量到未來與電影、電視、漫畫、電玩的可能結合，金庸、古龍、司馬翎、黃易等名家姑無論矣，《墨香》[21]的鵲起，展示了武俠小說創作與多媒體結合的契機。

2.在形製方面，宜短不宜長，字數最多不要超過十五萬字，如果覺得故事有必要拓展，不妨取法古龍「楚留香」、「陸小鳳」、「七種武器」的方式，以單一（數位）主角或某一主題貫串，既可以獨立成篇，連綴起來又可為一整體。

3.在內容方面，宜新不宜舊，須揚棄情節舊套，自我開創。類似宋今人所說的「書中人物分正邪兩派，最後正派勝而邪派敗」、「男主角允文允武，英俊仁厚，武功高強；女主角美豔多情，武功亦高或更高」、「特別強調武功、體能、靈丹、祕笈」；或是習見的「仇殺／孤雛餘生／奇遇／復仇」等模式，已經成為陳腔濫調，應極力避免。即便是眾人所熟悉的電影（如《回到未來》、《魔戒》、《駭客任務》、《功夫》）情節，也不宜過度模仿。

4.在節奏方面，宜快不宜慢，儘量避免過多外在場景或人物服飾的詳盡描繪；插敘或回溯的手法，往往

---

[21]《墨香》是韓國人發展出來的電腦線上遊戲，據傳是由韓國作家全朝東的同名小說所改編。此書是以中國武俠小說方式撰寫的，無論武功、門派、江湖，都與傳統武俠小說無異，在韓國很受讀者歡迎，後來由韓國 eSofnet 公司發展成線上遊戲。二〇〇五年，eSofnet 欲拓展大陸電玩市場，商請了滄月（本名王洋）作為代言人，並為此遊戲寫了《大漠荒顏》、《帝都賦》兩部以「墨香」為主角的武俠小說。

會拖緩節奏，亦應少用。文字運用應簡單明白、乾淨俐落；場景的變換，可使用電影蒙太奇的手法，以製造緊湊、懸疑的氣氛。

以上所述，「武俠類型特色」的掌握，主要是針對題材而言，重點在於如何寫出一部道地的「武俠小說」；「博觀廣覽」是針對作者自身創作能力的培養而言，重點在於自我知識、根柢的增厚；「三通」則是針對一般性的原則而言，從確切知曉到讀者、社會的需求與變化，到觀念、形製、內容以及節奏的掌握，有宜有忌，有方（方向）有法（原則），基本上皆屬作者在寫作提筆之先應有的認識，但都還未具體談到「如何創作」的問題。有關創作的具體方法或細節，所謂「文章本天成，妙手偶得之」，靈心妙用，隨處點染，原本是可授而不可傳的，但本文既以「金針」為題，自然也應明示金針，作為初學津梁，而進一步期待有心創作武俠小說者「開草治鐵，抽線造針」。

五、治鐵造針繡鴛鴦

中國古代教人作文，有所謂「鳳頭豬肚豹尾」㉒、「起承轉合」㉓之說，雖是言簡意賅，但也模糊籠統，只講原則，而未開示出「如何」方能美麗、浩蕩、響亮，或如何起承，如何轉合的具體方法，不免讓人無所適從。烏拉圭名詩人胡安・卡洛斯・奧內蒂 (Juan Carlos Onetti) 曾說：「自從人們開始寫小說起，所有小說都是由故事、主題和人物構成的」㉔，武俠小說亦復如此。在此，筆者擬從小說「情節的設計」、「人物的摹寫」

㉒「鳳頭豬肚豹尾」之說，見於元人陶宗儀的《輟耕錄・作今樂府法》：「喬夢符吉博學多能，以樂府稱。嘗云：『作樂府亦有法，曰鳳頭、豬肚、豹尾六字是也。』大概起要美麗，中要浩蕩，結要響亮，尤貴在首尾貫穿，意思清新。」此雖針對作曲子而論，但後來被廣泛運用於各體文章。

㉓「起承轉合」是明清科舉應制文寫作頗為盛行的作文法則，歷來論者極多，藉此發揮者亦不少，如清人劉熙載《藝概・經義概》即云：「起、承、轉、合四字，起者，起下也，連合亦起在內；合者，合上也，連起亦合在內；中間用承用轉，皆兼顧起合也。」

以及「主題的呈現」三個方面作具體的解說。

㈠武俠小說情節的設計

武俠小說屬通俗小說的一環，通俗小說，尤其是中國傳統的通俗小說，向來以「說故事」吸引讀者，正合佛斯特（Edawrd Morgan Forster）所宣稱的「小說的基本面即故事」㉕。只是，這裡所謂的「故事」，與佛斯特「一些按時間順序排列的事件的敘述」㉖的定義稍有不同，指涉的是「由一些按時間順序發生的事件之總合」。「事件」與「事件」之間關聯性的敘述，即是「說故事」，亦即是所謂的「情節」。因此，小說情節的設計，首先就是要凸顯出「事件」。

1.選定描述事件的方式和描述事件的人

「事件」是透過小說中人物的行動完成的，有起有迄，時序分明，也通常具有明顯的因果關係與邏輯性。事件有開端、發展、高潮到結局，在這裡，牽涉到兩個問題：⑴我們怎麼來描述此一事件？⑵誰出面來描述此一事件？

單一的事件可以成為一個故事，以連橫在《臺灣通史》裡記載的「綠林大豪」曾切的事跡為例：

> 里有少婦，夫死家貧，鄰人愛其色，議以五百金納為妾，婦不從，每夜哭。切聞之，歎曰：「是當全之。顧安所得金？」當是時，大隆同陳遜言攬辦料館致富，切登其屋，抉兩瓦，縋而下。天寒夜黑，遜言方臥榻弄煙，一燈瑩然。見切至，延之坐。切亦就榻弄煙。遜言徵問曰：「子此來，有何需？」

㉔ 見崔道怡、朱偉編：《冰山理論：對話與潛對話》（北京：工人出版社，一九八七年）下冊，頁七六二。

㉕ 見佛斯特著，李文彬譯：《小說面面觀》（*Aspects of the Novel*）（臺北：志文出版社，一九七六年），頁二一。

㉖ 同上，頁二三。

曰：「然。」出鑰與之。切啟匱，出千金，復臥而弄煙。遜言曰：「夜深矣。我命人將往何如？」曰：「無須。」即出口號，有一人自屋下，裹金去。切亦猱之上。旦日至婦家，告其姑曰：「汝婦賢，胡可賣？然汝為貧計，不得不如此。今吾以五百金贖汝婦，又以五百為衣食費。汝其善視之。」婦聞言，欲出謝。切不顧而去。越數夕，遜言獨坐，有物墜庭中，聲甚厲，急呼家人爇炬視之。見一布囊，上繫小箋曰：「前蒙厚惠，得了一事。今獲此物，敬以相酬。伏維笑納。」啟之，則煙土二十也，價可數百金。

這是個單一事件構成的故事，其結構可化約如下：⑴里中少婦被逼嫁→⑵曾切夜入陳遜言家盜金→⑶陳遜言慷慨贈金→⑷曾切義助少婦→⑸曾切回報陳遜言。作者是以第三人稱全知的觀點，依時間的順序，由自己來描述的，主題在強調曾切的「義舉」與陳遜言的「慷慨」。事實上，針對這個事件，我們可以用不同的視角、人稱，調動其原有的敘述順序，選擇不同的人物來敘說這一事件，而表現相同（或不同）的主題。在這裡，作者可以騰挪的空間是很寬廣的，換句話說，選定描述事件的方式和描述事件的人，是我們設計情節的第一步。

2. 訂定故事主線

武俠小說的故事通常是由一連串的事件組構完成的。事件與事件間的有機、邏輯組合，就是情節。我們可以依據不同的脈絡（如人物的行動、物件），定出主線，將相關的事件組合成「事件線」，如古龍小說《大人物》的第一章，以紅絲巾為意象串連了秦歌、田思思，因秦歌在虎丘一戰成名，引發了田思思的英雄崇拜；第二章開始，就以田思思欲效法梁山伯與祝英臺，女扮男裝尋找她心目中的英雄為主線，展開了一連串的故事。再如古龍的《陸小鳳傳奇》，先以四個人物的事件為引子：熊姥姥、老實和尚、西門吹雪、花滿樓，後面則以陸小鳳為主線開展，陸續寫了好幾個故事。

通常篇幅較大較長、人物較多較雜的故事，情節設計會需要多線發展，如金庸小說《天龍八部》，以段譽、喬峰、虛竹為主線，將三段「事件線」交錯運用，最後再於書末匯合。金庸採取的是第三人稱的全知觀點、順時序的敘述模式，但實際上也可以改用其他的觀點與模式。如果以黃易《大唐雙龍傳》來比較的話，也許會更清楚。《大唐雙龍傳》的主線是寇仲和徐子陵（雙主線），除開寇仲與徐子陵同時出現的場面，黃易的敘述模式，就是以寇仲和徐子陵的主線交互穿插的，而在交互穿插時，打破了原有的時間順序。如果要改寫金庸的《天龍八部》，顯然也可依此方式。

3. 伏線、懸疑的妥善安排

事件與事件間的聯繫，必須環環相扣，「不能盡說」，也「不能說盡」。所謂「不能盡說」，就是不能將前因後果及未來的發展可能，和盤托出，以致讀者完全知曉其內容。作者需在前一事件中預留線索，以供下一事件運用，這就是伏線。如古龍在《陸小鳳傳奇》的結局，霍休原本勝券在握，卻因機關突然失靈而遭到挫敗，古龍輕筆點出上官雪兒所看見的「摘野菜的老太婆」，這個老太婆是誰？古龍預留了伏線，讓下一部小說《繡花大盜》中神奇百變的「公孫大娘（熊姥姥）」大顯身手。所謂「不能說盡」，就是在敘述事件時，不一定要將事件做完整的描述，故意留下一些空白，製造懸疑感。以古龍的《決戰前後》為例，有「青衣樓」，有「紅鞋子」，但到底有沒有「白襪子」這樣的組織？古龍完全不說破，利用「老實和尚老實不老實」的疑問，製造懸疑，連讀者都提吊著一顆心，亟欲得知詳情。小說情節欲吸引人注意，必得有伏線和懸疑，武俠小說亦復如此。

4. 小說開篇與情節變化

武俠小說的篇幅向來居所有通俗小說之冠，如此加長的篇幅，在當代快節奏的社會中，欲期待讀者耐心閱讀是相當困難的，筆者常思考，例如金庸的《射鵰英雄傳》開篇，先是一大段「張十五說書」，緊接著又是楊鐵心、郭嘯天兩家罹禍，一直到江南七怪與丘處機賭勝、郭靖被七怪收為徒弟，已花了兩回半的篇幅，主角郭靖還沒正式登場，從前述「鳳頭」的理論看來，其實是不太簡明扼要的，若非是金庸的名氣，恐怕不見得有如此大的吸引力。在過去社會生活節奏緩慢的時代，讀者可能還願意耐心閱讀、逐字逐句咀嚼，從而發現金庸文字的魅力，但是否合於當代的脾味，恐亦在未定之天。武俠舊派小說時代如還珠樓主的《蜀山劍俠傳》，如今讀之，總覺得沉緩、濁重，難以一氣呵成。因此，當今欲創作武俠小說，須在開篇即以有力、簡要、吸引人的事件領頭，在一剎那間就凝聚讀者的目光。在武俠小說作家中，古龍是最擅長開篇的，如《楚留香傳奇》一開篇即以「聞君有白玉美人，妙手雕成，極盡妍態，不勝心嚮往之。今夜子正，當踏月來取，君素雅達，必不致令我徒勞往返也。」模仿亞森羅蘋探案的出場方式，將「盜帥楚留香」的性格、行事作風及未來故事的發展作了簡明扼要且吸引人的概括，很具有魅力。

武俠小說，前賢已發展出甚多的內容及橋段，如今創作，能避則避，務必令情節多所變化，才具有吸引力，只將丁永強所說的十五個核心場面交互運用，顯然是無法再饜足讀者了。如何才能使情節有變化？簡而言之，就是掌握「情理之中，意料之外」八個字。具體來說，在創作的過程中，作者必須先擬定幾種以上發展的可能，從中挑選出最未有人據以表現的一種。以武俠小說常見的「劫鏢」事件而言，可以有「成功」、「失敗」、「成而又失」、「失而又成」、「表面上成而實際失」、「表面失而實際成」、「假劫真護」、「假護真劫」、「護中有劫」、「劫中有護」，甚至整個「劫鏢」都是幌子，種種不一的情節處理方式，我們可以依據劇情合理的發展，作適當的選擇，如果劫鏢就僅僅是「鏢貨」被劫，固然也可以發展出一個故事，但顯然就變成「老套」了。

㈡武俠小說人物的摹寫

人物，是小說主要的組成部分，廣義而言，不僅包含了「人」及「擬人化的物」，同時也涵攝了附屬於此一「人」或「物」的「相關配備」㉗，從小說的結構看來，「人物是小說的主腦、核心和臺柱」㉘，已是論者的共識了。

有關小說中人物的設計、分析，佛斯特曾提出過「扁平人物」(flat character)、「圓形人物」(round character)的區別，前者「有時被稱為類型 (types) 或漫畫人物 (caricatures)。在最純粹的形式中，他們依循著一個單純的理念或性質而被創造出來」，「真正的扁平人物十分單純，用一個句子就可使他形貌畢現」㉙；後者則「無法以一句簡單語句將他描繪殆盡」，「他消長互見，複雜多面，與真人相去無幾，而不只是一個概念而已」㉚。佛氏的區分法簡單明瞭，因此廣為批評家接納；但因為佛氏在討論時強調「扁平人物在成就上無法與圓形人物相提並論」㉛，且有意無意間有「抑扁揚圓」的趨向，極易讓人忽略了「一本複雜的小說常常需要扁平人物與圓形人物出入其間」㉜的事實，故也有論者表示不滿，從而提出另一種「尖形人物」予以補充。馬振方《小說藝術論稿》以佛氏理論為基礎，定義此「尖形人物」的特徵：

㉗ 所謂「相關配備」，指的是經常伴隨於「人物」出現，幾近於足以成為人物象徵的相關物件，如一提及孫悟空、關雲長，則「金箍棒」與「青龍偃月刀」必然同時出現；後者雖是武器，但已成為前者的象徵。高明的作家，通常不會輕易放過此二者間的聯繫，孫悟空被定義為「心猿」，而「金箍棒」可長可短，伸縮如意，與「心」之倏忽變幻相當，正為顯例。

㉘ 見《小說藝術論稿》，頁二四。

㉙ 見《小說面面觀》，頁九二。

㉚ 同上，頁九四。

㉛ 同上，頁九八。

㉜ 同上，頁九六。

如果用一句話或一個詞語概括的並非人物的全部特徵，而只是其最突出的特徵；如果這種特徵的強度不僅遠遠超過這個人物的其它特徵，而且明顯地超過生活中人的同類特徵。換句話說，這種特徵不是一般的「突出」，而具有某種超常性，因而帶有不同程度的漫畫化色彩和類型性特點，那麼，這種人物就是尖形人物。[33]

基本上，「尖形人物」之所以刻意被拈出，導因於在佛氏提及的許多「扁平人物」中，實際上亦多所變化，未必只是一個單純概念的化身；儘管相較於「圓形人物」，「扁平人物」缺乏變動不居的性格，未隨情節的變化而有思想、觀念甚至性格的轉換，但就個別的角色而言，卻也因其所置身的各個不同場合而各具不同的姿態。

有關這三種類型人物，我們可藉金庸小說《天龍八部》中的「四大惡人」來作分析。「四大惡人」是金庸以「惡人」概念創造的人物，卻未必全屬於「扁平」人物，其中好色的雲中鶴比較像扁平人物，蓋好色、陰狠、自私自利，本就是金庸為他量身訂做的性格，而自始至終，雲中鶴也在此發揮得淋漓盡致，的確是「窮兇極惡」；四惡之首的段延慶心懷怨憤，企圖以陰險卑鄙的手段報仇雪恨、恢復王位，尤其是欲以「逼迫亂倫」的手段徹底摧毀段家的道德形象，可稱得上是「惡貫滿盈」。但最後段延慶由於情節中巧妙的設計，得知他與刀白鳳、段譽的關係，遂爾徹悟，應屬圓形人物。葉二娘「無惡不作」，殘害無辜的襁褓孩童，令人髮指，但最終則因虛竹的出現，使她為惡的前因後果完全揭曉於讀者面前，亦具有圓形人物的特徵；南海鱷神雖是「凶神惡煞」，而在他表面的兇惡中，作者卻另外描摹了他信守諾言、尊師重道的一面，則是屬於尖形人物了。

在武俠小說中，扁平人物通常以概念化的方式出現，良善者、為惡者、忠誠者、背叛者、富者、貧者、商者、士者、強者、弱者，不一而足，往往可以依其行為、身分、職業、地位、處境，作概念式的化約。這

---

33 同28，頁三二一～三二二。

些人物雖然表面上看起來無足輕重，但往往是不能或缺的，如小說中扮演「受援助」角色的弱者、欺壓良善的強者，缺少了他們，初出江湖行俠仗義的俠客就沒有展現丰采的機會。有時候，若干扁平人物也可以有吸引讀者的表現，如金庸《射鵰英雄傳》中南帝左右的「漁樵耕讀」，可歸類為「忠誠」一類，但由於他們雖屬武林人物但卻具有特殊的「職業形象」，故也格外引起重視和模仿。尤其是金庸《笑傲江湖》中的「桃谷六仙」，分明是屬「天真者」的扁平人物，但卻以其戲謔式的造型、荒謬式的言行，儼然成為書中關鍵性的角色，我們實在很難想像《笑傲江湖》中如果缺少了「桃谷六仙」會減少多少的閱讀興味。以此可知，即使是書中配角、閒角的扁平人物，也可以「小兵立大功」，未必會遜色於圓形人物。有關這點，陳墨在分析金庸《天龍八部》中那位只出場一次的「緣根和尚」時，就有非常深入的剖析，不妨參看。[34]

事實上，多數武俠小說中的主角，也是扁平人物，如古龍小說中備受讀者青睞的楚留香，在書中所展現的特色，就是風流瀟灑、武功高強；金庸筆下的郭靖憨厚忠直、堅毅沉穩，一樣可以成為武俠小說中的風雲人物。

相對之下，武俠小說中的圓形人物反而較少，金庸小說《天龍八部》中「喬峰／蕭峰」的前後對照，是很典型的圓形人物創作方式，在一連串強大的外在壓力衝擊下，尤其是「聚賢莊」一戰，金庸成功的將蕭峰塑造成武俠小說中難得一見的「悲劇英雄」，而整部小說也因此而具有磅礴雄偉的氣勢。司馬翎的《纖手馭龍》則是藉一連串的江湖歷練，將性格厚實忠懇的主角裴淳，逐漸琢磨、淬礪，終於成為一代大俠。

尖形人物在武俠小說中是最值得進一步發揮、開展的人物。金庸《鹿鼎記》中的韋小寶，無疑就是最突出的一個。韋小寶這「傢伙」，是市井混混出身，口舌便給、反應靈活，行事以利己為優先，對所謂的「義氣」雖「心嚮往之」卻未必凜然恪守。金庸將他從揚州妓院北調至皇宮內院，雖然很反諷的讓他事事順遂，進而

[34] 見陳墨：《金庸小說人論》（南昌：百花洲文藝出版社，一九九三年），頁一七六～一八三。

建立了「不世功業」，但卻也讓他面臨到種種的「抉擇」難題；而就在這個「抉擇」中，金庸立體化的凸顯了這個「傢伙」合理的反應、思維，從而豐富了他的「人性」。他不是那種到最後會有徹悟或巨大轉變的圓形人物，雖然自始至終還是一副活脫脫的小寶面目，但卻也不是「一以貫之」，經常會有內心的掙扎與衝突，這就是尖形人物的典型表現。

人物是小說的主腦，在此一文字結構中形形色色的人物，無論是扁平、圓形、尖形，都必須有適如其分的表現，一個都不能輕忽。如前所述，從宋今人到古龍、金庸等人，都一直強調「人性」的重要，「人性」是什麼？就是人的正常、合理的反應。在摹寫小說中的人物時，最重要的是將任何一個角色都依據其身分、地位、作用，作合理的描寫，將他們視為一個「人」看待，某種性格的人，在某種情境下會有如何的表現？為何會有如此的表現？此一表現可能激起的回應為何？能掌握到此一原則，就可以說是「雖不中亦不遠矣」了。至於在實際創作時人物的設計方面，以下幾個重點是必須加以重視的：

1. **人物性格的鮮明化**　一部小說裡通常有許許多多的人物，無論是哪種人物，都必須擁有自己的鮮明性格，從說話、動作到思維，甚至兵器、武功的展現，都要有自己的特色。

2. **人物性格的多樣化**　小說中不宜有類似性格的人物，出現了老頑童，就不宜有桃谷六仙，也不宜有韋小寶，以免彼此重疊。尤其是組群式的人物，「七大門派」固然應該各有風格，「四大惡人」也必須同中有異，互作區隔。

3. **人物性格的對照性**　一陰一陽，剛柔互濟，有忠厚質實的郭靖，就必須搭配靈巧活潑的黃蓉；有猶疑依違的張無忌，就要有果斷明快的趙敏，正如《水滸》中的宋江、李逵，《說岳》中的岳飛、牛皋。

4. **人物行動的合理性**　人物的行動，必須以其性格為基點，考量其身分、地位，配合情節而作開展。冷靜的人不會衝動，奸惡的人不會突發善心，掌門人不會打前鋒，客棧夥計一定要先於掌櫃出場；令狐沖會因缺乏路費而去敲詐白剝皮，而郭靖、張無忌、蕭峰等人，則肯定不會、不願、不屑為之，如是韋小寶，則絕對不會只敲他這麼一點點。

(三)武俠小說主題的呈現

讀者閱讀武俠小說，與閱讀一般典雅的現代小說不同，感官（包含了情感、欲望）上的滿足，往往遠勝於人生道理、生命安頓的啟示或引導；而武俠小說通常將場景布設於古代，更無關於社會現實黑暗面的揭露或批判。長篇巨構的武俠小說，多數以情節的曲折變化及人物的靈活生動取勝，鮮少會去刻意強調小說的主題，至多不過凸顯出「正義必然戰勝邪惡」的道理而已。

不過，這並不意味著武俠小說不必或不能呈現某種主題。金庸的《笑傲江湖》就是一部主題格外鮮明的作品，儘管金庸宣稱「這部小說並非有意的影射文革，而是通過書中的一些人物，企圖刻劃中國三千多年來政治生活中的若干普遍現象」，但他也自道「寫《笑傲江湖》的那幾年，中共的文化大革命奪權鬥爭正進行得如火如荼，當權派和造反派為了爭權奪利，無所不用其極，人性的卑污集中的顯現，我每天為《明報》寫社評，對政治中齷齪行逕的強烈反感，自然而然反映在每天撰寫一段的武俠小說之中」[35]，很明顯的是具有政治批判意味的，即此也就是《笑傲江湖》的主題，只是由於其所描寫的「權力令人腐化」現象，是具有普遍性的，故能擺脫一時一地的局限，而上升到永恆性的高度，使這部小說具有更深刻的意義與價值。

鮮明的主題，有助於作品的深化，這是我們從《笑傲江湖》書中可以獲得印證的。但是，過於強調主題，有時也會形成一種限制，適得其反，削弱了情節應有的張力。古龍後期的作品，往往欲刻意強化主題，一九七一年的《大人物》，藉懷春少女田思思追尋夢中情郎秦歌的過程，在美麗浪漫的憧憬破滅後，才赫然發現，

35 見金庸：《笑傲江湖・後記》（臺北：遠景出版公司，一九八〇年），頁一六九〇。

時時跟在她身後呵護、撫慰她的楊凡，才是她踏破鐵鞋無覓處的最佳對象，頗有「眾裡尋他千百度，驀然回首，那人正在燈火闌珊處」的領悟，主題已呼之欲出；其後「七種武器」[36]系列的主題意識更為鮮明，「長生劍」、「七巧鳳凰碧玉刀」、「孔雀翎」、「多情環」、「離別鉤」、「霸王槍」等，固然是威力莫測、人所難當的武器，但真正能撼動人心的，卻是「笑」、「信心」、「誠實」、「仇恨」、「離別」與「勇氣」，如《孔雀翎》謂：「無論多可怕的武器，也比不上人類的信心。所以我說的這第二種武器，並不是孔雀翎，而是信心！」《多情環》也說：「仇恨本來就是人類最原始的情感。很可能就是其中力量最大的一種，有時甚至可以毀滅一切。所以我說的第五種武器，並不是多情環，而是仇恨。」整個「七種武器」系列，可以說就是環繞著此一主題而展開創作的，而其中有好有壞，太拘泥於主題的，如《長生劍》等幾部，有點類似八股作文，扣題太緊，反而削減了故事的張力，表現平平，而《多情環》、《離別鉤》則能於題旨之間縱橫自如，情節精彩、人物深刻，相當可觀。高庸的《天龍卷》也可視為具有鮮明主題的力作，作者企圖打破武俠小說競相爭奪武林祕笈的模式，讓主角江濤在獲得武林祕笈「擎天七式」的劍譜後，廣為印製、散發通衢，寖至可以人手一冊，「文體反諷」的主題甚為深刻，只可惜為德未卒，後來又出現了其他拳、掌、指等各具七式的祕笈，等如是作繭自縛了。

欲於武俠小說中置放主題，平心而論，從前述有成有敗的例子中可以得知，是頗為不易的。不過，筆者在前文中已強調，武俠小說的形製，已有必要從長篇縮減為短幅，短幅的武俠小說，情節的鋪敘不可能過於曲折變化，因此，主題適度的加入、強調，反而是可以增加小說深度的一種方式，而且也可以拓展武俠小說原有的「純屬娛樂」的功能，將社會批判、時政諷刺等主題納括在內，徐錦成在《方紅葉之江湖閒話》中，

---

[36] 古龍「七種武器」系列開始寫作於一九七四年，首部為《長生劍》，依次有《碧玉刀》、《孔雀翎》、《多情環》、《離別鉤》與《霸王槍》則於一九七五年完成，但名為七種，實則只見六種，後人頗有以《拳頭》（一九七六年）加入者，但甚難作定論。

就作了類似的嘗試，個人認為是相當成功的。

六、結語

武俠小說的創作，看似容易，實際上執筆，卻又困難重重。本文以個人在武俠小說閱讀、批評上的經驗為基礎，揉合前賢的論述，欲仿古人施度金針的旨趣，略作指引。綜合而言，武俠小說的寫作，可分內外兩個層面來說，「內」指的是寫作者本身的涵養，包括了古今俠義作品、歷代典籍、外國文學作品的廣博閱覽，以及有關武俠小說類型特色的認識（含武術、雜學），這是個基礎，必須經久熟習，方能逐漸養成；「外」指的是寫作技巧的運用，包括了最根本的文字組織能力、情節的設計、人物的塑造及主題的呈現，這是在寫作時必須隨時思考、掌握的。在此，「推陳出新」是最重要的原則，情節該當如何設計才不會落入俗套？如何敘述故事才會讓讀者耳目一新？如何以不同類型的人物相輔相成，以敷衍整個故事？如何深入淺出而不落於說教的將主題蘊涵於故事中？武俠小說的讀者，往往隨時代的不同而各有異趣，作者也當隨時而宛轉，以最新穎、最具有創意的內容與技巧博得讀者的青睞。以目前時代的潮流而論，武俠創作已不適宜再以長篇巨構為之，輕薄短小，是新的趨勢，造語真切、人物生動、情節新穎、主題深刻的內容，自不妨以短章小幅呈顯，初習寫作者，正可以此為方針，開始踏出武俠寫作的第一步。

但眾所周知的，寫作與評論是兩個不同的範疇，欲以金針度人，評論者所述，顯然就不如實際創作者的「夫子自道」來得親切有味，因此，本文大體上可以定位在「示初學以門徑」上，實際創作的體悟，以及細節上的講究，就非本文可以一一縷述，只能由讀者從自家金針繡織的過程中領會了。短短小文，無法鉅細靡遺的詳論，初不過舉其大要而已，希望能對未來有關整個武俠小說創作論的推展、研究，具有拋磚引玉的作用。

七、習題

1.本文曾引連橫《臺灣通史》中有關曾切的事跡，這是連橫以第三人稱的全知觀點，且採取「正敘法」（依照事件發展的時間順序）寫成的，請嘗試：⑴選擇曾切、里中少婦、陳遜言等三人中的任一人，以第一人稱的視角，改寫這段記載。⑵請以不同的時間順序（倒敘或交錯）敘述整個故事。

2.本文曾提到有關「劫鏢」情節的各種可能性，指出同一個事件，實際上可以作多種不同發展的設計，如果我們以「俠客護鏢」的事件為題：臺灣鏢局接了一趟出鏢的任務，行到九里鋪，遭到擎天寨的強盜劫鏢，鏢夥奮力抵抗，展開激烈的廝殺；但寡不敵眾，且敵人武藝高強，眼見鏢貨岌岌可危，突然有一俠客出手援救，擊退了強盜。請問，這個俠客是怎麼來的？可以有多少種情況？請一一列舉出來，並挑出你認為最適切的一種設計。

3.荒村野店，你正在沐浴，忽有豔裝女子入來服侍，體態婉約、容色秀美、十指纖纖……自道是店家女兒。請問，這時你該做些什麼？（請設想五個答案）

八、參考書目

千古文人俠客夢　陳平原著　北京　人民文學出版社　一九九二年

俠與中國文化　淡江大學中文系主編　臺北　臺灣學生書局　一九九三年

金庸小說人論　陳墨著　南昌　百花洲文藝出版社　一九九三年

中國古典小說中的「女俠」形象　林保淳著　中國文哲研究所集刊第十一期　一九九七年

我看金庸小說　倪匡著　臺北　遠流出版公司　一九九七年

縱橫武林——中國武俠小說國際學術研討會論文集　淡江大學中文系主編　臺北　學生書局　一九九八年
臺灣武俠小說發展史　葉洪生、林保淳合著　臺北　遠流出版社　二〇〇五年
「武林秘笈」——武俠小說情節模式論之一　林保淳著　西南師範大學學報・人文社會科學版第一期　二〇〇六年
成人童話的世界——武俠小說「本體論」　林保淳著　政大中文學報第九期　二〇〇八年

15．童詩寫作

張清榮

一、前言——兒童詩的迷思

有人以為，兒童詩就是兒童將散文分行排列；有人以為，兒童使用譬喻法寫出心中的想像，就是兒童詩；也有人認為，兒童將一件事情寫完整，就是故事詩或童話詩——這都是臺灣地區推動「兒童詩」寫作與教學過程中所產生的迷思。

約自民國六十年到八十年，這二十年間是臺灣兒童詩最蓬勃發展的階段；此時國內的兒童詩壇，可謂萬家爭鳴。成人作家忸怩作態，裝小裝可愛，胡謅幾句「兒語」就成為「兒童詩」。兒童發揮想像力，只要會寫「○○像○○」；「○○是○○」就被認為是詩，通篇作品以譬喻方式完成，至於詩的充要質素——「抒情」則完全被忽略。

走過「兒童詩壇的狂飆期」，國內兒童詩的寫作與教學逐漸沉澱，甚至可說只呈現細微的漣漪；此時此刻，針對譬喻及想像技巧曾被過分使用，以致誤認「譬喻詩」及「想像詩」就等於兒童詩的觀念亟需導正。

二、兒童詩的義界

「兒童詩」是「兒童」加上「詩」的命題，在界定其內涵前，請先欣賞〈杜鵑花〉❶：

院子前的花盆裡，／種著奶奶的杜鵑花。／奶奶說，／花開的時候，／春天會來我家。／今年，／剩下我照顧杜鵑花，／不知道，春天還會來嗎？

〈杜鵑花〉是借「杜鵑花」想念奶奶，是借「春天」象徵奶奶，暗喻「奶奶愛心」的抒情佳構。

第一、二行敘述杜鵑花的主人是「奶奶」。三至五行是倒果為因的寫法，在自然界的運轉中，是春天到了，杜鵑才開花。在詩中則是杜鵑花開帶來了春天，是春天來拜訪奶奶，也拜訪奶奶的杜鵑花。作者降低自己的心智年齡，站在兒童的角度看待自然界萬事萬物，運用兒童對事物抱持主觀的邏輯思維模式，建構此一「反常合道，無理而妙」的天真想法，可謂掌握創作童詩的個中三昧。

第六、七行重點在「剩下我照顧杜鵑花」，在意念的表出上非常含蓄，並沒有明顯寫出奶奶「去世」，但已能貼切的表達「奶奶不在世上」、「奶奶已升天堂」的事實。第八、九句乃是「詩眼」所在——「春天還會來嗎？」春天既曾拜訪花和奶奶，而今奶奶去世，只剩杜鵑花和「我」，「春天還會來嗎？」既是期待「春天拜訪」，又蘊涵「想念奶奶」的濃情蜜意。

因此，全詩不著一「懷念」之詞，而「懷念」之意自然顯現，乃是借杜鵑花、借春天以象徵、想念奶奶的抒情詩。

宋哲宗時代的文學家胡寅，其《斐然集》曾引李仲蒙語：「索物以託情，謂之比；觸物以起情，謂之興；敘物以言情，謂之賦。」這段話不但界定「賦」、「比」、「興」的意義，並且也指出寫詩的技巧：敘事、比擬、興起志意的手法在一首詩中都得使用，而其最終目的都在「抒情」。詩是最抒情的文體，古典詩如此，現代詩

❶ 第四屆師院生兒童文學創作獎首獎，作者為國立臺南師範學院（國立臺南大學前身）語文教育學系學生楊智豪，一九九七年五月國立屏東師範學院出版《杜鵑花》，頁一。

如此，兒童詩也是如此；因此一首動人的兒童詩，其比喻、想像、童趣只是必備的條件及技巧，至於充要的質素，則在於「詩眼」的鑲嵌，「詩情」的發抒，「詩意」的渲染。

㈠「兒童的」內涵

基於以上各段的賞析及論述，可知「兒童詩」是「詩」，但它必須具有「兒童」的條件。所謂「兒童」係指十八歲以下的未成年人（此以醫學界定，凡是十八歲以下皆屬兒童）。在以兒童事物為寫作素材，或以兒童為閱聽對象時，必須意識到兒童特有的感覺；觀察兒童特有的行為；分析兒童特有的論理思考邏輯；探討兒童特有的心理反應；接受兒童特有的價值觀等「兒童心理」。作者要運用兒童語言世界裡的語詞、語彙、語法來從事兒童詩的創作，也要選用兒童熟悉及感興趣的題材，避免遠離兒童生活背景及超越兒童思考、價值觀念的成人世界的素材。

㈡詩是何物

「詩」是何物？〈詩大序〉曾說：「詩者，志之所之也。在心為志，發言為詩，情動於中而形於言。言之不足，故嗟嘆之，嗟嘆之不足；故永歌之；永歌之不足，不知手之舞之，足之蹈之也。」陸機〈文賦〉則說：「詩緣情而綺靡。」謝榛《詩家直說》認為：「景乃詩之媒，情乃詩之胚，合而為詩，以數言而統萬形，元氣渾成，其浩無涯矣。」由上錄三段引言中，可知「詩」是抒情言志的文學作品，必須以情志為根柢內涵，以麗辭為枝葉花果。基於此一前提，筆者認為：

詩是心靈的獨白，感情的昇華或凝結。當人的感官碰觸萬事萬物而有所感悟，導致心理不平衡，必欲一吐為快，藉由精鍊的語言，刻意安排的音樂性以呈現韻律，藉圖畫性以浮現意象，並塑造出深遠意境，以圖感人肺腑的文學作品。

(三)兒童詩的界定

徐守濤教授《兒童詩論》頁二五曾說：

> 兒童詩必須是詩，它不但具有文學的美，而且，包含和諧的音韻美，和圖畫般的意境美。不僅是精鍊的語言，也是兒童的心聲。是讀來能使人回味和感動的文學作品。❷

蔡尚志教授〈兒童歌謠與兒童詩研究〉則說：

> 兒童詩是用精鍊而富有節奏感的文字，以詩的形式，發抒兒童誠懇真摯的情意，或描述多采多姿的兒童世界，展現具體明晰的啟示，藉以引領兒童體驗美妙情趣的意境，品味親切溫馨的感情，能啟發兒童的想像和智慧，開拓他們的生活經驗，充實他們的生活意志的作品。❸

徐蔡二家各有卓見，或著重童詩的功能，或著重童詩的寫作過程，或解釋詩的要素，或著重表現內容及讀後的益處，可說各擅勝場，各有偏重。茲就各家給予的啟示，參酌筆者體會，試為「兒童詩」界定如下：

> 童詩是以精鍊、音樂性的文字，詩的技巧及形式，表現兒童真摯感情世界的人己事物；重視意象的浮現，造成音韻、圖畫美感的意境，具明快趣味，兒童樂於閱讀，是能促進其正面成長的兒童文學作品。

❷ 徐守濤：《兒童詩論》（屏東：東益出版社，一九七九年），頁二五。

❸ 見《嘉義師專學報》第十二期，頁六二一。

唯有如此定義，始可兼顧兒童詩的本質及起源，並能分析詩的要素、詩的寫作過程，且由於表現人己事物，可涵括各類詩作。而其功能則可促進兒童正面成長，在趣味之餘，又不廢其教育功能，對「童詩」的解釋或許較為明確。

三、兒童詩的特質

為求在兒童詩的寫作與教學時，能有更精準的掌握，創作者及教學者必須正確體認兒童詩的特質，依照規矩去畫方圓，遵循特質去創作與教學，才不至於緣木求魚，事倍功半。在談及兒童詩的特質前，再欣賞一首〈減肥〉（作者楊智豪，資料同〈杜鵑花〉）：

> 剛洗好的衣服，／又溼又重。／掛在太陽下，／不久就變得又輕又柔。／難道／是太陽公公在幫溼衣服減肥！／我要趕快告訴姊姊，／多曬太陽，／就不用去魅登峰。

〈減肥〉一詩，黃基博的評語是「詩中流露著天真的稚情。」❹陳玉珠的評語是「有童心可愛的觀察和聯想，充滿童趣。」❺由上引二位評審的高見可知，〈減肥〉一詩是用「類推法」寫成的作品，雖「無理」而有「妙趣」。所謂「妙趣」即是「童趣」，兒童的思維往往「倒果而因」，卻能「反常合道」；常常「牽強附會」，卻能「無理而妙」——「童趣」於焉產生。

〈杜鵑花〉一詩以「抒情」為主，〈減肥〉一詩則洋溢「童趣」。除了「抒情」與「童趣」外，兒童詩仍有其必備的特質，因為一首成功的兒童詩，必然是與兒童有關的、抒情的、生活的、情趣的、音樂的、直覺

❹《杜鵑花》，頁四。
❺同❹。

的，並且能形象化及形體化（化抽象為具體），而且要求以精鍊的語言來表達，全詩令人讀後感受到其中的美感，在意境的營造上，能有滌蕩性情，昇華人心的效果。

㈠生活的

兒童詩的創作應由生活取材，由日常生活瑣事有感而發，藉由寫人、敘事、詠物、描景以加入個人真情，才能動人心弦。如果純寫議論、抽象題材，偏離生活背景，缺少生活土壤的滋潤，則兒童詩的花果無法鮮豔豐碩，也因為抽象、議論比較欠缺童趣，不易獲得共鳴。

㈡抒情的

兒童詩作品中或有敘事、描繪、抒情等細微分類法，但「抒情的」則為共通的要求。所謂「抒情的」，不應只限定在狹義的「抒情詩」，敘事及描繪的童詩也都要有抒情的成分，如果抽離感情的要素，則必然成為「散文的分行」而不是詩。

㈢趣味的

生活化的素材，如以動態的描述，並且發揮豐富的想像力，常會造成「趣味化」的效果，例如前面引用的〈杜鵑花〉及〈減肥〉，即是作者發揮聯想力所形成的趣味效果，但先決條件是要以兒童的感受為根據。富有童趣的兒童詩，不流於說教，兒童容易接受並樂於親近。

㈣音樂的

有韻的句子、詩詞、謎語、歌謠、聯語……常令兒童琅琅上口，愛不忍釋。兒童詩中出現押韻的句子，類近於歌謠，更能吸引兒童一讀。或是出現精心設計的摹聲、節奏、旋律，具有音樂的質素可供兒童唱嘆，可在語文的、圖畫的感受外，更多一重審美的空間。

(五)直覺的

「直覺」即是感官與事物碰觸時，剎那間所產生出來的靈感，是最純真也是最感性的，以之入詩，自然清純，渾然天成，不見斧鑿痕跡，不受社會化思維淘洗，不經科學化道理分析，是「物理化為心理」之作，讀之不隔不澀，但覺明快清晰，直中讀者心坎。

(六)形體的

所謂「形體的」即是「形象而具體的」，也就是要化抽象為具體，化無形為有形，因為詩往往「……只是人人心頭舌尖所萬不獲已，必欲說出之一句說話耳。」（金聖歎語）真情流露的言詞即是詩，但詩人應將抽象的真情凝聚，找出具體事例及精當語句予以定位。

(七)精鍊的

要淘汰不合需要的文句，以最經濟的文字，表達豐富的情感，以及讀者各有解讀的「多義性」。兒童詩作者應由兒童生活中淬取語言，既要達意抒情，又能提高親和力。詩篇完成後，兒童讀之覺得文句平淺易懂，作者充分抒發感情，卻又意在言外，餘韻裊繞不已。

(八)美感的

所謂「美感」，應是有意的裝飾及選擇，小說為符合人物身分，對話及敘述可要求逼真俚俗，但詩歌語言應由作者把握本意，以含蓄方式表現，不可一語道破，要造成「距離的美感」。以黑暗、髒亂、破滅、齷齪……而言，並不適合入詩，但若能以微露部分來表達，可讓讀者以想像方式補滿未描寫的空間。因此，「美感的」

最淺顯的註解應該是：通篇作品帶給讀者舒緩、暢快、明朗、美好的感覺，不論遣詞造句、抒情敘述、描繪寫景均然。

㈨造境的

王國維《人間詞話》曾說：「……境非獨謂景物也，喜怒哀樂，亦人心中之一境界，故能寫真景物、真感情者，謂之有境界。否則謂之無境界。」所謂「境界」即是全詩所蘊含的嚴肅深刻的意義，它必能給予讀者觸動心弦的啟示。

四、兒童詩的創作教學

談到兒童文學，經常面臨的是「作者為誰」的問題。由於文學創作是細密幽微的思維，以優美精確文字表達的過程；兒童有其富有童趣的思維，但對於文字的運用駕馭並不純然貼切達意，因而必須有「成人代勞」的作品供其閱讀欣賞，兒童詩作品亦然。

兒童詩的作者一為兒童，另一則是成人。

㈠兒童的兒童詩

兒童寫的詩，不管是傳統形式的詩或是現代詩，都是「兒童詩」。兒童寫詩，多數全憑直覺，常是感官碰觸萬事萬物後的第一反應，不假思索即寫出天真的「童言童語」。面對童言童語的兒童詩，成人承認其可愛，很有想像力，也不否認其具有「直感」的「詩心」，具有詩的「質素」。但是憑直感完成的「兒童詩」，往往「佳句」為多，並沒有「佳篇」出現，類此情況，鼓勵即可，千萬不可奉為「神童」，以免揠苗助長；教師應給予正確技巧——如何將「情感」融於寫人、敘事、詠物、描景，而非只有指導「譬喻」及「想像」的經營，以免類似於修辭的練習。

(二)成人的童詩

成人寫童詩，題材可以是親身經歷，也可以是觀察後的心得。前者是描述「童年生活」，所以有人定調為「童年詩」；後者則必須是設身處地去體會兒童心境，才能寫得入木三分，但也只能說是「代言詩」。不管是「童年詩」或「代言詩」，不管時態上是「過去」（回憶）或「現在」（觀察），擁有「童心」則是成人寫作童詩的必備條件。

成人寫童詩，因遣詞用字較兒童豐富熟練，就得考慮到字句艱深，將使兒童無法接受。作者必須力求造出生活用語，切勿在寫詩時引經據典，以免造成隔閡難懂；必須投入兒童生活圈子，以淬取鮮活的詩句，此為第二個條件。

成人寫作童詩應使用多種技巧，避免單一的想像或比喻技巧，以免兒童誤會「童詩」即是「甲像乙」或「甲是乙」的膚淺寫法。成人若能多多閱讀古典詩作，思維必可植根於傳統詩詞的泥土中，從中汲取養料、琢磨技巧，培養千古傳承的「詩心」，寫出有血有肉的作品，此乃第三個條件。

成人的童詩負有啟迪兒童、愉悅兒童的功能，應具示範作用，具備被模仿的水準。成人作者應更深入探討童詩寫作的心理技巧，寫出「結構完整」的詩篇，以引導兒童詩的寫作朝向正途發展，這是第四個條件。

上文既已論述兒童寫詩、成人寫作兒童詩應行注意及必備的共通原則後，下文將專論兒童詩的創作技巧。童詩寫作，在取材及心態上，應當「心存兒童」，時時以兒童為念；此外，其他技巧與成人詩作並無不同，可分「外在技巧的設計經營」與「內涵技巧的顯示體會」兩個重點來論述。

1. 外在技巧的設計經營

(1)兒童詩的主題：兒童詩一如其他兒童文學作品，其主題應朝向光明、積極、進取、向善的一面立意，但應以高妙的技巧蘊含在字裡行間，讓兒童於潛移默化中接受陶鎔。

(2)童詩的取材：寫作童詩的素材一定要與兒童生活有關，應由日常生活的細小事物著手，也就是植根於生活的土壤中。

①從回憶童年生活著手：為避免與現代兒童感受產生隔閡，回憶童年生活事物只是手段，最重要的是與現代兒童的感受結合，此篇作品才有可能引起兒童共鳴。

②從觀察兒童生活、遊戲中取材：所描述事物已屬現代，必可觸及兒童生活脈搏；作者必須具有多感、敏銳的心思，寫出現代兒童的感受，成為兒童的代言人。

③記錄幼兒天真、富有情趣的言語：由於幼兒尚未接受「社會化」的制約，言語出自直覺，毫不矯飾，常是富有「童趣」的童詩的主要素材。

(3)童詩的結構：李白〈靜夜思〉採用「賦」的鋪寫手法有「床前明月光」及「舉頭望明月」兩句；「比」的技巧有「疑是地上霜」一句，至於「低頭思故鄉」則是「興」的手法；而全詩結構完整，起承轉合分別由四句話完成。由此可知，唯有完整的結構才能承載豐贍的內容及豐沛的情意；兒童詩的寫作常陷於「賦」、「比」之後，沒有「興」（抒情）的結尾，顯示其結構有缺陷，在教學時應特別注意。茲以兩首題材相同的童詩比較其內容的完整或不足，以凸顯結構的重要性。

①〈花炮〉❻：

---

❻ 日本秋田縣金浦町立金浦小三年伊藤真喜子作。本詩由赴日攻讀日本大學文理學部大學院博士後期課程的歐孝明先生翻譯，為一九八六年全日本兒童、青少年詩作比賽得獎作品之一。全部八首作品及〈中日兒童寫詩取向淺析〉（張清榮作），請見《新聞晚報》〈燈海〉副刊，

> 花炮在包裝的東西裡面／一直一直的忍耐／等待著外出。／花炮一點火／就咚的一聲／飛向天空。／好像笑著飛去似的／那時候才把／隱藏在自己體內的畫／花炮放了出來。／是紅的、黃的、紫色的大花。

這首〈花炮〉剛好在出現句號的地方，分別具有起、承、轉、合的功能，將花炮「燦爛的燃燒」、「喧鬧的笑聲」、「七彩的圖案」做了完整的表達。

②〈放煙火〉❼：

> 當人間有喜事時，／連肚子裡有火藥味的紙筒，／也高興的飛上了天。／當它的碎屑飄飄落下，／人們正歡呼得起勁時，／喜神也從天而降／喜訊飄散在每一個角落。

〈放煙火〉前三行是「起」，第四、五行是「轉」，第六、七行是「合」，中間缺少「承」的安排，由於結構不完整，也缺少閃亮、耀眼、燦爛繽紛、剎那之美的捕捉，而這正是「也高興的飛上了天」之後，所應該出現的「承接」的段落，全詩未能描摹煙火的聲、色、形，殊為可惜。

(4)童詩的修辭：修辭的目的為求精確達意，並使字句優美。寫作童詩，文句要求精鍊，也要運用各種修辭技巧。大抵兒童詩最常使用的修辭技巧有：譬喻、摹狀、呼告、設問、排比、誇飾、層遞、倒裝、比擬、雙關、複疊、引用、頂針、映襯、感嘆、對偶、婉曲等十七種。上列修辭技巧的界定，可參考陳望道、黃慶萱、董季棠、陳正治、沈謙、張春榮等人的修辭學大作，此處不再贅述。至於各修辭技巧運用於兒童詩的實例，可參見楊喚及其他各家的兒童詩作品。

一九八七年四月四日。

❼ 臺中國小五年十三班裴仁生，參見林鍾隆編：《月光光詩集》第十九集（一九八〇年三月一日出版），頁四九。

(5)童詩的形式：所謂「形式」，指的是情感形諸文字後，表現在紙面上的安排樣式，包含分行、分節、分段、排列的起伏及標點符號的使用等。

①童詩的分行：童詩一如現代詩，擺脫傳統詩詞格律的限制，接受現代詩的形式，在行數的多寡、句子的長短、句法的排列方面，有相當自由的展現。童詩大抵以一句一行為原則，若是句子太長，必須在「語氣停頓」或「語詞完整」之處分行，既可調節句子長短，且因長短不一而形成節奏的快慢，更可以將重點、謎底移至另一行，形成懸宕的趣味效果。

②童詩的分節：一個段落中，敘述的事情尚未結束，卻有若干重點，可以分出數個意思完整的小節來，因此「節」是比「行」為大，比起「段」為小的排列單位。如果是「一段詩」，「節」甚至牽涉到起、承、轉、合的結構完整性，而「節」的標示可以靠「逗號」、「頓號」以外的各種標點符號來劃分。

③童詩的分段：童詩的分段旨在展現敘述的重點，大抵一個重點可以分成一段，段與段間，通常以空一行來提醒讀者。所謂敘述的重點，指的是寫完人、事、時、地、物、意思，或另起他意都可以是分段的依據。

④句子排列的起伏：童詩每一行的排列，大都以平頭為主，但也有齊足式的排列（如張水金〈小窗的思念〉），更有參差不齊的排列方式（如刻意排列的「圖象詩」），全依作品內容而定。

⑤童詩的標點符號：兒童詩可用也可不用標點符號，但以能完整表意為原則。標點符號除了有形的「標點」外，「空格」及「空行」也是，在創作時可依詩意做適度的安排。

2.內涵技巧的顯示體會

(1)情景交融的體會

兒童詩常見的「譬喻佳句」，常常只是「寫人、敘事、詠物、描景」時富有童趣的想像，至於「情景交融」

的境界則無法達成。成人創作或指導兒童寫作時，應以杜甫〈春望〉中的「感時花濺淚，恨別鳥驚心」為典範，因為這是「情景交融」的佳例。人常觸景生情，也常因情生景，外在的景和內在的情融合，在感觸極深的情況下，以文字來抒情描景，即可出現情景交融的佳作。

(2)意象的浮現

黃永武《中國詩學設計篇》曾言：「意象是作者的意識與外界的物象相交會，經過觀察、審思與美的釀造，成為有意境的景象。」❽由此可知「意象」即是「有意境的景象」，一個意象或許多意象的聯合浮現，即可形成「意境」。

柳宗元〈江雪〉：「千山鳥飛絕，萬徑人蹤滅。孤舟簑笠翁，獨釣寒江雪。」即挑選眼前千山萬徑呈現鳥飛盡、人蹤絕滅的場景，寓託被貶後，身處險境、孤獨無助的心情，所以千山、萬徑、鳥飛絕、人蹤滅即是「客體」（景物）和「主體」（情志）交融後的「意象」。至於「孤舟簑笠翁，獨釣寒江雪」，則是柳宗元面對困境、險境的自我期許，全詩由寫景、詠物提升到「抒情言志」的境界。

(3)時空的設計

鍾嶸〈詩品序〉曾言：「若專用比興，則患在意深；意深則詞躓。若但用賦體，則患在意浮；意浮則文散。嬉成流移，文無止泊，有蕪漫之累矣。」為避免平鋪直敘有違「含蓄溫婉」的詩質，可運用「時空交錯」的設計，以使全詩曲折跌宕，含蓄生姿，更有可觀。杜甫〈月夜〉一詩，即是運用時空不斷推移，將現在（望月思親）、過去（回憶妻小）及未來（期待重逢）強力壓縮，詩質密度極高的佳作。

兒童詩也可運用巧妙的時空設計，例如日本愛媛縣伯方町立北浦小一年級赤瀨さいき的〈田〉（背景資料如〈花炮〉所示）：

❽ 黃永武：《中國詩學設計篇》（臺北：巨流圖書公司，二〇〇九年九月），頁一。

> 今天／第一次學習漢字／也學了田字／那樣／看到了綠色的田地／現在爸爸、正在田裡除草吧／在長大的稻子裡／一定是滿身大汗了。　我／最認真的／寫了田字／回家以後／要拿給爸爸爸看。

全詩以「賦」及「興」的手法寫成，但善用空間安排，從教室到田裡，又回到家裡，並且期待受到稱讚；時間安排則從現在回想過去，回到現在又想像未來，充滿濃郁的父子之情，是運用時空設計的佳篇。

(4)音樂性的呈現

詩是以文字表達的平面藝術，為使詩作具有音樂性，可以用字面聯想、和諧的韻腳、句子長短、句子分行排列等方式以呈現大部分的音樂效果。

①由字面聯想：讀者欣賞詩作時，配合已有的生活經驗，可以想像出音樂之美。例如宋瓊娥的〈風鈴〉：

「……當風來的時候／他便高興得搖著身子／撞出了一串串／悅耳的叮叮噹噹。」❾即有想像性的樂音存在。

②和諧的韻腳：兒童詩若要押韻，除了押開口、齊齒等響亮悅耳的聲韻外，在字義的要求上也要和全詩的感情、氣氛一致，以期「聲由情出，情在聲中，聲情哀樂，一齊湧現，達到詩歌音響的妙境。」❿

③句子長短：詩句長短關係到節奏快慢，大抵詩句短的，節奏急促；詩句長的，節奏舒緩，此為詩的內在音樂性，是自然呈現的。寫作兒童詩時，應使句子長短參差變化，因為「節奏」是由句子長短和詞彙組成及句法變化所形成，可使讀者感受到喜樂、輕快、急促、緊張、哀傷、舒緩、憐愛……不同情緒。

❾《兒童詩》2，書評書目編印（一九八二年五月新二版）。

❿黃永武：《中國詩學設計篇》（臺北：巨流圖書公司，二〇〇九年），頁一五五。

④句子分行排列：詩作採取分行排列，除在形式上容易辨認外，在意思的表達上有跳接的效果，且因句子長短不一而形成節奏感。每一行最後一字有不同的聲調，加上某些字是入聲調，必然形成高低錯落的排列，具有音階高低起伏的效果。

(5)視覺美感的呈現

「視覺美感」不能限定在狹隘的「圖象詩」，而應以「詩中有畫，畫中有詩」為極致要求。「視覺美感」的形成來自詩歌運用文字媒介，描繪敘述萬物的外貌、顏色、變化……，配合讀者生活經驗，經過心理的想像作用，浮現在腦海中的一幅畫，且是最美的呈現；例如張繼〈楓橋夜泊〉：「月落烏啼霜滿天，江楓漁火對愁眠。姑蘇城外寒山寺，夜半鐘聲到客船。」盧綸〈塞下曲〉：「鷲翎金僕姑，燕尾繡蝥弧。獨立揚新令，千營共一呼！」讀者閉起眼睛，吟誦出詩句，即可在腦海中浮現鮮明的畫面，若是水墨畫家，即可畫出一幅生動的水墨畫。

(6)韻味的綿延

詩語言感人肺腑的傳達力愈強，則其意旨愈可綿延不絕。梅聖俞說詩須「必能狀難寫之景，如在目前；含不盡之意，見於言外。」所謂狀難寫之景，如在目前，即是使用意象的浮現技巧，務使作者所想能具體的傳達給讀者。而含不盡之意，見於言外，即指言有盡而意無窮的弦外之音，詩作完成，讀者閱畢，不覺得意隨語竭，而是韻味綿延。

五、兒童詩的創作實例

以題目「味道」為例，如何創作出既能抒情又富童趣的作品呢？從發想到以文字表達；從抽象字眼到具體示現；從具體示現到表現「懷念」的感情或「溫馨」的親情，其過程可以有如下的思維：

㈠以「味道」而言，是鼻嗅的氣味，而非舌嘗的滋味，因此從抽象的「味道」字眼，到具體的香水香味、花朵香味、飯菜香味、「香」煙的香味……都是可用以表現的事物。

㈡各種「味道」給人的感覺、刺激如何以精準、正確、傳神的字眼，喚醒讀者相同的經驗，使其感同身受。

㈢若是只能寫出「味道」像什麼，而缺少最後總括的抒情言志，只有「賦」和「比」，缺少「興」就不是詩。

㈣融情入景、敘事言情、狀物起情或寫人寄情都是「興」的技巧，也就是「情志的表達」，是一首詩的靈魂。

㈤在形式表現上，是以一段詩或多段方式呈現？使用哪一種修辭技巧，是用「賦、比、興」、「賦、興」或「比、興」技巧即可。

㈥「興起情志」後，即要考慮藉著「味道」想念、厭惡、喜歡哪些人、事、物，使具體事物和抽象的情志能緊密契合，「形式」、「內容」和「主題」不至於貌合神離。

茲以兩首〈味道〉印證上述的發想及設計過程，並從中體現不同的風格。

〈味道〉（作者楊智豪，背景資料同〈杜鵑花〉）

黑水仙花露水，／是奶奶的味道；／蕾絲邊的手帕上，／有奶奶的味道；／從奶奶手上接過來的紅包，／也有奶奶的味道。／奶奶走了，／什麼味道都沒了。／還好！／去年奶奶給我的紅包，／我沒有花掉！

〈味道〉是借「一端」以寫「全體」的佳作，此一「味道」乃是奶奶的「氣味」，是特殊的，令「我」難忘的。一、二行明寫奶奶的喜好——「黑水仙花露水」，由於長期使用，所以在「手帕」及「紅包」上都充滿奶奶的味道，第一到六行旨在強調奶奶的無所不在。第七、八行的「奶奶走了」則是「去世」的含蓄表達，把前面所有的「味道」一併抹消，令人有突兀之感，並有「何處去尋覓奶奶」的徬徨。第九到十一行，令人有「驚喜」之感，「轉折」的技巧極為巧妙——「紅包」還在，奶奶的「味道」還在，奶奶的「愛心」也在，更是「我」想念「奶奶」的具體表徵。全詩以「賦」的手法寫成，乃「敘物以言情」之佳作，後三行是「詩眼」所在，蘊藏「我」的思念情懷。

〈味道〉

泡茶的清香味，／爺爺的。／拜拜的檀香味，／奶奶的。／香菸的刺鼻味，／爸爸的。／洗碗的肥皂味，／媽媽的。／髮雕的香精味，／哥哥的。／香水的芳香味，／姊姊的。／腳丫的臭汗味，／不好意思，／是我的。／嗯——／家的味道。⓫

本首〈味道〉由賦的手法寫成，乃鋪敘全家人代表性的「氣味」，各種氣味皆能以精準的語詞寫出自己的感受。在修辭方面則以排比的形式來完成，至於「腳丫的臭汗味」，作者以「不好意思，／是我的」來道歉，不但句型起了變化，也預告全詩即將結束，並且滿含「童趣」。至於「嗯——／家的味道。」則是「溫馨」一詞的含蓄表達。

同樣是「味道」，卻有不同的主題、題材及表達技巧，讀者欣賞後當能有不同的體會。

❖六、結語

寫作兒童詩，必須訓練精鍊的語言表達能力；由於詩的創作著重含蓄，不以明言為工，在運用跳接句法之際，可能影響作文的完善表達能力，因此應特別重視結構的完整。

寫作兒童詩，應重視真感情的表現，不應以「想像」為能事，若脫離生活、感情，一味幻想或比喻，則

⓫ 作者周銘斌，國立臺南師範語文教育學系學生，第九屆師院生兒童文學創作獎兒童詩優等。二〇〇一年五月由國立臺北師院編印，並未正式出版。

作品只是想像文字的組合，毫無意義。讀者應訓練自己完整的觀察力，眾端參觀後再與生活及感情結合，醞釀全面的想像，所寫出的作品才是具有真感情的詩。

兒童詩歌創作，可由「欣賞童詩佳作」入手，再「分析範詩寫作方法」；接著是了解兒童詩創作理論，之後再提筆創作，當可出現優秀的作品。

七、習題

1. 以「汽球」為題，選定黃色、綠色、紅色等三種汽球。運用想像力使之和「月亮」、「椰子」、「夕陽」及「蘋果」結合。「蘋果」再和探視生病的親人結合，表達出濃郁的親情。
2. 以「老師的愛」為題，細心觀察師生互動情景，以糾正握筆姿勢、扶正歪斜的頭、細心塗抹膏藥在受傷的手腳、擔任導護工作，維護學生安全、揮汗如雨的進行教學工作……以具體的事例表達抽象的「老師的愛」。
3. 以「海」為題目，觀察海水的顏色、浪花、夕陽西下時的海景，以及嘗嘗海水的味道，分別賦予想像後的事物。例如綠色、藍色的海水像洗髮精，大海正在為美人魚洗頭髮。又如浪花堆疊在岸邊，像是生日蛋糕上面的奶油……，請以「反常合道」的思維方式，創作出「無理而妙」的作品來。

八、參考書目

兒童文學創作論　張清榮著　臺北　富春文化事業股份有限公司　一九九一年九月一日一版一刷

兒童詩論　徐守濤著　屏東　東益出版社　一九七九年十二月再版

兒童詩歌研究　林文寶著　臺東　臺東師專學報第九期

談兒童的詩教育　林文寶著　臺東　海洋兒童文學合訂本　一九八七年四月出版

兒童歌謠與兒童詩研究　蔡尚志著　嘉義　嘉義師專學報第十二期
中日兒童寫詩取向淺析　張清榮著　新聞晚報「燈海」　一九八七年四月四日
月光光詩集一～五七　林鍾隆編　臺灣國語書店　一九七七年四月～一九八八年一月
兒童詩2　臺北　書評書目編印　一九八二年五月新二版
杜鵑花　楊智豪等著　屏東　國立屏東師範學院編印　一九九七年五月出版
秘密基地　蕭武智等著　臺北　國立臺北師範學院編印　二〇〇一年五月影印本
中國詩學設計篇　黃永武著　臺北　巨流圖書公司　二〇〇九年九月初版一刷

16・現代詩寫作

蕭水順

一、典型在夙昔

一般新詩教學，總是不離詩作賞析、詩人評述、詩史敘說、詩論檢覈、詩潮歸納、詩篇朗誦、詩法解密等七項工程。前六項彷彿都有典型可以追索，總有許多賞析、導讀、論述，可以依憑，唯獨「詩法解密」這項工程，一方面詩人沒有義務跳出來自我說法，另一方面評論者也沒有權力替詩人強作解人（解密之人），在這種情況之下，誰能度人金針呢？

唐詩最盛的時候，李白（七〇一～七六二）、杜甫（七一二～七七〇）的書信中偶而提及寫詩的心境與態度，也不曾有成套的錦囊，傾其囊而相授；雖然歷史上流傳著署名王昌齡（六九八？～七五六？）的《詩格》、白居易（七七二～八四六）的《金針詩格》，但一般論者都認為這是後人所偽託，真正示人金針的詩格作品，要到晚唐才大量出現。即使晚唐大量出現教人寫詩的詩格、詩式、詩法、詩議之書，但仍然有人懷疑司空圖（八三七～九〇八）《二十四詩品》可能是宋朝以後才出現的著作。❶以唐朝近三百年的歷史（六一八～九〇七），以唐朝國力之強大、詩風之鼎盛❷，還不能產生唐代「今體詩方法論」的相關著作。因此，更不必奢求

---

❶ 陳尚君、汪涌豪：〈司空圖《二十四詩品》辨偽（節要）〉，《唐代文學研究》第六輯（桂林：廣西師範大學出版社，一九九六年九月），頁五八一～五八八。此文一出，《二十四詩品》作者誰屬，正反之爭紛起，迄今猶無定論。

一九二三年五月二十二日，追風（謝春木，又名謝南光，一九〇二～一九六九）以日文寫作臺灣第一首新詩〈詩の真似する〉（〈詩的模仿〉）❸所開展出來的臺灣新詩創作世界，八十多年的歷史能激生現代的「新體詩方法論」著作。

不過，也不必太悲觀，近二十年來，臺灣出版界陸續發行了許多幫助青少年朋友接近新詩、創作新詩的書籍，直接而有效地發揮啟示作用的，包括以下這十五本專書，依其出版序，簡介如次：

《從徐志摩到余光中》　羅青（一九四八～）／臺北：爾雅出版社，一九七八

此書踏踏實實解析每一首好詩，介紹五四以來的傑出詩人，可以提高讀者讀詩、欣賞詩的能力。羅青的文字清晰易懂，不曾掉弄學術，操作主義，以親切晤談的方式釐清詩史發展的脈絡，以淺顯易懂的文字深入剖析詩想的形成。唯有透過這種對詩的深度認識，才有可能掌握詩人的創作技巧，進而從模仿中成長。這是從詩人的眼中所看見的現代詩。

《小詩選讀》　張默（張德中，一九三一～）／臺北：爾雅出版社，一九八七

這是長輩詩人張默所編的小詩選讀，書中有李瑞騰與張默對小詩的觀點，書籍的編排方式，從一九四九

---

❷ 胡應麟（一五五一～一六〇二）：《詩藪》外編卷三：「甚矣！詩之盛於唐也：其體則三、四、五言，六、七、雜言，樂府、歌行，近體、絕句，靡弗備矣！其格則高卑、遠近、濃淡、淺深、巨細、精麤、巧拙、強弱，靡弗具矣！其調則飄逸、渾雄、沉深、博大、綺麗、幽閑、新奇、猥瑣，靡弗詣矣！其人則帝王、將相、朝士、布衣、童子、婦人、緇流、羽客，靡弗預矣！」（上海：上海古籍出版社，一九七九年），頁一六三。

❸ 追風：〈詩の真似する〉，原載《臺灣》雜誌第五年第一號（一九二四年四月十日）。月中泉漢譯：〈詩的模仿〉，羊子喬、陳千武主編：《光復前臺灣文學全集九・亂都之戀》（臺北：遠景，一九八二年），頁一～六。

年開始發展的臺灣現代詩作為起點，選錄名家小詩加以解析，並附錄詩人其他重要小詩篇目，可以約略看出詩史的發展脈絡。習作新詩從小詩入手是最正確的途徑，可供參考的小詩選還包括羅青編的《小詩三百首》（爾雅），向明、白靈編的《可愛小詩選》（爾雅）。

《青少年詩話》　蕭蕭（蕭水順，一九四七～）／臺北：爾雅出版社，一九八九，新版二〇〇七

培養一顆懂得欣賞自然、欣賞人生的心，要從詩開始。本書適合初學詩的人研讀，包括國民小學中高年級的學生，中學生，以及他們的老師、父母、兄姊，藉著這本書了解什麼是現代詩，如何欣賞現代詩，更進一步激發青少年的詩心。《青少年詩話》為詩的奠基工程而努力。新版《青少年詩話》納進新專輯「創作技巧八通關」，以中學教科書上的八首新詩作為分析的客體，從中汲取寫詩技巧。

《現代詩創作演練》　蕭蕭／臺北：爾雅出版社，一九九一

此書將創作的喜悅跟愛詩的朋友們分享，詳盡地介紹現代詩史的流變，以及九種不同的詩風。讀完本書，你會發現原來自己也會寫詩。有人說：散文如行舟，小說如登山，詩如飛翔。在飛翔之前要有縱躍、凌空的想像與期望，激發想像與熟悉途徑，在詩的養成上一樣重要。

《一首詩的誕生》　白靈（莊祖煌，一九五一～）／臺北：九歌出版社，一九九一，新版二〇〇六

白靈是臺北科技大學化工系副教授，從事新詩創作三十年，多年來擔任耕莘青年寫作會常務理事，並在各大學擔任新詩課程，積極投入新詩教學工作。他大力宣揚赫塞的名言：「寫一首壞詩的樂趣甚於讀一首好詩。」積極提供如何醞釀靈感的捷徑，以及從寫一句詩、一段詩到一首詩誕生的全部過程。此書是一個理工

科出身的詩人所提供的寫詩科學法，曾榮獲國家文藝獎。

《煙火與噴泉》　白靈／臺北：三民書局，一九九四

本書詳盡評析新詩的源起及演變、臺灣詩壇重要名家如鄭愁予、葉維廉、羅青的詩作及創作理念，是初習新詩者極佳的入門指引，強調賞詩、寫詩要「活在感覺中」，詩與非詩的差異往往就在一、二個字之間，什麼樣的文字有詩味，端看字裡行間能不能令讀者產生意在言外的感覺，最根本的問題，是來自人性的體驗，那就是「既虛又實便是詩」。

《新詩補給站》　渡也（陳啟佑，一九五三～）／臺北：三民書局，一九九五

這是一本含括寫詩方法論、新詩應用學、新詩實際批評的論文集，其中有三篇文章提供了簡易的策略、妙方，可以幫讀者迅速提詩筆上陣，這三篇文章是〈欲把金針度與人〉、〈寫詩祕訣〉、〈新詩的斷句與分行〉。作者提出造句、換句、簡單句改為複雜句、同一題目多種描述等多種基礎性的練習，主力則放在「換句話說」、「見好就說」、「說好話」、「見好就收」四個進階式的竅門，值得嘗試。

《現代詩遊戲》　蕭蕭／臺北：爾雅出版社，一九九七

企圖以快樂的心情，遊戲的方式，來認知現代詩，來熟悉詩人的思考模式，進而了解詩句背後的意涵，能準確地以詩表達自己的心意。因為任何人的成長過程，必定經由遊戲而學習，經由學習而增長智慧，透過遊戲的設計，我們可能柔軟我們的腦筋，靈敏我們的心靈，逐漸接近詩的心臟。遊戲是輕鬆的，快樂的，以這樣的方式尋覓詩，是正確學習的第一步。

《一首詩的誘惑》　白靈／臺北：河童，一九九七／臺北：鷹漢，二〇〇三
／臺北：九歌出版社，二〇〇六

白靈認為讀詩是讀別人的夢，寫詩是做自個兒的夢，是靈魂的自我內療。因此，他繼續以「誘惑」之名誘惑大家寫詩，而且只教人寫好詩，不教人寫壞詩。仍然是一本引導我們怎樣寫新詩，怎樣讀新詩的入門好書。此書榮獲中山文藝獎。

《蕭蕭教你寫詩‧為你解詩》　蕭蕭／臺北：九歌出版社，二〇〇一，新版二〇一〇

以一半的篇幅，帶著遊戲、嚐鮮的喜悅，運用另類思考法則，製造天馬行空的創意，發揮出人意表的想像力，引誘讀者領受寫詩的樂趣；以另一半的篇幅，藉著活潑、風趣的語言，破解大學基測現代詩試題的奧祕。在大學入學方式改弦易轍的時候，為那些因新詩而慌亂的心靈找到定心劑。

《下在我眼眸裡的雪——新詩教學》　仇小屏／臺北：萬卷樓，二〇〇一

這是一本高中新詩教學經驗談，從如何在一節課內教中學生讀新詩開始，談鍛鍊佳句，轉化，續寫，構思的角度等，從毫無經驗的新手，到一個熟悉新詩奧祕的高手，與學生一起成長的經驗，歷歷在目。

《詩從何處來——新詩寫作教學指引》　仇小屏／臺北：萬卷樓，二〇〇二

這是一本在師院教學生寫詩的實錄，以鍛鍊相似聯想、相反聯想開始，如何定詩題作為第二層次的演練，其後大論知覺運用、意象經營、動詞錘鍊、修辭運用，以及兒童詩、圖象詩、自敘詩、哲理詩、愛情詩的練習。包羅萬象，涵括面極廣。這兩本書的特色在於作者擅於為每一首新詩列出結構分析表，賓主、敘論、因

果、正反，是她最常探討的結構術語，為篇章教學樹立典範。

《現代詩鑑賞教學研究》 林文欽／高雄：春暉出版社，二〇〇二

作者強調理想的教學目標中，主學習即知識的教學，重在思考；副學習即習慣技能之教學，重在練習；附學習即興趣、態度、理想之教學，重在鑑賞。而現代詩的教學是情性的教學，美感的教學，所以全書以認識意象、認識章法結構，作為鑑賞的主軸，作為現代詩教學的首要目標。這是學者眼中的現代詩，從學理上認識的現代詩。

《一首詩的玩法》 白靈／臺北：九歌出版社，二〇〇四

思緒嚴謹，態度輕鬆，白靈「一首詩」系列的第三部，從詩的不確定感、詩的非實用性、詩貴在似與不似之間的基本理論談起，分析卵生與胎生創作法的不同，接著進入一行詩、小詩、散文詩、圖畫詩、剪貼詩、數位詩的各種玩法，活潑有趣，特別是圖畫詩、剪貼詩、數位詩部分，已有科際整合的觀念，後現代主義的技巧，值得讚嘆。

《新詩體操十四招》 蕭蕭／臺北：二魚出版社，二〇〇五

本書以體操祕笈的招式解析名家作品，告訴讀者：名詩「好」在哪裡？如何實實在在寫一首詩？可以讓教師、家長與學生一同創造自己的詩風景。透過身心靈體操的幽默結合，如第一招是「創造一個會呼吸的句子」，旁邊則秀出「雙手環擁，納萬物入懷，八八六十四回」的體操招式，動動手，動動腦，要學生從珍惜、尊重每一個人、每一件事、每一項物，如同珍惜、珍重自己的生命，開始思考如何讓心柔軟、讓腦柔軟、也

讓身體柔軟。

新詩繼續在發展，新詩創作的技巧繼續在開發，現代「新體詩方法論」的著作將勝過唐朝的詩格、宋朝的詩話、元朝的詩法，引領二十一世紀的青年學子，啟發愛詩的心靈，繼續創造奇異的詩風景。

本文將以前賢詩作為研究客體，從中發現新詩的芽苗如何在生活的語言裡爆生而出。文分五節，提出創作的五大意圖：

1. **不排拒匪夷所思的想像力**
2. **能發現共構體中的大對比**
3. **敢推湧意象交疊的譬喻句**
4. **肯融入卑微低賤的生命體**
5. **願接納風情萬種的圖象式**

循此去嘗試創作的喜悅。

「典型在夙昔」，任何一首已經發表的作品，都有值得我們借鏡的地方，這是我們所抱持的信念。

❖二、不排拒匪夷所思的想像力

想像力，原該是出人意料之外、無中生有的產物，如果是當今世人所能理解，那也不過是一般人所可以料想到之事。詩之所以書寫，詩之所以為人所喜歡閱讀，就在於詩中自有一種匪夷所思的想像力，出乎眾人意料之外而又能為眾人所接受。所以，詩的創作教學應該以激發學生內在的想像力為第一要務。

日治時代最傑出的小詩作者，非楊華（一九〇六～一九三六）莫屬，在現實主義蔚為主流的時代，楊華以臺語漢字為女工的受寒、受苦而書寫，但他更能發揮自己的想像力，寫出《晨光集》、《黑潮集》這些精彩的意象小詩，這樣的作品占他所有作品的九成以上，為臺灣新詩人的詩才、詩藝做了最好的啟發與示範。

《黑潮集》47

飛鷹飢餓了
徘徊天空，想吞沒一顆顆的星辰❹

我們看見飛鷹盤旋天空是在白天，但詩人卻說飛鷹「想吞沒一顆顆的星辰」，詩人的眼睛透視宇宙，不受現實環境的拘囿，時與空可以在自己的想像中任意重疊。如果依現實環境，飛鷹應該吞沒太陽，但太陽強又亮的光，不似可口的食物；太陽只有一顆，不足以滿足飢餓的肚腹。因此，詩人以滿天的星光作為食物，擴大誇飾的功能，拉開想像的弧度，現實環境中的不可能反而成為詩中的奇異之光。

二十世紀三〇年代的詩人如此發揮想像力，六〇年代現代主義興旺後的余光中（一九二八～）詩集《與永恆拔河》，是人與抽象的永恆拔河，一樣將人的意志推向強韌有力的最大極限，產生不可思議的鼓舞力勁。到了九〇年代後現代主義昌盛之時，白靈（莊祖煌，一九五一～）的〈風箏〉依然想要「拉著天空在奔跑」，少年遊戲一樣可以充滿無限的盎然興致，勃然詩意。

因此，創作之前常常做這樣的推究：

1. 滿罈的酒在流，滿室的花在香，
整個＿＿＿＿＿驟然亮了起來。

❹ 楊華：《黑潮集》（臺北：桂冠圖書公司，二〇〇一年）。

（整個心驟然亮了起來）
（整個天空驟然亮了起來）
（整個夜驟然亮了起來）

2. 眾星無言，
只有一顆以＿＿＿＿發聲。
（只有一顆以萬世的光華發聲）
（只有一顆以過度喧囂的孤獨發聲）
（只有一顆以太陽的餘威發聲）

3. 你說你要用＿＿＿＿寫詩
讓那些閃爍的句子
飛越尋常百姓家
然後一路亮到宮門深鎖的內苑
（你說你要用流水寫詩）
（你說你要用月光寫詩）
（你說你要用虔敬的心境寫詩）

這些詩句改寫自洛夫（莫洛夫，一九二八～）的〈李白傳奇〉，但是它們沒有一定的答案，重要的是我們有沒有讓自己的想像力盡情衝撞現實世界的不可能？是否敢於衝破世俗的禁忌？

三、能發現共構體中的大對比

回過頭看看臺灣第一首新詩：追風（謝春木，一九〇二～一九六九）的〈詩的模仿〉，前賢之作有著許多值得我們模仿、學習的地方，而詩題「模仿」彷彿也在暗中呼應我們「典型在夙昔」的教學理念。這裡，我們只取其中的〈讚美番王〉來作為練習的範例：

〈讚美番王〉

我讚美你
你以你的手，你的力量
建立你的王國
贏得你的愛人
你不剽竊人家功勞
我讚美你
你不虛偽，不掩飾
望你所望的
愛你所愛的
你不擺架子（月中泉譯）❺

❺ 追風：〈詩の真似する〉，原載《臺灣》雜誌第五年第一號（一九二四年四月十日）。月中泉漢譯：〈詩的模仿〉，羊子喬、陳千武主編：《光復前臺灣文學全集九・亂都之戀》（臺北：遠景，一九八二年），頁一～六。

謝春木這首詩可以分為兩節來解讀，前五行為一節，歌頌原住民能憑自己的能力生存，暗諷日本殖民政府盜取臺灣資源，剽竊臺灣財富，如果再對照謝春木所寫的劇本《國有財產即我家財產——不信者請翻開古書》❻，純真的原住民與貪婪的日本人立即形成鮮明的對比。後五行為另一節，用意在稱頌原住民的直率，不虛偽、不掩飾、不擺架子，而且勇於「望你所望，愛你所愛」，比之於漢民族做人的繁文縟節，做事的因循苟且，原住民的率真親切則有立竿見影之效！從這樣的內容分析，我們可以學習的是事物的對比應用，謝春木以日人的貪婪、漢人的繁瑣，來襯托原住民的純、真，是成功的現實觀察所得，藉由這樣的觀察所得發而為詩，其實也顯現了另一種文化態度上的對比，當一般人對原住民持著鄙視心理時，詩人卻能深入人性的底層加以思考，發覺不同族群的優異種性，這種眾生平等的博愛之心，更是寫詩之人所該擁有的柔軟心。

前一段我們將謝春木這首詩分為兩節來解讀，顯然也是對比結構的基本認識，回歸到詩人創作時的想法，如果將這首詩前後兩節分為左右兩列來看，就可以看出詩人是在寫完第一節以後，以相同的格式繼續發展第二節：

我讚美你
你以你的手，你的力量
建立你的王國
贏得你的愛人
你不剽竊人家功勞

❻ 謝南光著，郭平坦校訂：〈國有財產即我家財產——不信者請翻開古書〉，《謝南光著作選》（臺北：海峽學術出版社，一九九九年），頁一二〇～一二四。

我讚美你
你不虛偽，不掩飾
望你所望的
愛你所愛的
你不擺架子

兩列的首句都是歌詠式的稱美，可以視為開門見山地呼應題目，第二句都是「當句對」：「你的手」對「你的力量」，「不虛偽」對「不掩飾」；第三句與第四句則是「單句對」：「建立王國」對「贏得愛人」，「望你所望」對「愛你所愛」——這樣的對比不一定要成為對仗型的句子，卻可以在同一節中發展句子，又可以在前後節中發展詩意。兩列最後的一句都有收束之功，讓整節詩彷彿形成結論，詩的外在結構於焉完成，詩的內在倫理也在同一時間達成目的。以圖示之：

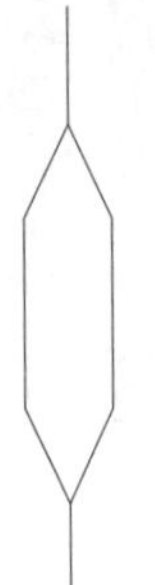

余光中七十歲所寫的〈我的繆思〉就出現這種對比性的句子，使七十歲的詩思洋溢著老而彌堅的續航力：「歲月愈老」對比「繆思愈年輕」。「我七十歲的生辰／蠟燭之多令蛋糕不勝其負荷」對比「我劇跳的詩心／自覺才三十加五」。「我的繆思，美豔而娉婷／不棄我而去」對比「揚著一枝月桂的翠青／綻著歡笑，正迎我而來」。「不肯讓歲月捉住」對比「仍能追上她輕盈的舞步」。❼

唐人詩作亦然，柳宗元（七七三～八一九）的〈江雪〉，可以析解為：

千山←→鳥飛絕
萬徑←→人蹤滅
→孤舟簑笠翁，獨釣寒江雪

以同質性的一組對比「千山」、「萬徑」，再去對比異質性的「孤舟」、「獨釣」（這是另一組同質性的對比），凸顯出物境的寂涼、人情的淒清，詩意就在讀者心中悄然鋪展，一如天地之寬廣。

古今詩人都相信：

沒有那萬綠之叢，如何對比這一點之紅？
沒有那萬骨之枯，如何對比這一將之功？

寫詩之時，腦海中一定要有許多同質性或異質性的兩股力量互相張扯，所以，請從拉扯下面的詩句開始這種鍛鍊：

1. 颱風海棠
還在花蓮東南海面 380 公里

這可能是一個威力巨大的颱風，即將威脅臺灣，但是它距離本島還有 380 公里，隱藏著許多變數，這時你會安排什麼樣的或然或必然？

❼ 余光中：《我的繆思》，《高樓對海》（臺北：九歌出版社，二〇〇〇年）。

（新竹的蟬，噤聲不語）

（慌急的心尋找穩固的臂膀）

（悄然出航，我們必須穩定自己）

2. 聽見和尚芒鞋

踩碎露珠

和尚是不忍殺生的，但是他的芒鞋竟然踩碎了露珠，天地之間會有什麼反應，什麼變化？露珠，在仁人的眼中依然是有生命，值得憐惜的。

（原野上的草葉一起隨風搖頭）

（枯枝上的斑鳩飛向荒廢的無人島）

（太陽的光越來越強）

3. 嘎——煞車聲

與　咒罵聲之間

社會上常見的景象，在一聲緊急煞車聲之後，免不了是一聲或一陣叫罵，但是在煞車聲與咒罵聲之間，那一剎那，世界可能會有許多極不相干的事發生，你選擇什麼作為襯托？

（和平島岸邊，魚潑辣一聲又游向大海）

（柔柔的風穿過人的臉頰）

（有人看見雲飄過那棟大樓）

在文學創作上，對比不是對立，更不會造成對峙的局面，相反地，卻能使詩意的伸展有了張力，形成共構的穩實基礎。

❖四、敢推湧意象交疊的譬喻句

詩人、藝術家，為何而存在？我們為什麼要寫詩？這些問題都可能牽涉到美學原理的探索，但仔細體會王白淵（一九〇一～一九六五）所寫的〈詩人〉，或許有些問題可以霍然而解。

〈詩人〉

薔薇默默盛開
在無言中凋謝
詩人為人不知而生
吃自己的美而死

蟬在空中唱歌
不顧結果如何飛走
詩人於心中寫詩
寫寫卻又抹消去

月獨自行走

照光夜的黑暗
詩人孤獨地吟唱
談萬人的心胸（巫永福譯）❽

詩人在孤獨中咀嚼，再三回味，寫寫又塗抹、塗抹又寫寫的作品，卻可能道盡萬人心中的塊壘。所以，讓自己處在孤獨的情境中，可以獨立自主的思考，往往也是寫詩的必要條件。

美國詩人華滋華斯（William Wordsworth, 1770~1850）對於「孤獨」有著截然相反的觀點，在〈丁登寺〉中他以歡愉之心靜靜看著孤獨：「……我們躺臥在／自己體內，成為一個活的魂：／我們用一雙被和諧和歡愉的力量鎮懾的眼，／洞透事事物物的內在生命。」但在另一首〈哀歌〉中他卻有可憐的情緒：「再見罷，再見罷，住在孤單中、／守在夢中、遠離同類的心靈！／它縱使快樂，／也是可憐的；／因為它是盲目的。」❾或許可以這麼說：孤獨，對詩人而言是身體的寂寞，對詩家而言卻是心靈的豐收，詩人要能不怕孤獨、寂寞，才能有深刻的作品。

不過，引述王白淵詩作的真正目的，是為了從中擷取創作的方法，那就是敢於一再推湧萬物一體的譬喻句。仔細探究〈詩人〉這首詩，它是以三個省略喻詞的譬喻句（略喻）所形成：「詩人為人不知而生／吃自己的美而死／（好像）薔薇默默盛開／在無言中凋謝」，「詩人於心中寫詩／寫寫卻又抹消去／（好像）蟬在

---

❽ 王白淵：〈詩人〉，《棘の道》（日本盛岡市：久保庄書店，一九三一年六月發行）（寫作時間約為一九二五～一九三〇年之間）。巫永福譯：〈詩人〉，《文學界》二十七期（一九九八年）。另見陳才崑編譯：《王白淵・荊棘的道路》（彰化：彰化縣立文化中心，一九九五年），頁八〇～八一。

❾ 科克（Philip Koch，加拿大愛德華王子島大學哲學系副教授，一九四二～ ）著，梁永安譯：《孤獨》（*Solitude*）（臺北：立緒文化公司，二〇〇四年），頁五～六。

空中唱歌／不顧結果如何飛走」，「詩人孤獨地吟唱／談萬人的心胸／（好像）月獨自行走／照光夜的黑暗」。但詩人將眾人熟知的自然現象（喻體）置於前，將自己特別的感觸（本體）置於後，因而形成象在意之先，讓讀者接受「薔薇默默盛開／在無言中凋謝」的自然現象，因而自然也就接受了「詩人為人不知而生／吃自己的美而死」的人文事實。

王白淵在〈詩人〉詩中，使用的是「略喻」。紀弦（一九一三～）的〈雕刻家〉說：「煩憂是一個不可見的天才的雕刻家」❿，〈狼之獨步〉說：「我乃曠野裡的一匹狼」⓫，則是使用「暗喻」。鄭愁予的名篇〈錯誤〉更交錯使用，「明喻」：「你底心如小小的寂寞的城」、「（你的心）恰若青石的街道向晚」；「暗喻」：「你底心是小小的窗扉緊掩」；「借喻」：「（你的心就好像）東風不來，三月的柳絮不飛」、「（你的心就好像）跫音不響，三月的春帷不揭」。⓬可見「譬喻」是文學創作最基本的要素，是將天地間的風雨雷電、雲霧霜雪、草木蟲魚、飛鳥走獸與「人」互動的最佳接合劑，詩人的創作無不以此為基礎，多方轉化運用，更求靈活。

日本詩人「江藤淳」對於「暗喻」也有這樣的說詞：「居間於日常性的意識和被高揚的意識之間的就是暗喻。」他認為「暗喻之幾乎意味著詩本身，乃是由於一切優異的詩，在發想上都站於需要兩個以上的聲音之重層性的地點之緣故。」⓭詩，不可能單軌進行，意與象必須「重層」出現，暗喻就是將屬於「詩人」的「意」跟屬於「自然」的「象」，以串連、交錯、重疊或織染的方式呈現出來，因而才有「暗喻幾乎意味著詩

❿ 紀弦：〈雕刻家〉，《紀弦詩拔萃》（臺北：九歌出版社，二〇〇二年），頁五六。

⓫ 紀弦：〈狼之獨步〉，《紀弦詩拔萃》（臺北：九歌出版社，二〇〇二年），頁九六。

⓬ 鄭愁予：〈錯誤〉，《鄭愁予詩集Ⅰ—一九五一～一九六八》（臺北：洪範書店，二〇〇三年），頁八。

⓭ 錦連：〈詩人備忘錄五〉（錦連翻譯日人江藤淳：〈日本詩在哪裡〉，日本：《短歌研究》四月號，一九五八年），《錦連作品集》（彰化：彰化縣立文化中心，一九九三年），頁一五〇。

本身」這種說法。敢於一再推湧萬物一體的譬喻句，就成為詩創作最根本的基礎練習。

請試著做以下幾個練習，增長自己的設喻能力：

1. 螢火蟲

（就好像）＿＿＿＿＿＿＿＿

（提著燈籠的小姑娘）

（天上的星，為追尋自己的夢而飛）

（黑夜的眼睛，總是守護著夜歸人）

2. 時間

（是）＿＿＿＿＿＿＿＿

（一條河，流過我們的青春、皺紋，流過……）

（創造奇蹟的魔術師，將一個生澀的少年變成跋扈的暴君）

（無所不在的風，看不見，卻搔著你的癢處）

3. 以＿＿＿＿(A)的快捷跳上最後一班車

如＿＿＿＿(B)，在我走進車廂前所有的星座都隱沒了

（阮囊：〈最後一班車〉）

詩人阮囊這兩句詩，其實都是譬喻句的變身，恢復為譬喻句的原型，應該是：

跳上最後一班車，就好像＿＿＿＿(A)那樣快捷。

在我走進車廂前所有的星座都隱沒了，就好像＿＿＿＿(B)。

(A)（豹隱沒在莽原中）
(B)（暴君的手遮蓋了所有的真相）
(A)（駕馭古戰車）
(B)（太陽見不到眾星的光輝）
(A)（流星）
(B)（沉船在漩渦的中心打轉）

在人類的大腦皮層下，記憶隨時會記錄人類知能的興奮過程，一個新的刺激被記錄下來時，也會喚醒從前的舊記憶，這種記憶的重疊出現就像電腦檔案可以隨時叫出一樣，因此，意象創作就像是喚醒舊記憶一般，不會是一件困難之事，常做這種練習，彷彿在晤見老友，彷彿在翻閱舊照片，彷彿在檢視珍藏的古董，意象會隨時翻陳出新，湧生不已。

五、肯融入卑微低賤的生命體

詩的寫作，自古以來就是在運用草木蟲魚鳥獸作為抒發感情的媒介，因此，深度理解各種生物的生命現象與特質，是創作者的基本素養，生物學知識越豐富，可運用的素材就越寬廣。前一節所說的「意象交疊」，其實已經是以草木蟲魚鳥獸入詩，這一節更進一步，要將自己化身為草木蟲魚鳥獸，主觀地將自己融入卑微低賤的生命體中，去沉思、去傳情達意。簡單的理解可以稱之為「擬人化」、「轉化」，但「擬人化」、「轉化」只是其中的技巧之一而已，它還可以有更多的途徑去達成。以錦連（一九二八～）的〈蚊子淚〉來看，這首詩不屬於轉化，卻將蚊子與人類設定在相等的位置上，共同承擔生命中的無奈與悲哀。

〈蚊子淚〉

蚊子也會流淚吧……

因為是靠著人血而活著的

而　人的血液裡

有流著「悲哀」的呢[14]

「靠著人血而活著的」，豈僅是蚊子而已，這首詩其實還有一種深沉的社會批判，這種「靠著人血而活著的」人，恐怕更是悲哀中的悲哀。當然，如同基督教的原罪一樣，詩人的認知裡，人的本質、人的基本生活型態就像血液裡流著的悲哀，是無法祛除的基因，這才是詩人本質上的覺悟，對人性的根本透視，詩的真正原生質所在。

錦連選擇蚊子，選擇流淚，正是融入卑微低賤的生命體中思考，這種思考而得的人性覺醒，反而更容易引起讀者的同情，產生共鳴，擴大效應。

這種生命體有時也可以是有生、有死、會腐朽的「非生物」，譬如白靈選擇「路標」作為八十歲老戰士的標記。新立的路標好像新生的生命，傷痕纍纍的路標又會指向哪裡？

一身負傷纍纍

立在路口，伸出許許多多的臂膀

[14] 錦連：〈蚊子淚〉，《錦連作品集》（彰化：彰化縣立文化中心，一九九三年），頁九。

他指著城裡街道曲折的內心
他指著城外白楊遙遠的茫然
多半則錯失了方向
某某幾里指著地面小狗的一泡鏡子
某某幾里指著天上白雲的幾朵逍遙
他纍纍像貼滿藥方，打著心結的老兵
披著歲月的勳章，他胡亂指著
旅人唇語中的遠方⑮

這首詩的路標，形似老戰士，如「曲折的內心」、「遙遠的茫然」寫的是老戰士，卻也是路人眼中路標常顯現的差錯、誤失；「錯失方向」的第三段則是歪斜的路標，卻也未嘗不是失智的老者；最後一段的「唇語」，只有開合而無聲音，既摹「路標」之形，又傳「老戰士」之神。至此，「路標」與「老戰士」，二而為一，是詩人融入「老戰士」卑微低賤的生命體、又融入「路標」卑微低賤的生命體所造致。

試著想想這些生物可以是人類的某種生命跡象？

1. 慵懶的貓

⑮ 白靈：〈路標——記一位八十歲老戰士〉，《臺灣詩學》季刊第四期（一九九三年九月）。

（水手：蜷縮在甲板上的一角，海，看了三十年，仍然只會無邊無際藍給你看，頂多翻幾個白眼。）

（中風者：人世的多少紛爭，其實就像我的右手、右腳，不要動它，它只是存在著。）

（算命仙：榮枯盛衰，如果真能預知，我會選擇坐在這裡等待客人嗎？唉，我們都是慵懶的貓。）

2. 含羞草

（憂鬱症者：你以為那是友善的招呼，我卻擔心那輕輕的一觸，會將我推向更深的淵底。）

（村姑：世界不就是一畦一畦的葡萄園嗎？日日我伸手採擷葡萄，為什麼會有一隻手，像採擷葡萄一樣伸向我？）

（健美先生：我可以讓你仔細看我鼓起來的舉重成績，我卻害怕你那柔情的撫觸，瓦解了我山一樣的意志。）

3. 迴紋針

（A型人：我迴轉再迴轉，只為了輕輕將你夾住。）

（功利主義者：轉一個彎，又轉一個彎，我知道你轉不出我的手掌心，轉不出我的肚腹心脾。）

（儒者：我一直挺圓圓的腹，一如瓶之存在，但我心中方以直的堅持，二十一世紀的今天又有多少人認識？）

這樣的練習是使心柔軟的基本操，是物我合一的初體驗，是天人合一的境界最後的追求，應該常常做這樣的連結。

❖六、願接納風情萬種的圖象式

美國詩人貝琦・佛朗哥 (Betsy Franco) 曾經創作《數學詩》⑯，他強調：「文字＋數學＋季節＋趣味＝大家的數學詩」，企圖讓數學與詩有著相契相合的契機，可以視為科際整合的嘗試。

紅色落葉
橘色落葉
金色落葉
＋棕色落葉
―――――――
踩下去窸窣有聲的地上彩虹⑰

（圖 1）

圖1是一個很簡單的加法算式，將地上鋪滿的落葉，紅色、橘色、金色、棕色，以加法繽紛呈現，妙的是形成一個色彩繁複的景色，詩人稱之為「地上彩虹」；奇的是詩人又將「視覺意象」添加上「聽覺意象」，讓這些繽紛的落葉與人類的腳步結合，因而「窸窣有聲」，將腳踩落葉的戲耍之樂加進兒童詩中，使創作與閱讀的過程增加許多趣味。

同樣是落葉，紅色、橘色、金色、棕色交錯而出，形成彩虹，所以用「直列」的加法算式呈現這種交錯美。如果是單一的落葉，又會出現什麼樣的詩意？貝琦・佛朗哥另有一首詩改用「橫列」（見下頁圖2）的加法算式表現，又有不同的效果。

⑯ 貝琦・佛朗哥 (Betsy Franco) 著，史蒂文・沙萊諾 (Steven Salerno) 繪，林良譯：《數學詩》(*Mathematickles*)（臺北：三之三出版社，二〇〇七年）。根據書中的簡介「貝琦・佛朗哥 (Betsy Franco) 是一位喜愛數學的詩人，以二十年以上的時間，寫了許多圖畫書、詩歌和論著，啟發兒童認識數學的美妙、深刻和趣味」。

⑰ 同前註，以下各詩具見於貝琦・佛朗哥 (Betsy Franco) 著，林良譯：《數學詩》（臺北：三之三出版社，二〇〇七年），未定題目，未標頁碼。

楓葉＋水塘＝紅色的小船

（圖 2）

　　　落葉
風 ）秋天
　　－顏色
　　　冬天

（圖 3）

（秋天 ÷ 風）－ 顏色 ＝ 冬天

（圖 4）

這個「橫列」算式使落葉漂盪在水面的感覺呈現圖象之美，詩人擷取大自然中一個簡單的畫面，選擇楓葉的紅，使主角醒人耳目，配上水的柔軟，產生小船的幻象，詩意因而盎然無比。

同樣是落葉，詩人應用更繁複的算式，當然會有更多驚奇的發現（圖3）。

這首詩應用先乘除、後加減的方式，描述秋天除以風（指風吹過後）飄下落葉，落葉又逐漸褪減顏色，那也就是冬天來臨之時。落葉慢慢褪色，所以貝琦・佛朗哥以減法表現由濃轉淡的過程，這時的節奏是緩慢的；落葉因風而落，貝琦・佛朗哥以除法表現「秋風」吹過後的情境，尤其是除式的符號徵象，極似最後的一片落葉還危危顫顫掛在樹枝末端的樣子，頗有秋意淒涼的感覺；「冬天」二字壓在整個算式之下，也有陰冷的冬天等待冒出的冷肅美。這首詩以直列式排列才能顯示圖象效果，達成詩的視覺之美，如果改用橫列式（圖4），不僅詩意不存，美感也隨之消失。足見數學式增加了詩的形式美。

落葉之外，還會有許多大自然景象，可以用數學式加以表達，貝琦・佛朗哥寫閃電，列出以下的式子（圖5），讓人會心一笑，看到這樣的式子，腦海中自然呈現霹靂閃電陸續出現的畫面：

$$閃電=\frac{2}{3}三角形+\frac{2}{3}三角形+\frac{2}{3}三角形$$

（圖5）

數學算式、方程式之外，化學、物理的公式、定理，歷史的年表，地理的地圖、等高線，公民課程的統計表，以科際整合的角度出發，其實都可以應用、研發為新詩創作的新技巧，吸納所有學科的精粹，讓新詩的視野更加寬廣。

當然，不要忘記前輩詩人所曾經大力經營的「變化文字，應用符碼，以創造空間，模擬物象」的「圖象詩」，舉一首最近出現的圖象詩，啟發同學也試著應用文字、數字、符碼，以裝置一首富含深意的作品。

見下頁圖6〈吵架〉⓲一詩，這首詩顯示相互指責的兩方，無不以蜷曲的拳頭、惱怒的食指指著對方，語言中盡是「你、你、你……」，從來不會有自我反省的時候，簡化的機械式圖形，單純的指標，卻也為爭吵的社會場景留下圖形共相，讓人會心一笑。

⓲ 林世仁：〈吵架〉，林煥彰主編：《林，詩的家》（臺北：唐山出版社，二〇〇七年），頁一三六。

你 你
你你 你你
你你你 你你你
你你你你 你你你你
你你你你你你你你你你你你你你 你你你你你你你你你你你你你你
你你你你你你你你你你你你你你你 你你你你你你你你你你你你你你你
你你你你你你你你你你你你你你你你你你你你你你你你你你你你你你你你
你你你你你你你你你你你你你你你 你你你你你你你你你你你你你你你
你你你你你你你你你你你你你你 你你你你你你你你你你你你你你
你你你你 你你你你
你你你 你你你
你你 你你
你 你

（圖 6）

請試著以下列幾個簡單圖形為書寫對象，為它們寫出一段精彩的話：

︺

1. 我在橋的這端眺望著︺︺︺︺你會在那頭守候天晴嗎？

2. 陷在吊床的最底部︺就讓我沉入黑甜之鄉吧！

3. 基隆河底︺是沙粒、是爛泥，還是可以淘洗的碎沙金？

4. ________________________________

︹

1. 大頭的學士帽︹顯然太小了，但是又有什麼關係哩？戴著帽子的時間也不過是兩個小時，用頭腦的時間可要長達六十年啊！

2. 把北宜公路九彎十八拐的髮夾彎，集合成一個雪山隧道︹，果然回家的速度快多了。

3. 月亮上升了︹，長長的幾聲蛙鳴為仲夏之夜帶來幾許清涼。

4. ________________________________

&

1. 瑜珈又彎腰又抬腿 &，總是挑戰著體能的極限。

2. 甩下水袖至地 &，彷彿要把幾代的恩怨情仇甩到雲煙不見的地方。

3. 嬰孩以他的雙手扶起雙腳 &，總想嚐嚐自己的腳尖有沒有奶嘴那麼值得咀嚼。

4. ________________________________

︽︽

1. 那是隱入天際的白翎鷥︽︽，急著尋回屬於牠的溫暖。

2. 深鎖的雙眉︽︽，何時成為展向天際的雙翅︽︽？

3. 遠遠的八卦山臺地︽︽，隱藏著我童年的笑聲。

4. ________________________________

圖象的風情無限，就像詩有無限的可能，二者結合，值得我們繼續開發。

或然，未必成為必然，但是，詩的追求原來也不是康莊大道、一路可達，所以或然的嘗試才是詩的通幽曲徑，才會有詩創作的驚喜。

❖ 七、結語

此次所設計的創作五大意圖：

1. **不排拒匪夷所思的想像力**
2. **能發現共構體中的大對比**
3. **敢推湧意象交疊的譬喻句**
4. **肯融入卑微低賤的生命體**
5. **願接納風情萬種的圖象式**

一方面符合希臘哲人亞里斯多德（Aristotelēs, BC 384～BC 322）所強調的創作三大原則：意象、對比與生動，一方面也貼近傳統「賦、比、興」的基本訴求，最重要的是，可以在新詩教學中付諸實踐，並且，在實踐的過程中再激發新的或然。

❖ 八、習題

1. 創作練習時，如何激引自己的想像力？
2. 如何以對比的方式凸顯詩中的張力？
3. 意象創造，就是從情景交融開始，以達至天人合一，如何踏出「情景交融」這一步？
4. 如何關注卑微的小生命以激發詩心？

5.圖象的應用是新詩異於舊詩之處，如何以圖示意，放手一試？

九、參考書目

(一)教學書目

從徐志摩到余光中　羅青著　臺北　爾雅出版社　一九七八年

小詩選讀　張默著　臺北　爾雅出版社　一九八七年

青少年詩話　蕭蕭著　臺北　爾雅出版社　一九八九年，新版二〇〇七年

現代詩創作演練　蕭蕭著　臺北　爾雅出版社　一九九一年

一首詩的誕生　白靈著　臺北　九歌出版社　一九九一年，新版二〇〇六年

煙火與噴泉　白靈著　臺北　三民書局　一九九四年

新詩補給站　渡也著　臺北　三民書局　一九九五年

一首詩的誘惑　白靈著　臺北　河童　一九九七年／鷹漢　二〇〇三年／九歌出版社　二〇〇六年

現代詩遊戲　蕭蕭著　臺北　爾雅出版社　一九九七年

下在我眼眸裡的雪——新詩教學　仇小屏著　臺北　萬卷樓　二〇〇一年

蕭蕭教你寫詩・為你解詩　蕭蕭著　臺北　九歌出版社　二〇〇一年

詩從何處來——新詩寫作教學指引　仇小屏著　臺北　萬卷樓　二〇〇二年

現代詩鑑賞教學研究　林文欽著　高雄　春暉出版社　二〇〇二年

一首詩的玩法　白靈著　臺北　九歌出版社　二〇〇四年

新詩體操十四招　蕭蕭著　臺北　二魚出版社　二〇〇五年

(二)引用書目

時間之傷　洛夫著　臺北　時報文化公司　一九八一年

錦連作品集　錦連著　彰化　彰化縣立文化中心　一九九三年

王白淵・荊棘的道路　王白淵著　陳才崑編譯　彰化　彰化縣立文化中心　一九九五年

高樓對海　余光中著　臺北　九歌出版社　二〇〇〇年

黑潮集　楊華著　臺北　桂冠圖書公司　二〇〇一年

紀弦詩拔萃　紀弦著　臺北　九歌出版社　二〇〇二年

鄭愁予詩集Ⅰ，一九五一－一九六八　鄭愁予著　臺北　洪範書店　二〇〇三年

孤獨 (*Solitude*)　科克 (Philip Koch, 1942～) 著　梁永安譯　臺北　立緒文化公司　二〇〇四年

數學詩 (*Mathematickles*)　貝琦・佛朗哥 (Betsy Franco) 著　史蒂文・沙萊諾 (Steven Salerno) 繪　林良譯　臺北　三之三出版社　二〇〇七年

17・臺語詩寫作

李勤岸

一、前言

一九八七年，是筆者詩創作的分水嶺。一九八七年以前，我和大多數受華語教育的臺灣人一樣，「理所當然」使用華語寫作。直到一九八七年，我在演講時試圖要用臺語朗誦我初寫就的詩〈解嚴以後〉，念得結結巴巴、艱辛萬分，此後我的母語意識才驚醒，並下決心改以母語寫作。經過七年的醞釀與練習，一九九四年後，我終於可以自由自在使用母語寫詩。底下就以我個人經驗，分享一些臺語詩創作的心得及可能關注的事項，提供有意以母語創作的人參考。

二、創作主體與文學語言客體之「要得」

創作主體與文學語言客體之「要得」有兩層意義：1.想要就能得；2.很讚。若一個詩人能要詩就能得到詩，那當然是很讚的事。如何能想要寫臺語詩就能得到臺語詩，可分主體的創作者與客體的文學語言兩方面：

(一)臺語詩創作者要得之先決條件

以下四個條件是裝備臺語詩創作的基礎：

1. 要懂語言，也得識字

許多人錯以為只要懂得該語言，就應看得懂該語言寫的文章。然而，我們看得懂華文或英文，非因我們會講華語或英語，而是學校教育我們「識字 (literacy)」（識漢字）或上過英文課。但在臺灣，因臺語文的學習、識字管道闕如，導致即便會講臺語者，亦多數無法讀、寫臺語文字。

要會寫臺語詩，除了要懂臺語，更要識字。臺語字有漢字及羅馬字，兩種字都懂，就能用「兩隻腳走路」：一隻漢字的腳，一隻羅馬字❶的腳；兩隻腳走起來比只用一隻腳走更方便、更得心應手。如此，想寫臺語詩就可「要得」就能得。

若讀人類文明史，了解文字起源與發展，就知道羅馬字這種拼音文字是人類經過約兩千年的進化所得的成果，是人類共同的文化資產。漢字也是我們的文化資產，而臺語與華語的共通詞高達85%，臺灣人學過中文，故較能輕易把華語文的識字能力移轉到臺語文，如此起步就快得多。

臺灣從一九二〇年代就有賴仁聲、鄭溪泮、蔡培火等人使用教會羅馬字，即一般通稱的白話字，創作出極有分量的文學作品，這是羅馬字的傳統。一九三〇年代開始，也有賴和、蔡秋桐、楊華、郭秋生等人使用全漢字的臺灣話文創作新文學。這兩條路線，各行其是，互無交集。但戰後經臺灣第一個語言學博士王育德，及後來的語言學家鄭良偉博士的提倡與鼓吹，漢字與羅馬字兩條路線有所交集，並形成戰後的臺語文「漢羅合用」的書寫趨勢。

臺語羅馬字以前有各種主張，極為紛歧，令人莫衷一是。二〇〇六年十月教育部國語會已整合出一套好學好用，又合乎語言學學理的「臺羅拼音系統」，並研發「臺羅拼音輸入法」置於教育部國語會官方網站，提

❶ 羅馬字就是拉丁化文字，也就是當今西方盛行的拼音文字，例如英文字母。羅馬字為十九世紀西方基督長老教會傳教士為利於傳教，讓多數未受漢字教育的信徒讀懂《聖經》，乃引進羅馬字書寫母語，並於一八八五年以臺語羅馬字創辦臺灣第一份報紙《臺灣府城教會報》。

供免費下載。至於漢字標準化工作，教育部國語會也已在二〇〇七年六月公告第一批常用臺語漢字三百字詞，陸續會公告第二批、第三批常用漢字……，將已形成共識、近一萬詞的《臺灣閩南語常用詞辭典》放在網站供各界參考。今後書寫臺語文在工具使用上已相對成熟許多，實在「有夠福氣」！

讀者們在初寫時，若臺語特殊漢字不知道怎麼寫或太難寫，別忘了還有另外一隻腳，即臺羅拼音羅馬字。更別忘了，羅馬字也是臺語字！

2. 要會靈感寫作，也得計畫寫作

寫詩似乎要有「天才」，繆思不時垂青，靈感如泉湧。但詩人若要靠靈感寫作，猶如工人靠打零工生活，有一餐沒一餐的，即使沒餓死，也必然面黃肌瘦，得要有穩定工作才是「頭路」。詩人一有靈感宛如神助，下筆如有神，固然謝天謝地，不過還是認分一點，規規矩矩，事先好好計畫，按部就班，慢慢琢磨，詩就這樣一首一首跑出來。

剛開始或許較不知如何下手，但愈寫就愈順手，愈寫愈「滑溜」。我的第一本臺語詩集《新臺灣人三步曲》就是先訂好寫作計畫、寫作大綱，每天一大早五點起床，打開電腦，開始按計畫書寫，進行極為順利。前後又有其他系列的計畫寫作，如〈詩的治療〉系列、〈春天花展〉系列、〈大人囡仔詩〉系列、〈阿爸中風了後〉系列等，或成書或成輯，只要計畫，就能得，果然要得！

3. 要會寫實也得寫生：寫生詩的創作技巧

畫家的寫生畫法是現代詩人應學習的。可帶著筆記型電腦，隨時隨地把你的所見所感「寫生」下來。印象派畫作是我最欣賞的，其「寫實」又「寫生」，把一朵花、一張臉、一個風景畫下來，且畫出生命——畫下來是寫實，畫出生命就是寫生，把那朵花寫活了。梵谷的〈向日葵〉若非有生命，如何能價值連城？但只是寫實是不夠的，否則數位相機就能取代畫家；詩人不僅寫實，而且寫生。我的寫生詩即學習畫家的寫生畫法，先以靜物練起，先照實寫出，這是寫實；然後寫生，把它寫出生命。試舉兩首詩為例：

〈木蘭花〉——春天花展8之6

一蕊盛開的花
一個展開的掌心
厚實的手掌
豐滿的身材
高大的體格
秀麗英挺的木蘭花
花中的女英雄
樹中的守衛神

毋免濟
有一叢，校園 tio̍h❷叫做美麗
有一叢，規個都市春天滿滿是
有一叢滿樹純白的木蘭
這個春天 tio̍h 叫做無限
有一叢滿樹粉紅的木蘭

❷ tio̍h：漢字可寫「著」；華語為「就」之意。

這个春天 tio̍h 叫做無憾

——2003/5/23 Harvard

第一段除了最後兩句「花中的女英雄／樹中的守衛神」是歌頌語詞之外，其餘皆為具實描寫：盛開、展開、厚實、豐滿、高大、秀麗英挺。用這些形容詞把我看到的木蘭花樹描寫出來，像畫家在寫生；這個工夫的第一步只是「描繪」的寫實。我常為了觀察要寫的對象，比如一棵樹、一朵花，即使在雨中撐著傘，也站立良久，為的是要問它：「妳要我怎麼寫妳呢？」一直問，直到得到答案才肯離開。這個答案，就是能把它寫活的「寫生」工夫。此詩第二段，即以「無限」(bû-hān)與「無憾」(bû-hām)的諧音發展，讓這棵木蘭花在詩裡活生生地開出一個美麗的春天。

〈擴充版圖〉

我的原則：
無去侵略別人的領土

小小四坪大
我的單身宿舍
有便所、浴間
有灶腳、餐廳

有冊桌、電視
有冰箱、眠床
看起來 èh-tsinn-tsinn❸
喘氣都真逼

決定欲共版圖擴大

先 tiàm❹壁頂貼一張
臺灣上高的山景
玉山的雪景
連綿到冬天的瑞士
閣貼一張阿里山的日出
逐工宇宙 uì❺遮開始循環
我的呼吸開始順起來啊

---

❸ èh：狹。èh-tsinn-tsinn 就是非常狹窄的意思。
❹ tiàm：在。
❺ uì：從。

閣買一條胖椅床
本底掠準無 tè 囥
Tshiâu-tshiâu❻ luí-luí❼ 咧
拄好
按呢就加一間客廳 koh 客房

空間開始大起來矣

共臺灣旗黏 tiàm 眠床頭
逐暝好眠夢
共原住民的汲水圖
掛 tiàm 上中央

聖經佮十字架 thàh❽ tiàm 電視頂
時時刻刻叫我謙卑
看無家己

---

❻ tshiâu：挪。
❼ luí：挪。
❽ thàh：疊。

一直祈禱
我一直縮小
每工起床
發現我的房間
愈來愈大間

——2001/4/7 花蓮

此詩啟發於印象派畫家梵谷畫其房間的作品。沒有一個讀者不能picture我房間的完整模樣；我先把我的房間白描式（或說是素描式）地畫出來，然後詩裡加入哲學觀，讓自己一直縮小，人愈謙卑，自己的空間就愈大。人際間的衝突肇因於個體自我膨脹進而擴充版圖，我的哲學則反其道而行，使得此詩具戲劇性的張力，更有思想性的「寫生」之妙。

4. 要會母語也得有母語運動的使命感：母語復振與建立臺灣文學主體性

會說母語、有母語意識，到有從事母語運動的使命感是循序漸進的三個階段。第一階段只把母語當溝通工具，會說就好，需說母語時就說母語，不需說母語時就不用說。一旦有母語意識，即開始對母語及文化產生認同，以說母語為榮、認同其母語文化以及該語族或民族。第三階段則是產生使命感，把救存母語當做自己的使命，並參與母語復振運動，以建立臺灣文學主體性為職志。差不多要到這個層次，母語寫作才可能持續不斷、無怨無悔，「歡喜做、甘願受」。而參加母語社團，參與母語文學營隊，是培養母語運動使命感的捷徑。加入母語運動團體，成為母語運動的一分子，將是母語寫作最強大的支持力量。

臺語詩是當前臺語文學最大宗的寫作文類，所以臺語詩人大部分也同時是母語復振運動最積極的參與者。這批詩人創作不斷，印證其母語運動的使命感是詩創作的原動力。這可能是臺語詩創作與華語詩創作最大的不同。

(二)文學語言客體之要得

除了作家主體的要得條件外，選擇母語作為文學寫作的語言本身就有其客體上的優勢條件。因為是母語，作者的語感最準確，能夠將其感覺及想法妥適傳達。語法學家判斷一個語句是否合乎語法，端賴母語人(native speakers)的認定，即母語人才有辦法掌握語言中微妙的差異。非母語人的寫作則有如翻譯，尤其寫詩無法用翻譯方法來寫。我從前使用華語寫作，發現修改得很厲害，看到我手稿的人，都誇讚我寫作態度認真，說我字句斟酌。其實回想起來，是抓不到確切的語詞，幾經修改仍抓不到癢處，徒呼奈何。在改換母語寫作後，則每每能夠迅速找對語詞，絕少更動，且詩量豐沛。一九九四年寫第一本臺語詩集《新臺灣人三步曲》時，幾乎每日一詩，一本詩集在兩個月內寫就。

我每日清晨五點起來寫詩，六點，念小學的女兒來我電腦邊，做我第一位讀者。一九九四年四月五日連寫兩首，女兒在讀完我計畫寫作中的當日作品〈食利息ê人〉之後，批評我的詩寫得太長，當場出考題，問我能否寫短一點。我於是「七步成詩」，寫了當天的第二首詩〈輓聯一對〉。沒想到這應女兒要求寫出來的短詩，不僅後來被選入《國民文選．現代詩卷III》，並受編選者讚許為「一針見血，豐富多樣的創作題材，為母語詩指出了康莊大道」。

1. 每日一詩 《新臺灣人三步曲》

〈食利息 ê 人〉

這個所在的利率
雖然有高有低
M̄-koh❾，利息卻是一直攏真厚
小可一屑仔本金
利息就食規世人

只要面皮厚
利息就 tuè leh❿厚
面皮越愈厚
利息越愈厚
這個所在的利率
完全根據面皮的厚度 teh 調整

這搭的人真拚勢

❾ M̄-koh：毋閣。不過的意思。
❿ tuè：綴。跟。leh：咧。tuè leh：跟著。

認真鍛鍊
Kā in⓫的面皮練 hōo 厚厚厚
親像銅城鐵壁
利息通食 leh 規世人
這搭的銀行早就破產
M̄-koh，利息還在
厚面皮生出來的利息
Thíng 好⓬食 leh 規世人

——1994/4/5 Hawaii 大學語研所

我的《新臺灣人三步曲》系列計劃創作，其中第二輯是專門批評臺灣人的壞習性的。臺灣的作家是不夠敬業的，特別是詩人，有的詩人出了一、兩本詩集後就不再寫作了，有的甚至就寫幾首詩而已，但就一輩子以詩聞名，吃起利息來了。他們熱衷於當作家，而不認真寫作，如此的創作文化，如何產生得了偉大作家？世界文學的大作家，通常都是極為敬業，一生創作量豐富，努力寫作，寫到老，寫到死。甚至有作家，寫不出新作品，無法突破自我，就要自殺的。我這首詩，批判一種怠惰的創作文化，當然也以此惕厲自己！

⓫ ín：他們。

⓬ Thíng 好：可以。

〈輓聯一對〉

烏道當道
白道無道
臺灣政治烏 sô-sô ⓭

烏紗歪膏
白賊兩道
臺灣政治花 kô-kô ⓮

——1994/4/5 Hawaii 大學語研所

這是哀悼臺灣政壇的惡質文化的詩。臺灣政治名為民主，卻是選舉就買票，官員貪污為常態。更慘的是黑道治國，民意代表從地方到中央，幾為黑道把持，黑道與政府掛鉤情況如此嚴重，能不叫人痛心疾首？

2. 一日五詩　《母語的心靈雞湯》

一九九四年每日一詩，其中已有一日二詩的經驗，二〇〇三年在哈佛教書期間更有一日五詩的最高紀錄。我手中隨時有一本小記事本，早上等公車時便開始想詩，到學校約半小時，一首詩就完成了；那天到晚上已寫五首詩。底下是其中兩首：

⓭ 烏 sô-sô：很黑的意思。

⓮ 花 kô-kô：意思就是很亂，很困惑，很難了解。

〈熨衫〉

阮某逐暗細細膩膩
用燒燒的熨斗
kā⓯我穿 siunn⓰久
皺皺仔的外衫
熨 hōo⓱平平

逐暝伊攏溫溫柔柔
用伊的熱情
kā 我這 su⓲穿 siunn 久
冷冷仔的外表
熨 hōo 燒燒

——2003/5/14 Harvard

這是我自創的兩段式寫生詩：第一段寫實，就事實白描，我寫的正是我太太每天為我燙衣服的實情。第二段才是「寫生」，運用譬喻寫出詩的生命，把我要表達的夫妻親密的情感寫出來。

⓯ kā：共。把，將。

⓰ siunn：傷。太過於。

⓱ hōo：予。得。

⓲ su：軀。衣服的單位詞，件。

〈抵抗〉

她看伊的頭毛
開始白
欲 kā 伊挽頭毛
伊抵制；

白頭毛愈挽愈濟
她挽袂赴
去買一罐染髮劑
伊無 koh 再抵制。

——2003/5/14 Harvard

這首詩與上一首詩不僅是寫作時間很接近，也寫同一種夫妻關係，也運用同一種寫作方式：兩段式寫生詩。第一段白描寫實，臺語男女第三人稱均是「伊」，但我為區分男女，利用華語的「她」來代表女性。第二段雖未運用譬喻，仍用「賦」的寫法，也就是仍是平鋪直敘來寫，但也寫出我要表達的夫妻親密的情愛。這首詩我用兩段行數一致的對比，加上押韻，也是利用型式來加強夫妻一體的關係。

3. 一景十詩　《母語的心靈雞湯》

女兒去讀 Cornell 大學後，離美加交界的 Niagara（尼加拉瓜）大瀑布很近，某次和妻子從 Boston 開車去

Cornell 看女兒，就順道去看 Niagara 大瀑布。雖是第二次觀賞，還是十分震撼；回來寫了十首詩，連自己都嚇一跳。舉三首詩為例，第一首圖畫詩；第二首以母語詩寫作譬喻，完全表達出當時以母語寫詩的感覺；第三首以情寫景，把兩條河流來到斷崖形成大瀑布的壯烈，用私奔殉情來譬喻：

〈瀑布〉——觀 Niagara 瀑布有感10首之1

水水水水水水水水水水
tshiâng tshiâng tshiâng tshiâng
水水水水水水水水水水水水
水水水水水水水水水水水水
水水水水水水水水水水水水
水水水水水水水水水水水水
水水水水水水水水水水水水
水水水水水水水水水水水水
水水水水水水水水水水水水
水水水水水水水水水水水水

——2003/5/16 New York 春遊

當然讀者都看得出這是一首圖象詩，不過利用電腦複製的功能，一下子就寫出來了。所有去觀賞 Niagara 瀑布的人必然能在這首詩中感受出該瀑布之氣勢磅礡，甚至可以感受到身體被濺到水珠的冷冷感覺。我只是用了臺語的瀑布對等詞「水 tshiâng」而已。因為沒有人這樣寫過，所以就是創意，你如果再如法炮製，就成抄襲。

〈**我用母語寫詩**〉——觀 Niagara 瀑布有感10首之2

大自然用母語寫詩

大 koh 自然而然

讚！

——2003/5/16 New York 春遊

因為我用母語寫作能寫出大量作品，氣勢如虹，我也感覺 Niagara 瀑布有同樣的氣勢，所以感覺那是大自然寫的詩，而且必然是使用母語寫的詩。這是簡單的譬喻，但是最後那一聲讚，以及驚嘆號，是所有觀看 Niagara 瀑布的人的共同心聲，希望也是所有讀母語詩的讀者會喊出來的聲音。

〈**殉情**〉——觀 Niagara 大瀑布有感10之3

一路流來

咱的愛情

風湧不斷

相招私奔

來到斷崖

縱身一跳

轟動的消息
瞬間形成一首
悲壯的歌詩

——2003/5/16 New York 春遊

Niagara 瀑布之所以如此壯觀，是因為它是由兩條大河，流到這個地方忽然地形變成懸崖，雙雙落下，所以氣勢非凡，不比一般的瀑布是山上泉水流下形成的。我的比喻使它有了 romantic 的氣氛，有了悲劇的愛情故事。

4. 一感八詩　《母語的心靈雞湯》

父親中風後，我按慣例每個禮拜以電話請安。但後來他不太和我說話，沒講幾句，就叫照顧他的印尼看護聽。我感觸很多，寫了八首詩，輯為〈阿爸中風了後〉，是〈詩的治療〉輯中的部分作品。回國後才知道父親當時已有「老人痴呆」的跡象。父親一生耕農，不識字，所以我就以非常口語而淺白的方式寫。我想，只有這樣寫，他才聽得懂吧！

〈阿爸欲轉來厝裡〉——阿爸中風了後8之1

我轉去的時陣
阿爸已經送去 tī 安養院
頭殼 hōo 人 lu ⑲ 光光

⑲ lu：剃。

褪剝裼
hâ⑳尿 tsū 仔㉑
倒 tī lòng-khóng 間㉒上邊仔角的病床
人瘦 kah 親像非洲營養不良的囡仔
中過風 ê 身軀無 teh 振動
親像 hōo 人 tàn㉓tī 邊仔角的
一塊破桌布

看著我來
阿爸目屎煞流出來
沿仔哭，沿仔講出一句
糊糊的話：
「我欲轉來厝裡！」

看著一向樂觀堅強的阿爸

---

⑳ hâ：縖。包著。
㉑ 尿tsū仔：尿布。
㉒ lòng-khóng 間：通鋪。
㉓ tàn：掞。丟棄。

中風了後
變 tsiah-nih[24]軟弱無助
我的腳雄雄一直軟落去

「阿爸，我 tshuā 你轉來厝裡！」
欲離開的時
安養院的看護婦
kā 我抱怨阿爸
講阿爸規日規暝吵無停

阿爸中風了後
變足無安全感
阿爸心內足驚
驚人 kā 伊袂記得
kā 伊 tàn tī 壁角
親像用了的一塊桌布
阿爸 beh ài 人知影伊的存在
阿爸就規日規暝 kā 人叫無停

[24] tsiah-nih：遮爾。這麼。

ná 像 teh kā 人叫魂

阿爸中風了後
先 tī 厝裡
由厝裡的親人輪流顧
逐個人攏 hōo 伊吵 kah 無法伊
才 kā 伊送去安養院
kā 阿爸 tshuā ㉕ 轉來厝裡
kā 阿爸 tshuē ㉖ 一個專任看護
tshuā 阿爸去病院復健

中風了後的阿爸
隨 koh 活轉來
隨 koh 回復伊樂觀堅強的個性
逐工認真做復健
親像早前認真作穡的款勢

中風了後的阿爸
一工比一工 khah 好勢
袂 koh 規暝規日

㉕ tshuā：帶。

㉖ tshuē：揣。尋找之意。

一直 kā 人吵無停
ná 像 teh kā 人叫魂

——2003/5/26 Harvard

這首詩用這種平鋪直敘的敘述方式是我刻意選擇的，因為我父親沒讀過書，不識之無，我應該用這種寫法才可以把我對他的感情寫出來。詩應該有很多表現方式，敘事詩的寫法此時此刻是最貼切的。作者要勇於嘗試各種可能，不應該停留在刻板的詩觀上。

所以，寫臺語詩可以生活可以情愛、可以理性可以感性、可以批判可以思想、可以俐落也能綿長，正因這個語言是我們曾經，甚至是最熟悉、最能表達內心深處情感者。尤其我們要跟上一代的長輩親人對話，乃至要讓這個語言持續在下一代交流延續，用母語寫詩絕對是必要的。我們常見的臺語詩許多總是愛鄉、愛土、愛國、愛家，或者七字、五字的豆腐乾形式的詩句，文學發展至此，若猶停留於「詩歌」階段，則恐怕無法讓臺語詩進階到「詩」的純粹。

三、創作者主體與文學語言客體之「要不得」

1. 創作者主體之「要不得」

有幾件事，臺語詩創作者應盡量避免；這也是臺語詩或臺語文學，向來被外界詬病的。我們不認為這些批評公允，因其缺乏對母語文學的同情與了解。但臺語文學已趨近成熟，應開始建立並追求文學的卓越性，提升開闊的視野與深入的內涵。故對於初學者，仍可先知道過去曾有的缺失，以茲借鏡：

(1)莫自創漢字：臺語與華語的共通詞比例很高，臺語的特別詞，若漢字是大家習用的就用，若是怪字、罕用字，建議直接用羅馬字，別自創漢字或另造字，這會讓讀者望而卻步。教育部國語會已整理臺語漢字，希望大家盡量使用，愈多人寫一樣，就會愈多人看得懂，若僅一個人那樣寫，很可能僅一個人看得懂。

(2)莫自創拼音符號：臺灣母語文學無法發展順遂，原因之一為拼音符號混亂。教育部國語會現已整合羅馬拼音，且公告〈臺羅拼音方案〉，大家應捐棄成見，放棄固有寫法，改寫臺羅拼音。同樣道理：大家愈寫得一致，就愈多人看得懂。現今小學課本亦已統一使用臺羅拼音，未來的讀者自然就習慣臺羅拼音，若寫得不一樣，則作品少有人讀。

(3)有語言亦要有詩：這是臺語詩常被誤指的評價。雖無道理，但仍值得警惕。使用臺語寫作，要時時提醒自己，是在寫詩，不是在寫臺語而已。詩，就是要講究詩質，講究詩的藝術及其美學層次。

(4)莫泛政治化：政治詩是臺語詩的一大特色，但寫太多則了無新意，建議寫其他題材，否則總使臺語詩給人泛政治化的錯覺。尤其現今臺灣政治變成藍綠惡鬥，很多人對政治十分厭惡，老是寫政治詩，恐造成讀者的排拒。

(5)莫泛形式化：形式是現代詩很重要的一個部分。古詩講究形式，且講究統一形式；現代詩也講究，但它要求每首詩有其自身獨特合宜的形式，不該千篇一律。許多初學寫臺語詩的人，總喜押韻或總沿用七字仔的形式，以為只要朗朗上口就是詩。詩固然可以押韻或寫如七字仔，但不是七字仔或押韻就是詩。

(6)莫泛鄉土性：臺語詩當然是鄉土文學的一環，但鄉土文學並非只能寫農村、寫鄉下、寫下階層人的生活。凡寫實的是臺灣社會的現實，都是鄉土；它可以是大都會、夜生活，可以是電子新貴、販夫走卒。臺語詩應該更有雄心壯志，寫出臺灣的多元及多層次面貌。

2.文學語言客體之「要不得」

對母語寫作最「要不得」的則是當前文學語言的環境。不可否認現在整個大環境正在改變，母語寫作的環境也稍有改善；但未真正解凍，因此臺語詩初學者，仍要先有心理準備，才不至於挫折感太大。母語運動者得努力去改善這個環境，而母語寫作者也應把自己視為母語運動者，努力去改善以下這些「要不得」的現象，使母語寫作變成一件「要得」的事情。

如何改善？語言政策的改變當然最快，然而不是每個創作者都能參與政策的制訂。如果可能，遇到不合理的現象，應隨時隨地理性反映出來。

(1)遭刊物排斥：當前的「主流」文學刊物或標榜「本土」的文學雜誌，幾乎都不刊臺語詩，報紙副刊如此，文學雜誌亦然。目前較專業的臺語文學雜誌，有每月出刊的《海翁臺語文學雜誌》，其附朗讀CD，對臺語文作者、讀者來說是一大福音；《臺文Bong報》雖編輯較簡約，亦每月出刊，讀者不妨藉此培養閱讀「漢羅」的能力。

(2)遭書店排斥：筆者在國外時，每次回國，一到書店，少見母語相關的書籍，總有強烈的置身殖民地之感。現在全國唯一有賣臺語文書刊的，恐怕只有臺大附近的「臺灣的店」。要買臺語文的書，參加臺語文營隊，到臺語文推廣者擺設的攤位選購則是另一個可能。

(3)遭文學獎排斥：臺灣的文學獎不算少，獎金也頗優渥，但在徵文時都要特別聲明「來稿請用中文書寫」。現唯一頒給臺語文學的只有「海翁臺語文學獎」，以及「李江卻臺語文學獎」。

(4)遭文學選排斥：臺灣的文學選絕少選入臺語作品，如果有，也僅選一、兩篇應應景。主要是編選者心理上排斥，或閱讀臺語文學的能力有限。近幾年稍有改善。二〇〇七年臺語文界開始有人編輯《2006臺語文學選》，這是個好現象。

(5)遭文學史排斥：編寫臺灣文學史的人應對臺灣文學中最早出現的白話字文學、日本時代的臺灣話文文學，以及當代的臺語文學，能夠清楚掌握才對。但現今臺灣文學史則較偏重呈現殖民語文學。

⑹ 遭臺灣文學系所排斥：許多臺灣文學系所並不開設臺語文學相關課程，不聘臺語文學學者、不招收臺語文學研究生，有如存在著「內殖民」的現象。但當初教育部鼓勵設立臺灣文學系所時，在白皮書中特別說明設立臺灣文學系所的目的之一是培養母語師資人才。如今許多臺灣文學系所似已忘卻教育部的初衷，而教育部在評鑑臺灣文學系所時，也似已忽略此項目。

四、結語

肇因教育環境母語訓練闕如，致吾人窒礙於母語文字的使用。而「詩」本身就有無限可能，臺語詩畢竟也重視語言的掌握；建議初學者先嘗試「短詩」創作，語彙掌握已趨熟練、詩的質感亦有提升後，再進而嘗試「長詩」創作。儘可能往不泛「政治」、不泛「鄉土」、不拘「形式」的方向構想題材，形式上往不刻意押韻，或使文句間自然成韻。

而創作「寫實」又「寫生」的臺語詩，可以先以寫「物」、寫「人」為題。再則，欲增加語彙詞句運用，創作「長詩」形式的臺語詩，可以「敘事詩」入手，試著以詩來「說故事」，例如選定某「歷史事件」、「家族記事」等題材；或假設性地「述說」某種心情。甚至，我們可創作較具思考性、抽象性的長詩；特別是進一步將「具象」語詞，轉化為更多「抽象」的層次；舉例來說：「僥 than」(hiau-than) 一詞，原形容桌角部分稍微掀起或剝離，造成不協調、產生障礙、不順暢之感；可轉化借用為強化思路受阻、心理掙扎、價值頹傾、背信變卦等諸多意義。

最後提醒，每個語言有其獨到的語文書寫模式及思考脈絡。轉換一個語言、語文來創作詩文，要先調整自身書寫、閱讀與思考的語言習慣。初以臺語文字書寫，首先要克服因為詞彙的掌握無法流暢，導致創作思路斷裂；當越來越能掌握語文能力時，文學本質層次的提升仍不能忽略；即有「臺語」，也要有「詩」。更重要的是，你有兩隻腳：「漢字」與「羅馬字」；特別是許多生動細緻的疊詞、形容詞，無法用漢字書寫，或以漢字書寫可能難以發音者，羅馬字是很好的工具。

本文探討臺語詩創作，除以個人書寫經驗為例說明，亦因臺語文學乃受限於長期的殖民地政策與社會型態影響，導致發展上並不如華語文學健全，故筆者仍試圖將一些臺語文學背後的發展意涵，以及當今語文環境的現實著墨交代，希冀提供讀者在了解其創作上的背景，並有助於諸位在書寫時有更多的參考；也但願引起更多人創作客語、原住民語等母語詩。

若自身是母語使用者，首先就有「要得」的優勢；若能有計畫性的書寫、熟練這個語文的寫作，則在寫作上的突破便能更加「要得」；而雖然現實環境有許多使寫作母語詩之「要不得」的困境，只要先有了母語意識、進而認同母土文化，並以救存母語為使命，相信不僅個人在母語詩創作的質量有所提升，也能對當前不利母語文化的大環境有所改變。

以母語書寫詩文，也是近年「全球在地化」的趨勢。而正如日本時代臺灣話文健將郭秋生所言，若無臺灣話文做基礎，一切的解放運動「都盡是無根的花欉」。我們當然希望臺灣文學能從後殖民的監牢中解放出來，但若少了母語文學的寫作，是否也似無根的花欉？無論如何，臺灣文學至少要有母語的芬芳。若認同這樣的說法，那就請試著提筆用母語寫詩吧！

五、臺語詩書寫小叮嚀

1. 請記得，每個語言有其獨到的語文書寫模式及思考脈絡。轉換一個語言、語文來創作詩文，要先調整自身書寫、閱讀與思考的語言習慣。

2. 別忘了，寫臺語詩，不僅在於寫臺語。重新寫作臺語詩初期，首先要克服因為詞彙的掌握無法流暢，導致創作思路斷裂；然而，越來越能掌握語文能力時，文學本質的提升仍然不能忘記。

3. 請一定記得，書寫臺語詩，你有兩隻腳：「漢字」與「羅馬字」。特別是許多生動細緻的疊詞、形容詞，無法用漢字書寫，或以漢字書寫可能無法發音者，羅馬字是很好的工具。

❖六、習題

既是「詩」，臺語詩畢竟也要重視語言的掌握。故以下四個習題在題型設計上，因應母語發展上的窒礙，特別加上「語言練習」的步驟。建議初學者先依順序練習，即先嘗試「短詩」創作，待語彙的掌握已趨熟練、詩的質感亦有提升後，再進而嘗試「長詩」的創作。

1. 先把「語彙」找回來！試以「短詩」形式創作臺語詩：

類似俳句式的三、五行短詩。訂好題目後，先以抓「關鍵詞」的方式找出適用的詞彙來排列，再加些副詞、助詞等來修整句子；每句長短不需局限。例題：〈風〉、〈月娘〉、〈教育〉、〈恐怖分子〉。

2. 試創作不泛「政治」、不泛「鄉土」、不拘「形式」的臺語詩：

先自由計畫題材，形式上盡可能不刻意押韻，或使文句間自然成韻。例題：〈都市人的面〉、〈西門町六號出口〉、〈陷眠〉。

3. 提升詩質的藝術層次，試創作「寫實」又「寫生」的臺語詩：

(1) 寫「物」：

例題：〈捷運〉、〈玫瑰〉、〈夜景〉。

(2) 寫「人」：

例題：〈佇古亭四號出口彼個查某囡仔〉、〈你講你無欲 koh 行：寫予爸爸〉、〈聽講馬偕〉。

4. 增加語彙詞句運用，試以「長詩」形式創作臺語詩：

(1)可嘗試創作「敘事詩」，加強臺語詞彙的練習：

試著以詩「說故事」，但別先設限在「七字仔」式的長詩；或可選定一個「歷史事件」、「家族記事」等題材來書寫；或假設在跟另一個人「述說」某種心情。題目請自訂。

(2)可嘗試創作較具思考性、抽象性的長詩：

臺語的許多語彙因越來越少被使用，漸漸地只停留在「具象」層次；創作時可將「具象」語詞，轉化為更多「抽象」的層次；舉例來說：「僥 than」(hiau-than) 一詞，原形容桌角部分稍微掀起或剝離，造成不協調、產生障礙、不順暢之感；可轉化借用為強化思路受阻、心理掙扎、價值頹傾、背信變卦等諸多意義。題目請自訂。

❖ 七、參考書目

(一) 李勤岸臺語詩集

新臺灣人三步曲：李勤岸臺語詩集　李勤岸　臺南　臺南縣文化中心　一九九五年
李勤岸臺語詩選　李勤岸　臺南　真平企業　二〇〇一年
咱攏是罪人　李勤岸　臺南　開朗雜誌社　二〇〇四年
大人囡仔詩　李勤岸　臺南　開朗雜誌社　二〇〇四年
母語的心靈雞湯　李勤岸　臺南　開朗雜誌社　二〇〇四年

(二) 相關臺語詩集

林宗源臺語詩選　林宗源　臺南　開朗雜誌社　二〇〇二年

路寒袖臺語詩選　路寒袖　臺南　開朗雜誌社　二〇〇二年

陳明仁臺語文學選　陳明仁　臺南　開朗雜誌社　二〇〇二年

莊柏林臺語詩選　莊柏林　臺南　開朗雜誌社　二〇〇二年

向陽臺語詩選　向陽　臺南　開朗雜誌社　二〇〇二年

(三) 臺語文雜誌

海翁臺語文學　臺南　開朗雜誌社

臺文罔報　臺北　臺文罔報雜誌社

臺文通訊　加拿大　臺文通訊雜誌社

臺文戰線　臺南　臺文戰線雜誌社

首都詩報　臺南　府城舊冊店

(四) 臺語文網站

勤岸臺文網：http://www.tcll.ntnu.edu.tw/kh

臺灣白話字文獻館：http://www.tcll.ntnu.edu.tw/pojbh/

臺日大辭典：http://taigi.fhl.net/dict/

臺語線頂聖經（可參考〈詩篇〉）：http://taigi.fhl.net/list.html

李江却臺語文教基金會：http://tgb.hopto.org/new/

國語會臺語常用詞辭典：http://twblg.dict.edu.tw/tw/index.htm

臺灣文學獨立聯盟：http://taiwanliterature.ning.com/

18・古典詩寫作

吳榮富

❖一、引言

一切文學創作，不外五個要件：深厚的感情、曼妙的聯想力、純熟的語言文字訓練、豐富的人生閱歷、苦心經營的功夫。以此五要件想當一個合格的作家，已綽綽有餘。但是古人也說：「江湖一點訣，說破不值半文錢。」上課時，已毫無保留的將所學教給學生，現在更將一己所得，寫出來公諸於天下。唯俗話說：「師父引進門，修行在個人」，此後成就之高低，就看個人的努力。

❖二、古體詩

「古典詩」大略分為「古體」與「近體」，因為二者有截然不同的區別。但是若另外再問「古體詩」與「現代詩」的同異如何？很多人會認為兩者根本「風馬牛不相及」。其實依筆者看來：「古體詩」與「現代詩」異少同多。其最大的不同有兩點，一是「語言」，「古體詩」用文言，其藝術特色要求古雅；「現代詩」用白話，其美感講究現代性，故若有人把「古體詩」寫得文白夾雜，必遭嚴厲批評。二是「押韻」，「古體詩」必須押韻，但是可通轉可換韻，不像「近體詩」不可越雷池一步。而「現代詩」一般不主張押韻，但是有人想押韻也未嘗不可。而「古體詩」與「現代詩」之相同處，則多難細指，大略約有下面四點：一、不限字數；二、不拘句型長短；三、不限篇章大小；四、形式自由。

讀者把握以上觀念，其實已可以開始輕鬆寫「古體詩」。但是專家都知道，「古體詩」雖容易寫，但是不容易寫得好，所謂「易寫難工」。唯是筆者為鼓勵大家放膽寫，所以有以下幾個建議，以提供寫作參考：

㈠將文學史觀念渾而化之

文學史會把「古體」分為很多類別，什麼四言、騷體、樂府、古風。樂府中又分歌、操、曲、引、謠、行等等，這對學者研究與學生考試非常重要，但是對詩人來說，其知識固不可不具備，但亦不可為其所囿。試看宋朝郭茂倩《樂府詩集》所錄之〈將進酒〉古詞：

將進酒，乘大白。辨加哉，詩審搏。放故歌，心所作。同陰氣，詩悉索。始禹良工觀者苦。

而梁昭明太子寫〈將進酒〉，則由九句變四句，由三言為主調之雜言體，變純五言體：

洛陽輕薄子，長安遊俠兒。宜城溢渠盌，中山浮羽卮。

唐朝李白更將〈將進酒〉重新寫得氣勢磅礴酣肆，如長江黃河一瀉千里：

君不見黃河之水天上來，奔流到海不復回？君不見高堂明鏡悲白髮，朝如青絲暮成雪？人生得意須盡歡，莫使金樽空對月。天生我材必有用，千金散盡還復來。烹羊宰牛且為樂，會須一飲三百杯。岑夫子，丹丘生，將進酒，杯莫停。與君歌一曲，請君為我傾耳聽。鐘鼓饌玉不足貴，但願長醉不願醒。古來聖賢皆寂寞，惟有飲者留其名。陳王昔時宴平樂，斗酒十千恣歡謔。主人何為言少錢，逕須沽取對君酌。五花馬，千金裘，呼兒將出換美酒，與爾同銷萬古愁。

此外尚有元稹〈將進酒〉：「將進酒，將進酒，酒中有毒酖主父，言之主父傷主母……」是一首有關謀殺主父事件的辯冤詞，其長不錄。接下來再看一首李賀的〈將進酒〉：

> 琉璃鍾，琥珀濃，小槽酒滴真珠紅。烹龍炮鳳玉脂泣，羅屏繡幕圍香風。吹龍笛，擊鼉鼓，皓齒歌，細腰舞。況是青春日將暮，桃花亂落如紅雨。勸君終日酩酊醉，酒不到劉伶墳上土。❶

以上所舉各首，都是有古題可循者，古人依然只用其題而不管其形式，故阮閱《詩話總龜》引劉忠叟《樂府集》云：

> 〈將進酒〉，魏謂之〈平關中〉，吳謂之〈章洪德〉，晉謂之〈因時運〉，梁謂之〈石首局〉，齊謂之〈破侯景〉，周謂之〈取巴蜀〉，李白所擬，直勸岑夫子、丹丘生飲耳。李賀深於樂府，至於此作，其辭亦曰：「琉璃鍾，琥珀濃，小槽酒滴真珠紅。」嗟乎！作詩者擺落鄙近，以得意外趣者，古今難矣。❷

劉氏所論，正確的指出：詩人為「擺落鄙近」，並為創造新的「意外趣」，雖依舊題，實創新制。試打開《樂府詩集》同上之例不勝枚舉，其他若連舊題皆無，何必苦思守古依古，而不敢前進寸步？故馮定遠云：「文人賦樂府古題，或不與本辭相應，吳兢譏之，此不足以為嫌，唐人歌行皆如此。蓋詩人寓興，文無定例，率隨所感。吳兢史才，長於考證，昧於文外比興之旨，其言若此，有似鼓瑟者之記其柱也。」❸由是可知吾言之不謬。

---

❶ 以上〈將進酒〉資料，詳見宋朝郭茂倩：《樂府詩集》卷十六（臺北：里仁書局，民國七十三年九月），頁二二九、二四三、二四四。

❷ 見鴛湖散人撰輯：《唐詩三百首集釋》（臺北：藝文印書館，民國六十六年十月），頁一九八。

❸ 見馮定遠：《鈍吟雜錄・正俗》《清詩話》本（臺北：木鐸出版社，民國七十七年九月），頁四二一。

(二)必須注重章法結構

「古體詩」因篇章長短不一，各位讀《詩經》已可領略。再看唐宋人動不動就二十韻、五十韻、一百韻，洵篇長若文，若不講究章法結構，何能有條不紊，層次分明？故王夫之云：

> 古詩無定體，似可任筆為之，不知自有天然不可越之矩矱。……所謂矩矱者，意不枝，詞不蕩，曲折而無痕，戍削而不競之謂。❹

此中所謂「曲折而無痕」、「戍削而不競」，即指章法盤旋曲折，然需有條不紊，不可雜亂無章也。

(三)以意為主

如《唐子西文錄》云：「古樂府命題皆有主意，後人用樂府為題者，直當代其人而措詞，如〈公無渡河〉須作妻止其夫之詞，太白輩或失之，惟退之〈琴操〉得體」❺。此雖為考古之說，但是有足供參考者，如云〈公無渡河〉李白、韓愈皆有擬作，但猶須扣緊「妻止其夫之詞」。一如〈將進酒〉雖各朝各代寫法皆異，但是不離飲酒之主旨。推而言之，一首詩不可無主題、無主意。如前舉王夫之亦云：「所謂矩矱者，意不枝，詞不蕩……」，其「意不枝」者，即言主題需明確，而義涵能籠罩全篇也。

三、近體詩

就近體詩而言，依筆者觀察當代人有三大障礙：一是普遍知道古典詩有聲律，其聲律譜縱使不能推演，

❹ 見王夫之：《薑齋詩話》《清詩話》本（臺北：木鐸出版社，民國七十七年九月），頁九。

❺ 見宋強幼安：《唐子西文錄》《歷代詩話》（臺北：漢京文化事業有限公司，民國七十二年一月），頁四四三。

也可以死背下來（其實不知有聲律而亂寫的大有人在）。但是背了聲律譜，又普遍再陷入一句「一三五不論，二四六分明」的漩渦中，以致雖登堂而不得入室，終身還是淪為外行。二是押韻，一般人也知道古典詩須押韻，但是除了所學是與中文相關科系的人之外，普遍不知道古典詩的韻是一東、二冬、三江、四支、五微等；筆者從歷屆大一新生的調查中，千篇一律的是以ㄢ、ㄧ、ㄙ、ㄤ作答，可推其餘。第三是難以分辨每一個字的平、上、去、入四聲。此在當今中文系中，除了教小學類的專家無任何障礙外，其他就很難說，甚至連教古典詩的人自己都搞不清楚，更遑論其他社會大眾。

其實寫近體詩並非難事，只要熟悉聲律與押韻規則，知道當避當忌之要點，進而精煉語法與技巧，便可玩得盡興，民間詩社的擊缽高手，就是好例子。但是若要寫一首好詩，只懂得規則與技巧當然還不夠，古人認為最重要的條件是要多讀書，如北宋蘇軾〈記歐陽公論文〉云：

> 頃歲孫莘老，識歐陽文忠公，嘗乘間以文字問之。云：「無它術，為勤讀書而多為之，自工。世人患作文字少，又懶讀書，每一篇出，即求過人，如此，少有至者。」❻

歐陽脩在此所謂「文字」，其實是泛指各種文類，詩詞歌賦碑傳論議等皆在其中。而蘇軾之所以推崇，自是認同歐陽脩寫詩作文須勤讀書之說。若懶讀書又不肯動手，則無以過人。此至南宋嚴羽《滄浪詩話》曰：

> 夫詩有別材，非關書也；詩有別趣，非關理也。然非多讀書，多窮理，則不能極其至。❼

《滄浪》此言，被斷章取義最多，懶讀書者固以「夫詩有別材，非關書也」為藉口。而不詳察者亦以此為批

---

❻ 見吳文治主編：《宋詩話全編・蘇軾詩話》（江蘇：江蘇古籍出版社，一九九八年十二月），頁七八〇。

❼ 見嚴羽：《滄浪詩話》《歷代詩話》本（臺北：漢京文化事業有限公司，民國七十二年一月），頁六八八。

評之口實，渾忘其「然非多讀書，多窮理，則不能極其至」之結論。

筆者也察覺當前古典詩的寫作呈現兩種極端：一為失之難；一為失之易。失之難者是學院中的人；失之易者是民間詩社。學院中的學者專家，個個自是飽學之士，故眼界高遠，理論宏深，洵非泛泛可及。但是真能言教之餘露幾手給學生看看的，當前洵是屈指可數。何以如此？依筆者觀察，學者之才與學絕對優於外界，但是只因讀得多、作得少，不免眼高手低。故批評他人則頭頭是道，自己出手便感到規則不熟、技巧生疏，導致困窘百出，於是為了面子問題，初則純為藏拙，其後終變成守拙，此應是當今學界少詩人的重要因素。

而民間詩社經常擊缽，每月還有課題。一聚會就如置身考場，人人索盡枯腸，只為奪取金牌。所以每次聯吟，出手便一律一絕是平常事，快筆一場數首者大有人在。他們寫完就往詩筒一扔，等到晚上傳臚唱榜，高中固然欣喜，落榜也習以為常。久而久之，變成一種遊戲。無所謂境界高低，得獎就是一切，以是人人樂此不疲。筆者從小就讀家鄉私塾，便投身其中，故瞭若指掌。因為這是臺灣從日據時期遺留下來的風氣，府城尤甚。

迨九年國民教育開辦，筆者突然驚醒私塾的時代已經過去，因此折節接受新的教育。一路努力讀到成大，又因成大有「鳳凰樹文學獎」，終於讓筆者有一展身手的機會。但真正能使筆者寸進的還是「讀書」，逐漸了解到詩的本質：不是遊戲而是藝術；更應該是嚴謹的創作，而不是應酬式的逞才湊合。另外因獲得師長的認可，得以有機會留在母系指導「鳳凰詩社」、「蘭亭詩社」，因得從帶學生習作的實驗中，挖掘當前學生的學習障礙與盲點，獲得改良古典詩的教學方式：筆者教學的最大特點是教學生學古典詩，不必再盲目背誦八個、或十六個聲律譜，而是教學生如何從「平起式」或「仄起式」，推演出包括「入韻式」與「不入韻式」的所有標準譜。就像名家打太極拳一樣，從起手式到收手式整套一氣呵成，此可謂是融合學院理論與傳統詩社技巧所迸出來的火花。接著發現學生押韻，各種狀況都有，因歸納出十大禁忌。其他談創作，因本書要求「實用寫作」故不尚高論，僅僅提供一些實際創作經驗作為參考。

(一)聲律譜的推演法

因為時代風氣的關係，再教新一代的人死背聲律譜已不合時宜。若能將複雜的觀念簡化成幾個原則，再加上兩小時的實際示範演練，再普通的學生都可以學會。此經筆者試教二十餘年，至少有八九成的把握，只是在黑板推演，與用文字表達說明，效果或將不如預期。且先看以下四個五言絕句聲律譜（豎畫為仄，橫畫為平）：

1. 平起不入韻式

——— | |，| | | ——。

| | —— |，—— | | —。

2. 平起入韻式

—— | | —，| | | ——。

| | —— |，—— | | —。

3. 仄起不入韻式

| | —— |，—— | | —。

——— | |，| | | ——。

4. 仄起入韻式

| | | ——，—— | | —。

——— | |，| | | ——。

就竅門而言，初習者只要記住「平起式：一一」與「仄起式：｜｜」即可，然後了解以下六個原則，便可由五絕變七絕，或由五絕變五律、再由五律變七律；換句話說：從五絕到七律可一路通到底，說明如下：

⑴「兩平兩仄原則」：兩平之下應有兩仄，兩仄之後應有兩平。如：五言例應「一一｜｜」；「｜｜一一」；或七言例應「一一｜｜一一」；「｜｜一一｜｜」。唯聲律若皆如此，便顯得既單調又呆板。故唐人智慧選擇五、七奇數語，配上四、八雙數句。再加上逢雙必押韻原則，於是變化無窮矣。其下面三個字尤其關鍵，首句入不入也有關係。

⑵「套上韻腳」：近體詩除首句可押韻、可不押韻之外，逢雙數句必押韻。

按 近體詩依正常規則，實只可押平聲韻，押仄聲韻者實為變體。因此當「兩平兩仄原則」配上「韻腳」，會發現許多不合標準譜的現象。但是卻很合乎「一三五不論」之謬說，因為標準譜的形成是連帶三個禁忌觀念而完成的（詳後）。

⑶「聯」：指一、二句；三、四句；五、六句；七、八句之聲律平仄相反，韻腳成先仄後平者。如「平起不入韻式」：一、二句：「一一一｜｜，｜｜｜一一。」三、四句：「｜｜一一｜，一一｜｜一。」（以上兩型倒反便是「仄起不入韻式」）

按 平常稱「聯」稱「對」，兩者雖關係密切而實不同。但是不知分別而混為一談者眾矣！蓋「聯」乃專指內在聲律；「對」則專指外在字面詞性。兩者若配合得當，則不只是「巧聯」，同時也是「妙對」，故可稱為「巧聯妙對」。若內在無聲律關係，而只有外在字面詞性對仗工整，則只能稱為「對子」而已，如陳師道《後山詩話》云：

> 唐語曰：「二十四考中書令。」謂汾陽王也，而無其對。或以問平甫，平甫應聲曰：「萬八千戶冠軍

侯。」不惟對偶精切，其貴亦相當也。❽

陳師道但評「二十四考中書令」對「萬八千戶冠軍侯」，「對偶精切」，因其只是字面詞性相對，內在則全無聲律關係，其譜為：「｜｜｜｜——｜；｜｜—｜｜——。」又如宋劉攽《中山詩話》：

王丞相嗜諧謔。一日，論沙門道，因曰：「投老欲依僧。」客遽對曰：「急則抱佛腳。」王曰：「『投老欲依僧』，是古詩一句。」客亦曰：「『急則抱佛腳』，是俗諺全語。上去頭，下去腳，豈不的對也。」王大笑。❾

將上面整理出來，便是「投老欲依僧，是古詩一句；急則抱佛腳，是俗諺全語。」其譜為「—｜｜——，｜｜—｜｜；｜｜｜｜｜，｜｜｜—｜。」其上下亦全無聲律關係，故只是巧對，非妙聯也。但是《溫公續詩話》載：

李長吉歌「天若有情天亦老」，人以為奇絕無對，曼卿對：「月如無恨月常圓」。人以為勁敵。此不只是工對，且是妙聯也。❿

按 「天若有情天亦老」對「月如無恨月常圓」，譜為「—｜｜——｜｜，｜——｜｜——。」不論內在聲律與外在詞性，皆搭配得天衣無縫，故曰「不只是工對，且是妙聯也。」

(4)「黏法」：指位在二、三句；四、五句；六、七句相鄰兩句之平仄相類者稱「黏」。

❽ 見陳師道：《後山詩話》《歷代詩話》（臺北：漢京文化事業有限公司，民國七十一年一月），頁三一〇。

❾ 見宋劉攽：《中山詩話》《歷代詩話》（臺北：漢京文化事業有限公司，民國七十一年一月），頁三六九。

❿ 見司馬光：《溫公續詩話》《歷代詩話》（臺北：漢京文化事業有限公司，民國七十一年一月），頁二七七。

如「平起不入韻式」之第二句「｜｜｜——」，與第三句「｜｜——｜」；「仄起不入韻式」之第二句「——｜｜—」與第三句「———｜｜」。

按 讀者首先可以觀察到第二句前兩字若是「——」或是「｜｜」；其第三句也必然相同。其與「聯」最大的不同，乃在「聯」的韻腳處形成「先仄後平」；而「黏」則反之形成「先平後仄」。

且黏不黏亦成古、近體之判。如孟浩然〈春曉〉：「春眠不覺曉，處處聞啼鳥；夜來風雨聲，花落知多少？」與賈島〈尋隱者不遇〉：「松下問童子，言師採藥去；只在此山中，雲深不知處。」太上隱者之〈答人〉：「偶來松樹下，高枕石頭眠；山中無曆日，寒盡不知年。」這些詩都失黏，故被稱之為「折腰體」⓫。

錢木庵《唐音審體》論五言絕句曰：

> 二韻律詩，謂之絕句，所謂四句一絕也。《玉臺新詠》有古絕句，古詩也……其第二字或用平、仄、平、仄，或用仄、平、仄、平，不相黏綴者，謂之折腰體。⓬

其曰「《玉臺新詠》有古絕句，古詩也」，乃云「折腰體」實為「古絕句」，而「古絕句」又實為「古詩」。筆者認為「古詩」本無律，若有也只有「四聲八病」之說，與唐以後近體「二韻律詩，謂之絕句」迥然不同！故失黏體實屬古詩之範疇，否則不必另稱「折腰」。又如吳喬〈答萬季埜詩問〉云：

> 六朝體寬無黏，韻得協用，黏綴但情真意切，得句即佳。故〈城上草〉一篇，止十三字，而意味無窮。唐詩法嚴，非老於此工能之至者不佳也。此實唐詩難於古詩處，耳食者是古非唐耳。⓭

⓫ 見丁福保輯：《歷代詩話續編》（臺北：木鐸出版社，民國七十二年九月），頁一〇〇四。

⓬ 見丁福保：《清詩話》（臺北：木鐸出版社，民國七十七年九月），頁七八三。

⓭ 同⓬，頁三四。

此所謂「六朝體寬無黏」，「唐詩法嚴」，更可證明不黏的「折腰體」實非近體，至少對近體詩來說便是異常或錯誤，而其詩之好壞是另一回事。

(5)五言變七言要領：若要將五言變成七言，只要在五言前兩字之上，逢「平平」便疊上「仄仄」；若是「仄仄」便疊上「平平」，馬上可使五言體變七言體。

(6)驗正：推演完畢，檢查看看首尾兩句是否「平起平收」「仄起仄收」。

按 即觀察首句若為「———||」或「——||—」，其末句必收為「——||—」；若是「||——|」或「|||——」，其末句必收為「|||——」，否則中間必有失黏，代表推演過程有誤。

(二)「一三五不論」與「三大禁忌」

1.「一三五不論」

若把古體詩譬喻為圍棋，則近體詩如象棋。下圍棋但看段數高低，沒有遊戲規則的限制。故古體詩也只能論好壞，難有對錯可指。但是玩象棋須先通曉遊戲規則，且須嚴格遵守，否則「將軍」無效。故王世貞《藝苑巵言》云：

> 五言至沈宋始可稱律，律為音律法律，天下無嚴於是者，知虛實平仄不得任情而度明矣。⑭

錢木庵《唐音審體》亦曰：

> 律詩始於初唐，至沈宋而其格始備。律者，六律也，謂其聲之協律也；如用兵之紀律，用刑之法律，嚴不可犯也。⑮

⑭ 同⑪，頁一〇〇四。

以是知唐近體詩格律甚嚴，故當有人喊出：「一三五不論，二四六分明」，則似自由度大增，此對初學者自是大快人心。其說不知起於何時？但至少在清初已流播，如王夫之曾論及「二四六不分明」之現象：

> 「一三五不論，二四六分明」之說，不可恃為典要。「昔聞洞庭水」，「聞」「庭」二字俱平，正爾振起。若「今上岳陽樓」易第三字為平聲，云「今上巴陵樓」，則語蹇而戾於聽矣。「八月湖水平」，「月」「水」二字皆仄，自可；若「涵虛混太清」易作「混虛涵太清」，為泥磬土鼓而已。又如「太清上初日」音律自可；若云「太清初上日」，以求合於黏，則情文索然，不復能成佳句。⓰

按王夫之在此所言，「昔聞洞庭水」、「八月湖水平」、「太清上初日」，皆指二四六不分明之例；唯此例實是支持「單拗單救」中五言「三四互拗」；或七言「五六互拗」成立之要論。另外如杜牧「南朝四百八十寺，多少樓臺煙雨中」，上句格律成「平平仄仄仄仄仄」，實破「二四六分明」之說，唯其下句第五字以平聲救轉，今稱「雙拗雙救」，蓋近體詩逢此句型，便有二四六不分明之現象，此不可不知也。但是「一三五不論」之現象，尤其必須加強了解，如何世琪《然鐙記聞》載王漁洋之說：

> 律詩只要辨一三五。俗云一三五不論，怪誕之極，決其終身必無通理。⓱

王氏在此明確指出：作詩若言一三五不論，則其於詩學一門，則「決其終身必無通理。」而游藝子《詩法入門》云：

⓯ 同⓬，頁七八一、七八二。

⓰ 同⓬，頁一二。

⓱ 同⓬，頁一二〇。

一三五不論：謂詩句中第一字、第三字、第五字。或當用平，而用仄亦可。或當用仄，而用平亦可。不必拘定。

又云：

二四六分明：謂詩句中第二字、第四字、第六字。當用平者一定用平，當用仄者一定用仄。不可移易。如五言律止論第二字、第四字。⑱

就以上二語，除前指兩種拗救現象，則「二四六分明」之可信度較高。而誤人最甚的，實是「一三五不論」。此可由大一新生的答問中證明，殆知此為中學教育與補習班的標準答案。王夫之曰：「一三五不論，二四六分明之說，不可恃為典要。」王漁洋曰：「律詩只要辨一三五」其言不論者，則「決其終身必無通理。」可知當前教育之謬。但是若知道近體詩之聲律有三大忌諱：一忌挾孤平；二忌韻尾連三平；三忌韻尾連三仄，便可兼破其謬。

2.「三大禁忌」：挾孤平、韻尾連三平、韻尾連三仄

蓋「韻尾連三平」與「韻尾連三仄」，須知自唐之後，在詩論上，已成古體之最愛，而為近體之大忌。故自來標準譜中，雖不乏三平、三仄現象，但是絕少與韻腳相連綴者，故可視為入律與否之判⑲。而所謂「挾孤平」，即在近體詩之各式聲律譜中，若有出現二仄中間夾一平之現象，就是犯忌。五言為尤甚，王士禎《律

⑱ 見游藝：《詩法入門》卷一（高雄：慶芳書局，民國五十年三月），頁一～二。

⑲ 此可參看翁方綱《王文簡古詩平仄論》云：「謝太傅問王子猷曰：『云何七言詩？』對曰：『昂昂若千里之駒，泛泛若水中之鳧。』此命名所自也。七言古自有平仄。若平韻到底者，斷不可雜以律詩。其要在第五字必平。」《清詩話》（臺北：木鐸出版社，民國七十七年九月），頁二二四。

詩定體》云：

> 五律，凡雙句二四應平仄者，第一字必平，斷不可雜以仄聲。以平平止有二字相連，不可令單也。其二四應平仄者，第一字平仄皆可用，以仄仄仄三字相連，換以平韻無妨也。大約仄可換平，平斷不可換仄，第三字同此。若單句第一字，可勿論。[20]

從「以平平止有二字相連，不可令單也。」可察覺近體詩隱隱約約中實具有一個「雙平主義」。其具體之表現便是「挾孤平」之禁忌，故邱燮友曰：

> 在律詩中，最忌孤平，也就是要合乎「平聲不可令單」的原則，孤平而不救，便是詩家所謂的犯律。[21]

邱氏此論未言出處，第從引文亦應來自王士禎之說，但只說「孤平」，則實未周延。如「仄仄平平仄」或「仄仄仄平平」等句式，第一字改成平聲，而成「平仄平平仄」或「平仄仄平平」之譜，雖皆成孤平，但是絕對不用救，蓋古人不以為忌也。其說不若延平詩社前輩李步雲（漢忠）先生教我：「不可犯挾死孤平」。蓋一平挾在兩仄之間才是大忌，便非救不可也。執此以檢驗諸譜，會發現這條挾孤平之忌諱，猶如地雷，不小心隨處都會觸爆。試看「平平仄仄平」、「平平仄仄仄平平」、「平平仄仄平平仄」之聲律中，第一個字拗成仄聲，便犯「挾孤平」。七言句就看你通融不通融，因王士禎《律詩定體》曾有曰：「凡七言第一字俱不論」之言[22]，唯五言則絕對不可通融。以下以七律示範，便可總括各譜。

[20] 同[12]，頁一一三。

[21] 見邱燮友：《新譯唐詩三百首》（臺北：三民書局，民國七十七年七月），頁四。

[22] 同[12]，頁一一四。

【七言仄起入韻式】

｜｜——｜｜—，——｜｜｜——。
｜｜———｜｜，——｜｜｜——。
——｜｜——｜，｜｜——｜｜—。
——｜｜——｜，｜｜——｜｜—。

第一句如果第一字不論，因是仄變平，故無妨，且是通例。但是第三字再不論便成挾孤平。若第五字又不論，將成單拗單救的五救三模式，得到負負得正的效果。問題只在作者心裡是否明白？還是糊裡糊塗的錯錯得正。故單從第一句就可知「一三五」不是不論，而是論得很精嚴。一般人只看到「一三五」位置之字常有平仄變動的現象，不知究竟便以為可任意變更，盲目學人依樣畫葫蘆，此是真知與假知之判。

第二句，如果第一字不論，便挾孤平。但是若知把三之仄變平，則三可救一，成單拗單救，亦得負負得正效果。但是若又無知的把五變平，便又犯另一條「韻尾連三平」之大忌。在此須特別注意，聲律譜中雖有連三平現象，但是絕不可以與韻腳連在一起。

第三句把第一字平變仄，便是挾孤平。但是若知把三之仄變平，則三可救一，同第一句。可是若又把五之平變仄，則又造成挾孤平，且無可救。

第四句同第一句。

第五句即為仄起不入韻式的首句。其式之特色在前後二仄，中間連三平。形成「｜｜———｜｜」，故一不論如第一句自無妨。三不論也不會形成挾孤平，但若無知到再把五變仄，則馬上又形成挾孤平，且也形成「韻尾連三仄」，是上下雙殺。故此句只可一、三不論，五絕對變不得。

第六句同第二句。

第七句同第三句。

第八句同第三句。

【七言平起入韻式】

——｜｜｜——，｜｜——｜｜—。

｜｜———｜｜，——｜｜｜——。

——｜｜——｜，｜｜——｜｜—。

｜｜———｜｜，——｜｜｜——。

第一句第一字由平變仄即成挾孤平。可是若因「一三五不論」而把三之仄變平，結果在「負負得正」下，反而得救。但是若再盲目把五由仄變平，則又下犯「韻尾連三平」。其他第四句、第八句與本句同型。

第二句一可不論，三平變仄則又犯挾孤平，五再變則可救三。

第三句一是仄聲，變平無所謂，因為接下來有三平在，因此若把三之平變為仄，也無所謂。但是若又亂把五也平變仄，則又犯挾孤平，而下三字成「韻尾連三仄」，又遭上下挾殺。

第四句同第一句。

第五句即為本譜首句不入韻式。一、三變化與第一句同。五變則犯挾孤平，此與第一句犯「韻尾連三平」異，但是病同重。

第六句同第二句。

第七句同第三句。

第八句同第一句。

就以上分析，便可知一三五不是不論，而是「知門道」與看熱鬧不同，故每一個字之可變與可不變，皆需胸有成竹。筆者觀坊間指導門徑之書，皆在圖譜旁標示可變與不可變之位置。初學者內在道理既不懂，依圖亂變，雖有對的時候，但不免常常出錯。故王士禎又曰：

> 彼俗所云一三五不論，不惟不可以言近體，而亦不可以言古體也。㉓

唯三大禁忌固為近體之所當避，但是其實為古體之最愛，此亦不可不知也。

(三)押韻之規則與忌諱

1.押韻之規則

近體之押韻，除認知其簡單規則，實更須要了解其許多當避當忌之現象。近體詩押韻在唐宋，以二百零六韻為《唐韻》或《廣韻》時期，亦尚有通協現象。但至一百零六韻之流水韻編成之後，今人但用《詩韻集成》、《詩韻全璧》、《詩韻合璧》等韻書，在押韻上自無問題。

其次是唐近體，正格是絕不可以押仄聲韻，故宋朝李之儀〈謝人寄詩並問詩中格目小紙〉曰：

> 近體見於唐初，賦平聲為韻，而平側（仄）協其律，亦曰律詩。由有近體，遂分往體，就以賦側聲為韻，從而別之，亦曰古詩。㉔

㉓見丁福保編：《清詩話・師友詩傳錄》（臺北：木鐸出版社，民國七十七年九月），頁一三五。

㉔見吳文治主編：《宋詩話全編・李之儀詩話》（江蘇：江蘇古籍出版社，一九九八年十二月），頁八八六。

可見宋人已認為詩有平仄協其律，且押平聲韻者，為「近體」；若不協平仄，且押仄聲韻者，為「往體」、為「古詩」。因此押仄聲韻與押平聲韻，可以說是區分古體與近體之一大關鍵。當然，古體不是都押仄聲，也可以押平聲。只是理論上近體只可押平聲韻而已。故當你讀孟浩然〈春曉〉：「春眠不覺曉，處處聞啼鳥；夜來風雨聲，花落知多少？」與柳宗元〈江雪〉：「千山鳥飛絕，萬徑人蹤滅；孤舟簑笠翁，獨釣寒江雪。」賈島〈尋隱者不遇〉：「松下問童子，言師採藥去；只在此山中，雲深不知處。」雖五言四句似絕句，但本文前面已說明「黏」「不黏」是古近體之判，何況又押仄聲韻，〈春曉〉押上聲十七篠韻；〈江雪〉押入聲九屑韻；〈尋隱者不遇〉押去聲六語韻。一首短短四句詩，相對於近體來說，就有兩處變形，若非有異常，何必稱為「折腰」？蓋畸形太甚也。故近體押韻規則有三：一、須押平聲韻；二、單數句除首句可押可不押之外，其他三、五、七句絕不可押韻；三、逢雙數句必押韻。

2. 押韻之忌諱

(1)忌出韻（落韻）：所謂出韻，即近體詩必須一韻到底，絕不可轉韻或換韻，如限定「一東」，則須依《詩韻》上平聲〈一東〉從「東、同、銅、桐……」，不可押到「二冬」。雖然「東」、「冬」二韻不論用國語（普通話）或閩南語讀或說，其發音皆同，但截然不可以互押。否則便是出韻，或稱落韻。出韻不論是第一句叫「孤雁出群」，或末句叫「孤雁入群」。雖巧立名目，為古人失誤開脫，其實皆是出韻。雖有人認為近體首句本可不入韻，故押旁韻無妨，以寬鬆對待。但初學者還是莫犯為妙，最好首句本可不入韻就直用仄聲。

(2)忌重出：近體詩原則上不是四句就是八句，當然還有不定句數的排律。而絕句多不過三韻，少則二韻；律體多不過五韻，少只四韻。若絕句二韻同用一字，或三韻有兩字重出，各位可想見其藝術效果如何？即使為五、七言律詩，若其韻字重出亦不見高明。

(3)忌同字異義：葛立方《韻語陽秋》曾云：「縣字有平去二音，如宮縣之縣，樂架也；若州縣之縣，則別無他音。……（顏延之、沈約）二人押韻，皆作州縣之縣用何也。沈佺期〈哭蘇眉州詩〉云：『家憂方休杼，皇慈更轍縣。』則當作平聲押。」㉕從上可知一字有兩讀以上，而意義不同者，押韻時就要特別小心，誤押便為詩家所不許。

(4)忌異字同義：押韻雖已避重出，但是尚有字形雖不同而義同義近者，亦當避之，以免落人口實。如「五微」韻中有「暉、煇」；「六魚」有「車、輿」、「余、予」；「二蕭」有「雕、彫」；「七陽」有「香、芳」；「十蒸」有「昇、升」；「十三覃」有「參、三」等。皆應避免同詩並押，若同義而用之尤忌。

(5)忌啞韻：如「六麻」有「花、葩」，「七陽」有「香、芳」，「六魚」有「車、輿」，若兩字皆押是犯異字同義之病。今就兩字擇一而押，便有語順與不順者，其順與不順便是韻響與韻啞之判斷依據。如香、芳雖意同，然若句為「桃李正芬芳」，以香易芳便覺不順，此自與語言習慣有關。又如「草色青青柳色黃，桃花零落杏花香」，若將「香」易「芳」亦不佳。「剛腸欺竹葉，衰鬢怯菱花」，若將「花」易「葩」亦啞，餘可推論。

(6)忌強湊韻：此是初學者所易犯，名家老手不易見此。其實為讀書不多，功力不足之表徵。如學生習作有「為君瘦骨當題筆，一紙盡留愁作章。」整句詞語皆不順，而末三字若作「愁作詩」會較好，但是為遷就「七陽」韻，故效果如此。初學寫不好，本是天經地義的事，我們現在讀李白、杜甫、蘇軾兄弟等名家大作，都認為了不起，欽佩不已！但是我們看不到他們的第一篇習作如何。且參考蘇軾〈記里舍聯句〉一則云：

㉕ 見何文煥：《歷代詩話》（臺北：漢京文化事業有限公司，民國七十一年一月），頁五三二。

幼時里人程建用、楊堯咨、舍弟子由會學舍中〈天雨聯句〉六言。程云「庭松偃仰如醉。」楊即云：「夏雨淒涼似秋。」余云：「有客高吟擁鼻。」子由云：「無人共喫饅頭。」坐皆絕倒，今四十餘年矣。㉖

由此則詩話看，蘇東坡兄弟之少作，未見得比別人強，尤其子由之：「無人共喫饅頭。」洵令人絕倒。但是四十年後，蘇軾兄弟之詩名不可一世，完全不同於少年。故以上諸生詩雖有病，古云：「病可醫，俗不可醫」，諸生以「好學」為妙方可也。

(7)忌趁韻：所謂「趁韻」，乃指韻字不能切意，依意韻中實無可押之字，不得已，只好以恍惚相似而實錯誤之字強押入韻。如此押韻，若不是才學不足，便有欺矇之嫌。如《臨漢隱居詩話》云：

> （杜牧）亦有趁韻撰造非事實者，若「珊瑚破高齋，作婢舂黃糜」是也。李詢得珊瑚，其母令衣青衣而舂，初無「黃糜」字。其〈晚晴賦〉云：「忽引舟于清灣，忽八九之紅芰。」（按《樊川集》云：「復引舟于深灣，忽八九之紅芰〉姹然如婦，嫣然如女。」芰，菱也，牧乃指為荷花。㉗

又《韻語陽秋》載：

> 黃魯直詩云：「世有捧心學，取笑如東施。」梅聖俞云：「曲眉不想西家樣，餧腹還如二子清。」《太平寰宇記》載西施事云：施其姓也。是時有東家施、西家施。故太白〈效古〉云：「自古有秀色，西施與東鄰。」而東坡〈代人留別詩〉乃云：「絳蠟燒殘玉斝飛，離歌唱徹萬行啼；它年一舸鴟夷去，

㉖ 見吳文治主編：《宋詩話全編．蘇軾詩話》（江蘇：江蘇古籍出版社，一九九八年十二月），頁八一五。

㉗ 見何文煥：《歷代詩話》（臺北：漢京文化事業有限公司，民國七十一年一月），頁三二五。

應記儂家舊姓西。」似與《寰宇記》所言不同，豈為韻所牽也。㉘

以上兩則之中，或以菱角為荷花、或以西施之西為姓、或為押韻而揑造黃縻，皆將遭人指疵。

(8)忌挑轉用韻：《韻語陽秋》云：

連綿字不可挑轉用，詩人間有挑轉用者，非為平仄所牽，則為韻所牽也。羅招諫以泬寥為寥泬，是為平仄所牽。〈秋風生桂枝詩〉所謂「寥泬工夫大」是也。又以汍瀾為瀾汍，是為韻所牽。〈哭孫員外詩〉所謂「故侯何在淚瀾汍」是也。㉙

此指出聯綿詞不可隨意顛倒亂用，如泬寥不可隨意倒用為寥泬；汍瀾不可隨意倒用為瀾汍，其他如葳蕤亦不可隨意倒用為蕤葳、瀰漫不可隨意倒用為漫瀰，差池尤不可倒用為池差等是也。

(9)慎用新字：當今新字，大部分是外來語翻譯者，其次是姓名學郎中亂造，文字學專家反而不敢造次。《韻語陽春》卷五載：

劉禹錫《嘉話錄》云：「作詩押韻，須要有出處。近欲押一餳字，六經中無此字，惟《周禮》吹簫處注有此一字，終不敢押。」余按禹錫〈歷陽書事詩〉云：「湖魚香勝肉，官酒重於餳。」則何嘗按六經所出邪？㉚

《二老堂詩話》亦曰：

㉘ 同㉗，頁五三四。
㉙ 同㉗，頁四九四。
㉚ 同㉗，頁五二二。

自唐文士詩詞多用「縹眇」二字，本朝蘇文忠公亦數用之。其後蜀中大字本，改作縹緲，蓋韻書未見眇字爾。或改作渺，未知孰是。余校正《文苑英華》，姑仍其舊，而注此說於下。㉛

以此，《滄浪詩話》因曰「押韻不必有出處，用事不必拘來歷。」㉜

按 劉禹錫等之說，筆者可以體會，如咖啡一詞，筆者曾將之入詩，但只用在句中，尚不敢押入「五微」韻。又飲茶之「茶」，依閩南語讀音應在「六麻」，依語音應在（八齊），但是至今韻書無其字，而只有「荼」字在「七虞」。而同義字「茗」，因國語讀第二聲，故初學者被誤者甚眾，其實它是上聲字，在「二十四迥」。因此要用新字新詞，的確須要慎重。

⑽忌截詞強用：有些成詞，不可截斷單取，如「細雨綿綿」不可截成「細雨綿」字；「休息」不可單用一「休」字。如學生習作「閒日府城遊，欲覓小館休」。此「休」字可猜同學之意是要找個小館休息，故其句應為「欲覓小館歇」，然為韻而押「休」，意象非常不準確，一是令人不知此館是飯館還是旅館？二此「休」字是休館還是休息？又如「樂融融」亦不可單取一「融」字；如學生有句曰：「寒暄探實況，熱絡玩牌融。」其結果都似通未通。另有「萬里君終盡，千思妾絕休」、「塵間多險詐，獨爾意空悠」等等，皆是截詞強用的結果。

❖四、創作要領

(一)先下基礎工夫

㉛同㉗，頁六七二。

㉜同㉗，頁六九四。

詩法無限，活法是尚，故飽學高識，技多法熟，自通其道。然對於規則未熟，技法生疏者而言，徒為奢談。故古人高論雖多，余心折東坡一語：「終日說龍肉，不如喫豬肉。」[33]呂本中《紫微詩話》亦曾載：

叔用嘗戲謂余曰：「我詩非不如子，我作得子詩，只是子差熟耳。」余戲答云：「只熟便是精妙處。」叔用大笑，以為然。[34]

呂本中謂「只熟便是精妙處」，實為經驗之談，俗諺所謂「臺上一分鐘，臺下十年工」。試想若一時詩興大發，但因格律不熟、韻目不明，以致每想一字，不知平仄如何？若要依之為韻，更不知韻為何目？折騰半天，豈不興致索然？但是若平時痛下苦工，縱使臨時突然被逼出場，也應可從容應付。如臺大、成大常舉行學術交流。今年輪臺大主辦，學術研討會後同遊五峰旗瀑布，歸至臺北於上海鄉村餐廳參與他們的歲末聚餐。席中葉國良院長開始分發詩稿，鄭毓瑜主任、蕭麗華教授詩已波上螢幕，筆者只好即席抱醉奉答一首：

〈即席酬答臺大群賢〉（二〇一〇・一・十五）

每逢甚樂則無詩，抱醉艱難句句遲。天外高峰飛活水，腹中空笥浥靈思。
鄭玄三百酬佳興，畢卓雙螯約後期。永憶旗亭傳勝會，借將春酒頌毫眉。

[33] 此言首見吳起蛟：《說詩管蒯》《清詩話》（臺北：木鐸出版社，民國七十七年九月），頁九〇〇。繼察詳見東坡〈答畢仲舉二首〉之一曰：「往時陳述古好論禪，自以為至矣，而鄙僕所言為淺陋。僕嘗語述古，公之所談，譬之飲食龍肉也，而僕之所學，豬肉也，豬之與龍，則有間矣，然公終日說龍肉，不如僕之食豬肉實美而真飽也。」見《蘇軾文集》第四冊卷五十六（北京：中華書局，二〇〇四年），頁一六七一～一六七二。

[34] 見何文煥：《歷代詩話》（臺北：漢京文化事業有限公司，民國七十一年一月），頁三六二一。

此其實亦只憑一「熟」字。故深信東坡〈答陳傳道〉云：「此技雖高才，非甚習不能工也。」㉟

㈡親臨其境

古人論創作，最重情、景二字。鍾嶸《詩品》曾曰：

> 至乎吟詠情性，亦何貴於用事？「思君如流水」，既是即目。「高臺多悲風」，亦惟所見。「清晨登隴首」，羌無故實。「明月照積雪」，詎出經史。觀古今勝語，多非補假，皆由直尋。㊱

王夫之云：

> 身之所歷，目之所見，是鐵門限。即極寫大景，如「陰晴眾壑殊」、「乾坤日月浮」，亦必不踰此限。非按輿地圖便可云：「平野入青徐」也，抑登樓所得見者耳。㊲

王氏所論，與鍾嶸若合符節。蓋「閉門造車」，眾知不可，不身臨其境，實無以感受當下之美感與其特殊性。余曾從重慶乘白帝輪下長江，夜頌杜甫〈旅夜書懷〉：「星垂平野闊，月湧大江流」，便覺貼切無以倫比。歷時兩夜三天，過三峽，出荊門山，頌王維〈漢江臨眺〉：「江流天地外，山色有無中」，隨舟而下，愈遠愈覺其真，若非有幸得以重臨其境，洵難以體會其妙之不可及！

唯人生各有所遇，各寫其特殊性可也。如筆者於民國七十一年初回成大，帶學生夜宿墾丁教師會館。是夜落山風大作，整夜如聞千輛萬輛遊覽車上山之呼嘯聲，且窗響屋鳴，子夜難寐，因起而尋詩，作〈宿墾丁

㉟ 見吳文治主編：《宋詩話全編．蘇軾詩話》（江蘇：江蘇古籍出版社，一九九八年十二月），頁七六六七。

㊱ 見何文煥編：《歷代詩話》（臺北：漢京文化事業有限公司，民國七十二年一月），頁四。

㊲ 見丁福保編：《清詩話》（臺北：木鐸出版社，民國七十七年九月），頁九。

聽落山風〉：

金飆一夜激怒濤，陣馬風檣交兵刀。弩浪射天似傾漢，萬頃奔瀉鳴滔滔。崖摧谷動慘慄冽，渾掀水殿拋龍鰲。心凝氣懾不能寐，推窗仰視星辰高。急啟館門逢館吏，為言今宵落山飃。翻洋撞岳天欲裂，走顛飛退安可秉燭遨？點頭一笑俯稱謝，回登樓頂斟芳醪。忽見鵝鑾燈塔遠熠熠，頓覺意氣歐公豪。身摶扶搖若鯤化，神鵰雄飛揚九皋。此生多情不適意，今夜正堪憑君萬里翱。

《大華晚報．瀛海同聲》主編羅尚（戎庵）先生來函曰：

尊稿落山風七古及蘆花五律，盥頌敬佩。七古感性敏銳，悟性整合應機立斷，負聲有力，振采彌鮮，近日詞流罕有匹敵。似此等作品，無論就文學形式內容言，絕對是新事新理，而非陳腔陳言。足下講貫成大，以此課生徒，行見南州詞苑當放異彩也。

此若非真置身於落山風之狂襲之中，豈能有所感乎？

㈢作詩如剝筍，去殼務淨

世上只有想當作家的人，才有創作意念。有了創作意念，才會尋找創作題材。有了創作題材，腦裡不免會浮現詩的一些素材。有人將這些素材組合，四平八穩的剪裁套入平仄譜，就以為是一首詩。殊不知將素材加工套進格律，只如廚子把肉切好，把菜切好，先放在盆子裡，材料或許不錯，但是還不能算是一道料理。要完成一道頂級美食，還需要烹調的工夫，不但要講究火候，還要加鹽添醋，使味在酸鹹之外，方可令人品而陶醉。如有人託學生轉寄五十首詩來，閱之見其基礎工夫可謂嫻熟矣，然其句實不敢恭維，試舉一首為例：

〈鼠〉之一

生肖居先卻自謙，唯求果腹惹人嫌。
常遭貓狗鴟蛇難，復遇淹薰捕器殲。

其所寫每一句都是實話，但是整首詩都是概念與素材，其功力是格律純熟，所以能輕易將之剪裁入律。但此詩只是用詩的形式說明：其實沒有惡意，老鼠但求「果腹」而遭到種種無情撲殺。故實僅止於「說明」，連「說服」的功能都沒有。所以筆者認為此首還只是帶殼的竹筍，最多剝掉幾片而已。筆者讀完其五十首之後，甚覺不忍，因其畢竟還是讀書人，只是近年來喜作擊缽詩，於是當夜賦二首以卻寄。因篇幅關係舉一首：

〈白老鼠〉

生來玉質卻辛酸，為鼠誰知萬萬難！
不只貓欺與犬吠，更愁鷹啄或蛇餐。
願供扁鵲尋經絡，甘為華佗刳膽肝。
起死幾人念微物？世間同類莫心寒。

此首王文進教授曾評曰：「用詞極為典雅莊正，設意卻再三翻轉，令人拍案。」㊳並特別褒獎前六句。然實未播著筆者癢處，蓋愚之寄託在最後兩句，試問當今天下，何人不是白老鼠？基因改良食品、試吃新藥、微波爐、手機的電磁波滿天下，哪一天會引起病變，誰知道？你我不皆是白老鼠之同類乎？

㊳ 見教育部「文藝創作獎・古典詩類」評語，詳可點閱成功大學中文系數位博物館。

六、結論

一、新手初學古典詩，常苦無門徑，以致道聽途說，雖獲一知半解，不免終身之惑。故本文首先論古體詩之創作，不可與學術考據混。蓋學術考據可以提供知識參考，但亦不可為其所限，若能了解其自由度與現代詩類似，則悟過半矣。

二、學近體詩，首先必須先學聲律譜，故從「平平」或「仄仄」開始學習推演，配合「聯」與「黏」的觀念，套上「韻腳」，再審視「三大禁忌」，看有沒有犯「挾孤平」、「韻尾連三平」、「韻尾連三仄」，便可出現十六個標準「聲律譜」，而後就可確認「一三五不論，二四六分明」之不可憑，於是更能確認筆者所提出「雙平主義」是何意義。

三、押韻的首要規則，既是逢雙必押韻，單句除首句可押可不押之外，其他三五七句皆不可押韻。又在押韻過程，新手常有十大易犯的毛病，須當注意，以免重蹈覆轍。

四、創作維艱，蓋詩人何者不思遷想高妙、意境深遠，但是若聲律不熟、技巧生疏，再好的意想，終將如劉勰所謂：「方其搦翰，氣倍辭前；暨乎篇成，半折心始」。故佛法雖無邊，亦必須要有方便法門。因鼓勵從推演聲律譜，最慢兩星期可熟；再依三十平聲韻，日課一首，則一學期（三個月）可立下基礎工夫。此將如漁夫有筌有網，獵人有箭有弓，而後可以登山臨水去狩獵捕撈。雖不一定每次都會有滿意的收穫，但是會有雀躍的收穫是遲早可以等待的。故本文主張身臨其境，並且要痛下修飾剪裁、鍊句鍊意的工夫，千萬不可率爾成章，滿篇俗言俗語，以免貽笑大方。

七、習題

1. 試買《詩韻集成》一本，翻翻看ㄢ、ㄣ、ㄥ、ㄤ各占多少韻，以檢視古典詩是否可以用國語注音符號分類？
2. 先依《詩韻集成》之韻目寫一首古體詩。再查看韻目標題下通與轉試者押韻。
3. 試推出五言絕句平起入韻式與平起不入韻式的聲律譜。
4. 試推出五言絕句仄起入韻式與仄起不入韻式的聲律譜。
5. 試就 3. 4. 題推出兩種五言律詩與七言律詩的標準譜。並就三大禁忌加以檢討對錯。
6. 請依平聲上下十五韻先各作五絕一首，以後依序漸進，逐漸寫到七律，則基本工夫可算告成。

❖ 八、參考書目

唐詩淺探　朱文長　臺北　臺灣商務印書館　一九八七年。

古典詩的形式結構　張夢機　臺北　駱駝出版社　一九九七年

迦陵說詩　葉嘉瑩　臺北　桂冠圖書有限公司　二〇〇〇年

漢語詩律學　王力　上海　上海教育出版社　二〇〇五年

中國詩學・設計篇　黃永武　臺北　巨流圖書公司　二〇〇九年（初版一刷）

19 · 笑話撰寫與講述技巧

許長謨

一、前言

寫作笑話或講述笑話時，最不好笑的一句話就是：「我正在寫/講笑話」，提早洩漏笑話的主題，將是一大失策。有些人講笑話時，會先告訴別人：「我現在來說一個笑話」或「這是我所聽過最好的一個笑話了。」這種預告式的開場將使聽者有所期待，最終會大大減損笑話的笑點❶。萬一自己講得不好笑怎麼辦？因此，笑話最好放在「莞爾集」、「會心篇」等小點心攤裡偶然意外的淺嚐即止；一旦把笑話放入某本《笑話大全》中，折扣就會顯現。試想：到臺南逛小吃，吃了三攤後，接著有再好的美食，也難以下箸。因此，下回若一群好友爭相講笑話時，三五則笑話過後，即使你有再好笑的笑話，也要學會閉嘴。否則爭講完後，大家早已意興闌珊，可能報之以一張張苦臉和一聲聲乾笑，回家可別自搥心肝、仰天長嘯！

弔詭的是，筆者現在正好整以暇要談論笑話。不！在此一定要堅定的否認——這篇文章不是在「講笑話」，而是在「講笑話技巧的理論」。(而且要繼續誇張其學術價值) 各位看倌千萬不要小看這篇文章，因為，說笑話者數百萬計，但笑話理論之珍品，古今難尋。此理論可能是人類史上的第一篇用心於「笑話」之作❷，光

❶ 「梗」是當前最紅的術語。有創意笑點的稱「有梗」，反之叫「沒梗」。疑似來自相聲術語之「捧哏」、「逗哏」之「哏」(ㄍㄣˊ)。

❷ 若論中國笑話書集大成者非《笑林廣記》莫屬。《笑林廣記》語言簡練，內容風趣，雖有十二部，但分類並不嚴整。書中對眾生相多所嘲

是這點，就值得大家滄海一聲笑了。

(一)笑話的定義

更大的笑話是：筆者為了體例，還要為「笑話」下定義。這等厲害的功夫當然要交給辭典大師，有錯誤看倌請自行找他們負責。教育部召集全國大師所編纂的《國語辭典》中對「笑話」一詞做如此解釋❸：

……能引人發笑的言語，或內容好笑的事物。……2.嘲笑。……

引用這樣的解釋當然浪費了篇幅及讀者寶貴的時間，誠感抱歉。其實每個閱聽者的笑點不同，使笑話真的很難界定。看倌或許會嫌不足，容我再補個「笑話」的雙胞胎兄弟——「幽默」的定義：

……一種含蓄而充滿機智的辭令，可使聽者發出會心的一笑。為英語humour的音譯……

如此定義，若閱聽者「不笑」、「二笑」或「三笑」那算不算「幽默」？將"Humor"翻成「幽默」的林雨堂（堂堂林語堂堂弟）居士一輩子也刻意迴避這問題而沒有解答。除此，時下臺灣又流行另一個孿生兄弟——「冷笑話」。由於《國語辭典》較老成而不知此君為何物，只好再求助於年輕善變的「維基百科」❹：

諷或挖苦。世界書局有楊家駱主編的《中國笑話書》，《笑林廣記》為其中之一。現代笑話集讀者或可直接觀覽 bbs://ptt.cc 笨版：stupidclown 或笑話版：joke。本文則非笑話集，而可能是史上笑話理論第一篇。

❸ 見一九九八年四月版。不久因立委諸公對《國語辭典》中有關「打炮」的定義猛烈放炮，教育部假借維修之名，狠狠的關掉網站，造成全國學子與網友齊聲「唉唉叫」（見二〇〇七年十二月二日《聯合報》「教部國語辭典系統更新　網友唉唉叫」。記者陳智華臺北報導）。如今又再度開放，內容已無炮灰。

❹ http://zh.wikipedia.org/wiki/%E7%AC%91%E8%A9%B1。

冷笑話是指由於笑話本身因為諧音字、翻譯、省去主語、不同邏輯、斷語及特殊內容等問題，或是由於表演者語氣或表情等原因，導致一個原本好笑的笑話變得與一般笑話感覺不同，較難以發笑，不過並不代表不好笑，而也是幽默的一種表現。

再看下面這段話，維基編輯們如果見到以下這位小女生的功力，一定得俯首：

冷笑話的定義：冷笑話，是文字笑話的一種。一般而言，冷笑話即謂「不好笑的笑話(sour joke)」。但好笑不好笑，因人而異，且不夠客觀。更精確的說法，冷笑話應該稱為「失敗的笑話」。失敗，意指沒有達到笑話最初的目的——使聞之者大笑。「成功或失敗」比主觀而不科學的「好不好笑」，更能貼近冷笑話的真正意涵。冷笑話多半是超出常理邏輯的思考，僅少數所傳達的是正統而被大家所認同的知識，所以並沒有極大的教育意義，但在精神上和心理上卻有實質的放鬆效果。❺

總之，「冷笑話」是個「定語＋中心語」的偏正詞組，翻譯過來就是「令人發冷的笑話」或「笑話令人冷」。這個據說來自北極熊自體拔毛的定義或典故❻，也許是事實太冷酷，在高爾《不願面對的真相》(*An Inconvenient Truth*)紀錄片中，已慈悲的被隱瞞。❼其實，北極熊是被熱死或被冷死的，都與本文無甚關聯，畢竟「熊生

❺ 臺南女中朱映慈〈臺灣冷笑話文學之研究〉(http://luxin.pdx.cn/blog/diary,466330.html)（二〇〇八年十二月）

❻ 見http://fcu.org.tw/~f95b0195/95bfrontpage/_private/jok/jok01.htm：有一隻北極熊，活在北極……就只有這一隻，所以它覺得很無聊。於是，它開始拔自己ㄉ毛，一根、兩根……拔著拔著，沒多久，就拔完ㄌ，拔完後它說ㄌ一句話……「好冷喔」！後來……一隻南極企鵝……覺得很無聊。於是開始拔毛，……拔完ㄌ，它說ㄌ一句話……「原來北極熊說的是真的！真的好冷喔……。」後來各種動物紛紛加入自虐拔毛的實驗行列，直到一隻烏龜而結束。（後續之接龍見網路各掰版，二〇〇八年十二月）

❼ 也可參考同年奧斯卡落選最佳紀錄片《我所不知道的假象》（筆者按：查無此片）被刪除的「被熱死的北極熊」片段。

自古誰無死」啊！

時下還有一種足以「引人發笑的言語……」的「腦筋急轉彎」算不算笑話？《腦筋急轉彎》是一九八九年時報出版社一套幽默叢書的書名。那種類似傳統謎語，卻常有匪夷所思的妙答，新奇逗趣。當年常在電視節目、或上課間、或家人朋友相聚時引用，蔚為風氣，風靡一時。

「腦筋急轉彎」與香港周星馳無厘頭電影前後輝映，在臺灣開花結果。由於已流行近十餘年，時勢所趨，《國語辭典》不得不收錄：

1. 一種思考活動。往往問題出人意表且答案饒富趣味。如：「為什麼北方和尚比較多？因為南無阿彌陀佛。」
2. 換個方向思考。如：「讓我們來腦筋急轉彎一下：如果龜兔賽跑中兔子終究還是贏了，那意味著什麼哲理？」

這種將無厘頭美化的解釋，這幾年方興未艾，恐將威脅人類的「真知灼見」。如以下各例：

問A：「ㄧˋ ㄐㄧㄥ（易經）的媽媽是誰？」

答A：「液晶螢幕。」❽

問B：「什麼雞最快？」「什麼雞最慢？」

答B：「麥克雞（雞快）。」「妮可雞（雞慢）。」

問C：「師傅輸了徒弟叫什麼？」

❽ 螢幕臺語音似「𪜶母」(in bu)，意為「他的母親」。

答C：「烏龜——因為殊途同歸（輸徒同龜）。」
問D：「什麼水果不能滷？」
答D：「柿子——因為『士』（柿）可殺不可『辱』（滷）。」
問E：「樹的味道像什麼？」
答E：「雞——因為數位相機（樹味像雞）。」
問F：「小白加小白等於多少？」
答F：「小白兔（小白two）。」
問G：「三人成眾，五人成伍，多少人才能成『團體』？」
答G：「20人（因為twenty——『團體』）。」
問H：「牛的奶叫做牛奶，羊的奶叫做羊奶，請問象的奶叫做什麼？」
答H：「橡皮筋（臺語同象奶）。」

事實上，在「腦筋急轉彎」裡，常常看到天才與白痴同臺演戲。有的令人激賞，逗得人笑得熱淚盈眶。反之，有的「腦筋急轉彎」卻直想令人一拳打死對方，討回剛剛失去的寶貴十秒鐘。令人激賞的「腦筋急轉彎」偶然也會侵犯本文「笑話」的定義界線，本文該不該談，尚在筆者小小的腦「池」（非腦海）天人交戰之中。

在小腦池乾涸之前，太極神功第二式教導筆者「推托無敵」一招：帶引讀者到另一處虛幻仙境——「笑話的格式與內容」，然後全身而退。

(二)笑話的格式與內容

依英國哲學家達爾武已經亡佚的《退化論》一書中推斷：現代人無事忙，在「輕薄短小」的高級藉口下，全世界顛倒最厲害的「歌谷」(Glegoo) 網路曾做過全球性超過百萬人的調查，得到的結果是：「笑話超過五行，讀者頭腦就會秀逗。」❾此外，據他們普查：百分之九十以上的現代人類已無法閱讀小品文❿，當年，毛澤東發明簡體字就是試圖要為一些長過五行的幽默小品解套，最後也告失敗。以至於紀曉嵐、梁實秋等自恃幽默大師的作品近年來越來越滯銷。

笑話的內容是什麼？解釋答案如前一式太極「有說似無」，就是「凡是『話』能使人『笑』者，皆謂之。」有人將「笑話」內容分為以下幾種類型⓫：

1. 職業型笑話
2. 政治型笑話
3. 問答式笑話
4. 低級笑話
5. 冷笑話

這種不用邏輯、也不求全面的分類方式，據說是一位名叫「蔣孝化」所化名的高手所為。看倌將來如果聽到一些笑話不屬於上述範疇的，千萬不要自卑。至於有關笑話的格式或結構，這位蔣孝化先生也做了定

❾ 見自創謠言，無出處。這印證了中國哲學中「五行相剋」的真理。

❿ 據說：百分之九十五以上的人連「極短篇」也讀不懂。

⓫ 見 http://zh.wikipedia.org/wiki/%E7%AC%91%E8%A9%B1（二〇〇七年十二月）。

義⑫：

幾乎所有笑話都包含兩個組成：第一是笑話開頭，例如：「有一天，麵包與肉包發生爭執，紅豆包出面聲援麵包……」，第二是笑點，是一個意想不到，或是與現實完全相反的情節或關鍵，也是一個笑話最重要的部分，且這個笑點能不能讓聽眾感到好笑，將成為這個笑話能否成功的關鍵。……

這段文字奇妙在於：什麼話可以沒有「開頭」？「麵包與肉包發生爭執」和「紅豆包」有啥關係？而它所指陳的「情節或關鍵」是什麼更神奇。本文繼續要詰屈聱牙向前行文，用通俗術語來解釋，就是第三式「寫作的作用或預期目的」。

(三)笑話創作的作用或預期目的

一般而言，除了我等可（憐沒人）愛、有特殊目的或遭特別壓迫的打字工外，笑話其實是不用被「寫作」的。人類社會數十億人，每人每天所製造的笑話何只一個⑬，也就是人類一天就有六十億以上的笑話產量。只要用心記錄，其實不必「寫作」。（這招太極絕招是要自我解脫：由「笑話寫作」搖身一變為「笑話記錄」，就可賺稿費。妙哉！但為了怕露出人腳，以下繼續拗。）一如其他寫作，笑話寫作當然有其作用及預期目的。其實「作用」也等於「預期目的」，就是「使人發笑」（因為臺語諧音，一定要堅持使用動詞「發」，而不能改為「起」⑭）。言而總之，不能「使人發笑」的話，絕非本文寫作所論的預期目的。

這世上講笑話最多的職業排行無疑的是老師。老師並非天生都能講笑話的，只是他們既擁有一個「誤人

---

⑫ 同前註。

⑬ 據統計：政客每天所製造的笑話質與量，居各行業之冠。

⑭ 成大中文系服曾用「起風了……」為底圖，學生穿著四處趴趴走。這險些使得成大被票選為全球百大「杜鵑窩大學」。

子弟」的重責外，更占盡了天時（一週可講五天）、地利（每間教室都是他們的地盤）和人和（學生年紀都比較小、掌成績之生殺大權，誰敢不聽）。神奇的是：他們為這等閒差事更冠上了無比的正當性，竟能公然宣導：「笑話在教學上的功能」如下洋洋灑灑八大點⑮：

1. 做為上課前的暖身運動
2. 使學生集中注意力
3. 加深學習記憶
4. 協助對課程的了解
5. 使課程更活潑有趣
6. 解除尷尬
7. 改善沉悶的上課氣氛
8. 有助建立良好的師生關係

筆者也執教鞭，但每次講笑話時內心極不安，真不敢「貓」同於上述的不慚見解。

笑話寫作除了要達到「發笑」的目的（發笑能使身心調和、促進健康（一如公園裡許多人練的太極笑功））外⑯，第二個目的則為「不發笑」。因為「不發笑」的笑話可以在其中參悟禪理、或打發無聊、或老師用以悶殘學生等。不要小看「不發笑」的道理：若我們用心思考，好笑話裡可以學習到許多機智、邏輯、創意、聯

---

⑮ 見網路彰師大輔諮系楊子賢等著〈班級經營之笑話的應用〉：http://class.ncue.edu.tw/article19.shtml。

⑯ 據多項研究證實：歡笑是良藥，幽默有益健康……。維吉尼亞州威廉瑪莉學院研究員彼得・德克斯新的研究發現：說笑話時，腦及免疫系統都會受到影響。當領會了一個笑話，腦波的活動就會改變成和諧一致，也有利健康。

想、譬喻等題材，是人類智慧的結晶。或有人會問：笑話能使人「發笑」或「不發笑」，那到底哪個較重要？這好問題由莊子代我回答了：「吾將處乎發笑與不發笑之間」。⓱

此外，笑話還有一種功能，就是「戲謔」或「捉弄」，如「四段式故事」、「樵夫」等。前者的結局都是被甩耳光且理虧的接受人指責「囉唆！到底是你講還是我講？」後者則由「從前從前有一個樵夫……」起頭，而後樵夫的森林冒險的荒謬結局會掉落到聽眾身上。這些故事通常是樂在講述者或旁聽的第三者，常讓來不及接招的聽眾或漲紅了臉，或氣怒攻心，有人甚且會難過自責好幾餐，意外收到減肥的效果，善莫大焉！

二、笑話撰寫之重點與構想

(一)笑話的適用對象、場合

創作或講述笑話第一個原則是「精熟、簡潔」，即要短不求長。所以很難求得適合所有閱聽者的「寬頻」笑話。說笑話者一定要有先觀察「環境」的本能，否則會屢戰屢敗。在語言學的語用學中，這叫語境(Context)。語境在文本中叫語文語境(Linguistics Context)，也叫「上下文」(Co-text)。除了語文語境外，也要注意自然語境(Physical Context)。說笑話時，注意場合、觀眾心情、程度、期待值，這些都是自然語境的問題。十餘年前，曾觀看當時臺視當紅節目「我愛紅娘」：一位北縣小學老師才藝表演曾說了個「阿房宮」的笑話⓲，全場尷

⓱《莊子・秋水》原文：「(吾)將處乎發笑與不發笑之間。——(周)將處乎材與不材之間。」

⓲「阿房宮」故事大意如下：抗戰時期，重慶政府一位督學到一所小學視察。他想要了解學生的素質，所以就叫了一個學生來問：「阿房宮是誰燒的？」只見那學生很緊張的說：「不是我燒的！」聽到這答案，督學覺得太糟糕了，便問校長：「校長，我剛剛問這個學生：『阿房宮是誰燒的？』他竟然回答不是他燒的，你們是怎麼教的？」校長更緊張的說：「我們向來都確實教導學生要誠實！他如果說不是他燒的，就一定不是他燒的，這一點我敢向您保證！」督學聽了十分感嘆，回到教育廳後提出報告，要求懲處該校的校長辦學不力！

尬，毫無「笑果」。筆者將此笑話轉引至上課班級，幾乎傾倒全場，無往不利。主要的原因是：當時「我愛紅娘」的觀眾多是婆婆媽媽親友團，幾乎不了解「阿房宮」的建築何等難能。筆者往往在課文上完秦朝滅亡後，敘述阿房宮的歷史原委，尤其是火燒難燬的壯觀，再說述這個故事，每回都引來哄堂大笑。這說明聽眾水準，絕對是講述者重要的語境觀念。

(二)撰寫／講述笑話的禁忌

臺灣諸笑話經典中，「部長（不講）」[19]絕對名列前茅。本文借「部長」之威信，依眾笑話名嘴經驗法則歸納出講笑話的場合，要特別注意：若遇到八位「部長」就「不講」，號稱「天龍八部」：

演講開始時『「候」部長（不講）』、

演講快結束『「錢」部長（不講）』、

觀眾太過期『「戴」部長（不講）』、

觀眾已分心『「石」部長（不講）』、

觀眾沒有程『「杜」部長（不講）』、

內容太過辣『「辛」部長（不講）』、

次數太過頻『「樊」部長（不講）』、

没想到廳長幾天後公文寄回批示：「阿房宮燒了就燒了，查不出縱火者不用太在意。待明年縣府經費來，本廳再申請撥款重建！」

[19] 「部長」笑話大意如下：當年黃季陸當教育部長時，有人打電話到部裡找部長，電話接到部長室，黃就親自接了電話。來電問：「請接部長好嗎？」黃回答說：「我就是不講（部長）！」黃的鄉音重，把「部長」講成了「不講」。來電：「你怎麼不講呢？我要找你們部長啦。」黃季陸有點兒不耐煩地回答說：「我就是不講啦！（我就是部長啦！）」來電：「怎麼？您還是不講？我要找教育部長啦！」黃季陸更大聲地回答說：「我就是故意不講啦！（我就是教育部長啦！）」此事傳為經典笑話。但故事主角也有人傳為文化大學創辦人張其昀。

情節有記不「『全』部長（不講）」。

總之，笑話要注意場合、了解觀眾、不流於庸鄙、不做人身影射或攻擊、更不可太頻繁或太冗長等等，上述缺點都是禁忌。

「部長（不講）」的笑話在臺灣頗有名，若沒聽過還要偷看註腳，可證明看倌的「笑Q」⑳很低，須多研讀本文十遍以上才可提升笑Q水準。看倌可能會反向責怪此段不好笑，這時候應「反求諸己」，努力提升自己的EQ而不應口出惡言才是。

遇到上述的八位部長就不講，那笑話該何時講？講笑話最好的時機，應是在觀眾最「聚精會神」時，因為他們會很用心的對你的笑話「穿鑿附會」，這時即使是爛笑話他們也會捧場，好展現他們心領神會的「智慧」。此外，觀眾快「拜見周公」時，也是個好時機，因為他們下意識像即將溺斃待救援的一群。這時即使是個超冷笑話他們也會「飢不擇食」的捧場，好掩飾他們即將昏睡不醒、口水快脫口的窘境。

事實上，好笑話常借助於人類虛實相參的情境，取悅人類。如：「金手機」㉑或「拜文昌公」㉒的故事，都是可以設計成介於虛實間的笑話。只要寫/講笑話者能善用聽/觀眾的情境，都能產生好笑果。雖然故事本質可能是荒謬不可能發生的，但若臨場將笑話的主角或事件合理而巧妙的替換（或暗示）成觀眾或大家所熟知的同學、同事或朋友，則也會有加分的效果。

當然，須再強調的是：一些特殊性質的笑話要隨時省察適宜與否。如情色笑話會製造尷尬；而有關「國

---

⑳「笑Q」的意思一如"IQ"、"EQ"、"MQ"或「香QQ」等。

㉑「金手機」笑話請見習題。

㉒「拜文昌公」故事大意如下：某同學當年要考高中的時候，她阿嬤就幫她去廟裡拜拜，等到要考試前一天——「阿嬤，我的准考證拜完放哪？」「准考證？……那張紙喔……燒給神明了啊……」（批踢踢實業坊 ptt.cc）。

籍或種族」的笑話，雖是套緊了不同國籍的人士有其既定形象，而在特殊情況或事件錯置時所產生的趣味性，但其中不無積澱了長期以來的歧視或偏見成見，不宜出現在正式的政治外交場合，以免產生爭端。倘用來自嘲，反而展現出過人的氣度和幽默感。筆者留學法國時，看到一則法國自產的笑話，印象至今仍深刻：

> 上帝創造了法國，又為她創造了最好的地中海、大西洋、肥沃河谷、和煦的陽光、浪漫優雅的語言，最精緻的美食和美酒、乳酪。後來上帝覺得對其他國家不公平，仔細的思慮後，決定做個平衡來彌補。於是——上帝又創造了法國人。

語言學中，有所謂的「語言能力」(Competence)和「語言表現」(Performance)的區別。笑話講得好須仰仗講者的「語言表現」；反之，笑話寫得好則須要靠著作者的「語言能力」。通常，笑話寫作常以精簡為勝，寫作時當然要注意到「環境、角色和情節」等三種小說要素，也就是要把一則笑話當成一則優秀的「極短篇」來對待：文字流暢、情節準確不冗蕪、不漏失構成笑話的重要成分……等。尤其，講笑話要有臨場應變的能力，若能掌握氣氛、配合表情姿勢更佳。

㈡笑話撰寫的三要——策略與要領

一個笑話大師，平日就要有蒐集笑話並加以分類的習慣，以便在不同時空、觀眾或情境時隨時能掌握要點。而若就創作的角度而言，則如前述，要特別注意到「環境、角色和情節」等三種小說要素。

第一要「環境要素」，前已說明。寫作時無法掌控，但講述者須要特別留神。最好使每則笑話都能與當時的情境背景相關連。如說同音詞笑話要在當場有人音誤之後；說民族笑話要在有國籍主題出現之後；說語意笑話則要在有相似語詞製造出趣味之後等。

第二要「角色要素」。笑話中須注意「角色要素」的數量、特質、及描述。「數量」的考量是要使出場角色剛剛好符合笑話所需——不多也不可少。太多則會使結構鬆散，失去張力；太少則會使笑話不夠完全，易漏失重要情節或笑點核心精神。

第三要則是笑話的重頭戲——「情節」。上述的環境、角色是用來凸顯笑話核心的「情節」，情節的設計和掌握要能產生「梗」（笑點），則笑話才有存在的意義。講述情節的文字當然需要流暢、準確不冗蕪。其中凡構成笑話的重要成分當然不能漏失。網路上許多登載的笑話往往不是失之簡要，就是失之冗蕪。有能力消化者摘其精髓而講述，摘要能力不佳者，遂成糟粕。（參見習題5.，請試比較文字修改前後的差別。）

笑話情節常在不合理中對比合理，有時候需要精深的邏輯或心理學做後盾。下面這則笑話，短小而雋永，堪稱絕品，許多人卻不甚能意會：

有天，被虐待狂對虐待狂說：「虐待我吧！」虐待狂說：「不要。」㉓

笑話和「極短篇」最大的差別，除了口語/書面語語文描述的流暢度不同之外，也來自於結局的揭露後所引發閱聽者的解放點不同。「極短篇」的結局後常會帶來驚愕或哲思；而笑話結束後常會帶來驚喜及笑意的解放。因此笑話結束前的「伏筆揭露」便攸關笑話成敗的關鍵。「伏筆揭露」時，常會使用文字、詞語、聲調或表情來做映襯或烘托，如：「……他大聲的喊著……」、「……他無辜的說……」、「……他邪惡的笑著說……」、「只見……他傻傻的……」等，然後出現一個相反而意外的結局。若「伏筆揭露」能有第二波或第三波，更令人絕倒。

㉓ 若真不懂其妙，千萬不可逕問周遭，否則被罵「竹本」時別怪筆者。可以改採「測驗」方式，由別人答案裡求真理。

三、笑話撰寫之語言學層次

笑話寫作或講述，屬於應用語言學 (Applied Linguistics) 的範疇。將語言做系統式的應用時，切不可輕忽語言中的幾個層次：

㈠語音與音韻層次

若有個大閒人願意統計笑話裡主要的元素，那麼「語音相同/相似」所造成的誤會或聯想，在排行榜上肯定第一。語音相同或相似，往往帶來了異趣和奇想。前些時候，一首流行於網路的〈暗梅詩〉頗走紅：

暗梅幽聞花，臥枝傷恨底；
遙聞臥似水，易透達春綠。
岸似綠，岸似透綠，岸似透黛綠！

這首詩讀出聲後便成「俺沒有文化，我智商很低；要問我是誰，一頭大蠢驢。俺是驢，俺是頭驢，俺是頭呆驢！」這諧音笑話將一首意境很美的詩，變成十分低俗可笑，落差之大，令人莞爾！諧音笑話處處可見，且看以下：

一對男女朋友因感情問題，女方到男方家談判。兩人越講火氣越大，女方情緒爆發了。隨手拿起桌上美工刀，欲往自己手腕割下。男方立刻阻止，拉扯中刀在女方手上劃了一大痕，鮮血順著傷口流了出來。男方把刀搶了過來，說：「為什麼要傷害自己，冷靜一下好嗎?」女：「好，那你告訴我，你的優點在哪?」「我的優點?」男方想了想，漲紅了臉說：「我幽默溫柔、光明磊落、脾氣好，總把妳當寶伺候……我哪裡沒有優點？」

女：「優你個頭啦！我被割傷問『優碘』放哪，要你回一堆幹嘛？」

這一則利用「同音字」產製的笑話，說者若能對比前後兩景，由緊張而翻轉成嗔罵，會令人感到好笑。有一則由來已久的故事：

某日侍郎、尚書、御史三個官員走在路上，看見一隻狗從三人面前跑過。御史藉機會問侍郎：「是狼（侍郎）是狗？」侍郎臉都綠了：「是狗。」尚書和御史都大笑再追問：「何以知道是狗？」侍郎：「看尾毛便知：下垂是狼、上豎（尚書）是狗。」尚書臉沉了。侍郎又說：「也可以從食物得知：狼肉食遇人吃人，狗是遇屎（御史）吃屎」。這回換成御史火冒三丈，無處發洩。

這一則故事有人轉移到清朝紀曉嵐力戰三官員的機智，更有深度和情境。

事實上，同語言內的諧音笑話已夠多了。臺灣多語交鳴，音近的笑話更多。這是其他華人社會難比擬的。前文所引述的腦筋急轉彎都是，再看以下這幾則：

1. 一個會說中文的老外來臺度假，有天在街上覺得口渴，看見前有一攤賣果汁的，向前去跟老闆說：「我要一杯西瓜汁，謝謝！」突然瞥見有位機車騎士撞到電線桿。這時，老外說："Oh! My God." 老闆氣著說：「果汁已經攪（ㄍㄚˋ）下去了，你才叫我『麥攪』……你到底要不要？」

2. 有一天，小明的老師出了功課，要他們回家造句。題目是「幾乎」。隔天小明交出去的時侯，老師臉綠了，因為小明寫著：「昨天幾乎（姊夫）帶我去公園玩。」

3. 隔天，小明的老師又出了個更簡單的題目，叫『問』。

第三天，小明的老師被送醫院急救了。因為小明這樣寫：「昨天表哥帶我去麥當勞吃薯條「問」（臺語『搵』——蘸）蕃茄醬。」

4. 阿婆買湯麵時，老闆麵煮好問她：「要不要加蛋？加蛋加五元。」阿婆愣了一下，唸唸有辭說：「ㄏㄚˊ……遮（這兒）等愛加五箍（元），夭壽！我欲出來外口等就好。」

5. 小廖去應徵業務員，三個月後，業績慘賠。經理想了想，覺得原因可能出自於他的名字。因為他的英文名字為 Joe，翻過來念是「Joe 廖」（閩南語）。於是，經理便將他的名字改為「麥可」——「邁擱廖」。㉔

同於上面這幾則經典笑話，臺灣就有許多因不同語言語音近而生的故事，都非常有創意。語言學中有「同音詞」(Homophone/Homonym) 的問題，通常都以單一語言為主。但臺灣許多的「同音詞」笑話，都已超越國界，邁向世界大同。當然這些語言混雜的笑話，除了講者自身需具有嫻熟的語言交換能力外，聽者也須有一定的理解力。而文字書寫笑話時，則標音或適時譯註的能力更不可免。

多年前曾看到報紙副刊寫到一則趣譚：「何家姑娘嫁鄭家，證婚人巧賀道：真合適（鄭何氏）。」㉕筆者大笑不已。只因腦裡立即浮現：若雙方家庭都說臺語，怎麼辦？那會諧音成「捏 ([tē]) 予 ([ho]) 死」，意義完全南轅北轍。

這社會有許多擅長利用諧音或聯想來說笑的奇才。電視圈裡從早期的豬哥亮到後來幾位綜藝天王，都有這個異稟（忌妒者貶抑稱之為瞎掰）。而平時不和「狗」開玩笑的政治殿堂，也曾出現謝志偉這號人物。他擔任新聞局長時的機智故事不少，最有名的莫過於「入聯公投」logo 所生的波瀾了㉖：

㉔ 見二〇〇六年八月二十一日《聯合晚報》。這則笑話本就有趣，更有趣的是：閱報幾週後，竟收到多年前國中教過的學生一封 e-mail，他的英文名竟然也是“Joey Liaw”。

㉕ 那也是一則諧音雙關的歇後語。

入聯logo被呂副總統嫌醜，說像豬耳朵，卻被記者聽成像豬鼻子……前一天新聞局長謝志偉……說頂級松露就是靠豬鼻子聞出來的香露（諧音生路），……記者改問豬耳朵，謝志偉……說豬耳朵就是國歌裡的「咨爾多士」為民前鋒，入聯公投繼續衝，一定沒錯……

單一語言的諧音常有許多趣談。而當雙語交會時，音似而意異的趣事更多。成大張高評教授說道：他早期坐飛機到臺南，出機場時總會經過一個「臺南雞場」。該養雞場有幅大廣告：「臺南雞場　日理萬雞」，既醒目也令人印象深刻。香港人使用粵語，也都流傳著外地人坐計程車將「機（ㄍㄟ [kei]）場」說成「雞（ㄍㄞ [kai]）場」的笑話。可見得說/講故事的第一要領，就是注意諧音/同音的音韻層次。

上文的「部長/不講」只是拼盤小菜，同盤的還有世盟㉗榮譽主席谷正剛流傳的「Government（肛門）to Government（肛門），People（屁股）to People（屁股）」；還有鄧小平訪美過海關回答「去哪裡？」的「我姓鄧 (Washington)」；回答「旅行目的」的「小平 (Shopping)」㉘等。臺灣人的國語多有「愛臺灣」腔調，陳水扁曾流傳一段「黑豬傳奇」的笑話㉙：

幕僚：請問黑牛黑馬黑豬，這三種動物哪一種最熱情？阿扁總統……（思索中）。幕僚：是黑豬（臺語）。因為「我的（音似黑豬的臺語發音）熱情，嘿！好像一把火，嘿！燃燒了整個沙漠……。」（幕僚非常認真地學著歐陽菲菲唱起這首熱情的沙漠，注意哦！中間還沒忘記要加「嘿！」而且頭往後仰），所以是黑豬（臺

㉖ 見二〇〇七年九月二十一日民視新聞。

㉗ 這是一個消失的古老神祕組織，曾為反共大業貢獻了無數的一二三自由日，請自查網路。

㉘ 蔣經國、李登輝、陳水扁等學貫中西者容易流傳這種笑話，一些馬虎英文考九分的人就罕有。

㉙ 見「阿扁電子報」：http://www.president.gov.tw/1_epaper/91/911010.html。

語）最熱情。阿扁總統……（還是思索中）。～三秒鐘之後～

阿扁總統慢慢地、好學地、表情認真到不行地說：你還是沒有告訴我，為什麼黑豬會比較熱情？瞬間，辦公室的氣溫直線下降，一陣冰冷的風撲面吹來，幕僚們頭上則出現數條黑線，還直「加侖筍」，冷哦！

報端上也記錄了一段前國防部長湯耀明上阿里山一直向傳令兵要「唇膏」（陳高）的趣聞。由於母語干擾，臺灣地區笑話中，特別是「ㄓㄗ不分」的情形已到了這田地，如以下超複雜邏輯的腦筋急轉彎：

問：從前有一隻狗，狗的前面有一隻貓，貓的前面有一隻鼠，鼠的後面有一隻貓，貓的後面有一隻狗，請問狗的後面是什麼？

利用諧音，同時又以連續相似句型，造成複雜印象，使人在不設防下，認真思考答案而落入圈套。筆者也是網路受害者。令人生氣的是答案竟然是「『從』前有一隻狗」的「蟲」。問問題的人竟然很得意的加註裝鬼臉，一副標準不大人作風：「『從』前有一隻狗，……我說過了，一開始我就說了……>O<」。聽說：這答案也惹惱了國語推行委員會的全體委員。當年國推會大改組，是這個原因所造成的。「從」音「ㄘㄨㄥˊ」而「蟲」音「ㄔㄨㄥˊ」，臺灣竟容許這種不標準的幽默亂流行，簡直無「ㄏㄨㄚˇ」無天了。這種未受「正音」訓練卻四處欺詐的故事，真是「ㄧㄠˊ竹難書」啊！（黑幼龍語㉚）反詐騙專線、119或生命線都無能救命。如另一則「ㄕㄨ（輸）ㄙㄨ（酥）」不分的冷笑話：

問：香蕉、鳳梨比賽，誰輸了？

答：鳳梨！——因為鳳梨「酥」。㉛

㉚ 二十幾年前，黑幼龍主持一個知識型電視節目談到「伽利略」結論時，說了：「伽利略對人類天文學的貢獻，真是ㄧㄠˊ竹難書啊！」

語音層次的笑話中，應該包含著「口吃」笑話。瞧瞧以下一則二〇〇七年七月十日《聯合晚報》的網路笑話：

老王在國小任教，長得人高馬大，威風凜凜（按：這十個字不是冗詞，是對比襯托用），只是一緊張講話就會口吃。一次監考，他發現有個學生在看小抄，他氣急敗壞的朝臺下作弊學生吼道（按：原文要加上「手直指著」效果更佳）：「你……你……你……你……你……你……你……你……作弊，給我站起來！」語畢，九個學生低著頭站了起來……

再看這兩則「口吃」的經典笑話：

有個人到鳥店，要老闆幫他選隻會說話的鸚鵡。寡言的老闆幫他選了一隻帶回家。回家後才發現牠竟有口吃的毛病。他氣急敗壞帶著鸚鵡回鳥店找老闆理論。問老闆：「牠雖然會說話，但竟然是口吃，為什麼？」老闆紅著臉回答說：「對……對……不……不……起，這裡……的鸚……鸚鵡……每隻都……一樣的……」（其一）

小明去雜貨店買飲料，發現只要15元的可樂有新包裝，就問老闆：「多……少錢？」老闆順手幫他拿起可樂說：「30元。」

小明指著罐子說：「你……開……開……開……」老闆聽了連為他開了三罐。小明越來越激動說：「你……開開……什麼……玩笑，我……不買。」（其二）

㉛ 聽說：曾受此毒害者因此發憤發明了「香蕉酥」，如今害得臺灣農業兩酥俱輸。

另有一則依關臺灣國寶藝術「歌仔戲」的「口吃」笑話，笑果驚聲動淚。由於可能會破壞國譽，「可能」惹來纏訟之禍。因此，除了私門徒兒外，「可能」絕不外傳——此絕非吊胃口之言。

口吃者說話的「異常」（異乎常人）所製造的積極修辭「類疊」「飛白」效果，令多數人們部分「非本善」的人性，想訕笑而不敢笑，又怕隱忍成內傷，因而編造「口吃」笑話順理成章的行「訕笑」之事實。這些編造者雖可惡，但就其說寫笑話的「造詣」而言，也該予以非關道德的欣賞。㉜

(二)構詞與語法層次

漢語「單音獨體」的構詞便利性，提供了語文或文學表達很大的創意空間。多數的字，可以當做上位詞，也可以當做下位詞。用心布置，就是笑話的好題材，試看下面名之為「你們聊，我先走了！」的組曲：

- 小兔說：「我媽叫我小兔兔，好聽！」小豬說：「媽叫我小豬豬，好聽！」小狗說：「媽媽叫我小狗狗，也好聽！」小雞說：「你們聊，我先走了！」
- 李宗仁將軍說：「我這人，有仁！」傅作義將軍說：「我這人，有義！」左權將軍說：「我這人，有權！」霍去病將軍說：「你們聊，我先走了！」
- 浪客說：「人們叫我浪人，好聽！」武士說：「人們叫我武人，也好聽！」高手說：「人們叫我高人，也很好聽！」劍客說：「你們聊，我先走了！」
- 老張家的門是柳木做的，老張說：「我家是木門」；老李家的門是塑料做的，老李說：「我家的門是塑門」；

㉜ 這段話真拗口，只因筆者常編講「口吃」笑話，又是「口吃」者——或許是第一位口吃出身的語言學博士。因此，錯亂的角色寫出了上述精神分裂的「美麗新境界」文詞。

老王家的門是磚頭做的，老王說：「我家的門是磚門」；老劉家的門是鋼做的，老劉說：「你們聊，我先走了！」

• 師範學院學生說：「我是師院的」；鐵道學院學生說：「我是鐵院的」；職業學院學生說：「我是職院的」；技術學院學生說：「你們聊，我先走了！」

第一則利用「疊字」來製造「小雞雞」的笑點；第二則利用「新構詞」來製造「有病」的笑點。後三則都以「節縮詞」所形成的諧音來製造笑點：「劍（賤）人」、「鋼（肛）門」和「技（妓）院」等。漢語詞語置放的位置，容易影響詞性和詞義的歸屬。因此詞的上下位判斷，往往容易鬧笑話。校園間流行的「白痴造句法」，就是這癥結。以下看看孩子們的智慧：

從前：小明從前門進來。
能幹：政府很無能，幹！
如果：牛奶不如果汁好喝。
白痴：小白痴痴的在門前等小黑回來。
便當：小明把大便當做每天早上起床第一件要做的事。
機會：我坐飛機會頭暈。
天才：我昨天才回來。……

由此引申，看看這一則：

有一天護士看到一位病人在病房裡喝酒，就走到他身旁小聲說：「小心肝！」那個病人馬上高舉酒杯，微笑著對護士說：「小寶貝」。

與「白痴造句法」是雙胞胎的是「天才褒獎法」，善講笑話者一定要同時具有這種功夫，否則哪天遭小人（多指小孩）暗算，則一世英名將全毀。當一些小鬼頭說「你好『XY』啊！」時，千萬別得意高興，還向他們謝謝。因為這些「小白ㄔ」會立刻接下去運用「X……Y」的「白痴造句法」構詞法，使你騎豬難下。如：

小鬼：「你好『天才』啊！」——「天生的蠢才」

小鬼：「你好『智慧』啊！」——「智障什麼都不會」

小鬼：「你好『英雄』啊！」——「英國的狗熊」

「天才褒獎法」反擊之道，就是早在他們開第二次口之前立即反應：

「喔！（你怎麼知道我是）天生的奇才，謝謝！」

「喔！（你怎麼知道我是）智商200的什麼事都會，謝謝！」

「喔！（你怎麼知道我是）英勇的英雄，謝謝！」

然後快轉身離開。保證你眼角餘光會瞥見這群小鬼臉上現出準備再下十八層地獄的呆愕與茫然。以下有則與構詞攸關的高度智慧問題，可讓你轉身用來反問他們：

小明坐高鐵從臺南去臺北只花了六十分鐘，回程坐同車速、同停站、沒發生任何事故或意外的高鐵，竟然要花兩個半小時。為什麼？

這題目和以下這笑話有關係：

段考前，老師有意無意地提到題目十分簡單，學生們拍手叫好。沒想到考題難到不行，每個人的分數都慘不忍睹。有人勇敢的向老師詢問原因——老師回答：「我可沒說錯喔！『十分』簡單——其餘的九十分很難。」

「十分」可以是「名詞」主語，也可以是修飾形容詞「簡單」的「副詞」。一如更上一例的「兩個半小時」是「兩個／半小時」而非「兩個半／小時」。即詞語置放的位置，往往影響詞性和詞義的歸屬。以下的網路笑話也都是中文構詞惹的禍：

・阿秀到圖書館。忽然眼睛一亮，看到一本書名叫《夢遺落在草原上》。趕緊叫同學阿盈來看，才發現封面上寫著：《夢，遺落在草原上》。阿秀憤憤不平的說：「將來我要出一本《月經常掛天上》。」（其一）

・副導：「導演，那女明星只露兩點。」導演：「搞什麼鬼！不是說好三點全露嗎？」副導：「可是她說，今天有一點不舒服……」（其二）

「一點」可以是「名詞」，也可以是修飾形容詞「不舒服」的「副詞」。即詞語置放的位置，往往影響詞性和詞義的歸屬。史上劇力百斤的集體瞎掰舞臺劇莫過於「魔王與公主」了。它堪稱笑話中折磨中國人語詞慣性最慘烈的一齣戲了。網路接龍時，各方「陰態」不尊重母語的劣根性在此展露無遺。倉頡和許慎再世，看了包吐血立即送加護病房。現引兩三小段讓看倌看看：

一天魔王抓走公主，公主一直叫……

魔王：「你儘管叫破喉嚨吧……沒有人會來救你的……」
公主：「破喉嚨……破喉嚨……」
沒有人：「公主，我來救你了……」
魔王：「說曹操曹操就到……」
曹操：「魔王，你叫我幹嘛？」
魔王：「哇勒，看到鬼！」
鬼：「靠！被發現了……」
靠：「阿鬼，你看得到我喔？」
魔王：“Oh, My God!”
上帝：「誰叫我？」……
（以下 Endless——沒完沒了）

因此，寫/講笑話的降龍十八掌其中一掌就是要能拆詞、組詞，「拗盡天下人構詞能力」，然後「掰之於死地而後生」，就是最高的境界。

㈢語義與語用層次

除語音、構詞外，語義和語用的掌握，也是門大學問。有則笑話流傳已過七年，偶然說出來，聽眾仍會笑得牙癢癢的捧場：

有一位歐巴桑到加油站加油，車停妥打開油蓋後，突然間一陣強風吹來把安全帽吹跑。歐巴桑要追，急著跟負責加油的小妹說：「小姐，我要去追帽子，請幫我加油。」這位小妹竟一邊鼓掌，一邊高喊：「加油！加油！」

詞義學裡須講究「多義」(Polysemy)、「同義」(Synonymy)、「反義」(Antonymy)、「上下義」(Hyponymy)等，這正是笑話的泉源。許多笑話都應用詞語「本義/引申義」間的糾葛來創造笑點。有時候單獨一個字，也可以鋪陳出一則笑話：

一名害羞男子暗戀一位女孩，但只敢遠遠觀望、偷偷跟蹤。他發現：每週三這名女孩都會到一家牛肉麵店去吃麵。

一天，他決定採取行動，跟蹤到麵店後鼓起勇氣來到女孩身邊，大膽問她：「小姐，妳叫什麼？」女孩被這突如其來的聲響嚇了一跳，於是緊張回答說：「我……我叫牛肉麵！」

「叫」字的多義，使寫這則笑話的人有了靈感。一個詞、一句話也都是如此。就如同有人開詩仙的玩笑問：「李白的字為什麼特別白？」因為課本上寫著「李白字太白」，把「字」做兩種解釋，就是語義的運用。紀曉嵐有另一則佳作，足以列名TOP 10排行榜：

紀曉嵐常進宮面見皇帝，出宮時也常被太監包圍央求說故事。一日，太監仍死纏著要他說故事才肯讓他過去。紀停了腳步慢慢說道：「從前有一個太監……」，然後就沒下文。太監等急了忍不住問道：「那下面呢？」這時紀笑了笑說：「……下面沒有了。」

當然歧義、同義、反義等不是只有中文有。一則在國際非常流行的笑話，在英文能力日益低落的臺灣也常看到：

美、英、法三國軍官被德軍俘虜，將被槍決時，美國軍官大喊："Tornado!"（颶風）德軍一聽，立刻嚇跑，美國軍官因而逃脫。輪到英國軍官，他喊："Earthquake!"（地震）德軍又嚇跑，英國軍官也救了自己一命。最後是法國軍官，他也學習這招，用英文高喊著："Fire!"（火災）。於是……

能展現漢語語義學最菁華的幽默小品，以下這則「烤肉最怕的事」值得被列入優選：

1.肉跟你裝熟。2.玉米跟你來硬的。3.蛤仔搞自卑。4.黑輪爆胎烤。5.香腸耍黑道。6.肉跟架子搞小團體。7.火種沒種。8.肉架搞分裂。9.蔥跟你裝蒜。10.木炭耍冷。

這笑話一面將烤肉食材、食具擬人化，藉以形容人際關係，如「裝熟」、「耍冷」；更運用主語與謂語間搭配的趣味來製造趣味，堪稱一絕。

然而，語義之運用於笑話，任何題材永遠無法和「黃色笑話」這天王相比擬了。它可以稱之為「永遠的黃色笑話」，比鑽石都永恆。「黃色恆久遠，半則永流傳」。講黃色笑話真的不須要完整的一則，有時候僅半則就已足夠讓人的聯想力無限的發揮了。無論「長短、大小、內外、上下、前後、虛實、動靜……」（包含質量、數量、空間、運動……）無不可聯想。或粗鄙、或含蓄，黃色笑話永遠觸動著人類思慮最精微的神經。它是無遠弗屆、鉅細靡遺、大小通吃的精靈。本文列為普級，當然選例要自制。試看：

・某一怨婦在報紙登一則「警告逃夫」啟事，內容如下：「家有一塊田，莫讓他人耕。君若不速歸，租人插甘蔗。」

・一個小學生暗戀他老師好久了，有一天鼓起勇氣跟老師表白。老師一直開導他說這樣不對。可是小學生倔強就是不聽，還說什麼愛情是不分年齡的……最後老師受不了，就狠下心說：「我不要小孩子啦！」只見小學生露出滿足的笑容說：「老師，我一定會很小心的！」

・一位大官看完報紙，憤慨著責怪社會這麼多婚外情。官夫人敷衍應和，引起了大官的疑竇。突然問道：「老實告訴我，結婚這麼多年，妳有沒有對我不忠？」官夫人顯然被嚇到了：「你先答應我你不會揍我。」大官感慨地答應後，官夫人心一橫，承認說：「只有三次。」

「三次?!」大官急了，「哪三次？」

「第一次，記不記得你博士考，有一個委員百般刁難。後來那個難纏教授讓你通過了，那是因為我……」

「難怪，原來是為了我……那第二次呢？」

「第二次，記不記得你當大使，那個國家威脅要和我國斷交？若是斷交，你的政治前途就完了。後來，那個總統改變心意，不再提斷交，那是因為我……」「噢，還是為了我……那第三次呢？」

「第三次，記不記得你被提名部長，國會表決時，你還差一百票？……」

這三則還未涉及「實體審查」（借法律名詞揣衍）的笑話，只不過如浩瀚星海裡的三塊小隕石。有些黃色笑話是積極的被創造，以滿足人性中飢渴的想像；但也有一些是因求雅、避尷尬而被消極創造的。撇開限制級、保護級的顧慮之餘，黃色笑話永遠質高量大，代代永傳不滅。不像其他種類的笑話產量受限，品質也常欠佳。

黃色笑話藉著飲食男女人性的優勢雖然很容易發揮，但它和其他笑話、或文學的活動，永遠是一樣的——就是藉著「隱喻」(Metaphor)／「轉喻」(Metonym)㉝所生的意象聯想，而產生偌多具創意的產品來。

「隱喻」(Metaphor) 因A、B兩事間的相似對應做聯想，如：

> 蜘蛛在母親要求下和蜜蜂訂婚了，但一直感到不滿意。於是問媽媽：「為什麼要讓我娶蜜蜂？」蜘蛛媽媽說：「蜜蜂是吵了點，但人家好歹也是個空姐呀。」另一邊，蜜蜂也感到不安，也問她媽媽：「為什麼要讓我嫁給蜘蛛呢？」蜜蜂媽媽說：「蜘蛛是醜了一點，但人家好歹也是個搞網路的……」

把「蜘蛛」和「搞網路」、「蜜蜂」和「空姐」做類似面的聯想，就是「暗喻」。若就兩者間存有部份事物連結而產製出思慮連接，則稱「轉喻」(Metonym)。如上文謝志偉將別人批評入聯 logo 如豬鼻子回應成尋找松露的意象就是「轉喻」。有則故事是個標準例子：

> 蜥蜴、蜈蚣和蛇是好友。有一晚喝酒無菜，便商議派誰去買。最後決議由蜈蚣去買，因為牠腳比較多速度應比較快。但苦等好久好久不見蜈蚣回來。開門一看，蜈蚣竟然……還在穿鞋子。

由多腳而聯想到穿鞋、而聯想到遲滯，摻雜「人類文化」(穿鞋)的要素，顛覆了對動物習性的想像，也滿足了懸疑心理的釋放，是這個笑話的成功處。這幾年臺灣社會提倡外語教學，效果不彰卻用心激切，連帶的使一則笑話也走紅：

> 一隻鼠媽媽帶著小老鼠們正從地洞鑽出來，不巧就遇見一隻面帶殺氣的母貓朝著牠們走來。鼠媽媽不慌不忙的朝著母貓「喵」了一聲，母貓愣住了，就在這一刻，鼠媽媽和小老鼠們迅速的躲回地洞逃過一劫。回到地洞後，鼠媽媽藉此機會教育了小老鼠們一番：「現在你們知道第二外語有多重要了吧！」

㉝ 中文修辭格中對譬喻的用詞太紛亂，本文不詳敘。讀者只要以英文詞做理解即可。

創作一則好笑話，是語義學、語用學的傑作。除了上述幾個概念外，語義學還有「普指／專指」、「句式歧義」及「詞義場／上下義位」等觀念；語用學還有「蘊含」(Implicature)、「前設」(Presupposition) 或「指代」(Deixis) 等觀念，都可以用來作為創作的基礎或技巧。這些觀念所涉的語用學問題頗多，讀者請自行進修。

❖四、笑話撰寫與講述四大原則

笑話寫作除了上段所論的三種語言學層次外，還有一些不屬於語言學的範疇，筆者稱之為「超語言學 (Supra-Linguistic) 層次」。這個層次裡需要顧慮並了解到以下幾個原則：心理預期原則、邏輯原則、時尚原則和感覺原則。分別敘述如下：

(一)心理預期原則

利用人性渴望，出其不意的用強烈對比及預期差距，創作出落差的結局，這就是心理預期原則。這原則看似非「笑話」核心概念，但創作或講述者若能善用，達到的效果往往勝過「笑話」核心情節。也是「歇後」的效果㉞。BBS 站上常常利用留白、翻頁，讓效果在視覺及心理停頓後呈現。試看這則號稱史上十大鬼故事之一：

> 夜深了，一位計程車司機決定再拉一位乘客就回家。突然發現前面一個白影晃動，向他招手。這樣的情況不得不讓人想起……
>
> 最後司機還是決定要讓那人上車。「她」用悽慘而沙啞的聲音說：「請到殯儀館。」司機打了一個冷顫。難道她真是……他不能再往下想……

㉞ 歇後語是熟語的一類，其形式是在前半截比喻引導，後半截點明要點。

他很後悔，但只有盡快地把她送到。那女人面目清秀，但一臉慘白，一路無話，讓人毛骨悚然。司機無法繼續開，就在距離殯儀館較近的地方，找個藉口結巴地說：「小姐，真不好意思，前面不好調頭，你可以自己走過去嗎？」女人點點頭問：「多少錢？」司機趕緊說：「算了，你一個女人，這麼晚，算了！」「那怎麼好意思。」「就這樣吧！」司機堅持不收。她拗不過，「那，謝謝了！」打開了車門……

司機轉過身要發動車，可是沒聽到車門關上，於是回過了頭……她怎麼不見了？他看了看後座、車前邊、左右邊、後面都沒有！難道她就這樣消失了？那女人難道就這麼快的走掉了，還是她就是……他要崩潰了。要扭轉鑰匙發動時，一隻濕淋淋的手拍了他肩膀。回過頭，那女人滿臉污血站在他的後面說話了：

「司機先生！下次停車時，請你不要停在臭水溝旁邊……」

同一集的十大鬼故事，九個的歇後安排都一樣。在結尾的地方安排出如上的效果。這種利用心理落差的效果當然也用於多數的笑話創作中，如下則「兩個下巴」：

一對夫妻在吃飯，太太哽咽說：「老公！我發現你已經不愛我了……」

先生說：「煩啊！幹嘛這樣說？」

太太：「以前晚餐的時候，你都會摸著我的下巴跟我說愛我，可是現在都不會這麼做了……。」

先生更不耐煩：「妳和以前不一樣了。長了兩個下巴，叫我要摸哪一個呀？」

這種世間男女相類似的「悲劇」，似乎給許多笑話創造者不少的靈感。又如：

太太受辱後嚷著要減肥。接收許多資訊後，晚餐時徵詢先生的意見。

太太忐忑：「隔壁李太說騎馬減肥有效，平均一週可以瘦五公斤……」
沒想到先生竟然說：「我相信！」
太太喜出望外說：「真的？」
先生接著說：「真的！那匹馬一週一定會減肥超過五公斤的！」

這對夫婦的結局最後竟然上了法院：

法官問太太：「為什麼妳拿椅子砸妳先生？」
太太：「因為……我找不到桌子！」

三則被筆者組合而成的故事，就「語用學」的角度看，都有許多值得分析的要點。但單就笑果而論，三者都簡單的掌握了讀者「預期心理落差」的要旨。

㈡邏輯原則

笑話常帶有一些誇張性及虛擬性。即使真實出現在周遭或眼前，也常被修飾或描化。這令人會忽略了一些文學作品應有的邏輯原則。文學作品中當然容許有「虛構」(Fiction) 的故事或成分，但其內部情節，應符合一般人所能接受的理則習性。甚至可以耍弄邏輯，達成某種程度的高級幽默。

也可以說，「邏輯」是笑話創作的骨架：正確的運用邏輯，可以建立讀者知性的背景，使之追隨情節的接續安排，而進入創作者／講述者下一步的理路中；反之，笑話創作也可歪曲邏輯的運用，使讀者／聽者陷入似是而非的陷阱裡。如：

劉太太與初識的張太太閒聊，知道張有個兩歲大的女兒後，開玩笑的說：「恰巧我也有個男孩今年四歲，我們或許可以讓他們先訂婚。到妳女兒長大到二十歲後，也許可以成為夫婦呢？」張太太忙說：「千萬不可！」理由是：「現在你兒子是我女兒年齡的一倍；我女兒二十歲時，他已四十歲。太老了！」

這個在現實中幾乎不太可能發生的笑話，就是玩弄邏輯所生成的。又如：

有個奧客進麵店點了碗牛肉麵後，幾秒鐘後又詢問老闆可否更換同樣五十元價格的排骨麵。老闆一口答應並煮好送出。奧客吃完不付錢就要離開。老闆：「人客，排骨麵錢還沒付！」

奧客說：「開玩笑，排骨麵是用牛肉麵換的。」老闆：「那牛肉麵錢？」

奧客說：「開玩笑，我牛肉麵沒吃為什麼要給錢？」

這個笑話聽完後，每個人都會笑。但進一步請他們為那可憐的老闆評評理時，大家又都啞了口。這笑話的邏輯玩弄真的令人佩服。㉟下面一則笑話更令人體會「邏輯」的殘酷：

剛搬到新家的教授走近隔壁鄰居門口打招呼。

教授：嗨，你好！我剛搬到你隔壁。我是大學教授，在教邏輯推論。

鄰居：歡迎歡迎。邏輯推論？那是什麼？

教授：讓我舉個例。我看到你後院有狗屋。因此我推論你有一隻狗。

鄰居：沒錯。

教授：你有狗的這個事實，可以讓我推論出你有一個家。

㉟ 老闆該怎麼回答才能令奧客服氣而掏出錢包，這是北京奧運會的商業機密。

鄰居：也沒錯。

教授：既然你有個家，我推論你已經有老婆了。

鄰居：正確。

教授：既然你有老婆，我能肯定你一定是個異性戀。

鄰居：嗯。

教授：這就是邏輯推論。

鄰居：喔，真厲害！

不久，這位鄰居遇到住在另一邊的男士。

鄰居：嘿，我跟剛搬來的那個人聊過了。

男士：怎麼樣？那人好嗎？

鄰居：不錯，而且他有個有趣的工作。他在大學裡教邏輯推論。

男士：邏輯推論？那是什麼？

鄰居：讓我舉個例給你瞧瞧，你有沒有狗屋？

男士：沒有。

鄰居：好，你是同性戀。

人世間邏輯處處：

兩個好朋友一起到非洲探險。在一處曠野中突然發現一隻餓獅子站在面前十公尺處，強尼不慌不忙，蹲下身來將登山鞋換成跑鞋。傑克說：「你瘋了！你還以為穿跑鞋會跑贏獅子嗎？」

強尼說：「才不！但我會跑贏你。」

這個將幽默建立在人性的幽暗笑話，每次聽到觀眾的笑聲都有些「道德」的譴責。

邏輯有時候令人退卻三步，一方面也是真理。違背了真理，逆反了「想當然耳」，就能成為笑話。

有個人叫吳迪守，天賦異禀，長了三顆睪丸。他利用優勢及男人好強好賭的特性，常找人打賭。賭法很簡單：「我們兩個人加起來共幾顆？」「開玩笑，當然是四顆。」吳：「不！五顆。」果然打遍天下無敵手。

直到有一天，他又問：「我們兩個人加起來共幾顆？」對方說：「開玩笑，當然是四顆。」這一次，吳先生真的輸了……

由這個故事告訴我們：複雜的邏輯其實也可以很簡單。再如：

冷戰時期，美俄競相爭大，面子裡子都怕居下風。有一天，美國一家保險套公司接獲蘇俄軍方大筆保險套訂單，並指明尺寸要：五十公分長。美國公司做好後接獲國防部指示：在每個套子加印：Size "S" 後再寄回。

耍弄邏輯的幽默不只是大人很會玩，其實小孩子也有他們的一套：

媽媽給兩個十元銅幣，讓小孩上教堂時，一個自己買零食，一個捐給上帝。小孩蹦蹦跳跳，半途中將一枚銅幣掉到深水溝裡。小孩立刻跪下來懺悔禱告：「上帝！你的錢掉到水溝了。」

邏輯問題，所涉的問題還不少，基本的從「概念」、「屬性」或「範疇」，到複雜的「判斷」、「推理」或「同一／排中／矛盾」等律，都可以成為笑話笑點。這些邏輯觀念，其實也不一定要「知其所以然」，有時候只要「感受其然」，就足夠令人開懷了。

㈢時尚原則

除了心理預期和邏輯原則外，笑話創作還需要注意時尚原則。也就是笑話創作一如小說，箇中的元素，如情節、人物、物件或環境，須要有能與讀者／聽眾共鳴的連結，但卻不必如歷史講述或小說等，太過在意真實性，因此在可能的情境裡，可將時尚人物或事件，拉入笑話裡，使之具有當下性，更容易造成效果。

有些人講述笑話時主角常換成自己熟知、且有代表意義的人物，如金庸筆下黃蓉、郭靖等；或用近代史人物如邱吉爾、艾森豪等，對知識水準參差過大的讀者必然會造成干擾。有則經典：

> 二次大戰時開羅會議後羅斯福、史達林、蔣介石和邱吉爾共乘飛機離開。飛到一半發現沒油，機長宣布須有人跳機以減輕重量，於是羅斯福發揮英雄主義高呼：美國萬歲！然後跳下去了！飛機繼續飛。不久機長又宣布：還是太重了，要再跳一人！於是邱吉爾就高呼：英國萬歲！也跟著跳了下去！飛機繼續飛。
>
> 這時機長又宣布：還是太重了，須再跳下一人！蔣介石看了史達林一眼，站起來高呼：中華民國萬歲！……接著一腳把史給踹下去了！

這是二十年前故事約略的原貌，如今則需要將所有人簡化成「美國人、英國人、中國人和俄國人」，「開羅會議」這名詞也需一併剔除，否則許多人還在思索他們是啥碗糕時，會影響到欣賞笑話的精彩度。

前文（及習題）所介紹的「金手機」的笑話，也是需要因「時尚原則」而自動調整手機品牌或型號的例子。其他如網路世界用語（如鄉民、好人的崛起）、3C產品（如BB叩的失寵）或流行歌曲（如周董青花瓷的闊氣）等等，都須有「時尚原則」的觀念。此外，政治局勢的變化也不容創作者忽略，如：二〇〇〇～二〇〇八年間，民進黨執政期，許多老國民黨的笑話主角都自動移位；如今二次政黨輪替，這些主角若還是使用陳水扁者流，笑果必然只剩百分之五，看倌看電視模仿諷刺秀就可了解意義何在。

大學校園裡，對「時尚」的感覺一向最敏銳。大學生所創的口號、專詞或順口溜等，都有高度的適時性。如早期稱大學女生「大一嬌、大二俏、大三拉警報、大四沒人要」的名言㊱，後來有了進化版：

進化一版：

大一女生聲寶電視——No Touch
大二女生國際牌洗衣機——全自動
大三女生大同冰箱——打電話服務就來
大四女生白蘭洗衣粉——強迫中獎，買一送一

商品市占不同，主打廣告不同，人心與風氣不同，又有了進化二版：

大一女生是橄欖球——二十個人搶一個
大二女生是籃球——十個人搶一個
大三女生是乒乓球——兩個人推來推去
大四女生是足球——二十個人踢來踢去

㊱ 更狠的還有「大一嬌、大二俏、大三沒人要、大四死翹翹。」

有人又幫「延畢生」、「研究生」加上：

延畢女生是躲避球——所有人躲來躲去
研究所女生是高爾夫球——拜託能滾多遠就滾多遠

不同的系別專業各有各的分類，如生物系：

大一女生是礦物——也許挖到寶，也許挖到跑
大二女生是植物——不好看的有營養，好看的吃了會中毒
大三女生是動物——乖一點的還好，兇猛的就危險了
大四女生是怪物——小心！酷斯拉來了

或法律系：

大一女生是《民法》八〇二條「無主物」——先占先贏
大二女生是《民法》八〇八條「埋藏物」——歸發現者所有
大三女生是《民法》八〇三條「遺失物」——公告無人認領後由拾得人所有
大四女生是《廢棄物清理法》中的「廢棄物」

上引四類資料見於二〇〇四年，或許都是一些可憐無依的沙豬所創，新時代的偉大女性就不要和這群豬多計較。反過來，也有一些話可以反向侍候：

大一男生是土狗——見了女生就躲
大二變成哈巴狗——見了女生就搖
大三是獵狗——見了女生就追
大四是瘋狗——見了女生就咬

這些豬狗不是的男生在二〇〇四年後又有什麼新傑作？不以人廢言，還是值得收集提供「時尚原則」做參考。

(四)感覺原則

上述三種 Supra-Linguistic 原則之外，在笑話講述時，還有一種「感覺原則」。講述者找出並掌握、記住笑話的關鍵點。開始後，更要善用身體語言和聲調語調的變化來強化笑話內容。當然，絕對不可自己先忍不住笑出來，這樣的「笑場」絕對百分百沒有效果。而所謂「感覺原則」，就是講述者須依照當時情境、笑話內容、聽者程度及與講述者關係，依據聽眾感覺為主導，做彈性適切的調整。有類笑話純用文字無法表達的，須配合講述者的手勢及肢體語言、或配合聲調或曲子，才能達到效果，前者如：赤壁張飛、張獻忠與道士等；後者如：大舌學歌仔戲、賣花姑娘[37]等。

有時候若某則笑話引不起笑果時，講述者可以用「套餐」的方式，如前所指出的：鸚鵡套餐、口吃套餐、民族套餐等。也可避免原來打算講述的笑話已先有人聽過的困窘。

其中，如何在實際或虛構間、情節長短間、感性理性間寫作或講述笑話，都須注意。由於舉例煞費篇幅，也非文字所能盡意，於本文不贅。

---

37 這幾則故事都既長且難記載，讀者要學請自付學費，深山拜師。

五、結語

行文至此，筆者知道已犯了「冗長」的大忌。因此，決定學習東坡詠出恭（一說）時「常行於所當行，止於所不可不止」的瀟脫，可讓人對下次多期待。記得：多一句就是累贅（這是句標準的累贅）。盼君能在本文結束前，賜予一笑，必可以賜君健康平安。功德無量，善哉！善哉！

六、習題

1. 改編一則歷史故事或民間傳說，特別重視它的結尾，完成一則2分鐘以內的新笑話。
2. 試就紅豆/綠豆或包子/饅頭的故事，重新改編，創作出一則新笑話。
3. 試由網路上尋找與三國張飛有關（或類似）的比手畫腳的笑話，將笑話內容熟記後，揣摩該如何呈現。再找同學當實驗觀眾，說給他們聽。
4. 就以下幾個主題 1. 鸚鵡；2. 民族差異；3. 傻女婿（民間常見主題）。搜尋編輯，找出一些規律。
5. 以下為一則網路上摘錄的笑話。行文略為繁冗。分組討論試將一些贅詞刪除，再說明原因。

話說小美經過澄清湖邊時，看到美麗的荷花，腰一彎，掛在脖子上的 Nokia 2100 掉到湖裡去了……。小美想到男友等下會打電話來約碰面的時間急得不得了，都快哭出來了，這時，湖裡突然升起了一位老爺爺，手中拿著新型的 Nokia 7610，問道：「這是不是你的手機……」小美搖搖頭說不是……老爺爺笑笑，又到湖裡去了。手中又拿著 Sony Ericsson 最新那一款 WALKMAN 的 W900I 出來，小美又搖搖頭說不是……老爺爺十分高興的笑著說你好誠實，現在的社會已經很少有人這麼誠實了，又回到湖裡，把小美掉的手機，連同剛剛那兩支最新的手機一起要給小美……小美望著老爺爺……小美這時開口大罵：「去你的！你少耍白痴好不好！給我三支泡水的手機有什麼用啊？你看還在滴水……」

七、參考書目

看笑話　沈芸生著　臺北　號角　一九八九年

幽默與邏輯智慧　王建平著　北京　生活・讀書・新知三聯書店　一九九二年

你是幽默高手嗎？　戴晨志著　臺北　時報出版　一九九六年

冷眼笑看人間事——古代寓言笑話　顧青、劉東葵著　臺北　萬卷樓　一九九九年

幽默與言語幽默　譚達人著　北京　三聯　二〇〇三年

幽默就是力量　Herb True著　鄭慧玲譯　臺北　遠流　二〇〇三年

笑話、幽默與邏輯　譚大容著　北京　北京大學　二〇〇五年

余光中幽默文選・自序　余光中著　臺北　天下遠見　二〇〇六年

20．燈謎的猜射與製作

許長謨

一、前言：謎源

古代在某些節慶，尤其是元宵節時，常將謎語寫在花燈上，讓群眾猜解（即「徵射」），因其書於花燈上，故名「燈謎」，是古代文人雅士娛樂休閒之一。

燈謎，也叫「隱語」，是「常語」的變體。除隱語外，還有「讔語、廋詞」、「文虎、燈虎」❶等稱謂。「謎語」所以成謎，乃是利用中國文字單音獨體表意符號的特性，不將一件事/物直接說出，而透過提示或譬喻製作謎面。燈謎雖稱不上是偉大的文學作品，但如何在精練文字中蘊藏玄機，讓人在費疑猜的同時激盪腦力，實有賴深厚的國學底子與文學涵養。

「謎語」究竟從何而始？難有定論。早在春秋戰國，凡史家用字鍼砭或策士臣子措辭隱晦，都有「謎語」的痕跡。只是那些待拆解的詞語，都含有濃濃的「語用」目的，不似後來的「謎語」多用於文字遊戲。《文心雕龍‧諧隱》曾說過：「謎也者：回互其辭使昏迷也。」這「使昏迷」並不是指其詞「艱深罕見」到使人昏迷，而是強調利用「回互其辭」使猜謎者「費心思繹而沉溺其中」。所以謎語強調的「迂迴」，就是要避免由直線思考的答案，從而獲得智慧啟發的效果。

❶ 一說：因猜射燈謎非易事，需有搏虎之能，因此稱為「文虎」。

諸多「謎源」傳說中，《世說新語・捷悟》「絕妙好辭」的典故可算是一個具證。❷宋代燈謎興盛，許多文士多精此道，野傳中有更多傳奇。❸精美的燈謎，或工巧典雅，或曲折別致，令人回味無窮。胡適之在其《紅樓夢考證》引杜甫〈登高〉詩句所做的字謎「無邊落木蕭蕭下」（打一字）——日，則不知創始於何時？但也引起深長的迴響。❹

二、謎語的功能與形式

要猜射或製作燈謎，對謎語的功能和基本形式一定要先掌握。

(一)謎語的功能

劉勰說：「文辭之有諧隱，譬九流之有小說，蓋稗官所采，以廣視聽。」（《文心雕龍・諧隱》）而該篇贊詞裡還強調「古之嘲隱，振危釋憊……會義適時，頗益諷誡」。言下之意，具「諧隱」性質的文辭，可與「小說」並稱而「廣視聽」，且有「諷誡」作用，甚至在特殊場合裡仍有許多不同的運用層次：「隱語之用，被於紀傳，大者興治濟身；其次弼違曉惑，蓋意生於權譎，而事出於機急，與夫諧辭，可相表裡者也。」謎語與隱語雖不盡相同，但在某些語用場合中功能一致無二❺。換言之，若依劉勰的說法，謎語「小道」中實涵藏

---

❷ 東漢上虞少女曹娥，因父淹死江中而投江覓父，人為之立碑紀念，據說碑文是邯鄲淳所作。蔡邕路過上虞特去看此碑。到達時已傍晚，暮色中蔡以手撫讀完碑文，隨後在碑背面題了八字：「黃絹幼婦外孫齏臼」，時人不解其意。據《世說新語》另載：其後楊脩和曹操路過此碑，先後猜出是「絕妙好辤（同辭）」四字。

❸ 秦觀作詞「園中花，化為灰，夕陽一點已西墜。相思淚，心已醉，空聽馬蹄歸，秋日殘紅螢火飛」。東坡聞之而知其暗戀蘇小妹（謎底為蘇字）。

❹ 因為：南朝齊、梁兩朝皇帝皆姓蕭（蕭道成、蕭衍），「蕭蕭下」指兩蕭姓朝代後的下一個朝代「陳」，「陳」字無邊為「東」，「東」字落木為「日」。此謎雖妙，但也被譏為「腳趾動謎」（李汝珍語），指太過曲折隱晦，鑽牛角尖，腳趾暗動，只有自己明白，別人何得而知？

「大用」。

時至今日，「燈謎」在元宵節中所扮演的重要性已大不如前。以寺廟為主體的「謎會」盛況不再。謎題數量少、謎語內容太簡單及猜謎人數稀疏等，使「燈謎」只是應景活動罷了。但「謎語」的使用場域，反而有另一層次的應用，如：報端雜誌或網路上，已見到許多商家藉猜謎活動促銷商品。而國中小教育中，「謎語」已成為重要的語文教學設計，藉由靈活的設計，巧妙融謎語入於教學活動中，不僅可使學生重新體驗燈謎的美學趣味，甚且可以訓練創意、活潑教學。

整體而言，猜燈謎與中國語言文字有極密切關係。由一個字體 (Character/Graph) 的形音義開始，到詞 (Word) 或詞組 (Phrase) 的析合，到文化的連結與運用，都無法分割。雖然深度極高，但仍可依猜謎者語文程度，適當選題。筆者兼任成大華語中心三年期間，每逢元宵節前後，都和兩百位來臺學華語的外籍學員猜燈謎共樂。許多小學教師也都用猜謎活動來增進學童語文能力，可見得猜謎雖有精深的學理基礎，但也有老少雅俗可共樂的「咸宜」性。

要之，就語文的應用來說，不論是教學或寫作，燈謎都有獨特的工具性和藝術性。若再加上生活交際的趣味性功能，謎語確實有「育樂合一」、「雅俗共賞」的作用。

(二)謎語與猜謎的形式

射製燈謎的「謎學」(有關燈謎的學問)，在海峽兩岸是個流傳民間、延續不斷的特殊學門；「謎社」(社團組織)最早出現在南宋，臺灣早期各地謎社林立，許多傑出的前輩「謎家」❻也出版了許多「謎刊」。

---

❺ 劉勰也提醒：若為文只是用於「空戲滑稽」，則將有可能成為「德音大壞」。

❻ 「謎家」同「謎手」、「謎人」或「打虎將」等稱謂，都是猜謎、製謎專家之稱。近代最有名的是「謎聖」張起南。臺灣大家如林占梅、來楚庚或許成章等，都享譽謎壇。

就謎語的形式而言，我們可由一些專有術語看出梗概。謎語多是文字❼，一組完整的文字謎語應該包括以下幾個項目：

1. 謎面：指謎語（直接呈現文字）的題目，猜射者需就此推理作答。
2. 謎目：即答案範圍，在謎面下會有偏寫小字，常用「射某某一」或「打某某一」來定義或提示謎底。
3. 謎格：指燈謎的特殊格律，用來提示謎底的方式，通常以增損字形、字數或改變文序、讀音的方式，使謎底與謎面能更適切吻合。標記謎格的位置，通常在謎面文句之後、謎目之前。
4. 謎底：即該謎語的標準答案。❽

以上四者是謎語的主要形式。其他尚有「謎條」，是用來書寫謎題作品（謎作）的紙張條幅，乃為燈謎的外在形式。「謎扣」則是謎語的內在結構，謎題謎底的關鍵字。謎扣可以是某些字，也有整則謎題中字字皆是扣。另外猜燈謎時，「猜」稱為「射」、「商」或「打」，皆為猜射之意。古人用這類動詞來強化猜謎語的具體意象，非常傳神有力。臺語稱「猜謎」為「臆謎猜」（白音）或「猜謎」（文音）❾，顯見這在閩南歷史中也是歷時已久的文化。

至於猜燈謎的形式主要有兩部分：

1. 主燈：較正式的猜燈謎活動中的主持人稱之為「主燈」。一般較大型的燈謎會，隨燈謎程度差異而將不同程度的猜謎者分場。若設「主燈」者，都由碩者擔任，在場中坐鎮裁決。因為任何燈謎雖然都有一組「標準

❼ 但也有少數非文字的謎語，如：「畫謎」、「印章謎」、「棋謎」、「標點符號謎」、「音像謎」、「實物謎」或「動作謎」等。

❽ 長久以來，一些常見的謎底望文即知，如「市招」「新名詞」「口語」「本草」「時人」「詞、曲目」「劇目」。也有些固定專詞，如：「四子人」（《四書》人物）、「聊目」（《聊齋誌異》目錄）、「泊人、泊諢」（《水滸傳》人物姓名或綽號）等，現已漸漸少用。

❾ 白音「謎」音為[bi^{24}]；文音「謎」音為[be^{24}]。

謎底」，但「主燈」見識淵博，可隨時因機因應「謎底」以外的可能彈性答案。

2. 司鼓：主持人助手，稱為「（射）司鼓」。當主持人裁決答對時，擊鼓三聲；答錯則敲鑼一響。鼓鑼聲除了有古代戰爭的象徵意涵外，民間以為鑼「鏘——」聲如碗墜地破聲；而鼓聲「咚咚咚」正也擬音成「通通通」。猜對者可得的獎品稱「彩品」。

以上兩者是燈謎活動的靈魂人物，若「司鼓」經驗豐富又有絕對把握，為了炒熱氣氛，也可不經「主燈」裁決而逕自擊鼓；但盡量不要自行敲鑼。因為若不能立刻判別臺下猜謎者的答案，「主燈」或「司鼓」還可請猜謎者解釋，一則可再做深入判斷；一則藉機教育群眾。尤其在偏娛樂（相對於競賽性質）的燈會中，當簡易題被猜解殆盡時，「主燈」還可對一些難題的「謎面」、「範圍」或「謎格」適當提示，讓觀眾循線慢慢猜解，既可達到教育作用，也可因彼此互動參與而不致形成冷場。

❖ 三、謎語的種類與重要謎格

(一)謎語的種類

一般分類中，謎語有因謎底不同所成的分類，如：字謎、詞謎、成語謎、俗諺語謎、歇後語謎、古詩謎、新詩謎⑩、地理謎⑪、人名謎、電影名謎、物謎⑫。另有因時所趨所發展出來的畫謎、印謎和腦筋急轉彎，茲列述如下：

1. 字謎、詞謎

---

⑩ 多以童詩為主，但也會用流行歌詞。

⑪ 以地名、國名為主。

⑫ 如物品、動作或商品等名稱。

由於傳統語文觀念對「字」與「詞」並無準確區分⑬，通常以單音節字為主要單位。若猜「詞」，則會多加提示（如註明用途或詞類等）。如：

「天沒它大，人有它大，下卻在上，上卻在下」（射字一）——一

「網開一面」（射女性用名詞一）——三圍

「看煙火」（射名詞一）——觀光

2. 成語謎、俗諺語謎、歇後語謎

謎底或謎面是由成語、俗諺語或歇後語構成。如：

「自由戀愛結婚」（射成語一）——不謀而合

「有目共睹」（射字一）——者

「紅娘」（射臺灣三字俗語一）——赤查某

3. 詩謎、文謎

(1)以詩文為謎面。如：

「佳人伴醉索人扶」（射唐詩人一）——賈島

「露出胸前白玉膚」（射唐詩人一）——李白

---

⑬「字」與「詞」在現代語言學中，已被清楚區分。英文中，「字」為 Graph 或 Character，雖有「單字（音節）詞」，但未必一定是「詞」（如：萄、啡、彷等）。反之，凡「詞」都具有一個完整意義，可為單字（音節），但更可由多字（音節）而構成。

「夕陽無限好，只是近黃昏」（射中國地名一）——洛陽

「粒粒皆辛苦」（射商標名稱）——麥當勞

(2)以詩文為謎底。如：

「李昂」（射盛唐五絕一句）——舉頭望明月⑭

「海嘯」（射蘇東坡詞一句）——驚濤裂岸

「言之無文，行而不遠」（射〈陋室銘〉一句）——往來無白丁⑮

「矮仔財」（射《論語‧里仁篇》一句）——小人喻於利

(3)以詩文互為謎面謎底。如：

「情人眼裡出西施」（射《千家詩》五言一句）——相看兩不厭

「一碧萬頃」（射〈滕王閣序〉一句）——秋水共長天一色

「驟雨打新荷」（射唐七言詩一句）——大珠小珠落玉盤⑯

4. 地理謎、人名謎、電影名謎

謎底或謎面是由地理（國名、首都、省縣市等名）、人名（古今中外人物之正名、字號或別稱等）或電影、歌曲名等⑰構成。如：

---

⑭ 本題謎底「舉頭望明月」也可射東南亞首都名一，答案為：「仰光」。

⑮ 本題謎底「往來無白丁」也可射四字成語一，答案為：「以文會友」。

⑯ 以上兩例，參考網頁內容：http://bbs.guoxue.com/archiver/?tid-170022.html。

(1)地理謎

「白咖啡」（射臺灣地名一）——淡水

「相撲比賽」（射安徽地名一）——合肥

「南天門」（射日本都市名）——神戶

「明早見」（射中東國名一）——約旦

(2)人名謎

「我的上帝」（射歌星一）——余天

「對影成三人」（射詩人一）——余光中

「禁止放養牛羊」（射唐代名人一）——杜牧

「何去何從」（射近代文史學家一）——胡適

「博君一笑」（射音樂家一）——巴哈

「降落傘」（射三國名人一）——張飛

(3)歌詞、電影名謎

「火燒牆」（射電影名一）——赤壁

「隨風而去」（射電影名一）——飄

⑰ 和歌謎一樣，都須盡量注意時代性，且最好有相當的知名度。電影名須注意兩岸翻譯差異性。

「棺材店」（射歌名一）——總有一天等到你[18]

「起風了」（射兒歌名一）——兩隻老虎

5. 物謎

謎底或謎面是由食品、器物或一般具體名詞構成。如：

「全體排隊領紅包」（射財稅名詞一）——統一發票

「四兩撥千斤」（射食品名一）——巧克力

「雙殺成功」（射服飾名一）——夾克

「搬運工」（射商標一）——勞力士

「啦啦隊不准坐下」（射商業場所一）——加油站

「爬山消暑」（射疾病名一）——登革熱

6. 畫謎、印謎或數字謎

畫謎約在宋代出現，或說源於蘇東坡[19]，或說源於宋徽宗[20]運用繪畫製謎。比如一圖內繪兩個胖子摔角

---

[18] 本題謎底「總有一天等到你」也可射四字成語一，答案為：「坐以待斃」。

[19] 相傳東坡以異字形書寫「亭景畫大竹節首雲暮江蘸峰」等字，含藏「長亭短景無人畫，老大橫拖瘦竹節；回首斷雲斜日暮，曲江倒蘸側山峰」一詩，而為畫謎代表。

[20] 宋徽宗常以詩為題，招考翰林畫師。有一年出了個畫題：「踏花歸來馬蹄香」。所有考生幾乎都畫馬穿梭於花叢，馬蹄殘留花瓣。最後宋徽宗被一幅畫所吸引：兩隻舞蝶追逐著一匹駿馬的馬蹄，神妙表達了「馬蹄香」的意境。此或為畫謎源頭。參見臺灣燈謎巡禮：http://edu.ocac.gov.tw/local/riddle/page/303.htm。

抱一起，猜射中國省會一的「合肥」。此外，數字謎也可玩，如：「7÷2」（射成語一）——「不三不四」。再者，近幾年的元宵節燈謎活動，常出現「腦筋急轉彎」的題目㉑。此雖不屬傳統規範性的「謎語」分類，然時勢所趨，也不能將之排除在外。

從微觀角度，上述的分類當然還有更多、更細者。但對實際的謎語創作而言，意義不大。故而本文略提幾種以概其餘。

(二)重要謎格介紹

針對謎語的猜射，吾人可運用對語言文字、詞語俗諺或風俗文化的一般認知，嘗試加以拆分拼合或聯想即可。但謎語有上千年以上的歷史，已發展出許多相關的「謎格」。有些謎語即使不提示「謎格」也不礙猜射，但更多的是隱藏玄機，非有「謎格」提示，極難猜解。故而了解一些重要且常用的謎格，有助於深入的猜射。

歷來對謎格的說法紛紜，有人遠推到東漢時期的曹娥格。也有相傳始於明末揚州馬蒼山所創「廣陵十八格」㉒。至今傳世謎格的數量有四百種以上㉓，其中「同名異實」或「同實異名」者不在少數，也有許多謎格內容定義寬嚴不一，不易準確界定。

近代試圖對謎格做整理的謎家不少，其中以燈謎大師柯國臻（一九三一～二〇〇三，筆名微山，浙江溫州人）費工最深，成績最斐。他對燈謎史瞭若指掌，認真探索前人規律，在謎史、謎格或謎藝各方面，研究整理出許多創造性理論。尤其在謎格方面，他擷取、選擇、比對並歸納傳統許多謎格。自一九七五年開始，

㉑ 有關「腦筋急轉彎」的定義及內容，請參考筆者在本書另文〈笑話撰寫與講述技巧〉中的說明。

㉒ 廣陵十八格為：會意、諧聲、典雅、傳神、碑陰、捲簾、徐妃、壽星、粉底、蝦鬚、燕尾、比干、鉤簾、含沙、鴛鴦、釣魚、碎錦、回文。其中之會意、典雅、傳神或屬謎體之外，其餘都是謎格，大多數在現代仍使用。

㉓ 民初韓英麟所著《增廣隱格釋例》中，列出四百零七個謎格，最為代表。

漸次提出建立謎格的原則及要旨，又依據謎底字的形音義變化，對舊謎格進行系統化篩選、刪併，終而完成《謎譜》一書。書裡共列謎格十大類，九五格㉔。又根據現代語文精神，提倡「無格勝有格」。隨後又對《謎譜》的九五謎格整合成常用謎格四十個㉕。

柯氏的改革，誠然值得肯定和讚揚。但西諺云：「分類是上帝的事。」諸多不同起源、不同基礎的謎格要做大類的粗分，已非易事，遑論細微的切割。事實上自古至今，任何學門都有分類(Classification)難盡全的缺憾，謎格中許多名同實異、或名異實同、更有跨類的情形，都是歸類難題。謎格非本文主要論述目的，因此，以下先以柯國臻所區分的十大類為基礎，再彙整其他資料（含書面及網頁）重新分類，並各舉一二例加以說明。茲表列如下。

表一　謎格十類

序	類	性質	謎格種	備註
1	諧讀	即讀謎底的諧音，造成同音白讀，音同而字不同	梨花＝諧音＝諧聲＝全諧＝全白＝飛白＝白水＝玉冰＝唱好＝玉人＝玉壺冰＝炒手空空＝杏苑摘花、圍棋、白頭、粉頸＝玉頸、粉腿、粉底＝素履＝踏雪格＝白足＝踏月＝玉趾＝立雪、赤頸、丹頂、丹心、榴裙、朱履、雙皓首、穿花＝蛺蝶、別字	例1梨花格
2	分讀	將謎底一或幾個字分拆為另外幾個字來與謎面相扣	曹娥＝碑陰、蝦鬚㉖、頭、解領、展翼、蜂腰、燕尾、筠稍、筠墊、蟾足、寶塔、碎錦、折覆、摘遍、離合＝金鐘	例2曹娥格

㉔ 見邵濱軍、趙首成〈柯國臻燈謎藝術論〉一文。文見二〇〇六年上海古籍出版社出版的《百年謎品》。

㉕ 柯國臻與吳仁泰、金甌合作編著，由安徽科技出版社出版的《中國燈謎知識》一書。資料見上註。

㉖ 此表加框者，屬「廣陵十八格」內之謎格。

3	半讀	對謎底一或全部字只讀一半，即去一或全部字的偏旁部首來與謎面相扣	徐妃＝半妝、揭頂、摩頂、折巾、折翼、折屐、踦履＝隻履、半面	例3徐妃格
4	並讀	又名合讀類謎格，通過謎底兩個或全部字合併成新的字來與謎面相扣	疊錦＝比目＝合縱、合璧、並足＝並蒂格＝連橫、同心＝同心結＝鴛鴦帶	例4疊錦格
5	加字	在謎底中添加字或偏旁部首來與謎面相扣	加冠＝加冕＝正冠、納履、簪花、投影、藏珠、藏格、重頭、金鐘、疊腰、寶塔、雙尾	例5加冠格
6	減字	去掉謎底中一或幾個字或偏旁部首來與謎面相扣	落帽＝脫帽＝免冠＝升冠＝滑頭＝龍山、摘領、折脛、解帶＝纏腰＝束腰＝比干＝空心＝抓腰、脫靴＝力士＝無底＝免履＝棄履、遺珠＝間珠、折柳、雙升冠＝雙脫巾、雙折腰	例6落帽格
7	移字	又名移／轉讀類謎格。以通過變動謎底中一或幾個字位置來與謎面相扣	秋千㉗＝轉珠＝顛頏、捲簾、上樓＝登樓格＝踢門、下樓＝低頭＝落雁＝落帽、上下樓、掉首、掉尾、雙鉤、轆轤、蕉心、垂柳、螺旋	例7秋千格
8	對偶	又名楹聯／對聯／對稱類謎格。謎面謎底如同對聯的上下聯一樣相扣	求凰、遙對	例8求凰格
9	象形	又名形近／別讀類。通過謎底中的一、幾或全部字以形近字來與謎面相扣	亥豕、烏紗、青領、黑胸、墨帶、皂靴	例9亥豕格
10	句讀	又名頓讀類謎格，改變謎底中的句讀構成謎意來與謎面相扣	紅豆＝金鎖、牟尼	例10紅豆格
11	其他		驪珠＝探驪、隱目、抵銷	例11驪珠格

㉗「秋千」兩字也作「鞦韆」，本文取前之寫法。

例1梨花格㉘：表示謎底的字全讀為諧音字。此格偏名極多，有全同者，也有大同小異者。謎底須用兩字以上詞語，將謎底每個字根據謎面所表達意思，全部變成諧音字，再扣合謎面。例：「高射炮一再命中」（打外國地名一）——洛杉磯（落三機）；「獨自售貨」（打國名一）——丹麥（單賣）。

例2曹娥格：謎面須為四字或八字，謎底為兩字或四字。扣合時將謎底的每個字按左右各拆分為兩字，再把拆開的兩字與謎面兩字對應成一字，互相對應後進行扣合。例：「織匠、巧婦」（打京劇人名一）——紅娘。

例3徐妃格：典出梁元帝妃徐氏半面妝故事，又叫「半妝格」。謎底須是兩個同偏旁（部首）字，這些字除去相同的偏旁部首，只讀半面，意須切合謎面。換言之，由謎面經會意猜得的詞，依照謎目要求，加上適當的相同偏旁即是謎底。如：「急死人」（雙音詞一）——憔悴。

例4疊錦格：又名比目格、合縱格。謎底三字以上，謎底有兩字上下合為一字來扣謎面。例：「相見再說」（打成語一）——人云（会）亦云。

例5加冠格：又名加冕格、正冠格。謎底多取於詩詞文所連接的兩句。句子文義不足，需借上句末一字，加至本句的句首連讀，以補充謎底句文義的不足。例：「大江東去」（《紅樓夢》詞句一）——「東逝水，無復向西流」。

例6落帽格㉙：又名脫帽格、免冠格。謎底須三字以上。猜時將謎底首字略去不讀。例：「良師」（打常

㉘ 此一格名乃借岑參〈白雪歌〉詩句「忽如一夜春風來，千樹萬樹梨花開」中滿眼皆白的意境，與梨花格同義者殊多，猜謎者只要以音同字不同之字、詞揣度即能得謎語。其他大同小異者有：白頭格（稱謎底首字同音別字）；素腰格（稱中間別字）；粉底格（稱末字為別字）；夾雪格（稱無規律地在謎底中出現的別字），此類格法都離不開在謎底中出現所謂「白字」。謎家余穀戲稱為「謎中謎」，因其謎底二字以上，全部諧音白字。

㉙ 落帽格也有和下樓格（又名低頭格、落雁格）異名同實者。下樓格為謎底為三字以上，將謎底第一個字移到末一字後面從而與謎面相扣。

用語一）——好好先生；呸（打四字詞語一）——心口不一。

例7秋千格：又名轉珠格、顛煩格。謎底限兩字，互相掉換位置後與謎面相扣，像打秋千一樣兩面擺動。如：「今天」（打外國名一）——日本；「節約能手」（打地理名詞一）——省會。

例8求凰格：名取「鳳求凰」意。要求謎底與謎面成對仗，講平仄外，還須在謎底附加具有對偶義的關聯詞，如：齊、雙、比、對、會、配、偶、和、匹、逢等字眼。如：「黃金」（打中國畫家一）——齊白石；「鳥唱歌」（打成語一）——對牛彈琴。

例9亥豕格：謎底為兩字以上，故意將謎底中的某字，誤讀成其他形近字來扣合謎面。例：「伯樂改行」——「心不在焉（馬）」（需把「焉」訛讀為「馬」）。

例10紅豆格：又稱金鎖格。謎底至少三字，且謎底加逗號，用來改變原來句讀以扣合謎面。例：「九十九」（四字成語一）——百無一是。

例11驪珠格：又稱「探驪格」。取於「探驪取珠」典故。傳說龍頷下實珠為驪，須探海自取。要求謎條只寫謎面和謎格，不標謎目，讓猜者將謎目接連謎底一起猜出，使謎目謎底連成一個意思，共同扣合謎面。例：「扯住操耳而灌之」（答：打藥一——阿魏）。

限於篇幅，本文只選每類第一個（多為最重要）謎格為例，藉此了解語文運用的常與變。以上的分類仍有偏倚，多數集中於「字」與「讀」。謎所以立「格」，是為了方便區分。故也可依據中文字形、字音或文法規則特色，隨機選擇變換架構，以增添謎底範圍與意涵。「格」如詩律、詞律般，自有規則可循，不能踰越，然而從明清至今，數百種的謎格常產生名實難分的混淆。重新確認謎格名稱、重建分類，以接引俗眾參與，正是謎界首要之責。故而就簡化分類的觀點，筆者以「臺灣燈謎巡禮」[30]網站為基礎，分成以下五類：甲、

[30] 見網頁 http://edu.ocac.gov.tw/local/riddle/page/101.htm（二〇〇九年三月八日）。

文法類；乙、增減類；丙、分合類；丁、音讀類；戊、其他類。

表二　謎格五類

序	類	性質	謎格種	備註
甲	文法	依文法特性而設計，將原謎底字變換、顛倒謎底次序而成㉛	捲簾、上樓、下樓	例12捲簾格
乙	增減	據謎面義增刪謎底字而成。此類謎名多以人體為喻，從頭到腳，由冠至靴，容易記憶㉜	升冠、脫靴	例13脫靴格
丙	分合	依據文字字形而設計。獨／合體字可併／拆成若干合／獨體，而構成不同意義詞彙㉝	蝦鬚、燕尾、離合	例14蝦鬚格
丁	音讀	依據中文讀音變化（如破音字）和同音字而成㉞	鈴格、皓首、粉底	例15鈴格
戊	其他	此類較繁複，無法歸類	露春	例16露春格

例12捲簾格㉟：又名倒讀格。謎底要三個字以上。猜謎時將謎底由下往上唸，如捲窗簾。例：「碧眼兒坐領江東」（打法律物一）——所有權狀㊱；「島」（打世界地理名一）——地中海。

例13脫靴格：將謎底最後一個字除去，狀如脫鞋子。例：「何處出西施」（打老歌名一）——情人的眼淚㊲。

例14蝦鬚格：謎底字數在兩個以上，將謎底首字，左右分開成兩字讀，並與後面的字連起來讀以扣謎面。

㉛ 略如上表之第7類「移字」類。

㉜ 略如上表之第6類「減字」類，一部分如「加字」類。

㉝ 略如上表之第2類「分讀」類。

㉞ 略如上表之第1類「諧讀」類。

㉟ 邱景衡將「12捲簾」和上述「7秋千、3徐妃、8求凰、11驪珠」稱為五大謎格，見氏著：《中華燈謎鑑賞》（北京：人民日報，一九九二年），頁八九～九三。

㊱ 「碧眼兒」指孫權，依格將謎底唸成「狀權有所」，形容孫權有了江東之地。

㊲ 依格將末字「淚」去除。

第一字狀如蝦長鬚分展故得名。例：「桂林風光甲天下」（打中國都市一）——汕頭㊳。

例15鈴格㊴：分解鈴格（謎底原文中有一字應讀圈讀破音，改讀本音）和繫鈴格（謎底原文中有一字應讀圈讀本音，改讀破音）㊵，取「解鈴還須繫鈴人」之意，表示謎底原文中有一字由本音改讀為破音，即謎底有破音字，現已合併為一。繫鈴格例如：「肥水不落外人田」（打陶潛文句一）——「便要還家」㊶。

例16露春格：別名甚多，如：又名露面、露白、泄白、漏春、偷香等。謎面含謎底中一字。此違反猜謎時謎面和謎底不能出現相同字的慣例，本是「犯面」大忌。因此，此格非不得已盡量不用㊷。如：「明月幾時圓」（露春格，射四字成語一）——光明在望。

以上分五類，雖失之寬泛，但就中文特質而言，有容易記誦之便。事實上，大多數「謎格」的規則，並不困難，尤其是一些常用的「謎格」。只要稍微了解格名的字面意義，就不致為其所惑了。

一般而言，諸多謎格中，捲簾（移字）、秋千（移字）、徐妃（半讀）、求凰（對偶）稱為四大，運用最為廣泛。

㊳ 桂林以山水出名，乃「山水（汕）之頭」。

㊴ 古經書標四聲時，在字之左下、左上、右上、右下加圈以區別平上去入而讀，世人以圈喻鈴。今時書字已無此記，故凡謎底中有一字改讀，統以「鈴格」標示。

㊵ 更有移鈴格、雙解鈴格及雙繫鈴格。

㊶ 原文「要」字是邀請之意，在此要唸成破音字去聲「重要」的「要」。

㊷ 為了使猜者有跡可尋，用此格時可加標示：標露頭表示謎底首字露面、露頸——次字露面、露腹——中字露面、露脛——末第二字露面、露尾——末字露面。

❖ 四、燈謎製作與猜射要領

和俗諺語、歇後語一樣，燈謎常被稱為「最短文學」，加上其「諧隱」的特點，深具文字的藝術性。因此通過謎面謎底互扣，可欣賞到：譬喻 (Metaphor) 或換喻 (Metonym) 的優美特質。也就是在通順之外，還求謎面、謎底彼此扣合的巧思與創見。要之，套句《文心雕龍・諧隱》的話，製謎的宗旨正在於「義欲婉而正，辭欲隱而顯」。

燈謎又稱「燈虎」或「文虎」。有關謎語製作，謎壇戲稱為「與虎謀皮」，喻指這是件難度既高又富藝術性的工作。而努力求取「謎面」，即是那剝開層層「虎皮」。謀皮的工作當然可以自家負責以為平日自娛之用；但若為謎刊活動，或大型謎會，也可以用「函部」或「矢部」公開徵求。「函部」是先擬妥謎底，公開徵求謎面；「矢部」則是先擬妥謎面，公開徵求謎底。徵求後再根據優劣，用公開評論方式定高低名次㊸。類似目前東吳大學每年全球公開徵聯的作法。

猜謎與製謎在機制上是相通的，兩者共存一些同樣的法則與過程。由此可知，製謎也不難。一般製作燈謎時，謎面和謎底用字若無其他解釋，則直接用原意，稱「直解」。但若將面底原有字另設解釋，則叫「別解」。「直解」的謎較無趣，「別解」則能充分利用漢字歧義性所產生的新意。如：「保護靈魂之窗」（射新名詞一）——小心眼。原有漢字詞構「小／心眼」如今成為「小心／眼」，十分特殊有趣，就是別解。無論直解或別解，都須具備基本功。下文先介紹製謎的基礎知識。

(一)燈謎製作的基本要求

㊸ 如《高謎通訊》第四十二期（二〇〇四年三月二十八日）用當時臺灣立委鄭余鎮名言「天上掉下來的禮物」做矢部徵謎。見網頁 http://www.cai8.com/twmx/。

不論製或猜，謎有謎的基本要求，不能逾越或冒犯。先討論燈謎的製作。以下共分六方面論述：1.不底面相犯；2.不倒吊葫蘆；3.非底面不投；4.無底面閒字；5.無扣義不切；6.無用格相犯等「三不三無」。

1. 不「底面相犯」

謎語製作的第一基本規則須嚴格遵守，即：不可「犯字面」或「犯面」。也就是：謎面與謎底不可出現相同的字——「（謎）底，面字不漏」（或稱「底面不相犯」）。反向看，這也提供猜謎者猜題時要「不犯面」。凡犯面的謎語都該視為不合格，面一犯，謎味就頓然無存了。

例如：「雷下田空有人立」（打美片一），謎底是《雨人》；或「青春永駐」（打臺灣地名一），謎底是「恆春」。兩題謎底和謎面各露一個「人」和「春」字，就是犯面。謎若犯面，儘管可設立「露春格」、「犯顏」、「泄白」或「露面」等謎格提示，但仍為謎家顧忌。總之，這是傳統謎語的基本要求，要儘可能避免，在現代較新的謎語（包括腦筋急轉彎）中，雖有漸被破壞的趨勢，筆者仍認為不該輕率從俗。

2. 不「倒吊葫蘆」

「倒葫蘆」又指「倒吊」，製謎時把該放謎底的概念放置在謎面，兩者邏輯關係混亂。扣合時使人產生頭重腳輕的顛倒感[44]。一般而言，製謎的基本原則是：廣義的字／詞（較大的概念）放謎底；狹義的字／詞（較小概念）放在謎面上，以便「見小思大」。否則，扣合不嚴，概念間難看到必然關聯。如：謎面上若有「玫瑰」、「菊」、「蘭」等語，可在謎底猜到「花」。反之則難。

3. 非「底面不投」

「底面不投」指的是底面褒貶色彩不一，或雅俗差異太大。尤其在以人名、地名或民族名出謎時，應該特別注意，盡可能不要用貶義謎面（除非該人物為反面人物）。臺灣臺語謎語偶用「烏魯木齊」諧音[45]入謎，

[44] 說法參考邱景衡：《中華燈謎鑑賞》（北京：人民日報，一九九二年），頁九四～九七。

在大陸必潛伏成民族爭執導火線。畢竟謎語也是文學作品，具有一定的社會價值。定面選底要多考慮其情感或雅俗意，否則不免造成不良後果。當然，臺灣社會開放，許多原本存有褒貶雅俗對立的謎底或謎面，早已無傷大雅。如大陸謎壇「底面不投」的例子中，如「謙讓之風」（打三字口語一）——「不爭氣」㊻；或「千里姻緣」（打法律名詞一）——「重婚」㊼，這兩例在臺灣是無妨的。

但設謎面範圍時也要注意，切忌題材偏僻罕用，或無從查詢。如：多年前的過氣影片、歷史的小人物、浩瀚書海的小文句、或遠離生活範圍的文化及習俗，都不該入謎。否則徒具「謎樣」色彩，卻毫無意想的樂趣可言。

4. 無「底面閒字」

製謎時，謎面和謎底間要字字相扣。「好謎字字不落空」，不宜出現不相關的閒字。因為閒字會誤導猜謎者，誤入歧途，造成謎面累贅。此稱之為「謎面拋荒」或「謎底踏空」，即謎面上的個別字或詞落實不到謎底上去，成為謎面上的閒字。如：「萬品唯有讀書高」（射臺灣地名一）——學甲。謎面前兩字「萬品」（或包含「唯有」兩字）是贅字。反之，也不該字字設計，而成支離破碎的「製謎設面」。換言之，忌諱使用陳腔舊句做面。如以詩詞曲歌或古文名句為謎面，固可提高文學價值，但多少會限制創作的範圍。

5. 無「扣義不切」

設計面底時，字詞意義若出現偏差，致使猜謎者無法因面而尋底，或引人入歧途，這就稱做「扣義不切」。一旦謎底揭曉，「扣義不切」時，很難自圓其說，不僅易引起不滿，更失去謎語藝術價值。這是個蠻嚴重的謎

㊺ 這四字諧音之意約為「亂七八糟」。

㊻ 「謙讓」為「不爭」，「風」是「氣」，謎面屬義，謎底卻貶。

㊼ 謎面帶有褒義，卻扣出犯罪行為的謎底。

病。如一個常見之謎：「相對無言，惟有淚千行」（射郵政名詞），謎底為「雙掛號」。既然「相對無言」應該只是默默垂淚，何「號」之有？

6. 無「用格相犯」

燈謎面底相扣，有時須借助謎格調整而成。但經調整的謎底若出現與謎面相同的字部，這就是「用格相犯」[48]。

用格失誤就是病謎，包括：犯面、錯用格（本應此而稱彼）及濫用格（不須用而用）等。用格而造成相犯，成例的並不多，因為傳統謎學界，學謎兼學格，猜謎先知格，謎家深解謎格知識，不易相犯。一般「用格相犯」的例子常存在許多曲折設計中，如：「為公保千金」打五言唐詩句，答案為「白頭宮女在」[49]；或以「一千另一天」（放踵格）打物理名詞，答案為「重量」。[50]都是謎病。

未來用格製謎日少，相犯情況也必漸沉寂。但這是製謎過程易犯的錯誤，初學者發表謎題前，宜小心檢視。

---

[48] 謎格的產生起於製謎需要，用於被動的改造使謎底易於入扣，謎聖張起南稱之為「不得不以人力補天工」。經多年發展，謎格豐富了謎學，使很多製謎者反過來用謎格開展新途徑，化被動為主動，成了「格用謎活」。但有謎格的謎究竟好或不好，也成了長期探討的話題。比如楊汝泉曾說：「謎之用格，所以啟示猜者，俾有跡象可尋，譬歧途之路針也。」但早有許多大家卻為謎格之濫用而憂心，如謝龍文：「縱然靈巧，究失天然」；柯國臻：「善謎者不好格，好格者不善謎」。有人則持平論，以為「有格無格只是形，有謎無謎才是質。」（江風《謎格云云》）資料參考互動百科「用格相犯」(http://www.hudong.com/wiki/%E7%94%A8%E6%A0%BC%E7%9B%B8%E7%8A%AF)。

[49] 有以「為公保千金」打五言唐詩句，答案為「白頭宮女在」，這是個弄巧成拙的謎作。本謎謎面未掛格，但謎底暗用「白頭格」。「白頭格」是偕音格類：謎底兩字以上，第一字偕讀做別義以解題面。謎底除「白頭」做格，存「宮（公）女在」，「千金」別解為「女」，但「公」字卻互犯。資料見上註。

[50] 以「一千另一天」（放踵格）打物理名詞，答案為「重量」。本例選自《謎譜》，但應是謎病。放踵格屬半讀類，謎底須用兩字以上，每字下半須是同一字部，按格去除相同下截，將存留的上半截連讀成解。本謎謎底「重量」下半截各有「里」字相同，按格除去後存下「千旦」與面句相匹，但「千」字謎面已有，則成犯面。資料同於上註。

(二)製謎的積極工夫

燈謎製作的積極角度，要注意面底合理的取材及設計。

1. 扣字與扣典的精神

燈謎的素材稱「謎材」。製作謎語時，任何字詞、文句固然都可入謎底，但謎家仍會因時因地掌握謎材。謎材中，「扣字」、「扣典」應是兩個重要角度。在「扣字」方面，由於傳統文化日新富有，中文字義往往互有關聯。一些季節、方位、顏色或五行的內容，如雲和龍、虎與風等，都可加以設計。如：「兔」（打臺灣地名二）——虎尾、後龍；「竹」（打東亞企業名一）——松下。落實此一精神的前提是：製謎與打謎者雙方均需熟知「十二生肖」或「歲寒三友」的文化意涵。此外，中國歷史悠久，文學流變多樣，「扣典」也是常用的要訣，如謎作中常運用歷史、文學典故或人物入題，製題者對文史也要深蓄涵養，方能鎔古鑄新。大抵而言，優秀的藝術謎品謎材，要建立在上述兩個基礎上。

選定謎材後，先擇定幾個可能的謎底。謎底要和謎目一併思考。謎目務求準確。若要猜詞語最好能交代字數，同理，打「俗諺語」亦同。猜地名須標注國內外，且地方不宜太小或無名，還可適當的提示省名或縣名。至於外國國名是否須要標記洲別？古人是否須要標記朝代？詩詞古文是否須要標記作者或出處？新名詞是否須要標記學科等等。都要合理設想，因為謎目是開謎的金鑰，對猜謎者而言，謎目當然越細越好。但若定目太細，則又失去挑戰性。

2. 以底求面的方法

製謎過程大多如上所述，即是「以底求面」。選定謎底後，即可運用謎底的五大面向來製作謎面，其方法如下列：

A.字形面向求「析離」、「組合」、「訛似」、「移位」等方法；

B.字音面向求「近音」、「同音」、「通假字」、「分合讀」等方法；

C.字義面向求「同／近義」、「反義」、「上下義」、「專指／普指」等方法；

D.句法面向（含詞構文法）求「變形」、「倒裝」、「語序」、「斷句」等方法；

E.文化面向（含歷史、典故等）進行安排扣合。

以上五個面向適與邱景衡在其《中華燈謎鑑賞》一書（北京：人民日報，一九九二年），提到的十種主要製謎技法相互包涵51，茲以五大面向為經，邱氏十技法為緯，表列如下：

五大面向	十大技法及說明（以下(1)~(10)為邱景衡書之次序）	例子52
A.字形：求析離、組合、訛似、移位等方法	(6)筆劃離合法製謎：即用拆字、增損、離合等手法製謎。這種方法較為廣泛。	1.「千里草原引水來」（打五代畫家一）——董源 2.「話到日中而謹」（打漢代人名一）——許慎
	(7)拆字提義法製謎：這一製謎法多用於製作字謎。前句拆字，後句提義，兩者之間有必然的聯繫。	1.「看看足有千里，其實近在腳跟」（打字一）——踵 2.「喬大人勇武強壯」（打字一）——矯
B.字音：求近音、同音、通假字、分合讀等法	(2)「通假字」製謎法：漢字中有許多「通假字」，……。製作燈謎時，即可利用通假字互相扣合。53	1.「引火燒身」（打科目一）——自然（燃） 2.「松梅竹」（打民族一）——中華（花）
C.字義：求同義、近義、反義、上下義、	(1)同義、近義製謎法：即「正扣法」，用同義或近義詞製面。當看到一個適合製謎的素材，	1.「全家樂」（打中藥一）——合歡 2.「金錢性交易」（打植物一）——銀合歡

51 針對這些不同的面向，讀者正可和前文謎格分類的內容做比對。

52 例子中第1例為邱原文所附；第2例為筆者所補充。

53 若不慎也容易形成「倒葫蘆」（「倒吊」）的謎病。

專指／普指等法	……，即考慮謎面。	
	(3)專指製謎法：此法是用「專指詞」製謎。所謂「專指詞」就是製作謎面時用以假借的詞不能通用，而是專有所指。	1.「三千里江山」(打朝代或國家一)——南北朝(鮮) 2.「樂天」(打語文名詞一)——白字
	(5)換置法製謎：此乃以非同義但能互相替代的事物名稱在底面互相置換，以製成燈謎。	1.「宇宙飛船應密封」(打七字諺一)——天機不可洩漏 2.「孕婦過危橋」(打成語一)——鋌而走險
	(8)正擊法製謎：即對謎底相關的字、詞、句作正面會意。	1.「天水關」(宋詞四言句一)——瀟瀟雨歇 2.「祖父手諭」(打應用文體名一)——公函
D.句法：求變形、倒裝、語序、斷句等法	(9)反襯法製謎：與「正擊法」相反，謎面從反面會意扣謎底。	1.「生產須出正品」(打成語一)——不可造次 2.「小心火燭」(打帝王名一)——忽必烈[54]
	(10)攏意法製謎：指通體會意，不求逐字逐句相扣。這也是運用較多的一種製謎法。	1.「無煩無惱無憂愁」(打飲料名一)——百事可樂 2.「完美翻譯信」(打首都名)——雅加達[55]
E.文化：求歷史、人文、典故之延伸	(4)典故法製謎：不少燈謎題材都與歷史人文典故有關，做成燈謎既顯文采又具史意。	1.「昭君出塞」(打粵曲一)——平沙落雁 2.「杯酒釋兵權」(打歷史人名一)——趙高[56]

製謎方法途徑多元多變，謎面謎底的產製先後也沒成規，加格與否端賴功夫與實際需要。因此製謎宜視野開闊，心思柔軟，熟用方法，才能創作出絕妙好謎。

3.多方逢源的貫通精神

上述方法不論如何入手，製謎者都要隨時儲備生活中所見的活字好詞、名言佳典，作為謎面或謎底的好

---

[54] 謎面也可設製為「玩」(元朝君王)。

[55] 人言翻譯要完美須要：信、雅和達兼備。

[56] 所用的是趙匡胤「杯酒釋兵權」典故，讚許其計策很高明。

材料。通詞達意、多面逢源、融會貫通，只要能善用上述之關鍵字、音、義、詞構句法、文化脈絡等途徑，多角度切入，則不論是「以面求底」或「以底求面」，將能裡外契應、藝術融合。而面底之間，差別的是在「面」的提示、指引，製題時可有更多的創作空間，用既成的詩詞、熟語或文詞固然無不可，但也可以即興組合，自創出優美詞句做謎面。反之，「底」設定的文詞乃是多數外人可以掌握的，因此不可隨意創作，而造成「倒吊葫蘆」或「扣義不切」的謎病。舉例來說，〈岳陽樓記〉的「連月不開」可做謎面，打一字時，根據字形可猜「用」；也可用之為謎底，這時可設計俗趣謎面，如用「便祕三十天」的語義聯想來射猜，誰曰不宜？

平日閱讀文學作品時，稍加注意，將能發現許多現成句子都適合用來做謎面。以詞語為例，如：國名中的「以色列」作為謎底設計時，就可成「選美大會」、「一道彩虹」、「紅橙黃綠藍靛紫」等；作家「瓊瑤」做謎底時，可設計成「迪斯可」、「扭扭舞」、「流浪漢跳舞」等謎面；陶潛〈桃花源記〉中句子如「乃不知有漢」[57]，可設計成多種謎面。而三國中的「關羽」、「張飛」、「孔明」等，都很容易製題。這些都是常見的「一面多底」或「一底多面」。也有些謎，更可底面互用，如：「長安：永和」、「木：林邊」或「關羽：籠中鳥」等。

以人名為例，現今臺灣社會政治開放，拿政治人物開玩笑的詞語作面的情形愈趨普遍，只要掌握分寸，都有不同的效果。如：「華西街走一圈」（打政治人物名一）——「嚴家淦」；「連戰」名字也可多設面，如「頻年不休兵」、「美國再度攻擊伊拉克」、「決賽打兩場」等。

謎語分類中，除字、詞、人、物名、詩文句等謎外，上曾提及畫謎和數字謎都可以和字詞謎交互使用，如畫兩個胖子結婚，可射（中國省會一）「合肥」；畫一世界地圖，半炎熱半涼爽，可猜射（成語）「世態炎涼」等。數字謎如「二四六八」（射成語一）——「無獨有偶」等，都是常見謎例。這類製謎方式對現今圖象

---

[57] 如「黃花大閨女」、「女人國中沒有男人」、「竟結交有夫之婦」等謎面。北一女中陳正家老師曾收集以〈桃花源記〉課文作為謎底的謎語二十二則。事見蕭蕭〈不是元宵也可以猜燈謎〉一文，載於《幼獅少年》（一九九九年三月）。

思考的新生代，想必更親切引人吧！

此外，臺灣是個多語交響的國家，亦可善用語言的多元交會。如近年來，英文謎、臺語謎越來越多，以英文為謎面者有：

——“Good Morning”（射字一或二）——「譚或晏」；

——“My God”（射歌星名一）——「余天」；

——“King”（射漢代皇帝一）——「漢文帝」；（射字一）——「瑛」；

——“Queen”（射神明一）——「西王母」；

——“Banana”（射花卉一）——「美人蕉」；

——“Cloth”（射漢代人名一）——「英布」。

以英文為謎底者有：

——「宛在水中央」（射英文字母一）——“t”；

——「假如在我們之間」（射英文單字一）——“wife”；

——「不足為外人道」（射〈桃花源記〉一句）——“not enough”；

——「四方」（射英文單字一）——“NEWS”。

數量雖不多，但都很有創意。

臺灣謎壇多年來謎學興盛，許多謎家的作品也不乏以臺語為本者。如許成章（一九一二～一九九九）的臺語謎，諧趣萬方、造詣精深而流行於鄉土間，如今仍常被引用，如「飛離航道」（射臺語口語一）——「脫線」；「尼姑全出門」（射臺語口語一）——「空庵」[58]等，都膾炙人口。

新時代中更有許多新名詞、新概念都入謎學裡，如新語文型態的「腦筋急轉彎謎」，違反了許多傳統的製謎要求，如「犯面」、「倒吊」或「底面鬧字」等謎病，但其設計以趣味為主，聲勢越來越大，謎壇君子也該正視。以下貼錄筆者收錄於另文數則為例：

> 問：「什麼水果不能滷？」
> 答：「柿子！——因為『士』（柿）可殺不可『辱』（滷）。」
> 問：「師傅輸了徒弟叫什麼？」
> 答：「烏龜！——因為殊途同歸（輸徒同龜）。」
> 問：「樹的味道像什麼？」
> 答：「雞——因為數位相機（樹味像雞）。」
> 問：「小白加小白等於多少？」
> 答：「小白兔（小白two）。」
> 問：「三人成眾，五人成伍，多少人才能成『團體』？」
> 答：「20人（因為twenty——『團體』）。」

這類「謎語」以逗趣為主，但仍包含有聯想及比對的語文價值。

總而論之，只要製謎時心腦胸臆有活水源泉滾滾，再輔以「以面求底」或「以底求面」的大原則，往往能找出扣合貼切的佳作來。

4. 以格助謎謎面加註的輔助方法

---

58 意思是「傻呼呼」。

即使熟悉上述幾個法則，製作燈謎時，仍難免會遇到一些扣合阻礙的尷尬。倘若不願割捨棄之，不妨借助謎格來補救或提示。舉例來說，「倫敦」這詞的詞序不合漢語詞構，若想以之為謎底，本不易直接為它設面。因此，不論製成「夫妻好合」或「洞房花燭夜」等謎面，還須用「轉珠格」提醒，於是「敦倫」變轉成「倫敦」。這就是「以格助謎」的典型。事實上，越是自然的好作品，越可不用謎格。但謎格仍有其價值。尤其是一些難度較高的謎面若有謎格提示，無異是為謎津點燈，深具巧妙指引功能。

使用謎格的基本要求是：謎面字數、增減字詞數量、改變字詞順序，或者哪個位置須用聲音的別讀來諧義等等，都較嚴格。製謎者稍一不慎，容易犯謎病。加上格名專名古奧難懂，記誦不易，其文字障往往令人望格興嘆或望之卻步。這是現代燈謎謎格漸少的主因。弔詭的是：謎題帶格，看似困難，卻因有格限制引導，路徑清楚，反可循跡破謎。一般而論，只要謎格標註清楚、確當，無礙於猜射，謎格仍能為大家所接受。總之，用格的準則當如柯國臻所言「應以是否活了一個底句和活了一個底字，作為成謎是否設格的唯一準則」，否則製謎者寧可少用。

近來越來越多的趨勢是用一般文字加註在謎面上。加註提示的範圍包括：應增減的字數、偏旁、位置或部首等，藉由謎面加註的方式更易使初學者一目了然。如：「甘居中游」(射成語一「用心方能猜中」)。此一謎面中的「用心……」等字即為「謎面加註」的方式，此題的謎底為「不相上下」。謎面的註語看來似乎只是一般的善意提醒，其實已然暗示應注意「心」字才能猜中「不想上下」的答案。其他常見「謎面加註」的寫法，還有在謎面及謎目範圍後，加上：「無人可猜中」、「猜中得現金」或「此謎見笑」等字句，暗示答案須加減「人」、「金」或「笑」等字才能合題。這等有趣的加註法如今也漸漸被大眾接受。加註時一定要注意加的字句須切中要增減的字、詞，且應盡量用較幽默或謙虛的語氣，以求與其他內容協調。

事實上，渾然天成、或機趣盎然的好謎，往往須有靈光相助。但若平日不辛苦思學，則那靈光何嘗翩翩降臨？

㈢燈謎的猜射要領

製謎與射謎是一體兩面。平時懂得製謎者，猜謎的功力必定也不凡。只因他深諳謎題設計原理。射謎者雖處於被動地位，但只要循理演繹，由謎面提供的資訊溯源推理，必然可找到許多線索。即使最後未必是製謎者原先的設計，也八九不離十，有兵臨城下的榮耀。當然，有人因缺乏臨門一腳而懊惱或羞愧，那也是不必要的虛妄。

謎家們多方經驗，提出了許多如何猜謎語的要領，可供我們參考。但其源頭仍需要回應到本文在㈡之2.「以底求面的方法」中所提的製謎五大面向。

五大面向中，「文化面向」（含歷史、典故等）是平日的涵養，知識越多，能引申、延伸、轉化的能力越強。如歷史演變，重要人物與事件，語文（含成語及俗諺或新名詞）、地理或文化的知識，多多益善。許多常用的參考書，最好也都能知道使用。學養越豐厚越能精確「射」準答案。這部分「修行在個人」，筆者僅配合「文化面向」之外的四大面向，歸納整理一些常用的猜射法[59]，使之對應清晰：

五大面向	《謎賞》猜射法及說明	其他名稱
A.字形	《謎賞》「字形離合十二法」：增補、減損、方位、離合、運演算、輾轉、包含、半面、參差、影映、指代、移位等法 《謎賞》「象形法」 《謎賞》「形義綜合法」（混扣法）	拆字、析字、減去、增加、碎錦、殘缺、盈虧、正字反側法
B.字音	《謎賞》「象聲法」	通假法

[59] 此表係以邱景衡著：《中華燈謎鑑賞》（北京：人民日報，一九九二年），頁五四～七三，第三章〈猜謎發凡〉為綱，簡稱《謎賞》，再綜合其他說法而組成。

C.字義60	《謎賞》「字義會意十二法」：別解、假借、專指、運典、抵銷、特徵、正扣、反扣、夾擊、歸納、問答、承啟等法 邱景衡「形義綜合法」（混扣法）	指事、會意、碎錦法
D.句法	《謎賞》「問答、承啟、移位等法」	碎錦法
E.文化	（涵養功夫）	題外暗扣法

上表所彙整的方法雖多，簡言之，就是善用文化知識，並注意字形的加減離合移替、字音的假借諧轉、字詞意義的拆合及聯想轉換等面向。這就是猜謎的不二法門。

五、結論：謎迷不死，繼續雕靈

謎語的製作與猜射雖是涵養，卻不無方法可循。歸結起來，製謎者除了要注意不底面相犯；不倒吊葫蘆；不底面不投；無底面鬧字；無扣義不切；無用格相犯等「三不三無」的基本功夫外，更要把握四個積極功夫，如：善由歷史文化和文學長河中取材，以契合扣字和扣典的製謎精神；運用謎底的字形、字音、字義、句法和文化等五大面向設計謎面；活用以格註謎和謎面加註的方法以製出字謎的多樣性；最重要的，當然是多方逢源的貫通精神。換言之，製謎者對上述每一種方法都要深入及泉，才能處處逢源，妙存一心。至於猜射者與製謎者一樣有賴於字形、字音、字義、句法和文化等五大面向的積學根柢，才能「即面掀底」，進而優游在多元而豐富的「謎」樣世界裡。

撰述本文期間，見識到了一群難以計數、幽藏在兩岸社會、或已遠播海外各地的死忠謎迷。他們個個謎功高強，樂意分享，聚謎社、出謎刊、辦謎會，令人感佩。透過網路的便利，其凝聚力更堅強、更久遠。這

60 前十二個為邱之「字義會意十二法」。雖歸之於「字義會意法」，但許多仍與「字音」有關。

些伏虎英雄年紀多已大，但卻不虞後續無人——必是「謎」謎樣的力量，使代代的謎迷在生命的園田中，選擇用文字來寄託與「雕靈」。

教育系統中，本無「謎學」發展的餘地。惟現代多元教學中，謎語早已成為語文教育或文化創意的重要資藉，更可視為實用中文的一部分。本文以實用寫作為主，希望經由上述相關簡介後，可為字「謎」點燈，讀者倘能循序先明理論，再實作練習，當不致「迷航」。身為教學者自不能指望學習者日求精絕以成為大謎家。然謎語寫作是種藝術，只要不是文盲，便是人人皆可投入的生命抉擇；只要有接觸語言文化的動力，謎樣的文字定教你著迷，更如崔瑗〈座右銘〉所言：「行之苟有恆，久久自芬芳」！

六、習題

1. 製謎或猜謎時，要注意五個主要面向。這五個面向是什麼？請說明其重點。
2. 謎格的功能為何？人稱四大謎格為捲簾、秋千、徐妃和求凰。請說明其大義，並各舉一例。
3. 謎語創作時，盡量不要犯謎病。例如「底面相犯」、「倒吊」或「底面不投」都是謎病。請說出這三類謎病的問題。
4. 猜謎時，常見「一面多底」或「一底多面」，請以下列詞彙為謎面或謎底，製作出不同範圍的謎語來。

※參考詞彙：「夫」、「剛果」、「不謀而合」、「高雄」

5. 請找出三個歷史人名、三個成語地名做「謎面」，為之設計「謎底」；請找出三個漢字、三個首都或國名做「謎底」，為之設計「謎面」。

七、參考書目

(一)參考書目

文虎蒐集　楊歸來編　臺南　西北　一九八三年

中國謎語大全　孫岱麟著　臺南　西北　一九八五年

怎樣猜燈謎　王惠群著　臺北　大夏　一九八六年

臺灣謎猜　李赫著　臺北　稻田　一九九一年

中華燈謎鑑賞　邱景衡著　北京　人民日報　一九九二年

臺灣歇後語典　林文平著　臺北　稻田　二〇〇〇年

(二)網路文章

http://www.dengmi.com/ListNews.php?cno=8（中華燈謎網〔簡〕）

http://www.soweb.net/ahfei/weige/htm/mige.htm（Ahfei 天地——志偉謎網）

http://w2.doge.taipei.gov.tw/lantern98/howto2.asp（北市政風處燈謎網）

http://edu.ocac.gov.tw/local/riddle/home.htm（臺灣燈謎巡禮）

http://www.ptes.tp.edu.tw/oah/（謎語世界）

http://www.6park.com/gz2/messages/gvk3677.html（風捲殘雲〈謎格總介〉）

http://www.sh-dengmi.com/show.php?id=196（楊汝泉〈燈謎之研究〉）

作者簡介（依姓名筆劃順序排列）

王偉勇

一九五四年出生，福建省惠安縣人。東吳大學中國文學博士。現任國立成功大學中國文學系教授兼通識教育中心主任、副教務長、藝術研究所所長。曾任東吳大學中國文學系副教授兼總務長、主任祕書。著有《南宋遺民詞初探》、《南宋詞研究》、《詞學專題研究》、《宋詞與唐詩之對應研究》、《詩詞越界研究》、《清代論詞絕句初編》（與趙福勇合撰）；主編《民國詩集叢刊》、《成功大學通識教育叢書》，以及其他單篇論文二十餘篇。

李勤岸

一九五一年出生於臺南縣新化鎮（大目降），原名李進發，筆名慕隱、牧尹。一九八二年本名正式更改為李勤岸，並以此為筆名。東海大學外文系畢業，美國奧克拉荷馬市大學英語教學碩士，美國賓州印第安那大學英語系修辭與語言學博士班研究，美國夏威夷大學語言學博士。曾任教中山大學外文系，東華大學英美語文學系，美國哈佛大學東亞語言文明系。現任臺灣師範大學臺灣文化及語言文學研究所副教授兼所長；臺文筆會理事長；臺灣母語聯盟理事長；《海翁臺語文雜誌》總編輯；《臺語文學年度選》總編輯。二〇〇四年放棄哈佛大學教職，回國後，兼任教育部國語會委員，積極參與臺語文拼音及漢字書寫之整合，於二〇〇六年十月公告臺灣閩南語羅馬字拼音方案（簡稱臺羅拼音），並陸續公告推薦漢字七百字詞，使臺語文的標準化邁出一大步。早年以中文寫作，一九八九年開始轉以母語創作。得過草根詩獎、愛書人散文獎、榮後臺灣詩人獎、南瀛文學傑出獎等。出版有《黑臉》、《唯情是岸》、《一等國民三字經》、《新臺灣人三步曲：李勤岸臺語詩集》、《母語的心靈雞湯》、《咱攏是罪人》、《大人囡仔詩》、《李勤岸臺語詩選》、《臺灣詩人選集：李勤岸集》、《李勤岸文學選》等詩集選集；散文集《新遊牧民族》、《哈佛臺語筆記》；學術論文集《臺灣話語詞變化》、《語言政策及語言政治》、《母語教育：政策及拼音規畫》等。

吳榮富

字文修，一九五一年生，臺灣臺南市人，現任成功大學助理教授、華語中心主任。自幼家貧，國小六年級輟學當童工。越明年，入海尾鄉塾，塾師以為孺子可教，授予古典詩學，十六歲入安南詩社、十八歲入延平詩社，成大文學博士。開有「唐詩專題研究」、「詩選與習作」、「李商隱詩」、「書法」、「國畫」等課程。著有《曾幾茶山集研究》、《李商隱詩用典析疑》，與單篇論文〈白日在唐詩中的象徵意義〉、〈從周本紀透視生民詩〉等。曾五獲鳳凰樹文學獎、三獲教育部文藝創作獎。現為「學而書會」、「臺南市國畫研究會」會員。

林明德

一九四六年生，臺灣省高雄縣人。政治大學中文博士。現任國立彰化師範大學國文學系教授兼副校長、財團法人中華民俗藝術基金會董事長（二〇〇八～）。研究領域包括：中國文學、臺灣文學、民俗曲藝及飲食文化。一九八〇年開始投入民間文學與民俗文化的研究。一九九五年接任「中華民俗藝術基金會」執行長，十年之間，投入：(1)進行民俗技藝調查案與保存計畫案；(2)發揚與傳習民俗藝術計畫、策劃展覽與活動；(3)舉辦系列傳統藝術研討會。長期深入研究臺灣民俗文化，將研究調查的結果融入活動企劃，使每一活動能精緻化、多元化，讓社會大眾能了解並欣賞民藝之美。目前總策劃臺灣民俗藝術叢書；結合產官學，啟動彰化學，並且總策劃彰化學叢書（五年六十冊）。著有：《中國傳統文學探索》、《文學批評指向》、《開拓生命情境》、《實踐生命理境》、《文學典範的反思》、《阮註定是搬戲的命》、《臺中市飲食地圖》、《斟酌雅俗》等，編有《臺澎金馬地區匾聯調查研究》、《澳門的匾聯文化》、《臺灣工藝之美》、《臺灣民俗技藝之美》、《大溪豆腐系列文化研究》、《臺灣民間工藝博覽》、《彰化縣飲食文化》、《臺灣工藝地圖》、《臺中飲食風華》、《鄉間子弟鄉間老——吳晟新詩評論》等。

林保淳

臺灣新竹人。臺大中文博士，臺灣師大國文學系教授。原以明、清文學理論及思想為研究領域，後漸拓展至民俗學、通俗文學，近十餘年來，頗致力於推動現代通俗小說之研究，而以武俠小說研究為根柢。曾於淡江大學創建「通俗武俠小說研究室」，蒐羅上萬冊散佚之武俠說部，並首開風氣之先，於大學講堂開授「武俠文學」課程。著有《經世思想與文學經世》、《二十四史俠客資料匯編》（與龔鵬程合著）、《解構金庸》、《古典小說中的類型人物》、《臺灣武俠小說發展史》（與葉洪生合著）等專著，並有大小論文數十篇。

林淇瀁

筆名向陽，一九五五年生，臺灣南投人。中國文化大學東方語文系日文組畢業，美國愛荷華大學 International Writing Program（國際寫作計畫）邀訪作家，文化大學新聞碩士，政治大學新聞博士。曾任《自立晚報》副刊主編、《自立晚報》、《自立早報》總編輯、《自立早報》總主筆、《自立晚報》副社長兼總主筆。現任臺北教育大學臺灣文化研究所副教授兼所長。獲有吳濁流新詩獎、國家文藝獎、美國愛荷華大學榮譽作家、玉山文學獎文學貢獻獎、榮後臺灣詩人獎、臺灣文學獎新詩金典獎等獎項。著有學術論著《書寫與拼圖：臺灣文學傳播現象研究》；詩集《亂》、《向陽詩選》、《向陽臺語詩選》；評論集《浮世星空新故鄉》、《康莊有待》、《迎向眾聲》等多種。

林慶彰

一九四八年生，臺灣省臺南縣人，東吳大學中國文學研究所博士。國家文學博士。日本九州大學文學部訪問研究員。現任中央研究院中國文哲研究所研究員，臺北大學古典文獻學研究所合聘教授，臺灣師範大學國際漢學研究所、東吳大學中國文學系兼任教授。專研經學、日本漢學、圖書文獻學。著有《豐坊與姚士粦》、《明代考據學研究》、《明代經學研究論集》、《清初的群經辨偽學》、《清代經學研究論集》等十種。主編有《經學研究論著目錄》、《中國經學史論文選集》、《楊慎研究資料彙編》、《日本研究經學論著目錄》、《姚際恆著作集》等四十餘種。譯有《近代日本漢學家》、《經學史》（合譯）、《論語思想史》（合譯）等。另有學術論文二百餘篇。

林耀潾

一九六〇年生，臺灣省臺北縣人。國立高雄師範大學國文系文學博士。現任國立成功大學中文系副教授。研究專長為詩經學、儒學。著有：《先秦儒家詩教研究》（天工書局，一九九〇年）、《西漢三家詩學研究》（文津出版社，一九九六年）及學術論文十數篇。

高美華

國立成功大學中文系副教授。曾服務於辭修高中、嘉義師範大學語文教育系兼系主任；之前也曾於中國工商、東吳大學夜間部兼課，面對不同階段、不同對象的學子，蘊積了不少教學經驗。所學領域以詞、散曲、古典戲曲為主，輔以文學理論、國學基礎。曾多年著力於國文科教材教法，於書法、傳統歌唱、戲劇之欣賞和實務，略具心得。興趣廣博，教學、研究之餘，粉墨登場，也於學習心理多所留意，對新事物心存好奇。創意開發、心靈寫作等課題，都是面對無限挑戰的起點。主要著作：碩士論文《楊昇庵夫婦散曲研究》、博士論文《明代時事新劇》，編有《鳳凰谷鳥園志》、與劉紀華老師合編《蘇辛詞選注》。其他專業論文數篇，並繼續努力充拓中。

許長謨

一九五七年生，籍貫澎湖。現任國立成功大學中國文學系副教授。臺師大國文系畢業，法國國立高等社會科學院（EHESS）語言學博士。曾任國、高中、專科、臺南師院等校國文教師。獲全國國語文競賽作文第三名、國防部及成大優良教師等獎。專長領域為語言學、音韻學、華語及鄉土語教學等。除了學術著作外，亦從事漢、臺、華詩的創作；詩詞吟唱亦見出版。現任臺灣華語文學會理事。二〇一〇年獲聘赴加州大學柏克萊分校擔任「漢語語言學講座」。

陳益源

現任國立成功大學中文系教授兼系主任，並擔任國際亞細亞民俗學會副會長、臺灣敘事學學會理事長、中國民俗學會祕書長、華夏語文學會理事，以及彰化縣、雲林縣文化局諮詢委員等職。研究領域為古典小說、民俗學、民間文學、東亞漢文學，著有《臺灣民間文學採錄》、《民間文化圖像——臺灣民間文學論集》、《俗文學稀見文獻校考》、《蔡廷蘭及其海南雜著》等二十種專書；擅長田野調查，編有《羅阿蜂、陳阿勉故事專輯》、《南臺灣地方傳說研究專號》、《臺中縣國民中小學臺灣文學讀本——地方傳說卷》、《彰化縣國民中小學臺灣文學讀本——地方傳說卷》以及《彰化縣民間文學集》、《雲林縣民間文學集》等三十幾冊資料集。

張高評

國立臺灣師範大學國文研究所國家文學博士。曾任國立成功大學文學院院長、藝術研究所所長、語言中心主任、中國文學系主任，現任國立成功大學中國文學系特聘教授。研治《春秋》、《左氏傳》、《史記》、唐宋詩、詩話學。致力推廣實用中文，盡心研發人文創意。著有《左傳導讀》、《左傳之文學價值》、《左傳文章義法撢微》、《左傳之文韜》、《左傳之武略》、《春秋書法與左傳學史》、《書法與史筆——《春秋》《左傳》學史之研究》；《唐詩三百首鑑賞》（與黃永武先生合著）、《宋詩之傳承與開拓》、《宋詩之新變與代雄》、《宋詩體派敘錄》、《宋詩特色研究》、《會通化成與宋代詩學》、《自成一家與宋詩宗風》、《印刷傳媒與宋詩特色》、《創意造語與宋詩特色》、《王昭君形象之流變與唐宋詩風之異同》、《黃梨洲及其史學》、《選題學》等書。曾主編臺灣版《全宋詩》（與黃永武先生共同主持）；又主編《宋詩論文選輯》（全三冊）、《宋詩綜論叢編》、《史記研究粹編》（全二冊）、《古文觀止鑑賞》（上下冊）、《實用中文寫作學》、《實用中文寫作學續編》、《實用中文寫作學三編》、《文學數位製作與教學》、《宋代文學之會通與流變》、《金元明文學之整合研究》、《清代文學與學術》、《典範與創意學術研討會論文集》、《人文與創意學術研討會論文集》、《傳統文化與經營管理研究論文集》、《實用中文講義》（上下）等。其他尚發表論文一百八十餘篇。創立《宋代文學研究叢刊》，並擔任主編（一—十五期）。2010年改為《宋代文哲研究集刊》，榮任總編輯。

張清榮

國立高雄師大國文學系博士，曾任國立臺南大學（臺南師院改名）語教系系主任，現兼任人文與社會學院院長。專長為兒童文學、民間文學、小說、語文科教材教法，著有《兒童文學理論與實務》、《兒童文學創作論》、《少年小說研究》等專書及論文三十餘篇。曾獲中國時報小說獎、華航廣告文句首獎、洪建全兒童文學創作獎二次，教育部兒童文學創作獎二次，教育部文藝獎歌詞獎一次、文建會「兒童歌謠一百」佳作獎二首，中華民國教材發展協會歌詞獎一首。著有圖畫故事書、兒童詩歌、童話、少年小說等兒童文學作品十餘冊。教授兒童文學十餘年來，學生習作參加國內外兒童文學獎比賽，計有一百四十餘人次獲獎，與臺北市立教育大學陳正治教授素有「南張北陳」之稱。

楊晉龍

臺南縣佳里鎮人，一九五一年生於高雄縣阿蓮鄉信興磚瓦廠。五歲開始接受「漢文」教育，小學時又受陳冠學老師的指導；臺灣大學夜間部中文系畢業；高雄師範學院國文研究所碩士；臺灣大學中文研究所博士。現為中央研究院中國文哲研究所副研究員；臺北市立教育大學中國語文學系及高雄師範大學經學研究所兼任副教授，講授治學方法和詩經學課程。研究主題為宋代以後詩經學史、四庫學、治學方法、教育思想等相關問題，著有《錢謙益史學研究》、《明代詩經學研究》；編有《元代經學國際研討會論文集》、《清代揚州學術》；主編點校《汪喜孫著作集》；合編有《陳奐研究論集》、《明清文學與思想中之主體意識與社會‧學術思想篇》及七十多篇論文。曾獲中央研究院年輕研究人員著作獎及中研院主題研究計畫獎助；並獲多次國科會甲乙種獎勵及專題研究計畫獎助。

蕭水順

筆名蕭蕭，一九四七年生，彰化社頭人。臺灣師範大學國文研究所碩士，曾任中學教職三十二年，明道大學通識教育中心主任、中國文學系主任，目前為明道大學中文系專任副教授。學術專長為臺灣文學、現代詩、美學、彰化詩學等。著有《現代詩學》、《臺灣新詩美學》、《現代新詩美學》、《土地哲學與彰化詩學》等。目前持續研究新詩美學，著手寫作第三部《後現代新詩美學》；並且以跨領域研究的方式，以文化地理學的觀點，即將完成《彰化新詩地理學》。近三年發表的論文，包括：〈人體代謝與天體代御——論余光中展現的身體詩學〉、〈錦連：臺灣銀幕詩創始人——銀鈴會與銀幕詩影響下的錦連詩壇地位〉、〈角落調適與角度調整——論余光中詩中呈現的地方書寫〉、〈飄浪行旅間的空間詩學——論文學中的角落設計，以金庸《連城訣》為例〉、〈新詩閱讀與寫作教學的六道橋樑〉、〈舊記憶與新感覺的激盪——翁鬧詩作中的土地意象與生命感喟〉、〈林亨泰與東螺溪的文化繫連及其形象思維〉等。學術研究外，也擅長文學創作、導讀，撰著與編輯之書籍多達一百〇五種，曾獲得第九屆磺溪文學獎特別貢獻獎。

散文新四書——一部結合季節嬗遞與人生境遇的散文選本

春之華　林黛嫚／編著

春天是起點，季節的起點，人生的起點。本書選文就從這樣的意象出發，讓作家們用他們的方式來回顧自己的青春年少，林海音古老的童玩已經隨她而逝，我們只能在文章中讓這些童玩再活一次；黃春明的「地牛翻身」地震說法是永遠的童話。選文中的十三篇文章就像一座花園，承載著十三位作家的繁華青春，留給讀者細細品味研賞。

夏之豔　周芬伶／編著

人生之夏，是生命力昂揚的時節，感覺變得敏銳，世界也對我們開展。本書選出十一篇文章，集中描寫生命力之昂揚：季季寫出文學與愛情的盛夏，以一場饗宴達到頂點，卻在之後僅剩空惘與危厄；蔣勳自述從聽故事的小孩變成說故事的作家。一篇篇動人的文章，引領讀者一同經歷作家生命中最精采的時節。

秋之聲　陳義芝／編著

本書是一本主題貫連、情韻各異的散文集。十二位著名作家的心靈極光，幽靜而熠耀，遙遠卻懾人。楊牧、林文月、席慕蓉的成就久經傳誦；舒國治、陳列、何寄澎、徐國能為跨世紀拔尖寫手；陳黎、陳芳明、陳大為是詩人散文家代表；周芬伶兼具小說家身分，謝旺霖彷彿探險家行腳，氛圍同樣迷人。書中收錄了十二段人生，示範了十二種寫文章的方法，逐篇賞析文意、結構、筆法，對應作家的精神嚮往，最能抉發創作的奧祕。

冬之妍　廖玉蕙／編著

本書選文標準，以文字精鍊靈動、內容溫暖幽默為主。作家依年齡排序為琦君、余光中、康芸薇、劉大任、劉靜娟、吳晟、黃碧端、林懷民、平路、陳義芝、田威寧和黃信恩等十二家，分屬老中青三代；文章內容，以人際為範疇，親情為大宗。文章編排以余光中夫子自道開端、黃碧端摹人記事收尾，十二篇文章的題材環繞人際，表達各具特色，篇篇雋永有味。

台灣現代文選系列——見證台灣文學的繁華與演變

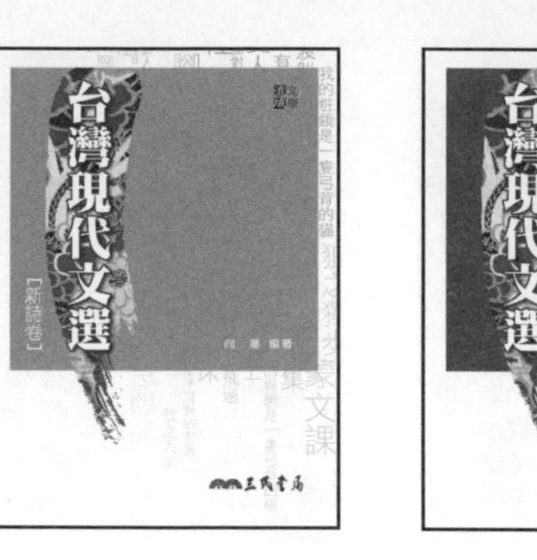

台灣現代文選

向陽等／編著

本書所選範文皆為台灣現代文學之名家名作，包含散文、新詩、小說三大類。並兼收各領域之文學創作，如代表海洋文學的廖鴻基〈奶油鼻子〉、為少數民族發聲的席慕蓉〈大雁之歌〉、闡述原住民文化的瓦歷斯・諾幹〈在想像的部落〉等。這種著重人文關懷、創作旨趣及美學欣賞的選文特色，在在呈現出本書的廣度及深度，並帶給讀者均衡且全方位的現代文學視野。

台灣現代文選【新詩卷】

向陽／編著

本書以台灣新詩發展的導覽輿圖為經，百年來詩人的作品為緯，輔以深入的賞析與解讀，凸顯出台灣新詩發展的繁複根源，以及詩人風格的多樣表現。不只是當代台灣新詩文本的呈現，也是一本有意藉詩再現台灣歷史與社會形貌的詩選。期望在文本互為對話，互相辯證之下，連帶交織出近百年來台灣歷史發展的複雜布紋，反映出當代台灣社會共有的感覺結構與想像。

台灣現代文選【散文卷】

蕭蕭／編著

本書選錄的作家世代涵蓋琦君、阿盛、鍾怡雯等老中青三代，共三十二家；所書寫的主題，或記錄個人與家國歷史，或陳述人生哲理，或抒發個人情感，呈現出散文的多樣面貌。編者期望本書成為「台灣現代散文是從生活現實的寫真到生命境界的提昇」的見證。因此，這不僅僅是一本現代文學的教材，更是一本引領一般讀者欣賞現代散文的最佳讀物。

台灣現代文選【小說卷】

林黛嫚／編著

本篇收錄賴和、王禎和、黃凡、駱以軍等老、中、青三代共十六位名家之代表作品，以時間為線索，依作者生年排列，呈現百年來台灣小說演變之樣貌。內容分為文本、作者簡介、賞析及延伸閱讀。書前導讀略敘現代小說發展的背景，並深入淺出地分析小說之創作原理，定能為讀者開啟全新的文學視野。

文苑叢書——珠玉選文，盡展古典風華

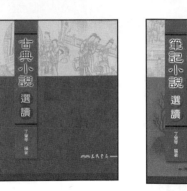

水經注擷英解讀

陳橋驛／著

《水經注》成書於西元六世紀，為北魏酈道元所著，是中國第一部以記載河道水系為主的綜合性地理著作。全書以《水經》為綱，逐一闡述各水的流動概況，以及對每一流域內的風俗地貌與文化傳說。本書作者陳橋驛教授，以畢生研究和考據成果為基礎，擷錄《水經注》之「英華」，精心詳作「解讀」，既解佳處，又解難處。全書經、注文記敘詳實，觀點深入淺出，不僅可供酈學研究者作為評議參考，也適合一般讀者閱讀欣賞。

筆記小說選讀

丁肇琴／編著

你是否曾對著一部長達數百頁的小說望洋興嘆？既怕冗長的故事會消磨掉讀書的趣味，也擔心未知的故事結局成為日思夜想的心理負擔？如果答案是肯定的，那麼，本書絕對是你明智的抉擇！中國古典的筆記小說，一向以情節簡單、篇幅短小為其特色，稱得上是古典文學中的「極短篇小說」！本書精選多篇具代表性的筆記小說作品，期望在短則三、五十字，長則數千字的範圍裡，告訴你一個完整的故事，給你一份精緻的感動。

古典小說選讀

丁肇琴／編著

古典小說是中國文學中的瑰麗珍寶，也是了解當時社會文化的一項重要材料。本書從六朝至明清之際浩如煙海的小說作品中，精選最具代表性、趣味性、文學性和社會性的名家名作，並輔以精確的注釋及深刻的賞析，足堪稱為古典小說選集的範本。特別的是，還加上延伸閱讀這一單元，不僅能提供讀者閱讀相關文本或論文的捷徑，也幫助讀者更貼近作家的心靈。

唐人小說

柯金木／編著

本書共分為五個教學單元、收錄十四篇唐人小說，各篇均有導讀、正文、眉批、注釋、譯文、析評、問題與討論等七個部份，作為基本閱讀、研習的依據。不但提供使用者淺顯易懂的內容，並有完整的課程搭配介紹。本書可由教師引導學生思考，以及多向互動的學習觀點，既有個別獨立的章旨討論，也有網絡串聯的單元分析表等，可以有效激發學習興趣、效益。

寄居者

嚴歌苓／著

「我感到從未有過的孤單。我是個在哪裡都溶化不了的個體。我是個永遠的、徹底的寄居者。因此，我在哪裡都住不定……」這是一個發生在四〇年代的上海的故事——一個在美國出生、上海長大的華裔女子，一個剛逃離集中營來到上海的猶太難民，一個為了實現夢想到上海淘金的美籍猶太人。是什麼樣的因緣際會，讓這三個飄零浮沉的「寄居者」，命運相互交錯、牽連？又是什麼樣的情感，讓人們毀掉對愛情的原始理解和信念，也在所不惜？

惆悵夕陽

彭歌／著

本書收錄了資深作家彭歌三篇中篇小說，三個發生在不同時代的故事，一貫的是作者心繫兩岸，向前瞻望，對海峽兩岸人民生存情境的悲憫情懷。〈惆悵夕陽〉敘述一對因戰亂而分離的情侶，四十年後異域相見的惆悵心境。〈向前看的人〉描寫四個好友因國共戰爭兩兩分隔，且各自結為夫妻。開放探親後再見，遙想往日時光，彷如夢幻一場。〈微塵〉則述說一對來自海峽兩岸的陌生男女，因為電梯突然停電而受困，開始試探著彼此，冀圖尋找自己生存的意義……